주요섭 소설 전집 **4**

첫사랑 값, 미완성 외

주요섭 소설 전집 ④

첫사랑 값, 미완성 외

초판 인쇄 · 2023년 7월 15일
초판 발행 · 2023년 7월 25일

지은이 · 주요섭
엮은이 · 정정호
펴낸이 · 한봉숙
펴낸곳 · 푸른사상사

주간 · 맹문재 | 편집 · 지순이 | 교정 · 김수란, 노현정 | 마케팅 · 한정규
등록 · 1999년 7월 8일 제2-2876호
주소 · 경기도 파주시 회동길 337-16(서패동 470-6)
대표전화 · 031) 955-9111~2 | 팩시밀리 · 031) 955-9114
이메일 · prun21c@hanmail.net
홈페이지 · http://www.prun21c.com

ⓒ 정정호, 2023
ISBN 979-11-308-2077-4 04810
　　　 979-11-308-2073-6 (세트)
값 38,000원

주요섭 소설 전집 ④

첫사랑 값, 미완성 외

정정호 책임편집

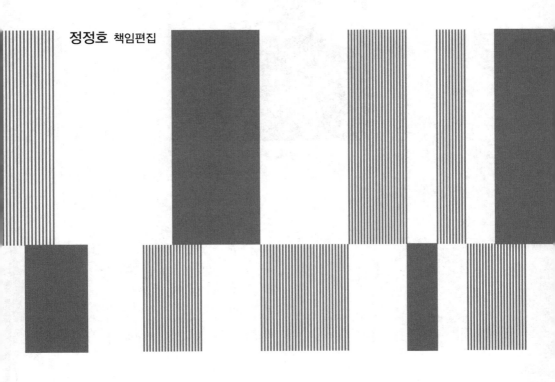

주요섭 朱耀燮 (1902~1972)

한국 문학사 최초의 세계주의 작가

"[내가] 후세에 이름을 남긴다면 학자로서보다는 작가로서 남기고 싶다"[1]

— 주요섭

"정(情)! 그것은 인류 최고의 과학을 초월한 생의 향기이다."

— 주요섭, 「미운 간호부」

"문학작품의 기능은 지식 전달에 있는 것이 아니라, 인간생활의 본질을 분석하는 데 있기 때문이다. 문학작품은 많이 읽음으로써 각자가 소속되어 있는 특수 사회의 진상과 본질을 파악할 수 있을 뿐 아니라, 자기 소속 외 딴 가지각색 사회의 진상과 본질까지도 파악하게 되어 그 결과로는 남을 이해하게 되고 편견이 감소되는 것이다."

— 주요섭, 「이성(理性)·독서(讀書)·상상(想像)·유머」

2022년은 소설가 여심(餘心) 주요섭(朱耀燮, 1902~1972) 탄생 120주기이고 서거 50주기였다.

주요섭은 1920년 1월 3일 『매일신보』에 처녀작 단편소설 「이미 떠난 어린 벗」

---

1   김용성, 『한국현대문학사 탐방』, 국학자료원, 2011, 126쪽에서 재인용.

발표를 시작으로 1972년 타계할 때까지 50여 년간 단편소설 39여 편, 중편소설 6편, 그리고 장편소설 6편을 써냈다.[2] 주요섭은 1934년부터 9년간 베이징의 푸런(輔仁)대학에서 영문학 교수 그리고 1953년부터 1967년까지 14년간 경희대학 영문학과 교수로 재직한 것 외에도 수많은 사회활동을 하였기에 전업작가는 아니었다. 그럼에도 그가 발표한 작품 수를 볼 때 결코 적게 쓴 과작(寡作)의 작가는 아니었다.

　한국 문학계나 문단의 주류 담론에서 소설가 주요섭에 관한 평가가 지나치게 박하다. 주요섭은 주요 문학사나 평론에서 「사랑손님과 어머니」 같은 단편소설 몇 편을 제외하고는 별로 언급되지 않는다. 일례로 1972년 초 당대 최고의 평론가들이 저술한 『현대 한국문학의 이론』[3]에도, 그리고 2000년대 초에 나온 한국 문학자들이 쓴 『우리 문학 100년』[4]에도 주요섭에 대한 일언반구의 언급도 없다. 이것은 아마도 우리 학계와 문단의 전업작가 우선주의와 동시에 한 장르만 파고드는 장르순수주의의 결과가 아닐까 한다. 주요섭이 도산 안창호 선생의 영향으로 상하이의 후장대학과 미국 스탠퍼드대학교 대학원에서 교육학을 전공하고 베이징과 서울에서 영문학 교수를 20년 이상 했기 때문일까?

　주요섭은 소설뿐 아니라 여러 가지 주제의 수많은 산문을 써냈고 번역 또한 양적으로도 상당하다. 그리고 순수 문인이라기보다는 『신동아』 편집과 영자신문 사장 그리고 국제PEN 한국본부 회장, 한국아메리카학회 초대 회장, 한국번역가협회 초대 회장 등 많은 단체 일도 보았다. 아마도 주요섭이 한 곳에 집중하지 않고 팔방미인이라 소설가로서 충분한 평가를 받지 못하는 듯하다. 그러나 양적으로나 질적으로 볼 때 주요섭이 한국의 소설가가 아니면 누가 소설가란 말인가?

2　영문으로 창작한 단편, 중편, 장편 소설들, 『동아일보』에 연재 중 일제에 의해 강제 중단된 장편소설 『길』, 베이징에서 일제에 압수되어 분실된 영문 장편소설까지 포함.

3　김병익·김주연·김치수·김현, 『현대 한국문학의 이론』, 민음사, 1972.

4　김윤식·김재홍·정호웅·서경석, 『우리 문학 100년』, 현암사, 2001.

주요섭은 흔히 말하는 "위대한" 작가는 아닐지도 모른다. 그러나 그는 우리에게 "필수적인" 작가이다. 적어도 1910년 한일 강제 병합 이후 해방 공간과 6·25 전쟁을 겪은 그의 소설들은 한반도의 경제·문화·정치의 양상을 이해하기 위한 다양한 역사적 사실과 인간에 대한 깊은 이해를 보여주기 때문이다. 미국 작가 마크 트웨인, 영국 작가 조지 오웰, 중국 작가 루쉰, 러시아의 톨스토이도 각 국가의 "필수적인 작가"들이다. 주요섭은 평양에서 태어나 중학교 때까지 그곳에서 살았고 중국 상하이에서 7년, 베이징에서 9년, 미국에서 최소 2년 반, 일본에서 수년간 그 후 주로 서울에서 살았다. 20세기 초중반 기준으로 볼 때 소설가 주요섭은 한국 문학사 최초의 세계시민이었으며 전 지구적 안목을 가지고 국제적 주제를 다룬 한국문학에서 보기 드문 작가였다.

그동안 주요섭 소설들은 단편소설 위주로 소개되고 논의되었다. 지금까지 출간된 십수 종의 작품집들을 보면 주로 「인력거꾼」, 「사랑손님과 어머니」 등의 십수 편의 단편소설 위주로 중복 출판을 이어왔다. 중편소설 「미완성」과 「첫사랑 값」, 장편소설 『구름을 찾으려고』와 『길』은 출판되었다. 그러나 상당수의 단편들과 중편, 장편들은 거의 출판되지 않았다. 이러한 상황에서는 주요섭의 소설문학에 대한 전체적인 논의와 조망은 불가능하다. 편자는 수년 전 이러한 주요섭 소설문학에 편향된 시각과 몰이해를 일부나마 교정하기 위해 주요섭 장편소설 4편을 모두 신문과 문예지에 연재되었던 원문과 일일이 대조하여 출간한 바 있다.

이번에는 단편소설 39편 전부와 중편소설 4편 전부를 가능한 한 원문 대조 과정을 거쳐 출판하게 되었다. 이렇게 되면 명실공히 주요섭 소설세계의 전모가 드러날 수 있게 된다. 뒤늦었지만 이제 일반 독자들은 물론 연구자들도 주요섭 문학에 대한 새로운 그리고 총체적 접근을 할 수 있게 될 것이다.

문학평론가 백철은 주요섭을 가리켜 "동서양의 문학사상을 섭렵한 작가"로 반세기의 작가 생활에서 주옥같은 소설작품들을 창작한 "군자형과 선비형 작가"로 평가하였다. 주요섭은 일생 동안 전업 소설가는 아니었지만 타고난 이야기꾼으로 일제강점기 초기부터 해방 공간, 6·25전쟁, 4·19혁명 등 1960년 말까지 50년간 한반도는 물론 상하이, 베이징, 만주 그리고 일본과 미국에 이르기까지 광대한 지역을 횡단하면서 50여 편의 단편, 중편, 장편, 영문 소설을 써낸 세계주의적인 소설가였다. 주요섭은 한국 문학사 그리고 한국 소설사에 지울 수 없는 커다란 족적을 남겼다.

주요섭 소설의 재평가를 주장하는 경우를 살펴보자. 장영우 교수는 그가 편집한 주요섭 중단편집의 「작품 해설」에서 "주요섭은 우리의 길지 않은 현대소설사에서 제외되어도 좋은 통속작가가 결코 아니며, 하루 빨리 그의 문학이 정당한 해석과 평가를 받아 한국 문학사의 결락(缺落) 부분이 온전히 보완되어야 할 것이다"고 지적하였다. 이승하 교수도 편집한 주요섭 단편집의 「해설」에서 "국제적인 감각을 갖춘 소설가의 혜안으로 시대의 문제점을 잘 파악한 이들 소설은 지금 이 시대에도 여전히 문학적인 값어치를 지니고 있다"고 전제하고 주요섭에 대해 "그의 세 편의 장편소설과 다수의 중편소설은 평가가 전해지지 않고 있다. 주요섭론은 이제부터 새로이 쓰여야" 한다고 강조한 바 있다.

소설가 주요섭의 계보

그렇다면 주요섭은 어떻게 소설가가 되었을까? 주요섭이 만년에 쓴 문학 회고문을 보면 그가 소설가가 된 동기와 배경은 타고난 이야기꾼인 할머니였다. 할머니는 어린 손자 주요섭에게 옛날이야기를 나름대로 첨가하고 변개하여 들려주었다. 어린 주요섭은 할머니에게 들은 이야기를 다시 번안하고 편집해서 친구들에게 말해주어 친구들은 주요섭을 "재미있는 이야기꾼"이라 불렀다. 주요섭은 "그때부터 나는 허구를 위주로 하는 창작가가 되었던 모양"이라고 훗날 회고했다. 주요섭은 평양의 소학교에서 한글 읽기를 깨우치자마자 교과서보다 소설 읽기를 더 좋아했다. 신구약 성경을 신앙심 때문만이 아니라 재미난 이야기들이 많아 통독했다. 그리고 생가 사랑채에 한글로 된 소설책이 많아 닥치는 대로 읽었다고 한다.

문맹(文盲)이신 할머니 이야기주머니가 바닥나자 이번에는 주요섭이 읽은 이야기책들에 나오는 이야기를 할머니에게 해드렸다. "책 세놓는 가게"에서 「춘향전」, 「홍길동전」 등 고전소설과 『혈의 누』, 『추월색』 등 신소설과 나아가 여러 권으로 된 『삼국지』, 『수호지』 등 중국 소설을 빌려 읽고 다시 그 이야기들을 할머니에게 해드리는 과정에서 "나 자신도 도취되어서 이렇게 재미나고, 아기자기하고, 엉뚱하고, 신기하고, 무섭고, 우스운 이야기들을 나도 써보았으면 하는 욕망이 솟아오르곤 하였다"라고 적고 있다. 당시 어린이 잡지 『소년』의 애독자였던 주요섭은 처음에는 셰익스피어의 비극 작품인지도 모르고 『리어 왕』의 번안을 읽고서 "가장 감명 깊고 인상 깊게 읽은 작품"이라고 토로하였다. 주요섭이 소설가가 되기까지 1919년 2월 창간된 『창조』 동인들인 친형 주요한과 후에 소설가가 된 2년 연상의 동향인이자 평양 소학교 선배인 김동인이 주요섭의 창작욕에 많은 자극을 주었다.

1919년 3월 1일 독립만세사건이 일어나자 당시 일본 중학교 유학 중이던 주요섭은 즉시 고향인 평양으로 귀국하여 '검은 나비당'이라는 비밀결사의 일원이 되어 등사판 「독립신문」을 만들어 돌리다 체포되어 10개월의 징역을 판결받아 유년감에 갇혔다. 1919년 여름 주요섭은 감옥 안에서 영어로 된 안데르센 동화집을 일영사전에 의존하여 한국어로 번역하였다. 주요섭은 "이것이 계기가 되어 나의 문학 활동은 외국 동화 번역과 동화 창작에서 출발되었다. 그러나 동화에만 만족하지 못하게 된 나는 단편소설(?) 한 편을 옥중에서 썼다"고 적고 있다. 같은 감방에 있던 잡범 소년이 간수방에서 훔쳐온 한 통의 편지를 읽고 그것을 토대로 비극적인 단편 연애소설을 썼고 17세 또래 만세범들은 함께 읽고 "걸작"이라고 인정해주었다.

1919년 말에 형기를 마치고 출옥한 후 주요섭은 그 단편을 원고지에 옮겨 적어 『매일신보』 신춘문예에 응모하여 3등으로 당선되어 상금 3원도 받았다. 주요섭이 "이것이 나의 처녀작이요, 처음 활자화된 단편이었다"고 말한 작품이 바로

1920년 1월 3일자 『매일신보』에 실린 단편소설 「이미 떠난 어린 벗」이었다. 이렇게 해서 주요섭이라는 소설가가 조선반도에 처음 등장하게 되었다. 그 후 상하이로 건너가 대학에 유학하면서 상하이 지역 신문 보도에서 힌트를 얻어 단편소설 「치운 밤」을 써서 경성으로 우송한다. 그 작품이 『개벽』(1921년 4월호)에 실려 이제 명실상부한 소설가가 된 주요섭은 그 후 그 길을 50년간 걷게 되었다.

50년간의 주요섭 소설세계

이제부터 1920년부터 시작하여 그 후 50년간 계속된 주요섭 소설세계를 개괄해보자.

1920년 1월 3일 『매일신보』에 발표된 첫 단편소설 「이미 떠난 어린 벗」과 1920년대 중반 상하이 중심으로 쓴 단편소설 「인력거꾼」, 「살인」, 그리고 중편 연재소설 「첫사랑 값」은 그 이후 50년간의 작가 생활을 비추어볼 때 매우 중요한 의미를 가진다 하겠다. 주요섭의 1920년대 초기 소설들이 1930년대 소설에 비해 중요도가 떨어지는 것은 결코 아니다. 오히려 주요섭의 작가로서의 전 생애를 볼 때 초기 작품들의 중요성은 재평가되어야 한다. 1930년대 이후 작품들은 모두 1920년대 작품의 "반복과 차이"라고 볼 수 있기 때문이다. 1920년대 작품들은 1930년대 이후 작품의 모태이며 씨앗이다.

1920년대 작품에 나타난 "사랑주의"와 "사회의식"은 그 후 계속 반복되어 나타난다. 주요섭의 처녀작인 단편소설 「이미 떠난 어린 벗」은 편지를 중심으로 한 액자소설이고 중편소설 「첫사랑 값」은 일기를 중심으로 한 액자소설로 모두 사랑과 연애가 주제이다. 1920년대 「치운 밤」, 「인력거꾼」, 「살인」 등 작품들은 모두 당대 자본주의 사회의 갈등과 모순을 비판적으로 다룬 사회주의적 평등과 분배가 주제이다.

주요섭 소설에 대한 접근은 그동안 주로 시기별로 신경향적인 사회의식, 사랑 이야기와 자연주의, 역사의식과 리얼리즘 등의 문예사조적 접근이 대세를 이루었다. 이러한 방식도 통찰력을 주는 것은 사실이다. 그럼에도 불구하고 이러한 논의 방식은 지나치게 단편소설 중심으로 전개되어 중편소설 대부분과 장편소설 전체에 대한 논의가 거의 배제되어 있다는 흠이 있다. 1920년부터 1970년까지 50년간 주요섭의 소설세계는 시대에 따라 단계적으로 바뀌는 선형적이고 연대기적 구성이 아니라 다양한 방식과 여러 가지 주제와 "정(情) 즉 사랑"이라는 대주제를 중심으로 교차, 단절, 반복되는 나선형의 구성을 보이고 있다.

주요섭은 1921년 봄 상하이에 도착하자마자 당시 대한민국 임시정부 일을 보던, 평소 깊이 존경하던 도산 안창호 선생을 만났고, 도산이 1913년에 미국 샌프란시스코에서 창단한 흥사단에 즉시 가입하였다. 그는 당시 대한민국 임시정부의 노선 중 조선 독립을 위해 기본적으로 안창호의 준비론을 따랐으나 한때 이동형을 비롯한 혁명을 목표로 하는 공산, 사회주의자에 빠져 하층계급인 노동자, 농민을 위해 사회주의에 동조한 것도 분명하다. 그의 초기작 「치운 밤」, 「인력거꾼」, 「살인」 등은 이런 계열의 소설이다.

그러나 주요섭은 1930년대부터는 사회주의에서 탈피하여 민족주의 계열로 가지 않고 중간노선인 '사실주의'에 머무르게 되었다. 이것은 1934년 전후한 복잡한 한국 문인 계보를 만든 김팔봉의 글 「조선문학의 현재와 수준」에서도 그대로 드러난다. 김팔봉은 한국문학을 크게 카프문학(동반자적 문학 경향 포함)과 민족주의 경향 계열, 이렇게 두 부분으로 나누고 주요섭을 민족주의 계열 중에서도 사실주의파에 김동인, 염상섭, 강경애와 함께 포함시켰다.[5] 이렇게 볼 때 주요섭은 1920년대의 사회주의적이며 계급주의적인 신경향적 경향에서 이탈했음이 분명하다.

그 후 백철이 주요섭을 당대 민족문학파와 프로문학파라는 이분법적 구도에서 벗어나 제3지대에 머무른 "중간파"라고 분류한 것은 매우 적절한 평가라 볼 수 있다. 소설가 주요섭은 문단의 이러한 논쟁에 거리를 두고 어떤 특정 이념에

5　김윤식, 『한국 근대문예비평사 연구』, 한얼문고, 1973, 208쪽.

빠지지 않고 소설을 오직 현실을 "있는 그대로" 그리려는 사실주의자(리얼리스트)였다. 그리고 한국 문단에서 보기 드물게 조선반도에서 벗어나 전 세계를 함께 박애주의적 시각으로 바라보려는 거의 최초의 세계주의자 문인이었다고 볼 수 있다.

따라서 50년을 관통하는 몇 개의 작은 주제들이 반복과 차이의 양상을 보인다고 볼 수 있다. 편자는 단편, 중편, 장편, 영문 소설까지 모두 고려하여 대체로 주요섭의 소설 세계를 ① 신경향(사회주의)적 요소, ② 사랑 이야기, ③ 세태 관찰과 비판, ④ 인본주의 또는 인도주의, ⑤ 역사 서지적 기록, ⑥ 디아스포라(민족주의), ⑦ 죽음의 문제라는 7개의 변주곡이 차이를 보이면서 반복되는 역동적인 나선형의 구성으로 파악하고자 한다.

정(情) 즉 사랑

이 7개의 변주곡을 함께 묶는 대주제인 정(情) 즉 사랑에 대해 논의해보자. 편자는 주요섭 문학을 사회주의, 사랑주의, 인도주의, 사실주의 등으로 나누기에 앞서 과연 50년의 주요섭 문학 활동의 근저를 흐르는 무의식 또는 대전제 또는 대주제는 무엇인가를 논해보고자 한다. 주요섭 소설문학의 대주제는 "정(情)" 즉 사랑이다. 주요섭과 상하이 후장대학 유학 시절부터 일생 동안 가장 가깝게 지냈던 후배인 피천득은 주요섭 문학의 본질은 "정"이라 보았다. 피천득은 주요섭이 타계한 직후인 1972년 11월에 『동아일보』에 쓴 추도사에서 다음과 같이 적었다.

형[주요섭]이 상해 학생 시절에 쓴 「개밥」, 「인력거꾼」 같은 작품은 당신의 인도주의적 사상에 입각한 작품이라고 봅니다. 형은 정[情]에 치우치는 작가입니다. 수필 「미운 간호부」에서 보는 바와 같이 형은 몰인정을 가장 미워합니다.

주요섭은 여러 편의 수필 중 「미운 간호부」(『신동아』 1932년 9월호)를 스스로 대표작으로 꼽았다. 이 수필에서 주요섭은 전염병을 앓다 일찍 죽은 어린 딸을 사망실 즉 시체보관실에서라도 보여달라는 어머니의 간청을 매정하게 거절하는 간호부를 심하게 꾸짖는다.

> 그러나 그것을 염려하는 어머니의 심정! 이 숭고한 감정에 동정할 줄 모르는 간호부가 나는 미웠다. 그렇게까지 간호부는 기계가 되었던가?
> …(중략)…
> **정(情)! 그것은 인류 최고의 과학을 초월한 생의 향기이다.**(강조–필자)

이처럼 주요섭 문학의 요체는 "정 즉 사랑", 나아가 넓은 의미의 인도주의(humanism, humanitarianism)라 규정할 수 있다. 주요섭은 1960년 한국영어영문학회가 출간한 영미어문학총서(전 10권) 제4권 『영미소설론』에서 서론격인 「소설론」을 집필했다. 이 글에서 우리는 주요섭의 소설에 관한 기본적인 생각을 알 수 있다. 주요섭은 소설의 핵심을 상상력(imagination)으로 보았다.

> 소설은 과학 논문이나 역사 서술과 달리 단지 작가의 상상[력]이 깃들어 있는 글이라고 하기도 한다. 그런데 상상력이라고 하는 것은 단순히 공상 혹은 환상적(幻想的)만을 말하는 것은 아니다. …(중략)… 특히 낭만주의자들이 강조하는 것은 상상은 환상만으로 끝나는 것이 아니고 지성과 사상과 추리력까지 포함하는 것이[다].

주요섭은 그 상상력의 대표적 예로 영국 낭만주의 서정시인 P. B. 셸리(1792~1822)가 1821년에 써낸 『시의 옹호』에서 한 인용문을 끌어오고 있다.

> "사람이 위대하고 선량하려고 하면 강하고 넓은 상상력을 가지지 않으면 안 된다. 그는 자신을 남(他), 많은 남의 입장에다 두지 않아서는 안 된다. 동포의 희로애락이 곧 자신의 희로애락이 되어야 한다"고 말한 것을 보면 상상력은

humanism[인도주의, 인간주의]도 포함하고 있다고 보아야 할 것이다.

여기서 주요섭이 셸리의 핵심적인 구절을 인용하면서 말하려는 요지는 "사랑"이란 결국 상상력이고 상상력은 또다시 나 자신이 아닌 타인이 되는 "타자 되기"이다. 이 타자 되기라는 "역지사지(易地思之)"의 공감력(共感力)은 사랑의 진정한 모습인 것이다. 시[문학]는 결국 우리가 자신에게서 벗어나 이웃과의 사랑을 회복시키는 예술 양식인 것이다.

주요섭이 자신의 삶과 문학에서 "정 즉 사랑"을 가장 중요시한 것은 자신이 기독교 모태신앙자였고 아버지가 장로교 목사였다는 사실과도 어느 정도 관계가 있을 것이다. 자신의 이름도 구약에 나오는 요셉이란 이름에서 온 것이 아닌가? 요셉은 젊은 시절 배다른 형제들의 시기를 받아 이집트에 노예로 팔려갔으나 후에 우여곡절 끝에 파라오 대왕 다음으로 이집트의 제2인자인 총리가 되었다. 그 후 요셉은 형제들을 사랑으로 다 용서하고 모든 가족을 화해하여 재결합시켰다. 주요섭의 일부 초기 소설에는 기독교 비판적인 요소가 없지는 않지만 그렇다고 기독교 교리의 핵심인 사랑까지 의심한 것은 아니리라.

주요섭이 1920년대 상하이 유학 시절 가장 존경하고 영향을 받았던 사람은 당시 대한민국 임시정부에서 일하던 도산 안창호 선생이었다. 도산은 열렬한 기독교 신자는 아니었지만 기독교 교리인 사랑을 절대적으로 믿었다. 주요섭은 안창호의 감화로 당시 독립을 위한 무력 투쟁이나 외교적 해결에 앞서 무지몽매한 조선 백성의 의식을 깨우치고 교육을 먼저 시켜야 한다는 소위 "준비론"에 뜻을 같이했던 것이다.

편자는 주요섭 삶을 관통하는 핵심을 사랑으로 본다. "정 즉 사랑"은 주요섭 문학에서 모든 것이 다양하며 파생되어 나오는 등뼈이며 "원형(archetype)"이다.

말, 언어, 문학 : 주요섭의 서사 기법, 리얼리즘

주요섭은 말(언어) 즉 언어의 예술인 문학에 대해 어떤 생각을 가졌을까? 그는 흥사단의 기관지인 『동광(東光)』 창간호인 1926년 5월호에 게재한 글 「말(言語)」의 결론 부분에서 다음과 같이 언명하고 있다.

> 인류는 지금 언어의 세계에 산다. 짐승의 세계에는 다만 물건과 암송뿐이다. 그런데 사람에게는 언어라는 편리스러운 행복이 있는 것이다. 그리고 사회에서 언어를 써서 다른 사람에게 영향을 주거나 감동시키는 능력을 가진 사람에게 사회적 위대한 상급을 준다. 한 사람이 자기의 언어로 더 많은 사람을 이해시키고 감화시킬 수 있을수록 그 사람은 그 사회에서 위대한 인물이 된다. 예수가 그러하고 레닌이 그러하고 손문(孫文)이 그러하다.
> 언어의 힘이 얼마나 큰가.[6]

소설가는 말(언어)을 가지고 글을 써서 독자들에게 감동, 감화시키는 말의 예술가이다.

이제부터 주요섭의 이야기 전개 방식 또는 서사 기법에 대해 말해보자. 그의 소설은 가장 전통적인 사실주의(realism)이다. 주요섭은 영문학 교수로서 조지프 콘라드를 아주 좋아했고 큰 영향을 받았다. 소설에서 리얼리즘 기법이란 있는 그대로 보여주거나 묘사함으로써 서사를 전개시키는 방식이다. 흔히 말하는 영미 모더니즘 소설의 대가들인 제임스 조이스, 버지니아 울프, 윌리엄 포크너 등과 같은 작가들의 "의식의 흐름"이라든가 하는, 이야기를 비틀고 복잡하게 만드는 방식은 주요섭의 서사 전략이 아니다. 주요섭의 소설에 주인공의 심리 묘사 장면도 많이 있으나 난해한 "무의식"의 미로(迷路)를 찾는 경우는 별로 없다. 한마디로 그의 소설은 심리 분석보다 스토리 중심이며 작가의 상상력보다는 체험 중심이다.

---

6 『동광』 1926년 5월호, 40쪽.

주요섭은 1960년의 한 소설 심사평에서 소설가가 소설을 창작하는 이유는 "포착하기 어려운 진실의 본질에 대한 고민 때문"이라고 하였다. 또한 소설가들은 "가슴속에 무엇인가를 간직"하고 있어서 "진실의 어떤 환상이 그들에게 향하여 자꾸만 덤벼들 때 그것을 청산해버리는 방법으로 소설을 쓰게" 된다고 했다. 구체적으로 소설을 쓸 때 작가들은 내용, 주제, 기교, 구성 등은 각양각색이지만 "인간에 대한 기본적인 진실에 도달하려는 목표"를 가진다고 했다. 또한 소설가가 되기 위해서는 "예리한 관찰력으로 사사건건 자세히 관찰하여 직접적인 체험을 쌓아가는 동시에 남이 쓴 책을 많이 읽어 간접적인 경험을 될 수 있는 대로 풍부하게 간직해두어야 할 것"이라고 언명하였다.

독자에게 강한 인상을 주기 위해 작가에게는 강력하게 구성하는 재능을 가지고 적절한 어휘와 아름다운 문장, 클라이맥스(절정)를 만드는 능력뿐 아니라 기지와 풍부한 상상력과 독특한 지성까지도 요구된다. 이는 주요섭 자신이 창작한 소설작품을 읽을 때도 그대로 적용될 수 있을 것이다. 여기서 중요한 것은 첫째, 진실에 대한 추구이다. 진실에 대한 추구는 바로 현실을 있는 그대로 재현하여 보여주는 사실적 추구이다. 이를 문학적으로 말하면 리얼리즘이다. 굴절되지 않은 문물 현상을 있는 그대로 재현하는 것이 주요섭에게 가장 중요한 덕목이다.

주요섭의 소설세계는 1920년대부터 조선, 중국의 상하이와 베이징, 만주, 일본, 미국 서부 등지에서 자신이 직접 경험한 이야기를 소설로 만든 경우가 대부분이다. 어떤 소설은 자서전적 색채가 짙고, 또 어떤 소설은 당대 세태를 기록하고 보고하는 다큐멘터리이고, 장편소설들은 주로 역사적 리얼리즘 계열의 작품들이다. 한마디로 주요섭의 소설은 철저하게 자신의 시대 안에서, 개인적 체험에 토대를 두고 약간의 허구를 가미한 경우가 대부분이다.

주요섭은 기본적인 서사 방식은 리얼리즘이다. 그러나 그는 사회의 부조리와 타락상을 있는 그대로, 추한 모습까지 적나라하고 추문적으로 노출시키는 자연주의 기법도 가끔 사용하였다. 특히 1920년대 그의 일부 소설은 20세기 초 전후로 유럽과 미국에서 한때 일어났던 문예사조인 자연주의적 요소에 일정 부분 영향을 받은 것은 분명하다. 따라서 주요섭의 서사 방식은 단성(單聲, monophony)적이기보다 다성(多聲, polyphony)적이다. 단선적이고 정태적인 정반합의 변증법이기보다 다성적이고 역동적인 대화법에 더 가깝다.

그의 서사 구조는 선형적이 아니라 나선형적이고 그의 서사 주제는 단일체라기보다 다양체의 특성을 지닌다. 소설가 주요섭은 본질적으로 단성적 또는 순종(純種)적이 아니라 잡종적 또는 혼종주의(hybridism)인 작가이다. 그는 어느 한 유파나 한 사조에 자신을 매어놓지 않고 항상 나선형적으로 열려 있는 역동적인 작가였다고 결론지을 수밖에 없다.

4권으로 구성된 중단편소설집

책임편집자로서 필자는 주요섭 중단편소설을 4권으로 나누어 편집했다. 우선 1920년 『대한매일신문』에 실렸던 단편소설 「이미 떠난 어린 벗」에서부터 주요섭이 타계하고 1년 뒤인 1973년 『문학사상』에 실렸던 유고 단편소설 「여수」까지 편집자가 찾을 수 있었던 39편의 단편소설 전부를 다음과 같이 1, 2, 3권으로 분류하였다. 중편소설 4편은 모두 모아 제4권에 배치했다.

제1권에는 1920년부터 1937년까지 발표된 단편소설 15편을 수록하였다. 수록 작품은 발표 연도순으로 「이미 떠난 어린 벗」, 「치운 밤」, 「죽음」, 「인력거꾼」, 「살인」, 「영원히 사는 사람」, 「천당」, 「개밥」, 「진남포행」, 「대서(代書)」, 「사랑손님과 어머니」, 「아네모네의 마담」, 「북소리 두둥둥」, 「추물(醜物)」, 「봉천역 식당」이다. 특히 1921년 1월 3일자로 발표된 주요섭의 첫 단편소설 「이미 떠난 어린 벗」은 원문과 현대어 표기로 바꾼 수정본을 함께 제시하여 연구자나 일반 독자들에게 참고가 되게 했다. 흔히 「할머니」도 단편소설에 포함시키는 경우도 있으나 이 작품은 회고담이다. 「기적」은 창작이 아니고 번역 작품이다. 제1권의 제목은 1920년대의 대표작 「인력거꾼」과 1930년대의 대표작 「사랑손님과 어머니」를 병기한다.

제2권에는 1937년 후반부터 1954년까지 발표된 단편 소설 12편을 수록하였다. 수록 작품은 발표 연도순으로 「왜 왔든고?」, 「의학박사」, 「죽마지우(竹馬之友)」, 「낙랑고분의 비밀」, 「입을 열어 말하라」, 「눈은 눈으로」, 「시계당 주인」, 「극진한 사랑」, 「대학교수와 모리배」, 「혼혈(混血)」, 「이십오 년」, 「해방 1주년」이다. 제2권의 제목으로는 1930년대 후반에 발표된 「의학박사」와 해방 후인 1940년대 후반에 발표된 「시계당 주인」을 나란히 표기한다.

제3권에는 1955년부터 1970년대 초반까지 발표된 단편소설 12편을 수록하였다. 수록 작품은 발표 연도순으로 「이것이 꿈이라면」, 「잡초」, 「붙느냐 떨어지느냐」, 「세 죽음」, 「비명횡사한 유령의 수기」, 「열 줌의 흙」, 「죽고 싶어 하는 여인」, 「나는 유령이다」, 「여대생과 밍크코우트」, 「마음의 상채기」, 「진화(進化)」, 「여수(旅愁)」이다. 제3권의 제목으로 1950년대 후반 작품인 「붙느냐 떨어지느냐」와 1970년대 작품인 「여대생과 밍크코우트」를 나란히 놓는다.

제4권은 중편소설집으로 1925년부터 타계 후 1987년까지 발표된 중편소설들을 실었다. 발표 순서대로 「첫사랑 값」, 「쎌스 껄」, 「미완성」, 「떠름한 로맨스」를 배열하였다. 미국 유학에서 돌아온 직후 1930년 2~4월에 『동아일보』에 연재한 「유미외기(留美外記)」는 일부에서 중편소설로 보기도 하지만 주요섭이 어느 문학 회고문에서 이것을 자신의 유학 경험을 토대로 쓴 "잡문"이라고 확언하였기에 여기에 포함시키지 않았다. 주요섭의 중편소설 4편의 중심 주제는 특이하게도 모두 사랑과 결혼 이야기이다. 제4권의 제목은 「첫사랑 값」과 「미완성」으로 한다.

앞으로 문단, 학계, 그리고 일반 독자를 위해 주요섭의 단편소설, 중편소설, 장편소설 및 영문소설이 모두 실린 주요섭 소설전집의 완전한 결정판 정본이 후학들에 의해 나오기를 기대한다.

책임편집자는 이 전집을 위한 신문, 잡지 원문 복사, 출력, 입력 및 각주 작업에서 송은영, 정일수, 이병석, 허예진, 김동건, 권민규, 추승민, 박희선에게 큰 도움을 받았다. 이 자리를 빌려 고마움을 전한다. 그리고 주요섭 선생의 장남이시며 현재 미국 동부 뉴저지주에 거주하시는 주북명 선생의 따뜻한 관심과 지속적인 격려에도 깊은 감사를 드린다. 끝으로 어려운 출판계 사정에도 불구하고 한국문학 작품 발굴 사업에 대한 사명감과 열정으로 선뜻 나서주신 푸른사상사의 한봉숙 대표님의 결단과 편집부 여러분의 지속적인 노고에 감사를 드린다.

푸른사상사는 수년 전 편자가 준비한 『구름을 잡으려고』(1935), 『길』(1953), 『일억오천만대일』(1957~1958), 『망국노군상(1958~1960)』의 주요섭 장편소설 4권 전부를 이미 발간해주셨다. 이번 중단편소설 4권과 함께 장편소설 4권을 포함하면 주요섭이 한글로 쓴 소설 전부가 푸른사상사에서 나오게 된 셈이다.

50년 전에 서거하신 주요섭 선생 영전에 이미 출판된 장편소설 4권과 이 중단편소설 4권 모두를 삼가 올려드린다.

2023년 5월
서울 상도동 국사봉 자락에서
정정호 씀

차례

일러두기

1. 본 전집의 소설 본문은 단행본 또는 신문과 잡지에 최초로 실렸던 텍스트를 그대로 싣는 것을 원칙으로 삼는다.

2. 최초의 연재본이나 초판 출간본을 찾지 못한 경우 원문에 가장 가깝다고 판단되는 텍스트를 선택한다.(후에 작가 자신이 본문을 수정하여 발표한 작품 선집을 1차적으로 참고한다.)

3. 장르상 소설만을 선정한다. 작가가 소설 양식과 유사하지만 단순 기록, 번역, 잡기라고 분명하게 밝힌 것은 소설작품에서 제외한다. (예:「기적」,「할머니」,「유미외기」 등)

4. 작품 배열 순서는 첫 발표 연도 순으로 하고 각 작품이 끝나는 곳 괄호 안에 연도를 표기한다.

5. 원문에서 분명히 오자나 탈자로 여겨지는 것은 바로잡는다. 그러나 판독이 어려운 경우 편집자가 함부로 판단하지 않고 공란으로 남겨둔다.

6. 표기법은 발표 당시의 것을 그대로 따르되 띄어쓰기는 독자들의 편의를 위해 현대 어법에 맞게 바꾸었다. 기타 표기법은 일반 관례에 따른다.

7. 모든 대화는 쌍따옴표(" ")로 통일한다.

8. 모든 숫자는 아라비아 숫자로 통일한다.

9. 본문에 한자와 다른 외국어로만 표기된 것은 가능한 한 괄호 속에 한글 독음을 병기한다.

10. 고어(古語), 방언, 그리고 외래어는 설명이 꼭 필요한 경우에만 각주를 단다.

첫사랑 값

첫사랑 값

1

유경이가 죽엇다는 소식은 내게 쇽[1]을 주엇다. 나는 그가 아직 해외(海外)에 잇는 줄로만 알앗섯는데 갑작이 그의 부고를 밧고는 엇지할 줄을 몰낫다.

'원 그럴 수가 잇나?' 하고 생각햇스나 사실이 사실인데는 할 수 업다. 더욱이 그가 언제 고향으로 돌아왓스며 또 엇더케 그러케 갑작이 죽엇는지 그것이 내게는 큰 의문이엿다. 더욱이 그동안 한 일 년 동안 웬일인지 서로 서신이 끈허젓섯고 나도 또 이럭저럭 편지를 못 쓰고 잇섯는데 그가 고향에 돌아온 줄도 전혀 몰으고 잇섯고 또 만일 돌아온 줄을 일즉 알엇든들 좀 더 속히 내려가서 반가운 그를 맛나 보앗슬 것인데 퍽 섭섭햇다. 그와 나 소학교시대부터 뎨일[2] 갓가운 친구이엿다.

여러 가지 의문이 내 머리를 차고[3] 돌앗스나 좌우간 내려가 보면 알 터이지 하고 바로 그날 밤차로 평양으로 내려갓다.

초상난 집에는 사람들이 뜰로 한아 웅성웅성하고 잇고 사랑에는 젊은 사람들이 모혀서 쟝긔들을 한가히 두고 잇섯다. 나는 본래 유경이 부모와 갓

---

1 쇽(shock) : 쇼크, 충격.
2 뎨일 : 제일.
3 차고 : 싸고. 또는 채우고.

갑고 유경이가 7, 8년이나 해외에 잇는 동안도 여러 번 평양 갈 기회가 잇슬 쌔마다 유경이 어머니를 차자보곳 햇슴으로 그 집은 흠업시 드나들던 터이라 서슴업시 안방으로 들어섯다.

유경이 어머니는 나를 보고는 설음이 쏘다시 복밧쳐서 다시 소리쳐 울엇다. 유경이 아버지는 니러서면서 "오나!" 하고 길게 한숨을 쉬엿다. 나는 들어가 안젓다. 그러나 엇더케 말을 해야할지 몰나 가만히 잇섯다. 흐늑거리는 유경이 어머니의 잔등과 쏘 그 푸러헤친 바스러진 머리털을 보고 눈물이 핑 돌앗다.

널⁴에 너헛든 유경이 시톄⁵를 내게 뵈이려고 다시 쑥겅을 쎄엿다. 나는 그의 죽은 얼골을 보고 놀나지 안을 수 업섯다. 바로 작년에 그에게서 보낸 사진을 밧아본 적이 잇섯다. 그째 사진으로 보면 두 볼에 살이 통통지엿섯다. 어렷슬 적에도 몸이 통통해서 동리할머니들에게 복스럽게 생겻다는 말을 늘 들엇섯다. 그리고 내 어머니도 늘 나더러 유경이는 져렇게 몸이 튼튼한데 너는 엇재 요리 약골이느냐는 말을 늘 들엇섯다. 그러나 유경이가 해외로 써나 나가서 이래 몇해 동안 서북간도로 단이며 몸에 과한 고생을 햇스나 그 육톄덕 고생이 결코 그의 복스러운 두 쌤을 쌔아사가지 못햇섯다. 그러든 것이 바로 일 년 전 사진으로 보아도 통통한 미남자(美男子)이든 그가 불과 일 년에 이러케까지 되리라구는 상상할 수 업섯다.

쎠만 남아 툭 내민 광대쎠 핏기 업는 입술 만일 반쪽이라는 것이 잇다면 유경이는 지금 반쪽이 되엿다. 나는 넘우 악착해서⁶ 고개를 돌녓다.

방 한편 구석에는 아직도 그가 마시고 죽엇다는 류리약병이 노혀 잇다. 나는 그 병을 들고 자세히 검사해보앗스나 본래 약학에 지식이 업는 나로는 무엇인지 알 수가 업섯다. 그리고 쏘 그 자살한 리유에 對(대)해서도 아모도

---

4 널 : 반듯하고 넓게 켠 나무조각.
5 시톄 : 시체.
6 악착해서 : 잔인하고 끔찍스러워서.

아는 사람이 업섯다. 경찰서에서 검시를 와서 산산히[7] 검사해보앗스나 그럴 쯧한 단서를 엇지 못햇다 한다. 그리고 그가 남긴 서류로는 조희뭉텅이 하나와 '金만수형에게'라구 쓴 죽는 날 밤의 쓴 유서 한 장이 잇는데 그 유서에도 자살하는 리유에 對해서는 아모런 소리도 써 잇지 안이 햇고 쏘 다른 조희뭉텅이는 꽁꽁 차고 조희로 싼 것인데 것헤다가 '金만수君끠' 他人(타인)은 勿開(물개)할事'[8]라 썻슴으로 아직 아모도 쎄여 보지 안코 내가 온 후에 보기로 햇다구 한다.

조희 뭉텅이를 펴서 보니 그것은 그의 日記엿다. 原稿紙(원고지)에다가 例(예)의 그의 有名한 惡筆(악필)로 흘녀쓴 日記이엇다. 日記는 한 일년 前부터 最近(최근)엣 것까지 인데 그것도 急하게 뒤적거려 가지고는 그 죽은 원인에 對해서 十分之一(십분지일)의 비츨 던져주기에도 不足햇다. 그래 日後 틈잇는 대로 천천히 다 닑어보아서 혹 무슨 사실을 차즈면 편지로 알게 하기로 햇다.

죽은 친구를 서장대 묘디에 뭇고 그 잇흔날 아츰 즉시 서울로 돌아오는 車를 탓다. 나는 車속에서 그의 日記를 말큼 닑엇다. 惡筆로 흘녀 쓴 것이 되여서 서울 다 오기까지에 겨우 모다닑엇다. 그러고 나는 놀나지 않을 수 업섯다.

나는 이 日記를 公開(공개)하는 것이 올흔 일인지는 몰은다. 그러나 내가 사랑하는 유경君의 一生을 왓든 보람도 업시 그냥 흙속에 뭇쳐버리기는 실타. 만일 유경君의 魂(혼)이 日記(일후)를 公開하는 것을 不合當(불합당)하게 생각한대면 나는 그 責(책)함[9]을 달게 밧을 터이다.

그의 일기는 이러하다.

---

7 산산히 : 자세히.
8 他人은 勿開 : 다른 사람은 봉투를 열지 마시오.
9 責(책)함 : 비난을 함.

× × × ×

8월 28일

상해(上海)로 돌아왓다.

항주(杭州)는 퍽 아름다운 곳이엿다. 더욱이 서호(西湖)에서 해지는 구경하는 것은 참으로 신선노름이엿다. 그러나 웬일인지 나는 고독을 늣겻다. 나이 차차 먹어서 그런지 엇든 아지 못할 이성(異性)이 그립엇다. 저녁에 서호가에 나갈 째마다 젊은남녀들이 쌍쌍히 공원 안으로 거니는 것을 볼 째마다 나는 슬근히[10] 서운하고도 클클한[11] 감정이 낫다. 아! 그 아름다운 해 써러지는 구경을 나혼자 하지 말고 누가 갓치 잇서서

"아름답지오!"

"녜!" 하고 이야기 해가면서 보앗스면 햇다.

차간은 무던히 좁앗다. 덩거쟝마다 피란민들이 들이 밀닌다. 아모래도 전쟁은 시작되나 보다. 나는 차간에서도 형형색색의 참담한 구경을 보앗다. 인생생활이란 본래 이런 것인가 하고 생각하니 한끗 가이업다.[12] 발옴겨 노흘 틈도 업서서 내내 웃둑 서서 오는데 더구나 차가 다섯시간이 연착이 되여서 퍽 괴로웟다. 상해는 피란민으로 우굴우굴 한다.

9월 10일

개학 햇다. 학생은 절반이나 왓슬가! 그러나 작고 오는 중일다. 쪼 한학기 동안 머리를 썩여야 하겟다. 방학이 좀 지리한 것 갓드니 다시 공부할 생각을 하니 깃브다.

---

10 슬근히 : 슬며시, 슬그머니, 은근히.
11 클클한 : 서글픈.
12 가이업다 : 끝이 없다.

9월 20일

어제밤 한잠도 못 잣다.

이런 경험은 처음일다.

어제밤 일이엿다. 강당에서 청년회 주최로 신입학생 환영회를 열엇섯다. 열시가 넘어서 회를 맛치고 나오려고 막 니러서다가 우연히 바로 압줄에 안 젓다가 니러서는 엇든 녀학생 한 분하고 눈이 마조첫다. 나는 총각의 수집음으로 평상시 갓치 얼는 눈을 옴기엿다. 그도 얼는 외면을 햇다. 그러나 나는 그 쌈쌕하는 일순간에 무슨 큰 감격을 바든 것 갓햇다. 엇재 그 얼골이 썩 다정한 듯하고 한 번 더 보앗스면 하는 생각이 낫다. 압서 잇는 사람들이 아직 다 풀녀나가지를 안어서 우두머니 서 잇슬 째 나는 엇던 시선이 나를 주시(注視)하고 잇는 것을 감각햇다. 그래 다시 고개를 그리로 돌넛다. 그 녀학생이 — 나를 드려다보고 잇든 녀학생이 — 낭패한 드시 눈알을 딴데로 돌니고 귀 밋이 쌜개젓다. — 내가 그러케 생각햇는지도 모르지만. 그러고는 그가 문 앞까지 갓슬 째 한 번 더 힐끗 돌녀다보고는 그만 문밧 컴컴한 속으로 사라지고 말엇다.

나는 얼쌔진 사람처럼 무엇을 어덧다가 일허버린 사람처럼 눈이 머—ㄹ개서 한참 섯다가 뒤에서 내미는 바람에 밀녀 나아왓다. 편소를 단녀서 긔숙사방으로 돌아가는 길에 얼골을 도리켜 불들이 쌔—ㄴ하게 켜잇는 마즌편 녀학생 긔숙사 창문들을 하나식하나식 쳐다보앗다. "아! 어는 방에 그이가 게신가?" 하고 나는 나도 모르게 혼자 탄식햇다.

밤새도록 그의 생각이 내 머리를 졈령햇다. 힐끗 두어 번 본 얼골이여서 — 개학 이래 아직 보지 못햇섯다. 그것은 내가 그리 녀학생들을 주의해 보지 안는 까닭일다. 얼골의 륜곽만도 퍽 희미하게 밧게는 긔억이 되지 안엇다. 그러나 내 머리에는 그 쏘는 듯한 광채 잇는 눈으로 가득 채와 잇섯다. 아! 그 눈 그 눈이 왼밤을 내 몸을 감시하고 잇섯다.

내가 내 자신으로 퍽 이상하게 생각이 된다. 성욕이라는 것을 알게 된 뒤로 벌서 십여 년 동안에 하고 만흔 여자들 — 그중에는 '퍽 입부다' 하고 인상을 어든 녀자도 수두룩하다 — 을 길거리에서 보고 학교에서 보고 한 자리에 안저 공부를 햇스되 이처럼 닛쳐지지 안는 인상을 남긴적이 업다. 혹은 거리에서 혹은 뎐차 안에서 혹은 교실 안에서 수다한 녀자들과 눈이 마조쳐 보앗다. 엇떤 쌔는 퍽 아름다운 녀자의 눈이 마조치면 마음이 퍽 깃거웟섯다.[13] 그러나 그것도 잠시 일이요, 한 시간 후이거나 무슨 다른 생각을 하거나 책을 한 페지 넑고 난 후에는 그 인상은 벌서 니쳐버려질 번 햇섯다. 그런데 하필 이 녀자에게는? 알수 업는 일이다.

그런데 오늘 오전에 또 이상스런 일이 잇섯다. 밤새도록 잠 못자고 머리가 쌩하것만 오늘 갓다 밧칠 숙데는 아직껏 남아 잇서서 아츰 첫시간 뷔인 시간에 도서관으로 쌜니가는 즁이엿다. 나는 항상 거름을 쌜니 것는다. 그것은 년전에 엇던 서양사람이 동양사람 거름거리는 사흘 굶은 사람 거름갓다는 평을 듯고 분개하여 거름 쌜니 것는 습관을 만들녀고 한 일 년 동안 애쓴 결과 인제는 아조 버릇이 되엿다. 그래 쌜니 것는 거름으로 층층대를 성큼성큼 올나서서 바른쪽 문편으로 홱 도라스면서 한거름 내놋는 차에 아차하드면 엇든 녀학생하고 니마를 쌱 마조칠 번햇다. 불연즁 "엣"소리를 치면서 나는 갑작이 멈츳하면서 압흐로 나가든 몸을 뒤로 흠츠리엿다. 그래 몸은 균형을 일허 너머질 번 햇스나 바로 잡앗다. 마조 오든 녀학생도 우둑섯다. 그는 무슨 급한 일이 잇든지 도서관에서 다름질쳐 나오다가 이러케 하마하드면 마조칠 번한 것이다.

두리 마조서면서 힐긋 두 사람의 눈은 마조첫다. 아 그 눈. 그 눈이엿다. 어제 밤새도록 나를 감시하든 그 눈이엿다. 나는 부지즁 가슴이 두근두근하고 얼골이 벌개젓다. 그래 얼는 모자를 벗고 "실례햇슴니다" 하고 모기소리만치 입을 열엇다. "천만에" 하는 가느다란 소리를 남겨 놋코서 그는 다시

---

13 깃거웟섯다 : 마음속으로 은근히 기뻤다.

내가 빗켜선 데로 쒸쳐 다름질로 쒸여나아갓다. 나는 거의 모든 의식과 존재를 닛고 그의 쒸는 뒤 모양을 바라보앗다. 충충대를 다 내려가서 한 번 힐 긋 도라다보다가 아직도 내가 멀거니 서서 저를 보고 잇는 것을 보고 붓그러웟든지 얼골이 쌜개지고 그러면서도 엇든 미소를 씌우고 이상한 몸즛으로 녀학생 긔숙사 짝으로 쒸쳐갓다.

나는 도서관 안에 들어가 안저 책을 펴쳐노앗스나 도모지 닑을 슈가 업섯다. 책장을 뒤치는 내 손이 부들부들 썰니는 것을 보앗다. 엇든 말할 수업는 향복과 기대가 가슴에 뭉켜서 정신이 얼쩔한 것이 분별을 할 수가 업시 되엿다. 한참 만에 정신이 들여 보니 책은 벌서 너덧페이지 닑엇스나 무슨 소리를 닑엇는지 한마대도 긔억할 수가 업다. 다시 책을 처음부터 닑으려 햇스나 실패이엿다. 둘재 줄을 닑기도 전에 벌서 셋재줄에 무슨 말이 잇섯는지를 긔억할 수가 업도록 내 마음은 흥분되엿든 것이다.

나는 무엇을 생각할 수도 업섯다. 아모런 사상 아모런 사색 아모런 감각도 없섯다. 그 녀학생의 생각을 햇느냐 하면 그런 것도 안이다. 다만 머ㅡ르거니 정신이 쌔저 안져잇는 것이엿다. 가슴이 멍하고 손이 부들부들 썰니면서 시계를 쳐다보낫스나 몃시 되엿는지도 기억할 수 업섯다. 머ㅡ르거니 창밧 져ㅡ강가에 바람에 흔들니우는 버드나무가지 긋만 바라다보다가 고만 방으로 돌아와서 침대에 누엇다.

그 녀자의 일홈이 무엇일가? 신입생일가 몃 년급[14]인가? 하는 생각을 몃번 햇다.

긔게처럼 제시간 차자 교실에 들어는 갓스나 그 시간들을 모두 엇더케 보냇는지 하나도 긔억할 수업다. 만일 엇던 선생이고 내게 무엇을 무얼 보앗드면 나는 두 말 업시 제로[15] 한 개식은 쏙 밧엇슬 것이다.

---

14 년급(年給) : 학년.
15 제로 : 영점(零點). 받은 점수가 없음.

긔도회 시간에는 내가 전에는 그러케 부주의하든 녀자석을 아조 자조 건너다보는 나를 발견하고 나도 내가 우서웟다. 그 녀자를 발견햇다. 그러고 뒷모양을 무한히 바라다보고 십헛다. '이래서는 안 된다.' 하고 열심으로 강대[16]를 바라다보려 햇스나 어느새인지 눈알은 자연히 그가 안즌 곳으로 옴겨지곳 햇다.

10월 1일

오늘이야 나는 그 녀학생의 일홈도 알고 년급도 알엇다. 어제야 녀름 동안 려행을 갓다가 늣게야 도라온 생물학(生物學)교수가 오늘부터 교수를 시작한다는 광고를 들엇다. 나는 작년에 시간상티[17]로 생물학공부를 쎄노왓섯다 그런데 그 과목이 이 학교 필수과이여서 금년에는 쏙 배화야 한다는 교무장의 명령이엿다. 그래 과정표를 살펴보니 시간상티가 멧시간 잇는 것을 과정표 게원과 의론하야 멧시간을 곳치고 그리고도 상티가 잇서서 강의는 갓치 듯고 실습은 나혼자 짜로 짠 시간에 하기로 하고 생물학을 배호기로 햇다. 그래서 내가 오늘 처음으로 학생표를 가지고 생물학 강당에 갓다가 그 여자도 역시 거기 와 안젓는 것을 보앗다. 가슴이 뭇칫 햇다. 그러고 교수가 우리들 자리를 잡아주노라구 일일이 호명할 쌔 나는 그러지 안는다 하면서도 자연히 귀를 기우려 그 여자의 일홈을 들으려 햇다.

그는 N이다. 아! N. 무엇이라구 할 음악뎍 일홈인가 하고 나는 생각햇다. 기실[18] 음악뎍이기보다는 듯기가 좀 거북할년지 모른다. 나는 그동안 멧칠을 엇던 모양으로 지낫는지 몰은다.

---

16 강대(講臺) : 교수가 강의하는 탁자.
17 상티 : 상치(相馳), 서로 어긋남, 겹침.
18 기실(其實) : 사실은, 실제로는.

10월 20일

생물학 시간에 보는 것 외에도 나는 한 주일에 서네 번식 그 N씨를 보게
된다. 생물학시간에야 그는 맨 압줄에 안고 나는 바로 문안 뒷줄에 안즈니
까 그와 내가 서로 마조치는 일이 엄스나 그밧 맛나는 째는 맛나는 째마다
나는 늘 그의 눈이 나를 바라다보는 것을 감한다. 그래 나도 필사의 용기를
다하야 그를 쳐다보면 그의 눈과 내 눈은 마조친다. 그러면 서로 랑패한 듯
이 얼골을 돌닌다. 엇던 째 혹 도서관 갓흔대서 나는 그가 나를 물쓰럼히 나
려다보고 잇는 것을 감한다. 그것은 이상한 본능일다. 그를 보지 못햇더 래
도 내 등 뒤에 엇던 주시를 감하여 도라다보면 나는 반드시 그이의 눈을 본
다. 그런데 나는 바보다. 넘우 얼쓰다. 나는 그를 한 초라도 쪽바로 쳐다볼
용기가 업다. 혹 겻눈으로 보살피면 그는 아직도 멀거니 나를 바라보고 잇
다. 그러면 나는 한업는 행복을 늣긴다. 그러나 나는 대담하게 그를 물쓰럼
히 바라다 볼 용긔는 업는 것이다. 안이 용긔만이 업는 것이 안이다. 내 속에
는 무슨 다른 리유가 잇는 것이다. 첫재는 나는 자존심(自尊心)이 넘우 강하
다. 내게는 녀자가 홀니려니 저편에서는 내게 홀넛는데 나는 이러케 못본
척 하고 잇스면 저편에서 안타까와 하려니 하는 야비스런 자존심의 발동일
다. 둘재는 어떤 의미읫 도덕심일다. 의무심일다. 곳 민족관념이라는 그것
이다. '아! 나는 외국의 여자와 눈이 마침을 하여서는 안이 된다.' 하고 나는
늘 혼자 생각한다.

그러나 운명의 신은 웨 나를 이러케 괴롭게 하는가? 나는 아모래도 그를
니즐 수가 업다. '아니다. 안 된다. 안 된다.' 하면서도 그러면서도 나는 그를
보고 십다. 그가 나를 바라다보거나 겻눈질 해보는 것을 바란다. 그러면서 속
에서는 작고만 의심이 써오른다. 그가 웨 그러케 자세자세히 나를 바라다볼
가? 혹은? 안이 혹은? 아! 나는 그 한길 사람의 속을 몰나 애를 쓰는 것이다.

10월 29일

오늘은 토요일이엿다. 아츰 첫시간 공부가 업슴으로 마음 놋코 자다가 고만 조반을 일허버렷다. 맛침 마즈막 시간에 선생이 결석햇슴으로 친구들 (그 애들도 늦잠자고 조반 굶은 애들) 몃치 와서 호떡을 사먹으려고 문깐까지 나 갓섯다.

맛침 N씨가 다른 녀학생 몃치와 갓치 토요일인고로 집에를 가는 모양이 엿다. (N씨의 집이 상해에 잇는 줄을 짐작햇다.) 여럿이서 자동차를 타고 나오다가 대문 압헤서 누구를 기다리는지 서 잇는데 N씨는 쌩긋쌩긋 웃스면서 녑헤[19] 안진 녀학생과 무슨 이야기를 하고 잇엇다. 우리는 그 자동차 압흘 도라서 지나가야만 하게 되엿다. 나는 뒤로 돌아가고 싶헛스나 일행의 선두가 압흐로 감으로 할 수 업시 짜라갓다. 나는 두군두군 하면서 할 수 잇는 대로 외면을 하면서 쌜니 고 압흘 지나오려 햇다. 그러나 힐끗 겻눈으로 N씨가 늬게 향해 머리를 돌니는 것을 보는 듯하고 나는 젼신이 짜르르해짐을 감각햇다. 내 몸이 엇재 갑자기 쏘라들어서 N씨 압헤서 색기손고락만 하게 작은 사람이 되여 발거름을 쎄여놋치 못하고 작고 그에게로 쓸녀가는 것 갓헛다. 머리에서는 식은땀이 흘넛다. 이째 자동차는 다시 푸루루하면서 열어노흔 대문으로 줄곳 다라 나아갓다. 나는 그 자동차를 바라다 볼 용기도 업서서 급급히 호떡가가로 기여들어갓다. 바로 엇든 쇠사실에 매혓던 몸이 풀녀 노힌 것 갓기도 하고 몸이 다시 쑥쑥 자라서 커진 것 갓기도 하다.

웨 이럴가. 사실 그의 압헤서는 그를 못 펴겟다. 이런 경험은 참으로 처음일다. '무엇하러 그리 급히 상해를 갈가' 하는 쓸데 업는 생각이 쩌도랏다. '혹시 제 련인(사랑하는 사람)이나 맛나러 가지 안을가?' 하는 생각이 나서 공연히 질투 비슷한 감정의 격동을 맛보앗다. 내가 왜 이럴가. 그 녀자와 내가 무슨 상관이 잇기에…… 말 한마대도 못 건네 보고…… 더욱이 N씨가 나 갓

---

19 녑헤 : 옆에.

흔 것 알기나 하리! 글세 왜 그러케 바라다보기는 바라다 보긋 할가? 아모래
도 모르겟다. 머리만 압흐다. 일기 쓸 팔 힘도 업다.

11월 15일

그동안 나는 내가 엇더케 공부를 게속햇는지 알수 업다. 한날한시도 한초
동안도 그를 니저버린 적이 업섯다. 글 한 두어줄 정신드려 닑다가도 그져
그의 생각이 번 듯 나곳햇다. 그동안의 내 생활 전부는 그저 숨속 생활이엿
다. 얼마나 그를 니즈려고 애를 쓰는지!

그런데 어제 밤에는 새로운 한 경험이 잇섯다.

세계일주를 한다는 연극가 영이란 사람이 자긔 마누라와 함께 세계 각쳐
로 단니면서 독연[20]을 한다. 그런데 어제밤 학교에서 청해다가 구경을 햇다.
나는 언제나 하는 버릇대로 방에서 잡지쟝을 뒤적거리고 안첫다가 연극을
시작한다는 종소리를 듯고야 쒸쳐나와서 강당으로 갓다. 오십 전 주고 표를
사가지고 들어가니 맛침 뷔인 자리가 업고 매—ㄴ 압줄이 몃자리 비엿슬 쑨
이라 그래 졉썩졉썩[21] 거러가서 안즈려다가 나는 놀낫다. 걸상 저편 긋헤는
그 N씨가 순서지를 들고 안져잇다가 나를 힐끗 쳐다본다. 나는 확근햇다.
그래 어름어름하면서 N씨와 두어자리 동이트게 뷔여놋코 남학생들께 갓가
히 안젓다. 그러나 나는 내 젼신이 작고 부자연스런 동작을 하는 것을 발견
하엿다. 공연히 머리를 씨웃하기도 하고 발을 느르트렷다 닥아드렷다 하기
도 하고……이러지 안으리라 하면서도 할 수 업섯다. 더욱이 두팔을 건사할
데가 업서서 큰 걱정이엿다. 평상시에는 두팔이 어데 붓헛는지도 모를만치
무관심햇섯는데 이 N씨 앞헤서는 엇견일인지 두팔 쳐치하기가 참 힘이든
다. 무릅에다가 척 느러트려도 보고 마조 쥐고 읍하드시[22] 가슴에 대여보기

---

20 독연(獨演) : 혼자하는 연기.
21 졉썩졉썩 : 저벅저벅(발을 크고 묵직하게 연속해서 걷는 소리).
22 읍(揖)하드시 : 인사하듯 예를 차리면서.

도 하고 엉덩이 아래로 너허 깔고 안져보기도 하고 아모러케 해도 작고만 보기 숭한 것 갓치 생각이 된다. 내가 몃번이나 겻눈질을 해보앗는지 또는 그가 몃번이나 나를 겻눈질을 하다가 나한테 들켯는지!

그러는 동안에 나보다도 더 늦게 온 학생들이 잇서서 자긔들도 녀학생녑헤 안기는 수접으니까 N과 내가 안즌 그 즁간 뷔인자리로는 아모도 안이 들어오려하고 부덕부덕²³ 내 위로 파고들어 안는다. 나도 얼골이 쌜개지기는 젓스나 그래도 한편으로는 슬몃시 깃버서 못견대는 체하고 조곰식 조고식 내려 안젓다. 그러고 마즈막으로 나와 그의 거리가 퍽 갓갑게 된 째 나는 내가 옴지락 할 째마다 N도 몸을 흠칫흠칫 하면서 나를 겻눈으로 보는 것을 보앗다. 짜라 나도 그가 몸을 퍽 부자연하게 가지는 것을 인식햇다. 지금은 아주 N과 내 새이에는 뷔인 자리가 업게 되엿다. 의자가 씃 들어찬 것이다.(이 의자는 기-다라케 만들어 한 의자에 닐곱여덜식 안께 되어 잇다.) N은 저편 녀학생들 싹으로 죡음 도리켜 안고 나는 또 이편 남학생 싹으로 죡음 도리켜 안잣다. 그러나 내의 겨울양복 져고리와 그의 약간 솜을 둔 져구리는 숫칠쯧 숫칠쯧 하고 잇섯다. 나는 퍽 부자연스럽게 생각이 되여서 공연히 말대구도 잘 안이 해주는데도 녑헤 안즌 남학생과 무슨 니야기를 건네려고 애를 쓰나 이러케 녀학생 녑헤 안져서 눈이 머-ㄹ개 안져 잇는 것이 엇재 작고만 안 된 것 갓고 누가 뒤에서 손고락질 하는 것 갓햇다.

N도 순서지를 들여다보앗다 텬정을 쳐다보앗다 머리를 만즈져거럿다 하면서 가만히 잇지를 못한다. 그래 그가 머리를 만지노라구 팔을 들 째에 그에 팔이 내 억개를 슬적슬적 치고 할 째마다 나는 몸이 웃삭 하곳햇다. 그러고 몃 번재나 내에 겻눈질과 그의 겻눈질이 마조첫는지.

이째 연극은 시작되엿다. 강당의 불은 썻스나 무대에 불을 밝히 켜슴으로 방 안은 그 여광으로 어렴픗햇다. 나는 몸을 쪽바로 안치엿다. 영이 화장을

---

23 부덕부덕 : 부득부득(제 생각대로 억지 부리기).

하고 무대로 나아온다. 박수소리가 요란하다. 한참만에 N도 살그먼이 몸을 도리켜 쪽바로 안젓다. 그의 왼팔과 내 바른팔이 쏙 달나 붓헛다. 싸스—한 기운이 건너온다. 나는 정신 일흔 사람처럼 되엿다. 나는 녀자의 살김을 이러케 몸에 바다보기는 이것으로 두 번재이엿다. 첫 번은 바로 작년 겨울방학 째 남경 놀너갓다가 상해로 돌아오는 길에 전부터 친하든 S씨와 갓치 오든 째이엿다. 그째에 밤차를 탓는데 S씨는 잠을 아니 잔다구 다른 친구들과 (녀학생은 S 혼자 밧게 업고 그 남아는 모다 남학생들이엿다.) 웃을 논다 손슴을 본다 하고 써들엇다. 그동안에 나는 좀 곤하기도 햇섯슴으로 혼자 써러져 나와서 한참 잘갓섯다. 밤 새로 한시나 되여서 웃놀든 친구들이 차차 졸기를 시자햇다. 그래 나는 니러나 안져서 나누엇든 자리를 하품만하고 안젓는 S에게 양보하엿다. 그러나 S는 젊은 처녀가 여기서 썩 벗치고 자기는 실타고 드러눕지 안켓다구 욱인다. 그래 할 수 업시 P큠이 그리 가 눕고 S는 그냥 내 녑혜 안즌 채로 잔등을 의지하고 자보기로 햇다. 그것은 그 동행줌에는 내가 S와 뎨일 갓갑고 또 흠이 업섯든 고이다. 처음에는 S도 좀 써리여서 내 억개에만 머리를 대이고 조을고 안젓드니 차차 조름이 더해오니까 고만 이것져것 모다 니져버리고 내 몸에다 제 몸을 탁 실니고 말엇다. 나는 할 수 잇는 대로 그를 편안하게 해주려고 애섯다. 그째 차안이 쌔 치웟는데 나는 내 팔과 잔등으로 S의 싸쯧한 기운이 흘너 들어와서 몸을 녹여주는 것을 감햇다. 그러나 그째는 오늘 이와갓지는 안엇다. 싸쯧한 몸김이 실흔 것은 아니엿으나 그것이 무슨 내 몸을 격동식히지도 안엇고 아모런 다른 감각도 주지 안엇다. 다만 집에 잇는 누의 동생 — 아! 그애는 지금 죽엇다. 그의 령혼이 평안할지어다 — 과 갓흔 생각이 나서 그의 머리를 쓰다드머 주엇다. 그째에는 S가 녀성이거니 하는 생각좃차 별로 업섯다. 그겨 친구로 어린 누의동생으로 그것 밧게는.

그런데 이날은 웬일일가? 작년과는 감각과 자극이 짠판이엿다. 고 싸스한 기운을 감각할 째마다 나는 몸이 씨르르하는 무슨 격동을 감햇다. 쫙 스러안고 십흔 생각까지 낫다. 그러고 그 싹근싹근한 팔을 통하야 나는 그의 할싹할싹 하는 심장 쮜는 것을 인식할 수 잇섯다. 나는 슬그면이 몸을 좀 더 그싹으로 씨우렷다. N은 쏨싹 안이하고 잇다. 내 얼골이나 N의 얼골은 모다 무대싹만 바라다본다. 나는 N의 쉴썩하고 침 삼키는 소리를 여러 번 들엇다. 나도 엇진 일인지 평상시에는 침을 삼키지 안어도 저혼자 엇더케 나오는 족족 업서지더니 지금은 원일인지 침이 작고만 입안에 모듸여서 쉴썩 소리를 내여 삼키지 안으면 넘어가지를 안는다. 나는 정신업시 안저 잇섯섯다.

'핫!' 보니 N의 순서지가 풀석하고 써러저서 교의 밋흐로 들어간다. 나는 이째에야 정신이 반싹들엇다.

"여러분 로—마의 백성이여 나는 씨—자를 칭찬하려온 것이 아니라 씨—자를 물으려 왓소이다." 하고 영은 독연을 하고 잇다. 나는 그 소리를 귀로 들으면서 N이 써러트린 순서지를 써내려고 허리를 굽혓다. N도 허리를 굽혓다. 팔을 교의 아레 너허 더듬더듬하다가 그 순서지가 내 손에 잡혓다. 그래 쓸어올니려고 하는 순간에 나는 더듬더듬하는 N의 손을 슬적 다첫다.[24] 나는 가슴이 벌넉벌넉 하는 것을 감각하면서 그 손을 꼭 쥐엇다. 왼몸이 찌르르하고 압헛다. N는 쌜리치려고도 안이햇다. 천천히 두 손이 교의 맨 밧그로 나아왓다. 그의 가늘고 하—얀 손이 내의 누—로코 큰 손아귀 속에 쏙 감초인 손이 희미하나마 쏙쏙히 보이엇다. 나는 화닥닥 놀나면서 얼는 그 손을 노핫다. N도 랑패한 드시 손을 얼는 무릅 우헤 노코 엽헤 안진 녀학생을 힐긋 도리켜 본다. 모두 연극에 취햇다. 아무도 보지 못한 것이다. 나는 가장 공손하게 그 순서지를 건너주었다. N은 가만히 바드면서 귀속말로

"Thank you, mr. Lee" 한다. 나는 놀낫다. 엇더케 N이 내 일홈을 알가? 그러면 그도 내 일홈을 알으려고 내가 그의 일홈 알기 위해서 애쓰니 만치 애

---

24 다첫다 : 건드렸다.

를 썻는가? 그러면 그도 나처럼 나를 늘 생각하고 잇는가?

"나는 씨―자가 괴로워할 쌔 울엇습니다. 씨―자가 승리하매 나는 춤추엇습니다. 그러고 씨―자가 야심을 품엇스매 나는 그를 죽엿습니다." 하고 무대에서는 흐르는 듯이 내려온다. 군즁은 죽은 듯이 고요하다.

나는 정신을 일코 무엇을 작고만 생각햇다. 무슨 생각을 햇는지는 나도 몰은다. 좌우간 나는 N과 나 외에는 아모 존재도 인식하지 못하고 한참을 지낫다. N의 쌕쌕하는 숨소리까지가 가쟝 아름다운 음악소리로 내게는 들니엿다. 한참만에 다시 나로 돌아오니 영은 어느 쌔 유대인 호헤시오가 되여가지고 나아왓다. 『베니스의 商人』 한막을 독연하는 즁일다. 험상구지게 생긴 유대인이 딸 일흔 것에 분이 나서 그 기―다란 수염을 잡아 흔들면서 무섭게 생긴 니를 들어내고 야단을 치고 도라간다.

"오! 오! 내 딸아! 오! 져 이단지교를 믿는 놈. 응, 이놈 어데보아라. 오! 이 놈들 이 이단지교도를 이번에 쏙 그놈의 살을 잘나서 복수를 해야겟다…… 오! 내 딸아. 딸……" 하면서 미친드시 마루에 쓰러진다. 나는 무의식덕으로 N을 도라다보면서 빙긋 우섯다. N도 쌩긋 웃고 무엇을 차자 내이려는 드시 나를 열심으로 쳐다보앗다. 나는 얼는 고개를 돌니엿다. 그러고 곳 후회햇다. 내가 왜 이러케까지 얼쓴 놈인가?

연극은 긋낫다. 우리는 문안에 안즌 사람들이 다 풀녀나갈 쌔까지 서 잇지 안이면 안이 되엿다. 나는 그동안이 퍽 오래게 생각이 되엿다. 나는 마음을 잔득 먹고서 문밧 좀 어둑신한데 나와서 N에게 귀속말로

"I Love You!" 하고 말해주고 십헛다. 그러나 기회는 놋첫다. 나는 넘우 얼 쩟든 것이다. 종내 그럴 용기가 나지를 안엇다. 그러고는 그밤 나는 넘치는 깃붐과 알수 업는 의심 쌔문에 잠을 못자고 말엇다.

안이다! 안이다! 나는 이런 일을 니져버려야 한다. 지금이 엇던 쌔인가? 이런 달큼한 맛에 취할 쌔가 안일다. 그러나, 그러나 밤새도록 잠 못 일우고 멀리서 '쌍쌍' 울려오는 대포소리를 듯고 잇섯다. 어데서 아마 격견을 한 모

양이다.

11월 7일

오늘은 주일이엿다. 맛침 아츰 례배당에서 바로 N씨 뒤에 안게 되엿다. 내가 일부러 자리를 거기 명한 것은 아니엿다. 내가 례배당에 몬쪼 들어가서 거기 안져 잇는데 N이 다른 녀학생 서넛과 들어와서 내가 안즌 압줄로 가즈런히 안즌 것이다. 자리에 안즐 쌔 N은 나를 보고 방긋 우스면서 인사햇다. 엇재 퍽 갓가와진 것갓흔 생각이 나서 나도 한업시 깃벗다. 그러나 나는 거의 본능덕으로 얼골을 붉히면서 다른 사람이 보지나 안엇나 하고 휘—둘너보앗다. 저—편 맨 뒷줄에 홀로 안젓는 C군(중국 학생)이 우스면서 한 눈을 씀쌕 감는다. 나는 얼골이 확근해지면서 고개를 폭 숙이엿다.

몰론 이날 설교하는 목사의 소리는 한마대도 귀에 안이 들어왓다. 나는 힐끗힐끗(쪽바로는 바라다보지 못하고) N을 바라다보앗다. N은 팔로 턱을 괴이고 고요히 안져잇다. 나는 그의 핼쓱한 목 뒤와 잇짜곰 파르르 썰니곳 하는 동그스름한 잔등(아마 퍽 신경질인가 보다)을 바라다보다가 무심히 바른편 쌤을 괴이고 잇는 희고 적은 손을 보고 놀낫다. 다른 것보다도 그 무명지에 맵시 잇세 씨인 반지를 보고 놀난 것이다. '아! 그러면 약혼을 햇는가?' 하고 생각이 드니 그만 쓸째업는 심술이 낫다. 그러면서도 '잘 되엿다.' 하는 부르지즘도 귀에 쟁쟁하게 내 속에서 부르지졋다.

'단념하자! 물론 처음부터 그리하여야 햇슬 것이다.' 하고 생각하면서도 '고 손이 바로 얼마 전에 내 손아귀 속에서 바르르 썰든 것인가?' 하는 생각을 하니 한 긋 형용할 수 업는 감개가 써올낫다. 그리고 '고 작고 흰 손고락에 반지를 씨어주는 그 당자야 말로 얼마나 행복되랴!' 하고 혼자 궁리를 햇다. 그러면 쏘 다시 의심이 나기 시작햇다. '만일 그럿타면 그럿타면 엇재서 저이는 내에게다 이상한 태도를 취할가? 하여간 나를 실혀하지는 안는 태도가 안이엿는가?' 나는 퍽 고심햇다. '그러면 저이는 불량소녀인가? 아모 남자나 져 손아귀에 넛코 주물너 보고 십허하는 요부가 안닌가? 얼마 전에 한 번 본 활동사진 생각이 낫다. "What a fool he was!" '그는 얼마나 바보였던가!' 라는 사진이엿다. 그 사진으로 보면 엇든 녀성(절세의 미인인 녀성) 하나이 만흔 남자를 홀니는 것을 유일의 락으로 삼아서 만흔 남자들을 속이고 쓸어들엿다가는 마츰내 남자들이 자살하고야 마는 지경까지 쓸어들이는 것이엿다. 그러면 N은 그와 갓흔 여자엿든가?

엇든 생각이 다시 나를 좀 랭각식혀주엇다. 그것은 내가 아직 그 손이 윈손인지 바른손인지를 잘 분별해보지 않엇던 것을 깨다른 것이다. 그러나 N은 손을 내리웟다. 나는 얼마나 그가 다시 손으로 턱을 괴이기를 기다렷는지! 그러면서 나는 다시 한 달 전 일을 생각해보앗다. 그째 분명히 나는 그의 윈손을 붓잡엇섯다. 그런데 그째 물론 넘우 흥분되엿섯스니까 잘 기억할 수는 업스나 확실히 무슨 반지를 낀 것은 업는 것 갓헷다. 그러면 그동안에? 안이 바른손에 낀 것이 안인가?

N은 다시 팔을 턱에 고이엿다. 나는 손고락들을 자세히 검사해보앗다. 바른 쌤 목 뒤로 손구락들이 가로 노히엿다. 나는 내 손으로 가만히 내 쌤에 갓다 대히면서 실험해보앗다. 만일 윈손일 것 갓흐면 엄지손가락이 우흐로 갈 것이오, 바른손일 것 갓흐면 엄지손가락이 아레로 갈 것이다. 그런데 보니 엄지손가락이 아레로 갓다. '오! 그러면 바른 손이다.' 하고 나는 겨오 안심하는 숨을 내쉬엇다.

그러나 내가 밋친 놈일다. 나는 속으로 늘 '안 된다. 안 된다.' 하엿다.

2

'단념하려고 애를 쓰지 안는가!' 그러면서도 약혼한 줄 알엇다가 다시 아직 안이 햇는 줄로 알게 된 째 안심하는 이 모양은 엇더한가!

12월 1일

아모래도 큰일이 낫다. 이 모양으로 가다가는 내가 꼭 병이 나고야 말 모양 갓다. 이러케도 단념하기가 힘들다가는 참으로……. 그러면 나는 웨 이러케 고민하는가? 누가 날더러 네가 웨 그리느냐? 하고 물으면 나는 무엇이라구 대답을 할 것인가? '나는 N을 사랑한다' 하고 대답할 것인가? 그러면 사랑이란 무엇인가? 또 내가 N을 사랑한다면 웨 사랑하는가? 나는 그것을 답할 수가 업다.

내가 N을 사랑한다. 웨? N의 얼골 돈 인격 리상 안이 아모 것도 안이다. 만일 '사랑'이라는 거슬 내가 그를 그립어하든 것으로써 해석한다면 나는 그를 첫 번 눈에 사랑하게 된 것이다. 지금도 잘 알지 못하지만 그의 인격이니 리상이니 하는 것은 처음에 문제에 들지도 안엇다. 그저 맨 처음 그의 눈과 나의 눈이 마조친 쌔 그쌔 벌써 내 혼은 N에게 붓잡힌 바 되고 만 것이다. 얼골? N은 결코 미인이 안이다. 학교 안에도 N보다 참으로 더 고은 녀학생은 만타. 물론 밉게는 안이 생겻다구 다른 사람들도 말한다. 그러나 미인은 안이다. 그러면 나는 그의 색(色)에 취한 것도 안이다. 돈도 안이다. 처음에는 그가 돈이 잇는 인지 업는 인지 알지 못햇다. 의복으로 말하면 그는 언제나 검소하게 닙는다.

그러면 무엇인가? 내가 무엇을 보고 그를 사랑하는가? 이상한 일이다. 사랑은 인격의 융합이라거니 무엇이라거니 하는 것은 말진 거짓말이다. 나는 내 실경험이 잇다. 나더러 련애의 뎡의를 내리라면 그것은 눈의 유혹이라 하겟다. 그럿타. 나는 꼭 그의 눈의 유혹을 바든 것이다. 그의 타는 듯한 애소하는 듯한 무슨 의미가 잇는 듯한 그 고은 눈. 그 눈이 나를 얼거매인 것이다. 그러타. 련애는 눈이다.

나는 엇던 쌔 기회가 생기면 N의 모양을 좀 쏙쏙히 관찰도 해보고 해부도 해보앗다. 확실히 그의 얼골은 사람을 끌지 못할 것이다. 언젠가 갓치 잇는 D군이 그녀자의 얼골은 삼각형이라는 악평을 하고 우슨일까지 잇다. 더욱이 코와 눈새[25]는 쑥 드러가서 니른바 썩거대일다.[26] 그러고 몸맵시도 업다. 목이 넘우 길어서 몸과 머리의 죠화가 잘 안이 되고 의복도 다른 학생들처럼 그러케 몸에 어울니지 안어한다. 그러고 대쑹대쑹하고 것는 거름거리를 보면 정쩌러진다. 그래 나는 '밉다 밉다 원 져것한데 내가……' 하고 속으로 고함텨 본다. 그러타가도 그의 쌈안 눈이 나를 바라다보고 잇는 것을 인식하는 순간에는 나는 그만 그의 종이 되고 만다. 그져 그를 위하야는 무엇이고 희생하고 십허진다. 그를 영원히 바라다보고 잇서도 실증이 안이 날 것 갓다.

12월 4일

쇄 치워겻다. 피난민과 패군[27]이 상해로 작고만 몰녀 들어온다.

나는 단념하여야 한다. 나는 민족을 위해서는 독신생활까지라도 하기를 사양치 안튼 내가 안인가? 그런데 지금 이 쏠은 무엇인가. 죠고만 계집애 하나에게 밋쳐서 공부도 학실히 못하는 이 쏠은 무엇인가? 나는 대장부가 되여야 한다.

더욱이 N은 외국 녀자가 안인가? 련애에는 국경이 업다고 물론 그럴 것이다. 그러나 현금의 죠선 청년은 비상한 시기에 쳐하야 잇다. 비상한 시기에 쳐한 청년은 비상한 일을 하지 안으면 안이 된다. 목숨도 희생할 째가 잇거든 하물며 사랑! 아! 그러나 가슴은 압흐다. 이것은 내 목숨갓치 귀한 내 첫사랑이 안인가! 그러나 용감하여라. 대장부답게 쑥 단념해버려라. 아직 넘우 늣지 안타. 이 모양으로 지나가다가 넘우 느껴지면 그 째는 후회하여도 쓸데가 업는 것이다. 지금이 단념할 째일다.

---

25 눈새 : 눈사이.
26 썩거대일다 : 무슨 뜻인지 분명치 않음(조판 오류로 보임).
27 패군(敗軍) : 패배한 군인들.

12월 21일

일요일일다. 다시 내 마음이 요동되엿다. 하로종일 놀고 밤 여덜 시쯤 해서 내일 숙졔 준비를 맞추려고 도서관에 갓섯다. 갓스나 책은 벌서 다른 학생에게 졈령이 되엿는 고로 내일 아츰에 다시 오지 하고 밧겟 방에서 잡지를 뒤적뒤적하다가 고만 가 자자 하고 문을 벌컥 열고 나오다가 맛츰 이층에서 내려오는 N씨와 싹 마조첫다. 나는 나도 모르게 쓰려고 하든 모자를 다시 내리우면서 N을 바라다보고 우섯다. N도 쌩긋 짜라 웃고 내 압흐로 왓다. N은 피아노 악보를 한아름 안고 잇섯다. 샛쌜간 째킷을 닙은 그가 누-런 뎐등빛 아래서 쾌 입부게 뵈엿다. 나는 숨쑤는 사람처럼 되엿다. 그 쏘는 듯한 눈이 다시 나를 감금하고 말엇다. 나는 나 자신이 생각을 해도 부자연스럽게 손을 쑥 내밀며 "졔 들어다 들이지오-" 하엿다. 내 목소리도 썰니고 팔도 썰넛다. N은 다시 쳐다보며 방긋 웃고 아모 말업시 악보들을 한아름 내맷겻다. 나는 악보를 녑쑤리에 끼고 손에 장갑들을 끼면서 문 밧그로 나섯다.

두리서는 아모 말업시 거의 둥그러진 달이 희고 차게 빗최여주는 돌 층층대를 쳔쳔히 거러내렷다. 바람이 업서서 그리 칩지는 안엇다. 나는 무슨 말을 해야 할 것 갓해서 억지로

"피아노 련습하섯세요?" 하고 벌서 다 아는 일이연만 물엇다.

"녜. 이번 크리스마스 례배에 타달나고 그래서요."

"녜" 나는 다시 말문이 맥혓다. 한 서너 거름 세맨트 깐 길 우흐로 말업시 나란히 거러갓다. 바른편 짝으로 우리 두 그림자가 머물리여 돌아가는 것을 보고 슬근히 깃벗다.

"미스터리는 웨 찬양대에 안이 들으섯서요." 하고 이번에는 N의 말

"안이오! 나 갓흔 놈이야 목소리가 낫바서 어듸 노래를 부를수 잇서야지오."

쏘다시 침묵. 나는 하고 십흔 말이 만핫스나 하나도 입밧게 내여 노흘 용기가 업섯다. 더욱이 뒤에서 작고 '단념해라 단념해라' 하는 생각이 말문을

쏵 막어 놋는다. 그러나 쏘 아모말도 업시 가는 것도 엇젼 듯해서

"달이 쇄 맑지요!" 하고 달을 치여다 보앗다. N도 달을 치여다본다. 달빗체 비최인 하─얀 얼골이 곱게 뵈엿다. 쏵 그러안고 눈에(입술이 안이고 눈일다) 입을 맛초아주고 십헛스나 쏵 참엇다. 두리서는 누─러케 죽은 잔듸밧 우흐로 내려서서 다시 묵묵히 거럿다. 물리화학 실험실 압까지 온 쌔 그는 말을 써냇다.

"미스터 리 누의동생 업서요?"

"왜요. 당신과 쏙 갓치 생긴 누의가 하나 잇섯답니다." 하고 슬픈 어죠로 대답햇다. N은 잠간 웃고,

"호호 어데잇서요? 죠선에요?" 앗차 이이가 내가 죠선사람인 것까지 아는구나. 엇더케 알앗슬가 하고 생각하면서 나도 모르게 "녜" 하고 대답햇다. 그리고 "엇더케 내가 죠선사람인 줄 알으섯습니가?" 하고 무러보려다가 고만 입을 담을어 버렷다.

"웨 그럼 이리로 다리고 오시지 안어요? 거기서 공부해요? 여기 와서 중서녀숙²⁸이나 성마리아에 단녀도……"

"안이야요. 지금은 그 애는 하눌나라에 가 잇서요. 벌서 삼년되엿습니다." 하고 슬픈 어죠로 말햇다.

"녜……" 하고 그는 놀난 눈으로 나를 쳐다보앗다. 나는 갓치 그를 쳐다볼 용기가 업섯다. 집 모퉁이를 도라서니 녀학생 기숙사에 방방이 불컨 것이 환하게 압해 낫하낫다. 두리서는 약속햇든 드시 발거름이 느러지엿다. 이번에는 쇄 긴 침묵이 게속되엿다. 나는 속으로는 륙조배판²⁹을 다하면서 무슨 말을 할 듯 할 듯하면서 종내 못하고 잇섯다. 저편에서도 여러 번 무슨 말을 할 듯햇스나 나는 모른척 하고 잇섯다. 엇재 퍽 비감한 생각이 나서 나

---

28 중서녀숙(中西女塾) : 당시 상하이에 잇던 여학교.
29 륙조배판(六曹排判) : 조선의 육조를 모두 배열한다는 뜻으로 모든 것을 다 동원하여 최선을 다한다다의 의미.

는 모르는 새 "후" 하고 한숨을 한 번 길게 쉬엿다. 벌서 녀학생기숙사 압헤 거의 다 왓다. N도 짧은 한숨을 쉬더니 마츰내

"미스터 리―" 하고 애소를 띄인 목소리로 불넛다.

"녜"

"……."

"……."

녀자학감이 어를 가는지 틜옷을 둘너싸고 우리를 보고 고개를 썬득그려 인사하고 저편으로 갓다. 그동안에 우리는 벌서 문압헤 다다랏다. 어느 방에선가 엇든 녀자의 웃는 소리가 날칼롭게 울녀나왓다. 나는 문을 열고서 N을 몬져 들여보낸다. 그리고 나도 들어가서 악보를 도로 주엇다. N은 모기 소리만치

"고맙슴니다" 하고 밧아들고 층층대를 두어 거름 올나가다가 다시 도라서서 이쪽을 바라다보앗다. 나는 무의식하게 한발자귀 내집헛다. 그는 눈을 가늘게 쓰고 허리를 한번 쇠더니 쭈루루 쒸쳐 올나갓다. 나는 멀거니 서서 그 뒤모양을 바라보앗다.

다시 문밧게 나오니 산듯한 바람이 얼골을 슷치고 지나간다. 꿈속에서 것는 사람처럼 멀―거니 쌍만 드려다보면서 누―런 잔듸밧 우흘 거럿다. 한참 오다가 얼골을 도리켜 녀학생기숙사를 처다보앗다. 그러고 그 허구 만흔 방에 어는 방에 잇는가 하고 혼자 한숨을 쉬엇다. 그리고 N도 지금 방 안에 들어가서 정신 일코 나를 생각하고 잇지 안는가? 하고 생각하니 내가 퍽 행복자 갓흐면서도 웨 그런지 슬펏다. 내가 잇는 기숙사 문압까지 거의 온 째 례의 C君이 무엇하러 인지 문깐에가 나와 서서 기웃기웃하다가 나를 보고

"어듸 갓다오오?" 하고 뭇는다. 나는 다만

"저기 좀" 하고 돌층대 우에 올나서서 다시 한 번 방마다 화―ㄴ하게 비최이는 녀학생기숙사를 바라다보고 내 방으로 올나왓다. T군이

"왜 자네 얼골이 햇슥하이" 하고 처다본다. 나는

"방금 련애하고 왓스니가" 하고 우서버렷다. T는

"어―그럼 한턱 내야겟네그려. 하인 불너 올가?" 하면서 갓치 우섯다.

12월 22일

어제밤 한잠도 못잣다. 여러 가지 생각이 순서도 업시 밋친 광풍처럼 피곤한 내 뢰를 습격햇다. 나는 '안 된다. 안 된다' 하기는 하면서도 작고만 구렁텅이로 쓸녀 들어가는 내 불상한 몸을 돌아다보고 고소치 안을 수 업섯다. 무엇이라구 할 참극인가? 왜 하필 이날에 이째에 죠선청년으로 태여낫단 말인고?

단념은 해야하겟는데 단념을 못하겟스니…….

밤새도록 나는 두 가지를 가지고 싸왓다. 첫재는 N씨의 대한 일, 둘재는 종교에 관한 일이엿다. 나는 N에 대한 일로 고민하고 하든 쯧헤 '긔도라도 해볼가?' 하는 생각이 낫섯든 것이다. 이러케 고민을 하는 가운데 혹 긔도로써 어쩐 위안을 어더볼가 하는 생각이엿다. 그러나 그것도 못할 일이엿다. 그동안 벌서 삼년 동안 나는 긔도라는 것을 전폐하지 안엇는가? 벌서 삼년 전에 이십여 년이나 밋던(날 때부터 미덧스니까) 종교라는 것이 무가치한 념가의[30] 위안물인 것을 쌔다른 이래 나는 늘 종교가들을 저주해 오지 안엇는가? 그런데 오늘에 니르러 내 마음에 번민이 좀 잇다구 삼년식 욕하든 긔도를 내가 자진하여 드릴 것인가? 아! 나는 넘우도 약하다. 내 자존심은 모다 어데 갓는가 하고 나는 주먹을 부르쥐엿다.

그러나 극도읫 고민을 참지 못해서 한 번은 도라 업대기까지 햇섯다. 그러나 "하누님 아버지시여" 하는 말쯧이 참아 돌아 나오지를 안엇다. 나는 나짜지 니저버리고 벌썩 니러나 안즈면서

"에잇 약한 자식, 약한 자식" 하고 혼자 부르지젓다. "하누님 흥 하누님.

---

30 념가(廉價)의 : 염가의. 매우 싼 값의.

만일 하누님이 지금 나를 이러케 괴롭게 한대면 이리 좀 나오나라. 내 그놈과 씨름을 좀 해야." 하고 나는 니를 가랏다. 마츰내 나는 이겻다. 나는 긔도 안이 하고 견댓다. 삼년 동안 절조를 쌔틀지 안엇다. 내 주의에 관철햇다. 그러나 그 덕에 몹쓸 감기가 들엇다

신열이 잇는데 열이 올흘 째 헛튼소리나 하지 안엇스면 조켓다. 열이 올나서 정신업시 헛튼소리를 하다가 N씨의 일홈을 부른다든가 하면 창피하지 안은가? 대장부가 게집에 하나 째문에 이러케도 고민을 하는 것인가? 옛 사내 자식갓지 못한 몸이로다. 웨 선뜻 싣허버리지를 못하는가?

12월 31일
한 해의 마즈막 날일다. 크리스마스 휴가로 학생들도 대부분은 몃칠 전에 모두 집으로 도라가고 기숙사도 텡 뷔인 집 갓해서 퍽 적적하다. 사의도 적적하거니와 마음은 더 적적하다. 말할 수 업는 고독을 니르킨다. 고독을 니즈려고 S군의 방으로 가서 하로 종일 화토를 한다. 그러나 밤에 혼자 빈방 안에 와 누으면 몸과 마음이 말할 수 업시 슬퍼진다. 어제 밤에는 혼자 실컷 울다가 겨오 잠이 들엇섯다. 이러케 강한 고독을 늣기기는 생전 처음일일다.

아츰마다 열한 시가 되면 분주히 우편국에는 간다. 가야 편지 좃차 오는 것이 업다. 더욱이 그러케 열심으로 우편국에 단니는 것은 짠 생각이 잇서서 일다. 그이가 혹 편지나 안이 보내나 하는 하염업는 생각으로써 일다. 그러나 그에게서는 영 무슨 소식이 올 것 갓지 안타. 그럼 '너는 웨 쓰지 안는냐? 나는 녀자에게 편지를 쓰기에는 넘우나 자존심이 크다. 요새 소위 공부나 햇다는 청년들이 맛날 분홍 봉투 속에다가 야비한 글귀들을 나렬해서 녀자들에게 편지를 보내는 것이 미워서 나는 그 짜위 짓은 안이 한다. 더욱이 쏘 작년 겨울의 S씨가 한 차에 타고 오면서 니야기 하든 생각이 난다. 그는 그째 그가 남경 잇는 동안 엇든 남자에게로부터 편지를 작고 밧든

니야기를 내게 해주엇다. 그러고 마즈막 말로

"정 우서워 죽겟서요. 글세" 햇다. 그럿다. 우서울 것이다. 내가 지금 N씨에게 편지를 써서 보낸다 하자. 그가 그것을 우섭게 녁이고 쏘 다른 사람들에게 들고 단니면서 죠롱을 한다면…… 찰아리 내 팔목을 찍을지언뎡 편지를 쓸 수는 업다. 그러나 만일 그가 나를 사랑한다면? 그러치 안치. 그가 만일 나를 진심으로 사랑한다면 그가 몬져 내에게 편지를 줄 것이다. 그러면 너는 그이를 진심으로 사랑치 안느냐? 나는 실소할 밧게 업다. 그러면서도 혹시나 하는 희망을 가지고 아츰마다 우편국에 가 보는 것일다.

그리면서도 쏘 내가 몬져 편지를 쓰지 못하는 리유가 더 큰 것이 하나이다. 그것은 역시 쉰침업시 '단념해라 단념해라' 하는 량심의 부르지즘일다. 그러면 단념할 리유는 어데 잇는가?

'련애에는 국경(國境)이 업다'구는 누구나 하는 말일다. 그러나 그것은 한 개의 리상(理想)에 지나지 안는다. 그것은 한 개의 Nowhere[31]일다.

련애는 결혼(結婚)을 그 목뎍으로 하지 안이하면 안이 된다. 결혼 련애를 선조로 하지 안으면 안이 되는 것 갓치 엘렌 케이가 말한바 련애가 업슨 결혼은 간음이라는 것을 시인한다구 하면 결혼을 무시하는 련애는 쏘한 간음에 지나지 안는다. 안이 육톄보다 정신이 더 귀한 뎜으로 보아서 결혼을 예외시 하는 련애는 혼인보다 더 큰 죄악일다.

그러면 나는 그 N씨와 결혼할 가능성이 잇는가? 결혼할 가능성이 업시 련애의 게속을 내버려두는 거슨 나는 못할 모릇일다. 내게는 늙으신 부모가 잇지 안흔가? 내 일은 내가 한다고? 그러면 나는 여지썻 누가 주는 밥을 먹고 자랏는가? 즁국인 며누리가 죠선인 싀부모와 살아갈 수가 잇는가? 더욱이 나는 N과 결혼한다면 N을 본국으로 다리고 들어갈 용기가 잇는가? 나는 이것을 생각할 쌔마다 쏜 파리스의 '기모노'를 련상한다. '기모노'의 쥬인공

31　Nowhere : 현실에서는 없는 곳, 즉 이상향.

들이 그냥 영국에서 살앗던들 비참한 파열이 생기지 안엇슬 것이다. '일본으로 도라가지 마시오.' 하는 간곡한 충고를 밧고도 그냥 갓다가 결과는 엇지 되엿는가? 내게도 쏘한 맛찬가지 운명이 안이 니르리라구 누가 쟝담하겟는가? 력사 사회 도덕 환경 언어 풍속 모-든 것이 판이한 고향으로 만일 N 씨를 인도한다면 N은 응당 고독을 늣기고 증오와 실증을 니르킬 것이다. 그러면 그쌔 고통은 지금 단념하는 고통보다 더 심할 것이다. 아모래도 바들 고통이니 미리 바더두는 것이 낫지 안은가. 그러타고 N을 내 것을 만들겟다는 그 야심 하나 쌔문에 내 몸이 늘 중국에 부터 잇슬 수는 업다. 나는 흰 옷 닙은 사람의 자손일다. 그 사람들의 피를 바다서 그 사람들의 유면을 바다서 나서 그 사람들이 세운 집에서 그 사람들이 롱사한 밥을 먹고 자랏다. 내 압헤 일이라고 잇스면 내게 그 갓흔 은혜를 준 그 사람들에게 갑기 위해서 그 사람들이 희망을 붓치고 그 사람들이 사랑하는 우리 흰옷 닙은 어린이들을 쌔우치고 가라치고 사람 만드는 데 잇다. 그 일을 하려면 본국을 드러가거나 서북간도로 가거나 하여야 한다. 그런데 내가 N을 쓸고 그런 데로 갈 용기가 잇는가? 업다.

둘재 국경 문뎨 민족 문뎨를 뎨외[32]한다 가정하자! 그러면 나는 N과 일생을 가치할 가능성이 잇는가? 결혼하려면 돈이 잇서야 한다. 그런데 나는 압흐로 놉히 쳐다보아야 월급 이십 원짜리에 불과하다. 상해에 그냥 잇더래도 나는 월급 작게 밧고라도 우리 소학교에서 시무하지 안이할 수 업고 서북간도로 가게 된다면 강낭썩[33] 어더먹고 만히 바다야 십오 원 이십 원일 터이다. 그것 가지고 가뎡을 쑤릴 수가 잇는가? N이 윈 텬하 녀자가 공통으로 가지고 잇는 바 허영심을 바리고 가난뱅이 나를 짜라 나설 용기가 잇는가? 상해의 야회 활동사진 오페라를 내버리고 상투쟁이[34] 간도 이민들 틈으로 N이

---

32 뎨외(除外) : 제외.
33 강낭썩 : 강냉이(옥수수)로 만든 떡.
34 상투쟁이 : 남자들이 상투를 트는 조선 사람들의 통칭.

기여 들어올 용기는 잇겟스며 설혹 잇다구 하면 내가 그 아름다온 N으로 일생을 그런 참혹한 생활로 보내라구 강요할 권리가 잇는가. 나는 N이 잘되는 것을 보고 십지 결코 나 갓흔 비렁뱅이 리해타산주의자 리기주의자를 싸라단니는 불행아를 만들어주고 십지 안타. N은 녀자대학생일다. 그를 사모하는 백만금 부자도 만흘 것이오, 쏘는 미국 갓다 온 박사들도 잇슬 것일다. N이 그런 곳으로 시집을 가면 퍽 행복스럽게 풍족하게 살아갈 것이다. 그럼으로 나는 N과 갓흔 쌔끗하고 귀족덕인 녀자와는 결혼할 권리가 업는 사람일다. 싸라서 련애할 권리도 업다. N도 가만이 눈치를 보면 요새 쇄 흥분을 한 모양이나 그것도 다만 청춘의 한 부질업는 일일 것이다. 일후 지각이 들째는 지금을 도라보고 지나간 일에 쓴 우슴으로 장사해버릴 것이다. 얼마 안이 잇서서 그는 나를 영영 니져버리고 말 것이다.

지김 단념하는 것이 낫다. 련애란 다만 챈스로 되는 것일다. N과 내가 우연한 챈스로 얼마 동안 깃버도 햇고 고민도 당햇다. 그러나 우리가 서로 챈스를 피하고 멀니할 째 자연히 차차 멀어지고 그도 나를 니저버리고 나도 그를 니저버리게 될 것이다.

대장부가 되여라. 선선히[35] 니저버려라.

1월 1일

나는 웨 이러케도 약한가? 아니 하려 아니 하려 하여도 N의 눈이 내 압혜 뻐ㅡㄴ하니 나타나곳 한다. 엇지햇스면 조흘는지 알 수가 업다.

오늘 쏘 아츰 두리 화투햇다. 화투하라구 약을 보느니 흑단 홍단을 보느니 하야 전 정신을 노름에 넛코 잇는 동안은 그래도 세상 아모것도 닛게 된다. 다만 몃 분이라도 N을 닛고 나를 닛고 세상을 닛고 다만 비약과 풍약만이 머리를 차고 도ㅡ는 그 재미는 참으로 귀한 것이다.

---

35 선선히 : 시원하게.

뎜심은 화투해서 모은 돈으로 사다 먹엇다. 뎜심 먹으면서는 쓸데업는 담화로 시간가는 줄을 몰낫다. 그러나 화예는 엇더케 굴너서 련애 니야기로 왓다. 중국 애 L군이 나더러 꼭 련인이 잇슬 것이라구 한다. 나는 부인햇다. 조선 사람인 C군도 내 편을 들어 부인햇다. 그러나 화투할 째에 '공산명월' 발음을 잘못해서 '콩쌔밍웰' 하야 사람을 작고 웃기는 중국애 B군이 L군과 한 편이 되여 육박해 들어왓다. 두리서는 변명하려는 내 입을 막아가면서 주거니 밧거니 나를 비행기를 태왓다.

"유경 군이야 련인 업슬 니가 잇나 글세. 공부 잘 하것다."

"운동 잘 하것다."

"곱게 생겻것다."

"글 잘 쓰것다."

"적어도 한 써즌 련인은 잇슬 거야."

나는 방으로 도라왓다. 여러 가지 생각이 머리를 오락가락 한다.

"곱게 생겻것다!" 이 말은 내가 여러 번 듯던 말일다. '미남자!' '미남자!' 정말인가? 나는 면경[36] 압흐로 갓다. 넙적한 얼골이 나타낫다. 이것이 고와? 흥 미남자가 다 죽으면! 눈도 크게 써보고 우서도 보고 얼골을 찡겨도 보앗다. 곱기는? 해도! 한참 보니 어덴가 챰[37]이 잇는 것 갓기도 하다. 하나 하나 쎄여보면 아조 보잘것업서도 다 한데 뭉처 가지고 보면 혹 밉지는 안케 생겻다 하는 생각도 들어온다. 확실히 살캇은 다른 사람들 보다 희다. 나는 면경을 업허노앗다.

'곱다. 미남자다!' 아 듯기 실흐면서도 듯고 싶허하는 말일다. 면경을 안이 보고 안저서 여러 사람들이 나보고 하던 말을 되푸리 해보니 정말 내가 퍽 고와지는 것 갓햇다. 어데서 한 번 보앗든 미남자의 얼골처럼 내 얼골도

---

36 면경(面鏡) : 얼굴용 거울.
37 챰 : charm. 매력.

갸룸해지는 것 갓다. 나는 두 손으로 얼골을 만저보앗다. 쌤이 짠짠하다. 광대쎠가 툭 나오고 그들은 나를 놀닌다. 그러나? 정말 잘 생겻다면? 나는 그것이 실타. 만일 내 얼골이 녀자들의 육욕이나 쓸게 생겻다면 그러면 N도 다만 내 얼골이나 탐을 낸다면? 아! 나는 그것은 실타. N도 다만 내가 뎐차 안에서 보는 만흔 녀자들이 힐끗힐끗 처다보는 것처럼 그런 종류에 불과한 대면. 아! 나는 차라리 죽고 십다. 얼골이 흉악하게 생기고 십다. 나는 다시 면경을 바로 놓코 드러다 보앗다. 정말 잘 생겻는지도 몰으겟다. 나는 N외에 다른 녀자들이 나를 탐내이는 것을 실혀 한다. 나는 N이 내 얼골만 탐내인다면 다만 한째 육욕으로 나를 유혹한다면 그것은 넘우 슬픈 일이다.

나는 다만 N을 사랑하고 N 한 녀자쑌이 나를 사랑하면 나는 그것이 뎨일…… 아! 내가 왜 쏘 이런 소리를 쓰고 안젓는가? 나는 벌서 N을 단념하기로 결심하지 안엇는가?

나는 한참 동안이나 면경에 빗최인 내 얼골을 말업시 들여다보고 잇섯다. 엇든 생각이 슬적 머리를 슯치고 지나간다. 흥? 그래 그러면 다시 더 말이 업슬 것이다…… 그러치 그째는 단념 안이하려 하여도 별 수업시 저편에서 몬저 실혀할 터이니까? 나는 면도칼을 쎄여 들엇다. 번들번들 하는 날을 볼 째 가슴이 선뜻햇다. 그러타. 이 눈 아레 여기를 싹 내려 버혀 놋차! 피가 나겟지. 병원에 가겟지. 약바르겟지. 낫겟지. 흉물스런 허물이 보이겟지. 나는 얼마 전 활동사진에서 보앗던 구주전쟁 부상병의 귀신 갓치 허물진 얼골을 다시 보앗다. 아! 저 모양! 칼을 쥔 내 손이 부들부들 쩔녓다. 나는 다시 한참 동안이나 얼골을 들여다 보앗다. 색캄안 눈섭이 엇그제 리발소에서 민대로 곱게 나잇다. 보르르 한 솜털 짠짠한 턱 옷독한 코 코털이 감아케 드려다 뵈는 두 코구멍. 쏘록쏘록 하는 눈. 쌜ー간 쌤 반즈르한 머리털 나는 아모 여념도 업섯다.

나는 다시 용긔를 냇다. 그러고 칼을 쌤에다 갓다대이고 눈을 싹 감앗다. '서ー' 하고 내려 베인다. 그 생각하는데 문이 벌컥 열렷다. 나는 얼는 칼든 손을 내리우면서 눈을 썻다. 한숨을 쉬엿다. C군이 들어왓다.

"웬일인가?"

나는 무엇이라구 대답할지를 몰낫다. 한참 어물어물하다가

"면도 좀 하누라구!" 하고 얼골이 쌜개젓다.

"면도는? 수염도 안이 낫는데. 산보나 나갑시다."

나는 쌘-얀 하눌을 내여다보앗다. 흰 눈이 펄펄 내리기 시작햇다.

"눈 오는데?"

"눈 오기 더 조치! 우리 저-촌으로 한 번 가봅시다. 롱촌의 설경이 오죽 조흐겟소!"

나는 C를 짜라 나섯다.

1월 12일

밤이다. 공부를 하려고 아모리 마음을 가라안치려 햇스나 할 수 업섯다. 그래 갓치 잇는 학생의 목도리와 방한모를 어더 두르고 쓰고 문 밧그로 나섯다.

"어듸가오?" 하는 소리 대답도 할 새 업시 나는 벌서 층층대 듕턱에 와 잇섯다.

밧겻 바람은 쇄 찻다. 바람이 놉다란 쌘쌕라 수척한 가지의 쌤을 째리는 소리가 올곡올골 불녀왓다. 기숙사 창문들로부터 누-런 빗들이 처량하게도 말나 죽은 쌤의 밧우헤 불빗을 던지고 잇섯다. 나는 야자나무와 지금도 닙이 파-란 상록수들 틈을 쎄여 강변으로 나아갓다. 두 팔을 외투주머니에 쌕 드리솟고 머리를 숙이고 강변을 몃번 왓다 갓다 햇다. 윙윙하는 무정한 바람소리 외에는 아모 소리도 들릴 수가 업섯다. 커-단 륜선[38] 하나이 배

---

38 륜선(輪船) : 화륜선, 기선.

갑판에 불을 환하게 켜가지고 천천히 오송[39]을 향해 어두은 물결을 헷치며 나아갓다. 나는 부지중 한숨을 길게 쉬고 하눌을 처다보앗다. 색캄아케 어두운 하눌에 수만의 별들이 반작반작 숨기 내기를 하고 잇다. 나는 풀밧 교의 우에 주저안젓다. 그리고 하눌만 열심으로 처다보앗다. 하나 두흘 셋 넷 다섯 열 아이고 모르겟다. 눈이 쇠리쇠리해서 도져히 헤일수가 업다. 저ㅡ기 은하수가 잇다. 몃 달만 잇스면 견우직녀가 쏘 다시 맛날 것이다. 오ㅡ저ㅡ그 쌜간 것이 화성 북두칠성은 오ㅡ저ㅡ그 잇다. 고것이 삼태성 쏘ㅡ올치 져ㅡ기 북극성이 잇다. 목성은 어데 잇나? 이러케 얼마동안은 정신이 업섯다. 저ㅡ편 하눌에서 길ㅡ게 쌜띄[40]가 써러젓다. '누가 죽나?' 하고 생각햇다.

우주는 넓다. 별은 수업시 만타. 세게는 영원하다. 그런데 사람은 낫다가 죽고 낫다가 죽고 한다. 인생 칠십이라지 만은 이것을 이 광대한 공간과 무궁한 시간과에 비기면 과연 무엇일가. 한초 동안 물거품이 안인가? 요 동안에 잇서가지고 슬품이란 괴로움이란 즐거움이란 무엇인가? 그저 세월 되는 대로 가지는 방향대로 살다가 죽는 것이 조치 안을가? 저ㅡ기 저 별에서 고 반짝반짝하는 불빗이 여기 까지 오려면 적어도 몃 만 년식 걸닌다. 그러면 내가 지금 여기 안저서 한숨 쉬는 모양도 저ㅡ그 저 별에서 나려다 본대면 지금으로부터 이십 만 년 후에야 볼 것이다. 그동안에 나는 벌서 형적도 업서지고 말터인데 나 사던 집 나 단니던 거리 나무덧던 무덤 그것이 다 업서지고 인간의 기억에서 사라진 그째에라야 겨오 저기서는 오늘 내가 여기 안젓는 것이 보힐 것이 안인가? 이 무궁한 속에 나라는 것이 대체 무엇인가? 명예가 엇더코 자존심이 엇더코 책임 권리 자유 흥, 그것이 다 이 무궁에 비하야 무엇인가? 애급[41]은 이 문명을 지엇스니 오늘에 무엇이며 로마가 문명을 지엇스니 오늘에 무엇이고 이십세기가 문명을 찬란하게 지여놋는대니

---

39 오송 : 우쑹(吳淞). 상하이의 항구.
40 쌜띄 : 별띠. 별똥별의 평안도 사투리.
41 애급(埃及) : 이집트.

이것이 이십만 년 후 아니 단 만 년 후에 무엇이 남을 것인가? 대양 속의 물 거품이 찬란하대면 얼마나 찬란하고 오래간다면 얼마나 오래갈 것인가? 다시 대양이 물소리 칠 쌔 사라지는 거품이어니 차즐 길도 업스리! 그러면 요 속에서 바드락 바드락 거리는 그 뢰력은 소위 무엇인가?

보라! 저−공허하고 부여−ㄴ한 검은 하눌을 보라. 저−영겁에서 영겁으로 흐르는 쌔의 계속을 보라. 져−수업는 별들을 보라. 긔구하는 이것도 다만 좁쌀알만 하게 반짝거리는 저 속에 하나이다. 그러면 고 젹은 속에서 아세아 한 모통에서 한로 갓흔 짧은 생을 가진 내가 그래도 무슨 명예니 책임이니 자유니 써드는 것은 무엇인가? 이러케 한업시 숨겨 잇는 자연의 비밀을 해결해보겟다고 엿흔 지식으로 바스락거리는 생활은 그 무엇인가? 이러니저러니 좁쌀알만 못한 생이 안닌가? 한쵸 갓흔 목숨이 안인가? 슬퍼할 것도 업고 고민할 것도 업시 운수 닥치는 대로 내 한 몸의 행복을 탐해 도라가다가 죽게 되면 죽고 살게 되면 살 것이 안인가? N과 손목을 잡고 멀니멀니 써도라단니다가 죽을 쌔가 되면 죽으면 그만이 안인가? 내의 조고만 자존심이라는 것 부질업슨 책임이라는 것이 이 대 우쥬 속에서 무엇인가? 희생이란 다 무엇이냐? 우쥬에는 다못[42] 허무가 잇슬 쑨이 안인가?

개미집 갓치 싸놋터래도 종국 그 긋은 한 곳이 안닌가? 인류에게 도덕이 잇느니 력사가 잇느니 써든다마는 이 력사책들이 화려한 도회쳐들 이것들이 지금으로부터도 이십 년 쏘는 삼십만 년 쏘는 영원한 시간 후에 무엇이 될 것인가? 허무에서 시작한 모−든 물건이니 종국에는 다시 허무로 도라갈 것이 안인가? 륙십만 년 칠십만 년 후에 모−든 것이 허무로 돌아간 후에 누가 잇서서 내가 남을 위해서 련애를 희생햇다고 기억이나 해줄 것인가? 누가 이 고통을 알아나 줄 것인가?

나는 몸을 부르르 떨었다.

---

42 다못 : 다만. 단지. 평안도 사투리.

1월 20일

아 나는 늘 하눌을 처다보고 살고십다. 나는 내 생활에 하눌과 현실이 잇슴을 슬퍼한다. 하눌만 잇거나 현실만 잇거나 햇스면 나는 이러케 심한 고통을 밧지 안이 할 것이다.

만일 내가 하눌만 잇다면 나는 벌서 허무주의자가 되엿을 것이다. 명예니 체면이니 자존심이니 책임이니 무엇이니 모두 내버리고 N과 손목 잡고 행복의 단꿈에만 취하려 햇슬 것이다.

그러나 내게는 또 피할 수 업는 현실이라는 것이 잇다. 매일 매시 매초 실제라는 것을 가지고 나를 쏘고 괴롭게 하는 현실이라는 것이 잇다.

아! 나는 엇지 햇스면 조흘가? 사람 틈에 씨여 사니 사람 노릇 안이할 수 업다. 가슴 답답하다.

2월 5일

어제밤 처음으로 N씨를 꿈꾸엇다. 내가 여지껏 반년동안이나 N의 생각을 니저본 적이 업써스나 꿈에는 한 번도 그를 본 적이 업써는데 처음으로 어제밤의 그의 꿈을 꾸엇다.

벌서 겨울방학 한지 한 주일이 지낫다. 얼마 안이 잇서 다시 개학이 될 것이다. 그동안 N을 한 번도 못 본 것이 퍽 적적하더니 아마 꿈에 보앗나부다. N도 어제밤에 내 꿈을 꾸엇나 하는 미신의 갓가운 생각이 들어 내가 나를 우섯다. N이 상해서 엇던 다른 남자와 재밋는 날을 보내지나 안이할고 생각하니 슬근히 질투심도 니러난다. 그러나 한편으로는 또 정말 그리되여서 그가 영 나를 니저버려주엇스면 죠켓다. 다시는 나를 유혹하지 말어주엇스면 하는 생각도 잇다. 나는 죄를 N에게 씨우려 하는 리긔뎍 생각이 잇다. 곳 N이 나를 유혹하지만 안이 하면 나는 능히 단렴할 수가 잇다는 자신이 잇는 것처럼 나는 생각하기 째문일다.

아차 꿈이야기를 써두어야하겠다.

쑴에 그와 나는 갓치 책보를 끼고 학교를 나서서 엇던 복잡한 거리로 함꾀 거러가고 잇섯다. 얼마나 왓는지 모르겟는데 그는 엇던 커―단 벽돌집 압헤까지 와서 나와 리별햇다. 내가 그와 갓치 그 집에까지 바라다주겟다구 햇더니 그는 우스면서 "당신은 이런 벽돌집에 들어올 팔자가 안이니깐" 하고는 저 혼자 쒸쳐들어갓다. 나는 그 자리에 한참 서서 그 벽돌집을 원망스럽게 쳐다보다가 눈물을 지우고 도라섯다.

2월 6일

방학 동안에 한 번도 상해 나가지를 안엇더니 상해잇든 T군이 갑갑하다고 차자왓다. 나는 T군이 반쪽처럼 수척해진 것을 보고 놀나지 안을 수 업섯다. 리유는 고민 째문이라고, 실련을 햇다구 한다.

T군의 련애담은 벌서 한번 자세히 들은 일이 잇섯다. 그러나 그가 실련을 하리라구는 결코 상상도 못햇든 바이다. T 군은 나와 갓흔 등신이엿다. 녀자교제할 줄도 모르고 여자한테는 죽어도 편지 쓰지 안코 하든 청년이엿다. 그런데 그는 우연한 기회로 본래 기생이든 엇든 녀자를 알게 되고 T군이 부모의 억지에 못 견대여 장가를 들녀고 하는 째에 의외에 그 녀자에게 저부터 사랑해달나는 편지를 바닷다. 그 편지를 밧고 그는 그 기생(지금은 기생이 안이고 동경 류학생일다.)을 불상히 녀기든 마음 동정하든 마음 쏘 기생 고만두고 공부하려고 열심히 하는 것을 긔특이 녀기는 마음 그것들이 합한데다가 그 기생의 삽삽하고 다정한 편지가 고만 T군의 전 정신을 마비식히고 말엇다. 그래 그는 당장에 부모에게 반항하야 녀학생과 약혼하기를 거절하고 그 기생과 약혼하기를 주장햇다. 그러나 그 말이 부모의 귀에 들어갈 리가 업섯다. '왜 처녀가 업서서 더러운 기생을 며누리 마즈랴!' 하는 것이 그의 어머니의 불평이엿다. 그후로 T군 집은 잠시도 평안한 날이 업섯다. 맛츰내 T군이 련애를 위하야 그의 명예 책임 가족 무엇무엇 모다를 희생하고 그는 상해로 쒸쳐나오고 그 기생은 동경으로 공부를 하러갓다. 그 후에도 한 반

년 동안 그들은 열렬한 편지 거래가 잇섯다. 나도 그 기생에게서부터 T군에게 온 편지를 한 번 죽—닑어 본 일이 잇섯다. 그런데 지금와서 T군은 그 기생에게 버림을 바덧다 한다.

"글세 처음에 남 가만히 잇는데 제가 몬져 무엇 고독하웨 괴롭웨 사랑해 주게 하고 편지질을 해노코 지금 와서는 요러케 착 차 내던진다구는 나는 도모지 그 심사를 리해할 수가 업네." 하고 그는 한숨을 쉬면서 말즛을 매졋다.

그는 퍽 락심한 모양이엿다. 년전에 실련한 엿든 문사(文士)가 잡지에 발표한 대로 녀자라는 것은 가죽을 벗겨서 돈 가방을 만드는데 소용되거나 그러치 안으면 밤에 심심파적하는 작란감으로 밧게는 더 소용이 업다구 그는 말햇다. 그리고 그는 이 원수를 갑기 위하야 그를 쓰고 돈을 만히 모화가지고 첩을 하루밤에 하나식 어더서 데리고 자고는 내쫓고 하는 것이 소원이라구 부르지졋다.

나는 소름이 쪽 씻첫다.

'바람에 날니는 갈대와도 갓치 변하기 쉬운 녀자의 맘이라' 하는 노래를 나는 속으로 불너보앗다. 아! 어서 단념하여야겟다. N도 쏘한 그러한 종류의 녀자가 안이라구 누가 증명할 것인가? 일후에 T군과 갓흔 운명을 맛나기 전에 T군과 갓흔 참담한 인생관이 들어오기 전에 나는 내 몸을 보호하여야 하겟다. 나를 위해 내 민족을 위해 온 세계를 위해 나는 귀한 몸이다.

3월 30일

N 씨 쑴을 쏘 꾸엇다. N씨가 나희가 닐곱이나 여덜살 밧게 안이 난 처녀가 되엿는데 그를 업고서 일홈도 모르고 싯도 업는 좁은 길로 활활 거러가면서 퍽 행복을 늣기엿다. 그 쑴이 쌔이면서 잠도 쌔여지고는 다시 잠이 들지 못햇다.

4월 1일

그는 외국의 여자를 사랑햇더라

압흔 가슴 앓는 마음을 가지고도

그는 속 시언히 사랑의 말도 못해보앗다.

그러나 지금은 그것도 지난 째의 헛꿈

풀 마른 그의 무덤 우헤는

일홈모를 꽃 한 송이 쑨이

조을고 만 잇더라.

하하! 내가 언제 시인(詩人)이 되엿든가?

4월 25일

봄이다. 봄도 느진 봄이다. 봄철이 쏘 도라오니 심란한 마음 더욱 산란해지고 고독한 령혼은 한층 더 외로워진다. 이째 쏘 사건 하나이 생기엿다.

어제 학생 견례로 항주(杭州)로 왓다. 생물학 반에서 생물학표본 모집하러 온 것이다. 어제 종일 차도라단녀서 배암 둑겁이 곤충 물고기 조개 등을 만히 어덧다. 오늘은 놀고 내일은 학교로 돌아간다고

오후에 배를 타고 서호에 썻다.

웨 신(神)은, 안이 져—자연은 우리에게 쓸데 업는 챈스를 작고만 갓다 맥겨주는가? 괴롭기만 하다.

서호[43]로 몃 시간 써단니다가 모두 공원 서냉인사(西冷印社)으로 올나갓다. 거기서 서호의 저녁 경치를 바라다보는 것은 두 번 엇기 힘든 절경이다. 해는 벌서 남고봉(南高峰)과 서산 새 뒤흐로 넘어갓다. 해는 보이지 안이하나 그 여광이 찬란한 채색으로 한가히 써잇는 구름쌍들을 물들이고 서호의 잔잔한 물결이 그 구름쌍의 빗을 반사하야 금빗 칼펫을 만들어 노핫다. 그 우

---

43 서호(西湖) : 중국 항저우시에 있는 둘레 15킬로미터나 되는 거대한 호수.

흐로 금자리를 쌔개면서 슬적슬적 몡쳐업시 쩌도는 수십의 노리배 그 속에서 희미하게 울녀오는 구슯흔 호금(胡琴)소리 고독하든 내 령은 한층 더 무엇에 감격된 것처럼 이 대자연의 위대하고 섬세한 미(美)속에 취해 잇섯다.

벌서 어쓸해질 쌔이엿다. 은실 주렴발 갓기도 하고 새색시의 면사 갓기도 한 쏜−얀 안개가 서호가 새파란 언덕들을 둘너차기 시작햇다. 서호면에 깔녓든 금자리가 차차 벌거우리해지다가 다시 창백해지고 다시 탁한 쟷빗이 되여 그 물밋헤 수천 년 동안 쌔인 복 비는 재(수 십 만의 부인들이 아들낫케 해달나고 빌고 던져 너흔 것)와 보기 실흔 죠화를 일우우고 뭉텅한 뢰봉탑이 쟷빗 배경 속에 은근히 소사잇는 것이 보일 쌔이엿다. 돌의자에 안젓든 동창생들이 "나려가지!" 하면서 줄렁줄렁 니러서서 내려갓다. 나는 이 신비스런 저녁경치를 다만 몃초라도 더 맛보려고 그냥 차차 희미해가는 마즌 언덕과 하눌과 서호가를 바라다보며 정신업시 안져잇섯다. 그러다가 인제는 싸라 내려 가야겟군 하는 생각이 나서 쌜덕 니러서다가 나는 내 뒤에서 인기척이 나는 것을 쌔닷고 힐끗 도라다보앗다. 거기는 쑴에도 닛지 못하든 N이 와서 잇섯다. 그러고 저−편 나무 숩 새이로 나는 힐끗 녀학생 한 무리가 천천히 내려가는 것을 볼 수 잇섯다. 그러면 N은 그 녀학생들 쎼를 살작 쌔져 내게로 온 것이다.

나는 엇지할 줄을 몰낫다. N도 엇지햇스면 죠흘지 모르는 모양으로 어물어물 하고 서 잇섯다. 다못 한초동안읫 침묵이엿마는 나는 그동안이 퍽 오래게 생각이 되엿고 쏘 그동안에 온갖 생각이 내 가슴을 격동식혀 노핫다. — 웨 왓슬가? 나를 보려고! 그이가 웨 이러케 나를 괴롭게 할가? — 나는 내 심장이 극도로 발동하는 것을 쌔다르면서 고개를 숙이고 가만히 잇섯다. 나는 N의 주시(注視)를 왼 몸에 감햇다. N도 최후의 용기를 내인 드시 녑흐로 한거름 더 갓가히 왓다. 그러고 썰니는 소리로

"미스터 리 요새 어데가 불편하서요?" 하고 물엇다. 아마 그동안 내가 그를 단념하려는 결심으로 몃 번 길에서 맛날 쌔에 외면을 한 것이 마음에 키

엿다가 지금 말하는 것 갓치 직각되였다. 나는 잠잠히 그를 건너다 보앗다. 벌서 날은 져므러서 그의 선명한 륜곽이 잿빗 배경과 어우러져 스러지는 듯햇다. 두 팔을 힘업시 내려트리고 고개를 숙이고 섯는 것이 퍽 불상해 보이엿다. 이째 만일 내게 조고마한 용기만 잇섯든들 나는 쒸쳐가서 그를 쓸어안고 무수한 키스를 햇슬 것이다. 나는 극도로 피여 오르는 흥분을 필사의 뢰력⁴⁴으로 제지하면서 그를 바라다보앗다. 그는 무엇을 기다리는 것처럼 여전히 처량한 태도로 서서 발끗만 들여다보고 잇섯다. 나는 참아 그를 더 보구 잇슬 수가 업서서 고개를 돌니엿다. 내 온젼신이 부들부들 썰엇다. 이런저런 생각이 번개불갓치 머리를 숫치고 지내갓다. A 선생이 언젠가 불상한 민족을 위하야는 가족도 재산도 명예도 행복도 마즈막에는 목숨까지도 즐거운 마음으로 희생하라는 권고를 간절히 하든 말이 다시 귀에 들니는 것 갓햇다. 그러고 소설(기모노)의 일이 다시 생각되엿다. 상투튼 불상한 사람들이 눈압헤 낫타낫다. T군의 녀자들을 져주하든 목소리가 다시 들니는 듯하고 그의 상긔한 얼골이 다시 보이는 것 갓햇다. 어데선가 아마 공중에서

"이째다. 네 용기를 보일 쌔가 이째가. 대담하여라. 남자다워라. 단념하여라!" 하는 부르지즘 소리가 들니는 듯하엿다. 나는 감엇든 눈을 번쩍 썻다. 그러고 숨이 갓버서 헐덕헐덕햇다. 나는 마츰내 가슴을 쥐여 짜는 듯한 목소리로 모기소리만치 말을 쯰냇다.

"I do not love you," "Oh?!"

나는 쒸쳐 내려왓다. N이 다시 무엇이라구 말하는 소리가 귀를 숫첫스나 무슨 소리인지 못아러 들엇다. 나는 벌서 돌층층대를 급히 쒸쳐 내려오고 잇섯다. 그러고 손이 압흐로 쑥 나올 째마다 쓰거운 눈물이 손잔등에 썰어지는 것을 쌔다랏다. 참으로 경험이 업시는 내 그째읫 쓰라린 가슴을 리해치 못할 것이다. 나는 속으로 '대쟝부다워라. 대쟝부다워라' 하면서도 억제

---

44 뢰력(努力) : 노력.

할 수 업시 흐르는 눈물을 금할 수가 업섯다. 거름이 느린 녀학생쎼는 아직
도 공원문 밧글 나서지 못햇다. 나는 갓가스로 눈물을 씻고 녀학생들을 급
히 지나나와 벌서 배타고 기다리는 동무들쎄로 갓다. 벌서 색캄앗타. 맛침
배에 불이 업서서 다행이엿다. 아모도 내 눈물겨운 모양을 쪽쪽히 볼 수가
업서서 나는 안심햇다. 호수 마즌편 지야잉(地下營) 시가디의 뎐등 불들이 눈
물에 어린 내 눈에는 가느론 금실을 한무더기가 거기서 내 얼골에까지 걸쳐
잇는 것가치 보히엿다. 그러고 그 실뭉텅이가 짧아젓닥 길어젓닥 하엿다.
나는 이쌔 N의 일이 마음이 안이 노히여서 방금이야 배를 타누라고 서두는
녀학생 쎼를 바라다보앗다. 우리 배는 벌서 한 십척 나아왓는데 녀학생들
배는 바로 언덕 뎐등대 아레 잇서서 거기 모둥켜 섯는 녀학생들이 쪽쪽히
보히엿다. 나는 주먹으로 눈을 부비고 자세히 보니 분명히 N이 그들 틈에
석겨 잇는 것을 보고 비로소 안심햇다.

밤에 남 다 자는 밤에 나혼다 한잠 못 일우엇다. W학교(우리학교 부속 즁학
교) 교실을 빌어서 한 방에 침대를 삼십 개식이나 놓코 줄니어 누어서 잔다.
그리 맑지는 안어도 글이나는 쓸 수 잇슬만치 맑은 뎐등불은 쓰지 안은채
잇다. 웬일인지는 모르나 학생이 여럿이 외디에 가서 합숙을 하게 되면 언
제든지 불은 쓰지 안코 자는 풍속일다. 얼마동안이나 잠을 좀 들어보려고
애를 썻다. 속으로 하나 둘 셋 넷 하여 백까지 헤이고는 쏘다시 헤여 천을 넘
도록 헤여써도 종내 잠은 안이왓다. 전에 혹 잠이 들지 안을 적에는 이백과
삼백을 헤이는 그 즁간 어듸서 고만 정신업시 잠이 들곳 햇섯는데 이번에는
아모 쓸데도 업섯다. 그져 무엇인지 알 수도 업는 생각이 작고만 써오른다.
아직까지도 극도로 흥분햇든 머리가 갈아 안지를 안이한 것이다. 다시 벼개
밋헤 잇는 회즁시계를 살작 귀밋해 놋코 그 쎅깍 쎅깍 하는 소리에 정신을
기우려서 정신을 통일식혀 잠이 들게 헤보려 햇스나 역시 실패이엿다. 더욱
이 눈을 감아도 휘—ㄴ하니 빗이는 뎐등불 쌔문에 더 잠이 안이 오다. 방 안
이 왼통 캄캄햇스면 그래도 잠이 좀 올 것 갓다. 나는 견대다 못하여 벌컥 니

러나 안젓다. 녑흐로 번즈런히 누어서 코들을 골며 곤히 자는 동무들이 불어왓다. 안이 시기가 낫다. 미웟다. 더욱이 져─편에서 코를 드렁드렁 고는 니가 퍽 밉게 뵈엿다. 아이구 듯기 실타. 자면 곱게 자지 웨 저리 소란스러울가? 견댈수가 업다. 소리를 빽 지르고 십다. 가서 쌤을 한 개 째리고 십다. 나는 견댈수가 업서서 발을 굴럿다. '쿵' 하고 마루바닥이 울니엿다. 코고는 소리가 잠간 뚝 끚치엿다 다시 시작이 된다. 서너 사람 "으흥 으흥" 하면서 도라 눕는다. 나는 미안한 생각이 나서 숨소리를 죽이엿다.

'내가 히스데리나 들니지 안엇나?' 하는 생각이 나서 몸을 썰엇다. 아 이래서는 안이 되겟다. 내 몸조심을 단단히 해야겟다. 할 수 잇는 대로 유쾌하여야 하겟다.

한참이나 멀거니 안젓다가 시계를 끄내보앗다. 방금 보앗는데 몃시인지 몰으겟다. 다시 끄내보앗다. 밤 새로 두시이다. 아직도 밝으려면 네시가 잇다. 아이고 그동안을 엇더케 기다리나?

누구 말동무라도 한아 잇스면 죠켓다. 정말 답답해 죽겟다. N의 얼골이 쏘 다시 보인다. 안이 그이 얼골이 안이라 고 눈이다. 아 고 눈은 웨 이러케도 싸라단니는가? N과 맨 처음 벌서 반년 전에 맛나든 일이 다시 여러 가지가 생각이 난다. 그가 나를 주시하고 잇는 것을 갓든 째와 그의 눈과 내 눈이 마조치든 째들이 다시 생각이 나니 내 가슴은 쏘 쒸놀기 시작한다. 달밤 갓치 거러가든 생각이 나니 숨까지 갓바진다. 그런데 오늘은, 안이 벌서 어제로군 무슨짓인가?

유경아! 너는 과연 얼마나 미련한 놈이냐? 바보이냐? 너는 늘 일기에 쓰기는 바로 무슨 큰 뜻이나 잇는 놈처럼 '단념해라' '단념해라' 하고 쓰면서도 속으로는 언제나 기회만 쏘 오면, 두리서 조용히 맛날 기회만 생기면 한 번 내 속을 설파하고 그의 발 알에 쓸어 업듸르리라' 하고 벼르고 쏘 벼르지 안는가! 그러든 네가 오늘 그게 무슨 일이냐? 기회가 업더냐? 너는 그것보다도 더 죠흔 기회가 올 줄로 아느냐? 아! 지금이라도 나는 N에게 패비당한 것을 항복한다. 그는 이겻다. 아모래도 나는 약자다. 그러나 막상 그를 대하게 되면 다시 내 자존심이 올나온다. 그러고 나는 아조 태연한 체하고 거절할 준비를 한다. 이것은 위선이 안인 줄 아느냐? 애고 머리만 압흐다.

다시 니불로 머리까지 홱 뒤집어쓰고 들어 누엇다. 그러나 할 수 업다. 숨만 맥힌다. 다시 닐어나 안젓다. 식컴어케 마루바닥에 깔닌 내 그림자가 퍽 불상해 보인다. 져것이 웨 잠을 못자고 져러나? 불행도 해라.

내가 N을 사랑한다. 숨길 수 업는 사실일다. 더구나 첫사랑일다. 내 량심이 증명한다. N도 나를 사랑한다. 아직 서로 그런 말을 해본 적은 업스나 그의 눈이 이를 말한다. 더욱이 앗가 거기에는 그가 왜 왓든가? 물론 내게 모든 것을 주려고 엇기 힘든 기회인 망정 어더보려고……. 그런데 나는 왜 이다지 고통하는가? 내가 N을 사랑하고 N이 나를 사랑하고 문뎨는 퍽 단순하지 안이한가?

그러나 그러치는 안타. 나는 N의 일생을 갓치할 동무가 될 자격이 업는 자일다. 그의 사랑을 밧을 자격도 업는 자이다. 그것은 내가 N을 행복스럽게 해줄 수 업는 싸닭이다. 지금 당장으로 보면 혹 N이 나와 편지 거래도 하고 키쓰도 하는 것이 그에게는 행복으로 생각을 할넌지도 모른다. 그러나 지금만 보지 말고 장래를 보아라. 나는 리긔주의자일다. 나는 넘우도 리해타산뎍 일다. 나는 이것이 안 될 것인 줄은 잘 안다. 그러나 내 텬성이 그런데야 엇더케 하겟느냐! 나는 N의 뒤를 거둘만한 힘도 업거니와 인격도 업고 자격도 업다.

'쪽박을 차고도 님짜라 나선다'는 말이 잇기는 잇다. 그러나 그것은 역시 현실을 모르는 리상쌘 일다. 결국 모슨 문뎨는 돈이라는 것 그것으로 귀결된다. 그런데 내게는 돈이 업다. 압흐로 생길 가망도 업다. N이 나를 싸라오기 쌔문에 몸이 얼고 창자가 뷔이고 손이 부르틋는다면 나는 그것은 못하겟다. 그러타고 N과 타협할 수도 업다. N 하나를 위해서 상해서 월급만히 밧아 가지고 자동차 사고 큰집 짓고 아이 두고 그러고 살지는 못 하겟다. 그것은 내

량심이 심이 허락지 안이하기 째문이다. 내게는 N도 귀하거니와 N외에 수십만 수만 명 어린이가 쏘한 귀하다. N은 내가 보살피지 안터래도 N을 행복되게 해줄 사람은 암만이고 잇슬 것이다. 그러나 이 불상한 어린이들은 내가 돌보지 안으면 버리운 몸들이다. N도 사람이 업는 곳으로 싀집을 가면 불행되리라고? 그러치 안타. 사람이란 다못 한 사람의 남자와 련애하란 법은 업다. 련애란 다만 한 째 한 째의 챈스로 되여 그 두 이성이 서로 리해하는 동안 사랑은 게속된다. 그러나 그 사랑도 업서지고 니져버려지는 째가 오지 안는 것도 안이다. 그것은 내 독챵뎍 철학이라고? 그럴넌지도 몰은다. 그러나 련애 자유 결혼이 셩행한다는 서양으로 보아라. 남편이 살앗슬 적에는 극진히 그를 사랑하는 안해로도 남편이 죽은 후에는 처음에는 물론 슬퍼하나 그러나 일 년이 지나고 이년이 지난 후에는 다시 다른 남자와 련애하여 개가들을 하지 안이 하는가? 그것을 보면 련애란 영속뎍인 것은 안이다. 지금도 나와 그가 써나서 일후 다시 보지 안케되면 써난 지 갓 얼마 동안은 그도 나를 생각할넌지 모르나 몇 해만 지나가면 모다 니져버릴 것이다. 단념과 죽엄은 동성질이니까! 그러니 지금부터 공연히 그러지 말고 단념을 해버리는 것이 죠흘 것이다.

나는 감정으로만 살아서는 안이 된다. 내게는 의지라는 것도 잇다. 사람이 감정에게만 지배될 째에는 그는 녈등일다.[45] 굿건한 의기로써 웬만한 감정을 억제하고 그러고 지혜스럽게 제압헷 일을 판단해 나가는 거기 문명인의 특색이 잇는 것이다. 내가 내 한 몸의 안락만 위해서 감정이 식히는 대로만 쌀아간다면 내가 내 할아버지에서 더 나흔 것이 무엇이냐? 새 조선을 건설하겟다는 그 소질은 어데서 찻겟느냐? 만일 현대 청년들이 모두 자기감정의 지배만 밧고 굿건한 의기자 업다면 문허저가는 집을 바로 잡을 사람은 어데 가서 차자올 것인가?

---

45 녈등(劣等)일다 : 열등하다.

생활에는 련애생활보다도 더 거룩하고 더 깨긋하고 더 아름답고 더 생활다운 생활이 잇는 것이다. 그것은 희생의 생활 봉사의 생활일다. 그것이 련애생활처럼 즐거웁지는 못하리라. 그러케 고수하지는 못하리라. 그러나 그것은 더 귀한 것이다. 더 갑나가는 것이다. N이라는 한 녀자를 사랑하는 것보다 왼세게 그러치 못하겟스면 내 민족 전톄를 웨 내가 사랑할 수가 업는가? 또 내가 N을 진정으로 사랑한다구 할 것 갓흐면 무모하게 작고만 N을 내 것을 만들려고 뢰력하는 것보다는 N에게다 깁고 참된 반성과 생각과 고려를 할 만한 기회를 공급하는 것이 맛당하다 안이 할가?

N을 진정으로 사랑하는 본의도 되고 N을 장차 행복되게도 만들고 또 내가 내 자신을 행복되게 (량심상 가책이 업는 조흔 패를 도의 생활로서 희생과 봉사의 만족 성공의 만족을 누리는) 하기 위하야는 나는 N을 단념하지 안이치 못하겟다. 이러케 분명하게 안 바에야 웨 아직 이러케 고민할 리가 잇는가? 알아서 그대로 햇스니 나는 거기 만족하지 안으면 안이될 것이다. 아모래도 좀 자보아야겟다. 벌서 새로 네 시가 되여 온다. 눈을 좀 붓처보아야겟다.

새벽 다섯 시다. 나는 다시 니러낫다. 아모래도 잠을 잘 수가 업다. 새벽 기운이 써온다. 상해보다도 더 더운 항주이엿만 새벽이라 퍽 써늘적하다. 앗가는 써늘한 것도 몰으고 잇섯든 것을 보니 퍽 흥분햇든 모양이고 지금은 퍽 가라안즌 모양이다. 안이 잠을 못자서 몸이 쇠약해지기 째문에 피부 신경이 퍽 예민해젓는가도 몰으겟다. 하여간 골치가 직근직근 압흐다. 니러서서 좀 왓다 갓다 햇스면 조켓스나 남들이 다 자니까 그럴 수도 업고 안타까웁다. 나는 발ㅅ흐로 가만가만 거러서 창문에 까지 갓다. 쓰거운 니마를 짠쏫짠쏫한 류리알에 대이고 식컴언 밧글 내다보앗다. 아모 것도 안이 보인다. 그래도 한참이나 무엇을 보는 것처럼 가만이 서 잇섯더니 현기증이 난다.

어느새 밝아오기 시작한다. 어림풋하게 마조선 놉흔 담이 보이는 듯하더니 니여 그 압흐로 줄니리선 포푸라 나무들이 식컴어케 한데 어울너저 보이엿다. 쌕－연 하눌에는 별빗이 차차 희미해지고 학교 뜰에 노힌 털봉을 목판 쌔스켓쏠대 등이 유령모양으로 우둑우둑 섯는 것이 보힌다. 나는 쌕젓한 입안을 혀로 할트면서 창을 쎠낫다. 방 안에 누—런 면등빗과 밧겻 새벽빗이 석기여서 일종 이상스런 빗에 조화가 방 안을 채왓다. 나는 산보를 하려고 쓸로 내려섯다.

세수를 맛치고 방으로 다시 들어올 쌔에는 벌서 한사람도 남기지 안코 쌔여서 욱적북적하고 잇슬 쌔이엿다. 방 안은 화—ㄴ하니 밝아서 압흐고 피곤한 눈을 크게 쓸 수가 업섯다. 나는 드러서면서 되는 대로 구기운 내 침대 우헤 쌜간 아츰 해볏이 드리 빗최는 것을 보고 무의식 중 몸을 썰엇다.

4월 26일

상해로 도라가는 길에 차 속에서 나는 억지로 『아세아』 잡지를 들여다보고 잇다가 슬금슬금 저편 모퉁이에 모둥켜 안즌 녀학생들을 바라다보앗다. N은 한편 구석에서 무엇을 생각하는 드시 눈을 내려쓰고 가만히 안저잇다. 그 쾌활하든 우슴이 영영 그의 가느른 입술에서 쎠나 나가고 만 것갓치 생각이 되엿다. 나는 그를 오래 바라다 볼 용기도 업고 렴치도 업섯다. 잡지 책으로 얼골을 가리우고 무슨 생각을 하는 듯하다가 고만 잠간 잠이 들엇다. 쑴에 N이 어린애를 안고 재롱보는 것을 보앗다. 쑴이 쌔여 N이 아직 소구로[46] 하고 안젓는 것을 보고 붓그러운 생각이 들엇다.

5월 1일

메이데이[47]라고 저녁에 긔렴대회가 잇섯다. 상해서 유명하다는 사회주의자가 와서 혁명을 고취하는 연설을 햇다. 학생들이 모두 무엇에 취한 것 갓햇다. 무엇이나 모두 희생할 용긔가 나는 듯햇다.

46　소구로 : 눈을 아래로 뜨고 조용히 앉아 있다.
47　메이데이 : 매년 5월 1일에 열리는 국제노동자대회(May Day).

그동안 몃번 N을 긔도회실에서 보앗다. 역시 전과 맛찬가지로 쾌활한 모양이엿다. 나는 암만해도 N을 알 수가 업다. 그는 일종 수수썩기일다. 단념한다는 내가 N의 모양을 상금[48] 살피고 잇는 것은 무슨 우서운 짓인가? 그러나 N이 전과 동양으로[49] 쾌활한 것을 보니 엇재 공연히 슬푸고 심술이 난다.

5월 10일

그동안 나는 N을 한 번도 보지 안엇다. 긔도회실에서는 언제나 외면을 하고 안저서 톄육관 집웅 꼭대기에 안즌 새들과 저−편에 가즈런이 선 벌서 새−파라케 피여서 녀름을 생각하는 버들가지들이 바람에 흐늑이는 것을 번가라 보고 잇섯다. 그리고 그 외에 길에서는 한 번도 맛나지 안엇다. 생물학 시간에도 나는 늘 외면을 햇다.

그런데 나는 웨 지금 이것을 쓰고 안젓는가? 우서운 짓이다.

5월 23일

나는 지금 한 세상을 본다. 현미경 아레에 빗최인 물방울 한 방울 속 세계를 들여다보고 잇다. 생물학실험 표본을 그리기 위해서 나는 지금 이 조고만 세상을 내려다본다.

무엇이라구 할 복잡하고 신산한 광경인가!

한 방울 물속에서 날쮜는 한 세상! 웨 이 패라매시움[50]들은 한곳에 가만히 붓허잇지를 안는가? 쇠리를 두르며 살금살금 도라단니는 쌕테리아는 무엇을 구하야 날쮜는가? 먹을 것을 입을 것을 아니 입을 것이야 쓸데 잇나. 쏜족한 놈 둥글한 놈 가는 놈 굵은 놈 넙적한 놈 큰 놈 작은 놈 쇠리를 홰홰 내두르는 놈 움을쩍 움을쩍 하는 놈 쫏고 쫏기고 먹고 먹히우고 아아! 여기도

---

48 상금 : 아직까지도.
49 동양(同樣)으로 : 같은 모습으로.
50 패라매시움(paramecium) : 짚신벌레.

생(生)의 참담한 생존경쟁은 끈침업시 상연되고 잇다! 아미바[51]는 쌕테리아에게 멕히고 쌕테리아는 쏘 패라매시움에게 그리고 그것은 다시 저보다 더 큰 놈에게 먹히여 이러케 이 물 한 방울 세게는 진화되고 잇다. 소위 생존경쟁 법측으로 약육강식과 덕자생존의 참담한 광경이 지금에 눈 아레서 연출되고 잇다. 아! 그런데도 찰라 갓흔 생을 일허버리기 앗가운 드시 도처에서 분할번식(分割繁殖)이 실행되고 잇다. 저보다 더 큰 놈에게 식료 공급되는 줄은 모르고 그래도 하나이 두흘이 되고, 두흘이 넷이 되고 넷이 여듧이 되여 삽시간에 작고 느러나간다. 아! 그들에게도 성(性)의 욕구가 잇슬가? 단성동물! 그래도 그것은 육톄의 량분으로 성의 만족을 엇을 것이다. 아! 여기도 삶의 강한 욕구 성의 동경 창조의 희생이 만저 한 것이다.

아! 인류의 세계라는 것은 역시 이것과 쪽갓흔 것이 안일가. 안이 인류라는 것이 쏘 그 사회제도라는 것이 다못 이것의 지금 내 눈 아레 나타난 이것에 진화한 것과에서 더 지나지 안치 안이하는가? 그러면 이 사회생활도 이 디구 우엣 우리 사회도 역시 그 근녀에 잇서서는 다못 단순한 생존경쟁에 원리가 잇고 그 우에 가지각색 닙과 꼿이 핀 것이 안닐가? 그러면 생존경쟁이란 무엇인가? 내가 엇던 이던 무론하고 내 몸을 남보다 더 잘살게 하는 것! 그러면 내 꼴은 엇던가? 왜 나는 내 행복의 길을 압헤 놋코도 그 길을 억지로 피하려 하는가? 웨 나는 스사로 나아가 생존 경쟁의 패배자가 되려 하는가?

그러나 그러나 나와 우리! 나는 우리라는 것을 니즐 수 업지 안이한가! 최선의 생존경쟁은 나의 승리를 의미하는 것인가 쏘는 우리의 승리를 의미하는 것인가? 그것이 만일 후자이랄 것 갓흐면 나는 우리의 승리를 위해서는 나라는 것까지 희생하지 안으면 안이 된다는 것이 과거 수다한 털학자의 결론이엿섯다. 그러면 나도 나보다 우리를 더 위하는가? 아! 나와 우리와 나!

---

51 아미바(amoeba) : 아메바, 크기가 0.02−0.5mm인 단세포 원생동물.

나는 어느 것을 취할 것인가?

그럼 우리는 또 무엇인가? 우리 우리! 우리는 전세게 인류를 총칭하는 말은 될 수 업는가? 웨 인류라는 것은 셩을 쌋코 담을 막고 울타리를 치는가? 웨 인류사회에는 큰 우리 속에 또 작은 우리들이 잇는가? 큰 우리를 위한다는 덤에서 나는 내 행복과 큰 우리의 행복을 동시에 경영할 수가 잇지 안흘가? '오호라. 나는 괴로운 사람이로다!' 작은 우리거니 큰 우리거니 우리는 아직 모두 도탄 속에 잇다. 이 참담한 살륙 증오 편견 사긔 속에서 민족뎍으로 또 경제뎍으로 사회뎍으로 또 정치뎍으로 종교뎍으로 또 도덕뎍으로 이보다 더 죠흔 더 완전한 더 진리에 갓가운 사회를 만들기 위해서 나는 내 몸을 내 맛기지 안엇는가? 쌕테리아가 아미바를 먹지 말고 서로 돕고 서로 사랑하고 서로 붓들어주는 물방울을 만들기 위해 곳 약육강식과 생존경쟁의 생활법측을 부인하고 상호부조(相互扶助) 생존상애(生存相愛)의 생활법측을 세워놋키 위해서 남는 몸을 밧치노라구 뭇 사람 압헤서 맹서를 하지 안엇는가. 아…… 웨 나는 그것을 위하야는 내 몸에 행복이라는 것은 단렴하여야 하는가?

안이다. 나는 웨 작고 '행복을 단념한다 한다' 하고 써 늘어놋는가? 나는 몃 번이나 련애만이 인간의 행복이 안이오, 또 사리를 헤아리지 안는 맹목뎍 련애가 장래 행복보다도 더 괴로움을 가져온다는 진리를 하로에도 몃 번식 머리에 되푸리 해보지 안엇는가! 그러면서 나는 왜 아직도 시간을 랑비하고 조희와 잉크를 색이며 이런 소리를 또 쓰고 안젓는가!

그러나 그러나! 아! 나는 엇지햇스면 죠흘가? 가슴만 답답하다.

5월 29일

N이 정말 나를 사랑할가? 나는 미치광이가 안인가? N이 나를 사랑한다는 증거가 어듸 잇는가? 나는 물어도 못 보앗고 그가 내게 말하지 안이한 것이 안인가? 나 혼자만 벙어리 냉가슴 알틋 하고 잇지 안는가?

첫사랑 값

아! 나는 알고 십다. 보고 십다. 니야기 하고 십다. N아! N! 세상에 밋븜[52]
이라는 것이 잇든가? 너를 미드랴! 참사랑에는 의심이 업다구 하더라 만은!
N 아! 그대는 내게 참을 보여줄 방법은 업는가? N아! 나는 그대에게 내 속
을 알녀 줄 기회를 엇지 못하겟는가?

아! 나는 그대에게 정복되엿노라! 내의 숫한 고민은 모다 헛되히 수포로
도라갓노라! N아! 나는 그대의 사랑이 업시는 죽을 수밧게 업노라. 아! 그대
는 내가 이런 것을 쓰고 잇는 줄이나 아는가? 지금 내 손이 썰니는 것 지금
내 눈에서 눈물이 흐르는 것 이것을 상상이나마 하는가? 아! 그대는 잇 째에
한 번이라도 내 일을 생각해주는가? 졍신주의자의 말이 만일 올타구하면 밤
마다 밤마다 그대의 노래를 부르고 안타까워하는 내 가슴이 다못 얼마라도
알녀지련만.

아아! 이 미련한 놈아. 아 너는 어느새 쏘 이 짜위의 일기를 쓰고 안젓늣
냐! 아! 못생긴 것아!

5월 30일
토요일이다. 오후에 상해 나갓든 S가(S는 나와 한 방에 류하는 중국학생이다.)저
녁에 돌아와서 오늘 남경로(南京路)에서 학생이 연설하다가 영국관헌에게
총살이 되엿다는 슬픈 소식을 가지고 들어왓다. 그리고 한참 만에 밤이 들
어 거의 잘 째가 된 째 S는 다시 내게 슬픈 소식안이 도로혀 깃분 소식일넌
지도 몰은다. S는 말햇다. 그가 오는 아이씨스 극장에 활동사진 구경을 갓섯
는데 N이란 녀학생이 D라는 남학생(나보다 한 반 웃반에서 공부하는 학생)과 함
쎄 구경을 왓더라구 햇다. 그리고 다 필한 후에 N과 D는 자동차를 타고 학
교로 돌아오는지 어데로 가는지 가더라고 한다. 나는 가슴이 울넝울넝 햇스
나 애써서 태연한 태도로

---

52 밋븜 : 미쁨, 믿음직스럽게 여기는 마음.

"그자 수가 낫네그려." 햇다. S는 빙긋 우스면서

"그싸짓것 수는 무슨 수. 입쌕기나 하면!"

"왜 N이야 그만햇스면 밉지는 안치." 나는 얼골이 벌개젓다.

"하하. L군이 또 N한테 반햇나 보이 그려. 입쌔? 입쌘 것 다 죽으면 입쌘 축에 들겟자!"

나는 자려고 자리에 누어서도 작고 그 생각만 낫다.

"그것 잘 되엿군. 잘 되엿군!" 하고 입으로는 중얼거리면서도 속으로는 엇재 퍽 서분하고 밉살스러운 생각이 낫다.

3

6월 1일

학생자치회(學生自治會) 결의로 동맹파학[53]햇다. 재작[54] 오월 삼십일에 남경로(南京路)에서 영국관현에게 중국학생은 근 십 명이 총살을 당한 것이 동기가 되어 상해전시에 파공[55] 파시[56] 파학을 하게 되는데 우리도 파학을 한 것이다. 학교 교장은 '질서를 유지한다' 하는 학생측 규약으로 불간섭주의를 쓰기로 선언햇다. 학교학생대표 열 사람을 쑵아 상해학생련합회에 매일 참석하게 하고 학교에서는 매일 아츰마다 강당에 모히여서 대표의 보고를 듯고 연보[57]도 하고 하기로 햇다. 긔숙사에서는 오늘붓터는 일절 고기를 먹지 말고 채식만하여 매일 오십여 원씩 남기는 돈으로 대표들 상해 단니는 차비도 쓰고 파공한 뢰동자들 생활비도 보태기로 하엿다. 오후마다 대를 난호아 근처 촌락과 공당으로 나아가서 선면 연설과 파공 선동을 하기로 햇

---

53 동맹파학(同盟罷學) : 동맹휴학.
54 재작(再昨) : 어제의 전날. 그저께.
55 파공(罷工) : 어떤 지정일에 노동을 중지함. 일종의 노동 파업.
56 파시(罷市) : 상가를 열지 않고 휴점하여 모두 장사를 중지하는 일.
57 연보(捐補) : 자기 돈이나 물건으로 다른 사람을 도와줌.

다. 출판부 회계부 선뎐부 사찰부로 조사부 등을 내엇다. 왼 학교가 벅작벅
작 한다. 나는 길에서라도 N이 보힐 적마다 외면을 햇다.

6월 2일

아! 운명은 웨 이다지도 나를 괴롭게 하는가? 어제 회게부장으로 당선되
엿슴으로 오늘 십이 호실인 회게실로 들어갓더니 네 명 부원들이 벌서 와서
예산안 토론들을 하고 안저 잇섯다. 부원 두흘은 남학생이오 두흘은 녀학생
인데 그중 하나는 곳 N이엿다. 엇저면 공교히도 N과 내가 동일한 회게부에
당선이 되엿는가? 나는 문안에 들어스면서 붓터 그를 보자마자 내 가슴이
방망이질을 하는 것을 쌔다랏다. 쌔여나지 못할 파멸의 구렁텅이에 써러진
듯 십기도 하고 쏘 한편으로는 둘도 업는 조흔 긔회를 만난 듯도 십헛다. N
도 힐끗 나를 처다보고는 얼는 눈을 내리썻다.

내 머리는 확근확근해지고 무슨 생각을 할내야 생각을 할 수도 업섯다.
예산표를 든 두 손은 부들부들 썰니고 태연을 가장하는 목소리도 썰녀 나아
왓다. 나는 이 모양을 하고도 네 부원과 한 자리에 안저서 일을 의론하지 안
을 수 업는 운명이엿다. N은 아모 의견발표도 안이하고 가만히 마조 안저잇
섯다. 의론하는 동안에 몃번 나와 눈이 마조첫스나 그럴 쌔마다 놀나는 드
시 얼는 눈을 내리쓰곳햇다. 그러다가 강당 대회에서 종치는 소리가 들니매
우리는 모다 강당으로 갓섯다. 강당에서 다시 도라올 째에도 N은 가만히 서
서 오늘 아츰 강당에서 거두은 돈을 헤이고 잇섯다. 나는 이편 부장석에 기
대고 안저서 별로 하는 일도 업시 부원들이 동전과 은전을 갈나 놋코 세이
는 곳을 힐끔힐끔 바라다 보앗스나 N은 눈 한번 거듭쓰지 안코 소곳하고 안
저서 고 하ー얀 손으로 누ー런 동전들을 쌀낙쌀낙 헤이고 잇섯다. 그러고
게산이 씃난 째 N이 게산서를 들고 삽분삽분 거러와서

"도합 은전이 이십 원 사십 전이고 동전이 이천 오십 닙입니다." 하고 쌩
하는 목소리로 말하고는 다시 제자리로 물너가서 갓치 안즌 녀학생과 무슨

니야기인지 소곤소곤 열심으로 하고 안저잇섯다.

뎜심시간에 나는 갓치 밥먹는 친구들과 말 한마대도 난호지 못햇다. 밥도 한공긔 밧게 못 먹엇다.

웨? N이 노여웟는가? 벌서 나는 니저버렷는가? D와 엇든 지경까지 들어 갓는가? 아! 항주서 내가 넘우하지 안이햇는가? 그것으로 성을 냇는가? 안이 당초에 그는 내게 아모 뜻도 업섯든 것이 안인가? 내 가슴은 찌여질 듯햇다.

'안이다. 안이다. 지금은 이런 일을 생각하고 잇슬 째는 안이다!' 하고 속으로 몃 번이나 부르지젓다. 나는 그만 회게부장을 사면할가 햇스나 그것도 뒤에서 엇든 알 수 업는 힘이 작고 잡아다리여서 고만 못하고 말엇다. 더욱이 D라는 사람과 갓치 단닌다는 생각이 작고만 나를 시긔로 쓸고 가서 엇더케든지 N의 꼴을 보아주고 십흔 생각조차 낫다.

6월 3일

어제 우리학교 학생 선뎐대의 뢰력으로 학교 바로 엽 일본인 공장과 강 건너 포동에서 뢰동자 만여 명이 오늘 아츰붓터 파공햇다는 보고가 들어왓다. 회게부에서는 종일 뢰동자들 생활료 지불할 예산을 꿈이노라구 분주하엿다.

오후에 오늘 쏘 강연하려 나갓든 학생들이 총에 마저 피를 흘니는 학생 하나를 쎄메고 모다 황황히 쒸처 들어왓다. 조게[58] 근처까지 가다가 모르는 동안에 조게 안에 까지 들어가게 되여서 고만 영국 순사의 총에 마자 넘어진 것이다. 교내병원에 입원식히고 녀학생 몃치 림시 간호부로 간호하러 갓다. 학생들이 모두 퍽 분개햇다. 그러나 그 로염과 울분으로 휘번덕거리는 그 독 오른 눈동자 속에는 완연히 두려움에 쩌는 빗이 들어나 잇섯다.

---

58 조게(租界) : 조계, 19세기 후반부터 20세기 초반까지 상하이에 설치된 외국인 전용 거주 지역.

6월 10일

몃칠을 아모 변동업시 지나갓다. 그저 언제나 분주한 사무에 게속이엿다. 제각기 제 일만 분담하여 분주한 사무 시간 안에 사무를 처리하는 고로 N과는 다시 별로 니야기할 틈도 어들 수 업섯다. 그러나 이제는 아츰 한 방 안에서 맛날 쌔마다 보통하는 '꾸─ㅅ 모닝' 하는 인사도 주고 밧고 쏘 인사할 쌔에는 서로 바라다보고 빙긋 웃기까지도 되엿다. 그동안에 내 마음속에서 얼마나 스사로 차홧는지는 내가 여기 다시 쓰고 십지 안타.

6월 11일

녀름날이다. 아츰붓터 훅훅하는 일기일다. 차음으로 흰 옷을 쓰내 닙엇다.

아츰 대회시간에 나는 늘 하는 버릇대로 강당으로 들어가지 안코 강당 문마즌 복도 이 싯헤 잇는 교실, 곳 회게부 사무실로 들어왓다. 직공들이 동맹파업을 햇슴으로 전처럼 출판을 마음대로 못하고 다못 네페지에다 오자(誤字)가 정자보다 만흘가 할만치 수두락한 차이나·푸레스를 교의[59]에 비스듬히 지대고 안저서 책상 우헤 두 다리를 올녀 놋코 무심히 넓고 안저 잇섯다. 열어노흔 출입문으로는 늦잠자다 늦게야 오는 학생들의 숨찬 쾅쾅 소리가 들니더니 어마 안 잇서서 즁국 국가 곡조 피아노 소리가 들니고 학생들의 우렁찬 국가합창 소리가 들녀 들어왓다.

'동맹파공한 뢰동자 수 도합 이십 만' 하고 특호 활자로 박인 헤드라인을 보고 잇슬 적에 나는 슬적하는 옷 슷치는 소리와 함께 출입문이 스르르 낫기는 소리를 들엇다. 나는 무심코 신문지 넘어로 힐긋 건너다보고 놀낫다. 나는 나도 모르게 요란한 소리를 내이면서 두 발을 아레로 내리웟다. 가슴에서는 억제할 수도 업시 두 방망이질을 하고 신문지를 쥔 손은 푸들푸들 썰니엿다. 숨좃차 퍽 갓바젓다. 나는 정신이 쌔져가지고 한 사십 초 그편만

---

59 교의 : 의자.

쪽바로 바라보앗다. 나는 다른 전 존재를 일허버리고 거기만 보앗다. 나는 내 눈을 의심할 지경이엿다.

　문을 감안히 닷고 도라서는 녀자는 누러우리한 저고리와 분홍치마를 닙은 봄동산의 꼿갓흔 녀자이엿다. 왼골을 타서 뒤로 트러 부친 머리털은 방금 기름을 발낫는지 빤즈르한 것이 햇빗에 반사되고 그 아레로 약간 분칠을 한 하-얀 얼골이 웃음을 먹음 듯하고 잇섯다. 불그레한 쌤이 아츰 햇빗에 광채를 내이고 꼭 담을인 입설은 키스를 하기 위해 하누님이 만든 창조물이엿다. 옷독한 코 우흐로 머리털 한 오래기가 남실남실 하고 먹으로 그린 듯한 눈섭 아레로 그 열정에 쓰고 무엇을 간절히 찾는 듯한 맑은 눈동자가 쏨작도 안이하고 나를 바라보고 잇섯다. 아-나는 일생에 그러케 아름다운 모양을 본 적이 업섯다. 아! 그는 N이엿다. N이 그러케까지 아름답든가 하도록 그는 아름다웟다. 내가 내 눈을 의심하리만치 그는 입쌨다. 나는 그의 쏘는 듯한 눈의 광채 눌닌바 되여 눈을 내려쩟다. 그러고는 그의 가느다란 목에서 힘업시 느러저 잇는 백설 갓치 흰 보석들노 만든 목도리 장식과 맥업시 느러트린 그 옥갓치 희고 섬세한 두 손을 바라다보앗다.

　그린 드시 서 잇든 N이 이째에야 어려운 드시 거름을 쩨여 내 압 두어 발자귀 거리까지 왓다. 나는 그의 얼골을 다시 처다보앗다. 그의 몸에서 나는 고은 향기와 그의 저고리 옷 단추구멍에 씌운 쌜간 장미꼿 향기가 내 코를 슬첫다. 나는 그의 광채 나는 눈을 바로 마조볼 수 업서서 고개를 숙엿다. 침묵! 말할 수 업시 신비스럽고 깃부고도 슬프기 그지업는 안타까운 침묵이엿다. 나는 모르는 새 손에 들엇든 신문지를 써러트렷다. 그 조희가 마루바닥 우에 '털석' 하고 써러지는 소리가 이 안타까운 그러면서도 천년이고 만 년이고 그냥 계속하고 십흘만치 깃븜과 재미를 주는 침묵을 쌔트려버리는 선봉대가 된 것 갓햇다. N은 썰니는 목소리로 모기소리 만하게 말을 건네면서 한 발을 내여 드듸엿다.

　"놀나섯서요?"

77

"……" 나는 무슨 말을 해야 할지 참말 몰낫다. 안이 무슨 대답을 하려해야 목구멍이 열니지 안엇슬 것이다. 안이 대답이 무슨 소용이 잇스랴! 나는 그냥 이대로 죽어버렷스면 하도록 흥분하지 안엇든가!

N은 엇지하면 조흔가 하는 드시 몸을 한 번 비트더니 두 팔을 쇠여 쥐고 다시 들닐가 말가 하게 말을 건닌다.

"Do you know what is life? mr. Lee!" 하는 그 "mr. Lee"가 퍽 다정한 듯도 하고 퍽 애원하는 듯도 햇다. 나는 만족의 미소를 씌울 수 업섯다. 엇던 강한 깃븜이 넘처나와서 나는 우슬번 햇다. 그러고 갑작이 용기가 나는 듯햇다.

"Yes, I do know!" 하고 나는 "do"에 힘을 주어 대답햇다. 그러고 거의 본능덕으로 그의 얼골을 처다보앗다. 그는 다시 거의 입안에 말로

"No, you don't." 하고 나를 노려본다. 나는 더 대답이 쓸데 업섯다. 다시 잠간 동안읫 침묵이 니르럿다. 그 짜릿짜릿하고 현기증 나는 침묵이엿다. 내 눈과 그의 눈은 거의 한데 엉킬 만치 마조 바라보앗다. 그의 눈빗과 앵미간은 시시각각으로 파동을 니르켯다. 그도 아모말도 안이하고 나도 아모말도 안이 햇다. 그러나 우리는 우리 눈으로 서로 니야기햇다. '말은 사람의 생각을 다른 사람에게 알게 하는 데 가장 불완전한 기게'라고 짜눈치오[60]는 『죽음의 이김』[61]이란 책을 통하여 선언햇다. 과연 그러타. 말은 사람의 생각의 그림자나 헛 썹데기 밧게 운반하지 못한다. 내 생각의 참 혼 내 생각의 정톄를 가장 완전하게 내가 그를 알고 십허하는 이에게 운반하는 데는 눈밧게 업다. 묵묵한 가운데서 마조 가고 마조 오는 눈빗. 그 빗나는 눈동자는 모-든 것을 운반해준다.

나는 N의 눈을 닑엇다. 물론 N도 내 눈을 닑엇슬 것이다. 나는 모-든 것을 안 것 갓햇다. 나는 퍽 용감한 생각이 낫다. 깃븜이 사모첫다. 백만 덕군

---

60 짜눈치오 : 가브리엘레 단눈치오(1863~1938). 이탈리아의 시인, 소설가, 극작가.
61 『죽음의 이김』: 단눈치오가 1894년에 발표한 소설.

을 물니치고 개가를 부르며 돌아온 젊은 장수가 승리의 월게관을 그의 애인에게 붓허 받는 듯한 깁흔 감격을 늣겻다. 나는 부지중 니러섯다. 왼 몸이 샛샛해 들어오고 피가 마르는 것 갓햇다.

고 다음 순간 나는 가장 행복스러웟다. 무신경하게 된 것 갓흔 내 두 팔은 N의 — 그러케 오래동안 쉼쑤든 N의 — 말큰한 피부를 부서저라 하고 힘껏 앤긴 것을 감각할 싸름이엇다. 나는 쓰거운 그의 입술을 감각햇다. 나는 전신에 경련을 니르킨 것 갓햇다. 흠씬한 향내가 쟝미꼿 내와 쑬 갓치 단 처녀의 향기와 어울니여 코를 푹 쏘앗다. 나는 N의 눈에서 흘너나리는 굵은 눈물을 보앗다. 그리고 내 쌤 우흐로도 쓰거운 눈물이 흘너내리는 것을 감각햇다.

N은 그의 고은 머리를 내 가슴에 파무덧다. 나는 더욱 쏙 쎠안엇다.

N은 "I knew it! I knew it." 하고 가만히 속삭이엿다.

N의 팔닥팔닥 쒸는 심장의 고동이 내 것과 한데 뭉치여 엇던 아지 못할 나라로 우리 두리서 쓰을녀 들어가는 것 갓햇다. 나는 깃븜 이외에 아모 것도 업섯다. 그째 그대로 죽엇서도 한이 업섯스리라. 향내는 그냥 내 코를 즐겁게 햇다. 나는 그 향내를 일허버리지 안으려고 숨을 길게 드리 쉬엇다. 내 품에 쏙 안긴 그의 가슴과 억개의 근육은 자릿자릿 쩔고 잇섯다. 내 두 다리도 부들부들 쩔고 잇섯다.

나는 바른 손으로 그를 쎠안은 채 왼손으로 그의 아름다운 머리털을 내려 쓸고 잇섯다. 그의 쌕쌕 하며 급하게 쉬이는 숨소리가 퍽도 내 마음을 움즈기엿다. 나는 그의 머리를 쓰다듬으면서 무한한 깃븜을 늣겻다. 세상을 모도 니저버리고 잇섯다. 아모런 일이 생겨도 겁이 업섯다. 세상 업는 엇든 힘으로도 우리의 이 순간 쾌락을 쎄아슬 것은 업섯다. 아! 나는 이 세상 억만 년 전부터 억만 년 후 까지에서 가장 행복스런 사람이엿다.

바로 아래에서 대포들이 상해로 쩌나든지 자동차를 처음으로 트노라고 푸르푸르 하고 기게 트는 소리가 우리의 한초 동안읫 쑴을 쌔워주엇다. 나는 그 소리를 드르며 다시 내가 어데 잇는 것을 알게 되엿다. 내 녑헤는 의자도 잇고 책상도 잇스며 해도 잇고 세상도 잇고 소리도 잇는 것을 다시 쌔다랏다. 나는 쉼쌔는 사람 갓흔 것을 감하면서 번개 갓흔 엇던 생각이 내 머리를 슬치고 지나갓다.

'안 된다!' 하는 생각이엿다.

나는 갑자기 엇든 말할 수 업시 두려운 곳을 피하는 모양으로 맛치도 차듸찬 배암의 몸을 집어 내던지는 모양으로 N을 집어 밀어터리고 문작으로 쒸처갓다. 문을 홱 열어 젯기면서 나는 책상에 주춤하고 기대서서 돌이 된 드시 움쑥 안이하고 극히 놀난 눈으로 나를 쏘아보는 N을 면기 지나가듯이 볼 수가 잇섯다. 그러고는 쾅하고 문닷치는 소리를 듯고는 나는 정신업서지고 말엇다.

내가 다시 정신을 채린 쌔에는 나는 어느새 내 침대 우헤 되는 대로 업더저서 호득호득 울고 잇섯다. 엇든 모양으로 층층대를 쒸처 내려왓는지 엇든 모양으로 긔숙사까지 쒸여왓는지 쏘는 엇더케 방에 까지 쒸처 들어왓는지 알 수가 업섯다.

나는 엉엉 울고 잇섯다. 웨? 나도 모른다. 웨 그런지 그저 슬펏다. 아! 나는 엇시햇스면 조흘가? 두 발을 잔득 버치고 섯스면서도 모르는 새 모르는 새 작고만 쓸녀들어가는 미련한 나! 요망한 게집 하나의 유혹을 물니치지 못하는 나! 행복을 눈압헤 놋코 그것의 한 긋을 붓잡기까지 햇다가도 그것을 내여버리고 와서 혼자 우는 불상한 나! 아! 슬데업슨 부지럽슨 자존심! 시체[62] 청년들보다는 좀 다른 사람이 되여보겟다는 실업슨 욕심, 남보다 나아보겟다는 쓴침업슨 욕구! 그것들로써 밧는 바 내내 고통은 무엇인가! 쏘 그러타고 흙흙 울고 잇는 내 쓸은 무엇인가?

나는 벌썩 니러섯다. 그러나 즉시로 다시 쓱쑤라젓다. 머리가 횡하고 현

---

62 시체 : 한 시대의 풍습이나 유행.

기증이 난 까닭이엿다. 벌서 대회를 필햇는지[63] 아희들이 와당탕 와당탕 하면서 긔숙사 안으로 뛰여 들어오는 소리가 들넛다. 나는 후닥닥 니러나 옷저고리를 버서버리고 구두끈을 글너 버서버리면서 셜트[64]와 바지를 닙은 채 겹니불을 뒤집어 쓰고 들어 누엇다. 그리고 주머귀[65]로 눈을 부비여서 눈물을 말케 씻처버렷다.

한 방에 잇는 S군이 문을 벌각 열고 들어왓다.

"웬일이요?"

나는 아모 대답도 안이 하고 빙긋 우서 보혓다.

"어듸가 압흐오?"

"머리가 조곰" 하고 나는 가늘게 대답햇다. 그리고 맥히지도 안은 코를 맥힌 드시 "흥" 하고 내불면서

"S군!" 하고 차잣다.

"의사 불러오릿가?"

"안이"

"왜?"

"저 — 웃칭에 올나가서 D군의 타이프롸이터(打字機) 좀 빌녀다 주구려."

S는 대답업시 문을 열고 나갓다. 그동안 나는 눈을 감고 누어 잇섯다. 머리가 사실 압흐지 안은 것도 안이엿다.

'별 수가 업다. 사직하자.' 하고 나는 생각햇다. 이째 S가 다시 들어왓다.

"웃칭에 아모도 업고 문을 걸어 두엇습듸다."

'이 창문으로' 하고 나는 머리를 조금 도리켜 눈으로 머리 맛헤 잇는 창문을 가르첫다. 바로 창문 밧그로 사층 쏙댁이로 붓허 밋층까지 내려가는 쇠사다리 집에 불이 니러나는 경우에 쓰기 위해 노하둔 쇠사다리 그리로 올나

---

63 필(畢)햇는지 : 마쳤는지.
64 셜트 : 셔츠.
65 주머귀 : 주먹.

가서 웃칭 창문으로 기여들어가 가저오라는 쯧이엿다.

"한턱 써야지." 하고 S는 빈정대면서 창문을 열고 나아갓다. 나는 다시 눈을 감고 무엇을 생각하는 톄햇다.

'별 수가 업다. 나는 지금 그 구렁텅이 밋까지 쌔저들어 간 것이다. 이제라도 쌔저나오지 안이하면 안이 되겟다. 더 늦기 전에 속히 속히!' 하고 혼자 생각햇다. S가 웃칭 창문에서 마루로 내려 쒸는 소리가 쿵하고 들니엿다. 나는 다시 더 무슨 생각을 하려 햇스나 생각 실머리가 허트러저서 끗을 잡을 수가 업섯다. 이째 S가 타이프롸이타를 들고 문을 열고 들어왓다. 나는 쓴 우슴을 우스면서 "S군 오늘은 내 비서 노릇 좀 해주오. 저 — 머리도 압흐고 사정도 그러치 안은 일이 잇고 해서 회게 부장 사면을 하는 것이니 아모조록 수리해달나고 편지 한 장 써주오."

S는 나를 물쓰럼히 바라보며 무슨 말을 할듯할듯 하더니 째깍째깟 소리를 내면서 편지를 찍는다. 나는 그의 손이 긔게판 우에서 쌔르게 동작하는 것을 물쓰럼히 바라다보고 잇섯다.

S가 사직청원서를 가지고 나간 지 얼마 안 잇서서 자치회장이 차저왓다. 류임권고를 온 것이다. 나는 결코 다시 일을 볼 수 업슬 쑨만 안이라 더욱이 집에서 급히 오라구 해서 수일간 학교를 써나지 안으면 안이 되겟누라는 얼씸엣 거짓말로 대답햇다. 자치회회장이 간 후 나는 다시 내 거짓말을 되푸리 해보앗다. 그 거짓말이 입밧게 써러지면서 내게 엇든 힌트를 준 까닭이엿다.

'집에 가자!' 하고 나는 한 번 더 웅얼거렷다.

비가 오려고 아츰이 그러케 더웟든지 구름이 모히기 시작하드니 뎜심 째를 지나서는 가는 비가(그 상해에서만 볼 수 잇는 씨언치 안은 비) 보슬보슬 내리기 시작햇다. 나는 왼 종일 누어 잇섯다. 나는 생각햇다. 참으로 알 수 업는 일이다. '열길 물속은 알아도 한길 사람의 속은 모른다'고는 늘 듯던 말이지만 그 글의 참쯧은 지금이야 확실히 쌔다른 것 갓다. D와 구경을 갓치 단니고?

하기는 구경쯤이야! 그러나 그러나 알 수가 업다. 그러면 오늘 아츰 일은? 아모래도 N을 알 수가 업다. 맛치 여호에게 홀린 것갓다. 앗가 N은 나더러 "생활이라는 게 무엇인지 아세요!" 하고 물엇다. 내가 "알아요!" 하고 대답하니 "안이 당신은 모릅니다." 하고 저편에서 반박을 햇다. 그러면 N 저는 나보다 더 잘 아노라는 말이다. 그러면 자긔가 아노라는 그것은 곳 N 자긔의 생활텰학일 것이다. 그러면 N은 웨 내게 그것을 물어보앗슬가? 항주일 째문에? 응, 항주일노써 N 적어도 내 인생에 대한 태도를 짐작햇슬 것이다. 그런데 그 내 태도, 내 마지메[66]한 태도를 향하야 N은 "당신은 생활이 무엇인지 모릅니다." 하고 오늘 아츰에 선언한 것이다. 오─그러면 나도 N의 인생에 대한 태도를 짐작할 수가 잇다. 곳 나와는 반대로 '짧은 인생인데 도덕이니 책임이니 내여던지고 형락만을 취하자' 하는 태도일다. 그러치. 그러니까 N 자긔는 형락만을 취하기 위하야 D 한테서는 돈 그리고 나한테서는 얼골 그것을 탐내인 것일다. 아아! 나는 유린되엿다. 안이 그러케 쉽게 결론을 내릴 것도 못된다……. 그런데 그 다음 그가 내 가슴에 안겻슬 째 그는

"내가 알고 잇섯지 알고 잇섯지!" 하고 속삭이엇다. 무엇을 알엇단 말인가? 내가 종내는 제게 항복해 버릴 줄을 알엇단 말인가? 그럴 것이다. 바로 얼마 전에 항주에서 "나는 당신을 사랑하지 안이 함니다." 하고 내빗치든 나와 오늘 쮜여들어 씨여안고 입맛초든 그 나와 그 새이에 차가 얼마나 큰가? 나는 그동안에 그만치도 타락이 되엿는가? 그가 "알고 잇엇다." 하는 말이 사실일다. 아! 나는 이러케까지 약한 물건인가?

그러타! 지금 문뎨는 더 단순하게 되엿다. 일전까지에는 나는 N이 외국 녀자인 것 생활정도가 놉흔 것 허영심이 잇는 것(정말 잇는지 업는지 쪽쪽히 알지도 못하면서 물론 잇스려니 하고 혼자 결명을 내리고 잇섯든 것이다.) 쏘는 N이 나를 정

---

66 마지메(まじめ) : 진지함. 성실함.

말 사랑하지 안이하는 지를 모르는 것 이런 것들 째문에 고민도 햇고 단념해 버리고 애를 써왓다. 그러나 지금에 와서는 모―든 것을 안 것 갓다. 곳 나는 N에게 롱락된 것. N은 D의 돈을 사랑하는 동시에 쏘 내 얼골를 탐내는 것. 그런데 나는 N의 유혹에 쌔져들어가는 것을 막을 강한 힘이 업는 것. 이것을 알엇다. 그러니 나는 이제 참말로 N을 단념 안이할 수 업다. 내 몸을 위해서 N의 쌈쪽한 행동에 복수하기 위해서……. 나는 극도로 흥분되엿섯다.

나는 덤심도 안이 먹엇다구 걱정으로 S가 사다주는 면보⁶⁷를 좀 쯧어 먹고 벌서 어두어진 하눌에서 바삭바삭 내리는 비소리만 듯고 누어 잇섯다. 조곰 잇다가 뎐등불이 켜젓다. 이러케 밤에 혼자서 비소리만 듯고 누어 잇스니 퍽 고독한 생각이 난다. 그러고 집에서 어렷슬 적에 가을비 오는 날 어머님이 인두⁶⁸ 꼿는 화로 속에 밤구어 먹든 생각이 난다. 그러고 밤 쏙대기를 잘 버히지⁶⁹ 못해서 밤알이 확 폭발이 되면서 화로재를 사방에 쑤리여 어머님이 인두질하는 옷을 버려 놋코 어머님끼 쑤중 듯든 일이 생각나서 혼자 픽 우섯다. 그째 그 흘겨보시든 어머님 눈이 그리웟다. 그러다가 그 눈은 업서지고 이번에는 N의 눈이 나타난다. 나는 억지로 생각을 안이하려고 고개를 흔들고 마즈막에는 손을 내여 홰홰 저엇스나 할 수 업섯다.

N의 눈이 나를 노려본다. N의 몸에서 나든 그 향긔가 다시 코를 찌르는 것 갓햇다. 그러고 아직도 N의 고 바르르 썰고 짜스하든 입술이 근지럽게도 내 입술을 문지르는 것 갓햇다. 나는 입술을 니로 쌔물엇다. 전신이 다시 N의 짜스한 톄온을 감하는 것 갓햇다. N의 향내 나는 머리털이 열난 내 쌤 우흘 지금도 슬적슬적 슷치는 것 갓해서 나는 간즈럽기도 하고 재릿재릿하기도 햇다. 나는 안으려는 드시 두 팔을 벌니엿다.

아! 이째 N은 무엇을 하고 잇는가?

---

67 면보 : 빵.
68 인두 : 바느질할 때 긴 손잡이가 달린 쇠를 불에 달구어 쓰던 도구.
69 버히지 : 베이지.

84

나는 쒸처 닐어낫다. 이럴 수는 업다. 이러다는 미칠 것 같다. 비오는 것도 무릅쓰고 갑작이 강변으로 산보를 나가고 십헛다. 이것 내가 아마 정말 미치나 보다. 그러나 어느 새 덧구두도 신고 비옷도 쓰내 닙엇다. 모자를 푹 눌너쓰고 문밧게 나섯다. 비는 오나마나 햇다. 질척질척 발을 옴길 쌔마다 소리가 나는 풀밧 쌈씌[70] 우흘 천천히 거러서 강변까지 왓다. 사면이 캄캄하고 식컴언 물만이 철석철석 하면서 흘너 내리고 잇섯다. 공허하고 어두운 하눌과 물이 맛소래를 지르는 것 갓해서 몸이 웃슥햇다. 갑작이 머리가 씌쌈하는 것 갓햇다. 그쌔 그만 의자에 펄석 주저안젓다. 눈을 멀-거케 쓰고 모로 안저 저-편 어두운 구석을 바라보고 잇섯다. 캄캄한 어두움을 쑬으고 하-얀 불빗 하나이 반작하고 빗줄을 갈갈이 보내엿다. 캄캄한 하눌에 비나리는 속으로 한덤 밝은 빗은 말할 수 업시 밝고 맑으며 광채가 돌고 더욱이 외로운 령에게 큰 반가움과 위안을 주는 듯햇다. 쌈박하고 그 불은 죽어지고 말엇다. 다시 긋도 업는 어두움이 대지를 안타깝게도 돌너쌋다. 다시 반싹하고 그 아름다운 불빗은 나타낫다. 어두움 밧게 업는 세상에 한덤 희망 한덤 바른 길을 열어주려는 것처럼 다시 쌈박 다시 반작! 이러케 나는 정신 업시 밤에 항해하는 배들 길을 인도해주노라고 쉬이지 안코 켜젓다 쩌젓다 하는 등대불을 바라보고 잇섯다.

아! 무엇이라구 할 숭고하고 귀엽고 쌔끗한 불인가! 무엇이라구 할 책임성 잇는 희생덕인 등불인가! 어두운 속에 색캄안 속에 홀노 서서 그 밝은 불빗을 동서 사방 한 곳도 쌔이지 안코 두루두루 보내여 큰 배, 적은 배, 이 나라 배, 남의 나라 배, 륜선, 풍선[71] 할 것 업시 모-든 배들과 배사공들에게 희망과 참 길을 가르처주고 인도해주는 저 불이야 말로 얼마나 귀한 것이고 아름다운 것인가! 배사공은 저 불을 밋고 저 불은 모-든 배사공, 밉게 생겻

---

70 쌈씌 : 잔디.
71 풍선(風船) : 바람으로 움직이는 배, 돗단배.

건 곱게 생겻건 늙엇건 젊엇건 왼 텬하 배사공 누구나 자긔에게 갓가히 오는 사공은 모다 한결갓치 사랑한다. 그래 그의 밝은 빗으로 모—든 사공들의 압길 안전한 길을 열어준다.

아! 나는 웨 저 등탑불이 되여볼 수는 업는가. 어두운 하눌에 혼자 서서 아모 구별 아모 가림업시 텬하 모—든 사람을 모다 한결갓치 사랑하여 그들에게 빗을 주고 희망을 주고 안전한 길을 열어주게 될 수는 웨 업는가! 아! 그것이 되여야 한다. 그리되면 그들은 배사공이 뎌 등불을 밋는 것과 갓흔 순결하고 굿건한 밋븜으로 나를 밋을 것이다. 이째 내가 내 몸이 괴롭다거나 내가 내 일신의 행복만 탐해서 내 얼골을 엇던 한 사람 치마 압헤다 숨겨놋는다구 하면 등불이 압길을 인도해주려니 하고 꼭 밋고 의심 업시 이 길로 항행해 오든 사공들은 모두 엇지 될 것인가? 저 등불이 제 얼골을 제 애인에 치마 속에 가리우고 달콤한 사랑을 속삭일 적에 여기저기서는 배가 암초에 부딧고 배와 배가 마조치고 하여 배는 쌔여지고 사공들은 죽어버릴 것이다. 그째 사공들은 그 등탑을 엇더케 생각하고 그 등탑은 그 후 엇더케 될 것인가!

나는 여념도 업시 깜쌕 깜쌕하고 나왓닥 스러젓닥 하는 불을 영[72] 바라다보고 안저 잇섯다.

6월 12일

어제 밤에 비를 마즌 탓인지 몸에 열이 낫다. 아츰에 의사가 들어와 보고 약을 멧 봉지 주고 갓다. S는 녑헤와 안저서 하로 밤새에 얼골이 말이 못 되엿다고 걱정걱정하면서 무슨 우서운 니야기 갓흔 것을 들녀주고 또 아츰대회에서 들은 대표 보고 니야기도 해주고 신문기사들도 닑어 들녀주엇다.

슬몃시 잠이 들엇다가 쌔여보니 흐릿한 날이 시간이 엇더케나 되엿는지

72　영(永) : 언제까지 영원히, 오랫동안.

는 몰으겟는데 S도 어듸로 나가고 방에는 아모도 업섯다. 어듸선가 벌서 파리가 두어 마리 오늘 아츰 S가 사다준 우유통 우흐로 윙윙 하면서 나라단니고 잇섯다. 나는 물스럼히 텬정을 처다보면서 무슨 생각을 좀 하려 햇다. 머리를 무엇으로 내려누르는 것갓치 쌩하고 직근직근 압아서 한 가지 생각을 오래 게속할 수는 업섯다. 그저 단편 단편으로 여러 가지 생각을 게속햇다.

'올타. 집에 가자!' 하고 나는 생각햇다. 벌서 집에 안 가본 지가 칠년 채일다. 그동안 아버님 어머님도 퍽 늙으섯슬 것이다. 그러고 내 누의는 나를 보지도 못하고 그동안에 죽어버렷다. 나는 년전에도 성공하기 전에는 집에 다시 안이 들어가기로 결심햇섯섯다. 그러나 지금와서 그 결심을 쌔트릴 밧게 업다. 집에 가서 반가온 부모도 맛나보고 친구들 친척들 그러고 산 조코 물 맑은 평양서 매일매일 모—든 것을 닛고 재미잇는 작란에 취하면 자연 N도 차차 니저버리게 되고 내 상한 가슴도 회복되게 될 터이지. 그러고 쏘 긔회만 잇스면 고향에서 다른 애인을 하나 엇어보아야 하겟다. 애인을 하나 엇어서 깁히 위해주고 사랑해주면 자연히 N에게 미련한 정은 차차 희박해지고 세월이 감을 짜라 니저버리기도 하겟지. 녀름방학이 석달은 될 터이니 그동안 N을 모다 니저버리고 가을에 다시 와서는 N을 본 척도 안이 하면 N이 나를 롱락한데 대한 복수도 될 것이다.

그러타. 집으로 가자. 반가온 녯날 투억의 품에 안기우자. 그러고 내 사람들과 석기고 노는 가운데 N을 니저버리고 말자. N도 녀름 동안에 D를 딸아 돈의 형락에 쌔지거나 쏘 엇든 다른 사람을 딸아 나를 니저버리고 말겟지. 안이, N이 아모러케 되든 내게 상관이 잇나! 나는 집으로 가겟다. 집으로 가겟다. 돈도 집에서 올 쌔가 되엿스니……. 하고 나는 생각햇다.

……. 집으로 어서 가려면 병이 어서 나아야 겟다……. 하고 나는 얼는 머리 맛헤 노힌 환약을 한 개 더 먹엇다. 그러고 이제는 나앗다 하고 벌덕 니러나 보앗스나 아직 낫지는 안엇다. 나는 맥업시 다시 침대 우에 쓰러젓다.

6월 16일

오늘은 몸이 갓든해젓다. 강변으로 산보도 햇다. 오후에는 책장도 뒤적뒤적해보고 집에 갈 짐 꾸릴 준비도 좀 햇다. 다만 안직 돈이 안이 와서 걱정일다. 더욱이 돈이 오더래도 조선은행 절수[73]로 나오면 큰일 일다하고 걱정을 하고 잇다. 조선은행은 아직 개업을 안이 하고 잇슴으로 그리로 오면 돈을 차자올 수가 업는 것이다.

6월 19일

어제야 돈이 왔다. 맛침 우편국으로 와서 척 깃벗다. 곳 학교 회게실에 가서 차자 달나고 맛겻더니 오늘 아츰에 차자다 주엇다. 대판 진재[74]로 일본 돈이 퍽 써러젓더니 더욱이 이번 일화 배척 운동 째문에 돈 시세가 퍽 써러젓다. 려비가 모자르지나 안을가 걱정된다. 하여간 집에서는 놀랄 것이다. 갑작이 소문도 업시 들어오는 아들을 보고 응당 놀라기도 하고 깃버하기도 하렷다.

학교에서는 학긔시험은 고만두고 매일 일강 성적으로 성적 평균을 주기로 하고 예뎡햇든 대로 내일에는 방학을 한다구 한다. 상해 학생련합회에서는 또 요새 멧칠은 아모일도 못하고 급진파 완진파[75]가 내부에 생겨가지고 밤낫 차홈[76]만 한다구 학생들이 퍽 락망한 모양일다. 우리학교 대표들은 련합회에서 탈퇴를 하느니 마느니 하고 야단들을 친다. 아이고 나는 아모것도 모르겟다. 어서 집에나 가자. 이 집에나 내 집에나 그저 집안 차홈으로 망하려나부다.

73 절수(切手) : 은행에 예금을 가진 예금주가 절수 소지인에게 정해준 금액을 지급하게 하는 수표.
74 대판(大阪) 진재(震災) : 일본 오사카의 지진으로 생긴 재해.
75 완진파(緩進派) : 일종의 보수파.
76 차홈 : 싸움.

6월 20일

아츰에 짐을 가지고 상해 T군의 집으로 나왓다. 중로에서 뢰동자들의 폭동을 맛날가 십허서 자동차를 한 채 세내 타고 나왓다. 자동차도 뢰동자 무리들이 만히 모둥켜[77] 섯는 곳을 지나올 적에는 그냥 삼십 마일 속도로 내닷는다. 아마 돌질이 날가바 무서워하는 모양일다. 학교에서 짐을 자동차에 실코 잇슬 쌔에 우편소에서 나아오는 N을 볼 수 잇섯다. N도 퍽 수척해진 것갓치 내게 보엿다. N은 퍽 놀란 눈으로 나를 바라다보고는 급한 거름으로 어데론가 갓다. 나는 다시 도라보지 안엇슴으로 몰은다. 이것이 내 마즈막 N과의 작별이엿다. T군은 나를 반가히 마저주엇다. 그리고 내 수척한 얼골에 놀내이노라구 한다. 내가 나 스서로 알코 니러나서 면경을 드려다 보고 놀낫스니 다른 사람들이 놀나는 것도 무리가 안일 터이다. T군은 내게 리유를 물엇스나 나는 그저 알코 일어난 탓이라 햇다. T는 무엇을 찾는듯한 눈으로 물쓰럼히 바라다 보더니 슬픈 우슴을 빙그레 입가에 낫타내이면서

"무엇 내가 다 알지. 게집에 관한 고통이 잇섯네그려!"한다. 나도 말업시 우섯다.

"대장부가 되게! 게집이란 아모 쓸데도 업느니!" 하고 그는 례의 태도로 말을 쓰내다가 그만 입을 담을어 버린다. 인제는 그런 소리 하기도 퍽 실허진 모양일다.

맛침 내일 쩌나는 배가 잇서서 배표를 삿다. 그리고 밤에는 T와 한자리에 누어 부채로 몰녀드는 모기 쎄를 날니면서 여러 가지 니야기를 밤이 깁흔 줄 모르게 햇다. T는 조름 오는 목소리로

"집에 가거던 내 그것한데 한 번 가보게 그려. 입쓰게 생겻지!……. 안이 가볼 것 무엇 잇나! 그까짓 요귀 년을……." 하고 잠간 잇다가 "후ー" 하고 한숨을 길게 쉬이면서 도라누엇다. 나는 잠잠히 한참 동안이나 무엇을 생각

---

[77] 모둥켜 : 모여서.

하다가 그만 잠이 들어버렷다.

6월 25일

집에 왓다. 맛침 음력으로 단오날[78]일다.

'오분 전에 어듸 갓다 들어오는 사람처럼' 집에 들어가는 차ー닌 터럼 해보려 햇스나 나는 그런 일을 하기에는 넘우 범인(凡人)이엿다. 그런 일도 비범한 사람(차ー닌 갓흔 사람)이 안이면 못할 일이다.

어머니 아버지는 그동안 퍽 늙엇다. 더욱이 어머니는 딸을 일흔 후로 늘 울고만 잇다는 소식을 들엇더니 참으로 몰나보도록 수척하섯다. 그러고 새벽에 갑작이 들어오는 칠년이나 못 보앗든 아들이 들어오는 것을 보고는 깃븜이 넘치고 쏘 딸의 생각이 낫든지 그만 나를 붓처잡고 울고 쓸어젓다. 나도 눈물방울이나 써러트리지 안을 수 업섯다.

내 쏠도 말은 못된 모양일다. 아버님은

"원 외지에서 고생하누라 저꼴이 되엿고나!" 하시고 혀ㅅ을 차시고 어머님은 눈을 씻고 들여다 보고는 쏘 보고

"아이고 이놈에 세상 그 몹쓸 놈들이 먹을 것도 안이 주엇나 보구나!" 하고는 엉엉 소리를 내 울엇다.

오후에는 슬근 슬근 동산에 올나가 보앗다. 오래간만에 보는 단오노름은 퍽도 넷 어려슬 적 일을 련상식혀 주엇다. 다홍치마를 닙고 자주빗 당기를 펄펄 날니면서 건늬[79]를 쮜는 어린처녀들이 퍽 아름답게 보히엿다. 건늬를 제각금 몬저 쮜여보겟다고 머리를 차매고 건늬ㅅ줄을 붓잡고 돌아가며 차후는 인형(人形)갓치 생긴 아씨들도 퍽 입부게 뵈엿다. 큰 동산 작은 동산에 울깃불깃하게 모혀든 부인네의 쩨, 간간히 석긴 얼근한 남자의 무리, 특별히

---

78 단오(端午)날 : 단오날. 음력 5월 5일에 단오떡을 해먹고 여자들은 창포물에 머리 감고 그네를 타며 남자들은 씨름을 한다.
79 건늬 : 그네.

인기를 쓰는 행금쟁이[80], 어린애 코무든 돈 바라다보고 안젓는 아이스고림 장사의 쎄, 소화단을 들고 단니는 약행상, 써ー르키쓰[81]의 웨치는 소리와 속된 음악, 여기저기서 반공에 번득이는 건늬, 만수대 아레길로 오고가는 사람의 쎄, 모ー든 소리 빗 움즈김 생각 몬지 술 땀 아! 봄의 쎄스티버ー[82]를 마음껏 즐기는 인형부녀(人形婦女) 마셔라 취하라 춤추라 날쒸라 그리고 기절하라!

동산에서 얼골이 낫닉은 듯한 사람을 몃치 만낫스나 일흠도 몰으겟고 쏙쏙지도 안음으로 모르는 척하고 지내갓다. 저편에서도 모르는 척한다. 아마 정말 모르는 사람들이든 게지. 평양을 쩌난 지 십 년도 못 되엿는데 아는 친구는 이러케도 못 맛나보게 되는가? 그들은 모다 어데로 갓는가? 쌕 고독한 생각을 늣기면서 나는 뒤짐을 지고 어정어정 하면서 일본사람의 신궁(神宮) 뒤로 돌아 을밀대로 올낫다가 기생 씨고 산보 나온 젊은 풍류객들이 보기가 실혀서 다시 내려서서 모란봉 쏙댁이로 올나갓다.

모란봉에서 내려다 뵈는 대동강과 평양 확실히 항주보다 나흐면 낫지 못하지는 안타. 나는 엇든 감격에 늣기면서 머ー르거니 즐비한 평양성을 내려다보앗다.

아! 저속에는 군자도 만코 가인[83]도 만흐련만!

나 쩌날 쌔에는 보지도 못하든 싯벌건 벽돌집이 웃둑웃둑 서 잇는 것이 보혓다. 새로 된 대동강 털교도 유표하게 눈압헤 낫하난다. 마즌편 항공대에서는 비행기가 두척 쩌서 웡웡 하면서 우리 머리 우흐로 돌아단닌다. 새ー파란 물 우흐로는 파ー란 치마를 닙은 기생들이 노리배 안에서 왓다갓다 하는 것이 보힌다. 나는 엇든 몽상에 잠기면서 집으로 도라왓다.

---

80 행금쟁이 : 조선의 전통악기 해금을 연주하는 사람.
81 써ー르키쓰(circus) : 서커스.
82 쎄스티버ー(festival) : 축제.
83 가인(佳人) : 얼굴이나 몸매가 아름다운 여성.

"아모래도 나는 고독스럽다!" 하고 나 자신이 중얼거렷다.

4

7월 1일

"녕감이상[84] 이거 엇쩌카자우? 이거 지게꾼 그래두 오늘 밥버러 먹으야 아니 하갓소!'"

"우리 사람이 몰나. 오눌이 오라구 누가 말이 햇나?'"

"안이, 영감이상! 그럼 원제나 오라우?'"

"네일이, 네일이, 네일이 왓소데 죳소.'"

"그럼 오늘은? 지개꾼 이거 오늘두 밥벌어 먹으야 하디 안캇쉔가!'"

"몰라, 몰라. 네일이 일이 잇소. 네일이.'"

애원하는 듯 우는 듯 빌붓는 듯한 목소리와 책망하는 듯, 비웃는 듯한 목소리 이 두흘이 서로 회화를 하는 것이 양복을 닙고 자행거를 타고 가는 일본 사람과 그 뒤로 뷘 지게를 지고 무슨 죠희조박[85]을 쥐고 숨차게 쫏차오는 죠선 자게꾼이엿다. 이것은 오늘 아츰 신시가 근처에 나갓다가 본 일이다.

(以下 七行 削除[이하 7행 삭제])

아ㅡ 그 어렷슬 소학 시절에 나는 심술궂게도 그를 싸라단니며 "외눈쌀이, 외눈쌀이" 하고 놀녀주엇섯다. "총 쏘자, 사진 찍자!" 하고 넘우도 놀녀낼 쌔에는 그는 셩이 독갓치 나서 나를 쌀아 잡앗다. 그러나 그는 마음이 넘우 유순하여서 제 힘센 팔에 붓잡혀서 바둥바둥하고 애쓰는 나를 보고는 참아 쌔리지 못하고 그냥 "이 다음 쏘 그르면 목을 분질너 줄나." 하고는 그대로 노하주곳햇다. 그러면 나는 즉시 쏘 쫏차가며 셩화먹엿스나 그는 내 목

---

84 녕감이상 : 우리말 '영감'에 사람을 높혀 부르는 일본말 '상'을 붙였다.
85 죠희조박 : 종이조각의 평안도 사투리.

을 분질느지 안엇다. 그러다가 우리가 고등과 이년 급인가 삼년 급 될 쌔 그는 목수 노릇하는 아버니를 돕기 위하야 공부를 싯치엿다. 우리는 가지고 놀 '애꾸눈이'가 업서진 것을 섭섭히 생각햇섯다. 그러나 그 후로도 나는 여러 번 먹통을 돌고 제 아버지를 도와 새집 봇쌍[86] 재목에 먹줄을 치고 안져잇는 그를 종종 거리 집 짓는 곳에서 본 일이 잇섯섯다. 그런데 오늘 그는

"이거, 지게ㅅ군 오늘 밥버리 아니하야 되갓소!" 하고 애걸하면서 큰 거리로 지나갓다. 그러면서 맥고[87] 쓰고 양복 닙고, 흰 구두 신고 홰홰 내두르며 지나가는 젊은 신사인 나를 눈 거듭써 보지도 안엇다. 아니 볼 필요가 업슬 것이엿다. 엇재 양복 닙은 것이 죄악인 것 갓해서 얼골이 확근확근햇다.

그러면 그는 엇쌔 지게ㅅ군이 되엿는가? 나는 집에 돌아오자 곳 어머님께 물어보앗다. 진실한 예수교인이든 그의 아버지가 타락하고 그 후로부터 목수 일도 세월이 업는데다가 집안에 맛날 풍파가 잇서서 그는 싸로 써러져나와 혼쟈서 목수노릇 할 자본이나 재간은 업고 하여 벌서 지게ㅅ군 노릇하는 지가 수삼 년 되엿다는 기야기[88]다. 나는 그 언제나 벙글벙글 하고 잇든 그의 아버지를 다시 생각하지 안을 수 업섯다. 내가 어렷슬 적에 일요 례배마다 쟝대재[89] 례배당에 가면 언제나 그 령감이와 안저서 례배 시작하기 전에 혼자서 수심가청으로 찬미 독창도 하고, 쏘는 '남인[90]간에서 한 분 부인 간에서 한 분씩 긔도하라.' 는 말이 나오면 언제나 이 령감이 이러서서 목소리를 기-르게 쌔여 긔도를 간절히 올니곳햇다. 그리고 부흥회 쌔마다 그는 늘 무슨 간증이고 하고 쏘는 성신 밧은 신자 중에 하나이엿다. 더욱이 철업슨 아해들은 그를 '감사 령감'이라고 별명지어 두엇섯다. 그것은 그 령감이

---

86 봇쌍 : 들보.
87 맥고(麥藁) : 밀짚이나 보릿짚 모자.
88 기야기 : 이야기의 인쇄상 오류로 보인다.
89 쟝대재 : 평양시 중구역 중심부에 있는 35m의 큰 언덕. 경치 좋고 전망이 좋은 곳으로 유명했다.
90 남인 : 남자.

첫사랑 값

무슨 불행을 당하든지 "하누님 은혜 감사함니다." 하고 웨치는 까닭이라 햇다. 정말인지 거즛말인지는 몰으나 언제 한 번은 그 령감이 집을 짓다가 다 된 집이 갑작이 와르르 하고 문허지는 것을 보고 "감사함네." 하고 웨첫다구 한다. 녑헤 사람이 물어보니짜 그의 대답이

"아, 집은 문허젓스나 사람은 상하지 아니햇스니 감사하지 안소!" 하고 대답햇다구 한다. 쏘 한 번은 어떤 교인의 집에 어린애가 죽엇는데 됴상가서 척 들어서면서 쏘 "감사함네다" 햇다구 한다. 사람들이 놀나서 물어보니 그 대답이

"아, 그 아해가 커서 죄를 짓고 죽엇드면 디옥에 가게 되엿슬넌지도 몰을 것을, 지금 어려서 죄를 몰으고 죽어 텬당에 갓겟스니 그 아니 감사하오!" 햇다구 한다. 하여간 그만치 지독한 예수교인이엿다. 그러고 집에는 소경마누라와 두 아들이 잇섯는데 맛며느리를 마저 온다는 것이 쏘 소경을 어더와서 소경 녀편네 둘이 부억에서 밥을 지면서 서로 니마를 싹싹 마조치는 것이 아주 장관이라는 니야기이엿섯다. 그러다가 어써케 되어서 그 령감이 엇든 과부에게 눈이 싸져서 목수노릇 해서 돈 백원이나 모핫든 것을 홈쌕 들여서 그 과부를 첩으로 들려오기 째문에 교회에서는 책벌[91]을 마즌 후 어데론가 갓섯는데 수삼 년 전에 다시 평양으로 와서 지금은 술먹고 쥐정하기가 업이라구 한다. 그런데 그 감사 령감의 둘재 아들이 곳 오늘 내가 본 C군일다. 아! 놀나울 일일다. 미신으로 거의 줄치듯 해노흔 조선의 예수교의 그 두려운 힘으로도 '감사 령감'의 성욕을 제어할 수가 업섯든가? 사람은 과연 그러케 성욕 밧게는 아모 것도 업시 생각을 하는가? 니야기가 나왓든 김에 어머니가 쏘 L 쟝로의 일도 니야기 해주엇다. 그것은 L 쟝로의 젊은 안해와 D신문지국쟝의 간통 사건으로 정부정부[92]는 징역까지 하고 나왓다구 하는 니

---

91 책벌(責罰) : 잘못이나 죄에 벌을 줌.
92 정부정부(情夫情婦) : 가정이 있음에도 다른 남자와 다른 여자와 정을 나누는 남녀.

야기일다.

이러케 사람들은 제 인격, 제 자존심 제 명예, 제 재산, 쏘 그밧 모ㅡ든 것을 희생해서 성욕의 만족인지 쏘 혹은 련애인지를 구햇다!

아! 나는 저울대를 가지고 십다. 그러고 달아보고 십다. 과연 성욕이란 그만치 힘 세이고 무서운 것인가? 그런데 나는 그것을 싸화 이겻는가? 아니 이기려고 뢰력하엿는가!

그러타. 나는 언제나 남이 못하는 일을 쏙 해보고 십헛섯다. 남보다 나은 사람, 특수한 사람이 되여보겟다고 늘 생각햇다. 그러면 나는 지금 이 싸홈에 이겨야 한다. 남들이 이기지 못한 힘든 싸홈일사록 나는 쏙 이겨주고 말아야 한다. 그러면 나는 독신생활을 할 작뎡인가? 글세?

7월 3일

평양아, 아니 조선아, 네가 하눌에 오를 듯싶흐냐? 아! 아! 나는 엇더케 이 쎈텐쓰를 마저 말하랴!

(此間 三行 削除[차간 3행 삭제])

평양! 평양! 과연 훌륭해젓다. 륙만밧게 아니 되는 인구가 십만 이상이나 되엿다. 밀차가 업서지고 뎐차가 뇌엿다. 싯쌜건 박돌집들이 수십 개 더 생겻다. 시ㅡ퍼런 대동강 텰교가 웃둑하다. 비행기가 서너 개식 매일 쩌돌아 단닌다. 아, 이십 세기뎍 대도회로 붓그러움이 업슬 것이다. 늙은이들은 입을 벌니고 젊은이들은 머리 처들고 횡행[93]한다.(以下 二十一行 削除[이하 21행 삭제])

7월 10일

나는 웨 집에 왓든가? 보는 것 듣는 것 모ㅡ든 것이 절망과 권태쑨이다.

---

93 횡행(橫行) : 제멋대로 행동함.

오늘 아츰 나는 거리에 나갓다가 엇던 유치원을 보앗다. 맛침 아희들이 쓸에 나와서 유희례조들을 하고 잇섯다. 무엇이라구 할 귀여운 아희들이랴! 나는 가든 길을 멈추고 그 사랑스러운 어린이들의 이리 쒸고 저리 쒸는 모양을 취한 듯이 보고 잇섯다. (以下 二行 削除[이하 2행 삭제])

하고 생각하니 그저 들어가서 하나식 하나식 부다 안고 입을 맛초아주고 사랑스러운 말도 해주고 십헛다. 정신업시 바라다보고 잇는데 뒤에서 W군이 억개를 툭친다. W군은 한 사날전에 어데서 내가 귀국햇더란 말을 듯고 차자온 일이 잇섯다. W는 빙글빙글하는 보기에 퍽 불쾌한 우슴을 우스면서

"무얼 그러케 드려다 보나? 홈쌕 홀녓네그려. 흥 평양서는 몃재 안 가는 미인이니까, 아직 처녀라네!"

나는 이이가 무슨 소리를 하는가 하고 자세 처다보앗다. 그는 그냥 빙글빙글 우스며 나를 보고 쏘 유치원 안을 들여다보앗다. 나도 다시 유치원 마당을 들여다 보앗다. 그러다가 밧게서 수선-한 소리를 듯고 밧글 내다보는 유치원 교사인 처녀 얼골과 마조치엿다. 나는 얼골이 쌀개지면서 급히 거러 지나오고 말엇다. W는 싸라오면서

"그런들 그러케까지야!" 하고 그냥 빙글빙글 웃는다. 나는 W의 쌤을 갈겨 주고 십헛다. 그러나 쑬걱 참고 말대답도 아니하고 집으로 돌아왓다.

그러나 W는 내게 퍽 조치 못한 힌트를 주엇다. 오늘 오후에 거리에 나갓슬 째에는 길에 지나가고 지나오는 부녀들을 유심히 바라보는 내가 되엿다. W의 실업슨 작란은 내 심리상태에 큰 물결을 니르켜 준 것이다. 내 눈도 차차 W의 눈 그것과 갓하지는 것 갓해서 나는 썰엇다.

7월 11일

오늘 한겻[94] 아버지 어머니 한테 졸니웟다.[95] 장가들나는 말이다. 나와 동

---

94 한겻 : 한나절의 반.
95 졸니웟다 : 졸리었다(계속 요구당했다).

갑인 친구들은 벌서 모다 장가를 들어서 아들쌀들을 두셋 식은 나핫다는 둥, 늙은 아비 어미가 늙마[96]에 며누리도 보고 쏘 손자를 다만 하나이라도 안아보아야 깃부겟다는 둥. 여러 가지로 괴롭게 굴엇다. 부모로서는 나를 장가를 들이는 것이 시급한 문데가 아닌 것이 안일터이다. 첫재 그들 말대로 늙마에 며누리도 보고 손자도 안아보고 십흘 것이오, 둘재로 쏘 밧게 나가 단니기만 조화하는 나를 자갈을 물녀서[97] 집에 들여다 안치우기 위해서도 쏘 밋기를 하나 찔어드릴 필요가 잇슬 것이다.

하기는 그럴 것이다. 우리 아버지 어머니도 불상한 사람일다. 자수성가로 가진 고생을 다 해가면서 돈푼이나 모하서 먹을 것은 걱정이 업시되엿으나 자식이라고 단 둘이 잇는데 재작년에 다 길너 노흔 딸을 영 리별하고 아들이라구 하나 잇는 것은 밤낮 나도라단니면서 엇던 째는 책임업는 신문긔자의 잘못으로 무슨 두려운 사건의 련루자로 삼면 긔사에 오르고 나리여 늙은 부모의 간담을 서늘하게 하곳 한 적도 한두 번이 아니엿다. 그러니 부모의 정으로는 자갈도 물니고 십고 쏘는 남들이 하는 것 갓치 례배당에 가서 성대한 례식도 해보고 집에서 썩도 치고, 지짐도 지지고 한 번 흥청흥청 해보고도 십허할 것이 무리가 아닐 것이다. 그들에게 지금 다른 무슨 바람, 다른 무슨 의식, 다른 무슨 즐김이 잇스리오!

그들은 련애가 무엇인지 모른다. 년 전에 아버지의 친구인 어느 사람이 차저와서 이런 니야기 저런 니야기 하든 끗헤 "나는 련애 련애하니 그것 무슨 소린가 햇더니, 이전엔 서방질 한다고 하는 걸 신식말로는 련애한다구 한다드만." 하고 말하고 간 적이 잇다구 그것이 참말이냐고 나더러 물엇다. 결혼에 대해서 무슨 말을 좀 하려고 련애문데로 입을 벌녓던 나는 그만 입을 닷처버리고 말엇다. 말하면 무엇하리오. 알아도 못들을 것이오? 알아들

---

96 늙마 : '늙그막'의 준말(늙어가는 때에).
97 자갈을 물녀서 : 사람의 입에 물건을 물려서 말 못 하게 하여.

으려 하지도 안을 것이다. 나는

"아직 공부하는 학생시대이니." 하는 어림 쎙쎙한 대답으로 거절 비슷하게 해두고 클클한 생각이 나서 모자를 쎼여 쓰고 밧그로 나아가고 말앗다. 구두신을 매면서 나는 아버지의 쌍이 쎄지는 듯한 긴 한숨소리를 들엇다. 내 가슴도 씨져지는 듯이 압헛다.

7월 12일

암시라는 것과 환경이라는 것은 무서운 물건이다. 집에 들어가면 장가가라는 소리, 밧게 나오면 거리로 오르고 내리는 기생의 쎼, 그동안 여기저기에 몃 번 모히게 된 그닥지 갓갑지도 안코 그리 생소하지도 안은 친구 몃사람과 맛나면 쏘 그저 그 소리 — 녀학생 소리와 기생 소리, 그러케 간 곳마다 암시를 밧으니 갑작이도 퍽 성욕이 발동된다. 어제 밤에는 거의 견댈 수 업시 흥분되여서 자리에서 이리 뒤치고 저리 뒤치고 햇다. 종내 잠이 들어서는 말하기도 붓그러운 추악한 쑴을 쑤엇다. 그러고 오늘 하로 동안에도 나 스사로가 놀날만치 성욕의 발동을 늣것다.

5

7월 13일

나는 웨 도라왓든가? 지금에 와서 도로혀 후회가 난다. 좀 더 조흔 방면으로 나아가 보겟다는 결심으로 왓는데 지금에 와서 현저히 나는 타락되엿다. 행동으로는 타락이 아니되엿다구 하더라도 정신으로는 확실히 것잡을 수 업슬만치 타락되엿다는 것을 자백하지 안을 수 업다. 그것은 절망덕 감정으로부터 어든 갑시다.

나는 N을 닛기 위하야 여기까지 왓다. 그런데 내가 N을 니저버렷는가? 니저버리는 테하고 니저버리려고 한 것까지는 사실일다. 그러나 나는 N을 정말 니저버렷는가?

집에서 잠잠히 안저 밥을 먹는 동안, 저녁마다 모란봉 쏙대기에 올나가서 무연한 대동벌과, 맑고 쌔끗한 대동강의 굴곡을 바라다보고 서 잇는 동안, 혼자 묵상에 잠기여 칠성문 밧 넓은 길로 헤매이는 동안, 밤에 잠자려고 자리에 누어 눈을 감고 잇는 쌔에, 그 어느 쌔 나는 N을 니저버린 적이 잇는가? 그 아름다운 눈동자를 추억하지 아니한 쌔가 잇는가? 엇던 쌔 관압거리에서 장사하는 사람의 집에 한가히 안저서 거리로 지나가고 지나오는 수만흔 여자들을 볼 쌔 나는 N을 생각하고 한숨 쉬인 적이 몇 번이든고! 아버지 어머니가 장가를 들나고 조를 적에 나는 N이 어린애 재롱보는 모양을 본 쑴을 다시 생각하고 한숨 쉬이지 안엇는가?

아, 아! 내게는 웨 건망증이 업든가? 나는 이러케까지도 약한 자인가? N은 내가 어데 잇는지 도모지 아지 못할 것이다. 혹 소식을 몰나서 애쓰지나 안는지? 아니, 무엇을, D와 돈의 열락에 취햇겟지! 아니 아직도 상해 상태가 평온하지 못하니까 혹은 집에 가만히 잇서서 나를 추억하고 눈물지우지나 안을넌지! 나는 이런 생각을 하면 아니 된다. 남 못하는 일을 해보려는 내가 아닌가.

나는 N을 닛기 위하야는 여기서 다른 련인을 엇지 안으면 아니 될 줄로 생각을 하고 온 것이 아니든가? 그런데 나는 거기 성공햇는가? 아니 그것보다도 조선서 련애라는 것이 성립될 가능성이 잇는가? 젊은 남녀의 교제라는 것이 일에서 열까지 쏙 금지된 이 사회제도 속에서 련애를 차저보겟다는 내가 미친놈이 아닌가? 남녀교제는 말도 말고 여자들을 볼 수도 업다. 젊은 처녀들을 볼 수 잇는 곳은 곳 예수교 례배당 쑨이다. 그러나 처녀들 보러 례배당에 가기는 나는 실타. 학교에 잇슬 쌔에는 학교 규측으로 할 수 업시 례배당에 단녓거니와, 지금 자유행동을 할 수 잇는 쌔가 되여가지고 평생 가기 실흔 그곳에 단니기는 실타. 주일마다 아버지와 족음아한 충돌이 잇섯다. 그러나 나는 무슨 핑게든지 쑴여서 례배당에 아직 안이 갓다. 나는 이 자존심 째문에 늘 조치 못한 일을 당한다. 그러나 할 수 업다. 내 성질이 그런 것을. 또 한 가지 할 수 잇는 것은 매일 거리에 나 안젓다가 길로 지나단니는 만흔 여자들을 유심히 검사해 가지고 그 중에서 마음에 드는 것이 잇스면 그 미쑤멍을 줄줄 싸라단니다가 편지나 한쟝 해보고 엇져고 하는 방법일 것이다. 자존심이 강하고 여자한테 편지는 평생 쓰지 안키로 맹서한 나로서는 그것도 불가능한 일이다.

안이라. 다른 처녀를 보면 무엇하리오. 지금 내가 N을 닛고 다른 여자를 사랑할 수 잇다는 자신을 가졋는가.

남녀교제라는 것이 사방으로 쏙 둘너 맥힌 이 사회에서 남녀교제가 가쟝 공공연하게 시인된 데는 쏙 한 고듸잇다. 거기는 기생사회일다. 시대는 내가 이곳을 써날 째보다도 말할 수 업시 변햇다. 지금에 와서는 란봉[98]이나 상인들은 말도 말고 학생모 쓴 학생까지도 기생과 사괴는 것은 쩟쩟한 일인 것만침 그것도 한 류행이 되엿다. 쏘 기생으로서는 아모러한 남자와도 마음 놋코 사괴는 특뎐이 잇다. 려염집[99] 처녀로는 쑴도 쑤지 못하리만치 담대하고 활발하다. 누구를 써리랴? 무엇에 구속을 밧으랴? 기생은 종달새처럼 지져괴며 자유스럽게 몸치쟝하고 남자들과 사괸다. 이 덤에 잇서서 기생은 조션녀성(女性)의 반역자(叛逆者)일다. 인습, 도덕, 구속, 관념, 모ㅡ든 것에서 쒸여난 자유주의자일다. 기생에게 잇서서 다못 한 가지의 흠덤은 곳 이 공공연한, 자유스러운 교제로써 그들의 생계(生計)를 삼는 한 가지 일일다. 정당한 교제보다도 매춘(賣春)을 하는 한 가지 일일다. 만일 그것만 아니 한대면 조선의 기생은 훌륭한 반역자, 훌륭한 선도자들이 될 이라. 조선의 모ㅡ든 녀성은 돈 안 밧는 기생이 될 필요가 잇다. 조선녀자들은 넘우 보수덕일다. 그리고 쏘 넘우 남의 시비를 무서워한다. 녀성 혁명의 봉화를 들고저 하

98 란봉 : 꾼, 허랑방탕한 생활을 하는 사람.
99 려염(閭閻)집 : 여염집, 일반 백성의 살림집.

는 녀성이 업다. 남의 욕이 무서워서, 남의 오해가 무서워서. 그러나 남의 오해를 안 밧는 영웅이 어듸 잇드냐?

7월 14일

"나 고기 몰나. 주면 먹긴 해도 고기 몰나." 오늘 아츰에 어머니가 나 주겟다고 어제 퇴여두엇든 닭고기를 부엌에서 뜻고 잇슬 적에 엇던 얼골 와당탕하게 생기고 여기저기 센머리털이 석긴 둑겁이 꽁지만한 머리채를 산산히 푸러헤치고 람루한 옷을 두른 건장하게 생긴 녀인하나이 부엌문 압헤 들어와 서서 이러케 말하고 잇섯다.

"나 고기 몰나. 먹긴 해두 몰나!"

방 안에서 신문을 늑고 안젓다가 나는 이상해서 그를 물끄럼히 바라다 보앗다. 어머니는 우스면서 "독개비란다, 독개비" 하고 고기가 뭇덧는지 마럿는지 한 쎠다귀를 한 개 집어주엇다. 거러지는 부엌문 밧게 쭈구리구 안저서 쎠다귀를 쭉쭉 할고 잇섯다.

"아, 글세 거 우섭지 안소. 아들 서른두 개 낫든거 하나도 안 살고 다 죽엇소 고레. 쌍둥이두 죽구. ……. 아, 그놈의 색기 째문에 참, 우리 메누리잇든 건 쏘 지금 서울가서 살구……." 이러케 그 불상한 늙은이가 혼자 중얼중얼하고 잇섯다. 집엣 하인이 뜰을 쓸다 말고 녑흐로 오면서

"이 독게비 무얼 쭝얼그래? 독개비!"

"아니, 얜 알디두 못하문성. 그왜, 우리 맛메누리 말이야. 그애 지금 리××이네 집에 가서 살지 안니……."

그는 쎡다귀를 홱 집어 내던지고 머리를 한 번 홰홰 내두르더니 부시시 니러 서서 다시 쏘 손을 내밀엇다.

"이전 업서!" 하고 어머니가 웨첫다.

"나 고기 몰나, 주문 먹긴 해두 몰나, 몰나."

"독개비 갓흔거, 거정, 우서워 죽갓네, 얘 가라우, 가" 하고 하인이 비를

둘너 멧다.

"데―파! 싀누이를 째리나? 싀누이두 째리나?"

"독개비 소리 고만두구 어서 가디 안칸?"

"하―, 글세 싀누이를 째리누만 이런." 하면서 불상한 노파는 비츨비츨 하면서 피하야 대문 밧그로 나갓다. 집안사람들은 모두 크게 우섯다. 나는 한참이나 눈이 멀개 안저 잇섯다.

어머니 설명을 들으면 그는 본래 서촌 어데 엇던 예수교 쟝로의 안해이엿다구 한다. 그런데 한 십 년 전에 리××을 암살하려는다는 혐의로 붓잡혀서 경성감옥에서 사형집행을 당한 후 안해는 그만 저러케 미쳐서 서울 남편 차져가누라구 평양까지 와서 벌서 멧 해채 평양서 저러케 도라단니며 어더먹는다구 한다.

정신에 이상이 생긴다! 밋친다! 분수에 넘치는 자극을 밧을 째에는 신경계통이 조화를 일허버리고 착란이 된다. 밋친 사람도 자긔가 밋친 줄을 의식할가? 자긔는 가장 진면목(眞面目) 하게 무슨 사상을 니야기하는 것이 우리 듯는 사람에게는 아주 그러케 우섭고 터문이 업고 련락업슨¹⁰⁰ 주절거림으로 들니는 것이 안인가? 만일 그러타면 지금 나 자신이 밋치지 안엇다구 누가 증명할 수가 잇슬가? 나는 그동안 미쳣는지도 몰으겟다. 나는 지금 그래도 련락 잇는 내 일긔를 쓰노라구 여기 다 써노핫는데 일후 누가 이것을 넑어보고 밋친이의 즛이라고 우서줄넌지 누가 알 것인가? 이제 그 밋친 사람도 자긔 속에는 정신이 쪽쪽한데 다만 그의 언어관능 긔관이 그의 뢰의 지배를 착란해서 그러케 저도 모를 소리를 주절거리는 것이 안일가? 만일 극도의 고통이나 고민이 사람을 밋치게 한대면 나도 확실히 밋쳣슬 것이다. 나는 내가 밋친 것도 인식하지 못하고, 쏘는 다른 사람들이 나를 웃는 것도 인식하지 못하면서 항상 남의 우슴거리가 되어 잇지나 안이한가?

---

100 련락(聯絡)업슨 : 서로 관련이 없는.

나는 하로종일 이상한 생각이 들어서 퍽 불편하엿다. 다른 사람들과 니야기를 하다가도 혹시 다른 사람이 웃지나 안나 하고 모혀 안즌 사람들을 둘너보기도 하고, 쏘는 방금 내가 한 말을 되푸리해서 속으로 생각도 해보아 혹 우서운 소리가 아니 나왓나 하고 검사도 해보앗다. 그러다가 마즈막에는 입을 닷쳐버리고 말엇다.

7월 16일

장마비가 나린다.

우뢰 번개질을 해가면서 압집 쏠에선 포푸라 가지가 보히지 안으리만치 비가 억수로 내리붓더니 지금은 가느른 보슬악비가 되여서 조르락 조르락 하는 소리가 엇재 가슴속에 말할 수업는 비곡을 들녀주면서 쉴 새 업시 집웅을 두다린다. 나는 불 째인 싸끈싸끈하는 구둘에 엉둥이를 붓치고 안져서 물쯔럼히 비오는 마당을 내다본다. 넓지도 안은 마당이 여기저기 패와서 늙은이 니마처럼 되여잇다. 저─편 화단 싹에는 아직 소내기물이 쑥 찌지를 못하고 풍덩하니 고여잇다. 하눌은 머─ㄹ건 것이 비가 언제 씃칠 것 갓지도 안타. 아마 한 백년이고 천년이고 올 것 갓다. 집에서는 아들 썩해 먹인다구 썩쌀 삼는 구수한 내가 코를 슬적슬적 슬친다.

첨하긋[101] 아레는 강한 첨하 락수물에 패와서 둥그런 소[102]가 지고 저기 물이 갓득 채와 잇다. 그리고 지금 조곰식 쩔어지는 락수물이 련방 크고 둥그런 물거품을 짓는다. 그 물거품이 핑그르르 하고 이편으로 둥둥 써나오다가는 스러지고, 스러지면 쏘 져편에서 벌서 새 물거품이 생겨 이리로 온다.

'세상은 물거품이라'고 그 누가 말햇다. 그러면 이 오뢰[103], 이 고통, 이 슬픔, 이 고독, 이 광란, 이것도 모다 물거품이든가! 나는 긴 한숨을 쉬이지 아

---

101 첨하긋 : 처마 끝.
102 소(沼) : 땅바닥이 우묵하게 뭉떵 빠지고 늘 물이 괴어 있는 곳.
103 오뢰(懊惱) : 오뇌, 탄식하고 번뇌함.

니치 못햇다.

물거품은 연해 생겻다 써젓다 한다. 그런데 이상한 일도 잇지, 물거품마다에서 나는 N이 빙그레 웃는 얼골로 나를 쳐다보는 그 얼골, 그 눈을 보앗다. 물거품마다에서 그는 나를 희롱하고 잇섯다. 나는 '보지 안엇스면!' 하고 생각은 하나 이 광경에서 써날 용긔가 업서서 그양 안저서 오래오래 그 물거품을 노려보고 잇엇다.

이째 아버지는 쏘다시 나의 약덤을 습격햇다. 내가 이러케 정신업시 뜰을 내다보고 안젓는 것을 본 아버지는

"애, 너 무슨 근심이 잇니? 흥, 그러치, 그만 나세가 되면 그런 법이니라. 그러기 이런 째 너를 위로해 줄 사람을 하나 구해야 하너니라. 글세 네 애비가 어련히 하랴. 이번에는 꼭 허락을 해라. 이런 조흔 자리는 다시 구할내야 업스리라. 저─서문밧 구장로 딸인데, 인물도 잘나고 재간 잇고, 슝의 녀즁학교 졸업하고, 일본가 공부하다가 지금은 S유치원 교사노릇 한대더라. 그런 자리가 쏘 어데 잇겟니!"

'S 유치원'이란 말에 내 귀가 번적 띄엿다. S 유치원 교사 노릇하는 여자일 것 갓흐면 일전에 내가 그 학교 압헤서 W군을 맛낫슬 째 잠간 본 녀자일다. 그째 인상이 결코 낫부지는 안엇다. 퍽 입쁘다 하고 생각하엿섯다. 처녀의 순결이라는 것보다도 남자의 육욕을 격동식히는 야비하면서도 요염한 참을 가진 녀자라구 보앗섯다. 나는 속으로 다시 그 녀자의 얼골을 되푸리해 보앗다. 내가 말업시 잠잠하고 잇는 거슬 본 아버지는 좀 열즁되여서,

"무엇 우리가 사둔댁 덕이야 바라겟느냐만은 쏘 부자란다. 삼천 석을 하느니, 오천 석을 하느니 하는데 네역[104] 돈업는 집보다는 낫지 안니! 내가 제게 낫부도록 해주겟느냐? 어련히 조토록해주랴. 그리고 쏘 그가 원한대면 너 가자는 데로 어데던지 공부도 갓치 보내주겟누라더라. 그 집에서는 오늘

---
104 역 : 또한.

이라도 네가 허락만하면 곳 작뎡을 하자는구나. 어제 리권사가 한겻이나 와서 말을 하구 갓다.”

사람들아, 나를 비웃지 마라. 이 소리가 결코 내게 실치가 안엇다. 실치 안을 쑨만 안이라, 퍽 강한 힘으로 나를 유혹햇다. 곱다! 고흔 처녀를 안해로 한다. 육욕의 만족 그것만으로 만족할 수 잇지 안을가? 그리고 쏘 이 고은 여자와 결혼하야 갓치 사는 동안에 애정도 생기고 자식도 낫코 하면 자연 N도 니저버리고 말게 될 터이지. N을 니저버리는 데는 이 녀자가 아주 조흔 대물이라구 생각햇다. 그러나 그러타고 쏘 여지껏 반대만 하든 혼담을 지금 갑자기 ‘녜. 그럽시다’ 하고 나안는 것도 엇재 우서운 것 갓해서 아모 대답도 안이하고 안져잇섯다. 아버지는

“글세 이번엔 쑥 허락해라. 녯적 갓흐면 내가 억지로라도 벌서 작뎡햇슬 게다. 너도 쏘 한번 보고십다면 오는 주일날 나하고 례배당에 가자. 그 집에서도 네가 보고십대면 례배당에서 보혀주마고 하더라. 응?”

“하면 하지오, 무엇 보문 별한가요!” 하고 나는 비앗는 드시 대답햇다. 아버지는 깃븐 드시

“무얼, 그럼 허락한단 말이냐? 응, 약혼하잔?”

나는 아무 대답도 아니햇다. 그리고 고개를 쓰득거렷다. 아버지는 깃버 죽을 지경이엿다.

“여보, 유경이 어머니, 얘가 오늘은 허락을 하는 구료! 그 구장로 쌀 말이야!” 하고 조와서 야단을 첫다. 나는 가만히 니러서서 내 방으로 건너왓다. 모르는 새 내 쌤으로는 두줄기 눈물이 흘너나리고 잇섯다. 나는 흐르는 눈물을 싯츠려고도 안이햇다.

7월 19일

혼약은 성립되엿다. 오늘은 주일인데 K(나와 약혼한 녀자)를 처음 인사드리러 맛나보러가는 날일다.

첫사랑 값

어제까지 비가 왓스나 오늘은 해가 쨍쨍 난다. 대동강은 물이 붉어지기는 햇스나 열자도 늘지 안엇다. 그런데 서울 한강은 물이 사십륙 척이나 불엇다구 한다. 거리거리에 신문지국 게시로 사람들이 모혀든다. 긔차불통이라고 서울 신문들도 내려오지 안엇다. 한곳에서는 이러케 죽는다 산다 하고 야단인데 여기서는 평안하다고 게집 차저보려 단딘다. 이것이 아마 인생인가부다.

K와의 면화는 참으로 우섭고 부자연하엿다. 오후 례배 필한 후 K의 집에서 햇는데 립회인으로는 구쟝로 부부와 즁매의 공이 잇는 리권사 할멈, 그러고는 내 아버지이엿다. 사랑도 아니오, 안방도 안인 그 즁간 방에서 내가 기다리고 잇슬 째 K가 부모와 리권사와 함께 드러왓다. 어머니 등 뒤로 숨어서 고개를 푹 숙이고 드러오는 그는 얼골이 당홍무 갓치 쌜개젓섯다. 미상불 나도 벌개젓섯슬 것이다.

"무엇이 그리 붓그러워서! 자 장래 남편이 여기……." 하고 리권사는 버룩버룩[105] 하면서 나를 그 녀자에게 소개햇다. K는 잠간 나를 쳐다보고는 다시 고개를 푹 숙으리엿다. 그러고 져고리 고름만을 만적만적 하고 잇섯다. 구쟝로 부부와 내 아버지는 공연히 허허 우섯다. 아모도 K를 내게 소개해주지 안엇다. 모다 안젓다. 나는 좀 더 갓가히서 K를 해부해볼 기회가 잇서서 깃벗다. 나는 슬금슬금 도적질하는 겻눈질로 그를 보앗다. 멀거니 볼 째에는 그저 남자를 호리는 듯한 참만이 잇더니 갓가히서 보니 어덴가 역시 처녀다운 부드러운 맛이 잇섯다.

K는 확실히 미인이엿다. 져런 미인이 내 안해인가 하고 생각하니 슬근히 깃부지 안은 것도 아니엿다. 그러나 다른 무엇보다도 나는, 이 자리에서도, 억제하기 힘든 육욕의 발동 쑨을 감햇다.

수박 먹고, 리권사가 기도하고 그러고 이 회견식은 씃낫다. 결혼식은 좀

---

105 버룩버룩 : 입을 크게 벌리고 만족스럽게 웃는 모습.

급하지 만은 내가 학교로 다시 가기 전에 하기 위하야 팔월이십구일로 하기로 햇다. 그래 례장[106]은 째가 좀 부뎍당하나 간략하게 어서 보내기로 햇다.

어머니는 벌서부터 분주스럽게 써들고 돌아갓다. 밤에 쟈리에 누어서 나는 다시 K의 얼골을 련상해보앗다.

'한 번 더리고 쟈고 십흔 것, 그러고 돈 만흔 것' 이것이 과연 결혼의 요소가 되는가? 아! 나는 죄를 짓지 안는가?

내가 N을 닛지 못하는 것이 사실이다. 그러나 나는 아직까지 N에게 대하야 육욕을 품어본 적은 업다. 설혹 그가 어린애 재롱보는 꿈까지 꾸엇다 더래도 사실로 N을 씨고 자보앗스면 하는 생각은 절대로 업섯다. 지금도 업다. N의 얼골을 보면 쏘 지금 그를 회상하면 그는 다만 내 눈압헤 한 아름다운 텬사 그다. 그져 그와 이야기 해보고 십고, 마주보고 웃고 십고, 쓰러안고 고은 쌤과 눈에 입맛초고 십고, 이러고 내 모―든 것, 내 몸, 내 령혼을 그를 위해 바치고 십헛을 짜름이지 결코 지금 K를 볼 째처럼 생식긔의 발동은 업섯다. 말하자면 내가 N에게 대한 정은 니른바 풀래토닉 러브[107]이엿든가 보다. 그러나 K에게는 사랑이라는 정이 아니 간다. 다만 말할 수업시 더럽고 야비한 격동 쑨을 K의 얼골은 니르킬 짜름이다. 내가 지금 K에게 구하는 것이 잇다면, 쏘 장차 구한대면 그것은 야성뎍 육욕의 만족 그것 쑨일다. 그 외에 아모 것도 업다. 그러면 우리가 결혼하야 행복될 것인가? 쏘 K는 나를 엇더케 생각하는가? '하여간 오래 상종하누라면 좀 더 고상한 사랑도 생기겟지!' 하는 억지 발쌤을 되푸리하면서 나는 잠이 들엇다.

7월 20일

밤 열시가 지나서 W군이 술이 잔득 취해가지고 와서 쥐정을 한참 햇다.

---

106 례장(禮裝) : 예장. 결혼할 때 신랑 집에서 예단과 함께 신부 집에 보내는 편지.
107 풀래토닉 러브(platonic love) : 플라토닉 러브. 육체적인 사랑이 아닌 정신적인 사랑.

공연한 일을 트집을 잡아가지고 야단을 치던 씃헤 "미인하고 약혼해서 행복되겟느니 검방저젓느니" 하고 써들어 댓다. 처음 얼마동안은 그래도 친구 체면으로 조케 밧아주엇더니 차차 더 못되게 굴어서 마그막에는 할 수 업서서 쌤개나 단단히 쌔려서 내쫏찻다. W군은 울고불고 야단을 치면서 "네 이놈 보자!" 고함고함 지르면서 쫏겨갓다. 밤이 퍽 깁도록 마음이 불쾌햇다.

7월 21일
아츰에 W가 와서 "어제밤에 술잔이나 마신 김에 실수하엿노라"고 용서를 빌너 왓다. 조흔 말로 대답하고 한참 놀다 보냇다.

7월 22일
가보고 십기도 하든 차에 어머님이 작고 권고하는데 못 견대는 체하고 K를 보러갓다. K는 유치원 방학한 후 집에서 놀고 잇섯다. 내가 K의 집에 간 쌔 K의 어머니는 곳 나를 K의 방으로 더리고 갓다.

K는 풍금을 타고 안저 잇섯다. 이번에는 낫도 붉히지 안코 아조 구면인 드시 인사햇다. 그의 살작 웃는 입모습 까지가 엇던 아지 못할 강한 매력으로 남자를 충동식히엿다. K는 타든 풍금을 멈추엇다. 그리고 '아직 타고 십다'는 드시 의자에 안즌 채로 발로 바람은 넛치 안코 그냥 건반만 여기저기 눌너보고 잇섯다. 나를 그리 반기는 기색도 없는 것 갓치 생각되여서 나는 비관했다.

"어서 타시지오." 하고 나는 그러케 말해야 할 의무나 잇는 듯이 말햇다. K의 할머니가 명주나이[108] 하누라고 쌩째[109]에 고치피여 씨운 것과 가락쏘치[110]를 들고 들어오면서 말햇다.

---

108 명주나이 : 명주실을 뽑아서 명주를 짜는 일.
109 쌩째 : 뺑대(베틀로 베를 짤 때 쓰는 도구의 하나).
110 가락쏘치 : 뽑은 실을 감아 놓는 나무 막대기.

"찬미나 한 장 타보렴."

"요거 머 풍금이 작아서. 글세 언제부터 큰 것 하나 사달나니까!"

"작으문 작은 대로 하지. 원 즈라리두!"

"풍금살이 작아서 에리운 찬미는 못 타요. 글세. 살이 요것 배곱만 된대문, 그래두……."

"그럼 두 번 누르렴"

"하하 하하, 할마니두……"

나도 실소하지 안을 수 업섯다. K는 허리가 부러질 드시 웃고 나서 쌩쌩하면서 듯기도 실흔 감상뎍 일본 곡조를 타고 안저 잇섯다. 처음에는 무엇 써리는 것이 잇는 듯이 가만가만히 타더니 조곰 만에 아주 거기 가쟝 열즁이 된 모양이엿다. '당신 갓흔 사람이 와도 나는 모름니다.' 하는 듯한 것갓치 생각되여서 나는 슬퍼젓다. 나는 홍을 일코 멀거니 할머니가 명주실 썝는 모양만 바라다보고 잇섯다. 좀 원시뎍인 감은 잇스나 갈고리 달닌 가락꼬치가 시들시들 늙은 손을 핑그르 돌니우면 그것이 팽글팽글 돌아감을 딸아 길게길게 고은 명두실이 꼬아지는 것이야말로 화가의 한 폭 그림 재료가 넉넉히 된다. 갑자기 馬鹿ニサ役[111]한 생각이 나서 그만

"감니다" 하고 모자를 집엇다.

국수 사다 먹고 가라고 할머니가 말니는 것도 듯지 안코 나는 그냥 나아왓다. K는 잠간 의자에서 니러서면서

"안령히 가세요" 하고 차게 인사햇다. 나는 그 인사는 대답도 아니 하고 나왓다.

무엇이라구 할 우서운 일일가? 나는 K를 사랑하지 아니한다. 또 사랑할 수도 업다. K도 분명히 나를 사랑하지 안는 것이다. 그러면 우리의 결혼은 장차 엇던 결과를 가져올 것인가?

---

111 馬鹿ニサレル(바카니사레루) : 무시당하다.

다시는 K의 집에 아니 가겟다. 기다리다 결혼한 후에 슬컷 내 육욕이나 만족식혀스면 그쑨일다. 나는 K에게서 그것 외에 아모것도 더 요구하지 안는가?

아! 나는 이러케까지 타락햇는가! (次號完)[112] (1925, 1927)

---

112 차호완(次號完) : 여기서 다음 호에서 끝난다는 표현을 볼때 이 소설은 완성된 것이 아니라 주인공이 일기를 마치지 못하고 자살했으니 중단된 것으로 볼 수 있다.

쎌스 껄

쎌스 걸

1

칼로 깍거내일 듯이 매운바람이 분다. 그 매운바람은 어제 밤새도록 내려
싸인 흰눈을 이리 몰고 저리 몰면서 윙윙거린다.

고객도 없이 휑뎅그리 뷔인 상점을 이때까지 지키고 잇든 십여 명 여점원
들이 치운 거리 우에 나섯다. 밤이 깊어 거리에는 행인이 적고 목도리로 얼
굴을 둘러싸고 두 눈만 반짝반짝 내놓은 사람이 이따금 하나식 땅땅 얼어붙
은 길 우으로 게다를 다르락다르락 끌면서 지나간다.

본정통¹ 속으로 올라가는 일본 색시들에게 '사요나라'²를 부르고 경숙이
는 혼자서 우편국 앞 넓은 길로 걸어나왔다.

'애고 치워!'

경숙이의 숨낄이 딱딱 맥히는 것 같다. 우편국 모퉁이 밖으로 나서니까
모진 광풍이 뽀―얀 눈을 한아름 안어다가 그의 얼굴에 탁 씨워 놓고는 뒤
로 다라나버리엇다. 경숙이는 목도리를 코 위까지 푹 뒤집어 쓰고 바람을

---

1   본정통(本町通) : 일제강점기 퇴계로와 명동 사이의 거리를 부르던 이름. 해방 후는 이
    거리 이름이 충무로로 바뀌었다.
2   사요나라(さよなら) : 안녕히 가세요(헤어질때 인사말).

피하기 위하여 얼굴을 도리키고 가슴만 내밀고 거름을 재촉하엿다.

전차정류장 안전지대에는 한사람도 없고 눈싸래기만 살금살금 기여다닌다. 전차도 언제 지나갓는지 또 언제 오려는지 맛치 몇십 년 동안 전차가 지나다니지 아니한 폐허처럼 고즈낙하고 구슬퍼보이엇다. 정면에 커-단 두 눈을 가진 괴물처럼 생긴 자동차 한 대가 쇠사슬 감은 바퀴로 눈을 파서 흘날리면서 달려온다. 자동차는 뿡 소리도 없이 경숙이 앞으로 휙 지나갓다. 희미하게 밝은 그 안자리에는 어떤 뚱뚱한 일본 사람이 세상 왼갓 것에 실증이 나버렷다는 듯이 불유쾌스런 얼굴로 앉아잇엇다.

찬바람이 또 한 번 휙 지나간다. 경숙이는 몸을 부르르 떨엇다. 추위가 살을 어이고 속속드리 숨여드는 것 같엇다.

'얼마나 뜨스할가?' 하고 그는 혼자 중얼거리엇다. 사실 그 자동차 안은 몹시도 따스할 것같이 생각되엇다. 경숙이는 아직까지 자동차를 타본 적이 없다. 서울에 뻐스가 생긴 이래로 뻐스는 몇 번 타보앗으나 그것도 넘우도 들추고 깨솔린 냄새가 싫여서 안타는지 오래다. 그러면서도 어째 자동차 안은 퍽 따스하고 편안할 것같이 생각되엇다. 자동차 뒷모양을 물끄럼이 바라다보다가 그것이 '레-드구레무' 광고 아래로 슬어저 없어지자 그는 자기도 몰으게 '휴' 하고 한숨을 내쉬이면서 다시 고개를 돌리어 남대문 쪽을 바라다보앗다.

○○○○○○○○○○○○○○○○○○○○○○○○○○○○○○○○[3] 오직 목 뒤까지 털 달린 외투깃으로 뒤떨미를 푹 덮은 순사 하나이 빨간 등 달린 파출소 안으로 들어가는 것이 보인다.

발이 실여 들어온다. 경숙이는 깡충깡충 구부보[4]를 하면서(어쩐 일인지 구부보를 하면 추위가 좀 덜할 듯싶엇다.) 마즌편을 바라보앗다.

---

3 원문 훼손으로 판독 불가능.
4 구부보 : 말처럼 발을 구르다.

이때 갑작이 찌익하고 뿌레익 밀리는 소리가 나더니 웬 한 자동차 한 대가 그의 앞에 급히 정거햇다. 뷔인 자동차인데 운전대에는 운전수 혼자 잇엇다.

경숙이는 곳 외면을 햇다.

"경숙 씨!" 하고 부르는 소리가 낫으나 그는 못 들은 체하엿다. 문을 탁 닷치는 소리가 나더니 푸르르르하고 자동차는 다시 스르르 굴러간다. 경숙이는 고개를 가만히 돌리어서 그 자동차의 뒷모양을 바라보앗다. 뺵윈도를 통하야 텅 뷔인 뒷자리와 운전대에 앉은 운전수의 모자 뒷모양만이 보이엇다.

'저 안에는 따스하렷다.' 하는 생각이 다시 낫다. 그러니까 갑자기 몸은 더 치워지는 것 같고 더한층 매섭은 듯싶엇다.

경숙이가 자기가 그 자동차 안에 뻐젓이 타고 앉어 잇을 모양을 상상해보앗다. 그것은 상상만 하기에도 넘우 팔자 좋은 일이엇다.

'이런 바보가! 그 자동차를 탓으면 벌서 종로네거리에 ○○○○ 아니면서 집에○ ○○다.' 하고 그는 속으로 생각도 햇다. '그러나!' 하고 그는 혼자 얼굴을 붉히엇다.

'더욱이 창제가 얼마나 무안스러웟을가? 그러나 하도 창졸간[5]이어서…….' 하고 스스로 변명도 하여보앗다. 고운 새를 잡엇다가 놓아버린 듯싶은 서운한 생각을 것잡을 수없엇다.

그는 다시 발을 동동 구르면서 남대문 쪽을 바라다보앗다. 되엇다. 전차가 온다. 외눈깔 같은 이마뺵이 등이 보인다. 우르르 소리도 들리고 공중선에 다은 쇠기둥으로부터 새파란 불똥이 반짝반짝 찬란하게 날린다.

전차를 타고 가면서도 경숙이는 마음을 가라안칠 수가 없엇다. 자동차 운전대에 앉인 창제의 얼굴! 한번 힐끗 본 그 얼굴이 경숙의 머리속에는 길고 길어 끝이 없는 즐겁든 옛날의 추억들을 들추어놓은 것이엇다. 물밑에 잠겨

5　창졸간(倉卒間) : 어찌할 수 없게 매우 급작스럽게.

잇든 진흙구덩이를 막대기로 쑤시어놓은 것처럼 경숙의 기억 속에는 왼갓 잊어버렷든 생각의 몬지와 부스럭지들이 부르르 끌어 올라서 그의 마음을 흥분시켜주엇다.

집에 돌아와서 자리에 누어서도 그는 순서도 없이 오고 가는 왼갓 기억 때문에 잠이 못 들엇다. 옆집 괘종이 밤 새로 두시를 치는 소리를 듣고야 겨오 잠이 들엇다.

2

경숙이가 즐겁고 슬푼 회상에 잠긴 일은 바로 한 십 년 전 생활에 관한 일이엇다.

시골의 정초! 양력 말고 음력 정초! 그때야말로 조선 시골에는 ○○○ 명절이다.

정월 열나흘! 이 날은 이 큰 명절의 마즈막 문을 닫는 귀중하고 즐거운 날이다. 그때 경숙이는 열두 살이엇다. 아츰부터 언덕 넘어 옥희의 집에 가서 윷을 놀앗다.(불상한 옥희 그는 벌서 세상을 떠나고 말엇다.) 열 살 내의 밖에 안난 동리 어린애가 십여 명이나 뭉여서 마음대로 떠들고 마음대로 뛰놀앗다. 같이 노는 아이들 가운데는 옥희의 옵바[6] 창제도 잇엇다. 그 밖에는 그때 놀든 아이들이 누구누구 이엇든지 생각이 나지 안는다.

옥희의 옵바는 윷을 참으로 잘첫다. '모' 하면 모가 나오고 '토'[7]하면 토가 나오고 마치 자유자재인 것 같엇다. 그래서 언제든지 창제편이 이기엇다. 그래서 아이들은 서로 창제를 자기 편으로 끌어오려고 쟁탈전이 나곤 햇다.

창제와 경숙이가 반대편이 되여가지고 윷을 놀고 잇을 때이엇다. 경숙이

---

6 옵바 : 오빠.
7 토 : 윷놀이에서 '도'를 이르는 말.

편이 한 동을 나고 지금 한 말이 석동산이[8]가 되어가지고 팔방도리[9]를 하고 잇엇다. 팔방도리도 반 이상을 돌아서 이번에는 별 수 없이 경숙이 편이 이 겻다고 단정을 내려도 가할만한 때이엇다. 그런데 때마츰 창제가 윷을 칠 차례가 되어가지고 대번에 두모 한걸을 처서 경숙이편 석동산이 말을 잡아 버리고 말엇다. 이번에는 꼭 이겻다고 기뻐하든 경숙이는 어떻게도 골이 낫 든지 간에 흥분한 끝에 그만 윷가락을 들어 창제의 손등을 몹시 갈기엇다.

"아야" 소리를 지르고 창제는 손잔등을 그러쥐이엇다. 왼 좌중[10]이 폭소 를 햇다. 경숙이는 두 손으로 얼굴을 가리고 옥희 무릎에 푹 업드리엇다.

그리자 떡국이 들어왓다. 떡국을 먹으면서 창제의 손잔등이 빨가케 피가 엉기어 잇는 것을 보고 경숙이는 넘우 미안하여서 얼굴이 확확달엇다. 경숙 이는 밤이 늦어지기 전에 어서 집으로 도라가야 할 것을 알기는 알면서도 얼른 그 자리를 떠나 일어서 나올 수는 없엇다. 경숙의 집은 그 동리에서 좀 떠러저서 조고만 언덕 하나를 넘어가야 되는 것이엇다.

"애, 난 집에 가야겟다 애!" 하고 입으로는 몇 번 되푸리하면서도 그는 그 냥 그 자리에 눌러앉어 잇엇다. 마치 보이지 안는 어떤 굳센 쇠사슬이 그의 전신을 비끄러 매 놓은 것 같엇다. 그리고 그 쇠사슬은 창제의 손등에서 흘 러나오는 것 같엇다.

경숙이는 다시는 창제를 바라다 볼 용기가 없엇다. 그러나 창제의 시선이 쉬지 않고 자기 얼굴을 따르는 것을 감각할 때 경숙이는 귀밑까지 빨개지엇 다. 그러나 그것이 웨 그런지 한없이 즐거웟다.

마츰내 옥희 어머니가 나왓다.

"어서들 밤들기 전에 집에들 가야지. 집에서 걱정들 아니하시겟니?" 하엿 다. 경숙이를 보고는

8　석동산이 : '석동사니'의 방언. 윷놀이에서 세 동이 한데 포개어져 가는 말.
9　팔방도리 : 팔방돌이. 윷놀이에서 말이 윷판의 사방 끝을 돌아 가장 먼 길로 가는 길.
10　좌중(座中) : 여러 사람들이 모인 자리.

"경숙이 너는 무서워서 어떻게 가니? 누가 바래다 줄 사람이 없나? 응, 야, 창제야 너 경숙이 좀 바래다주고 오너라."

그때 창제는 열다섯 살이엇다.

어제 종일와서 깔린 하—얀 눈 우에 은빛 달이 흘으고 넘처서 왼 우주는 깨끗하고 부드러운 신비의 장막 속에 잠겨 잇엇다. 창제는 세거름 앞서고 경숙이는 세거름 뒤서서 묵묵히 언덕길을 걸어 올라갓다. 우유같이 흰 눈 우에 가로 누어서 웃줄거리는 두 그림자가 서로 다엇다 떠러지엇다 하엿다. 경숙의 그림자가 창제의 그림자와 맛다을 적마다 경숙의 가슴은 울렁울렁 물결을 첫다. 웬일인지 경숙이는 갑작이 다 자라난 어른이 된 것 같은 느낌을 느끼엇다. 그리고 창제와 함께 단 둘이 이처럼 꿈속 같은 길을 것고 잇는 것이 몹시 부끄럽기도 하고 또 몹시 행복스럽기도 햇다. 그렇게 일상 쾌활하든 창제도 웬일인지 아모 소리도 없이 수굿하고[11] 앞으로 더벅더벅 걸어갈 따름이엇다.

이윽고 그들은 언덕 우에 다달엇다. 바로 그 아레 잇는 경숙의 집이 보이엇다. 흰 장막으로 깔린 벌판 한모퉁이에 외로이 서 잇는 조고만 초가집이엇다. 네모난 창문으로 누—런 불빛을 토하고 잇는 것이 마치 경숙이더러 어머님이 기다리고 게시니 어서 오라고 손짓하는 것 같엇다.

창제는 문득 발거름을 멈추엇다. 경숙이도 멈추섯다. 가슴이 성큼하였다. 경숙이는 창제더러

"인제는 나 혼자서도 가겟다. 잘가라." 하고 말을 하여야 할 형편이엇으나 웬일인지 얼른 입을 열 수가 없엇다. 창제도 아모 말없이 경숙이를 물끄럼이 바라다본다.

한참 동안의 침묵이 지나갓다. 경숙이는 언덕 아래로 뛰어 나려가야 할 줄 알면서도 어쩐지 그의 눈은 창제의 손을 내려다 보앗다. 아까 웃가락으

---

11 수굿하고 : 고개를 조금 숙이고.

로 마진 자리가 이때까지 아프지나 않을까 염려스러윗다. 딸아서 몹시 미안스러운 생각이 낫다. 그래서 그것이 아프지는 않는가고 물어보고 싶엇으나 그리할 용기도 나지 않엇다.

한참 동안 경숙이는 망서리고 서 잇엇다. 그리자 어데서부터 생겻는지 급작스럽게 용기가 생기엇다. 그는 달려들어 창제의 손을 잡아 자기 입에 갖다 대이고 "쐐!" 하고 입김을 불어주엇다. 그리고는 그 손을 집어던지고 무서운 속도로 언덕을 뛰어내려왓다. 집 문앞까지 단숨에 뛰여오면서 경숙이는 아모 것도 생각하거나 인식할 수 없엇다. 그저 웨 그런지 공연히 목이 메이고 눈에 눈물이 가득찻다.

집에까지 다 와서 방문을 열면서 비로소 처음으로 경숙이는 언덕을 다시 도라다보앗다. 언덕 우에는 아직도 창제가 가만히 서 잇는 것이 보이엇다. 흰 장막으로 덮인 언덕 우에 은빛 속에 묻혀 서 잇는 창제는 인간세상에서는 다시 없는 어떤 고귀스런 존재처럼 보이엇다.

3

그것이 벌서 십 년 전 일이다. 그 일이 잇은 후로 경숙이는 창제를 다시 보지 못하엿다. 그 뒤 얼마 안 되여 경숙의 부모는 서울로 이사를 왓기 때문이다. 그랫다가 십 년 후인 이 치운 날 밤에 경숙이는 자동차 운전수로 변한 창제를 다시 본 것이엇다. 그것이 벌서 십 년 전 일이다. 옛날 이야기 속에서 사는 어린 시절의 일, 실제보다도 옛날 이야기가 더 재미잇고 더 의미잇는 시절의 일! 그것이 인제는 영원히 다시 오지 아니할 지나간 일 곳 한 개의 옛날 이야기로 되고 만 것이다. 경숙이는 직업부인 창제는 자동차 운전수! 자기네가 생각해도 어째 꿈같은 일이엇다.

창제는

"경숙 씨!" 하고 불럿다. 자리에 누어 십 년 전 일을 추억하는 경숙이에게는 그것이 생각할사록 이상스럽고 사랑스러웟다.

"경숙아 애!" 하고 창제가 경숙이를 불럿서야 할 것인데……. 그러나 만일에 오늘날 창제가 "애, 경숙아" 하고 불은다면 그것은 더 어색할 것이다.

"애 경숙아!" 하고 불을 수 잇는 시절은 그들에게서 영 과거로 다라나버리고 만 것이엇다.

"경숙 씨!" 하고 경숙이는 이불을 뒤집어 쓰고 혼자 소근거려보앗다. 어쩨 그것이 퍽 아름답게 들리엇다. 특히 그것이 남자의 목소리 그중에도 창제의 목소리일 적에 더한층 아름답게 들렷다. 경숙이는 방금이라도 다시 귀를 기우리면 창제가 "경숙 씨!" 하고 불으는 소리를 들을 수가 잇을상 싶엇다.

"경숙 씨!"

언제 경숙이가 남자의 목소리로 "경숙 씨" 하고 불으는 소리를 들어본 적이 잇엇든가? 언제 한 번 경숙이가 떨리는 목소리로 "경숙 씨" 하고 부드럽게 불으는 소리를 들어본 적이 잇엇든가?

"경숙 씨!" 하고 경숙이는 이불 속에서 혼자 또 불러보앗다. 그리고 이어서

"창제씨!" 하고 '씨'자에 힘을 주어 혼자 불러보앗다. 그리고 웬일인지 혼자 귀밑까지 빨개지엇다.

× × ×

박쥐들이 깃[12]을 찾아드는 시간!

밤새도록 자동차를 몰고 서울장안이 좁다하고 돌아다니든 운전수들이 아츰 동틀 때가 되면 잠자리를 향하야 찾아들엇다. 창제는 그날 밤 마즈막 트립으로 카페에서 취해 늘어진 신사(?) 한 분을 서대문 앞까지 태와다 주고 나

---

12 깃 : 보금자리.

서 자동차를 가라지[13]에 갖다두고 잠자리와 안식을 얻으려 집으로 향하엿다. 새벽의 매운 추위와 싸우면서 머나면 집으로 돌아오는 동안 창제 역시 혼잡스런 추위 때문에 정신없이 발이 가는 대로 걸어오는 것이엇다.

어제밤 일을 생각하면 어째 부끄럽기도 하면서 또한 즐겁기도 한 일이엇다. 치운데 떨고 섯는 경숙이를 인식하고 경숙이를 태워다 주려고 햇으나 경숙이가 획 돌아서서 말대답도 아니 하는 것을 볼 때 저윽이 무안함을 느끼엇다. 그리고 맹렬한 분로도 끌어올랏다. 그러나 그가 다시 빈 차를 몰고 황금정까지 이르른 때 그의 분로는 사라저 없어젓다. 그리고 다못 리해할 수 없는 일종의 가슴을 뻐개는듯한 행복이 그의 전신을 휩싸고 도는 듯하엿다.

밤늦게 그는 승객을 태우고 신정유곽에도 단여오고 남산 밑 어떤 일본요리 집에도 단여오고 명월관에서 성북동으로 카페로 꽤 많이 돌아다니엇다. 그러나 그의 생각은 조금도 승객에게나 자동차 핸들에나 또는 사정없이 뺨을 때리는 밖엇 추위에나 조금도 머물러 잇지 않고 오직 그의 앞에 환하게 빛외는 해드라잍 속에 명멸(明滅)하는 한 개의 아름다운 환상만을 내다보고 잇는 것이엇다. 그 환상은 손을 내밀면 잡힐 듯하면서…… 꿈, 사실 그것은 실제이기에는 넘우 로만틱하고 넘우 우연적인 일이엇다.

4

지나간 사흘 동안 창제는 얼빠진 사람 같엇다. 밤마다 그는 가라지 담에 걸려잇는 커―단 괘종을 머리가 아플만치 치어다 보앗다. 괘종이 무거운 소리로 열 한번을 치며 그의 가슴은 몹시도 두근거렷다. 그래서 부접[14]을 못하고 안팍그로 드나들다가 동무들에게 치운 바람을 잡어들인다고 핀잔을 들

---

13 가라지 : 차고(garage).
14 부접 : 한 곳에 머물러 있는 것을 견딤.

엇다.

창제는 전화통을 바라다보앗다. 따르르릉하고 그놈이 왜 울지를 안나? 이번에 전화가 오면 창제가 나갈 차레가 아닌가? 나가면? 나가면! 그는 조선은행 앞을 생각하엿다. 외롭게 혼자서 안전지대 우에 바들바들 떨고 서 잇을 아름다운 환상을 생각하엿다.

"따르르릉…… 예, 예, 그렇습니다. 예. 예…… 고맙습니다."

창제는 쏜살처럼 뛰쳐나갓다. 자동차를 끌어내는 그의 마음은 몹시도 초조하엿다. 그가 이때까지 이렇게 조급스런 생각을 일으키어 본 적이 없엇다.

밖에는 눈이 와서 하—얗게 싸여잇다.

×　×　×

경숙이는 밤일을 끝내고 나왓다. 목도리로 머리까지 푹 뒤집어쓰고 서서 쏟아지는 함박눈을 맞고 잇엇다. 전차를 기다리면서도 전차가 얼른 올까바서 겁이 낫다. 그리고 자동차가 지나갈 적마다 그는 흠칫흠칫 놀랏다.

눈! 함박꽃 같은 눈!

(십 년 전 그날 밤에 눈이 산야를 째야케 덮은 밤이엇다.)

경숙이는 무엇인지 몰을 일에 감격이 되어 눈물이 핑그르 돌앗다. 그러고 언제까지나 언제까지나 거기서 그렇게 혼자 서서 눈을 흠신 맞아보고 싶은 야릇한 충동이 생겻다. 고운 눈에 쌓여서 영원히 영원히 녹지 말고!

경숙이는 좌우를 둘러보기가 겁이 낫다. 만일 고개를 돌리기만 하면 거기에는 반듯이 전차가 나타나거나 창제가 나타나거나 할 것같이 생각되엿다.

그리자 갑작이 그의 등 뒤로 자동차 한 대가 스르르 와 닷는 것을 감각하엿다. 그순간 경숙이의 맥박이 뚝 끊지엇다. 손고락 한 개 눈섭 한 오래기를 꼼짝 달삭할 힘조차 없어지고 말듯하엿다. 그만 그 자리에 자즈러저 없어지는 듯싶엇다.

"경숙 씨!" 하는 창제의 목소리를 그는 겨오 알어들엇다.

경숙이는 자동차를 탓다. 마치 백반장자의 딸인 듯이. 운전대 앞창 우에 조고만 면경이 잇엇다. 그 면경에 빛인 창제의 두 눈만이 경숙이 눈에 띄엇다. 그 두 시선이 마조칠 때 경숙이는 낭패한 듯이 눈을 스르르 내리감엇다. 그리고는 다시 그 면경을 치어다 볼 용기가 없어지고 말엇다.

북적꼴 어구까지 와서 차는 멈추고 창제 옆에 앉엇든 조수가 내려와서 뒤ㅅ문을 열어주엇다. 경숙이는 이 낯선 사람을 대하는 것이 부끄러워서 외면을 햇다. ○○상가는 벌서 가개를 닫히고 거리가 어두운 것이 다행이엇다. 경숙이는 창제에게 무슨 말로 사례하여야 할지 얼른 혀 끝이 돌아가지를 않엇다. 그리고 무엇이 그리 급한지 어서 북적꼴 골목으로 들어갈 생각만 잇어서 말한마대 못하고 그냥 잠시 창제 쪽을 바라본 후 어두운 골목 안으로 뒤처들어갓다. 그러나 그는 그대로 집까지 갈 수는 없엇다. 그는 중노에서 멈춧서서 가만히 귀를 기우리엇다. 자동차가 소리를 내며 방향을 돌려 다시 떠나가는 소리가 밤의 적막 속으로 멀리 살아저 없어질 때까지 우두머니 골목 한 중간에 서 잇엇다.

그리고 그가 "고맙습니다." 소리 한마디도 못하고 뛰여 온 것이 생각이 나서

'아이고 그이가 나를 바보로 알겟지!' 하고 속으로 걱정걱정 하면서 삐거둥하고 소리 나는 대문을 열엇다.

창제가 차를 몰아가지고 큰 길로 나설 때 조수는

"여보게 그게 누군가? 샨자나이까?" 하고 물엇다. 창제는 아모 대답도 없이 숨을 길게 들이 쉬이엇다. 어째 그 자동차 안에는 아직도 경숙이란 아름다운 존재의 향기가 남아잇는 듯싶엇다. 그래서 그는 마치도 그 향기를 모다 독찾이하여 자기 가슴속에 넣어나 두려는 듯이 숨을 길게 들이쉬이엇다.

자동차가 큰 길에 나서자 그만 바퀴에 빵꾸가 나버렷다. 차를 길 한구석

에 세워 놓고 바퀴를 갈아 끼울 수밖에 없엇다. 다른 때 같으면 이렇게 치운 밤에 빵꾸가 나면 창제는 몹시 두덜거리고 혼자서 욕지거리를 할 터인데 오늘 밤만은 그는 휘파람을 불어가며 아조 유쾌스럽게 그 바퀴를 갈아달엇다. 그것이 조수에게는 더 이상스럽게 생각되엇다.

바퀴를 갈아 달고 나서 가는 동안 둘이서는 묵묵하엿다. 조수가 이따금 창제의 얼굴을 도적해 보앗으나 창제는 앞만 내다보고 무슨 깊은 생각에 잠겨 있는 것 같엇다.

이때 조수는 우연히 자동차 핸들을 붙들고 잇는 창제의 손을 보니 그의 바른손 잔등을 쭉 건너 무엇에 어더맞은 자리처럼 빨가케 부풀어 올은 것이 보이엇다. 이전에는 없든 것이다.

"여보게 손잔등이 웨 저렇게 되엇나?" 하고 조수는 놀라서 물엇으나 창제는 그 소리도 들엇는지 못들엇는지 잠잠하고 한참 잇더니 마치도 혼자말처럼

"즐겁든 옛날의 표적일세!" 하고 중얼거리엇다.

5

이튿날 저녁에 경숙이가 피곤한 몸으로 집으로 돌아와 대문을 들어서다가 "아이구 죽겟구나!" 하고 웨치는 신음소리를 듣고 흠칫 놀랏다. 그 신음소리가 너무 비참함에 놀랏을 뿐 아니라 그 목소리가 귀에 낯익음에 놀란 것이다.

'경인이가? 웨? 무슨 일로?' 하고 생각하면서 그는 황급히 방문을 열어젯트리엇다. 방 안에는 열네 살 나는 사내동생 경인이가 누어 앓고 잇는 것이 보이엇다. 그 아이는 석달 전부터 종로 어떤 상점에 고용사리로 가잇든 아이이다.

"아이구! 아이구! 죽겟구나" 하고 경인이는 눈을 꽉 감고 소리만 질은다.

옆에서는 어머니가 경인이의 허리를 연성[15] 쓸어주면서 치마고름으로 눈물과 코물을 씻처내고 잇다.

경인이는 그날 낮에 주인집 간판을 다느라고 집웅에 올라갓다가 미끄러저 떨어젓다. 겉으로보면 오직 두 무릎이 깨어저서 피가 조금 흘럿을 따름이엇으나 속으로 허리를 몹시 다치어 그 자리에서 기절햇엇다. 상점주인은 신음하는 경인이를 인력거에 태워서 집으로 돌려보내주고 만 것이엇다.

그날 밤새도록 경인이는 소리를 질럿다. 경숙이가 잠을 못잘 것은 물론 왼 북쪅골이 잠을 못 잣다. 그래서 아츰 동이 훤하게 트자 왼 북쪅골이 통트러서 위문을 왓다.

"원 어찌된 셈이오?" 하는 이가 잇고

"그거 허리가 부러지든지 한 모양이로구려!" 하는 이도 잇고

"대단히 아픈 모양이로군." 하는 이도 잇으며

"잠들도 못 주무섯겟구려." 하는 이도 잇으며

"더운 물로 찜질을 해보시오." 하는 이도 잇고

"쯧쯧" 하고 혀를 두어번 차고 마는 이도 잇다.

그날 오후에(오후에야 무료 진찰을 해주기 때문에) 아버지는 경인이를 업고 면 병원까지 가보앗다. 의사의 선고는 퍽 간단하엿다.

"병원에 입원하여 수술을 해야겟다. 그리하지 아니하면 평생 꼽추가 되기 쉽다." 하는 이 한마듸이엇다. 수술비는 글세 한 오십 원가량이면!

오십 원! 어데서 오십 원을 구하랴? 꼽추냐? 오십 원이냐? 이런 분기점에서 북쪅골 사람들에게는 선택의 자유가 없다. 꼽추 아니라 시재[16] 죽어버린 대도 당하는 수밖에 별 도리가 없는 것이다.

집에 돌아온 아버지는 수술 소리도 하지 않고 오십 원 소리도 하지 않엇다. 말 한대사 어머니와 경숙이 속만 더 상하게 할 따름이지 아모런 리익도

---

15 연성 : 연상, 계속해서 자꾸.
16 시재 : 지금, 현재.

없을 줄을 잘 알기 때문이엇다.

"허리가 삐엇으니깐 몇일 아프고는 낳는답니다."

하고 그는 간단하게 경과를 보고하엿다.

그날 밤도 밤새도록 경인이는 소리를 질럿다. 내리 이틀을 밤낮 소리 질르고 사흘째 되든 날부터는 목소리는 꽉 쉬어버리고 맥이 없어저서 끙끙앓는 애처로운 신음소리로 변하엿다. 그동안 경인이는 맹물 밖에 아무것도 먹지 못하엿다. 병원에 한 번만 더 업고 가보라는 권면에 아버지는 다못

"글세 몇일 아프고는 낳는다는데 왜 그래!" 하고 역정을 내엇다.

6

그 다음 날 야근한 후!

경숙이는 한 번 더 창제의 자동차를 타고 돌아왔다. 경숙이가 본정골목을 돌아나오다가 그 치운데 창제가 몬저 와서 자동차를 우편국 앞에 대놓고 기다리는 것을 보고 퍽 놀라고도 속으로는 반갑고 부끄러웟다.

"나는 매일밤 이맘때면 와서 기다렷읍니다."

하고 침묵을 지키든 창제가 차가 종노 네거리에 이른 때에 마츰내 입을 열어 말하엿다.

경숙이는 그 말을 들을 때 얼굴이 확근해지엇다. 울렁거리는 가슴을 겨우 진정하고

"밤일은 나흘에 한 번씩 해요." 하고 중얼거리엇다.

"예, 그래요? 그런 것을 나는 또!" 하는 창제의 말에 다시 아무 말대답도 못하고 차안에 폭 백여 옴크리고 앉어 잇엇다. 경숙이는 가슴이 이렇게 울렁거리는 경험이 일즉 없엇다. 퍼-런 유니폼을 입고 처음 점두[17]에 나서든

---

17 점두(店頭) : 가게의 앞쪽.

날 그날 그의 가슴은 오늘 모양으로 울렁거럿엇다. 그러나 그것은 벌서 잇해전 일이다. 쎌스껄 잇해에[18] 거의 앵무새처럼 되어버린 그가 오늘날까지도 이렇게 순진스런 수집음을 어느 구석에 남겨두엇엇든가 가 의심스러웟다.

묵묵한 오분 동안의 드라이브가 경숙이에게는 퍽도 기뻣다. 그러나 저 혼자 몇 번이나 얼굴이 붉엇다 히엿다 하엿다. 창제도 끝까지 침묵을 지키드니 북쩍골 앞까지 다 와서야

"경인이 허리가 좀 어때요?" 하고 물어보앗다. 경숙이는 차에서 내리면서 무엇이라고 대답은 햇으나 무엇이라구 말햇는지는 경숙이 자신도 기억할 수 없엇다. 그리고 이날도 경숙이는 "고맙습니다" 소리도 못하고 골목 안으로 들어갓다.

"아리가도 고자이마스, 고맙습니다." 소리가 하로종일 입에 올랏엇는데 하필 창제에게 만은 어찌하여 그 소리조차 하기가 그렇게도 어려울까? 참으로 모를 노릇이엇다.

7

대문 안에 들어서다가 "헤앰, 헤앰" 하는 낯익은 기침 소리를 들엇다. 그것은 경숙이가 사는 집 부엌 저편 방에 사는 난쟁이의 기침 소리이엇다. 그 방에서는 칠십에 가까운 노파가 난쟁이 아들과 또 몸 성한 적은 아들과 세 식구가 살아간다. 난쟁이는 나이 몇 살이나 되엇는지 도무지 짐작을 할 수가 없다. 얼굴로만 보면 수염이 시컴언 것이 장정 같지마는 몸집을 보면 칠팔세 난 아이 같다. 그의 아우가 나이 근 삼십이 되엇으니까 아마도 난쟁이는 삼십이 넘엇으리라.

---

18 잇해에 : 이태에, 두 해 동안에.

그 집 세 식구는 둘재 아들이 혼자 벌어서 먹는다. 둘재 아들이 전차길 고치고 하수도 놓고 하는 데로 쪼차다니면서 광이로 땅을 파서 세 식구 끼니를 끄리는 것이다. 그래서 때로는 벌어먹이는 아우가 심술을 부릴 때도 잇다. 형님을 모욕하고 저주하는 때가 잇다. 그러나 난쟁이는 모든 것에 귀먹은 척한다. 오직 '헤앰' 하는 기침 소리로 세상 왼갓 근심, 모욕, 분노 또는 즐거움이 잇을 수 잇다면 그 조고만 즐거움까지를 말살해 버리고 마는 것이다. 그는 그 좁은 뜰 앞에 나 앉어서 '헤앰' 하는 것으로 살아간다.

난쟁이는 자기 집안일뿐만 아니라 북적골에서 생기는 왼갓 슬픔과 즐거움과 싸홈에 귀먹고 소경이고 벙어리인 것 같엇다. 어떻게 보면 바보인 듯이도 보이엇으나 그와 마주 서서 이야기 해보면 그의 꿰뚫는 듯한 눈에는 지혜와 리지가 가득 차 잇는 것같이 보이기도 한다.

그의 '헤앰' 소리는 이 북적골에서는 너무 많이 들엇으므로 인제는 그 소리가 귀에 배어서 그 소리를 들어도 아무런 자극도 주지 안는다. 그저 그 '헤앰' 소리는 의례히 하로 종일 북적골에 담겨 잇을 소리, 이를테면 시게가 종일 똑딱똑딱 소리를 내고 잇으므로 그 소리를 들어도 인식하지 못하는 것처럼 이 기침 소리도 북적골의 한 부분으로 화해버리고 말엇다. 도로혀 이 '헤앰' 소리가 없어지면 북적골 사람은 이상스럽게 생각할 형편이다.

이 난쟁이의 이름은 '헤앰 꼬맹이'이다. 이 별명은 금년이가 어렷을 제 지어준 별명인데 누구나 그를 이 '헤앰 꼬맹이'로 부른다. 아무도 그의 본 이름을 아는 사람은 없다.

경숙이도 물론 이 '헤앰' 소리에 귀가 배어서 그 소리가 나도 별로 인식하지 못하든 것이다. 그러나 오늘 밤에는 특히 그 소리가 귀에 울리엇다. 그것은 경숙이가 대문을 들어서면서 어떤 소리를 들을 것을 예기하여 귀를 기우렷든 관게이다.

"에고 허리야." 하는 경인의 신음소리를 들을 줄로 예기하고 귀를 기우렷엇는데 그 소리는 안 들리고 오직 '헤앰' 하는 소리만 들은 것이다. 경숙이는 다시 귀를 기우려 들어보고 경인의 신음소리가 없어진 것을 분명히 알 때 저도 모르게 '휴우' 하고 한숨을 내쉬엇다.

경인이는 몇일 만에 겨우 잠이 좀 든 것이엇다.

8

월급 날이 이르럿다. 사무실에 들어가서 봉투를 받아 들고 나오는 날! 이 날이야말로 월급쟁이(사실인즉 노동임금이다. 그러나 조선서는 노동임금도 '월급'이라 는 존칭으로 불러주니 참으로 갸륵한 일이다.) 노동자들의 가장 즐겁고 가장 머리쌀 아프고 가장 슬픈 날이다.

봉투를 받아들고 나온 경숙이는 밖에 나서자 그 속에서 일 원 오십 전을 끄내 따로 조고만 지갑 속에 깊이 감추엇다. 그리고 봉투 속에 남아 잇는 돈 십팔 원을 꼭꼭 접어서 지갑 딴 간에 넣엇다. 그러나 그 순간 경숙이는 잠깐 망사리엇다. 그 일 원 오십 전을 도로 봉투 속에 넣을까 말까 하고 양심이 싸호고 잇는 것이엇다.

경숙이가 이 상점에 처음으로 들어올 때 월급이 십팔 원이엇다. 그러든 것이 잇해 동안이나 꾸준히 또는 부즈런이 또는 신용(?) 잇게 또는 개성을 잘 죽이고 일해준 상급으로 한 번에 오십 전씩 세 번 승급이 되어 지금에는 십 구 원 오십 전을 받게 된 것이다. 그러나 그는 아직도 부모에게는 이 세 번 승급을 알려주지 않엇다.

경숙이가 자기 월급에서 일 원 오십 전씩을 도적질하야 자기 용돈으로 쓸 때마다 그의 마음은 아펏다마는 경숙이는 이런 짓을 하지 아니할 수 없는 처지이엇다. 다른 점원들도 경숙이보다 특히 월급이 많은 것은 아니엇만 무 슨 재간인지 다른 처녀들은 언제나 경숙이보다 용돈이 더 많엇다. 경숙이가 월급봉투를 어머님께 갖다 들이면 어머님은 거기서 일 원을 뚝 떼어서 경숙 이 한 달 동안 용돈으로 주는 것이엇다. 그러나 그 돈 일 원만 가지고는 도저히 한 달 동안 백여날 수가 없엇다. 그래서 경숙이는 이 본의 아닌 도적질을 달마다 할 수밖에 없는 것이엇다. 어머님께 다 갖다 받히고 용돈을 좀 더 달라고 청구하는 것이 정당한 일인 줄은 알지마는 다 갖다준대사 언제나 빗에 졸리는 그들 생활에서 경숙이에게 더 올 목이 없을 것을 경숙이는 너무나 잘 알고 잇는 것이엇다.

빗 중에도 가장 기맥히는 빗 가장 싫은 빗 가장 말성 많은 빗은 아버님의 술값이엇다. 술장사에게서 들을 소리 못 들을 소리 다 듣는 것도 쓰라리거니와 더욱이 술빗이 많어저서 술집에서 외상 술을 못 받어오게 되면 아버님의 잔소리와 강주정[19]에 영 머리쌀이 아퍼 죽을 지경이엇다. 그러케도 구차한 살림에 살림 걱정은 조꼼도 아니하고 술만 찾는 아버지가 때로는 원망스러울 적도 많엇지만 또 어떤 때에는 그러케도 자시고 싶어 하는 술도 한 번 싫것 마음껏 자시도록 사드리지 못하는 것이 섥은[20] 생각이 날 때도 잇엇다. 술값 때문에 어머님과 싸우시고는 화는 나고 술은 없고 하여 콜롱콜롱하면서 북쩍골 우아레를 올르고 내리고 하는 것을 볼 때에는 어느덧 눈물이 옷깃을 적시는 적이 한두 번이 아니엇다.

이 달에 와서 특히 경숙이가 일 원 오십 전을 슬쩍 가지기를 주저하는 이유는 경인이 때문이엇다. 동리 사람들이 와서 침이라도 한 대 맛처보라는 말을 경숙이는 여러 번 들엇다. 그래서 그 돈으로 침이라도 한 대 맛처보도록 해주어보앗으면 하는 생각이 잇은 것이다. 그러나 이제 만일 그 돈 십구 원 오십 전을 다 갖다 받히면 그것은 중대한 자기의 비밀이 탄로되는 것이오, 또한 앞으로 허구현날 늘 월급을 고대로 다 갖다 받혀야 되게 될 터이니 그것은 생각만 하기에도 몸서리치는 일이엇다.

이러한 애처로운 생각에 망서리면서 천천히 거러오느라니 다른 날보다는

---

19 강주정(酒酊) : 술에 취한 척하며 부리는 말이나 행동.
20 섥은 : 서러운.

좀 늦어지엇다. 대문을 들어서다가 그는 멈춧 서버리엇다. 금년이의 뾰르퉁한 목소리가 들려나왓다.

"내가 번 돈을 웨? 아니야 이번엔 죽어두 다 안 줘. 없어 더 없어!" 하는 것은 금년이의 발악 소리.

"이년 네가 이때껏 무엇 먹구 살앗니? 이년 이 죽일 년 같으니" 하는 것은 금년이 아버지의 거치른 목소리이엇다. 그리고 쫭쫭 따리는 소리가 들리며

"아이구 나 죽여라! 나 죽여라 어서 죽여라." 하고 발악을 하는 소리가 나자 무엇으로 입을 틀어막엇는지 발악 소리는 갑작이 죽고 질식하는 듯한 비명 소리만이 들린다.

"아 여보 고만두오 좀. 다 장성한 자식을 두드리기는 웨 한단 말이오. 말로 타일을 것이지." 하고 금년이 어머니가 악을 쓴다.

"놔라 이것 놔라. 내 오늘 이년을 때려 죽이고 말 테다. 이년아 그래 돈을 어데다 두엇니? 대라 죽기 전에 다 내놔라."

금년이의 대답 소리는 없고 흐득흐득 늣겨 우는 소리만 들린다. 방문이 벌컥 열리드니 눈이 벍어케 상기된 금년이 아버지가 뛰여나온다. 경숙이는 얼른 자기 방 앞으로 가서 허리를 굽히고 구두끈을 끌럿다.

금년이 아버지는 원래 철도 공부엿는데 작년에 일하다가 그릇²¹ 한 팔을 잘리우고 고만 실직하엿다. 그래서 금년이를 연초회사에 들여보내서 그 애가 담배를 말어 세 식구가 호구해 가는 것이엇다. 그런데 이 집에서는 벌서부터 금년이는 돈을 다 안 들여놓으려고 하고 금년 아버지는 말큼 빼앗으려 하여 이런 풍파가 매우 자젓다. 그래서 다른 방에서는 내다보는 사람도 없엇다. 오직 해앰 꼬맹이만이 마루에 쭈구리고 안아서 "해앰, 해앰" 하면서 딱하다는 듯이 건너다 보고 잇엇다.

그날 밤 경숙이는 종래 십팔 원만 어머니께 드리엇다. 그리고는 어머니가

---

21 그릇 : 잘못되어.

일 원을 떼여주는 것을 도로 어머니께 드리면서

"어머니 이 돈으루 침쟁이나 더려다가 경인이 허리에 침이라두 좀 맛처주서요. 난 없어두 지나요." 하고 말하엿다. 어머니는 아무 말도 없이 경숙이를 끌어안엇다. 어머니는 소리 없이 늣겨우시는 것이엇다.

9

경숙이가 늦게 돌아오는 날마다 창제의 자동차를 타는 일이 인제 와서 한 버릇이 되고 말엇다. 경숙이도 인제는 창제를 보면 방긋 웃어보이게 되고

"얼마나 고단하서요?" 하는 인사를 서슴지 않고 하게 되엿다.

그리하는 동안에 마즈막 눈이 내리고 첫 비가 왔다가 꽝꽝 얼어붙엇다. 경인이는 침을 한 번 맞어보앗으나 소용없이 아주 꼽추가 되여버리고 말엇다.

딴 채에 사는 순희네 집에 손님이 왓다. 순희는 본래는 아버지 월급으로 학교공부까지 잘하고 잇든 처녀인데 아버지의 갑작 죽엄으로 말미아마 학교를 중도에 그만두고 어머니를 뫼시고 몇 달 전에 이곧으로 이사를 온 것이다. 순희 아버지는 어떤 사립학교 교사이엇다. 작으만치 이십 년을 하로같이 어린 학생들을 길러낸 숨은 영웅이다. 그러나 순희 아버지가 죽을 때 사회는 불상한 과부와 어린 딸을 잊어버리고 말엇다. 퇴직금도 없고 은급[22]도 없고 순희 아버지는 조선 사회를 위하여 그가 가진 바 전부를 받히엇건만 조선사회는 그에게 아무것도 주지 않고 그의 유족은 미친 개처럼 길거리로 쫓기어 낫다.

순희는 요행이 제사[23] 공장에 밥줄을 매달 수 잇는 커ㅡ단 행운을 쉬히 발견하엿다. 순희네 집에 온 손님은 나이 삼십이 넘엇을 여자인데 키가 후리

---

22 은급(恩給) : 일제 강점기에 퇴직자에 주던 연금.
23 제사(製絲) : 고치나 솜으로 실을 만들기.

후리 크고 대모테[24] 안경을 쓴 것이 학교 교원 같기도 하고 귀부인 같기도 하다. 그러나 그의 말을 들으면 시골서 살림하다가 말 못할 사정이 생겨서 서울로 올라와서 지금 직업을 구하고 잇는 중이라 한다.

하로 저녁 경숙이는 순희네 집에 놀로갓섯다. 경숙이는 순희네 집에 손님으로 온 이 애죽이가 매우 유식하다는 것을 발견하엿다. 내외국 정치 이야기며 조선 사정에 관한 설명 같은 것이 모두 그럴 듯이 들럿다. 더욱이 그는 웅변이엇다. 좌담을 하는 것도 연단에 나서서 연설이나 하는 것처럼 몸짓 손짓을 해가며 열심히 이야기하며 듣는 사람을 감탄시키엇다. 그리고 마즈막으로는 경숙이더러 서울 장안에 조선 여자 쎌스껄이 몇 명이나 되는지 좀 정확하게 알아달라는 부탁을 하엿다. 경숙이는 그것은 알어서 무엇하려나 하고 생각햇으나 알아다주마고 약속하엿다. 그러나 그 일은 절대로 비밀에 붙여달라는 애죽의 부탁을 들을 때 경숙이는 좀 이상스럽게 생각되엇다.

문 밖에 나서면서 혼자 속으로

'좀 이상한 여자로군. 무슨 비밀을 가진 여자로군!'

하고 혼자 애죽이를 비평하엿다.

나오다가 문깐에서 금년이 어머니를 맞낫다.

"지금 몇시나 됏을까?" 하고 뭇는다.

"방금 열시 첫어요."

"그래 그럼 오늘은 몹시 늦어지는군." 하면서 근심스러운 듯이 기웃하고 골목을 내다본다.

"아니 누가 어데 갓서요?"

"아니 우리 금년이가 요새는 밤일두 하지. 밤일은 낮일보다 힘든다구 월급두 배를 준다나. 억그제도 밤일을 몇시간 하고는 돈을 오십전이나 받어가지고 왓든데." 하고 금년 어머니는 다시 골목을 내다본다. 이때 총총거름으

---

24 대모(玳瑁)테 : 대모갑으로 만든 안경테.

쎌스 껄

로 금년이가 들어온다.

"아유 언니도 아직도 안 주무시네. 달이 참 밝지오." 하고 어덴가 부자연스런 구석이 잇는 목소리로 말햇다.

"오늘은 더 늦엇구나. 그러케 늦도록 일을 하고 고단해서 어떠커니. 어서 들어가자." 하는 어머니 말슴에

"그럼 뭐 일이 작구 들이 밀리는 걸 어떠케 해!"

경숙이는 그 말을 중단하여

"금년아 나 좀 보자." 하고 불럿다.

"네?"

"나하구 저리 좀 나가자." 하고 산뜻한 금년이의 손목을 붓잡어 끌고 골목으로 나왓다. 금년이 어머니는 안으로 들어가버리엇다.

"금년아 너 어데 갓엇니?" 하고 위엄 잇는 목소리로 물엇다. 즉시로 금년의 눈이 경숙이를 바로 바라보지 못하고 아래로 깔렷다. 그리고는 구두 끝으로 땅바닥을 빡빡 긁엇다. 경숙이는 그 구두를 보고 놀랏다. 금년이가 구두를 신은 것을 경숙이는 오늘 처음 본 것이엇다.

"공장에서……" 하고 한참만에 겨오 입을 열다가 쏘아보는 듯한 경숙이 눈에 눌리여 말끝을 맺지 못하고 머뭇머뭇하다가 "저ㅡ동무네 집에 놀러!" 하고 우물 쭈물 꿈여댓다. 경숙이는 한참이나 말없이 금년이를 똑바루 들여다보앗다. 경숙이는 떨리는 목소리로

"금년아 애, 날 좀 봐라 애." 하고 속삭이엇다. 금년이는 힐끗 경숙이를 처다보다가 다시 고개를 숙이고 만다. 경숙이는 몸을 떨엇다. 지금 경숙의 눈 앞에는 일즉 그가 본 일이 없는 아름다운 여신(女神)이 서 잇는 것을 발견하엿다. 지금 그의 앞에는 경숙이가 늘 보든 금년이가 서 잇는 것이 아니고 억개와 허리와 궁둥이가 활작 발달되고 조화되고 또 아름다워진 한 개 동상이 서 잇는 것이엇다. 더욱이 달의 은빛을 목욕하는 윤택한 그의 머리털은 미의 신(美의 神) 그것인 듯싶엇다.

그 순간 경숙이는 모—든 것을 리해하엿다. 아까 금년이 어머니의 말을 듣고 의심을 품기 시작햇든 그것을 지금 금년이를 보고 짐작햇든 그것을 이 순간에 전부 리해하엿다.

"금년아 너 몇살이냐?"

금년이는 갑작이 남의 나이는 웨 뭇는가 하고 의아스런 태도로

"열 일곱!"

경숙이는 말문이 맥히엿다.

"금년아 부모를 속이고 나다니는 것이 죄 되는 줄을 모르니?" 하고 겨우 연설이나 하듯이 말햇다. 금년이는 아무 소리도 못 하고 서 잇드니 갑자기 경숙이에게 붙잡혓든 손을 빼여 이마로 흘러내린 몇 오래기 머리털을 끌어 올린다. 이때 금년의 팔뚝에는 무엇인가 번들번들 빛나고 잇엇다. 경숙이는 급히 그 팔을 붙잡아 눈앞에 갓다 대엇다.

이 팔뚝시게! 이 구두!

"금년아 못쓴다. 못써. 조심해야지." 하고 경숙이는 금년이 귀에 대고 속삭이엇다. 금년이는 그만 도망하듯이 안으로 뛰여 들어가고 말엇다. 경숙이는 문 밖에 정신없이 우두머니 서 잇엇다. 금년이의 구두 소리가 경숙이 가슴을 속속드리 땅땅 울리엇다. 금년이가 간 후에도 한참 동안을 경숙이는 그 자리에 우두커니 서 잇엇다. 그리다가 문득 보니 대문 안에서 어떤 그림자가 움즈기는 듯하엿다. 그리자 "해앰" 하는 난쟁이의 기침 소리가 들리엇다.

"아씨 달이 참 밝지오." 하는 난쟁이 목소리. 경숙이는 이 난쟁이가 "아씨" 하고 부르는 것이 언제나 꼭 싫어 죽을지경이엇다. 그래서 그는 아무 대답도 아니하고 난쟁이를 지나처 자기 방으로 들어갓다.

"무서운 세상이다!" 하고 경숙이는 방에 들어와 자리에 두러누으면서 혼자 중얼거리엇다. 밖에서는 "해앰" 소리가 한 번더 크게 나고는 조용해젓엇다.

쎌스 껄

10

그러는 동안에 추위도 차차 그 위력을 잃고 제법 봄이 다 된 것 같았다. 서울의 봄은 진흙구렁이 행길 우흐로 먼저 찾아든다. 아가씨의 버선이 흙탕구리가 되고 바지가랭이에 흙이 잔뜩 튀어 오른 것을 보면 서울 장안에도 봄이 왔다는 것을 알 수 잇다.

경숙이는 줄곳 한주일에 한번씩은 창제의 자동차로 집으로 돌아오는 것이 버릇이 되여버렷다. 인제는 어색스런 기분도 다 업서저서 드라이브 하는 잠시 동안에 서로 지나간 날 이야기도 주고 받게 되엇다. 시골이야기, 죽은 옥희이야기, 그러나 둘이 다 그 정월 대보름날밤 웃놀던 이야기는 일체 입밖에 내지 아니하엿다.

금년이는 밤에 늦게 돌아오는 수효가 점점 늘엇다. 그러나 대개 나가 싸 돌아다니다가 자정이 넘어서야 들어오는 금년이 아버지는 아직 그것을 모르는 모양이엇다. 금년 어머니는 금년의 말을 신용하는지 아니하는지 잘 알수 없으나 금년의 수입이 이전보다 훨신 많아진 것에 십분 만족하는 모양이 엇다.

경숙이는 한번 기회를 타서 금년이를 다시 불러다가 몇마디 주의를 시켯다. 그랫더니 이번에는 금년이도 놀랄만치 담대해서서

"흥! 상관이 무어야? 그래 나는 한평생 담배나 말다 죽어요? 나는 웨 호사 좀 해보지 말라구 누가 도장을 찍엇습디까? 내 맘대로 해요."

하고 드리대는 바람에 그만 움치러들고 말엇다. 금년이 어머니와 좀 의논해 보고 싶은 생각이 낫으나 그럴 용기가 없엇다.

금년이는 날로날로 더욱 더 어여뻐젓다.

어떤 날 밤이엇다. 밤일을 끝낸 경숙이는 여전히 창제의 자동차를 얻어타고 집으로 돌아오고 잇엇다. 그날 따라 유난히 구슬픈 생각이 들엇다. 그냥 그 차를 타고 영원히 영원히 그 모양으로 정처없이 내닷고 싶은 충동을 느

끼엇다. 그러나 그런 생각도 길게 할 사이가 없이 차는 벌서 골목으로 굽어저 들어섯다. 웬 한 자동차 한 대가 앞서가는 것이 보인다. 이 북쩍꼴로 누가 자동차를 타고 올까?

앞 자동차가 북쩍꼴 어구에 멈처 서자 그 안에서 어떤 젊은 여자가 내린다. 차에서 내리든 경숙이는 이 앞차에서 내리는 여자와 얼굴이 마주치엇다. 그 순간 두 사람이 다같이 무엇에 얻어마진 사람처럼 멍해지고 말앗다. 경숙이는 얼굴에 모닥불을 퍼붓는 것 같아서 창제에게 인사도 못하고 어두운 골목 속으로 뛰어들어가고 말엇다.

"경숙이 형님!" 하고 앞차에서 내린 금년이가 쫓아오면서 소리를 질럿다. 경숙이는 그 자리에서 땅으로 사라저 없어지고 싶엇으나 우뚝 서지 않을 수 없엇다. 금년이가 쫓아와서 경숙이 팔을 부뜰엇다.

"경숙이 형님두 다 그러쿠 그러쿠려!" 하고 웨치면서 금년이는 간드러지게 웃엇다. 경숙이는 참을 수 없는 분노가 치미러 올라와서

"난 너 것진 않어!" 하고 소리를 지르고 앞서 뛰어 들어왓다. 금년이의 간드러지게 웃는 웃음소리가 영원히 사라지지 않을 듯이 그의 귀가으로 웅웅 들리엇다.

자리에 누은 경숙이는 아까 일어낫든 분이 웬만침 풀리고 냉정한 머리가 돌아오자 자기가 그처럼 창제의 자동차를 얻어타고 다니는 것이 잘못된 일임을 비로소 깨다랏다.

만일 경숙이가 자동차를 타고 앉은 것을 누가 본다면 금년이 뿐이 아니라 다른 사람이 누가 보더라도 역시 경숙이를 의심할 것이 아닌가 하는 것을 경숙이는 깨다랏다. 의심하는 것이 무리가 아니라구까지 깨다랏다. 상점에 가서 고용사리하는 쎌스껄이 무슨 돈이 많아서 택씨를 타고 다닐 수 잇을까? 창제가 어릴 때부터엣 가까운 동무가 되어서 그냥 태와다 준다고 하면 세상에 어느 누가 그 말을 그대로 삼킬 사람이 잇을까? 옳거니 세상에는 이리해서 터문이 없는 소문도 퍼지고 시비도 나고 욕도 먹게 되는 것이로고나

하고 황연히[25] 깨다랏다.

생각이 여기에 이르니까 그는 마치 꿈을 꾸다 깬 사람같이 되엇다. 무엇이라구 할 철없은 짓이엇든가? 경숙이는 앞으로 다시는 창제의 차를 얻어타지 말아야 하겟다고 결심하엿다.

그러나 이제와서 갑작이 타지 안는다고 하면 창제의 우정에 대해서 미안스러운 일이 아닐까하고도 생각이 되엇다. 또 오늘까지 벌서 십여 번이나 창제가 경숙이를 바라다 준 일은 오직 어렷을 적 우정 때문 뿐이엇을까?

물론 경숙이로써는 그 이외에 아무런 다른 생각도 없엇섯다. 그러타고는 하지만도 아까도 그 차를 타고 오면서 그 채로 영원히 영원히 다라나버리고 싶은 달뜬 생각이 잠겨 잇은 것은 웬일인가? 자동차가 너무도 편안해서 그런 생각이 낫든 것일까? 또 혹은 그 자동차를 운전하는 사람이 창제이엇기 때문이엇을까? 만일에 창제가 아니고 다른 사람이 운전하고 잇는 자동차를 타고 앉아 잇어도 역시 영원히 영원히 그대로 작고만 가보고 싶은 충동을 느끼게 되엇을까? 이처럼 경숙이 자신의 심정을 해부해보게 된 때 그는 공연히 얼굴을 혼자 붉히엇다.

'아니야 아니야!' 하고 그는 저 자신도 무엇을 부인하는지 모른 것을 부인하엿다.

'아니다. 요 다음부터는 절대로 다시 타지 말아야 하겟다.' 하고 그는 굳게 결심하엿다. 그리고는 다 잊어버리고 잠을 들어보려고 까부라치고[26] 돌아누엇다. 그러나 잠은 아니오고 자기가 자동차를 타고 영원무궁한 공간으로 앞으로 나아가는 듯싶은 이상야릇한 기분에 잠겻다.

'웨 남들이야 아무러문 상관잇나? 나만 깨끗햇으면 그뿐이지.' 하고 방금 굳게 결심햇든 그 결심을 문허버리려는 새로운 시험이 일어나기 시작햇다.

---

25 황연(晃然)히 : 환하게 밝게.
26 까부라치고 : 까부러뜨리다. 지쳐서 쓰러지고.

'몇일 만에 한 번씩 자동차를 좀 얻어탄대사!'

'그러나 내가 자동차가 그리도 타고 싶은가? 하고 그는 저 스스로의 괴변에 놀라서 자문자답하여 보앗다. '글세, 자동차가 그리도 타고 싶을까?

그는 다시 돌아누엇다. 금년이 생각이 난다. 몇일 전에 달밤에 대문 밖에서 마주 서서 보든 그 아름다운 금년이의 자태가 눈에 서언히 나타나는 듯햇다. 그리고 그가 조곰 전에 간드라지게 웃든 그 웃음소리가 귀에 들리는 듯하다. 그런데 경숙이 자신은 지금 자동차를 타고 몸을 흔들흔들 거리면서 어데론가 무한정하고 가고 잇는 것같이 생각되엇다. 어둠을 뚫고 구름을 뚫고 정처없이 영원히 영원히! 창제와 함께! 흔들 흔들 흔들!

그러나 그것은 잠간 사이의 환상이엇다. 그는 지금 북쩍골 한구석 나즌 초가집 안에 누어서 잠을 들어보려고 애를 쓰고 잇을 따름이엇다.

×　×　×

그 다음 몇일 후 경숙이는 단단한 결심을 하고 창제의 자동차를 탓다. '이번이 마즈막이다. 다시는 타지 않으리라.' 하고

그러나 막상 창제를 대하고 보니 딱 잡아서 말하기가 심히 어려웟다. 그래서 그는 묵묵하엿다. 자동차는 밝엇다 어두엇다 하는 행길을 뚫고 맹렬한 속도로 달리엇다. 경숙이는 지난번 까지 감각하든 그 즐거운 기분을 영 찾어내일 수가 없엇다. 어쩨 바눌 방석 우에나 앉은 것 같은 느낌이 잇엇다. 창제조차 웬일인지 침울한 침묵을 지키는 것이 자기 마음을 꿰뚤러나 본 것같이 속이 상하고 부끄러웟다.

그러나 한 번 말을 해야 할 것이다. 그래서 차가 북쩍골에 거의 다엇을 때 떨리는 목소리로

"인제는 날도 따스하고 하니 걸어다녀도 좋겟어요." 하고 거의 소리지르다 싶이 단숨에 말해버렷다. 들엇는지 못들엇는지 잠시 잠잠하든 창제는 자

동차 속도를 휠신 느꾸면서

"웨 제가 실례한 일이 잇어요?" 하는 그의 목소리도 약간 떨리엇다.

"아니요." 하고 경숙이는 황급히 부인하엿다. "아니에요. 그런 것이 아니라 혹시 남들이 오해를 하면……" 하고 경숙이는 대답햇으나 창제를 치어다보지는 못하엿다.

또 다시 침묵. 차가 북쩍골 어구에 와 서자 창제가

"왜 누가 무어라구 해요?"

"아니오……. 아니……. 그저……. 그래두 누가 혹시나." 하고 입안으로 중얼거리면서 황급히 차에서 내렷다. "하여튼 다음부터는 걸어다니겟어요." 얼른 한마듸를 마치고 골목 안으로 뛰어 들어갓다.

방 안에 들어온 경숙이는 이불을 뒤집어 쓰고 실컷 울엇다. 웬일인지 자기는 이 세상사람 중에 가장 불행스런 사람 같이만 작구 생각이 되엇다. 경숙이가 이때껏 그날 밤처럼 몹시 설게 울어 본 일이 없엇다.

11

바로 그 이튿날 아츰 경숙이는 어머니께로부터 혼사에 대한 이야기를 들엇다. 그 이야기는 대강 이러하엿다.

이태환이란 남자인데 시내 어떤 은행의 지배인으로 저명한 재산가라구 한다. 경숙이를 상점에서 보고 곳 혼인할 생각이 잇어서 청혼하는 것이라고.

"경숙이 너도 팔자 좋게 되려니와 네 애비어미도 능마에 좀 편하게 살어보아야 하지 않겟니 네 덕에. 혼인이 되기만 한다면 우리에게도 기와집 한 채나 사준다는구나. 그리고 또 경인이두 병원에 보내서 수술이라도 해보도록 해준다니 이런 고마울 데가 어데 잇니. 너 하나로 해서 우리 집안엔 큰 복이 떠러지는구나. 너두 반대 않을 줄 알구 아버지는 곳 허락하섯다드라. 그러니 너도 그 노릇 좀 차차 고만두고 시집갈 준비를 하도록 해라." 이렇게 어머니는 말을 맛추엇다.

　이 말을 들을 때 경숙이는 퍽 불쾌하엿다. 그냥 좋은 신랑이 잇으니 결혼을 하라고 하는 말이엇든들 속으로는 기뻣을런지 모른다. 그러나 '우리에게도 가아집 한 채를 준다는구나.' 하는 소리가 귀에 몹시 거슬리엇다. '기아집 한 채에 나를 팔어먹는단 말인가.' 하고 분개하는 생각이 들엇다. 그래서 그는 고개를 흔들엇다.

　"아니 싫어. 나 시집 안 가요. 죽어도 안 가요!" 하고 소리를 뻑 지르고 그만 뛰처나갓다.

　그러나 그가 상점에 들어와 제복을 입고 나서자 불쾌하든 감정은 살어지고 것잡을 수 없는 호기심이 끌어올랏다. '그이가 나를 여기서 보앗다지!' 하는 생각에 좀 부끄럽기도 햇으나 어떤 돈 많은 젊은 남성이 자기를 보고 반하엿다는 사실이 결코 불유쾌 한 것은 아니엇다. 속마음 한구석에는 행복스러운 생각이 머리를 내밀고 잇엇다. '그가 어떤 사람일까?' 하고 그는 상상하여 보앗다. '얌전하고 젊고 키가 후리후리 하고 돈 많고!'

　경숙이는 이전부터 가끔 혼자서 결혼에 대한 문제를 생각 아니 해본 것은 아니엇다. 기게처럼 매일 꼭 같은 일을 반복하고 잇는 직업에 권태를 느끼기 시작한 이래로 그는 이따금 남모를 한숨을 쉬인 적이 한두 번이 아니엇다.

　'일생 이 노릇만 해먹고 살까?' 하는 생각이 나면 그는 몸서리를 첫다.

　경숙이가 맨처음 쎌스껄로 들어왓을 때에는 자기 딴은 직업부인으로써 독신으로도 살어갈 수 잇을 것처럼 생각이 되기도 햇엇다. 그러나 그것은 아직도 그가 하는 일에 신기성과 호기심과 푸라이드를 감할 수 잇는 초기의 일이엇다. 경숙이가 처음 쎌스껄로 고용된 때 윈 북쩍골이 그것을 축하하엿다. 그리고 경숙이가 일하고 잇는 '훌륭한 집' 구경을 하겟다고 북쩍골인민 전부가 총출동을 하야 진고개[27]로 나섯든 일도 잇엇다. 일생 문 밖을 나서보

27　진고개 : 서울시 중구 명동에 있던 고개로 중국대사관 뒤편에서 세종호텔 뒷길까지의

지 않든 '에헴 꼬맹이'까지가 구경을 따러왓다가 도로혀 남의 구경꺼리가 되어버린 일까지 잇엇다. 그때 경숙이는 확실히 자기 하는 일에 취미를 붙엿엇고 또 푸라이드를 갖고 잇엇다.

그러나 그것은 잠간 동안 뿐이엇다. 한 달 가고 두달 가고 반년가고 일년 가고 세월이 흘러감을 따러 그는 자기 직업에 권태를 이르키기 시작하엿다. 그래서 할 수 잇으면 어서 속히 가정으로 들어앉엇으면 좋을 생각이 나는 때가 많엇다.

경숙이는 생명의 꽃봉우리에 도달한 건강한 처녀이엇다. 건강하고 젊은 몸은 때로는 억제하기 힘들만한 정도까지 남성의 포옹이 그리워지는 때가 잇엇다. 또 가정에 들어가서 밥도 짓고 빨래도 하는 것이 그것이 아무리 힘든 일이라구 한달지라도 쎌스껄 노릇보다는 행복스러우리라고 상상되엇다. 그리고 또 그것이 여자가 가진 마땅한 직업이고 쎌스껄이란 변태적이라는 생각도 낫다.

어떤 때 젊은 부부가 어린아이를 더리고 물건을 사러 온 것을 볼 때에는 그는 거의 눈물이 날만침 흥분이 되는 적도 간혹 잇엇다.

그 어린 애기! 왜 경숙이는 어린 애기를 가질 권리가 없는가? 그는 어린 애기에게 젖을 먹여보고 싶은 충동을 늣기엇다. 고 토실토실한 어린 손고락들에 키쓰를 퍼부어주고 싶엇다. 그리고 활동사진²⁸에서 어머니가 애기를 안꼬 자장가를 부르는 장면을 볼 때에는 혼자 죽죽 울기까지 하엿다.

그리고 세상 모―든 처녀들이 일반으로 가지는 공상과 기대를 경숙이도 가지고 잇엇다. 분명코 언제든지 자기도 한 번은 어떤 남자의 품에 안길 수 잇는 날이 이를 것을 기대하고 잇는 것이엇다. 그것은 환희로 가득 찬 그리고도 불안에 휩쌔인 즐겁고도 구슬푼 기다림이엇다.

진흙으로 길이 질엇던 고갯길.
28 활동사진 : 영화.

때때로 물건 사러 온 젊은 남자 손님 중에 인상 좋은 이를 보면 '혹시 저런 이가 내 천정배필²⁹이 아닌가?' 하는 부질없는 생각에 혼자 얼굴을 붉힐 적도 잇엇다. 그리고 때로는 아주 잘생기고 사내다운 사내에게 한 번 열렬한 사랑을 받아보고 싶은 생각이 것잡을 수 없이 이러나는 때도 잇엇다.

'나는 당신을 사랑합니다. 경숙 씨 당신이 없이는 나는 살 수가 없읍니다!' 하고 그의 앞에 꿀어 업딜 미남자가 어느 구석에는 숨어 잇으려니 하고 생각되엇다.

그러면 지금 결혼을 청한다는 그 이태환이는 곳 경숙이가 혼자 상상하고 기다리고 잇든 그 '천정배필'이나 아닐런지?

그는 그날 종일 상점에서 젊은 남자 손님을 맞날 때마다 얼굴이 자연 붉어지엇다.

'이 사람이 그 사람이나 아닌가?' 하는 생각이 나기 때문이엇다. 그리고 또는 '어떠케나 생긴 사람일가?' 하는 호기심이 생겨서 그 사람을 한 번 맛나보고 싶기도 하엿다. 그리고 경숙이는 알지도 못하는 동안에 어떤 돈많은 남자가 경숙이를 외짝사랑하고 잇엇다는 사실이 경숙의 허영심을 만족시켜 주어서 한편으로 퍽 즐거웟다. 같이 일하는 동무들께 자랑도 해보고 싶엇다. 세상 모─든 남자가 모다 자기를 외짝사랑 해주엇으면 하는 엉뚱한 욕망이 불꽃 일듯 이러낫다.

× × ×

원산 가 잇는 순복이에게서 편지가 왓다. 이러한 편지이엇다.

'나의 다만 하나인 K야!

---

29 천정배필(天定配匹) : 하늘에서 미리 정해준 부부로서의 짝.

덧없는 세월은 흘으로 흘으는 구나! 갈메기 떠도는 해변에도 쌔엿든 눈은 다 녹아버리고 봄날 아즈랑이가 푸른물결과 땐쓰를 하고 잇는구나! 이러는 동안에 우리들도 차차 늙어가니…… 아이고 그 생각을 하면 참으로 기가 맥힌다. 그런데 어째서 요새 그리 소식 없니? 요새도.

부모님 모시고 잘 잇니? 원산 구석의 S는 그저 그렇고 그렇다! 너는 손님들게 히야까시[30] 박고 나는 코흘리는 애들에게 히야까시 받고, 그래도 네가 상팔자다!

K야! 봄철이 되어서 그런지 마음이 더욱 신산[31]하구나! 역시 여자는 시집사리가 제일이 아닌가 하는 생각이 요새는 작구만 난다! 그러치 않으냐? 외국은 몰라도 조선서는 아직도 직업부인이라는 게 まだたよね[32]! 어떤 때는 '내가 일생 이렇게 코흘리는 애들과 씨름이나 하다가 죽을가?' 하는 생각이 불현 듯 나면 고만 기가 탁 맥히는구나! やっぱり女は女だからね![33]

K야! 헤순이는 또 아들을 낳앗더라. 아들을 척 안꼬 사진을 찍어 보냇더라. 네게는 한 장 아니갓든? 그리고 헤순이 남편은 とても[34] 미남자이드라! 彼女は幸幸福らしんよ[35]. K야 나를 숭보지 마라. 글세 그렇지 않으냐?

결혼! 우리끼리 내놓고 말이지 여자란 이십 근처에서 결혼을 해버려야 하겟더라. 그러니 또 어데 마음에 맞는 남자가 잇니? 웨남한 남자는 모두 안해를 가진 사람들이구. 게다가 또 남자들이란 모두 믿을 수 없는 남자 뿐이구!

아이고 고만두자. 상점 고객 중에 얌전한 신사가 잇거든 하나 후려내라. 그리고 남는 것이 잇거든 소포로 하나 부쳐주렴 하하!

이번 여름에 휴가 좀 어들 수 없니? 원산 한 번 좀 꼭 와주렴. 그럼 이다음

---

30 히야까시(ひやかし) : 놀림.
31 신산(辛酸) : 세상살이가 힘들고 고생스러움.
32 まだたよね(마다타요네) : 아직 멀었지.
33 やっぱり女は女だからね(얏바리온나와온나다카라네)! : 역시 여자라서 그런가.
34 とても(도테모) : 매우.
35 彼女は幸幸福らしんよ(가노조와고코후쿠라시요) : 그 애는 행복하겠지.

또 쓰마. S는'

　이러한 편지를 읽은 경숙이는 한참이나 눈이 뱕애서 천정만 치어다보고 잇엇다. 그 편지는 마치도 순복이가 벌서 경숙이 속을 다 께뚤러보고 빈정댄 것같이 생각되어서 불쾌하엿다.

12

　금년네 집에는 마츰내 폭풍우가 지나가고야 말엇다. 금년이 아버지는 마츰내 금년이가 밤늦도록 출입하는 것을 알게 되고 팔뚝시게와 금반지의 출처를 알게 된 것이엇다. 그래서 그는 때리는 자기가 기운이 없어서 쓸어지게 될 때까지 싫컷 금년이를 두들겨 주엇다.

　그런 일이 잇은지 사흘 만에 금년이는 영 집으로 돌아오지 않고 말엇다. 왼 북적꼴이 벌컥 뒤집혓으나 금년이를 찾을 길이 없엇다. 대 경성[36]의 몬지와 소음이 그 조그만 몸덩이를 삼켜버린 것 같엇다.

　금년이가 부지거처[37]가 된 후로 금년이 아버지는 말 한마듸도 잘 아니하는 침울스런 사람이 되어 버렷다. 그렇게 어덴지 종일 싸돌아다니는 기벽도 어느 구석으로 숨어버렷는지 하로종일 그 어둑신한 방 안에 쭈구리고 앉어 잇엇다. 금년 어머니가 간혹 쫄쫄 울거나 박아지를 긁을 때에는 으르릉으르릉 하며 토끼나 잡어먹을 호랑이처럼 으릉대다가 혼자서 방 안에 남어 잇게 되면 금년이가 입든 때무든 저고리를 꺼내서 뺨에 부비면서 어린애처럼 엉엉 울엇다.

　그는 금년이를 끔찍이도 사랑한 것이엇다. 그러나 그는 그 한없는 사랑을

36　경성 : 서울.
37　부지거처(不知去處) : 어디로 갔는지 간 곳을 모름.

발표하는 방법을 잘 몰랏다. 그는 속으로 딸을 극진히 사랑하면서도 겉으로는 무관심한 태도를 취하고 또 때로는 몹시 때렷다. 그러나 그가 금년이를 부처잡고 뚜들길 때 그의 가슴속에는 형언할 수 없는 사랑의 만족을 감할 수 잇는 것이엇다. 그가 금년이를 때리는 일은 다른 사람이 딸을 안고 머리를 쓰다듬어 줄 때 감하는 그 만족과 꼭 같은 만족을 그에게 주는 것이엇다.

그러나 마즈막 번에 그는 참으로 분이 나서 금년이를 때렷다. 사랑하는 딸이 돈 때문에 난봉이 나서 가문을 더럽힌다는 생각이 그에게 참을 수 없는 분로를 폭발시킨 것이엇다.

금년이가 집을 나간 후로 금년 아버지는 밤에 잘 때에도 불을 켜두고 문을 열어두엇다. 언제든지 밤중에라도 금년이가 돌아오면 곳 방으로 찾아 들어올 수 잇도록 하기 위하야……. 금년이 아버지는 밤늦도록 자지 않고 잇다가 그 뜰 안사람들이 모다 잠이 든 후에는 가만히 일어나서 북적꼴 골목까지 나아가 보고 다시 들어올 때에는 반듯이 대문 한 짝을 쫙 열어놓고야 들어갓다.

그리해두면 언제든지 금년이가 밤에 몰래 집으로 돌아올 것처럼만 생각이 되엇다. 그래서 금년이가 누어 자든 자리에는 밤마다 자리를 깔어두엇다. 이튼날 아츰에는 그 자리에 돌아와서 곱게 잠자고 잇는 딸의 모양이 보일 것같이만 생각이 되엇든 것이다. 마치 아무 일도 없엇든 듯이.

밤에도 잠이 깨면 그는 딸의 자리를 손으로 어르만저 보고는 스르르 눈물을 흘렷다.

그러나 금년이는 영 돌아오지 않엇다.

금년이 부모는 마츰내 자조 싸우기 시작하엿다. 어머니는 딸을 잃어버린 것도 원통하려니와 돈벌이가 끊어져서 방금 먹을 것이 없는 것도 큰 두통이엇다. 게다가 외팔이 병신 남편이 제 손으로 딸을 때려 내쫓고는 인제 와서 그 딸의 옷을 끄내놓고 엉엉 울고 앉어 잇는 것이 막 미워 죽을 지경이엇다.

그래서 밤이면 저녁도 못 먹은 두 내외가 마주 앉어 싸홈을 하는 것이 매

일 행사가 되어 버리엇다. 그리더니 남편은 안해를 따리기 시작하엿다. 안해는 머리를 풀어 헤치고

"이놈아 날 죽여라! 이놈아 날 죽여라!" 하고 발악을 하면서 싫것 얻어맞는다. 그러누라면 동리 부인들이 모여들어서 그 두 사이를 떼어놓는다. 이런 일이 매일 계속 되면서 집안 잡은 것은 하로 하나씩 전당포 창고로 기어들어갓다.

어떤날 밤! 거의 미치다싶이 흥분되고 정신이 피로햇든 남편은 돌발적 발작으로 부엌에 남어 잇든 식칼을 들어다가 발악하고 앉엇는 안해의 옆꾸리를 푹 찔러 버리고 말엇다. 그리고 나서는 그는 거품을 부그그 물고 부엌문 턱에 펄썩 주저 앉어버렷다.

안해는 방 안에 누어서 피를 한없이 쏟고 잇엇다. 달려든 동리부인들이 아무리 상처를 처매주엇으나 솟아오르는 피를 막을 재조가 없엇다. 그의 얼굴은 벌서 피가 없어서 백지장같이 하—얘엇다. 운명은 결정된 것이엇다. 다못 이삼초 동안 문제이엇다. 안해는 눈을 둥그렇게 떳다. 그리고는 놀란 모양으로 둘러앉은 사람들을 휘둘러보앗다. 그의 입술은 푸들푸들 떨리엇다. 그리고는 입을 비쭉비쭉 한다.

"금…… 년이…… 그…… 금년아……."

"아이고 금년이가 어데 잇는지를 알어야지 원, 이런 속상할 데가 잇나?" 하는 노파,

"오죽 보고 싶겟소? 에이 불효의 자식 같으니!" 하고 코를 씽 푸는 여인네도 잇다. 죽어가는 여인은 물끄럼이 그 여인을 치어다보드니 겨우 입을 열어

"금년이 아뱅이……." 하고 불럿다.

금년이 아버지가 방 안으로 끌려들어왓다. 그는 아직도 무슨 일이 어떠케 되엇는지 이해하지 못하드키 먹먹히 서서 꺼저가는 안해의 얼굴을 내려다보고 잇다. 안해는 한참이나 남편의 얼굴을 뚫어지도록 바라다보드니 갑작이 그의 눈에는 당황한 빛과 공포이 빛이 떠올랏다. 그는 손을 허우적거리

며 입을 실룩실룩 하더니 겨우,

"금년이 아뱅이…… 어서 도망가잖고…… 순사 오면 어쩔라고…… 도망…… 어서." 하는 말을 채 마치지 못하고 숨이 끊어지고 말엇다.

"힝!" 하고 여인들의 코물소리가 여기저기서 낫다.

이런 참혹한 일을 목도하는 경숙이는 거의 히스테릭할 만침 흥분되엇다. 어서 바삐 이런 무섭고 더럽고 기막히는 굴엉³⁸을 빠저 달아나버리고 싶엇다. 그때 그의 머리를 스치고 지나가는 번개불 같은 생각은 '기아집 한 채' 하든 얼마전 어머님 말슴이엇다. 기아집, 넓은 뜰, 꽃밭, 피아노. 거기는 이 북적꼴과는 비교도 할 수 없는 곧처럼 상상되엇다. 그리고 경숙이 자기에게 그 평안과 사치와 만족을 줄 수 잇는 한 사람의 이름이 또렷이 그의 머리에 나타낫다가 슬어지엇다.

13

콜롱콜롱하면서 꼽으러진 몸으로 좁은 뜰을 살금살금 기어다니듯 다니는 경인이는 다시 자리에 눕게 되엇다. 왼 몸이 살 한점 없이 여위고 얼굴은 어둑신할 때보면 해골로 보이리만치 여위고 창백해지엇다. '이태환'이란 사람은 경인이를 병원에 입원시켜줄 수 잇는 오직 한 사람이라고 어머니는 경숙이 귀가 아프도록 되푸리하엿다.

창경원에는 밤 벗꽃 구경이 한창이엇다. 경숙이 다니는 상점에서도 하로 문을 닫고 점원 일동이 창경원으로 가서 하로를 유쾌하게 놀기로 한다는 고시가 나붙은 것을 경숙이도 읽엇다.

이런 모딤³⁹이 잇을 때마다 경숙이에게는 큰 고통이엇다. 이러한 모딤에

---

38 굴엉 : 구렁, 구덩이.
39 모딤 : 모임.

차리고 나설 옷과 신발이 없는 고통이엇다. 상점에 나올 때에는 아무런 구두이고 신고 다녓으나 이렇게 사람이 많이 모인 곳으로 놀러가는 때는 남들이 신은 류행식 구두가 부러웟다. 코뚱이 깨지고 뒷축이 불어진 이런 구두를 신고는 도저히 창경원에 못갈 것 같엇다. 그리고 또 스타킹도 남들은 다 씰크스타킹인데 혼자서……. 그리고 또 옷도 인조견 져고리는 너무도 천해보인다. 그리고 또 치마도!

경숙이는 집으로 돌아오는 길에 어떤 구두 가가 쇼윈도 앞에 한참이나 서 잇엇다. 거기에는 마음에 드는 구두, 부러운 구두, 신고 다니면 장안이 번쩍할 구두들이 얼마든지 잇엇다. '십오 원' '십삼 원' 등의 꼬리표가 달린 구두들! 그는 다시 다 해여진 자기 구두를 내려다 보앗다. 그리고는 누가 보지나 않엇나 하는 생각이 나서 혼자 얼굴을 붉히엇다.

'구두 한 켜레! 구두 한 켜레도 마음대로 못 사신나?' 하고 생각하니 생(삶)이 한없이 클클스러워젓다. 그리자 번개 같이 그의 머리를 스치고 지나간 것은 '이태환'이란 석 자이엇다.

'이태환'

이 석 자는 모—든 문제를 해결해 줄 수 잇는 이름이엇다. 구두 몇 켜레쯤이야? 또 씰크스타킹도 다쓰로 사다두고 크레임 치마도!

그는 몸을 떨엇다.

14

"창제야, 참 재넘엇 집네는(경숙이 어렷을 적 살든 집이 재넘어 잇엇기 때문에 재넘엇 집이라고 불럿는데 창제 어머니는 지금도 그렇게 부른다.) 팔자두 좋드라. 서울 장안에서 제일가는 큰 부자 사위를 맞는다는구나. 경숙이가 참 얌전하더니 복이 터젓어!"

어머니의 이 무심한 말을 창제가 들은 것은 창제가 마즈막으로 경숙이를 자동차에 태워다 준 후 두 주일이나 지난 뒷윗 일이엇다. 어머니의 이 평범한 말이 창제의 귀로 들어가서는 그 말이 창제의 가슴속으로 흘러들어 가슴속을 삭삭 어여내이는 것 같은 감각을 창제에게 주엇다. 그러나 그가 그 말에 대답할 수 잇는 한마디 말은

"흥" 하는 코소리 하나 뿐이엇다.

창제는 곳 펜을 붓잡엇다.

'경애하는 경숙 씨에게

갑자기 펜을 잡으니 무슨 말을 먼저 써야 할지 갈피를 잡을 수 없습니다.

위선 축하합니다. 그러나 경숙 씨가 저에게 취한 행동은 저는 퍽도 비겁하다고 봅니다.

'나는 약혼한 사람이 잇는 여자이니까 당신의 자동차를 함부로 타고 단일 수가 없겟서요.' 하고 정직하게 말하엿더면 나는 사내답게 당신의 행복을 빌어들엿겟지오. 그러나 구하여 우물주물 나를 속여 보려고 하신 것은 단연코 숙녀로써 취할 태도가 아닌 줄로 믿습니다.

경숙 씨! 이제와서 새삼스리 이런 말을 쓰는 것이 부질없습니다만은 그동안 나도 속으로는 경숙 씨를 제 안해로 삼는 행운을 가질수만 잇엇으면 무상의 행복이리라고 생각을 하고 잇섯습니다. 수집어서 발표는 못하고 말엇지오, 그만……. 여러 번 말슴을 들여보려고 애는 쓰면서도요. 그러나 당신이 이러케 행복스럽게 된 오늘날 나는 어이하여 이런 쓸데 없는 글을 쓰고 잇을까요?

'서울서 첫재가는 부자!' 듣기에 퍽 좋습니다. 아마도 장안윗 왼 여성이 경숙 씨의 행운을 부러워하고 시기하겟지오. 그러나 나는 언제나 이러한 의문을 가지고 잇습니다. '계급을 초월하는 결혼이 과연 끝까지 행복스러울 수가 잇을까?' 하고요. 경숙 씨는 경숙 씨가 가진 과거의 생활, 생활의식, 생활관념, 생활철학, 그 전체가 우리들 계급에 속합니다. '서울서 첫재가는 부자'의

생활의식, 생활관념, 또는 생활철학은 우리들의 그것과는 판이[40]할 뿐만 아니라 아무리 서로 이해하려고 하고 동화되려고 하여도 안 될 일입니다.

이런 두 개의 판이한 계급이 서로 맞나 산다고 하는 것은 곳 그 부부 중 한 편의 전적 파멸(全的破滅)을 의미하는 것이 됩니다. 그러기 전에는 도저히 그 부부생활은 지속될 가망이 없으니까요! 그러면 누가 파멸이 되겠읍니까? 이론을 다 제처놓고 실제에 잇어서 당신의 남편은 당신의 인격적 파멸을 강요할 것입니다. 돈 많은 사람에게 잇어서는 여자, 또는 안해는 한 개의 인격(人格)이 아니라 한 개의 완구(작난가음)[41]이니까요. 주인이 작난가음에게 잘 뵈이려고 제 인격을 버릴리는 없고 작난가음이 주인에게 만족을 주기 위하야 이리 저리 변하여야 할 것은 정한 이치가 아닙니까?

이런 의미에서 나는 경숙 씨의 이번 결혼을 절대로 반대합니다. 내가 경숙 씨와 결혼하고 싶어서 그러는 것보다도 경숙 씨 자신의 행복을 위해서 경숙 씨 자신의 인격을 위해서 이러한 매매적(賣買的) 결혼 — 이런 실례읫 말슴을 씀을 용서하소서, 결국 따지고 보면 이번 결혼은 경숙 씨의 몸덩이를 돈 받고 파는 것에 더 지나지 않으니까요 — 에 반대하지 아니할 수 없읍니다.'

이러케 단숨에 내려 쓰고는 한참이나 펜대 끝을 질근질근 씹으면서 천정을 치어다보고 잇엇다. 그리더니 갑자기 펜을 툭 던지고 편지를 척척 접어서 봉투에 넣고 경숙이의 주소 씨명을 똑똑히 쓴 후 삼전 우표를 한 장 얻어 왼편 모퉁이에 똑바로 붓치엇다. 그래가지고 그는 그 편지를 설합 밑에 깊이 넣고 말엇다. 그는 그 편지를 그 속에 그대로 내버려두엇다.

---

40 판이(判異) : 아주 다르다.
41 작난가음 : 장난감.

15

둘러리 서기 위하야 원산서 순복이가 올라오고, 식도원 어구에 벌언 휘장을 둘러치고, 공회당 마루에 광목필을 깔고 전보가 오고, 또 전보가 오고 또 전보가 오고 또 전보가 왔다.

이태환이가 돈을 보내 만든 흰 옷을 입고 이태환이가 사보낸 분을 바르고 이태환이가 보낸 면사포를 쓰고 아츰들이 수선을 피우고 단장을 하고 나니 이태환이가 보낸 자동차의 싸이렌 소리가 뺑뺑 하고 들려왓다.

"자동차가 왓다. 어서 나가야지. 어서어서." 하고 어머니는 숨이 차게 재촉을 한다. 그 좁은 뜰이 메이게 뭉켜서 동물원 원숭이나 구경하득키 경숙의 단장을 구경하고 잇든 아이들이 한 절반이나 자동차 구경을 하려 몰키어 나갓다. 순복이에게 부축을 받아 경숙이는 이러섯다. 이태환이가 사준 흰 구두를 신으면서 경숙이는 자기가 십여 년이나 잠자고 밥먹고 울고 웃고 근심하고 공상하든 어둑신한 방을 다시 한 번 들여다보앗다. 그러케도 답답하고 더럽고 물 것 많든 방도 인제 아주 떠나는구나 하고 생각하니 눈물이 핑 돌만침 정들어 보이엇다. 그리고 다시 아버님의 잔소리도 어머님의 집안 걱정소리도 매일 못들으려니 생각하니 그것도 여간 서운한 것이 아니엇다. 밖에서는 또 뺑뺑하고 자동차 소리가 들리엇다. 밖에 나갓든 경인이가 개신개신[42] 들어와서 치마고름을 잡어끌면서 어서 나가라고 재촉한다. 이 병신된 동생을 바라볼 때 그만야 겨오 참엇든 우름보가 터저버리고 말엇다.

경숙이는 흘러내리는 눈물을 것잡을 새 없어서 손수건으로 눈을 가리고 순복이 끄는 대로 장님 끌려가듯 끌려서 북쩍골 골목 밖으로 나왓다. 골목에는 왼 동내 부인네들이 다 떨어나와서 길이 꽉 차잇고 창문마다 얼굴이 내다보고 잇다. 애헴꼬맹이가 흥분된 얼굴로 자동차 문을 열어 잡고 서 잇다.

---

42 개신개신 : 기운이 없이 느린 행동.

자동차를 올라타다가 경숙이는 경풍[43]하는 사람처럼 놀랏다. 눈물은 금시에 말라버리고 가슴만이 호랑이 본 토끼 가슴모양으로 울렁울렁 몹시 뛰놀앗다. 그는 운전대에 앉은 창제를 본 것이엇다.

　　그것은 결코 창제가 계획적으로 꿈인 일도 아니고 바란 일도 아니엇다. 할 수만 잇으면 경숙이를 결혼식장으로 태워다 주는 이 역활만은 피하려 하엿다. 그러나 운명이 자기로 하여곰 이 역활을 하도록 강요하는 때 그것을 회피하는 것은 비겁한 것같이 생각되어서 그냥 온 것이엇다. 그러나 막상 면사포를 쓰고 천사같이 채린 경숙이가 자동차에 올라타는 것을 볼 때 그는 참아 보고 잇을 수가 없어서 외면하엿다.

　　차가 종로를 돌아 나올 때 그에게는 이대로 이 신부를 태운 채 어데로든지 멀리멀리 달아나버리고 싶은 충동을 느끼엇다.

　　차는 황금정 네거리까지 왓다. 부청[44] 쪽으로 방향을 돌려야 할 것이언만 창제는 부지중에 그냥 앞으로 차를 몰앗다.

　　그리자 '이길! 몇 번이나 이 길로 이 자동차를 몰면서 두 사람이 행복수런 꿈을 꾸엇던가' 하는 생각이 나니 퍽도 쎈치멘탈해지어서 눈자욱이 뜨끈뜨끈 해젓다.

　　차가 조선은행 앞까지 왓슬 때도 창제는 공회당 쪽으로 돌리지 않고 전차 길을 건너 우편국 앞으로 갓다. 경숙이는 가슴이 내려 앉엇다.

　　그와 동시에

　　'이 일이 잇기 전에 한 번만 창제씨에게 이야기를 할 걸.' 하는 후회에 가까운 미안스러운 생각이 낫다. 순복이는 당황하여

　　"여보 운전수, 공회당인데 이거 어델 가는 거야! 여보 여보, 공회당으로 가요." 하고 소리를 질럿다. 그러나 창제는 귀가 먹엇는지 나무로 만든 사람

43　경풍(驚風) : 풍(風)으로 갑자기 의식을 잃고 경련하기.
44　부청(府廳) : 경성 부청, 즉 오늘의 서울시청.

인지 돌로 만든 사람인지 그의 얼굴에는 아모런 표정도 없엇다. 자동차는 우편국 앞에 잠시(실로 한초 동안) 정거햇다가 다시 삼월 오복점 앞을 돌아 공회당으로 갓다.

16

안에서는 웨딩—마취의 피아노 소리가 고즈낙하게 흘러나왓다. 창제는 딴 생각을 하려고 애를 썻으나 그의 정신은 공회당 안 경숙의 발자취를 떠나지 않엇다. 바로 두 달 전까지도 그는 언제나 한때 이러케 공회당에서 성대한 결혼식은 못할망정 경숙이를 신부로 맞이할 공상을 매일 같이 하고 잇엇다. 오늘 경숙이는 꽃보다도 더 입쁘고 천사같이 깨끗한 신부가 되엇것만……

창제는 눈을 감고 핸들에 몸을 기대엇다. 웬일인지 전신이 느른하고 몹시 피곤한 감각을 느끼엇다.

어찌할가? 어찌할가?

결혼행진곡 소리가 또 들려온다. 어데 멀—리서 마치 꿈 속에서 듣는 것 같이!

창제는 경숙이 손을 붓잡엇다. 신부로 채린 경숙이의 손을! 경숙이가 어떠케 이러케 혼자 도망을 나왓을가? 아직도 저 멀리서 로헨 그린의 행진곡은 고요히 들려오는데!

창제는 곳 자동차에 속력을 내엿다. 사십 마일, 육십 마일, 백 마을도 좋다. 경숙이는 그의 억개에 고요히 기대어 쌕쌕거리고 잇다.

경숙이를 차지한 창제는 미친 듯이 자동차에 속력을 내엿다. 그리자 뒤에서는 그들을 추격하는 자동차의 싸이렌 소리가 들리엇다.

달리고 딸아오고! 그리자 창제는 자기 포켙속에 새로 발명된 권총이 들어 잇든 것을 기억하엿다. 그는 뒤로 딸아오는 자동차를 향하야 권총을 난사하엿다.

이 권총은 총알은 재지 않고 총부리를 입에 문 후 그 밑에다가 석냥을 켜 붓처가지고는 내쏘면 총알이 나가는 이상스런 총이엇다.

창제는 그 총을 한없이 쏘앗으나 한 알도 바로 맞지는 않고 뒷자동차는 점점 가까히 딸아왓다. 그리자 누가 창제의 뒷덜미를 꽉 붓잡고 흔들엇다.

"이 사람아. 담배는 먹지 않고, 이게 무슨 짓이야." 하고 그 사람이 웨친다.

창제는 눈을 번쩍 떳다. 땅에는 피우다 내버린 담배와 석냥 고치가 수두룩이 떨어저잇엇다. 창제는 쓴 웃음을 웃엇다.

더 견댈 수가 없엇다. 안에서는 또다시 웨딩마─취의 그윽한 피아노 소리가 들려오고 사람들의 환성이 새여나왓다.

식은 끝난 모양이엇다.

창제는 조수를 불러가지고 다른 자동차를 한 대 전화로 대신 불러오라고 부탁한 후 그는 혼자서 자동차를 몰아가지고 방향없이 몰앗다. 그는 미친 듯이 차를 몰앗다.

마치도 가슴을 뻐개듯이 치밀어 오르는 울분을 이 자동차에게 분풀이나 하려는 듯이! 차는 어느듯 한강철교를 지나 인천가는 신작로 길 우으로 나는 듯이 다라낫다.

창제는 어데로 어떠케 휘돌아 다니엇는지 기억할 수 없엇다. 까솔린이 진하야[45] 차가 제절로 멈치는 때 보니 인천 월미도에 와서 잇엇다.

그는 차를 길가에 밀어 세워놓고 인천으로 걸어 들어왓다.

벌서 황혼이엇다.

창제는 술을 마시고 싶엇다. 실컷, 세상만사를 다 잊어버리고 말도록! 그날 밤새도록 그는 카페에서 술을 마시엇다.

마시고는 울고 울고는 마시고, 마시고는 소리소리 지르고 소리 지르고는

---

45 진(盡)하야 : 다 쓰고 없어져서.

또 마시고, 마시고는 혼자 춤을 추고 춤을 추고는 또 마시고, 창제가 단 혼자서 술을 마신 것도 이때가 처음이고 그러케 많이 마시기도 이때가 처음이엇다.

17

'무엇 때문에?'
'무엇 때문에?'
'무엇 때문에?'
기차의 덜크덩거리는 소리가 경숙이에게는 이러케 자기를 추궁하는 성낸 목소리처럼 들리엇다.

신혼여행! 인생에게 잇어서 가장 행복스럽고 가장 아름다워야 할 이 신혼여행이 이러케도 무의미하고 이러케도 지리하리라고는 경숙이가 일즉 꿈도 못 꾸엇든 일이다. 평생 처음으로 탄 이등차 자리가 바늘방석처럼 감각된다는 것은 무슨 기막힌 모순이냐?

이러케 경숙이가 마음의 안정을 얻지 못하고 혼란스런 감정 속에 헤매게 된 그 원인은 아까 오후에 자기를 결혼식장까지 태워다 준 자동차운전수 창제 때문이라고 밝게 인식될 때 그는 창제에게 원망까지 갓다. 그러나 그는 창제에게 미안하엿다. 한없이 미안하엿다. 그리고 결혼식하는 동안에 없어진 창제의 행방이 염려되엇다.

오후에 창제를 맞나든 그 순간부터 공회당에 일으기까지 그 십분 동안에 경숙이는 직감으로 창제의 고민을 다 알수 잇엇다. 그래서 그 십분간 드라이브가 경숙이에게는 천년처럼 생각되고 괴로웟다. 그리자 창제가 자기를 진정으로 사랑하고 잇엇다하는 사실을 확정적으로 직각하게 될 때 그의 가슴속에도 사랑의 용소슴이 샘솟듯 끌어올라 왓다. 무의식한 가운데 굼틀거리든 불낄이 창제의 마음을 확실히 알게 되는 그 사실에 키질을 받아 맹렬한 기세로 타오른 것이엇다.

그러나 때는 임의 늦엇다. '창제씨가 왜 좀 더 일즉…… 그이가 어찌하여 좀 더 담대하지 못하엿든가? 바로 어제라도…… 아니 지금 이 자리에서라도 그이가 가자고 하면 나는 따라갈 것이다…….' 이런 생각이 그의 머리를 슺이고 지나가자 그는 몸을 떨엇다. 그는 눈을 감엇다. 그러니까 마치 그는 창제의 자동차를 맨 첫 번 얻어 타고 가든 날로 돌아간 듯한 느낌을 감하엿다. 그리고 그는 눈을 다시 뜨기가 무서웟다. 눈을 떠보아서 자동차가 공회당으로 안가고 딴데로 가는 것을 발견하는 것도 무서운 일이고 또 그러타고 공회당 앞에 와 다은 것을 발견하는 것도 서운할 일이엇다. 자동차가 공회당 앞에 가 선다면 자기가 창제를 그처럼 내버리고 공회당 안으로 들어가질 것 같지 않게 생각되엿든 것이다.

그러나 그러나! 모다 소용이 없는 걱정이엇다. 그는 거의 무의식한 중에서 이미 식을 다 끝내버리고 만 것이 아닌가?

'무엇 때문에?'

'무엇 때문에?' 하고 기차는 쉴새 없이 그를 꾸짖으며 남으로 남으로 달려가고 잇는 것이엇다.

밖에서는 비가 뿌린다. 비방울이 밤알만큼씩한 소낙비엇다. 이 비방울들이 시컴언 차창을 때리고는 줄줄 내리흘럿다. 시컴언 차창밖으로 시컴언 공허만이 내여다보이든 창밖으로 불빛이 번쩍 보이는 듯하드니 기차는 갑자기 속력을 느꾸엇다.

'무엇 때문에?' '무엇 때문에?' 하고 쉴새 없이 꾸짖는 소리는 없어지고 느른느른한 어떤 리해할 수 없는 소리로 변하엿다. 경숙이는 길게 한숨을 쉬며 생각하엿다.

'이런 불유쾌한 밤에 창제는 무엇을 하고 잇을까?' 하고. 그리자

"어서 내립시다." 하는 남편의 목소리가 들리엿다. 그는 꿈에서 깜짝 놀라 깨는 사람 모양으로 일어섯다. 남편의 손낄이 그의 팔에 와 다을 때 그는 몸

을 떨엇다.

18

시간이라고 하는 놈은 사람의 기억을 조곰씩 조곰씩 파먹어가는 얄구진 버러지이다. 그러나 이 끈기잇는 버러지로서도 파먹어버리지 못하는 기억이 잇다. 이것이 인류의 행복이오 또 불행이다.

일년이란 세월이 흘러갓다. '일 년이란 세월이 흘러갓다.' 하는 말은 하기가 퍽 쉽지마는 그 열두 달을 어름어름 하는 동안에 무의식하게 훌떡 지내보내버리는 사람도 잇지마는 그 하로하로를 뼈가 저리게 령혼을 좀먹여가며 지나가는 사람에게는 그 삼백륙십오일은 딴테의 연옥[46]보다 더 지리한 고통일 것이다.

날이 가면 갈수록 경숙이는 지금의 자기생활의 무의미함과 공허함을 느끼엇다. 돈많은 사람들의 생활이 그러케까지도 천박하고 또 기생충적(寄生蟲的)이리라고는 상상도 못하엿엇다. 더욱이 그 아모 쓸데도 없는 기생충의 생활을 스사로 부끄러워 할 줄도 몰으고 도로혀 그것으로써 자랑을 삼는 그런 야비한 생활철학과 시시각각으로 부듸칠 때 그는 그들 뿌르죠아지 계급과 또는 그 분위기 속으로 시집 들어온 저 자신을 미워하고 저주하는 생각이 더욱더 커저갓다. 그가 살고 잇는 만원 짜리 양관[47]이 실증이 나고 산뎀이처럼 쌓여 잇는 비단옷이 실증이 나고 한 다―쓰 놓여 잇는 구두가 실증이 나고 남편의 생활이 실증이 나고 저 자신의 령혼이 실증이 나고 저 자신의 병든 몸덩어리가 실증이 낫다.

그는 시집온 지 몇 달이 안 되어 방탕한 남편에게로부터 곳칠 수 없는 병

---

46 연옥(煉獄, purgatory) : 사람이 죽으면 곧 바로 천국이나 지옥을 가지 않고 연옥에서 자기의 죄를 통찰하고 정화할 수 있다.

47 양관(洋館) : 양옥, 서양식으로 지은 집.

을 전염받은 것이엇다.

× × ×

언제나 생활난에 헤매이든 사람으로 갑작이 생활이 좀 넉넉해진다는 것이 처음 얼마동안 육체적으로는 다소 쾌감을 않주는 것은 아니엇다. 그러나 그것은 실로 잠시동안의 일이엇다. 남의 것을 얻어서 사는 사람의 정신적 고통을 느끼기 시작하는 그날부터 그 생활은 고통과 멸시와 후회의 계속 뿐 이엇다.

물질적 만족만이 결코 사람에게 행복을 가저오는 것은 아니다. 정신적 향상이 없는 생활은 물질적으로 아모리 배부르대사 그것은 배부른 도야지에서 나을 것이 없다. 그런데 그것을 깨닷지 못하고 돈으로써 인류생활의 최고 기준을 삼고 그것 이외에는 인격도 정신도 아모 것도 없다고 로골적으로 내뽑는 이태환이를 볼 때 끝없는 멸시와 반항심이 끌어올라오는 것이엇다. 돈만 가지고는 사지 못할 것, 돈이 없이도 가질 수 잇는 것, 세상에는 그런 것이 잇다는 것을 이태환이에게 보여주지 못한 것이 통분하엿다.

밤에 혼자 자리에 누으면 이런 끌어올으는 반항심에 잠을 못 일우다가도 아츰이되면 그는 또다시 별수 없이 인력거를 타고 병원으로 찾어가는 것이엇다.

× × ×

이태환이와 경숙이는 사나흘에 한 번쯤이나 맞날가말가 하엿다. 두 부부는 마치 아모런 관련도 없는 사람이 우연히 한 집에서 살게 된 것 같은 태도이엇다. 서로 속으로는 적개심을 품고 잇으면서 겉으로는 서로 무관심한 태도를 취하엿다. 날로날로 얼골이 노-래가고 수척해 가는 경숙이는 하로 종일 방 안에 들앉어서 누엇다 일어낫다 하여 우울한 하로를 보내고 태환이는 마장[48]을 하러 술을 마시며 골푸를 치러 돌아다니다가 기생집에 사나흘씩 묻혀 잇기가 보통이엇다. 경숙이가 태환이 때문에 불치의 병을 걸려 한 몸을 망치고 고생하는 것을 볼 때 태환이로서도 미안스런 생각이 들엇는지 경숙이를 적극적으로 학대하지는 않엇다. 그러나 '어떠케 하면 저것을 내쫓나.' 하는 적개심을 가지고 잇는 것은 그의 두 눈으로부터 경숙이도 쉽게 감각할 수가 잇엇다. 태환이게 경숙이는 한 개의 작난가음이엇다. 그 육체가 탐이 난 것 따름이오 아모런 정신적 또는 리상적 공통점이라든가 순진한 연애가 발견된 것은 아니엇든 것이다. 자기가 가지고 잇는 돈으로 여자를 암만이든지 살 수가 잇다고 믿고 잇는 남자에게는 연애도 잇을 수 없고 부부애도 잇을 수 없다. 오직 여자라는 것은 성욕을 만족시켜주는 살덩어리 뿐으로 그의 눈에는 보이는 것이다. 경숙이의 살덩어리에 욕심을 냇든 태환이는 쉽게 그 욕심을 만족하엿다. 신기성을 잃은 경숙이의 살덩어리가 이태환이에게 실증을 일으킬 때가 된 오늘날 하물며 일 년 전의스 그 건강과 청신을 잃고 여위고 파멸된 그 몸덩어리랴! 이태환이는 곳 경숙이를 버리고 다시 새로운 건강하고 청신한 몸덩어리를 구하여 다라나는 것이엇.

이러케 일년 세월이 지나간 오늘날 경숙이 어머니가 바라든 '기와집' 한 채도 생기지를 않엇고 경인이 허리도 펴지지는 않엇다. 경숙이가 돈푼이 남편의 눈을 속이고 모아두엇다가 아버지에게 보내는 술값도 결코 아버지에게 만족을 주지는 못하엿다. 돈 많은 사람들의 공통한 특징은 자기들의 수욕[49]을 만족시키기 위하여 쓰는 돈은 흐르는 물보다도 더 많이 쓰라면 쓰지만은 그 밖에 다른 일에는 가난한 사람보다도 돈을 더 아끼는 법이다.

---

48 마장(馬場) : 경마장.
49 수욕(獸慾) : 짐승 같은 음탕한 성적 욕망.

19

경숙이의 병도 위급한 대목은 벗어낫다. 여자로서 그 병은 한번 들리면 종신 페인이 되는 것이지마는 인제는 병원에서 직접 치료할 수 잇는 한도까지는 치료가 되고 인제부터는 섭생여하에 앞날의 건강이 달려잇다는 선고를 받엇다.

경숙이는 온양온천으로 가서 얼마동안 치료하기로 하엿다. 온천으로 가기 전날 그는 참으로 오래간만에 본집을 돌아와보앗다. 경인이는 여름내 누어 알엇는데 요새는 싸늘한 바람에 감기까지 더치어서 열이 몹시 올랏다. 여름내 비여 잇든 건는방(금년네가 살든 방)에는 인쇄소 직공으로 잇다는 젊은 내외가 새로 들어왓다.

집에 들어가서 조곰 앉어 잇누라니까 대문 밖에서 왁자지걸 떠드는 소리가 들리엇다. 이어서 남자의 노호[50]소리와 여자의 울음소리가 뒤범벅이 되여 요란스럽게 들려왓다.

무슨 일이 생겻는가고 보려 나갓든 어머니가 숨이 차게 뛰여 들어오면서 소리를 질럿다.

“순희가 잡혀가누나!”

이 한마대는 경숙이에게 사형선고가 내리는 것처럼 가슴을 성큼하게 하엿다. 그는 그날 아츰 신문 호외로 자기남편이 대주주로 잇다는 제사공장에 동맹파업이 생겻다는 보도와 그 선동자로 이애죽이라는 여자가 체포되엇다는 기사를 읽엇든 일이 잇엇다. 이애죽이는 바로 순희네 집에 두달 전까지 와 잇든 여자임을 경숙이는 잘 알고 잇엇다. 경숙이는 저도 몰으게 밖으로 뛰여나왓다. 순희 어머니는 양복 입은 형사의 팔에 매달리면서

“나부텀 죅이구 잡아가소. 그 애가 왜 무슨 죄를 지엇다구 응!” 하고 발악

---

50 노호(怒號) : 화를 내며 소리 지름.

을 하엿다. 두 형사에게 호위를 당하여 골목 밖으로 걸어나가는 순희의 얼굴은 돌같이 무표정하엿지마는 어덴가 엄숙하고 범할 수 없는 위풍이 나타나는 듯하엿다. 그는 조끔도 혼란된 빛이 없이 정숙하게 앞만 바라보고 나아간다. 주위에서 사람들이 와글와글 떠드는 것도 못 듯는 듯이 어머니의 슬픈 울음소리도 못 듯는 듯이 경숙이의 몹시도 울렁거리는 가슴을 모른다는 듯이 — 앞만 바라보는 순희의 눈에서는 이상한 광채가 나는 듯했다. 그는 마치도 파이어니어가 왼갓 과거를 뒤로 물리치고 오직 새로운 땅을 향하야 나아가는 것 같은 열정과 결심의 빛이 보이엇다.

이런 순희의 모양을 볼 때 경숙이는 저 자신의 비겁과 나약과 천비[51]함을 더한층 느끼엇다. 그는 일종 참을 수 없는 모욕을 당한 것 같은 감정을 금할 수 없엇다. 순희는 여직공, 경숙이는 그 공장 대주주의 안해! 그러나 지금 이 자리에서는 경숙이는 숨을 곳을 찾는 꽁지 빠진 개 같고 순희는 개선장군 같은 느낌을 주엇다. 경숙이는 부끄러우면서도 그대로 순희가 한 번만 자기를 도라다 보아주고 갓으면 하고 속으로 빌엇으나 순희는 엄숙하게 앞만 바라보고 걸어나갓다.

20

"형님!" 하고 부르는 낯익은 목소리에 놀라 도라다보니 방금 온천탕에서 올라오는 금년이가 보이엇다. 금년이를 온천에서 맞나기는 의외인고로 경숙이는 깜짝 놀랏다.

"너 이게 웬일이냐?"

금년이는 방글방글 웃으면서 아모 대답도 없이 달려와서 경숙이 손을 붙잡아 끌엇다.

---

51 천비(賤卑) : 천하고 비열함.

"형님 왜 이리두 상햇소? 얼른 못 알아볼 만침 수척햇으니."

이번에는 경숙이가 아모 대답도 못햇다. 오직 뜨거운 눈물이 핑그르 돌아감을 감각하고 억지로 웃어 뵈이려고 로력햇다.

경숙이는 자기 방으로 금년이를 더리고 돌아왓다. 밤이 퍽으나 늦도록 그들은 이야기하엿다. 금년이는 그때 집을 나가서 어떤 사람의 첩노릇을 하다가 그것이 '귀찬어저서' 다시 뛰처나와 어떤 카페 여급으로 잇는 중이라 하엿다. 금년이가 노골적으로 말은 아니햇지만은 이번에도 카페에 자조 다니는 어떤 젊은 자의 호의로 온천에 놀러 내려온 것임을 짐작할 수 잇엇다.

금년이는 여러 가지 이야기를 하면서도 부모에게 대한 이야기는 뭇지 아니하엿다. 경숙이도 뭇기도 전에 그 불행스런 사건을 이야기하기가 거북스러워서 이야기를 몬저 끄내지를 못하엿다. 그러나 한 가지 이야기가 끝난 후 한참씩 침묵이 잇을 때마다 두 여자가 다 금년이 아버지의 일을 속으로 생각하고 잇는 것이엇다.

오랜 침묵이 계속되엿다. 그동안에 금년이는 외팔이 아버지가 잔소리 많은 어머니와 말다툼하고 잇을 것을 상상하여 보앗다. 그리고 경숙이는 그날 금년이 어머니가 죽든 날 일을 머리속에 되푸리해 그려보다가 몸서리를 첫다.

어데선가 시계가 한시를 뗑하고 첫다. 금년이는 마치 꿈꾸다 깨인 사람 모양으로 시계 소리에 따라 벌덕 일어서며

"가 자야겟군……. 안령히 주무서요……." 하고 인사를 하고 나서도 선득 밖으로 나가지를 못하고 우두머니 서 잇엇다. 경숙이도 주저하다가 마츰내

"너의 아버지가……." 하고 입을 열엇다. 금년이는 마치 전기에 찔린 사람 모양으로 몸서리를 치더니

"응?!" 하고 소리지르면서 그 자리에 주저앉엇다. "응 아버지가?"

경숙이는 말을 어떤 모양으로 전개시키어야 좋을지를 알 수 없어서 한참 망서리엇다. 금년이는 바짝바짝 닥어들어 경숙이와 무릎을 맞대고 앉엇다.

경숙이는 할 수 잇는 대로 금년이의 감정을 흥분시키지 않도록 말의 한마대 한마대를 조심스럽게 생각해가면서 어머니는 칼에 찔려 죽고 아버지는 살인죄로 잡혀가서 종신 징역사리를 하는 중이라는 것을 알아 들을 만침 이야기 해주엇다.

금년이는 경숙이 무릎에 얼굴을 파묻고 흙흙 느껴가면서 그 이야기를 다 들엇다. 이야기가 다 끝난 후에 금년이는 경숙이 무릎에 얼굴을 파묻은 채 꼼짝도 아니하고 돌처럼 엎들어저 잇엇다. 경숙이도 잠잠하엿다. 얼마나 오랜 시간이 지나갓는지! 경숙이는 발이 저려들어오는 것을 깨달엇다. 그러나 참아 금년이를 흔들어 일으킬 수는 없엇다. 경숙이는 아주 두 다리의 감각을 잃어버리고 말엇다. 금년이가 잠이나 들지 않엇나 하고 까지 생각되엇다. 그러나 마침내 금년이는 고요히 일어낫다. 흐터진 머리를 뒤로 한 번 쓰다듬고는

"형님 미안하우." 하고 모기 소리만침 중얼거리엇다. 그리고는 가만히 일어나서 아무 소리도 없이 미다지를 가만히 열고 나아갓다. 경숙이 눈앞에 나타낫든 그 풀기없는 뒷맵시가 경숙이 가슴을 뻐개는 듯이 인상되어 한참이나 그 자리에 멀거니 앉어 잇엇다.

경숙이가 겨우 잠이 들엇을까 말가한 때에 누가 경숙의 방 미다지를 열엇다. 화닥닥 놀라서 자리에 일어나 앉은 경숙이 눈앞에 나타난 것은 머리를 풀어헤친 금년이의 모양이엇다. 그는 벼개만을 들고 와서 서 잇다.

"형님 난 무서워서 못 견디겟서. 나 이방에서 형님과 같이 자 응." 하고 마치 어린애가 응석피우는 듯한 순진스런 목소리로 애원하엿다. 경숙이는 소리없이 옆에 와 누으라는 형용을 하엿다.

한참 동안의 시간이 지나갓다. 경숙이가 다시 잠이 들으랴 할 때 금년이는

"감옥소로 가문 면회시켜줄까?" 하고 물엇다.

"시켜주구말구. 어서 잠 잘자구 내일 올라가서 면회해요." 하고 타일럿다. 금년이는 잠잠하엿다.

아츰에 깨여보니 옆에는 뷘 벼개만 잇고 금년이는 없어젓다. 경숙이는 불길한 예감이 생겨서 곳 옷을 입고 밖으로 나가보앗다. 휘—ㄴ하게 밝은 신작로 길 우으로 금년이 혼자서 몽유병자 같이 걸어오는 것이 보일 때 안심의 한숨을 내쉬엿다. 그러케 어여쁘든 얼굴이 한 삼년 알코난 사람처럼 피곤해 보이고 눈이 벍어케 부어 잇엇다.

그날 아츰 첫차로 금년이는 온천을 떠나갓다.

금년이를 떠나보내고 나니 경숙이 마음도 어째 안정이 되지를 않엇다. 갑자기 늙으신 부모가 보고 싶어지엇다. 그리고 몹시 앓든 경인이가 염녀되엇다. 그는 마음을 갈아앉혀보려고 무한 애를 썻으나 도저히 불가능이엇다. 그래서 그도 그만 그날 막차로 서울로 뛰여 올라왓다.

서울 닷는 길로 곳 본집으로 달려가 보앗더니 경인이는 빈사의 상태에서 방황하고 잇엇다. 일기조차 갑자기 불순하게 되여 눈섞인 찬비가 집웅을 뚜드리기 시작하엿다.

의사를 불러다 보엿더니 곳 입원을 시키지 않으면 절망이라고 선언하고 갓다. 경숙이는 이것저것 헤아릴새 없이 곳 집으로 뛰여갓다. 남편을 만나서 아무런 굴욕이라도 참고 경인이 입원비를 얻어와야 하리라고 생각한 것이엇다.

밤이 벌서 깊어서 택시가 양관 앞에 와 다은 때 대문은 굳게 잠겨 잇엇다. 경숙의 목소리를 듣고 대문을 열어주는 어멈의 눈에 퍽도 당황한 기색이 나타낫다.

"아씨가 돌아오섯서요." 하고 뒤에서 누구를 들으라는 소리인지 어멈이 소리를 질럿다. 그리자 지금까지 컴컴하든 남편의 방에 갑작이 불이 켜지고 그림자가 황망히 왓다갓다 하는 것이 보이엇다.

경숙이는 남편 방의 방문을 열엇다.

"악!" 경숙이는 한걸음로 물러섯다.

자리옷만 입고 침대에 주저앉은 남편 곁에 역시 자리옷만 입은 젊은 여

자 하나이 머리를 풀어헤치고 서 잇는 것이 눈에 띄엿다. 그 여자는 순복이
이엇다.

21

찬비, 살을 어이는 듯이 찬비가 모진 바람에게 쪼끼여 창문을 깨여지라는
듯이 뚜드리고 다라난다. 대자연은 미친 듯이 그 바람과 그 비와 그 추위를
밤새도록 퍼부엇다.

이 미친 듯한 폭풍우 속에서 여자 두을이 또한 미친 듯이 앉어 잇엇다. 얼
굴이 여위고 창백한 젊은 여자는 머리를 난마처럼 풀어 헤트리고 벌거벗은
몸에 이불 하나를 뒤집어 쓰고 쭈구리고 앉어서 표정없는 눈으로 허공을 바
라다보고 잇엇다. 한시간, 두 시간, 세 시간, 밤새도록 그 여자는 나무로 깍
가 앉힌 사람처럼 그러케 앉어서 그러케 허공만을 응시하고 잇엇다. 아모
생각도 없는 듯키 또는 생각이 너무 엉크러저서 그 실머리를 찾아낼 수 없
는 듯키!

그 옆에 무릎을 꿀코 앉은 늙은 여인은 두 손을 합장하고 눈을 감고 고요
히 앉어 잇다. 그 파—라케 질린 입술로는 소곤소곤 쉴 새 없이 무슨 기도소
리가 새여나오고 가끔 가다가 합장햇든 두 손을 삭삭 비비기도 한다. 그는
세상 왼갓 것을 다 잊어버리고 무엇을 열심히 빌고 잇는 것이엇다.

이 두 여자 옆에서 경인이는 쉴 새 없이 신음소리를 내고 잇엇다.

밖에서는 그냥 폭풍이 아우성을 치며 집을 드렁드렁 흔들고 세찬 비방울
이 문들을 후려갈긴다.

경숙이는 자기가 어떠케 이러케 집으로 돌아와서 이불을 쓰고 앉어 잇게
되엿는지 저 자신으로도 알 수 없는 일이엇다. 경숙이가 자기 남편의 침실
에서 머리 푸러헤치고 자리옷만 입은 순복이를 발견하든데 까지만 명료히
추억할 수 잇엇다. 그 뒤로는 어찌 되엿는지 순서적으로 추억할 수가 없고

오직 단편적으로, 또 그것도 순서없이 하나 두을 환등처럼 머리에 떠올랏다 가는 슬어지군 하는 것이엇다.

"왜? 내가 잘못이 무어야 그래. 너만 호강 혼자할 줄알엇드냐?" 이것은 순복이의 발악하는 쏘푸라노 목소리이엇다.

"웨 야단이야? 그동안 뉘 돈으로 먹구살엇는데? 몸둥이에 둘은 저 비단옷은 누가 사준 것인데?" 이것은 남편 이태환이의 뻬스 목소리이엇다.

경숙이는 금강석 반지를 빼서 이태환의 면상을 향하여 내동당이를 첫다. 이태환이가 에쿠 소리를 지르며 두 손으로 얼굴을 가리고 넘어지는 것을 보앗다. 경숙이는 저고리를 벗어 내던젓다. 치마도 풀어 내던젓다. 양말도 반쯤 찌저 내버렷다. 그리고는 미친 듯이 억억 소리를 지르며 찬비 뿌리는 밖으로 뛰처나온 것이엇다. 어멈이 무엇이라고 소리를 지르며 무엇인지 허 — 연 것을 들고 뒤쫓아 오는 것을 본 듯 하엿다. 어떠케 어디를 휘돌아 다름질처 왓는지 알수 없으나 경숙이가 다시 제정신을 차린 때에는 이미 북쩍꼴 막다른 집 낮익은 그 방에 엎들어저 잇는 비에 흠빡 젖은 몸이엇다.

바람은 끈치엇다. 비도 보슬비가 되엿는지 살살살살 초가 집웅을 뚜드리는 고요한 소리로 변하고 낙수물 떨어지는 소리가 경인이의 신음소리에 박자를 처주엇다. 밤늦게 술이 곤드레 만드레 취하여 들어온 아버지는 웃목에 까부리고 누어서 곤히 잠자고 잇다. 경숙이는 여전히 허공만 치어다 보고잇다. 어머니는 두 손을 합장하고 소군소군 기도를 올리고 잇다. 그 소군소군 소리가 비소리 같기도 하고 비소리가 기도소리 같기도 하게 서로 엇석기엿다.

이 늙은 어머니는 죽어 가는 아들의 목숨을 위하야, 또는 인생으로써의 가장 심한 고통을 받오 앉엇는 딸의 마음의 위안을 위하야 기도 올리는 것이엇다. 그 기도를 들을 신이 옥황상제건, 하누님이건, 예수건, 성모마리아건, 알라신이건, 여호와이건, 부처님이건 그것은 무관이엇다. 오직 인력으로는 불가능한 일도 할 수 있는 초자연적 존재 그것을 믿고 거기 비는 것이엇다. 뜻과 정성을 다하여……

비는 끊진 것 같앗다. 이따금 바람이 쏴— 하고 불 뿐이오 낙수물 소리도 끊지엇다. 경인이 신음소리도 끊지엇다. 전등이 웨 흔들렷는지 그림자들이 이구퉁 저구퉁이에서 옷쭐옷쭐 춤을 추엇다.

창문이 훤하니 밝아오기 시작하엿다. 아츰 동이 트는 것이엇다.

그리자 경인이의 숨소리가 고즈낙히[52] 살아젓다. 소그소근 기도를 들이든 어머니는 고요히 일어나서 경인이 코에 손을 대보더니 마치도 그 살아저 없어진 숨소리를 돌오 찾어다주려는 듯이 방 안 여기저기를 더듬더듬 쓸어보앗다. 창문은 하—얗게 빛나고 그 힌 조희를 께뚫러 새벽빛이 방 안으로 흘러들어와서 전등불과 섞이어 황갈색으로 되고 그림자들이 어렁귀하게 그 윤곽만 겨오 나타내고 잇엇다.

어머니는 일어서서 창문가으로 가 섯다. 그리고는 잠시 주저하드니 마치도 육체를 떠난 영혼이 나갈 길을 얻지 못해서 헤매이는 것을 나갈 길을 열어주는 득키 그 창문을 사르륵 열엇다. 힌 빛이 더 강하게 방 안으로 확 퍼지면서 얼어붙는 듯한 찬바람이 쏴하고 몰려 들어왓다. 따라서 싼득싼득한 몇 방울물이 경숙이 뺨에 떨어지엇다. 이 바람에 정신이 홱 돈 경숙이는 어머니를 치어다보앗다.

희끗희끗 몇 오래기 힌 머리털이 섞이엇든 어머니 머리가 하로밤 사이에 파뿌리같이 하—얗게 세여버린 것이 눈에 띄엿다. 그리고 그 하—얀 머리 우으로 조고만 창문 밖으로 마즌 집웅에 첫눈이 하—얗게 차인 것이 보이엇다.

경숙이가 이런 것들을 인식하엿을 때 창문에 손을 얹고 섯든 어머니가 그 자리에 쓰러저 넘어지엇다. 그리고는 그 고즈낙한 새벽 공기를 놀랍게 진동하는 통곡 소리가 폭포처럼 쏟아저 나왓다.

---

52 고즈낙히 : 고즈넉이, 조용하게.

22

경인이 장사지내는 것도 모르고 경숙이는 생사의 경계선에서 몇일을 망설이엿다. 거의 닷새 동안 그의 영혼은 그의 몸을 떠나버린 듯하엿다. 오직 색색거리는 약하디 약한 숨소리만이 겨오 남어 잇다고 그것이 능히 저 멀리 하늘로 올라가버린 영혼을 도로 끌어올 상 싶지 않엇다.

그러나 거의 기적처럼 엿새 만에 경숙이는 헷소리를 멈추고 정신이 들엇다. 경숙이가 깊은 몽롱 상태를 떠나 잠이 깰 때는 밤중이엇다. 가만히 둘러보니 경인이가 누혀 앓든 그 아랫목에 자기가 누어 잇고 그 머리맡에서 어머니는 옷을 입은 채로 쪼그리고 앉어서 벽에 고개를 박고 선잠이 들어 잇엇다. 웃목에서는 아버지가 줌으시고 게섯다.

'경인이는 어델갓나?' 하고 경숙이가 잠시 둘러보다가 경인이는 죽엇다는 것이 생각낫다.

경숙이는 팔을 내여 앉어 자는 어머니를 흔들어 깨왓다. 어머니는 놀라서 눈을 뜨고

"엉, 엉, 어서 념려 말아!" 하고 마치 어린애를 달래듯이 달래면서 경숙이 손을 쓸어주엇다. 경숙이는 눈물이 핑그르 돌앗다.

"어머니 내가 몹시 알엇수?"

"응, 인제 정신이 좀 드나부구나! 몹시가 다 무엇이냐. 내리 닷새를 정신을 못 채리구, 몸은 불덩이구……. 아이구 너마저 가는 줄 알엇구나!" 하면서 여윈 손으로 경숙이 머리를 집허보앗다.

"응, 열도 한결 내렷구나." 하면서 코물을 들이마셧다.

"경인이는?"

"벌서 내다 묻은 지가 언제라구……. 그걸……. 그걸……. 첫눈을 헤치구 그 속에다……."

"어머니 어서 좀 주무서요." 하고 경숙이는 얼른 화제를 돌리엇다. 그리고

이어서 "지금 몇시나 됏서요?" 하고 물엇다.

"아마 자정이 지낫을걸." 하고 어머니는 대답하엿다. 그리고보니 집에는 시게가 없는 것을 경숙이는 새삼스레 발견하엿다.

경숙이 몸이 거든해진 것을 보고 마음이 놓인 어머니는 그 옆에 들어눕기가 무섭게 천근보다 더 무거운 잠 속에 깊이 들어버렷다.

경숙이는 갑자기 정신이 또렷하여지고 잠은 천리만리로 다라나버렷다. 지나간 일이 모두 한 개의 악몽(惡夢)처럼 생각되엇다. 또는 한 만 년 전 아니 십만 년전에 경숙이는 지나간 반생과 꼭 같은 반생을 체험햇든 일이 잇엇든 듯싶이 생각되엇다. 또 지금으로부터 몇만 년 후에 한 번 또다시 그런 일이 반복될 운명을 가진 것처럼도 생각되엇다.

밖에서는 "에헴" 하는 에헴 꼬맹이 기침 소리가 은근히 들리엇다. 그 난쟁이가 입때 잠을 안자고 무엇을 하고 잇을까? 그 "에헴" 소리도 오래간만에 들으니까 퍽 다정스러웟다.

그리고 에헴꼬맹이가 경숙이 결혼할 때 기렴품으로 주엇든 담배갑 방석이 생각낫든 것이다. 난쟁이는 동생이 피우는 담배의 갑을 모다 주서 모아 가지고 그것으로 방석을 역거서 기렴으로 준 것이엇다. 난쟁이가 줄 수 잇는 가장 고가의 것이 곳 그 방석이엇고 가장 정성을 다 들인 것이 곳 그 방석이엇다. 경숙이는 그 방석을 한 번도 깔지 않고 그냥 창문 밖 기둥에 매달어 두엇든 것이 눈에 선하게 보이는 듯하엿다. 그리고 그때 경숙이가 그 선물을 볼 때 불유쾌하게 얼굴을 찡그렷든 자신이 퍽 야비하게 생각되고 그 방석을 도로 갖다가 한 번 깔고 앉어보고 싶은 생각까지 낫다.

그리자 그의 생각은 그 방석이 걸려 잇슬 기둥으로부터 그 안방으로, 부엌으로, 마루로, 다시 남편의 방으로 남편의 얼굴로, 순복이 얼굴로, 어멈의 얼굴로 꼬리에 꼬리를 물고 돌더니 생각의 실머리는 혼잡해지기 시작하여 갑자기 어렷을 때에 손꼽작난하든 일이 생각나다가는 갑작이 폭풍우날 밤 일이 생각나기도 햇다. 밖에서는 또 "에헴" 하는 기침 소리가 낫다. 아주 퍽 가까이서 들리는 듯하엿다.

경숙이 머리에는 또 경인이 생각이 낫다. 어렷을 제 작고만 업어 달라고 성화[53]를 먹혀서 때려주든 일이 생각낫다. 꼽추가 되어가지고 콜롱거리면서 개신개신 다니든 모양이 눈앞에 떠올랏다. 그리더니 갑자기 차디찬 언땅 속에 뭇처잇는 모양이 보이는 듯하엿다. 에그, 그 속에서 치워서 어떠케 잇을까 — 하는 비질없은 생각을 햇다.

그리자 무엇이 머릿속으로 빙글빙글 돌아가는 것 같으면서 차차 모—든 것이 다 히미해지는 것이엇다. "에헴" 하는 기침 소리를 겨우 인식하면서 그는 살몃이 잠이 들엇다.

그러나 그 잠은 실로 잠시동안의 잠이엇다. 그가 다시 잠이 깬 때는 훤하게 동이 틀 때이엇다. 그가 잠에서 깨나면서 맨 처음 들은 소리가 또 '에헴' 하는 기침 소리이엇다. 대관절 그 난쟁이가 밤새도록 잠을 안자고 무엇을 하느라고 뜰에 나와 잇을까? 경숙이는 경숙이가 집으로 돌아오든 그날부터 이때까지 난쟁이가 잠시도 잠을 자지 않고 툇마루에 나앉어 경숙이 방만 바라다보고 잇엇다는 것을 알 리가 없엇다.

경숙이는 다시 앞으로 내가 어찌 될까? 하고 생각되엇다.

그 생각을 하니까 앞이 캄캄한 듯하엿다. 모—든 것이 꿈이라면 훌쩍 깨어버렷으면 좋을 생각이 낫다. 그래서 그는 눈을 뜨고 방 안을 한 번 휘둘러 보앗다. 그러니까 마치 잇해전 어떤 날 새벽처럼 생각되기도 하엿다. 경인이가 종로로 머슴을 살러나가고 없을 때 역시 이 방에서는 지금 이 모양으로 셋이서 자군 하엿다. 몇시나 되엇을까? 늦지는 않엇나? 어서 일어나서 세수하고 밥 먹고 출근해야 하지 않을까? 그는 머리 맡에 두엇을 팔뚝 시게를 더듬더듬 찾어보앗다. 그러나 거기에는 팔뚝 시게가 없엇다. 아니다. 이 아츰은 이년 전 아츰이 아니오 오늘 아츰이엇다. 세수하고 밥먹고 출근할

---

53 성화(成火) : 매우 귀찮게 구는 일.

아츰이 아니엇다.

그는 더할 수 없이 슬퍼저서 눈물을 좌좍 쏟고 누어 잇엇다. 그러는 동안에 날이 활짝 밝고 전등이 나아갓다. 아버님이 몬저 일어나서 경숙이 울고 잇는 것을 보고 길게 한숨을 지엇다. 경숙이 머리를 집허보고 인제 좀 낳으냐고 물엇다. 경숙이는 억지로 눈물을 걷우려 하엿으나 그러할사록 더욱 설어지어서 눈물이 더 나왓다. 이때 어머니가 일어나서

"인젠 목숨을 돌렷다." 하고 혼자 말인지 또는 경숙이와 아버지가 들으라는 말인지 알 수 없게 중얼거리엇다. 이 말이 떨어지자 에헴 꼬맹이가 "좀 나어요?" 하고 밖에서 물엇다. 어머니는 "예, 인젠 숨을 돌렷쉐다." 하면서 문을 열엇다.

눈을 부실 듯이 밝은 햇발이 방 안으로 밀려 들어오면서 눈물에 젖은 경숙이 뺨을 무지개처럼 빛외엇다. 에헴 꼬맹이의 헙수룩한 머리털이 문 안으로 덥석하엿다. 그의 눈은 깃븜에 가득 찬 눈이엇다. 그러나 경숙이가 쉴 새 없이 눈물을 흘리고 잇는 모양을 바라보자 난쟁이의 눈이 흐려지기 시작하엿다. 그리더니 삽시간에 그 눈은 증오에 불타는 무서운 눈이 되엇다. 그 순간 "에헴" 하는 기침 소리와 함께 난쟁이의 그림자는 문지방을 넘어 슬어지엇다.

그날 하로종일 경숙이는 "에헴" 소리를 듣지 못하엿다. 안 들리니까 유심히 더 들어보려고 귀를 기우럇으나 다시는 들려오지 않엇다. 그러나 이 "에헴" 소리가 없어진 것을 인식한 사람은 온 북쩍꼴 안에서 이 경숙이 혼자뿐이엇다.

23

경숙이는 오랜 잠을 자고 낫다. 이 잠은 경숙이의 쾌복을 위하여는 천원어치 약보다 더 귀한 것이엇다. 오래 잠을 자고 나니 몸이 한결 갓든해 지엇

다. 그래서 몸을 이르켜서 담을 기대고 앉어 죽도 조곰 먹엇다.

이때 밖에서 무엇이 와자짓껄 하드니 형사들이 경숙이를 잡어가려왓다. 경숙이 어머니가 미친 듯이 날뛰고 애원햇건만 소용없이 경숙이는 형사들에게 끌리어 나갓다. 끌려나가든 경숙이는 북쩍꼴 어구까지 가서 그만 혼도하고 말엇다. 그제서야 형사들도 겁이 낫든지 언력거를 불러 태와 가지고 병원으로 갓다. 병원에서 정신이 회복된 경숙이는 준렬한 취조를 받앗다. 닷자곳자로

"그 난쟁이에게 돈을 얼마나 주엇는가?" 하는 질문이엇다.

경숙이는 영문을 몰라서 어리둥절 햇으나 차차 질문을 통하야 알고 보니 에헴 꼬맹이가 무슨 일을 저즐는 모양인데 그것을 경숙이가 시킨 것이라는 혐의를 받는다는 것을 깨닫게 되엇다.

물논 경숙이는 모르는 일인고로 무엇이라고 대답을 할 수가 없엇다. 한겻이나 취조를 하든 경관은 마즈막에는 골을 내가지고

"그럼 서로 더리고 가서 좀 더 엄하게 취조하는 수밖에 없군." 하고 경숙이를 인력거에 태워 경찰서로 더리고 갓다.

경찰서에서 딱딱한 교의에 앉히고 한 시간이나 취조를 햇으나 경숙이에게서는 아무런 특별한 대답은 나오는 것이 없고 오직 몹슨 어지럼쯩으로 몃 번이나 꺽꾸러젓다.

저녁때가 다 되어 형사들은 안으로부터 난쟁이를 끌어내다가 경숙이와 면대를 시켯다. 경숙이는 거의 기절할 듯이 싶이 놀랏다. 사람의 얼굴이 하루이틀 동안에 그렇게도 무섭게 그렇게도 애처럽게 변할 수 잇다는 것이 기적으로 생각되엇다. 그러나 이 면대도 형사들이 예기햇든바 결과를 가저오지 못햇다. 난쟁이는 마치 잘못한 일이 잇는 개가 주인 앞에서 기력을 못 펴고 수구리고 잇는 모양으로 푹 숙으리고 잇엇다. 형사들에게 그러케도 완강하든 난쟁이가 경숙이 앞에서는 그러케도 숙으러지는 것을 보고 형사들도 놀래엇다. 그리고 이것을 이용하여 어떤 토사[54]가 나오도록 해볼 수가 잇을

까 하는 히망으로 눈들이 번쩍이엇다. 그러나 이 첫 번 대면은 간단하게 끝냇다.

풀끼가 없이 쭈그리고 섯든 난쟁이는 형사의 발길에 채우면서 도로 유치장 안으로 들어갓다. 난쟁이는 과도의 ××[55]을 당하야 다리를 질질 끌며 겨우 몸을 움즈기는 것이엇다.

"자, 저 병신놈이 벌서 모다 토사해버렷는데 너만 속이려 들면 소용잇니. 고생이나 하지. 어서 바로 말해." 하고 다시 취조가 시작되엇다. 경숙이는 대관절 난쟁이가 하려고 하든 일이 무엇인지를 알 길이 없엇다.

"뻔뻔한 년 같으니라구. 그래 네가 시킨 일을 네가 몰라. 네가 그놈을 축여서[56] 네 남편을 주려고 한 것이 아니야!" 하고 형사가 마츰내 호령을 하엿다. 남편을 죽이려 해! 경숙이는 제 귀를 의심할 만침 놀래엇다. 그 에헴 꼬맹이가 이태환이를 죽이려 해! 그것은 경숙이로써도 도저히 믿을 수 없는 일이엇다. 경숙이는 거의 혼도[57]할 뻔햇으나 겨우 참엇다.

그러나 혀바닥이 마르고 뻣뻣하여 아무런 말대답도 할 수가 없엇다. 경숙이의 이 놀라는 표정을 보고 그런 일에 익숙한 형사는 얼굴을 잠시 찌푸리엇다. 아무리 보아도 경숙이가 이번 일에 관계가 없는 것처럼 생각이 되엇기 때문이엇다. 그러나 경숙이를 그냥 돌려보낼 수는 없엇다. 그는 이태환이가 ××××××××××× 하든 것을 생각하고 빙그레 웃엇다.

"몸이 저러니까 ×× 할 수도 없고……. 음, 오늘은 늦엇으니 그냥 유치장에 넣게." 하고 일본말로 명령하고 일어서서 밖으로 나갓다. 경숙이는 순사에게 끌리어가서 옷고름을 죄다 뜯기우고 여자들 두는 유치장 속에 갇히엇다.

---

54 토사(吐辭) : 숨겼던 사실을 비로소 밝히어 말함.
55 ×× : '고문'으로 추정된다.(조선총독부의 검열로 삭제된 것 같다)
56 축여서 : 부추겨서, 사람을 꾀여 어떤 일을 시켜서.
57 혼도(昏倒) : 정신이 어지러워 쓰러짐.

24

함박눈이 펄펄 내린다. 눈 오는 날 황혼은 퍽도 짧은 것이다. 그래서 어느 듯 어둠의 장막이 산과 솔숲과 또 그 아래 초가집 동리를 살금살금 내리덮고 잇엇다. 인적도 끊기고 쌓인 눈이 발목까지 푹푹 빠지는 신작노 우으로는 외로운 자동차 한 대가 헤들라잍을 번적거리며 달려가고 잇엇다.

자동차는 C 동리 어구까지와서는 소구루마가 겨우 다니는 좁은 길로 들어서서 눈을 푹푹 파헤치면서 산 언덕을 향하여 기어오르고 잇엇다. 저녁 일즉 먹은 동리 아이들이 큰 구경이 낫다고 신짝도 바루 못 찾어신고 자동차를 향하여 다름질처 나왓다. 고요히 잠들려하든 동리가 이 자동차 한 대의 출현으로 말미아마 돌연히 활기 띄고 어수선해진 것이다.

"그거 웬 차가?"

"누가 오나?"

"얘, 자동차 구경가자."

집집마다 이렇게 한마듸 씩은 하고 호기심 많은 사람들은 담배대에 불을 붙여 물고 뒷짐 지고 나서는 사람도 잇엇다.

"아이들처럼 구경두 즐기지. 저 눈 오는데 옷은 다 버릴려구." 하고 불평을 말하는 안악네도 잇엇다.

올라갈 수 잇는데 까지 올라간 자동차는 산허리에서 우뚝 멈첫다. 자동차 안에는 아무도 탄 사람이 없고 오직 운전수 혼자 뿐이엇다. 차에서 나린 운전수는 외투섶을 추켜 턱을 파묻고 털모자를 푹눌러 눈섶까지 가린 후 모여든 아이들의 떠드는 소리도 못 듣는 체 못 보는 체하고 산을 향하여 올라가려 하엿다.

"어, 이 사람 창제 아닌가?" 하고 마츰 닥어온 늙은이가 그 운전수에게 말을 건니엇다. 창제는 움츳 서서 아무 대답도 없이 그 늙은이를 바라다보앗다.

눈은 그냥 펑펑 쏟아저 나려왓다.

"자네 서울가 산다드니 어찌 이렇게?"

창제는 역시 말이 없엇다.

"이렇게 눈이 오는데 누굴 찾어왓나?"

나무로 깎어세운 듯이 섯든 창제는 이때에야 겨우

"이 산을 찾어왓습니다." 하고 한마듸 던지고는 곳 싯검언 숲을 향하여 걸어올라갓다. 아이들 두엇이 비슬비슬[58] 창제를 몇걸음 따러오다가 그만 내려가버리고 말엇다.

창제는 홀로 발목이 푹푹 빠지는 눈길 우으로 걸엇다. 애솔나무가지에 걸렷든 눈이 창제의 모자에 걸치어 후루루 후루루 떨어질 때마다 창제는 눈의 턴넬을 뚜르고 나가는 듯한 느낌을 얻엇다.

그러나 지금 창제는 이것저것 생각할 마음의 여유가 없엇다. 세상도 모르고 제 존재까지도 잊고 오직 눈을 헤치고 어데론가 가고 잇다는 것만 인식할 수가 잇엇다. 눈을 헤치고 가는 곧은 자기에게 퍽 낯익은 곧이고 또 행복을 줄 수 잇는 곧인 것처럼 느껴지엇다.

마츰내 그는 '그 자리'에 다달엇다. 창제가 눈이 오건 벼락이 내리건 한번 꼭 와보지 않고는 못 견딜 듯이 그리웁든 그 자리이엇다. 창제는 행길에서 조금 떨어진 곧에 서 잇는 노송나무에 기대고 섯다. 어느새 눈은 머젓다. 날은 흐리지 만은 사방에 하—얀 눈이 덮이어서 훤한 듯하엿다. 언덕 아래 조그만 초가집 창문은 붉어우리한 불빛을 토하고 잇엇다. 마치도 옛날 이야기에 나오는 광경같은 광경이엇다.

창제는 그 붉어우리한 창문을 마음 없이 바라다 보앗다. 낯익은 창문, 몇번이나 밤에 혼자 올라와 서서 바라다보군 하든 그 창문, 그리고 언젠가 그 날도 이렇게 눈이 많이 쌓엿든 날 지금 이 자리에 서서 손에 쥐엇든 참새를 잃어버린 듯한 느낌을 가지고 거기 그 창문을 오래오래 바라다보고 섯든 일

---

58 비슬비슬 : 힘없이 비틀거리며,

이 잇엇다. 창제는 갑자기 어렷을 적 시절로 돌아간 듯이 생각되엇다. 그는 손등을 어루만저저 보앗다. 윳가락으로 어더맞은 일이 바로 아까 일처럼 손등이 아픈 듯도 하엿다. 그리자 경숙이의 간드러지게 웃는 소리가 들리는 듯하엿다. 그 웃는 소리는 장성한 경숙이 소리가 아니라 어렷을 적 그때의 웃음소리엇다. 방금 옆에서 경숙이의 숨소리가 들리고 그 언젠가 그날 밤처럼 경숙의 따스한 손이 자기 손을 스치는 듯하엿다. 그리고는 경숙이가 머리꼬리를 흔들면서 빠히 단숨에 저 언덕 아래로 뛰어 내려가는 것이 다시 보이는 듯하엿다. 방문이 열리는 듯, 그리고는 히뜩한 옷자락이 보이는 듯, 그리고는 방 안에 펄석 주저앉어서 숨이 차서 할딱거리고 잇는 것에 보이는 듯 들리는 듯하엿다. 금방이라도 경숙이가 그 뻘언 창문을 열고 내다볼 것 같이만 생각되엇다. 만일에 지금 만일에 지금 경숙이가 그 창문으로 내다본다면!

창제는 벌떡 일어섯다. 담배를 한 개 끄내서 힘껏 드리 빨엇다가 후—하고 내뿜었다. 사흘 동안을 밤잠을 못자고 고민하든 일이 확 풀려버린 것이엇다. 창제는 어찌할 바를 몰라서 고민고민 끝에 이 자리로 찾어올 생각이 불연듯 나서 찾어온 것이엇다. 이 자리에 와 앉으면 모—든 일이 해결을 지을 것처럼 생각이 되엇든 것이다. 과연 만사는 해결된 것이엇다. 창제는 더 주저할 것도 없엇다. 경쾌해진 마음은 몸의 행동까지도 경쾌하게 만들어주엇다. 그는 마치 하늘 우 구름을 걷는 듯한 유쾌한 기분으로 하—얀 눈 우를 걸어내려왔다.

그는 자동차를 달리어 시내로 돌아왔다. 곳 집으로 돌아와서는 편지를 썻다. 그 편지는 창제가 일즉 써본 경험이 없는 열정에 가득 찬 것이엇다. 러부레타를 맨 처음 쓰는 그 열정과 수집음과 가슴 떨림으로 썻다. 사실 이것이 창제가 경숙이에게 보내는 맨 첫 번 러부레타이엇고 또 창제가 일생 처음 쓰는 러부레타 이엇든 것이다.

새벽이 훤히 밝어올 때에야 그는 편지쓰기를 마추엇다. 봉투에 넣어서 우표까지 붙여서 그는 그가 년전에 경숙이에게 쓴 편지가 우표 붙은 채 들어 잇는 설합을 열고 그 편지 우에 얹어놓앗다. 그리고는 그냥 쓰러저서 잣다. 몇일 째 못잣든 잠이 한꺼번에 쏟아저서 그야말로 곁에서 벼락을 처도 모를 만치 깊이 잠이 들엇엇다. 잠을 깬 때는 벌서 석양이엇다. 그는 찬물로 세수하여 정신을 일깨운 후 굳은 결심을 가지고 경숙이 집을 찾아갓다. 그랫더니 경숙의 집에는 경숙이가 없고 그 모친만이 울고 앉어 잇엇다.

25

유치장의 하로밤은 경숙이에게 괴로운 경험인 동시에 또 그의 삶에 잇어어는 일대전환을 가저오는 중대한 하로밤이엇다. 유치장에 들어서면서 그는 순희를 보앗다. 그날 밤 밤새도록 순희와 경숙이 두 사람 사이에 오고간 이야기를 일일이 여기에 적을 시간도 없거니와 자유도 가지지 못하엿다. 그러나 경숙이는 그날 밤 하로의 경험으로 인해서 생(生)에 대한 새로운 철학을 얻은 것이다. 경숙이는 순희의 리론을 마치 어린애가 무서운 옛날이야기를 숨도 못 쉬고 듣고 잇는 모양으로 경외(敬畏)스런 감정으로 경청하엿다. 간혹 세사에 물들지 않은 무경험한 이야기가 나올 적에는 한차례 쓰라린 경험을 겪오난 경숙이는 빙그레 웃음을 금하지 못하엿다. 그러나 경숙이는 그것을 더 잘 리해하고 순희보다도 더 정확하게 인식할 수 잇엇다. 그만침 경숙이는 악몽 같은 일년간의 경험에 의하여 순희보다 노련해젓다고 볼 수 잇엇다.

경숙이는 자기가 순희 또는 순희와 함께 잡혀 들어온 여러 동무들과 비교하여 볼 때 얼마나 무가치하다는 것을 절실히 느끼엇다. 그리고 대수롭지 않은 물건들을 도적질하고 잡혀 와서 갇히어 잇는 많은 여성들보다도 경숙이 자신은 더한층 무기력하고 보잘것없는 존재라는 것을 절실히 느끼엇다. 그러나 아직 늦지는 않다. 이제로부터라도 새로운 삶, 의의 잇는 삶을 개시함이 늦지 않은 것을 깨달엇다.

물론 태환이에게 대한 복수심에 분노로 떨지 않은 것은 아니나 이태환이 한 사람에게 복수하는 것은 아무런 가치도 의의도 없다는 것을 깨닫게 되엇다. 그보다도 이태환이가 대표하는 바 그 ××××××××××××××× ××××××××××××××! 이렇게 생각이 들 때 그의 눈에서는 광채가 돌앗다. 다못 히생된 '에헴 꼬맹이'가 말할 수 없이 불상하게 생각되엇다. 그러나 에헴 꼬맹이, 또는 그 밖에 수다한 사람들이 흘린 ×가 결코 헛되이 흙으로 변하지는 않으리라는 데 굳은 신념을 얻게 되엇다. 또 그리고 × ××××××××× 하는 것이 그들 ××××××× 의 사명이라는 것도 깨달엇다. 경숙이는 몸이 말할 수 없이 피곤한 것도 잊어버리고 밝어오는 새벽하늘을 철창 사이로 내다보면서 빙그레 웃고 잇엇다.

26

이태환이가 경숙이에게 애매한 죄를 뒤집어 씨우려 든 노력도 수포로 돌아가고 경숙이는 마츰내 석방이 되엇다. 오직 경숙이의 구인[59]으로 인하여 이태환이가 대표하는 ××××××× 연락 기관을 충실히 해주엇다는 사실을 이태환이는 알 수가 없엇을 것이다.

경숙이가 경찰서 문 밖을 나설 때 밝은 태양은 얼어붙은 길거리 우를 번쩍번쩍 빛내고 잇엇다. 마치도 새로운 용사를 맞이하는 것처럼! 경숙이는 맨처음 ××을 가지고 ××에 나서는 히열과 가슴을 뻐개는 듯싶은 흥분을 가지고 문 밖을 나섯다. 하로밤의 유치장이 이렇게까지도 한 생애를 전환시키리라고는 유치장을 만들어 내인 그네들도 상상도 못하는 일이엇다.

경숙이는 마치 새로운 세상을 향하여 걸어가는 사람처럼 걸어나아갓다.

---

59 구인(拘引) : 사람을 강제로 잡아 끌고 감.

새 생활, 새 일, 새 활동, 새 기쁨을 향하여 그는 성도(聖徒)와도 같이 걸어나아갔다. ……집에는 창제로부터의 한뭉치 편지가 와서 기다리고 잇는 줄은 꿈에도 모르고! (1933)

미완성

미완성

때 묻은 여자구두

'추강 위독 급래.'

졸업시험을 하루 앞둔 날, 이런 전보를 받아든 나는 망지소조(罔知所措)[1]했다. 일곱 살 날 때부터 지금까지의 15, 6년간 학생 생활의 총 결산기를 내일로 앞둔 이날 모든 것을 다 버리고 귀국한다는 것은 너무나 아쉬운 일이었다. 더구나 대학을 졸업하고도 직업을 구하지 못해 허덕거려야 하는 요즈음 세태에서도 나로서는 운이 좋았든지 혹은 빽이 좋았든지, 하여튼 이미 취직 자리까지 결정되어 있어서 졸업 직후 일터로 가 앉기로 내정이 되어 있는 이 마당에, 만일 내가 졸업시험을 안 치른다면 졸업장이 달아나는 것도 아깝거니와 그보다도 호구지책[2]이 더 야단일 것이었다.

그러나 또 그렇다고 해서 사고무친한 병직 군(추강은 그의 호(號)였다.)의 생명이 위독하다는 전보까지 받고 곧 안 가본다는 것도 친구의 의리상 차마 못할 노릇이었다.

---

1   망지소조(罔知所措) : 너무 당황하여 어찌할 줄 몰라 허둥지둥함.
2   호구지책(糊口之策) : 가난한 살림으로 겨우 먹고 살아가는 방법.

'별안간 위독하다니 대관절 무슨 병에 걸렸나?' 하는 궁금스런 생각이 들면서 갑자기 병직 군의 갸름한 얼굴이 금시 보고 싶어졌다. 서로 못 본 지 어언 3년, 마지막 편지 왕래가 있은 지도 벌써 1년이 더 넘었을 것이었다. 내가 본과(本科)에 들면서부터는 방학이 되어도 차비 쓰며 귀향할 수 있는 형편이 못 되었으므로 그동안 한 번도 한국으로 돌아가 본 일이 없었고, 또 병직 군이나 나나가 둘이 다 서로 돈 1전이 아까운 처지라, 돈 3전이 생기더라도 좀 더 요긴한 일에 쓸 것이지 별로 긴히 할 말도 없는 편지 왕래는 않기로 되어 있었던 것이었다. 무소식이 희소식이라고,

한 1년 전이었을까? 몇 달 내리 아무 소식도 전해주지 않았던 병직 군에게로부터 엽서 한 장 받은 일이 었었다.

'그이는 마침내 떠나갔네. 상상 이상으로 쓰라린 경험일세.' 하는 간단한 사연이었다. 병직 군의 성미를 잘 아는 나는 속으로 은근히 염려가 되어서, 내 일생 처음으로 굉장히 긴 편지를 써서 회답했더니 그 후 한 달쯤 뒤에야 역시 엽서에,

'잊어버리게. 나도 잊어버렸네. 이 세상사란 모두 다 그저 그렇고 그런 것이니까.' 하고 쓴 회답이 왔었다. 이 편지를 읽은 나는 적이 안심하면서도 속으로는,

'그렇게두 열렬하던 여자가 어떻게 마음이 변했을까, 원?' 하는 의아스런 생각이 드는 한편, '하기는 그렇게 굶기를 먹기보다 더 잘하는 생활에서 그 여인이 떨어져 나간 것은 도리어 당연한 일이요, 또 잘됐다고 할 수 있지.' 하고 나는 생각했었다. 그 후로 피차간 서신 왕래가 통 없었는데 그날 별안간 전보를 받은 것이었다.

'하필 요때 위독하도록 아플 건 무어람!' 하고 나는 슬그머니 화가 나기도 했다.

여러 가지 상념에 싸여서 잠을 얼른 못 들고 애를 쓰다가 새벽녘에야 겨우 잠이 들었으나 괴상야릇한 꿈에 시달리다가 아침 일곱 시가 지나서야 겨

우 눈을 떴다. 세수하면서도 아직 마음 속 결정을 못 내리고, 정거장으로 가야 하나 학교로 가야 하나 하고 망설이다가, 결국 시간이 당도하고 보니 내 발걸음은 학교로 향해지고 말았다. 사람이란 결국 누구나 다 이기주의 동물인가보다.

'뭐 설마 2, 3일 안으로야 무슨 일이 있을라구?' 하고 생각함으로써 나는 내 꺼림칙한 양심을 스스로 무마했던 것이었다.

한 주일 동안의 지체로 나는 내 졸업장과 직업은 실수 없이 붙들었으나, 그러나 그야말로 둘도 없이 가장 친했던 친구의 죽음은 옆에서 봐주지도 못했고, 그래서 3년 동안이나 못 본 그의 얼굴을 다시 보지 못하게 되었다.

졸업시험을 끝내고 곧 귀향하다가 경부선 열차 속에서 어떤 학생이 들고 있는 신문 한 장을 빌려보던 나는 거시서 병직 군의 사망이 보도된 간단한 기사를 읽은 것이었다.

신문 사회면 맨 밑 난 한편 구석에 1단 4호 꼬딕 활자 제목으로,

'천재 화가 영면'[3]이라고 제목을 넣고, 그 아래 아래와 같은 보도가 실려 있었다.

'청년 천재 화가 박병직(29) 씨는 작 10일 밤, 시내 묘동 15번지 대동 하숙에서 쓸쓸히 세상을 하직하고 말았는데, 친척들의 소재를 알 수 없으므로 그의 친우들의 주선으로 명 하오 두 시에 장례식을 거행하리라고 한다. 그가 남기고 간 유물로는 미완성 그림 몇 폭, 그리고 이상하게도 한 번도 신어보지 않은 듯한 여자 구두 한 켤레가 있을 따름이라고 한다. 그는 재작년 국전에 출품하여, 특선의 영광을 차지했던 천재적 청년화가로서 장래가 크게

---

3 영면(永眠) : 영원히 잠듦, 즉 죽음.

촉망되던바 애석하게도 요절[4]'한 것이라고 한다.' 운운한 기사를 읽어 내려가는 나는 비통도 비통이려니와 마치 숯불을 내 머리 위에 끼얹는 것 같은 괴로움을 금할 수 없었다.

하숙집 주인 노파는 나를 병직 군이 기거했던 방으로 인도해주었다. 그 방은 이미 말끔히 치워져 있었기 때문에 병직 군을 연상시켜주는 물건이라곤 한 가지도 없었다. 가구라야 그림 그리는 화구 외에 무엇 딴 것이 있으리라고는 기대 안했지만, 그러나 이렇게도 아무것도 남기지 않고 영 가버렸구나 하고 생각하니 무척 비창한 마음이 들었고, 또 헌 이부자리, 헌 화구, 미완성된 그림 나부랭이나마 그냥 두지 않고 지나간 몇 달 간 밀린 하숙비로 쳐서 차지해 버렸노라는 주인 노파의 말에는 화가 치밀고 그 할미가 밉기까지 했다.

'이 좁고 더러운 방에 혼자 누워서 얼마나 아팠고 또 얼마나 나를 기다렸을까!' 하는 생각이 들어, 나 자신이 얼마나 매정한 놈이었는가 후회를 걷잡을 수 없다.

"애구, 불쌍두 하지그려. 부모 친척이 도무지 없는지 지켜주는 사람 하나 없이 혼자서 숨을 끊었답니다. 나두 설마 밤새 일이 일어나리라구는 생각 못했다가 이튿날 아침 와보니, 글쎄 벌써 뻣뻣해졌거든요. 에, 끔찍하구두 무서워. 불쌍하기두 하구." 하고 말하는 노파는 콧물을 씻었다.

나는 그 자리에 오래 있기가 싫어졌다. 그의 무덤으로나 찾아가서 실컷 용서를 빌리라 생각하며 그 방을 물러나왔다.

노파는 긴히 할 말이 있으니 잠시 마루 위로 올라오라고 부득부득 끄는 것이었다. 안방으로 들어가서 잠시 부스럭거리던 그녀는 웬 굽 높은 여자

---

4   요절(夭折) : 아주 젊은 나이에 죽음.

구두 한 켤레를 갖다가 내 앞에 놓았다. 그리고는 있는 수다를 다 떨면서 나에게 전하는 말로,

"응, 그것이, 바루 그렇지. 그이가 죽기 바루 이틀 전입니다. 밤이 퍽 늦었는데 갑자기 나를 자꾸 부르지 않겠나요. 죽을 사람은 저 죽을 땔 미리 안다구들 하더니 그게 아마 참말인가 봐요." 하고 서두를 냈다.

그래 그녀가 병직 군의 방으로 들어갔더니 병직 군이 제 자리 밑에서 웬 여자 구두 한 켤레를 꺼내놓더라는 것이었다.

"난 그만 깜짝 놀랐지유. 글쎄, 웬 색시 구두. 그 사람이 우리 집에 거의 일 년이나 묵구 있어두 머리 딴 처녀 하나 찾아오는 걸 못 봤더랬는데, 글쎄 웬 색시 구두가 자리 밑에서, 흐!"

병직 군은 그 구두를 주인 노파에게 맡기면서 자기가 죽은 뒤 다른 물건은 다 팔아 하숙비 충당해도 좋으나 이 구두만은 보관했다가 '곽양만'이라는 사람에게 꼭 전해달라고 신신 부탁하더라는 것이었다.

신문기사에서 여자 구두 이야기를 읽었던 일이 새삼스럽게 생각난 나는 이 구두를 집어들고 뒤적거려봤다. 한 번도 신어보지 않은 구두지만 얼마나 만지고 또 만졌는지 노란 가죽과 창에 손때가 까맣게 묻어 있었다.

"그리구 나선 다른 유언은 한 마디두 못하구 밤새 죽고 말았는데," 하고 노파는 말을 다시 시작했다. "이런 망할 년의 정신없는 늙은이가 글쎄, 곽양만이란 어른이 어떤 어른이고 어디서 무엇을 하는 분인지를 통 물어보지 못했단 말요. 그 사람이 그렇게 덜컥 죽고 나니 이게 슬그머니 걱정이 된단 말씀야요. 죽은 사람의 유언인데 유언대루 잘 해줘서 풀어줘야지 풀어주지 못하면 천벌이 내리는데요."

그래서 이 노파는 마침 취재하러 온 신문기자에게 나 있는 곳을 물어본 모양이었다. 그 기자가 무엇 때문에 곽이라는 사람을 찾느냐고 캐묻는 바람에 그녀는 곽을 찾아 여자 구두를 전해야 되겠다고 실토했다. 그랬더니 그 기자는 대뜸 그 구두를 보자고 대드는데 웬일인지 겁을 먹은 그녀는 구두를

종시[5] 내놓지 않고, 때마침 호상[6] 온 어떤 청년에게 내 이름을 불렀더니 그 사람 말이 지금 일본 도꾜에서 공부하고 있는 사람인데 전보 쳤으니까 곧 올 것이라고 일러주어서 노파는 내가 올 때를 기다리고 있었노라는 것이었다.

"아이구, 인젠 나두 속이 시원합니다. 죽은 사람 원을 풀어주었으니." 하고 노파는 한숨을 길게 쉬었다.

대관절 웬 여자 구두일까?

나는 호기심에 못 이겨 구두를 이리 뒤적 저리 뒤적 해보다가 우연히 손가락을 구두 속으로 들이밀어봤다. 그 속에서 똘똘 말린 종이 조각 하나를 나는 끄집어냈다.

'양만 군, 이 구두를 제발 내 품에 안겨 묻어주게. 다른 사람들이 못 볼 때 몰래 군이 친히 이것을 내 품에 안겨주게. 그때 내 죽은 얼굴이 빙그레 웃거들랑 나는 모든 것을 다 용서해주었다는 표식으로 알게. 센티멘탈하다고 비웃지 말게. 오직 이것 하나만이 내가 내 무덤 속으로 가지고 가고 싶은 유일한 기념물이로세.'

이것을 읽을 때 내 등골로는 식은땀이 흘렀다.

한 달 50원 월급에 목을 달아매고 매일 아침부터 저녁까지 그야말로 '책상의 노예' 노릇을 시작한 지 어언 한 달. 봄도 늦어서, 바람에 꽃이 다 떨어져 가고 그윽한 녹음이 물들기 시작했다.

학창 떠나 실사회에서의 한 달 생활! 이 한 달 동안에 느낀 환멸을 다 적어놓자면 몇 권 책으로도 부족할 것이다. 그러나 그런 이야기는 지금 내가 쓰려고 하는 이야기와는 아무런 관련도 없는 탈선인 만큼 그만두기로 하고 본 이야기로 들어가기로 하겠다.

---

5   종시(終是) : 끝까지 내내.
6   호상(護喪) : 장례식을 책임진 사람.

'병직 군이 이미 미아리 공동묘지에서 가 썩고 뼈만 남아 있을 텐데 무슨 이야기가 아직 남아 있단 말인가?' 하고 의아할 사람들이 있을 것이다. 사실 나 자신도 병직 군에게 관한 이야기는 이 세상에서는 끝나버렸거니 하고 생각하고 있었다. 그러나 이상하게도 내 졸업시험이 훼방 놓아 병직 군의 시체와 함께 묻히지 못한 손때 묻은 구두 한 켤레가 내 하숙방 한구석에 남아 있어가지고 수수께끼 같은 이상스런 일들이 연속 생긴 것이다.

하루는, 내가 여전히 하루 1금 1원 66전 6리(6, 6, 6으로 무한에까지 셈이 나갈 수 있으나 수학 강의는 아니니까 이만 정도로 그치기로 하고) 벌이를 하느라고 아침 일찍부터, 어제도 그저께도 했고 _그끄저께도_ 해온 꼭 같은 일을 되풀이하고 있었다.

'이렇게 단 한 달 만에 싫증나는 일을 앞으로 십년, 이십년, 후유!'

이런 가슴 답답한 생각을 하며 앉아 있노라니 전화가 따르릉 울었다. 전화는 하루 종일 연달아 오는 것이라, 따르릉 울면 나는 기계적으로 수화기를 들어 귀에 갖다 대곤 하는 것이었다.

"여보세요, 경성 상흽니까?"

전화 올 때마다 으레 제일 먼저 들려오는 소리.

"예, 그렇습니다. 누굴 찾으십니까?"

전화 받을 때마다 내가 으레 기계적으로 대답하는 소리.

"미안하지만 곽양만 선생께 좀 대주십시오."

"제가 바로 곽양만이올시다. 누구십니까?"

"예, 그러세요. 저는…… 나는…… 저…… 최영묵이라는 사람입니다. 곽 선생께서는 저를 모르실 겁니다. 그러나 급히 또는 요긴히 상의해볼 일이 있어서요. 저…… 전화로 말씀드릴 수는 없는 일이고. 대단히 실례올씨다만 오늘 퇴사[7]하시는 길로 시간이 계시면 저……. 프리지아 다방으로 잠시 들

---

7 퇴사(退社) : 회사에서 퇴근하기.

려주시면 대단히 고맙겠습니다. 저…… 다섯 시부터 여섯 시까지 거기서 기다리겠읍니다." 하고는 이편에서 무어라고 대답할 수 있는 여유도 주지 않고 전화는 똑 끊어졌다. 나는 잠시 멍하니 앉아 있었다. 최 무엇이라고 했는지? 저편의 말이 서로 모르는 사이라고 했으니 이름을 알았댔자 소용 없는 일이기는 하지만. 그러나 대관절 무슨 일일까? 어떤 친구의 실없는 장난이나 아닐까 생각되어 기억을 더듬어봤으나 그 목소리가 기억에 남아 있는 목소리는 아니었다. 하여튼 가봐서 친구의 장난이면 차나 마시고 레코드 음악이나 몇 장 감상하고 헤어지는 것도 해로운 일은 아니라고 생각되어서 퇴근하는 즉시로 그 프리지아 다방을 향하여 슬금슬금 걸음을 옮겼다.

찻집에는 손님이 그리 많지 않았다. 여기저기 빈 테이블들이 하품하고 있고, 한두 테이블을 가운데 두고 대여섯 손님들이 둘러앉아서 왁자하고 있었다.

내 성미가 원래 그런지라, 나는 그중 가장 깊숙한 한 구석자리로 찾아가서 앉았다. 모자를 벗어놓기가 무섭게 어느 구석에서 튀어나왔는지 중년 낮세나 되어 보이는 사나이 하나가 달려와 내 앞 테이블에 두 손을 얹었다.

"곽 선생이시지요?" 하고 그는 물었다.

"예."

"저……. 저는 아까 전화로 실례한 최라는 사람입니다. 허…… 초면에 실례가 많습니다마는 긴히 상의할 일이 있어서요. 저…… 회사로 찾아가 뵙고 말씀 드리자니 장소가 좀 안 됐구요. 그래서 이렇게 허…….."

보이가 주문 받으러 왔다. 서슴지 않고 의자에 앉는 최라는 사람은 서슴지 않고 커피와 과자 2인분을 주문하고 나서 손을 쓱쓱 비비면서,

"분주하실 텐데, 참, 이렇게 오시라구 해서, 허……. 그 다른 말씀이 아니라, 그, 어, 허, 그, 아, 말을 어떻게 시작해야 좋을지. 허, 허, 그 다른 것이 아니라, 저…… 이것은 어떤 친구의 부탁인데요, 시골 사는 친구. 허, 그, 다른 것이 아니라, 곽 선생, 선생께서 요 얼마 전에 작고한 추강 박병직 선생을

잘 아시지요. 어…… 그런데 말씀이지, 그 다른 것이 아니라……."

이때 보이가 가져온 커피를 훌훌 소리내 마시면서 수십 개의 '허, 다른 것이 아니라, 하, 허'를 섞어 나에게 제출한 제안은 나를 몹시 놀라게 해주었다. 이 최씨의 제안은 다른 것이 아니라 병직 군이 남기고 간 여자 구두, 즉 내가 간직해둔 그 구두를 사자는 요청이었다. 이런 요청이야말로 실로 상상 밖의 일이었다. 하도 이상스런 요청에 어안이 벙벙해진 나는 무엇이라고 대답을 못 하고 최씨를 한참 동안 멀거니 바라보고 있었다. 그 구두를 사고 싶어 하는 시골 친구가 그 구두를 사서 무엇에 쓰려고 하는지는 자기도 모르노라고 최씨는 설명했다. 그러나 값은 내가 원하는 대로 얼마든지 치를 용의가 있으니 꼭 팔아달라는 요청이었다.

나는 생각에 골몰했다. 값을 얼마나 부를까 하는 생각이 아니라 이 사람이 그 구두를 꼭 사고 싶어 하는 동기를 포착해보려고 애쓴 것이었다. 아무리 생각해보아도 그 동기를 짐작이나마 할 수 없었다. 결국, '그 구두에는 필연코 무슨 곡절이 붙었구나.' 하는 생각이 들게 된 나는,

"절대로 팔 수 없습니다." 하고 딱 잡아떼어 거절했다.

최씨라는 사람은 여러 말로 내 마음을 돌려보려고 무척 애썼으나 나로서는 내가 그 구두를 팔아서 졸부가 된다 할지라도 팔지 않기로 결심했다. 최씨도 마침내 내 마음을 돌리지 못할 것을 각오한 양,

"그럼 일후 다시 뵙겠습니다. 그동안 잘 생각해보십시오." 하고는 두 사람 분 다과 값을 그이 혼자 다 치르고 앞서서 나가버렸다.

집으로 돌아오는 동안 나는 이 수수께끼 같은 일을 여러모로 생각해봤으나 도저히 해명할 수가 없었다. 집에 다다른 나는 고리짝을 열고 그 구두를 꺼내 들고 이모저모 한참 자세히 들여다보면서, 무슨 탐정소설에 나오는 모양으로 이 구두 속에 어떤 보물이나 혹은 비밀 지도나 문서 따위가 감추어져 있는 것이 아닌가 하는 허황한 생각까지 나서 혼자 웃을 수밖에 없었다. 하여튼 무슨 곡절이 단단히 붙은 구두니만큼 도둑맞지 않도록 잘 간수해두

어야만 되겠다는 생각이 들어 그 구두를 열쇠 달린 가방 속 밑에 깊숙이 넣고 쇠를 채워두었다.

그런 일이 있은 지 약 두 주일 뒤 의외에도 황금정[8]에 사설 탐정소 간판을 걸고 있는 김학수라는 사람한테서 편지 한 통이 나한테로 왔다. 그 사연인즉, 그 사설 탐정이 나를 꼭 만나야만 할 일이 있어서 내 하숙집으로 몇 차례 찾아갔으나 번번 출타하고 없었기 때문에 못 만나봤으니, 미안하나 시간을 좀 내서 황금정 자기 사무소까지 와달라는 편지였다.

'이거 참, 내가 차차 탐정소설의 주인공이 되는 모양인가!' 하고 생각되어 호기심이 불일듯 피어올랐다.

그날 오후 나는 김학수 사설 탐정소 문을 두드렸다.

김학수의 용건 역시 다른 것이 아니라, 내가 맡아 가지고 있는 여자 구두를 사자는 요청이었다. 자기 직업 윤리상 사달라고 하는 사람의 정체는 절대로 공개할 수 없노라고 거듭 말하는 그는 값을 5, 6백 원 치러도 괜찮으니 꼭 팔라는 것이었다.

나는 팔 수 없다고 거절했다.

이럭저럭하는 동안 어느덧 한 달 세월이 또 흘러갔다.

절기는 아주 여름철로 들어서서 '아스꾸리'[9] 장수들의 외치는 소리조차 무덥게 들리었다. 날이 더워오니 사무실 공기는 더한층 탁해지고, 일은 더한층 싫증이 나고, 쉬 피로해지는 것이었다.

어떤 날 아침.

지나간 밤 술을 꽤 마시고 밤 늦도록 거리거리를 싸돌아다니다가 새벽녘에야 돌아와서 눈을 잠시 붙였다가 깨어 일어났기 때문에 머리가 지끈지끈 아프고 기분이 찌뿌드드했지만 그래도 결근은 할 수 없는 몸이라 억지로 사

---

8 황금정(黃金町) : 일제강점기 경성부의 황금정은 지금 서울의 을지로이다.
9 야스꾸리 : 아이스크림.

무실에 나가 일을 보고 있었는데, 이날따라 전화는 왜 그리 자주 걸려 오는지 거의 계속해 울리는 따르릉 소리에 신경은 극도로 자극되어 하찮은 일에도 짜증만 나는 것이었다. 방금 또 전화가 따르릉해서 수화기를 집어들었더니 번호가 잘못되었다는 변명이라, 화가 치밀었던지 전화 교환수 아가씨를 그녀의 선조로부터 장차 있을 수도 있는 후손들까지 내리 욕을 퍼부었는데, 그것을 비웃기나 하는지 이어서 또 따르릉 따르릉 했다. 이때 수화기를 든 내 목소리가 부드러울 리 결코 없었다.

나의 퉁명스런 목소리에 저쪽에서 그만 질렸는지 잠잠했다. 내가 한번 더 소리를 버럭 지르자 그제서야,

"저……." 하는 목소리가 들려왔다. 여자의 목소리였다. 찔끔하는 나는 얼른 목소리를 부드럽게 하여,

"누굴 찾으십니까?" 하고 물었다.

"곽양만 선생님 계신지요?"

내 가슴은 뭉클했다. 젊은 여성이 나한테 전화를 걸다니!

나는 무척 공손한 목소리로,

"제가 곽양만이란 사람입니다." 하고 말했다.

"아, 그러십니까? 저…… 곽 선생님, 저는 선생님이 모르시는 사람입니다. 시골서 왔습니다. 오래 있을 수 있는 형편이 못 되구요. 시급히 선생님을 꼭 만나봐야 하겠는데요……."

이건 정말 내가 여우에게 홀렸든지 어떻게 되었나 보다고, 나는 생각했다. 그러나 이렇게도 맑은 목소리의 주인공인 어떤 여성이 나를 꼭 만나야 하겠다는 요청이 싫은 것은 결코 아니었다.

그날 오후 다섯 시 되기가 무섭게 나는 사를 뛰쳐 나왔다. 중노[10] 과자집에 들러서 과일을 좀 사가지고 바삐 하숙으로 돌아왔다. 방에 들어서자마자

10 중노(中路) : 오가는 길의 중간.

창문을 모두 활짝 열어서 홀아비 냄새를 내쫓고 맑은 공기를 영접하면서 책상을 정리하고 나서 앉아 기다렸다.

"선생님, 손님 오셨습니다." 하는 사환의 목소리 뒤에 내 눈앞에는 보름달처럼 환하고 창백한 얼굴, 늦은 가을 하늘처럼 어딘가 약간 싸늘한 기운을 발산하는 한 젊은 여성이 나타났다.

이 훤한 얼굴에 도취된 나는 들어오시라는 인사말도 얼른 못 하고 멍하니 서서 바라보기만 했다. 아까 전화로 시골서 왔다는 말은 들었으나 촌뜨기 꼴이란 전혀 찾아볼 수 없었다. 나이로 보아 기혼녀임에 틀림없이 보이지만 머리 뒤에 낭자[11]를 틀지 않고 신식 트레머리[12]였고, 그 아래 좀 넓은 이마가 시원하고, 숱이 많지 않고 가느나 흑연처럼 까만 눈썹 아래 두 눈은 그리 크지도 않고 작지도 않아 꼭 알맞은데, 상당히 깊어 보이는 눈이 흑진주처럼 빛나고 있었다. 코허리는 높은 편이 아니나 오똑한 코에 지성이 깃들어 있고, 연지칠 않고도 붉은 입술은 열정에 가득 차 있었다. 나의 시선으로 눈을 얼른 돌리는 그녀는,

"선생님 용서하셔요." 하면서 고개를 숙였다. 그제서야 나는 얼른,

"아, 어서 들어오시지요." 하는 말문을 터뜨렸다.

방으로 들어와서 한 옆에 꿇어앉은 이 여자는 한참 동안 눈을 내리깔고 가만히 앉아 있었다. 호기심은 내 심장을 터질 듯이 끓어올랐지만 나로서도 이 초면 방문객에게 무엇이라고 말을 꺼내야 할지 몰라 군침만 삼키면서 어색하게 침묵하고 앉아 있었다.

몇 차례나 힐끔힐끔 나를 쳐다보는 그녀는 무슨 말을 꺼낼 듯 꺼낼 듯하다가는 그만 용기가 줄어드는지 눈을 다시 내리깔곤 했다. 한참 만에야 그녀는 입을 열었으나 눈은 방바닥 한 곳에 정착되어 있었다.

---

11 낭자 : 시집간 여자가 땋아서 뒤통수에 틀어 올려 비녀를 꽂은 머리털.
12 트레머리 : 가르마를 타지 않고 머리 뒤 가운데 틀어 모은 여자의 머리.

"선생님, 참 미안스럽습니다." 하는 그녀 목소리는 맑고 맑은 목소리였다.

"저…… 어려운 청이 있어서 체면 불고하고 이렇게 당돌히 뵈오려고 왔습니다. 돌아가신 추강……" 하고는 잠시 숨을 몰아쉬더니 다시,

"추강 선생님이 남기고 가신 구두…… 그 구두를 제게 팔아줍시사고 청을 올리려고 온 것이올씨다."

말을 끝낸 그녀는 눈썹 하나 까딱 않고 방바닥 한 곳만 뚫어지게 들여다보고 있는 것이었다. 내가 한동안 멍하니 그냥 대답 못 하고 있으니까 그녀는,

"처음엔 중간에 사람을 내세워서 선생님께 교섭해봤지만 절대 안 된다고 하신다고 해서 제가 부끄럼을 무릅쓰고 이렇게 직접……" 하고 말했다.

내 정신은 상당히 얼떨떨해졌다. 내가 지금까지 생각하기에는 내가 맡아둔 구두는 아마 병직 군이 자기 사랑하는 아내에게 주려고 샀다가 그 아내가 배반하고 달아나버렸기 때문에 혼자 간직해두었다가 죽을 때가 임박했음을 알게 되자 그 구두를 가지고 저승으로 가고 싶어서 함께 묻어달라고 했으려니 하고 생각하고 있었는데, 그러면 여기 이 여자가 바로…… 하고 생각되자 나는 감전된 사람처럼 몸을 떨었다.

'하, 그러면 이 여인이, 이 보름달처럼 보이고, 유순하고 영리하면서도 현숙해 보이는 이 여자가 바로 병직 군을 배반한 그의 아내였더란 말인가? 그렇게 사랑하는 애인인 남편을 버리고 달아날 수 있는 타입으로는 보이지 않는데. 세상에 아무러면 이런 여자가……' 나는 의아하지 않을 수 없었다.

"음, 병직 군의 부인이신가요?" 하고 나는 화가 나서 툭 쐈다.

"예." 하고 그녀는 고개 숙인 채, 그러나 똑똑한 음성으로 대답했다.

이 이야기를 더 진전시키기 전에 먼저 병직 군의 과거 생활에 대해서 좀 자세한 설명을 가하지 않으면 안 될 계제에 이르렀다고 생각된다. 이야기는 4, 5년 전으로 뒷걸음쳐야 되는 것이다.

희망의 봄

이른 봄날!

병직이는 며칠째 화구를 끼고 서울 근교를 매일같이 방황하고 있었다. 봄철이 오자 겨우내 동면하던 젊은 화가의 가슴속에는 예술 창작욕이 봄날 나뭇가지에 새 움이 돋아나오듯 걷잡을 새 없이 솟아오르는 것이었다.

그는 무엇이고 좀 산 것을 그려보고 싶었다. 생기가 펄펄 뛰는 것, 약동하는 것을! 무슨 정물(靜物)이니, 무슨 강변 풍경(江邊風景)이니 하는 등, 죽은 그림을 그리는 것보다는 좀 더 동적(動的)이고 생명이 넘치는, 희망의 불꽃이 타오르는 약진하는 어떤 자태를 그려보고 싶은 그였다.

그래서 그는 새로운 인스피레이슌[13]을 얻어보려고 매일매일 새로운 곳을 찾아 두루 헤매였다. 그러나 위대한 인스피레이슌은 그리 쉽사리 찾아드는 것이 아니었다.

어떤 일요일 아침, 그는 역시 화구를 끼고 왕십리 쪽으로 나가봤다. 전차 탈 돈 5전도 사실 없는 처지라 전차 선로를 따라 천천히 걸어나간 것이었다. 전차 종점에서도 한참 더 가서 인가를 다 지나치고 쑤욱 언덕 위로 올라갔다. 깊은 명상 속에 잠길 수 있는 고즈넉한 곳을 찾아 한참 돌아다니다가 마침내, 아래로는 한강수의 흐름이 굽어 내려다보이는 조그만 언덕 거에 이르러서 팔꿈치를 베개 삼고 번듯 풀밭에 누워보았다.

그는 맑게 갠 하늘을 한참 동안 쳐다봤다. 그리고는 눈을 돌려 저 멀리 강 건너 평원 저쪽, 수평선을 타고 구불구불 서리어 웅거[14]해 있는 산맥을 또 한참 바라봤다.

사방에 아지랑이가 아른아른했다.

"봄!" 하고 그는 혼자 중얼거렸다.

---

13 인스피레이슌(inspiration) : 영감(靈感), 신비스러운 예감이나 느낌.
14 웅거(雄據) : 어떤 지역을 굳게 막고 지킴.

"봄이다. 그러나 이 봄, 만물이 회생하는 이 봄이 내게 그 무슨 새로운 인스피레이슌을 주는 건가?" 하고 그는 혼자 탄식했다.

작년까지만 해도 봄이 오면 봄을 그린다고 화구를 끼고 벚꽃 밭을 찾아가곤 했었던 그였었다. 봄마다 그 자리에 피고 또 피는 꽃을 그대로 사생(寫生)해 가지고는 무엇 새것을 한 폭 그렸노라고 좋아했었던 저 자신의 과거가 오늘날 와서는 가엾고 어리석게 돌이켜 보여지는 것이었다.

그의 예술은 지나간 겨울 동안 동면한 것이 아니라, 잠자는 듯한 속에서도 쉴새 없이 개념과 사상이 자라나고 있었던 것이다.

'새로운 봄, 1년에 한 번씩 꼭 어김없이 다시 오는 그런 평범한 봄 말고, 한 새로운 움직이는 세계, 응, 그렇지! 약동하는 봄, 희망의 봄, 그런 것을 한 번 그려볼 수 있었으면!' 하고 지금 그는 생각하는 것이었다.

베개 삼아 벤 팔이 져려들어 오는 것을 감각하는 그는 팔을 빼고 머리를 그냥 대지(大地) 위에 얹어놓았다.

꼿꼿한 마른 잔디!

얼었다 녹는 흙!

저도 모르는 사이에 그는 어떤 소리를 듣고 있는 것처럼 생각되었다.

바스락, 바스락, 바스락!

그는 귀를 땅에 대고 가만히 엿들었다. 바스락 소리는 점점 거 커지는 것 같았다. 어느덧 온 천지는 이 바스락 소리로 귀가 메이도록 가득 차 버리는 것 같은 기분을 그는 느꼈다.

그는 몸을 뒤채어 잔디 위에 엎드렸다. 노랗게 마른 잔디를 손가락으로 후비어봤다. 말라빠진 잔디 포기포기 속에서는 천천히, 그러나 꾸준하고 확실하게 뻗어오르고 있는 새로운 파란 움을 그는 발견했다. 그의 귀는 이 새 움들의 환희에 찬 합창 소리로 가득 차는 것 같았다.

그는 벌떡 일어나 앉았다.

— 그렇다! 대지는 지금 새 생명으로 약동하고 있다. 희망의 봄! 흙 보숭

미완성

이 보숭이마다에서 뼈개고 내닫는 이 봄의 합창을 화폭 위에 한번 옮겨놓을 수는 없을까? —

그는 잔디를 헤치고 그 속에 포개포개 숨어 내닫는 파란 움들을 만져봤다. 그는 옆에 선 마른 나뭇가지를 휘어잡아 봤다. 다 말라빠진 것처럼 보이는 그 가지가지에마다 새로운 삶이 꿈틀거리고 있었다.

"저 뿌리로부터 이 가지가지 끝머리까지 새로운 삶의 세찬 줄기가 뻗고 또 뻗어오르고 있지 않느냐!" 하고 그는 중얼거렸다.

눈을 돌린 그는 저 밑에 유유히 흐르고 있는 강물을 내려다봤다. 겨우내 두꺼운 얼음의 무거운 눌림 밑에서 몰래몰래 흐르던 강물이 이제 새 봄을 맞이하여 그 얼음을 녹여버리고 나서 뻐젓하게, 세차게, 꾸준히 흘러가고 있는 강물!

그는 다시 눈을 들어 강건너 쪽 넓은 평야를 바라봤다. 그 거무스레한 이랑이랑마다 지금 새 생명은 움직이고 있을 것이 아니냐! 억만 곤충이 이 오랜 동면에서 깨어나고, 꽁꽁 얼었던 뿌리에서 새싹이 돋아오르고!

그는 또다시 저쪽 수평선에 병풍처럼 둘린 시커먼 산맥을 바라봤다. 그렇다! 저 첩첩이 둘린 산들도 봄이 갖다 주는 이 새 삶의 위대한 힘의 행진을 막아내지 못하는 것이다. 아, 그렇다! 이것을 한번 그려보자!

얼른 화구를 펼쳐 놓은 그는 하얀 칸버스 위에 선을 긋기 시작했다. 한나절가량 열심히 그리고 난 그는 팔을 멈추고 한참 그 칸버스 위 그림을 물끄러미 들여다보고 있었다. 붓을 휙 던진 그는 벌떡 누워버렸다. 한나절 수고가 결국은 아무 소용없는 헛수고였구나, 하는 생각이 들어 맥이 탁 풀리고만 것이었다.

지금 그 칸버스 위에는 움트는 나무가지도 그려져 있었고, 강도, 구불구불한 산맥도 다 그려져 있었다. 그러나 오직 그것이었다. 거기 어디서 과연 세찬 삶의 힘줄을 발견할 수 있으며 희망의 노래를 발견할 수 있는가? 그것은 결국 한 개의 평범한 풍경화에 지나지 못하는 것이었다. 아무리 들여다

보아도 그 그림 속에서 무슨 새로운 경지(境地)를 발견할 수 없는 데 그는 낙망할 뿐 아니라 자기 자신을 비웃는 것이었다.

"흥, 조춘(早春)의 풍경." 하고 그는 경멸하는 어조로 혼자 소리 지르고 쓴 웃음을 지었다.

극도의 피로를 느끼는 그는 풀밭에 누운 채 저도 모르는 새 그냥 잠들어 버렸다.

얼마 동안이나 잤을까?

그가 잠을 풀쩍 깨기는 어떤 여자의 맑은 목소리가 그의 귀를 스쳤기 때문이었다. 그냥 누운 채로 그는 그 맑은 목소리가 오는 방향을 바라봤다. 한참 바라보고 있던 그는 벌떡 일어나더니 붓을 들고 열심으로 화폭 위에 여러 선을 새로 그려 넣었다. 여러 곡선 · 직선 · 원형 · 점들이 아무 의미도 없는 두루뭉수리같이 보이다가 그의 손이 얼마간 더 왔다갔다 하자 화폭에는 한 여자의 형태가 나타났다. 이 형태의 윤곽이 꽤 자리잡게쯤 된 때,

"얘, 저기서 누가 그림 그리누나." 하고 여자의 목소리가 소리질렀다. 이 소리에 병직이의 붓 든 손이 약간 떨렸다.

"우리 가서 구경할까?" 다른 여자의 목소리가 들려왔다.

손을 멈춘 병직이의 눈은 화폭 위에 고정되어 있었다.

두 개의 그림자가 칸버스 옆에 나란히 깔렸다.

"얘, 이거 봐. 사람은 둘인데 그리긴 한 사람만 그렸구나. 흥, 아마 너만 그렸나 보다." 하고 한 목소리가 웃음의 소리를 하자,

"얜!" 하고 맑은 목소리가 말하면서 한 그림자가 다른 그림자를 떼미는 것이 병직이의 눈에 띄었다.

"얜, 참 부끄럼두 많지. 현대 신여성이 왜 이 꼴이야." 하는 웃음의 소리와 함께 두 그림자는 홱 사라져 없어졌다.

한참 후에야 병직이는 뒤를 돌아다봤다. 아무도 없었다. 사방 휘휘 다 둘러 봤으나 아무도 없었다. 붓을 던진 그는 다시 뒤로 번듯 누워버렸다.

— 희망의 봄과 희망의 처녀! 자라나는 봄과 미지의 신비 세계를 동경하는 처녀의 순정. 저 산너머 미지의 신비경을 그리워하는 그림. —

이 이상 그는 더 구체적인 생각을 할 수 없었다. 그가 다시 잠든 것은 아니었으나 어두워질 때까지 그냥 누워 있었다.

병직이는 이미 여드레째 계속하여 꼭 한 자리에 화가[15]를 버티어놓았다. 그러나 그의 그림에는 조그만 진전도 없었다. 매일매일, '오늘은 좀 더 손질을 해얄 텐데, 해얄 텐데!' 하는 마음의 초조가 떠날 틈이 없었으나 그가 손을 대면 그 그림은 더 악화될 따름 좋아지지가 못했다. 이 그림을 어떠어떠하게 그려놓으리라는 계획이 머릿속에는 다 세워져 있건만 그의 손이 그 계획을 실현할 수 있는 능력을 잃어버린 것 같았다.

멍하니 앉아서 먼산만 바라보고 있던 병직이는 한숨을 길게 쉬고,

"그 여자를 한 번만 더 볼 기회가 생긴다면 그래두 이 부분만은……. 아, 이 부분이 이 그림의 중심이 아니냐? 흐으." 하고 한탄하고 있던 그는 별안간 전신에 긴장한 빛을 띄우면서 그의 손은 날쌘 범의 동작처럼 민첩하게 움직이기 시작했다. 가끔 앞을 내다보고는 다시 화폭 위에 움직였다.

이때,

"애, 우리 저 그림 얼마나 됐나 가보자, 응." 하는 목소리가 들려오고,

"글쎄." 하는 맑은 목소리도 들려왔다.

병직이의 손은 멈칫 섰다.

조금 뒤 두 처녀는 화폭을 들여다보았다. 그중 하나가,

"흥, 지난 공일날 그렸던 그대루로구나. 그런데 오늘두 난 안 그려넣구 너만 그렸다, 시시해, 애." 하고 말하자, 약간 떨리는 맑은 목소리는,

"애, 그러지 말구 어서 가자." 하였다.

---

15 화가(畫架) : 그림 그릴 때에 그림판을 놓는 틀.

"얜, 제가 자꾸 오자구 졸라서 날 끌고 와서는 왜 또 자꾸 가자구만 하니?" 하고 톡 쏘는 것이었다.

두 처녀를 돌아다볼 용기를 내지 못하는 병직이는 그양 화폭만 들여다보면서,

"가지고 나오긴 매일 나왔지만 인스피레이슌을 좀체로 못 얻어서 여태 진전 못 시키고 있었습니다."

하고 겨우 설명했으나 뒤에서는 아무 반응도 없었다. 조금 뒤 꽤 먼 데서 여자들의 낄낄 웃는 소리가 겨우 들려오고 이어서,

"참, 장한 척하지! 아니꼽게."

하는 한 여자의 비꼬는 목소리에 연달아,

"얘, 그이 듣겠다, 원."

하는 맑은 목소리도 겨우 들려왔다.

등신처럼 서 있는 병직이는 화폭만을 언제까지나 언제까지나 들여다보고 있었다.

그 이튿날, 또 그 이튿날, 또 그 다음날도 병직이는 화가를 꼭 같은 장소에 버티어 놨으나 그림에는 아무런 진전도 나타나지 않았다.

그러나 대 자연세계에는 날로날로 시시각각으로 진전이 있어서 나무가지마다 제법 눈에 띄는 망울들이 돋고 기름진 녹색 잎사귀들이 방긋 내다보기 시작했으며, 강 건너쪽 들에도 제법 파란 기운이 돌고 있었다.

어느덧 한 주일이 다 지나가고 그 다음 일요일. 이 일요일을 병직이가 얼마나 초조히 기다렸던가? 그 맑은 목소리의 소유자가 다시 나타나 주지나 않을까 하는 기다림으로. 그러나 석양 마지막 햇살이 칸버스 그림자를 언덕 밑에 까지 길게 가로뉘어 줄 때 그의 실망은, 기대가 컸었던 만큼 정비례로 실망은 또 그만큼 컸다.

그림 그리는 데 있어서 인스피레이슌을 유발시켜주는 모델이 얼마나 필요하다는 것을 병직이는 뼈저리게 느끼게 되었다. 즉 모델은 사생(寫生)의

한낱 대상물만이 결코 아니고 도리어 화가의 인스피레이슌을 일으켜주고 정리해주고 지도해주는 한 원천(源泉)이라고 통절히 느끼는 것이었다.

모델을 잃어버림으로써 또한 인스피레이슌까지 잃어버린 이 그림이 완성되기는 절망이라고 그는 생각하고 통탄했다. 맑은 목소리를 가졌고, 보름달처럼 환한 얼굴을 가졌으며 후리후리한 몸맵시를 가진 한 처녀. 이름도 모르고 주소도 모르고 무엇하는 사람인지도 모르는 그 여자. 그 여인 자신이 자진해 모델이 되어준 것이 아니라 단지 병직이가 몰래 틈타서 잠시 모델로 삼았던 그 여자. 이 일요일에 그녀가 여기 나오지 않았으니 그녀를 어디 가서 찾을 수 있으며 만날 수가 있단 말인가? 혹시 시내에서 만나게 된다 한들 그래 병직이로서 그 처녀더러 이 바위에 다시 올라서서 모델이 되어 달라고 요청할 용기나 자격을 가지고 있는가? 그럼 이 그림은 미완성인 채로 썩는 수밖에 별 도리가 없을 것이었다.

병직이는 오래 전부터 생각하고 있었다. 이 그림이 완성되기만 하면 그 제목은 〈희망의 봄〉으로 붙이리라고 미리 결정해놓고 있는 것이었다. 대지는 움트고 물은 흐르고 농군은 밭을 갈고 첩첩 산맥은 현실의 고뇌를 상징하고, 그리고 그 대지 위에는 진선미(眞善美)를 상징하는 처녀가 고요히 서서 그 첩첩한 산 너머 미지의 새 세계를 희망으로 불타는 열정으로 바라보고 있는 그림!

하숙으로 돌아온 그는 이 미완성의 그림을 머리맡에 세워놓고 보고 또 보면서 탄식하는 것이었다.

"아깝다, 아깝다!" 하고.

초여름 비가 내리 사흘을 계속 퍼부었다. 비에 갇힌 병직이는 좁은 하숙방에 혼자 뒹굴면서 무시로[16] 잠을 자고 무시로 깨서 그림을 들여다보곤 했다.

---

16 무시(無時)로 : 아무때나.

그러면서 그는 몇 차례나, 붓을 들고서 이 그림의 완성을 상상으로나마 이루어보려고 무진 애를 썼으나 모두 다 소용없는 일이었다. 게다가 종일 집에 쑤셔 박혀 있으니 하숙 주인은 하루 열두 번씩 하숙비 독촉을 하는 것이었다.

우비도 없이 그는 비내리는 거리로 나서고 말았다. 줄줄줄 쉴새없이 꾸준히도 내리는 비를 흠뻑 맞으면서 그는 방향 없이 무작정 거리거리를 헤맸다. 도회지 한 복판을 거닐고 있으면서도 그는 아무런 소란, 아무런 번잡도 인식하지 못하는 듯, 슬픔과 원망과 낙망과 기대와 공상으로 가득 찬 가슴을 안고, 사막을 혼자 방황하는 사람처럼, 몽유병 환자처럼 무턱대고 싸돌아다녔다.

목요일 아침에는 날이 활짝 개고 오월의 태양을 향하여 땅은 하얀 김을 무럭무럭 증발시키고 있었다.

화구를 낀 병직이는 문 밖을 나섰다. 무의식중에 그의 발길은 왕십리 쪽으로 향하여졌다. 그로서 지금 갈 곳은 그 곳 한 곳밖에 세상에 다시 없는 성싶었다. 언제나 세워놓는 자리에 그는 캔버스를 세워 놓았다.

사방에서 훈훈한 흙냄새가 물큰물큰 올라오고 비에 씻긴 공기는 맑기 한이 없었다. 강 건너 언덕에 병정들처럼 줄지어 서 있는 포플라나무들 모습은 연두빛 새 옷을 입은 양 깨끗해 보였다.

병직이는 자기 눈앞에 전개된 자연풍경과 자기 화폭을 거듭 비교해봤다. 캔버스 위에는 산도 그려져 있고, 평원도 강물도 움트는 나무가지고 풀밭도, 그리고 또 바위 위에 서 있는 처녀의 자태도 모두 다 그려져 있었다. 그러나 이 그림 그 어디에서 산 것을 발견할 수가 있는가? 대지는 비에 씻겨서 더한층 생생하게 살아 있는데, 그것을 옮겨놓은 화폭의 그림은 죽어 있는 것이었다.

그는 척척한 풀밭 위에 벌렁 누워버렸다. 텅 빈 바윗돌을 하염없이 바라다보면서 누워 있었다.

그는 별안간 벌떡 일어났다. 그가 환상을 본 것일까? 지금 그 바위 위에 올라서서 멀리 산너머 하늘을 바라보고 있는 여자의 모습은 그것이 실재인가 혹은 병직이의 눈에만 어른거리는 한 개의 환상인가?

'환상일지라도 좋다. 이 그림이 끝날 때까지만, 아, 환상아, 스러지지 말아다오.' 하고 기원하면서 병직이는 붓을 분주히 놀렸다. 어떤 숨은 초자연적인 힘이 지금 그의 손을 지도해주는 것 같은 감을 그는 느꼈다.

그러나 그의 손은 갑자기 멈칫 섰다. 바위 위 환상이 고개를 돌려 병직이쪽을 잠시 노려보더니 바위에서 사쁜 내려서는 것이었다.

"아, 잠깐, 잠깐만, 잠시만 더 그 위에 서 계셔주세요. 네, 오분간만, 단지 오분!" 하고 병직이는 애원했다.

잠시 머뭇거리던 처녀는 다시 바위 위로 올라섰다. 병직이는,

"저쪽 산너머 미지의 세계를 바라다보며 서 계세요. 잠시만." 하고 또 말했다.

5분이 10분으로 연장되고 10분이 다시 20분으로, 다시 40분 50분으로 연장되었다. 긴 한숨을 쉬고 그는 붓을 놓았다. 그리고는 바위를 향해 성큼성큼 걸어가는 병직이는,

"고맙습니다. 고맙습니다!" 하고 외쳤다.

그러나 막상 그 처녀와 마주 대하게 되니 병직이는 무척 어색해졌다. 이때까지 창작욕에 온 정신이 사로잡혀 있다가 지금 머리가 평상으로 돌아왔고, 또 한 번 인사도 없었던 여성에게로 향하여 그렇게도 반갑게 달려온 자기 꼴이 너무나 당돌하고 우스꽝스럽게 느껴지는 것이었다. 얼굴이 벌개진 그는 그만 주춤 서서 어쩔 줄을 몰랐다.

아무 말도 않는 처녀는 바위에서 내려와 칸버스 서 있는 쪽으로 가까이 갔다. 한동안 묵묵히 화폭을 들여다보고 서 있던 그녀는 고요히 눈을 돌려 병직이의 얼굴을 바라봤다. 그녀의 눈에는 의아하는 기색이 분명 나타나 있었다. 병직이는 입을 열었다.

"이 그림 제목은 〈희망의 봄〉이라고 지었습니다. 여기 이 처녀는 진리와

착함과 아름다움의 화신입니다. 여기 이 험준한 산은 험악한 현실을 상징하는 거구요. 저 산 너머 저쪽에는 미지의 신비 세계가 있습니다. 험악한 현실에 가리워서 보이지 않는 진선미의 세계, 그 세계를 동경하고 바라보고 있는 이 순진무결한 처녀."

"그런데 이건 뭐예요?"

하면서 상아같이 매끈한 흰 손가락이 그림 한 곳을 가리켰다.

"예, 그것은 죽었던 과거를 뚫고 돌진해 나오는 새로운 생명, 즉 움입니다."

"무슨 움이 이렇게 커요?"

"화가, 즉 예술가의 눈에는 그렇게 크게 뵐 수도 있습니다."

"어마, 그럴까요."

하면서 그녀는 치마폭을 도사리면서 풀밭에 앉았다. 병직이도 그녀 옆에 앉았다.

"그렇습니다. 예술가가 자연을 볼 때에는 보통 사람들과는 별다른 눈으로 봐야 됩니다. 과거에 있어서는, 아니 현재에도 많은 화가들 자신뿐 아니라 일반인들도 자연이나 인물이나 물건들을 그대로 꼭 같게 그려 놓는 것을 위대한 작품이라고 생각하는 것이 사실입니다. 그러나 화가의 임무가 자연을 꼭 고대로 복사하는 데 그치고 만다면 그는 예술가가 아니고 사진사입니다. 자연이나 인물 또는 정물을 그대로 꼭 같게 복사해놓는 내기를 건대면 화가가 사진 기계에게 언제나 참패하고 말 것입니다."

자기 이야기가 너무 길어지는 것을 자각 못한 바 아니었으나 어쩐 일인지 지금 병직이로서는 오래오래 아무 소리고 지껄여대어서 이 처녀의 관심을 사고 싶은 충동을 금할 수 없어서 말을 계속하고 있는 것이었다.

"사진은 자연을 꼭 고대로, 이를테면 풀 한 포기 흙 한 덩이 조금도 빼놓지 않고 변함없이 차별없이 어디까지나 충실하게 복사하는 것입니다. 우리가 그런 사진을 요구하지 않는 것은 물론 아닙니다. 사진기의 용무도 큰 것입니다. 그러나 우리 예술가가 맡은 사명은 사진 노릇하는 것이 아니라 자연이 우리 눈에, 즉 우리 영감(靈感)에 비쳐 주는 바, 우리의 미적(美的) 안광에 비쳐 주는 바, 우리의 철학적 또는 이상적(理想的) 안광에 비추어주는 바를 색채와 선으로 표현하는 것에 있는 것입니다. 다시 말씀드리면 화가는 자연을 복사하는 것이 아니고 자연을 해석하는 데 참 뜻이 있고 참 가치가 있는 것입니다. 사진은 사실에 충실하지만 그것은 죽은 복사입니다. 예술은 사실 묘사가 아니고 과장성이 있고 주관적이고 견해가 있는 것인데, 그렇기 때문에 예술 작품은 작가의 화신인 동시에 산 것입니다. 자연의 풀이나 나무에는 이것처럼 균형 잡히지 않은 움이 없을 뿐 아니라, 이와 꼭 같이 생긴 움도 절대 없습니다. 그러나 이 새로 돋아나는 움이 표현하는 바 새 삶의 힘을 보이기 위하여 나는 이런 움을 창작해놓은 것입니다. 자, 보십시오……."

하면서 병직이는 언뜻 옆에 앉아 있는 처녀의 얼굴을 들여다봤다. 처녀도 병직이를 힐끔 보다가 두 시선이 딱 마주치자 두 쌍의 눈은 꼭 같이 무슨 큰 죄나 저지른 것처럼 당황하게 딴 데로 가고 두 젊은 얼굴들은 동시에 복사꽃처럼 붉어졌다.

군침을 소리내 꿀꺽 삼키고 난 병직이는,

"자, 보십시오. 이 나무가지 하나만 두고 보더라도 자연을 그대로 복사하자면 움을 수십백 개 다 그려야만 될 것입니다. 그런 정확한 일을 해주는 것으로는 카메라라는 훌륭한 기계가 있습니다. 그런데 예술가는 저 나뭇가지에 움이 몇 개나 돋았는가 하는 것은 도무지 상관 않습니다. 단지 마른 나무가지에 새 움이 돋아나는 것은 무엇을 의미하는 것인가. 하고 나는 물어보는 것입니다. 어찌 그림뿐이겠습니까? 음악·문학·조각 등 모든 예술 작품이 다 그런 것입니다."

"우리 학교 도화[17] 선생님은 교과서에 그려진 주전자·모자·화병 따위를

---

17 도화(圖畫) : 그림을 그리는 작업.

꼭 그대로 모방해 그리라고 늘 야단이신데요."

"참, 어느 학교십니까?"

정열의 여름

역부들이 낮잠 자기 알맞을 만큼 분주한 시골 정거장.

객차만 단 기차들은 지나가기는 하면서도 잊어버려서가 아니라 알기는 알면서도 머물러 줄 필요가 없는 정거장이라고 깔보고 그냥 지나가버리는데, 오직 스무 대 서른 대씩 짐차를 달고 맨 끝에 삼등 객차 한 대만 단 굼벵이 차만이 머물러 주는 푸대접 받는 정거장.

이종[18]한 지 얼마 오래지 않은 벼가 물씬물씬 잘 자라나고 후끈후끈하는 더운 김을 들씌워 주던 여름 하늘에 솜처럼 피어오른 구름 떼가 붉으스레하게 상기되는 석양녘이 되자, 저편 산모퉁이에서 삐익하고 기적을 부는 굼벵이 기차가 이 멸시받는 시골 역을 향하여 주춤주춤 기어드는 것이었다. 그 기다란 몸뚱이를 플랫폼 한 옆에 간신히 끌어다댄 피곤한 기관차가 긴 한숨을 쏴 내쉴 때 저 맨 끝에 달린 단 한 대 객차에서는 내리는 사람이 두서넛, 타는 사람이 한둘 뿐이었다.

언제나 베 치마에 베 적삼을 입고 맨발에 검정 고무신을 신고, 그리고 누런 베 보자기로 꾸려싼 보따리를 머리에 이고 내리는 여인네들만 봐오던 이 역 역부들이 이날에는 두 눈이 번쩍 띄는 새로운 눈요기를 하게 되었다.

백설같이 흰 왜사[19] 적삼 밑에 하늘빛 죠셋트 치마를 입고 육색 긴 양말 맡에 앞끝이 칼날처럼 뾰족하고 뒷굽이 높은 구두를 신은 여성 하나가 갈대로 엮은 손 트렁크 한 개를 들고 이 플랫폼에 내리는 일이란 사실 일년에 두 번도 보기 드문 진풍경이었다. 역부와 짐군들이 모두 멍하니 바라보고 있는

---

18 이종(移種) : 모종을 옮겨 심음.
19 왜사(倭紗) : 발이 잘고 고운 실로 만든 홑옷. 저고리.

것을 못 보는 척하는 이 처녀는 가로 세로 줄을 죽죽 그어 염색한 파라솔을 펼쳐 석양에 가로 내리쪼이는 뜨거운 햇발을 가리었다.

"아씨 오셔 계십니꺼."

하고 더벅머리 총각 하나가 공손히 읍하고 인사를 드렸다.

"저 위에 고리짝 한 개가 있다."

하는 맑은 목소리가 여자의 입에서 나왔다. 이것이 머슴아이에 대한 인사였다. 머슴애가 차 안으로 올라갔다가 고리짝을 들고 낑낑대며 내려오는 것을 보자 그녀는 플랫폼에 내려놨던 조그만 트렁크를 들고 걷기 시작했다.

출찰구까지는 백 야드도 더 넘는 이쪽 플랫폼에 역부 한 명이 서서 차표를 회수했다. 차표를 받아든 역부는 그냥 멀거니 서서 상반신을 파라솔로 가린 처녀의 뒷모습을 바라보고 있었다. 타올로 머리를 질끈 동인 짐군 하나가 혼잣말인지 혹은 역부더러 들으라는 말인지,

"용천골 강 주사 따님이로군."

하고 중얼거리고 입을 벌리고 헤 웃었다. 그리고 고리짝을 어깨에 메고 지나가는 머슴애를 보고 그 짐군은,

"방학인 게로군?"

하고 물었으나 머슴애는 아무 대답 없이 지나가버렸다. 짐군은 한 번 더 누런 이를 내보이며 헤 웃었다.

역 밖에 나서자 처녀는 머슴애가 나오기를 기다렸다. 머슴애가 출찰구 밖한 옆에 기대 세웠던 지게에 고리짝을 올려놓고, 그 위에 손트렁크를 얹고 줄로 동여매고 나서 지고 앞서 걷기까지 기다리고 서 있던 처녀가 천천히 걷기 시작했다.

몇 집 안 되는 인가 사이를 지나서 산모퉁이로 도는 소로로 잡어들어 한참가 가지고는 기찻길을 건너야만 되는 것이었다. 그런데 그들이 철로 궤도를 건너가기 전에 굼벵이 기차가 털거덕거리며 달려왔다. 그들은 거기 서서 그 기단 차가 지나가도록 기다릴 수밖에 없었다. 머슴애가 지게를 내려 길

가에 받쳐놓는 것을 본 처녀는,

"길득아, 아버지 집에 계시니?"

하고 물어봤다.

"안 계셔유."

하고 길득이는 어색한 웃음을 지으면서 대답했다. 처녀는 아미[20]간을 찌푸렸다.

'아차, 공연히 물어봤구나.' 하고 처녀는 후회했다. 그리고 또 불쾌했다. 이 머슴애까지도 아버지의 절제없는 생활을 비웃는 것이 아닌가 하는 생각이 나서 부끄럽기도 했다. 그래서 그녀는 그 이상 더 묻지 않으려고 입을 다물어 버렸다. 길득이는 아씨가 또 무슨 말이든지 물어보기만 하면 — 하, 길득이가 이래 뵈두 모든 일을 다 잘 알구 있답니다 — 하는 듯이 주욱 늘어지게 대답을 하려고 기다렸으나, 아씨가 다시는 물을 생각이 없는지 고개를 돌려 버리는 것을 보자 그만 조그만 실망을 느끼면서 길가 풀포기를 두어 번 툭툭 차보고는 입을 헤벌리고 서서 덜컹거리면서 천천히 지나가는 기차를 열심으로 쳐다보고 있었다.

그 긴 기차가 다 지나간 후 다시 걷기 시작한 그녀는 사방을 휘휘 둘러봤다. 사방 모두 낯익은 산, 낯익은 언덕, 낯익은 밭과 논, 낯익은 초가집들, 낯익은 홰나무[21]들이었다. 그런데 웬일인지 오늘에는 이 모든 것들이 전에 없었던 새로운 아름다움을 가지고 자기의 돌아옴을 맞이해주는 것처럼 느껴졌다. 이전에는 즉 작년 여름까지도 방학 때 집으로 내려오며 보았던 이 모든 낯익은 것들이 어째 거칠어 보이고 초라해 보이고 추해 보여 마음에 들지 않았었다. 그래서 언제나,

"아이구, 이 시골 구석!"

---

20 아미 : 누에나방의 눈썹이라는 뜻으로 가늘고 길게 굽어진 아름다운 눈썹을 이르는 말.

21 홰나무 : 높이가 25~30m 되는 낙엽 활엽 교목, 꽃과 열매는 약재로 쓰이고 목재로도 쓰인다.

하고 일종 낙망하는, 일종 경멸에 가까운 탄식을 발하곤 했었다. 그런데 유독 이날에는 어찌된 일인지 이 '시골 구석'이 몹시 아담스러워 보이는 것이었다.

"참, 아름답구나!"

하고 그녀는 저도 모르는 사이에 감탄사를 발했다. 그녀는 이 심경의 변화를 인식은 하면서도 그것을 분석해보려고 하는 생각까지에는 의식이 미치지를 못하였다.

언덕 위에 올라서니 용천골 온 동리가 빤히 건너다보였다. 조그만 초가집들이 마치 대자연의 피부에 헌데가 났다가 딱지 않은 모양으로 불규칙하게 수십 호 토닥토닥 붙어 있고, 저편 산기슭 좀 떨어진 곳에 커다란 기와집 한 채가 너무나 유난히 크게 보였다. 그 기와집 대문 밖에 희뜩희뜩 점을 찍은 것처럼 보이는 서너 사람의 모양을 발견하자 이 처녀의 가슴은 뭉클했다.

'불쌍한 어머니!'

하고 그녀는 가늘게 한숨을 쉬고 나서 걸음을 빨리하기 시작했다. 동리 안에 들어서자 그녀의 걸음은 거의 달음박질이 되었다. 대문 밖에 서성거리고 있는 몇 사람 중에서 자기 어머니를 발견한 그녀는 파라솔을 얼른 접으면서,

"어머니!"

하고 크게 부르며 뛰어갔다.

"오, 영순아!"

어머니의 대답은 이렇게 간단했다. 그리고 어머니가 딸 영순이를 붙들고 대문 안으로 들어갈 때 그녀의 두 뺨으로는 눈물이 죽죽 흘러내렸다. 영순이는 어머니의 이 울음의 뜻을 이해한다고 생각했다. 어머니가,

"오, 영순아!"

하고 부르고 나서 우는 울음은 어머니의 일생 동안 엉키고 엉킨 슬픔과 원망과 고민을 한꺼번에 쏟아놓는 것이라는 것을 딸은 너무나 잘 알고 있는

것이었다.

'오, 영순아!' 라는 한마디 말은 곧, '네 아버지는 또 새 첩을 얻어놓고 늘 거기 가 사신단다.' 라는 하소연도 되고 또, '나는 단지 너 하나만 바라고 산다.' 하는 애원이었으며 또, '아니 그래, 이 외로운 어미에게 편지도 자주 않고 그런 법이 어디 있니?' 하는 원망도 되며 또는, '자, 어서 오너라. 기다렸다.' 하는 환영사도 되는 것이었다.

방에 들어간 영순이는 고리짝을 열고 서울서 사가지고 온 선물 꾸러미를 뒤졌다. 아버지께 드리려고 사온 손수건 꾸러미를 쳐들고 한동안 눈여겨 들여다보던 그녀는,

"아이구, 아버지두 원!"

하고 탄식하면서 그 꾸러미를 고리짝 속으로 도로 내동댕이치고 말았다. 잠시 더 부스럭거리던 그녀는 금방 쾌활하고 명랑한 목소리로,

"어머니, 어서 와서 서울 양과자 좀 잡수어보셔요. 그리구 이 저고릿 감 어머니 맘에 드시는지두 보구."

하고 외쳤다.

며칠 동안 영순이는 이해할 수 없는 이상스런 감정의 지배 밑에 살아왔다. 과거에 언제나 고향집으로 돌아올 때마다 느꼈었던 마음의 평정을 웬일인지 이번에는 느낄 수 없는 그녀였다. 항상 어수선하고 잠시도 조용해보지 못하는 기숙사 생활에서 해방되어 아늑하고도 고요한 고향 집 안방을 돌아온 때 그녀는 언제나 몸과 마음의 안식을 누릴 수 있었다. 그런데 이번 방학에는 무슨 일로 이렇게 안절부절 못할까?

'부모님의 불화 때문일까?

하고 그녀는 스스로 물어봤다. 그러나 그것만은 아니라고 스스로 대답했다. 부모간 불화는 이번에 시작된 것이 아니요, 영순이 철이 들기 시작하면서 곧 인식한 것이었다. 아마 영순이가 세상에 태어나기 전부터 부모의 갈등은

있어 왔을는지도 모를 일이었다. 어머니는 몇 번이나 어린 영순이를 끌어안고 "영순아, 영순아!"를 수없이 부르면서 눈물을 흘리곤 했던고!

몇 번이나 영순이는 이번 모양으로 방학이면 내려올 때 아버지께 드린다고 선물을 사가지고 왔다가도 방학내 아버지를 못 뵙고 선물을 고리짝 속에 그냥 두어두었다가 개학 때 다시 짐을 꾸리게 된 때 그걸 꺼내서 방 아무데나 내던지고 다시 서울로 올라가곤 했던고!

"불쌍한 어머니!"를 부르면서 한숨 쉬고 눈물짓기 무릇 몇 번이었던고!

그러나 이런 검은 구름이 오랫동안 계속하여 젊은 영순이의 머리를 점령하고 있지는 못했었다. 그녀가 대문 밖에 나서기만 하면 검은 구름은 가버리고 머리 속이 활짝 개어 기쁨과 호기(好奇)와 쾌활로 가득 차게 되곤 하는 것이었다.

동무들을 만나 서울 자랑을 하거나, 뒷산 시내를 따라 내리며, 조약돌을 줍거나, 뙤약볕을 헤가리지 않고 참외밭을 헤매거나 할 때 그녀는 마음의 평화와 행복을 느끼는 것이었다.

그런데 이상한 것은 이번 여름에 와서는 그녀가 해마다 방학 때 가졌었던 모든 재미스런 장난과 놀이에서 아무런 취미도 느끼지 못하고 쾌락도 맛보지 못하는 것이었다. 마음이 언제나 들떠 있는 것이었다. 동무들과 모여 앉아서 서울에는 자동차가 얼마나 많이 다니고, 또 말까지 하는 활동사진이 새로 상영되었는데, 미국 말은 잘 알아들을 수 없으나 전화 따르릉 소리를 들을 수 있는 신기스런 일, 그리고 요새에는 어떤 얼룩무늬가 있는 치마가 유행이라는 것 등을 이야기하고 있다가도 가끔 자기 이야기 줄거리를 잃어버리고 잠시 멍하니 앉아 있곤 해서 재미있게 듣고 있던 동무들을 웃기곤 하는 것이었다.

밤에 뜰에 멍석을 깔고 다림질하고 있는 개똥어미의 구수한 이야기에 귀를 귀울이고 있다가도 저도 모르는 사이에 실실이 피어오르는 모기쑥 연기를 멀거니 바라보고 있다가, 다른 여인들이 웃는 소리를 듣고야 번쩍 정신을 차려서 개똥어미가 무슨 소릴 했길래 모두들 저렇게 웃는가 하고 머리를 갸웃해보곤 하는 그녀였다. 그동안 자기가 무슨 딴생각에 잠겨 있었는가를 회상해보면 아무것도 생각나지 않는 것이었다.

이 들떠 있던 마음이 쇠뭉치로 한 대 얻어맞은 것처럼 철썩 내려앉는 중대한 경험이 머지 않은 며칠 후로 그녀를 기다리고 있은 것이었다.

어떤 날 아침, 조반을 먹고 난 영순이는 그때에 배달되는 신문을 뒤적거리고 있었다. 언제나 서울보다 이틀 뒤늦은 신문이었다. 최근 그녀는 신문을 집어들 때마다 저도 모르게 손가락이 바르르 떠는 습관이 생겨졌었다. 더구나 그녀가 신문에 이렇듯이 심한 관심을 느끼게 된 것은 이번 방학에 처음 생긴 일이었다. 이전에는 그저 대강대강 제목이나 훑어보고는 내버리던 신문을 이번 방학 내려와서는 매일매일 첫면부터 끝면까지 숙독하는 것이었다. 신문을 펴들 때마다 어쩐 일인지 그녀의 마음은 더한층 들뜨는 것 같았다. 언제나 흥분된 감각으로 신문을 대하게 되고 다 읽고 나서는, 또 웬일인지 기대했던 무엇을 발견 못한 것처럼 오랫동안 시무룩해 앉아 있곤 했었다.

그런데 이날 아침 신문 삼면을 펼치다가 가슴이 내려앉는 것 같은 마음의 동요를 느끼는 그녀의 눈은 그 지면 위에서 분주히 돌아가고 있었다.

'어디 있나? 없나? 있나? 없나?

그녀의 가슴은 뛰놀고 눈은 지면 위를 분주히 오르내렸다. 이윽고 그녀의 눈은 지면 위 어떤 한 줄에 얽어매어진 듯 고정되어버렸다. 그녀의 숨소리도 잠시 끊겼다. 잠시 후 안도의 한숨을 쉬는 그녀는 신문을 방바닥에 펴놨다.

"늦은 봄 풍경, 늦은 봄 풍경?"
하고 그녀는 거듭 소리내어 읽었다.

"늦은 봄 풍경, 박병직 작. 특선."
하고 그녀는 또 읽었다. 그러나 〈늦은 봄 풍경〉이라니? 이상하다. 〈희망의 봄〉이라고 그이가 말하지 않았는가. 화제가 왜 달라졌을까?

하여튼 지금 그녀의 가슴속에는 형언할 수 없는 희열이 벅차게 솟아오르고 있는 것이었다.

'특선, 박병직 특선! 아, 아!'

그녀는 문 밖으로 뛰어나갔다. 뒷산 위로 그녀는 뛰어 올라갔다.

소나무와 구름 핀 하늘과 쑥밭과 딱딱거리며 날아다니는 메뚜기 — 이런 모든 것이 새로운 아름다움, 새로운 뜻을 가지고 영순이의 마음을 즐거움으로 가득 채워주는 것이었다.

도랑도랑 흘러내리는 작은 시내가 얼마나 더 아름답게 보이고, 얼마나 더 신비스럽게 보이는가! 그녀는 그 시내 옆에 앉았다. 도랑도랑 흐르는 시냇물 소리가 금시 사람의 목소리로 변했다.

"아, 아름다운 인생이 어찌하여 아름다움을 못 찾고 헤매고 있습니까? 그건 눈을 뜨고도 장님이 되었기 때문이요, 귀를 가지고도 귀머거리가 되었기 때문이지요."

산속 도랑물이 어쩌면 그이처럼 이런 말을 하면서 흘러내릴까?

"참된 화가는 참된 시인(詩人)이 되지 않으면 안 되는 것입니다."

하고 시내는 또 말하는 것이었다. 영순이는 시냇물을 말끄러미 들여다봤다. 이 물 흐르는 소리가 어쩌면 그이 목소리와 꼭 같고 또 그이가 하던 말을 신통히도 그대로 옮기고 있을까?

"그런 의미에 있어서 동양화가 서양화보다 더 발달되고 더 고상하다고 볼 수 있습니다. 그러나 동양화도 근래에 와서는 타락되고 퇴보되고 말았습니다. 벌써 옛날 8세기, 중국의 위대한 화가들은, 화가의 참된 의의는 자연을 복사하는 데 있는 것이 아니라는 것을 이미 깨달아서 그들이 직접 실행하면서 또 후진을 가르쳤습니다. 그랬던 것이 중간에 그만 타락해 버렸지요. 현재에 이르러서는 얼마나 타락해버렸는지 자연의 복사에서도 한 걸음 더 퇴보해서 옛날 화성(畵聖)[22]들의 그림을 모방하고 흉내 내는 놀음에 만족하는

---

22 화성(畵聖) : 매우 뛰어난 화가를 높여 이르는 말.

지경에까지 이르렀단 말입니다. 참, 한심한 일이지요."

영순이는 두 손 다 가슴에 얹고 눈을 감았다. 그렇지, 바로 한 달 전에 그녀는 병직이에게서 이런 말을 들은 일이 있었다. 그때에도 그녀는 가슴에 손을 얹고 눈을 감고 있었었다.

"어디 그뿐입니까? 현재 우리 나라 다른 예술 부문도 모두 마찬가지지요. 서울서 열리는 어느 음악회고 가보십시오, 참, 음악회에 자주 가시나요?"

영순이는 그때 말없이 고개만 까딱까딱 했었다.

"그 어느 음악회에서 참된 음악 예술의 창조를 들어본 기억이 있읍니까? 기껏 잘 한다는 것이 옛날 유명하다는 음악가를 흉내내다가 마는 것 외에 아무런 새로운 창조도 없지요. 흉내라는 것은 제아무리 완전하게 잘 낸다고 하더라도 그것이 참된 예술 창작이 될 수는 절대 없는 것입니다. 참된 예술이 되려면 거기에는 반드시 새로운 견해, 새로운 해석, 새로운 창작이 있어야만 된다고 나는 믿어요."

이 말을 들을 때 영순이는 자기가 음악회는 꽤 부지런히 쫓아다니면서도 이런 평을 듣는 일은 처음이라고 생각했다.

"그림도 마찬가지입니다. 전람회, 요새 소위 미술 전람회라는 걸 가보면 출품 출품 전부가 천편일률로 옛날 그림을 흉내낸 것, 흉내도 덜 된 것들을 쭉 걸어놓고 바로 무슨 걸작이나 낸 이 뽐내는 사람들이 대부분이지요. 그런 설익은 모조품을 보는 것보다는 차라리 박물관으로 가서 고대 실물 그림들을 감상하는 것이 훨씬 더 의미 있고 가치 있는 일이지요."

이때 영순이는 불쑥 이런 말을 넣었었다.

"참, 요새 고서화 전람회가 있다는데 우리 생각에는 그까짓 옛날 것이 뭐 볼 만한 게 있을라구들 하면서 가보지 않았는데요, 내일이라두 그럼 가봐야겠군요."라고.

그러니까 병직이는,

"그렇지요. 꼭 가보도록 하세요. 옛날 그림, 그중에도 특히 동양화에서 우리는 극상의 예술적 창조를 발견할 수 있어요. 서기 14세기 중국 원(元)나라 때 이야기입니다. 중국의 유명한 화백 한 분이 이런 말을 한 일이 있었지요.

— "내가 참대를 그리는 것은 단순히 그때 내 마음속을 스치고 지나가는 순간적 정서를 표현하려고 함에 있는 것이니, 내가 그려놓은 참대가 실물과 꼭 같건 안 같건 내 상관할 바 아니다. 진정한 예술은 실물의 사생에 있는 것이 아니고 오직 내 마음속 생활을 정서적인 붓끝으로 화폭 위에 옮겨놓는데 있는 것이다."라구요. 이렇게 그분은 설파하셨읍니다. 이 얼마나 의미심장한 말입니까? 또 중국의 아주 이름 날린 시인 소동파[23]를 아시겠지요. 그 시인 소동파가 한 번은 참대나무를 그렸는데, 매듭은 하나도 안 그리고 그냥 밋밋하게 그렸더랍니다. 어떤 친구가 그 그림을 보고, "아니, 여보게. 어째서 이 그려진 대에 매듭이 하나도 없나?" 하고 물었더랍니다. 그러니까 소동파의 대답이 "허, 이 세상에, 아니 그래 대나무의 생명이 매듭에 달려 있나?" 하고 반문했대요. 참말 그렇습니다. 우리 화가들에게 잠언이 될 말씀이지요."

어쩌면 이 도랑물이 이런 말까지 그대로 옮겨놓을까? 그럼 그날 그때, 이 시냇물이 엿들었더란 말인가? 영순이는 얼굴을 붉혔다.

"우리 젊은 예술가들의 임무는 이 타락된 동양화를 건져내어 다시 살리고, 그와 동시에 서양화를 창작 예술로 지향시키는 그런 중대한 사명을 마음깊이 느끼는데 있는 것입니다."

이런 모든 이야기가 금방 새로 듣는 듯이 영순이에게는 생각되었다.

시냇물은 이때까지 아무 이야기도 안했다는 듯이 도랑도랑 바쁘게 바쁘게 흘러 내리고 있었다.

부시시 일어난 영순이는 두 손을 이 시냇물에 담갔다. 이 도랑물은 싸늘했다. 영순이의 마음은 지금 바쁘게 흐르는 시냇물보다도 더 바쁘게 서울을

---

23 소동파(蘇東坡, 1036~1101) : 중국 북송 때의 시인, 문학가, 화가, 정치가.

향하여 날아가고 있었다.

지루한 장마를 시골 집에 꾹 박혀서 겪는 동안 영순이는 기쁨과 고독이 번갈아 자기 마음을 사로잡는 것을 인식했다. 며칠 줄기차게 계속 내리쏟는 비에서 그녀는 여태 인식 못했었던 아름다움을 발견하는 것이었다. 더우기 석양녘 잠시 비가 그치고 해가 반짝 나는 것을 볼 때 그녀는 말로는 형용할 수 없는 아름다움과 희열을 가슴 속속들이 느끼는 것이었다. 그러나 바로 그 다음 순간 말할 수 없는 외로운 감정에 사로잡히는 그녀는 처절한 고독을 느끼는 것이었다. 이전에는 맛보지 못했던 이상스런 고독감. 공연히 아무 이유 없이 눈물이 핑 도는 쓸쓸한 생각!

어떤 밤에는 어머니가 잠든 후, 밤 늦게 혼자 마루에 나 앉아 어둠 속에 좌락좌락 내리는 빗소리를 들으면서 소리 없이 울고 또 울고 있는 자신을 발견하기도 했다. 한여름 뜨거운 공기가 두고두고 빨아올려 쌓아두었던 수분(水分)이 응결되어 비가 되어 걷잡을 새 없이 내리쏟지 않고는 못 배기는 것과 마찬가지로, 영순의 가슴속 깊이깊이 일생 두고 쌓이고 쌓였던 정열이 걷잡을 새 없이 넘쳐 나오는 것 같았다.

그녀는 울고 울면서도 속으로는 또 일종의 형언할 수 없는 행복을 느끼는 것이었다. 말할 수 없이 쓸쓸하고 고독한 심사가 그녀를 울리면서도, 그 울음이 다시 신비스런 요술을 피워서 그녀의 가슴 한구석에 어떤 희망과 그리움을 넣어주어 그 행복감이 차차 커져서 나중에는 도로 눈물이 되어 넘쳐흐르는 것이었다.

온몸이 송두리째 허공에 뜬 듯한 심한 고독감이 엄습할 때면 그녀는,

'어서 개학 때가 돼야지.'

하고 생각하는 것이었다.

'시골구석이니까 이렇게 갑갑하지. 어서 서울로 올라가서 동무들도 만나고, 응 그렇지, 전람회 구경도 가고. 특선! 내가 모델이 된 그림이 특선……

미완성

그런데 신문광고 보니 요새 단성사에서 〈장미는 왜 붉은가〉라는 영화를 한다고. 하필 왜 방학 때 그런 좋은 영화를 하나?…… 왕십리 나가는 길에, 요새 먼지 참 많겠다…….'

그렇게 지루하던 (이전에는 조금도 지루하지 않았었는데 어쩐 일인지 이번만은 몹시 지루한) 방학이 다 지나가고 개학 때가 다다랐다. 전에 없이 울렁거리는 가슴을 안은 영순이는 짐을 꾸리기 시작했다.

고리짝을 다시 꾸리려고 속을 뒤져보니 한구석에 서울 어떤 백화점 포장지에 싸여 노끈 맨 것이 풀리지도 않은 꾸러미가 있었다. 아버지께 드리려고 손수건 한 떠즌을 사가지고 내려왔던 것인데 이때까지 고리짝 속에 그냥 파묻혀 있었던 것이다. 이전에도 몇 번 그렇게 한 양, 영순이는 그 꾸러미를 집어내 방 윗목에 던지고 나서 가을과 겨울옷을 포개넣기 시작했다.

옷을 한 가지씩 포개 넣고 있던 그녀의 손이 갑자기 멈칫 섰다. 잠시 멍하니 앉아 있던 그녀는 무릎걸음으로 윗목까지 가서 아까 팽개쳤던 손수건 꾸러미를 도로 들었다. 그녀의 환한 얼굴에는 홍조가 들었다. 조심스레 밖을 내다본 그녀는 얼른 고리짝께로 돌아가 포개어 넣은 옷을 들치고 그 꾸러미를 깊숙히 옷갈피 속에 넣었다. 그리고 나서 무슨 죄나 지은 사람처럼 다시 밖을 조심스레 내다봤다.

영순이는 전람회장에 나타났다. 혼자였다. 한 화폭 앞에 오래 서 있지 않고 대충대충 보며 전람회장 전부를 한바퀴 돈 그녀는 얼굴을 찌푸렸다. 알 수 없는 일이었다. 신문에 특선 작품이라고 발표된 박병직의 그림을 그녀는 발견하지 못한 것이었다.

어떻게 된 일일까? 그 그림은 전람회에 출품하기 전 영순이 자신이 수삼차 보았던 그림인 만큼 제아무리 수백 폭 그림 틈에 걸어놨다 할지라도 그녀의 눈에는 대번 띄었을 것인데. 그뿐 아니라 그 그림은 보통 그림과는 근본적으로 다르기 때문에 처음 보는 사람의 눈에도 유난하게 보일 것인데.

즉 그 그림에는 주먹만큼 큰 움이 그려져 있었고, 사람의 머리보다도 더 큰 눈(이 큰 눈은 기실 영순이 자신의 눈을 확대해 그린 것이었는데, 눈만을 그렇게 크게 그린 이유는 그 눈이 청춘의 희망과 동경(憧憬)을 상징하는 것이라고 그이는 그때 설명해주었었다), 그리고 또 호미를 든 남자의 팔뚝 근육이 엄청나게 크게 화면 한쪽에 나타나 있었다.

영순이는 뒷걸음치면서 '특선'이라는 금빛 쪽지가 달린 그림만 눈여겨 들여다봤다.

'특선, 화제(畫題), 작가의 성명, 출생지' 등이 적혀 있는 쪽지를 하나씩 주의깊게 보며 지나가던 그녀의 눈은 세째방 한가운데 우뚝 섰다.

'특선, 〈늦은 봄 풍경〉, 박병직, 경성(京城)'이라고 씌어 있는 쪽지가 달린 그림 앞에 그녀가 선 것이었다.

그렇다, 쪽지로 보면 틀림없이 병직의 특선 작품이었다. 그러나 이 그림은 영순이가 본 일이 있는 〈희망의 봄〉과는 아주 딴판이었다. 적이 실망을 느끼는 영순이는 멍하니 서서 그 그림을 한참 들여다 봤다. 아무리 보아도 그 방에 전시된 수십 폭 다른 그림들과 마찬가지인 평범한 풍경화에 지나지 않는 것이었다.

이해할 수 없는 일이었다. 그럼 그이의 이념은 공염불²⁴에 불과한 것이었던가? 새로운 신념이니 해석이니 상징이니 예술관이니 하고 떠들어댄 그의 말은 결국 공허한 이야기 거리에 지나지 않았던 말인가? 그이 역시 평범한 도화선생에 지나지 않는단 말인가? 영순이 자신에게서 인스피레이슌을 받아 독특한 상징적인 걸작을 그릴 수 있었노라고 말한 것은 그의 한때 장난에 불과했던 것인가? 그러나, 영순이는 자신의 눈으로 그 〈희망의 봄〉이라는 그림이 완성된 것을 똑똑히 본 기억이 있지 않은가? 그 그림은 어떻게 되고 그 대신 딴 그림이 나와 걸려 있는걸까? 도시 모를 일이었다.

---

24 공염불(空念佛) : 실천이나 내용이 따르지 않는 주장이나 말.

영순의 눈에는 언뜻 눈물이 핑 돌았다. 그럼 그이는 날 놀려준 것인가? 그 자리에 더 오래 있고 싶지 않은 그녀는 발걸음을 빨리하여 나와버렸다.

길 걸으며 곰곰이 생각해보니 그림을 대치(代置)[25]한 데는 필연코 무슨 곡절이 있으려니 하고 생각되었다. 그이를 만나면 무슨 설명이 있겠지. 아니 설명이 있건 없건 그이를 무조건 만나보고 싶었다. 방학 동안 여름내 그녀는 병직이를 만나보고 싶어 하지 않았는가!

그러나 딱한 일로 영순이는 병직의 주소를 몰랐다. 왕십리 전차 종점 근처 어디라는 것밖에 몰랐다. 그들이 만나기는 여러차례 만났으나 만난 장소는 언제나 왕십리 밖 한강 가 둑 위였었고, 시내로 돌아올 때에는 언제나 전차 종점 정류장까지만 동행해 와서 병직이는 으례히,

"저 사는 데는 바로 요 근처니까 전 걸어가겠습니다."

하는 말만 던지고 헤어지곤 했었다. 저도 모르는 새 영순이는 어느덧 황금정행 전차를 탔고 또 두 구역 표를 찍어든 자신을 발견하곤 했었다.

울렁거리는 가슴을 안은 영순이가 낯익은 둑에 다다랐을 때 거기에는 아무도 없었다. 병직이가 꼭 와 있으리라고 기대하고 온 것은 아니었지만, 막상 그의 자태가 보이지 않을 때 뼛속까지 스며드는 실망감과 고독감을 느끼는 그녀는 인연깊은 바위 위로 올라가 서서 앞을 내다봤다. 아름답고 정든 꿈을 담뿍 실었던 그 봄날 풍경은 사라져 버리고 가을날의 호젓하고 쓸쓸한 분위기가 그녀의 몸과 마음을 휩싸는 것이었다. 강 건너 멀리 병풍처럼 삥 둘린 산줄기는 유난히도 침침해 보이고 그 위 하늘은 9만리도 더 높게 보였다.

"영순 씨!"

금방 낯익은 목소리, 여름내 그리던 그 목소리가 이렇게 불러줄 것만 같아서 몇 번이나 몸을 흠칫흠칫 떨었으나 거기에는 오직 늦더위 풍기는 무거운 공기가 흐를 뿐이었다.

---

25 대치 : 다른 것으로 바꾸어놓음.

어쓸해질 때까지 영순이는 바위 위에 앉아 있었다. 언덕 밑으로 쉴 새 없이 흘러내리는 강을 들여다보기도 하고, 결실의 자랑으로 흐늑거리는 강 건너 들판을 바라보기도 하며 우중충한 먼 산을 바라보면서 그녀는 몇 번이나 얼굴을 붉혔는지! 몇 번이나 조심스레 뒤를 돌아다봤는지! 그러다가 강 건너 포플라나무 그림자가 열 발도 더 되게 길게 곡식 위에 가로 누워 있는 것을 바라보면서 그녀는 하염없이 울었다.

그날 이후 영순이는 매일 방과 후에는 반드시 왕십리행 전차를 탔다. 그녀가 서울로 돌아온 목적이 학교에 다니기 위해서인지, 오후마다 왕십리 밖 강가로 나가보는데 있는지 알 수 없었다. 더구나 그녀의 지금 하루하루 생활은 꿈속 같아서, 하루 지나고 나서 그날 일을 회상해보려고 하면 아무것도 생각나지 않고 단지 왕십리 밖 강가 언덕 위, 바위 위에 홀로 앉아서 하염없이 기다리고 기다리는 고독 · 희망 · 불안 · 낙망, 또는 서글픔만이 기억에 남아 있는 것이었다.

일요일이 왔다. 영순이는 점심 두 사람분을 싸가지고 혼자 아침부터 왕십리 밖 언덕으로 갔다. 바위 위에 혼자 앉아 기다려야만 될 것 같고, 아무리 기다려도 병직이가 나타나주지 않을 것 같은 절망감과, 오늘이 일요일인 만큼 그가 반드시 오리라는 희망이 교체되는 안타까운 심정이었다. 혹시 그가 나와 서로 만나게 되는 경우, 영순이 자신이 매일 나와 기다렸다는 눈치를 보여서는 안 되겠다고 생각하기도 했다. 될 수 있는 대로 태연한 태도를 가장하여 이 일요일 소풍 나왔다가 우연히 만나는 것처럼, 여름내 잊어버리고 있었던 사람을 뜻 아니한 날 우연히 만나는 것처럼 꾸며야 되겠다고 그녀는 마음 먹었다. 그러면서도 그녀의 마음은 한 초도 쉬지 않고 기대와 초조로 울렁거렸다. 마음을 진정시켜 보려고 그녀는 들국화를 꺾어 모으기 시작했다. 그러나 부지중 그녀는 꽃잎을 하나씩 뜯으면서,

"오신다."

"안 오신다."

하고 점치고 있는 자신을 발견했다.

"오신다."

"안 오신다."

하면서 꽃잎을 한 개씩 뜯다가 마지막 서너 이파리만 남는 때 눈짐작으로 마지막 잎이 '오신다'에서 뜯어지게 되면 신바람이 나서 한 잎씩 똑똑 뜯고는 안도의 한숨을 쉬고, 눈짐작으로 '안 오신다'에서 뜯어질 것 같으면 살그머니 골을 내고 그냥 내던지곤 하였다.

마지막 잎이 '오신다'에서 뜯어질 때마다 그녀는 '오시면 무엇이라고 인사 드려야 하나?' 하는 궁리에 잠기곤 했다. 일어서서 절하나? 그냥 앉아서 서양식으로 악수? 아니 아니, '안녕하십니까?' 하고 말로 인사해야지. 싱겁다. '축하합니다.' 그렇지 그것이 제일 무난하지.

"축하합니다, 선생님." 하고 그녀는 얼결에 소리내어 한 번 연습해봤다.

그러자 뒤에서,

"무얼요, 그까짓걸."

하는 목소리!

영순이는 벌에게 쏘이기나 한 듯이 후두닥 일어섰다. 헛개비 소리를 들은 것이 아닌가? 그러나 이 목소리는 그녀가 여름내 고향 뒷산 시냇물 흐르는 속에서 듣고 또 들은 그리운 목소리였다.

"그까짓 것을 무얼 축하까지 할 것 있읍니까? 도리어 부끄러운 일인데요."

이 목소리는 분명 헛개비 소리가 아니었다.

영순이는 고개를 돌렸다. 빙그레 웃으며 서 있는 병직이를 보자 그녀의 몸은 떨렸다. 그녀는 허리 굽혀 절도 못하고 서양식으로 손을 내밀지도 못하고 맞대고 다시, '축하합니다' 소리도 못하고 등신처럼 그 자리에 주저앉아 버리고 말았다.

병직이는 그녀 옆에 앉았다.

"방학에 고향에 내려가셨었지요?"

하고 병직이가 물었으나, 지금 영순이의 머리 속에는 세상 무엇보다도 출품한 그림에 대한 실정을 알고 싶은 욕망으로 차 있었다. 언뜻 그녀는,

"그 그림은 다시 그려서 내셨어요?"

하고 물었다.

"그 그림 보셨나요?"

"예."

"아주 엉망이지요. 낙망하셨지요?"

"왜요, 특선 아니에요!"

하고 말하는 영순이는 병직이의 얼굴을 똑바로 쳐다보면서 생긋 웃었다.

"특선? 하!" 하고 배앝는 병직이의 목소리에는 자조(自嘲)²⁶가 깃들어 있었다. 놀란 영순이는 웃음을 걷고 정색하여 병직이를 바라봤다.

"특선에 틀림없습니다. 그러니까 더욱더 젬병이지요…… 사람이란 예술가가 되기 전에 우선 밥을 먹어야 살 수 있는 동물입니다. 이것이 비극입니다. 밥을 먹고야 그림도 그릴 수 있고, 하."

'특선'과 '밥'의 연관성을 얼른 포착하지 못하는 영순이는 잠잠히 병직이의 얼굴 표정을 살피며 그 다음 말이 나오기를 기다렸다.

"사실대로 말씀드리자면 그 그림을 출품하기에는 양심이 간지러운 걸 꾹 억누르고 그냥 내놓은 것입니다. 현재 우리 사회는 참된 예술을 감상할 줄 아는 사회가 아니기 때문에, 극히 통속적인 심사원들의 심사를 거쳐 입선 혹은 특선이라는 도깨비 감투를 써야만 그 화가의 존재를 인정해주고 또 숭배하는 사회죠. 특선이라는 감투를 써야만 그림이 팔리고 그 돈으로 밥을 먹을 수 있게 되죠. 참된 예술품은 밥법일 못 하구요. 그러나……" 잠시 말을 끊고 긴 한숨을 쉬고난 병직이는 다시 말을 이었다.

---

26 자조(自嘲) : 자기를 비웃음.

"그러나, 그러나, 나는 믿습니다. 믿고 싶습니다. 영순 씨만은 특선 감투를 뒤집어쓴 그 봄 풍경화보다도 내 생명의 한 부분이 된 〈희망의 봄〉을 더 높이 평가해주시리라고…… 나는 꼭 믿고 싶습니다. 온 세계가 다 이해해주시 못한다 할지라도 영순 씨만은…… 세상 전체가 무지와 암흑으로 가득 차 있다 할지라도 오직 영순 씨만은…… 아, 참 여름 동안 무척 뵙고 싶었어요."

마지막 한 귀를 입 밖에 내는 데 어지간히 힘이 들었는지 숨가쁜 말을 하는 것이었다.

영순이는 얼굴을 붉히고 가슴이 들먹거릴 뿐! 한참 동안의 침묵이 흘렀다. 이 침묵과 함께 영순이의 영혼은 어떤 보이지 않는 줄의 끌림을 받아 병직이에게로 점점 더 가까워지는 것 같은 느낌을 얻었다. 이대로 좀 더 가다가는 자제력을 잃어버리고 병직이의 무릎 위에 머리를 박고 울며 쓰러질 것 같은 공포를 느끼는 영순이는 침묵을 깨뜨리기 위해,

"그럼, 〈희망의 봄〉은 댁에 그냥 두어두셨나요?"

하고 물었다. 병직이는 나직막이,

"어둑신한 하숙방에 갇히어 있지요."

하고 대답했다.

"그럼, 그 그림 저 좀 보여주시겠어요, 선생님?"

20분 뒤 그들은 전차 정류장까지 다다랐다. 병직이가 앞서서 전차에 타려고 하는 것을 본 영순이는,

"아니, 댁이 바로 이 근처라면서. 우리 걸어가요." 하고 말했다. 웃는 병직이는 말했다.

"걸어가려면 두 시간 걸려야 되는 걸요. 특선 감투 덕택으로 지금 나에게는 전차 탈 수 있는 돈이 생겼어요. 자, 어서 타고 가십시다."

대한의 얼

가을은 하늘이 높아지고 말이 살찌는 계절이라고 누구나 다 말한다. 높고 맑은 하늘을 마음껏 바라볼 수 있는 들과 산으로 어깨 나란히 흙을 밟으며 거닐 수 있는 이 계절이야말로 사랑하는 남녀의 가장 행복스러운 때라고 하지 않을 수 없다.

더구나 살찐 말 몸집의 곡선미를 감상할 줄 아는 화가의 가슴에, 여름 더위에 낮잠 자듯 누워 있었던 창작욕이 굴레 벗은 말처럼 호탕해지지 않을 수 없었다.

토요일 오후와 일요일 종일!

벌써 아득하게 생각되는 학창 시대에는 그렇게도 기다려지던 토요일과 일요일이었으나, 학창을 떠난 이래 지금까지의 병직이의 생활에 있어서 주말이고 무어고 간에 별다른 의의 없이 평범하기 짝이 없는 나날이었다. 그러나 이번 가을에는 토요일과 일요일은 그가 학창 시대 기다리던 정도 이상으로 기다려졌고 또 새로운 흥분과 기쁨을 주는 주말이 되었다.

병직이가 화구를 들고 교외로 나가면 영순은 그림 그리는 구경이 꼭 하고 싶다고 나서서 둘이는 나란히 걷게 되었다. 그리하여 날이 감을 따라 병직이가 그림 그리는 날보다 두 사람의 산책으로 끝나는 날이 더 많아지게 되었다.

간혹 캔버스를 펼쳐놓기는 하여도 붓을 든 병직이의 손은 주워섬기는 이야기 손짓을 따라 허공에 불규칙 선과 원을 그리는 데 끝나기가 일쑤였다.

이야기는 무슨 이야기가 그리 많은고. 병직이가 하는 얘기나 영순이가 하는 얘기나 그 모두가 지금 그들에게는 재미없는 것이 없었다. 더구나 병직이에게는 그가 한참 신이 나서 주절댈 적에 영순이의 맑은 목소리가,

"어머나!"

"원, 저런!"

"아이, 선생님두!"

하는 화답으로 응해줄 때 그녀의 목소리는 가장 듣기 좋은 음악이 되었다. 주말을 빼논 닷새 동안에는 병직이 혼자서 들과 산을 거닐었다. 지난번 영순이와 함께 걸었던 노정을 따라 다시 혼자 거니는 병직이는,

'여기서는 방긋 웃었겠다.'

'이 시냇물을 깡충 넘어뛰면서 까르르 웃었겠다.'

'여기서 살짝 얼굴을 붉혔지. 그때 내가 무슨 소릴 했었나?' 생각하면서 지나간 행복을 되씹는 것이었다. 그가 그 이튿날, 또 그 이튿날, 또 그 이튿날도 꼭 같은 자리로 가서 혼자 앉거나 누워서 하늘을 쳐다보고 있을 때에는 그가 일찍 경험해 본 일이 없는 지독한 고독을 느끼는 것이었다. 그러다가는 문득 바로 옆에 영순이가 나타나서 생긋 웃고 있는 것 같은 착각이 생겨서 급히 고개를 돌려보는 그의 옆에는 아무도 없고 오직 애솔[27] 몇 그루가 귀머거리인 양 우두커니 서 있는 것을 발견하곤 했다. 그럴 때마다 그는 그 애솔 가지를 한번 휘어잡아 보곤 하는 것이었다.

그러면서 그는 언뜻 자기의 관찰력이 어떤 비상한 변동이라고 할는지, 혹은 진전이라고 할는지 하여튼 이전과는 많이 달라진 사실을 인식하기에 이르렀다. 과거에 있어서 그가 자연을 관찰하고 감상하는 눈에는 단지 자연 자체의 선과 원의 색채와 아름다움이 비칠 따름이었다. 예를 들면, 솔잎에서는 첨단의 미를 찾는다면 구부정한 가지에서는 곡선미를 인식했고, 새로 열린 솔방울에서 약동 · 진취의 색채를 음미한다면 말라 떨어져 발길에 채이는 지난 해 솔방울에서는 퇴락 · 애수의 색채를 찾는 것이었다. 불꽃처럼 타오르는 단풍과 아직 푸른 빛깔을 잃지 않은 소나무에서 색깔의 대조를 감상하는가 하면, 회색으로 기어드는 황혼과 거무스름한 산맥의 연결에서 색채의 조화(調和)를 음미하는 정도뿐이었다. 그러던 것이 요새 와서는 잠시도 그의 마

---

27 애솔 : 어린 소나무.

음속 시야를 벗어나지 않고 어른거리는 한 새로운 선과 색채의 미를 너무나 강하게 인식하게 되므로, 이때까지는 자연 대 자연간 조화와 대조를 음미하는데 지나지 못했던 그의 눈은 지금 와서는 자연과 그 자연 위에 움직이는 동물들(그중에 특히 인류의 한 여성)의 조화와 대조에 크게 눈을 뜨게 된 것이다.

맞은 산 언덕에 타오르는 단풍의 강렬한 색깔을 바라볼 때 그의 마음 눈에는 펀뜻[28] 흑진주같이 까만 영순이의 머리칼과 백설같이 흰 저고리가 나타나서 그 색채들의 대조를 더한층 강하게, 더한층 선명하게, 더한층 아름답게 인식시켜주는 것이었다.

노랗게 말라버린 잔디밭과 먼지 이는 행길 흙에서 색채의 조화를 발견할 때에는 반드시 포동포동한 달걀 껍질 빛 손목이 그의 눈에 선하게 떠오르고, 꾸부정한 소나무에서 곡선미의 진수를 발견할 때에는 그의 마음 눈에는 영순이의 어깨와 허리 곡선이 연상되는 것이었다.

'자연만이 아름다운 줄 알았더니 지금 깨달으니 사람도 동물도 곤충까지도 아름답고나!' 하고 그는 새삼 느끼는 것이었다. 그러고 보니 갈[29] 해들인 뒤의 밭이랑을 내닫는 누렁이(개)가 뻗치는 다리 근육에서도, 또는 분주하게 겨울살이 준비하고 있는 작은 개미 한 마리의 잘룩한 허리에서도 그는 새로운 아름다움과 자연과 동물간의 조화를 발견하는 것이었다.

과거에는 거의 무의식하게 그의 눈에 비치었던 여러 계절의 색채의 대조와 조화들이 지금 와서는 새로운 의미와 새로운 아름다움을 가지고 그의 안광을 일깨워 주는 것이었다. 즉 봄날 복숭아꽃 아래 번득이는 하얀 치마, 여름날 비취처럼 빛나는 강물에 비치는 흰 저고리, 가을날 초가집 지붕 위에 불꽃보다 더 빨갛게 피어오르는 고추를 널고 있는 노파의 머리를 싼 흰 수건, 새로 쌓인 눈(雪) 위에 조심스레 내딛는 하얀 버선목[30] — 이런 광경들이

---

28 펀뜻 : 생각이나 기억 따위가 문득 떠오르는 모양.
29 갈 : '가을'의 준말. 벼나 보리 따위의 농작물을 거두어들임.
30 버선목 : 버선의 발목 부분.

새삼스레 그의 머리에 떠올라 이 나라 강산과 이 나라 사람들이 입는 흰옷과는 얼마나 잘 조화되는 예술적 소재인가를 절실히 느끼게 되었다. 이런 생각이 들자 병직은 자기가 입고 있는 거무튀튀한 양복 바지를 내려다보며, 소위 미술가로 자처하는 자기의 몸차림이 예술이란 글자도 들어보지 못한 시골 아낙네보다 얼마나 더 추잡하고 비예술적인가 하는 것을 느껴 스스로 쓴웃음이 나오는 것을 금할 수 없었다.

영순이가 탄 기차를 떠나보내고 횡다란 플랫폼을 혼자 도로 걸어나오는 병직이의 쓸쓸하고 허전한 감정을 무엇이라고 비교해 말할 수 없었다.

역 밖으로 나와 무심코 건너편 고층 건물들 지붕을 쳐다봤다. 어제 종일, 어젯밤 밤새도록 줄곧 내리다가 오늘 아침에야 멎은 눈이 거의 반 자 하얗게 쌓여 있었다.

겨울 방학이 되어 영순이가 고향으로 내려간 것이었다. 원래 겨울 방학에는 집에 가지 않는 것이 보통이었으나, 이번에는 어머님 병이 위중하니 다녀가라는 편지가 있어서 떠나간 것이었다. 고작해야 두 주일 후면 다시 만나게 될 줄 잘 알고 있건만 그래도 훌쩍 떠나보내고 나니 그 허전한 심사는 그가 일찍 경험해보지 못한 정도로 컸다.

푹푹 배기는 눈을 밟으며 병직이는 금화산으로 올라갔다. 언덕 별장 지대를 지나서 산 위에 올라서니 거기에는 눈이 한 자나 쌓여 있었다. 몇 개의 개 발자국 밖에 다른 발자국은 나 있지 않은 깨끗하고 평편한 눈 위에 자기 발자국을 깊숙깊숙 내면서 그는 츠적츠적 걸어갔다.

동쪽을 내려다보니 시가지에는 벌써 전등이 들어와서 거리 군데군데 희미하게 반짝이고 있었다. 돌아선 그는 애기 능(陵)을 바라봤다. 바로 자기 발 아래로부터 저쪽 애기 능 뒤 언덕까지 아무도 건드리지 않은 깨끗하고 흰 눈이 소북히 쌓여 있었다. 땅 위에, 엉성한 나무가지에, 새로 닦은 길 위에, 무더기로 쌓여 있는 돌더미와 재목 더미 위에 눈이 두텁게 쌓여 있었다.

병직이는 바로 며칠 전, 저 아래 백양나무 줄지어 서 있는 비탈길을 영순이와 함께 거닐었던 일을 머리 속에 다시 그려봤다. 그날은 온종일 눈이 오고 있었다. 땅을 살짝 덮은 눈을 밟으면 그 눈이 온통 구둣바닥에 묻어 올라오고 길 위에는 감고 뚜렷한 발자국들이 생기곤 했었다. 그러나 얼마 가서 뒤를 돌아보면 어느새 새로 내린 눈이 검은 발자국을 모두 덮어 버려서 오직 희고 맑고 윤택나는 눈만이 대지를 덮고 있었던 것이다. 그때를 다시 그리워하고 있는 병직이는 지금 그리로 내려가서 쌓인 눈을 헤치고 보면 그 밑에 영순이의 조그만 발자국들이 보일 것같이만 생각되었다.

석양 햇발이 양지 쪽에 쌓인 눈을 눈이 부시도록 잠시 빛내놓고는 금시 쫓겨가고 깊숙한 구렁텅이에서 갈색 어둠이 슬금슬금 기어나오면서 삽시간에 암흑이 대지를 싸고 말았다.

이 광경을 바라보고 서 있는 화가 병직이에게 번개처럼 빠른 어떤 인스피레이션순이 머리를 스치고 지나갔다. 실로 예기 못했던 장소에서 예기 못했던 시각에 잠깐 켜졌다가 사라지는 성냥개비 한 가치 불처럼 한 번 반짝하고는 곧 사라져 버리는 영감(靈感)! 이 순간적인 영감은 예술가의 힘을 빌어서야만 더 힘있게, 더 왕성하게, 더 빛나게 타오를 수 있는 것이다. 지금 병직이의 의식 속에 반짝했다가 깜박 꺼진 인스피레이션은, 그가 과거에 여기저기서 무의식중에 봐두었던 여러 가지 색채와 선과 원과 사건들이 그의 머리 속에 분산되어 잠재해 있다가 우연히 어떤 한 촛점을 중심점으로 모여들 때 이루어진 종합적인 인스피레이션이었다. 그동안 산만하게 널려있던 수많은 인상들이 사색 세계 속을 맴돌고 있다가 이 초점으로 집결될 때 이 점은 마치 화경[31] 초점에 불이 생기는 것과 마찬가지로 하나의 인스피레이션이 빛나게 되는 것이다.

이 깜박하는 인스피레이션을 얼른 붙든 병직이는 그 영감을 머리 속에 이

---

31 화경(火鏡) : 볼록 렌즈.

미완성

리 굴리고 저리 굴리고 했다.

우리나라 이 강산은 얼마나 아름답고 소박하냐! 영순이는 또 얼마나 아름답고 소박하냐! 이 소박하고도 아름다운 강산초목과 아름답고 소박한 인생의 조화는 한 폭의 소박하고 아름다운 그림으로 표현시키지 않아서는 안될 것이다. 지금 우리나라가 제아무리 거칠고 추억하다 한들 이 아름답고 소박한 강산만이야 영원히 빛나고 있을 것이 아닌가! 그리고 소박하고 아름다운 영순이, 아름다운 우리나라 여성의 마음씨야 영원히 빛나지 않으리! 그렇다, 물질보다도 정신, 육체보다도 마음, 아름답고 순박하고 자랑스러운 우리 민족의 혼(魂)! 이것만이야 영원히 빛나지 않으리오! 아 그렇고나. '대한의 얼!' 나는 이 대한의 얼을 화폭 위에 그려 놓을 임무를 가진 게 아닌가!

이런 생각이 들자 그의 추억은 한 달 전 어느 날로 줄달음쳐 올라갔다.

들국화의 쓸쓸한 목숨이 서릿발에 짓밟힌 지 얼마 오래지 않은 어떤 일요일에 병직이와 영순이는 서울서 기차로 서너 정거장 되는 행주산성을 답사한 일이 있었다. 산성 위로 올라가 잡초 속에 파묻혀 보일락 말락 하는 절반 깨진 기념비도 보고, 산허리에 서 있는 퇴락된 사당도 들여다보고 나서 강변을 오래 거닐었다. 걷는 동안 병직이는 권률 대장의 무용담, '행주치마'의 내력, 더 나아가서 임진왜란 역사와 비화 등을 저 아는껏 영순이에게 들려줬던 것이었다.

생각이 이에 미치자 병직이는,

'응, 그것을 그려야지. 행주산성을 배경으로 하고 그 비석이야 지금 둘로 쪼개져 있건 말건, 사람이 지어놨던 사당이 퇴락했건 말았건, 권률 대장 지휘하에 피를 아깝지 않게 흘린 수많은 갸륵한 혼들은 천추만대 길이길이 빛날 것이 아니냐! 또 그리고 이 땅 역사를 지키고 있는 온갖 충국 열사와, 메뚜기와 개구리와 뱀과 개미 떼들까지 영원토록 사라지지 않을 이 나라 영혼들. 이 땅을 자기들 피로 거름해놓은 이 민족의 얼. 이것은 한 폭의 위대한 '대한의 얼'로 나타낼 수 있으리라.'

하고 생각했다. 이런 감격에 깊이 잠겨 있는 병직이는 전신에 스며드는 추위도 감각 못하고 언제까지나 언제까지나 서 있었다.

영순이가 올라오면 그와 함께 한 번 더 행주산성을 답사해야지. 영순이가 이 위대한 그림의 모델이 되고……. 아, 영순이와 함께라면, 아, 영순이와 함께라면 이 그림은 반드시 성공할 것이다. '대한의 얼'이라는 횃불을 영순이와 함께 높이 쳐들 때 그 횃불은 이 나라 어두운 구석구석에 웅크리고 있는 온갖 추한 것, 더러운 것, 악귀들을 전율에 떨게 하여 추방해 버릴 것이다.

"만석꾼이란다. 아니, 만 석두 더 받는다더라. 일본 대학 출신이고. 지금 만원짜리 양옥 한 채를 짓는 중이라더라."

신랑조건으로 만점!

겨울 방학에 영순이를 집으로 불러내린 중요한 이유는 어머니 병환에 있는 것이 아니라 영순이의 아버지 눈에 가장 이상적인 사윗감으로 비친 만석군 부자 장태식과 영순이의 약혼을 급히 실현시키려고 하는 데 있었다.

"이 겨울에 약혼해두었다가 봄에 네가 졸업하는 즉시 식을 올리기로 했다." 하는 것이 아버지의 간단한 선고였다.

얼굴에 심술기가 약간 있지만 그래야 부잣집 맏아들 격에 맞는 것이고, 키는 좀 작은 편이나 그래야 싱겁지 않고, 학식은 더할 나위 없이 많고…… 이런 구체적인 설명은 그 후 어머니에게서 들은 것이었다.

어머니가 병환 중이라고 한 편지가 아주 거짓말은 아니었다. 사실 어머니는 독감으로 자리에 누워 계셨으나 밤에 영순이를 머리맡에 앉혀놓고 귀여운 생각에 가끔 바라보면서 사위 될 사람의 인품 이야기를 들려주는 기쁨에 어머니는 몸이 아픈 것도 잊어버리는 모양이었다.

"이마가 널찍한 게 사내답게 생겼더라." 하기도 하고,

"요새 신식 법은 시집가기 전에 처녀도 신랑 선을 우선 보는 법이라지. 해괴망측해. 허지만 그 사람이 자기 사진을 보내왔으니 좀 보렴." 하면서 반지

그릇[32] 밑에서 사각모 쓴 남자의 상반신 사진을 꺼내놓는 것이었다. 그리고는 또,

"신식이 참 좋긴 하다. 난 시집오는 날까지 너의 아버지 코빼기도 본 일이 없었고 시집 와서두 너무 부끄러워서 첫날엔 쳐다보지도 못했는데."
하고 말하며 웃기도 했다.

"그런데 말이다. 글쎄, 그 신랑이 영순이 너 아니면 다른 덴 죽어도 장가 안 들겠다구 그런데 누나, 내참!"
하면서 금시 얼굴이 빨개지는 딸의 얼굴을 사랑 가득 찬 눈으로 바라보기도 하는 것이었다.

그러나 영순이에게는 이 모든 이야기가 모두 무슨 뜻인지 얼른 인식되지 않았다. 처음 아버지께로부터 약혼 선언을 들었을 때, 그녀는 몽둥이로 머리를 얻어맞은 것처럼 머리가 띵해지고 말았었다. 이런 벼락이 과연 자기 몸에 내릴 수가 있을까? 악몽을 꾼 것 같기도 하고, 모두가 딴 얘기를 하는데 영순이 자기만이 여우에게 홀려서 이런 괴상스런 얘기로 들리는 것이 아닌가, 하고 생각되기도 했다.

"무어 그리 골똘히 생각할 것 있니! 너, 인제 복이 텄지. 곤할텐데 어서 잠이나 자거라." 하고 어머니는 말을 마쳤다.

불을 끄고 자리에 누운 영순이에게는 더한층 꿈속 같은 생각이 들었다. 그러나 종일 텅 비어 있었던 머리가 폭신한 베개 위에서 고요히 사색에 잠길 수 있는 기회를 얻게 되자 악착스런 현실이 조금씩 또렷한 인식을 일으켜 영순이를 괴롭혔다. 꿈속 같다가는 다시 현실로, 현실에서 다시 꿈속으로, 생각의 실마리가 떴다 잠겼다 하기를 여러 시간, 잠은 한숨도 못 자고 뜰에서 닭 우는 소리를 들을 때 그녀의 정신은 갑자기 맑아지고 것 같았다.

어렴풋이 들리는 듯했지만 명확히는 인식치 못했던 어머니의 가는 신음

---

32 반지그릇 : '반짇고리'의 방언.

소리가 코고는 소리로 변해진 것을 그녀는 인식했다. 이것을 똑똑히 인식하면서 그녀는 눈을 떴다. 어머니의 코고는 소리가 작년보다 무척 더 커진 것 같이 생각되었다.

방 안은 먹칠한 듯이 깜깜하지만 머리맡에 둘러친 병풍 윤곽을 어렴풋이 볼 수 있었고, 아랫목에 보이는 오무둑한 검은 뭉치는 코골며 잠든 어머니의 몸인 줄 알아볼 수 있었다.

눈을 번히 뜬 영순이는 병풍을 물끄러미 바라봤다. 그 병풍에는 그녀가 기어다닐 시절부터 매일 봐온 단조로운 풍경화가 그려져 있었다. 산도 있고, 갈밭도 있고, 낚시질 하는 백발 노인도 있으며, 폭포, 정자, 거기에다 자욱한 안개까지 끼어 있었다. 그러나 지금 이 어둠 속에서는 그림은 하나도 보이지 않고 시커먼 절벽만이 그녀의 눈을 아프게 해줄 정도로 마주보고 있는 것이었다.

그러나 이상한 일이었다. 그녀는 문득 그 병풍 전관에 환하게 나타나 보이는 그림들을 보는 것 같은 환각을 느꼈다. 병풍 열두 쪽마다에 제각기 별다른 그림들이 나타나는데, 그것들은 그녀가 잘 기억하고 있는 산수화가 아니라 아주 딴 그림들이었다. 마치 어둠이 본래 거기 있었던 산수화를 말끔히 지워버리고 거기에다 어떤 신비의 손을 이끌어 어둠 속에서도 환히 보이는 새로운 그림들을 그려 놓은 것같이 보였다.

더구나 더욱 더 이상한 것은 그 그림들이 한 곳에 머물러 있는 것이 아니고 왔다갔다 하여 서로 위치를 바꾸기도 하고, 또 때로는 한 그림이 없어지고 아주 딴 그림에 나타나기도 하는 것이었다.

이 병풍 위에 왕십리 밖 둑, 세검정 계곡, 행주산성, 단풍나무, 소나무, 화구를 낀 어떤 젊은 남자의 모습, 〈희망의 봄〉이라는 그림…… 이런 여러 종류의 그림들이 엇바뀌어 나타나고 사라지고 하는 것이었다.

그러는 동안 방 안은 차츰 희미하게 밝아지며 어머니가 누우신 머리맡에 무엇인지 번들번들하는 것들이 보이더니 차차 그것들이 놋요강, 유리 약병,

사기사발 등속인 것을 알아볼 수 있게 되었다. 병풍에도 본래 그려져 있는 서투른 산수화가 뚜렷하게 나타났다.

어머니의 코고는 소리가 똑 끊겼다.

오래 막혔던 샘이 약간 건드리자 툭 솟아오르 듯이 영순이의 눈에서는 눈물이 걷잡을 수 없이 솟아 올랐다.

"아유! 이 눈 쌘 것좀 봐!"

하는 어멈의 감탄사가 뜰에서 났다.

'아버지, 난 죽어두 그 사람한테는 시집 안 가겠어요. 안 가.'

이렇게 하루 몇백 번씩 속으로 뇌까리며 연습을 했건만 막상 아버지를 맞대할 때 말문이 그만 막혀 말을 못하고 혼자 애만 태우는 이틀 동안이 훌쩍 지나가버렸다.

어렸을 적에는 아버지 무릎 위에 올라앉아 응석도 곧잘 피웠건만 장성한 후로는, 더우기 영순이가 서울 유학을 시작한 뒤부터는 응석은커녕 아버지와 마주앉아서 다정한 얘기도 해볼 기회가 없었다. 일년 떠나 있다가 여름 방학에 집으로 돌아온 딸을 보고 아버지는,

"잘 왔냐?"

하는 한 마디 말을 던지는 시간 밖에 영순이를 더 오래 대해주는 일이 없었다. 아버지는 항상 마을을 가거나 첩의 집으로 가서 묻혀 있다가(영순이는 이 사실을 꼭이는 모르고 있었으나 남들 말이 그러니까), 간혹 집에 들를 때에도 안방에는 통 발길을 안하고 사랑에서 밤낮 손님 접대하느라고 하루에도 술상을 몇 차례씩 차려내갈 뿐이고 식사도 으례 사랑으로 내다가 드시는 것이었다.

이렇게 되고 보니 아버지를 혼자 조용히 만나 뵐 기회가 통 없을 뿐더러 사랑으로 찾아나가서까지,

"난 시집 안 가요."

하고 똑 떼어 말하기란 불가능한 일이었다. 그래서 영순이는 초조한 이틀

동안 혼자 속만 썩히면서 자기의 용기 부족을 자책하고 있었다. 그런데 사흘째 되든 날 잠시 안뜰에 들어선 아버지 입에서 이런 말이 나왔다.

"내, 참, 시체[33] 아이들이란 다르단 말야. 글쎄, 태식이가 약혼 피로연을 광장히 차리겠노라고 그러는구먼. 오는 양력 새해 초사흗날 하겠다고 하니 영순이 그날 입을 옷을 깨끗한 거로 준비해두슈. 약혼 피로연에도 신랑 신부 둘이 다 참석해야만 된다는 구면. 그게 신식법이래, 허 허 허!"

아버지가 이렇게 아내에게 말하는 것을 영순이도 들었다.

새해 초사흘은 한 주일도 채 못 남았으니 영순이는 당황하지 않을 수 없었다. 혼자서 한껏 초조해 하면서도 그녀는 일이 이렇게 급속도로 임박할 줄로는 생각 못했던 것이다. 자기 생각으로는 좌우간 개학 때 서울로 올라가서 천천히 아버지께 편지로 거절해 버릴 궁리를 하고 있었던 것이었다. 직접 대면하여 하기 어려운 말도 편지로 하면 무척 수월하니까.

그러나 일이 이렇게 급박하고 보니 생각다 못한 영순이는 그날 밤 어머니에게 모든 것을 털어놓고 하소연하였다.

맨 처음 그녀는 공부 더하기 위해 결혼은 연기해야 한다고 말했다. 그러니까 어머니는 여자란 고녀[34] 졸업이면 족하지 전문학교는 사내들이나 다닐 곳이라고 말하고, 약혼해두었다가 봄에 졸업하고 나서 결혼하는 게 무어 나쁘냐고 따지는데 그만 말문이 막혔다. 그래서 그 다음엔 장태식이라는 사람이 싫어서 그러노라고 돌렸다. 어머니는 태식이의 무엇이 싫은지 꼭 집어 대라고 자꾸만 따졌다. 모녀가 한 시간 넘어 변론한 끝에 영순이는 말문이 막히고 속만 상해, 그만 어머니 무릎에 울며 쓰러지고 말았다.

"죽어도 안 가. 난 죽어버릴 테야. 난 싫어, 죽어두 싫어."
하고 수없이 되풀이하면서 그녀는 울기를 계속했다.

---

33 시체(時體) : 요즘. 이시대.
34 고녀(高女) : 고등여학교.

흐느껴우는 딸의 들먹거리는 어깨를 물끄러미 내려다보고 있던 어머니의 얼굴에는 수수께끼를 푼 듯한 이해의 빛이 떠올랐다. 이 세상에서 어머니의 육감(六感)을 속일 수 있는 일이 있을까? 어머니가 가진 자식에 대한 무조건 절대적인 사랑은 자식이 품은 생각을 가슴속 깊이까지 파고 들어가서 알아 맞추어 내고야 마는 것이다.

딸의 어깨를 살짝 일으키는 어머니는 부드러운 목소리로,

"영순아." 하고 불렀다.

자기 이름을 부드러운 목소리로 부르는 어머니의 고요한 음성을 듣는 영순이는 멈추려던 울음이 다시 돋쳐서 더 크게 소리내어 울었다.

"영순아, 에미를 속일 리 없고 또 내가 속지 않는다. 너 필연 무슨 곡절이 있구나. 말해라, 영순아."

영순이는 더욱 더 흐느껴울었다.

논에 살얼음진 얼음 위를 걸으며 마음조리는 이상으로 마음을 조리는 영순이는 이틀 동안 부모님 눈치만 살피기에 온 정신을 다 팔았다.

"전 이미 맘에 둔 이가 있어요."

하고 어머니에게 실토해버리던 그 순간 영순이는 무거운 짐을 내려놓은 것 같은 경쾌감을 느꼈었다. 그러나 그 뒤 시시각각 도가 높아가는 초조와 불안은 그녀를 연옥 속 번뇌에 빠뜨려 주었다. 어머니가 무시로 마주알고주알 캐묻는 것이 견딜 수 없는 고통이기는 하면서도 그렇게 자세하게 이야기해 나가는 가운데 어떤 타협점이 발견되지 않을까 하는 기원이 있어서 자기가 병직이에 대해 알고 있는 것은 모두 다 실토했다.

"상당한 사람이면 아버지께 여쭈어 그이와 결혼해도 좋을 거 아니냐?"

하고 호의를 가지고 물어보는 어머니였다.

그러나 사실 영순이는 어머니의 물음에 척척 대답해 나가기가 곤란할 정도가 아니라 거의 불가능했다. 병직이의 가문이나 부모 친척이나 과거에 대해서는 아는 것이 그녀에게는 너무 적었다.

병직이가 어려서 부모를 여의고 삼촌댁에서 눈치밥 먹고 자라났고, 학교는 고등보통학교 3학년 중퇴했다는 사실만은 병직이 자신의 입을 통하여 알았고, 성격은 독서와 그림에만 미쳐 밥을 굶으면서도 비오는 날은 도서관에 가 파묻히고, 맑은 날에는 화구를 들고 정처없이 헤매는 사람이라는 등 단편적인 것 외에 병직이의 신상에 대하여 아는 것이 없는 그녀였다.

그뿐만 아니라 여태 병직이가 청혼해 온 일은 한 번도 없었던 것이 사실인 만큼 영순이 자신 쪽에서 청혼한다고 그가 응해줄는지 않을는지도 미지수였다. 그러나 어머니에게 그렇게 허수롭게 말하는 것이 불리할 것 같아서 얼떨결에 그들 둘은 이미 결혼을 약속해둔 것처럼 꾸며 대답한 것이었다. 그러나 어머니가 만족할 만한 자세한 대답을 못 듣고 더구나 병직이가 그림 그리기 좋아하는 사람이란 대답을 듣자 그녀는 화를 버럭 내면서,

"야, 그렇게 어디로 떠돌아다니는지도 모르는 사람에게 어떻게 딸을 맡긴단 말이냐? 원, 푼수 없이! 그런 말 너 아버지 귀에 들어갔다가는 단박 벼락이 내릴 테니 잠자코 있다가 부모님 말씀 순종해라. 다 너를 위해서 하는 일이니."

하고 타이르는 것이었다. 무어라고 더 말할 기운마저 빠진 영순이는 그냥 무턱대고,

"난 죽을 테야, 죽을 테야!"

하고 되풀이하면서 쓰러져 우는 도리 밖에 없었다. 영순이는 마침내 이불을 쓰고 누워버렸다.

딸이 누워 앓았다는 말을 듣자 아버지의 안방 드나드는 횟수는 굉장히 잦아졌다. 한의를 불러 집맥[35]하게 하고는 그 당장 한약 열 첩을 지어오게 했고, 하루에도 몇 번씩 들여다보는 것이었다.

아버지의 관심이 이렇게 커지는 것을 본 영순이의 마음은 더한층 섞어지

---

35 집맥 (執脈) : 병을 진찰하기 위하여 손목의 맥을 짚는 일.

고 아버지 뜻을 좇지 못하는 것이 미안하게 생각되기까지 했다.

'저렇듯이 위해주시는 아버님이시니 바른 대로 고백하면 혹시 내 말대로 허락해주실는지도 모르지.'

하는 일루의 희망을 걸어보기에까지 이르렀다. 그러나 그것도 잠시였다. 아내에게서 이야기를 다 들은 아버지는 금세 딸을 때려죽이기라도 할 듯이 덤비는 것이었다.

"이년, 냉큼 일어나지 못해? 꼭대기에 피도 마르지 않은 년이 사랑이니 안방이니 하고 돌아다녔니? 하라는 공부는 안하고. 에이 집안 망칠 계집년 같으니."

하고 욕부터 꺼낸 아버지는 집 안팎에 듣는 사람들이 많아 소리는 크게 지르지 못하면서도 목소리에는 독이 올라 있었다.

"아니, 이년이, 냉큼 일어나지 못해?"

하는 호통소리에 놀란 영순이는 부지중 일어나 앉았다.

"꾀병이 웬일이냐? 양반 집안에 이런 변괴라니! 이런 추문 소문나면 내가 얼굴을 들고 다닐 수 있겠니, 이년아. 어디서 굴러 먹던 놈인데, 무어 환쟁이라구? 환쟁이한테 시집을 가? 이년아, 네가 환장을 했단 말이냐. 야, 학교구 뭐구 다 집어쳐라. 졸업날까지 기다릴 수 없어. 날 받아 횟딱³⁶ 잔칠 해버리구 말아야겠다. 에이, 그것 참, 집안이 망할라구. 이년 냉큼 일어나라. 불일내³⁷ 성례 치러야겠다. 또 꾀병하면 네 대가리가 박살난다, 괜히."

이렇게 떠들어댄 아버지는 밖으로 나가버렸다.

영순이에게는 지금 아버지가 원망스럽다기보다도 미운 생각이 들었다. 동시에 근 20년 동안 순종으로만 길들여 놨던 그녀의 마음에는 반항의 불길이 피어올랐다. 영순이는 생각했다.

---

36 횟딱 : 후딱, 매우 빠르게.
37 불일내(不日內) : 며칠 만에.

'아버지는 과연 딸의 행복을 위해서 그처럼 노하신 것일까?

하는 의문이 났다. '집안 망신'이니 '얼굴을 들고 다닐 수 없다'느니 '대가릴 박살낸다'느니 하는 따위 구절이 그녀 귀에 웅웅 울리는 것이었다.

딸의 행복보다도 자기 체면을 더 소중히 생각하는 아버지. 한 사람의 일생 행복과 한 사람의 체면. 이 두 가지를 저울질해볼 때 저울은 과연 어느 쪽으로 기울어질까? 그녀는 생전 처음 자기 자신을 아버지와 대립시키는 하나의 개성(個性)으로 인식하기에 이르렀다. 딸은 그래 아버지의 소유물 밖에 더 안 되고, 딸의 일생을 아버지의 이기적 욕망에 의하여 일방적으로, 독단적으로 결정지어버릴 권리가 아버지에게 부여되어 있는가? 만일 이 사회가 그런 아버지들의 권리를 인정한다면 딸들은 딸들대로 일어나서 독립된 개성을 찾는 권리를 주장하고 투쟁하여야 되겠다고 그녀는 생각했다.

이런 각성과 함께 이때까지 아버지를 무서워만 해온 감이 훨씬 덜해지는 것을 깨달았다. 그리고 어떤 결심이 그녀 마음 속에 자리 잡고 있는 것을 인식했다. 처음에는 그런 대담한 결심에 공포를 느끼기도 했으나 딱 결심이 고정되자 마음은 도리어 가벼워지는 것이었다.

영순이는 갑자기 명랑해졌다.

예사롭게 앉아서 태연히 저녁밥을 팍팍 퍼먹고 있는 영순이 꼴을 본 아버지는 안심하고 어디론지 가버리고, 어머니는 너무 기뻐서 길득이를 불러 과일을 사오라고 했다.

"어머니, 나, 돈 일 원만 줘." 하고 영순이는 천연스럽게 말했다.

"돈? 돈은 당장 뭘 하게?"

"돈 있으믄 좋지 뭐."

하고 영순이는 어리광을 피웠다. 속으로 그녀는 서울까지 갈 기차표 한 장 살 돈밖에 들어 있지 않은 제 지갑 생각을 하고 있는 것이었다.

불 끄고 자리에 누우니 마음이 초조하기 시작했다. 기차는 새벽 다섯 시에 떠나지만 정거장까지 걸어가는 데 한 시간 더 걸리는 만큼 늦어도 네 시

이전에 집을 탈출하지 않으면 안될 것이었다. 그런데 불을 끄고 있으니 방이 어두워 시계를 볼 수 없고 왜 그런지 벌써 네 시가 지나간 것같이 생각되어 안절부절 못했다.

어머니의 코고는 소리가 나기를 기다렸으나 좀처럼 나지 않았다. 이전에는 자정 이전에 깊은 잠에 빠지곤 했던 어머니가 하필 이날 밤에는 왜 늦도록 잠 드시지 않는단 말인가. 이러다가 그만 날이 새고 말면, 기차가 지나가 버리고 만다. 기적 소리가 가늘게 들리는 것 같기도 하고, 새벽 기차 놓치고 나면 또다시 24시간을 이 집에서 어떻게 견뎌낼 수 있단 말인가.

마침내 어머니의 코고는 소리가 들렸다. 영순이는 발딱 일어났다. 조심조심 옷을 갈아입고 윗목에 있는 손가방을 들고 일어섰다. 그러나 막상 일어서고 보니 평생 남편 때문에 속 썩이고 살아온 어머니, 오직 딸 하나를 유일의 위안으로 살아온 어머니가 너무나 불쌍하다는 생각이 들었다. 눈물이 좌르르 흘러내리는 것을 영순이는 금할 수 없었다. 그러나 그녀는 입술을 꼭 물고 문을 살며시 열었다. 바로 이 때 어머니가,

"영순아!" 하고 불렀다.

"흑!" 소리와 함께 영순이는 팔싹 주저앉았다. 자리에서 일어나는 어머니는,

"영순아, 이런 법이 없느니라"

하고 부드러운 목소리로 말했다. 영순이는 앉은 채 울기만 했다.

"엄마, 난 죽을래. 죽구 말 테야!"

어머니는 아무 말 없이 영순이를 이끌고 자리로 도로 갔다. 영순의 옷을 벗겨 자리에 눕힌 어머니는 자기도 옆에 누웠다. 어머니 가슴에 얼굴을 묻은 영순이는 울기만 했다. 이 모녀의 머리에는, 영순이가 어렸을 적 매일 밤 어머니 품에 안겨 자면서 간혹 무서운 꿈을 꾸고 깨서는 이처럼 어머니 가슴에 얼굴을 묻고 울던 일이 회상되었을 것이다.

"영순아, 넌 그래 이 어미를 버리고 도망가고 싶도록 태식이란 사람이 싫

단 말이냐? 그렇게까지 싫으냐?"

"엄마, 엄만 집안 체면이 더 중하우, 딸의 일생 운명이 더 중하우?"

"그 사람은 피천[38] 한 푼 없는 사람이라면서. 야, 사람이 정(情)을 먹고 산다디? 돈이 있어야 산단다. 돈이 없으면 있던 정도 없어지는 법이란다. 아무데구 시집가서 아들 딸 낳구 살게 되면 철없는 정분은 다 잊어버리고 애기들 재미보며 살게 된단다. 만석꾼의 맏며느리가 좀 좋으냐?"

"어머니."

하고 부르는 영순의 목소리는 놀랄만큼 침착했다.

"엄만 그래 부잣집에 시집와서 행복스러웠수?"

어머니에게서는 아무 대답도 없었다. 어머니 몸이 부르르 떠는 것을 영순이는 감각했다. 또 그리고 어머니가 흘리는 눈물이 자기 이마를 적셔주는 것을 감촉했다. 영순이는 어머니 허리를 꼭 껴안았다. 오랜 시간이 흘렀다. 그러나 영순이가 잠이 든 것은 아니었다. 까마득한 이전 일들이 하나씩 둘씩 그녀의 기억을 새롭게 해주었다. 어머니가 아버지에게 얼마나 구박받고 학대받아온 일과, 때때로 어머니가 철모르는 영순이를 꼭 끼어안고 소리없는 눈물로 옷을 적시던 일.

"영순아."

"엄마."

"지금 몇 시나 됐을까?"

영순이가 일어나 석유 등잔에 불을 켜고 시계를 봤다. 밤 새로 두 시 십 분 전이었다.

"인젠 네 자리루 가서 자라."

영순이는 아무 말 없이 제 자리 속으로 기어들어가 누웠다. 긴 시간이 지나갔다.

---

38 피천 : 아주 적은 액수의 돈.

"영순아."

하고 어머니가 나지막한 목소리로 불렀다.

"엄마."

"왜 안 자니? 어서 자라."

"예."

어떻게 해야 할지 모르는 영순이는 속만 푹푹 썩이며 누워 있었다. 어머니가 차라리 꾸짖고 야단치거나 때려주셨던들 영순이의 반항은 커졌을 것이요, 따라서 결심이 더 굳어졌을 것이다. 그런데 어머니의 이와 같은 부드러운 태도에 영순이는 그만 정복된 것이었다. 이 인자하시고 가엾은 어머니를 버리고 그녀가 정말 도망칠 수 있을까?

또다시 오랜 시간이 흘렀다. 겨울밤은 기니까.

"영순아."

하고 어머니는 또 불렀다.

영순이 자기도 잠 못 들었는데 어머니도 딸 문제 때문에 저렇듯이 잠을 못들고 계시구나 하고 생각하니, 목이 메이고 눈물이 나올 뿐 얼른 대답을 못 했다.

'에라, 차라리 잠든 척해서 어머니를 안심시켜드리는 것이 좋겠지.'

하는 생각이 든 영순이는 대답 않고 말았다. 어머니도 다시는 부르지 않았다.

또 한참 동안이 지나갔다.

돌아누운 영순이는 벽만 바라봤다. 심지가 작은 석유 등잔불이라서 벽이 희미하게 보였다.

옆에 인기척이 있었다. 영순이는 고개를 돌렸다. 어머니가 부시시 일어나는 것을 영순이는 봤다. 어머니는 웃목으로 가서 영순이의 손가방을 쳐들었다.

'저렇게도 마음이 안 놓이는가?'

하고 생각되니 어머니가 더한층 가엾게 보였다. 그러나 그 다음 순간 하도 이상스런 일을 목도[39]하는 영순이는 숨을 죽이고 호기심 가득 찬 눈으로 어머니의 일거일동을 주시했다. 가방 뚜껑을 열어 장농 아래 놓은 어머니는 가만히 장농 문을 열고 몇 가지 옷을 꺼내어 가방에 뿌듯이 채워 넣고 잘 안 닫히는 가방 뚜껑을 억지로 눌러 닫는 것이었다. 그 가방을 든 어머니는 가만히 문을 열고 밖으로 나가버렸다. 이게 꿈이 아닌가, 하고 영순이는 의심했으나 잠은커녕 정신이 말똥말똥한 자기가 꿈을 꿀 리 없고 참으로 알 수 없는 일이라고 생각되었다. 좀 뒤 어머니는 빈손으로 다시 들어왔다. 영순이는 얼른 눈을 감았다. 영순이 곁에 와 앉은 어머니는 오래오래 영순이의 얼굴을 들여다봤다. 영순이는 눈을 살며시 떴다.

"좀 잤니?"

"잠이 안 오는 걸 어떻게 자우?"

"일어나라!"

영순은 일어나서 옷을 입었다. 그동안 어머니는 앉은 걸음으로 주춤주춤 벽께로 가서 영순이를 등지고 앉았다.

"영순아 이 돈두 가지구 어서 가거라."

하면서 어머니는 똘똘 말린 봉투 한 개를 등뒤로 던졌다.

"어서 가라, 가. 너 좋아하는 그놈한테루 어서 가라. 얘야, 부잣집 며느리로 가지 말고 너 좋아하는 놈 따라 가서 죽을 쑤건 미음을 끓이건, 너 좋아하는 놈하구……."

"엄마."

"아니, 아무 소리 말구 어서 내 앞에서 없어져라. 어서, 어서. 가서 편지도 말아라. 소식 없으믄 잘 사는 줄 알지 않으리……. 얘, 바깥 날이 몹시 차더라. 그 목도리 폭 두르고 나가거라. 길득이더러 가방 들구 정거장까지 배웅하라고 깨우고 왔다. 앞대문으로 나가지 말구 뒷문으로……. 뒷문 열어 놨다……."

---

39 목도(目睹) : 직접 눈으로 봄.

미완성

"엄마."

"듣기 싫다. 아무 소리 말구 어서 가. 내 간장 다 태워 죽이지 말구 어서 어서⋯⋯. 흐흐흐⋯⋯. 길득이 녀석 잠귀는 왜 그리 무딘지, 원, 흐흐⋯⋯."

영순이는 문 밖으로 사라졌다. 어머니는 방바닥에 아무렇게나 엎드려서 흑흑 느끼었다.

"단지 고것 하나를⋯⋯ 아, 가라, 가. 가라, 가⋯⋯ 흐흐흐⋯⋯."

인생 행로(人生行路)

"무엇 잡혀 먹을 것도 없소?"

이렇게 부드럽게 물어볼 때, 있다던가 없다던가 간에 아무런 대답이 없는 것을 보는 병직이의 마음은 뭉클했다.

그들이 살림을 시작한 지 1년이 넘지만 이처럼 영순이가 병직이의 말을 무시하는 일은 처음이었다. 병직이는 잠시 아내의 토라진 모양을 물끄러미 노려봤다.

조반부터 못 지어 먹고 종일 굶고 앉아서 시려 들어오는 손가락을 혹혹 불면서 시커멓고 더러운 솜이 비죽비죽 나온 버선짝을 깁고 있는 영순이의 모습이 너무나 가엾게 보이기 때문에, 위로 절반 아무 말이고 건네보고 싶어서 부드러운 음성으로 말을 건넸는데 아무 대꾸도 없이 뾰드라져 앉아 있는 꼴을 보니, 처음에는 가슴이 섭적했다[40]가 그 다음에는 무안스런 생각, 뒤이어서 조그마한 분노가 병직이의 가슴속에 사르르 솟아올랐다. 그러나 그는 분노를 꿀꺽 참고 다시 한번 부드러운 목소리로 물었다.

"여보, 그래 아무것도 없소?"

대답이 없었다.

---

40 섭적하다 : 갑자기 놀라서 마음이 서늘해지는 느낌임. '선득하다' 정도의 의미인 듯함.

병직이는 영순이가 입은 저고리 뒷동정에 까맣게 묻은 때를 멍하니 바라봤다. 무엇이라고든지 우스운 말을 한 마디 해서 영순이를 웃겨볼까 하는 생각도 들었으나, 그 다음 순간 자기가 모욕당한 것 같은 불쾌한 감정이 울컥 치밀어올라서 입술을 질근질근 깨물면서 울분을 누르려고 애썼다. 이렇게 한동안 참고 있었는데 문득,

"눈 있으면 보지."

하고 영순이가 종알거리면서 엉킨 실을 손톱으로 톡톡 뜯고 있었다.

병직이는 벽을 향해 홱 돌아누웠다. 일어나 앉아 있기에는 방이 너무 추워서 이불 덮고 누워 있었던 것이었다.

환멸!

분노는 증오로, 증오는 환멸로 — 하루만 굶으면 교양 없는 추잡한 하등 동물로 변해버리는 여자 — 하는 환멸을 느낄 때 그의 자학(自虐)이 부글부글 끓어올랐다. 무엇이라고 버럭 소리 질러서 영순이를 욕해주거나, 그렇지 못하면 자기가 소리 내어 엉엉 울거나 해야지 이불 속에 감겨서 이 감정의 격동을 가라앉히기에는 지금 그의 격분은 너무 컸다.

그는 벌떡 일어났다. 아무 말 없이 모자를 주워 쓴 그는 밖으로 나섰다. 이불에 감겨 있었던 몸이 홀쩍 문 밖으로 나서고 보니 추위는 그야말로 살을 에이는 듯했다. 그러나 추운 것도 잠시간, 끓어오르는 울분을 안은 그는 모든 감각을 무시하고 씨근씨근하면서 꽁꽁 얼어붙은 길 위로 방향없이 걸어가고 있었다. 걷고걷고 걸어서 와들와들 떨리던 몸이 후끈후끈 달아옴을 따라 그의 마음 속에 달아오르던 울분은 차차 식어갔다. 그가 솜같이 피곤해진 몸을 장충단공원 안에서 발견한 때 그는 양지쪽 잔디 위에 털썩 주저앉았다.

그의 마음의 평정이 회복된 때 지나간 행복스럽던 모멘트⁴¹들이 하나씩

---

41 모멘트(moment) : 순간, 어떤 특정한 시간.

둘씩 새로운 각도로 회상되는 것이었다.

눈이 밤새도록 내린 아침 영순이가 손가방 하나만 들고 불쑥 자기 하숙에 나타났었던 일(바로 엊그제 같은데 그것이 벌써 일년이 되었군), 따로 셋방을 얻어 가지고 소꿉장난 같은 새 살림을 차리던 일(그렇듯이 행복스런 생활이 그렇게 빨리, 그렇게 쉽게 자기를 찾아오리라고는 그 당시에는 몽상조차 못했던 것인데), 또 그리고 〈대한의 얼〉을 그린다고 영순이를 끌고 들과 산으로 헤매던 일(그 그림을 어서 속히 완성시켜야 텐데, 마음만 초조했지 아무리 고쳐 그려도 어딘가 빈 구석이 있어서 미완성인 채로 그냥 남아 있었다).

그런데 오늘 그가 그처럼 화를 내고 집을 나와버린 것이 후회되기 시작했다. 평생 한 끼도 굶어보지 못했을 영순이가 오직 병직이 자기를 사랑하는 것 한 가지 때문에 지금 헐벗고 굶주리고 있는 것이 아닌가. 영순이가 야비한 여성처럼 바가지를 긁는 데 환멸을 느끼기까지 했지만 병직이 저 자신은 또 그만한 일에 골을 내고 야비하게 훌쩍 집을 나와버렸다는 것은 얼마나 저속한 일인가?

"다 내 탓인데. 내 잘못인데."

하고 그는 중얼거렸다. 그에게 쌀 한 되 값을 벌어들일 능력이 있었던들 사랑하는 두 사람 사이에 이런 창피스런 다툼이 생길 리 없는 것이 아닌가? 이렇게 생각되니 그는 자기 자신이 생활에 너무나 무능력하다고 절실히 느껴지는 것이었다. 무슨 걸작을 그린답시고 혼자 뽐내고 다니지만, 사실 이때까지 그리 훌륭한 작품 한 폭도 완성 못하고 밤낮 그림에 미쳐서 아내 밥을 굶기고 있다는 것은 동네 쌀가게 주인의 말을 빌 필요도 없이 그는 욕먹어 싼 미친놈이었다.

'아무개는 세계적 화성이 될 때까지 일생을 지붕밑 방에 기거하면서 면보(麪麭)⁴²만 뜯어먹으며 가난과 싸우면서 그림에만 전심하여 성공했다.' 운

---

42 면보 : 빵(개화기때 부르던 이름)

운[43] 수신 교과서에 올라 있지만, 그 역사적 화가는 이러니저러니 해도 면보나마 매일 매끼 사먹을 돈이 있었고, 또 채색과 캔버스 등을 끊임없이 살 돈이 있었기 때문에 일을 계속할 수 있어서 대성하게 된 것이 아닌가. 지금 당장 굶고 앉아 사랑하는 아내를 굶기고 있으면서, 아내가 가지고 온 옷가지를 전부 전당잡혀먹고 지금 막다른 골목에 이르러서도 쌀 한 되 살 돈을 마련하지 못하는 자기 꼴! 아까 집을 뛰쳐나올 때에는 영순이를 야비하다 야속하다고 생각했었지만 돌이켜 생각해보면 이때까지 아무 불평 없이 제가 아끼던 시계까지 팔아 채색을 사다 주고, 아끼고 아끼던 치마를 전당잡혀 쌀을 사오곤 한 영순이가 무척 갸륵하다고 느껴졌다.

영순이를 보고 싶었다. 누더기를 두르고 냉방에 앉아서 버선짝을 깁고 있을 영순이가 한없이 불쌍하게 생각되고 그지없이 그리워진 것이었다.

후닥딱 일어선 병직이는 달음박질하다시피 집을 향해 걸어갔다. 집을 향해 가면서 그의 마음은 초조감에 사로잡혔다. 온갖 터무니없는 염려와 불안이 그를 괴롭히는 것이었다. 그동안 영순이가 병이나 나지 않았을까? 너무 춥고 굶주려서 기절하지나 않았을까? 집 주인이 또 와서 밀린 방세 내라고 야료[44]하고 있지나 않을까?

'아, 내가 고얀놈이다. 내가 고얀놈이다'를 수없이 되풀이하면서 걸었다. 또, '아, 그저 이번만 제발 아무 일도 없이 무사해주오. 제발, 다시는 당신 혼자 두고 뛰쳐나오지 않을게, 맹세하오.' 하고 애원하면서 걸음을 빨리했다.

마당에 들어서니 집안은 죽은 듯이 고요했다. 병직이의 가슴은 덜컥 내려앉았다. 언제나 조용한 것이 보통이었지만 이날따라 조용한 것이 가슴을 철렁하게 해주는 것이었다. 그는 황급히 문을 열고 뛰어 들어갔다.

---

43 운운(云云) : (글이나 말을 생략하여) 등등을 말하는.
44 야료 : 서로 말을 주고 받는 수작(酬酌)의 속된 표현.

아까 병직이가 감고 누웠다가 개지 않은 채로 놔두고 나갔던 이불을 몸에 감고 영순이가 엎드려 있었다. 모자를 벗을 경황도 없이 병직이는 그녀 옆에 꿇어앉아 그녀 몸을 가만가만 흔들면서,

"여보."

하고 떨리는 목소리로 물었다.

얼굴을 이불에 묻은 영순이는,

"용서하셔요."

하고 모기 소리만한 목소리로 한 마디 하고는 어깨를 들먹거리며 흐느껴 울었다.

병직이의 눈에도 눈물이 핑 돌았다.

"영순이, 내가 잘못했소."

"아니에요, 제가 잘못했어요."

병직이는 아내를 힘껏 껴안았다. 두 배고픈 남녀는 서로 껴안고 울고 또 울었다.

눈물은 두 사랑하는 마음을 누그럽게 반죽해주고 그 눈물이 마를 때 둘의 사랑은 더한층 탄탄해졌다.

요새 와서 영순이는 처음으로 인생 행로의 참된 쓰라린 맛을 보기 시작했던 것이었다. 이때까지 그녀는 생활이라는 것이 이렇게까지 고행(苦行)이리라고는 상상도 해본 일이 없었다. 세상에 돈이라는 것이 이렇게 벌기 힘들면서 또 이렇게까지 소용되는 물건이라는 것을 뼈저리게 느끼기 시작한 것이 요새요, 또 이 돈 때문에 인간의 마음이 얼마나 변할 수 있다는 두려운 사실을 깨닫게 된 것도 요새 일이었다.

그녀가 집을 버리고 나오기 전까지 돈에 대한 큰 관심을 가져본 일이 없었다. 언제나 배불리 먹고 유행 따라 옷을 만들어 입을 수 있었으며, 용돈이 떨어지면 활동사진 구경 한두 번쯤 희생하는 정도의 불편을 느낄 뿐, 매달

초순에는 으레 틀림없이 집에서 우편 '소위체(小爲替)'⁴⁵가 오곤 했었다. 그러니까 돈이 뚝 떨어지면 어쩌나 하는 근심을 해본 일이 통 없었던 그녀였다.

그랬던 것이 지금 와서는 돈이 떨어지면 앞이 캄캄해지는 경험을 하는 것이었다. 소위체를 정기적으로 또박또박 보내주는 사람이 있을 리 없고, 돈이 나올 수 있는 구멍이라고는 오직 그녀의 시계·반지·치마 등을 저당잡고 돈을 빚낼 수 있는 전당포가 있을 따름이었다.

처음 그들이 새살림을 차릴 때에는 그래도 돈 백 원이나 있어서 삭월세로나마 제법 크고 깨끗한 집을 얻어 병직이의 화실도 꾸며놓고 방 벽에는 사진 또는 그림틀도 걸어놓고 살 여유가 있었다. 제만은 경제⁴⁶하노라고 하면서도 새 살림 맛에 도취되어 지금 생각하면 돈을 상당히 헤피 쓴 폭이었다.

밥이 설거나 타거나 하는 일이 종종 있었으나 밥 지을 쌀이 떨어질까 염려한 일은 없었고, '스끼야끼'⁴⁷라는 음식을 만들어 먹는다고 하다가 그것이 쇠고기국이 돼버리고 말았으나 그것이 더 맛있다고 먹었을망정 가끔 고기 맛도 봐왔었던 것이었다.

그러나 수입은 통 없고 지출만 있는 생계인지라 수개월 후에는 셋집을 내놓을 수밖에 없었다. 지금 그들이 들어 있는 방은 문자 그대로 행랑방이었으나, 안채 주인을 섬기는 행랑살이는 아니고 안채 각 방도 그날 벌어 그날 먹는 가난뱅이 가족이 세들어 있는 것이었다. 게다가 다달이 전당포를 쥐 팥방구리 드나들 듯⁴⁸해왔으니 지금 와서는 전당포에서 받아줄 물건이 남아 있을 턱이 없었다.

신혼 초에는 영순이가 길에 나다니다가 아는 사람 눈에 띄우면 아버지께 기별하여 붙잡혀 내려가게 되지나 않을까 하는 두려움 때문에 밖에 나다니

---

45 소위체(小爲替) : 적은 액수의 현금으로 바꿀 수 있는 수표.
46 경제(經濟) : 돈을 아끼고 절약하기.
47 스끼야끼 : 쇠고기 등의 육류를 야채와 함께 끓여 먹는 일본 음식.
48 팥방구리 드나들 듯 : 팥그릇에 쥐가 자주 드나들 듯.

기를 삼갔었는데, 지금 와서는 그런 염려보다도 길에서 동창생이라도 만나게 되면 거지꼴이 된 제 주제가 창피스러워서 다니기가 서먹서먹[49]했다.

그러나 그것도 전당이라도 잡혀먹을 수 있는 물건이 있었을 때 배부른 염려였지, 지금 꼼짝 못하고 굶게 된 이 마당에서 지금이라도 학교로 찾아가면 돈을 조금씩 꾸어줄 동창생이 몇 있으리라는 궁상스런 생각까지 하지 않을 수 없게 되었다.

'그 애한테서 한 오십 전, 또 그애한테서는 한 일 원 정도, 또 그 애, 그 애. 이 꼴을 뵈고 사정하면 이럭저럭 한 삼 원 돈은 마련되겠지.' 하는 치사스런 계산을 하고 있는 자신을 발견한 그녀는 몸서리쳤다. 이렇게까지 되니 남편인 병직이가 너무나 주변이 없다고 보여져 야속스럽게 생각되는 때도 있곤 했다.

'친구한테 가서 사정을 한대도 남자끼리가 무흠[50]할 텐데.' 하는 생각도 들고.

그들이 다투고난 이튿날, 병직이는 물감을 밥공기에 타 놓고 어떤 잡지 표지 같은 거라도 그려서 팔아본다고 곱아들어오는 손가락을 호호 불며 무엇인가 그리고 있었다. 이것을 보는 영순이는 자기가 이 큰 천재를 요절시키는 요물이 아닌가 하는 생각이 들어 송구스런 마음을 금할 수 없었다.

'이 천재의 발목에 맷돌을 매고 자꾸만 아래로 잡아내리는 짐이 된 내 신세.'

하고 그녀는 한숨을 쉬었다.

잡지표지를 댓장 그려가지고 아침 일찍 나갔던 병직이는 다 저녁때가 되어서야 맥이 풀려 돌아왔다. 그러나 그는 일본 영감 조상을 그려넣은 1원짜리 지전 두 장을 영순이의 손에 쥐어주었다.

---

49 서먹서먹 : 어색한.
50 무흠(無欠) : 흠이 없음. 허물이 없다.

"표지두 못 팔아먹을 세상이더군." 하고 그는 한숨 쉬는 것이었다.

"잡지사마다 전속으로 표지와 삽화 그리는 사람이 있나보더군 그래. 그래서 할 수 있어야지. 왜 그 신문사 친구 있지 않소. 그자에게 간청해서 겨우 한 장 팔았는데, 그것도 잡지가 출판되어 서점에 내놓는 날 고료는 지불하는 규칙이라는구먼. 사정사정해서 요걸 받아왔소. 신문사 친구가 소개해준 그 잡지사 주간이 자기 사재(私財)에서 선불해주노라고 하면서 내달에 잡지가 나온 뒤 한 3원 더 주겠노라고 하더군. 결국 비럭질[51]이야. 그자 수작이 가관이지. 당장 밸 꼴리는 걸 봐선 그 자리에서 그림을 북북 찢어 그자 면상을 갈기구 싶은 걸 꾹 참고. 허, 허. 그자의 수작좀 들어봐요. ― 어, 추강 선생님이시면 선전(鮮展)[52]에서 특선의 영광을 가지신 우수한 화가신 만큼 그림에 대해서는 우리들보다 물론 더 잘 아실 것입니다. 그러나 말씀이죠, 어, 그, 어, 잡지 표지라는 것은 순전한 미술품과는 전혀 다르니까요. 좀 더 통속적, 어, 좀더 상품화될 수 있는 그림이 필요해요, 어쩌구저쩌구 하는 걸 꾹 참고 듣기만 하고 있었지. 돈 이원 구걸해 오느라고. 흥, 통속적인 그림을 그릴 바에는 붓을 던지고 차라리 노동해 벌어먹는 것이 떳떳한 일이 아니겠소. 허, 허!"

병직이가 자존심을 억누르고 표지를 북북 찢어 버리지 않은 덕택으로 그날 밤 그들은 밥을 먹었다.

그 2, 3일 동안 병직이는 종일 집에 우두커니 앉아서 무엇인지 골똘히 생각하고 있었다. 그 이튿날 아침 그는 일찍 나갔다. 종일 안 들어왔다가 어두워서야 돌아왔다. 어디 가서 오래 있었느냐고 묻는 영순이에게 그는 간단히,

"친구들 몇몇 찾아다니느라고."

하고 대답하고는 그 이상 더 자세한 말은 하기 싫은 표정이었다. 그것을 눈

---

51 비럭질 : 쓸데없는 일을 벌여놓고 힘을 쏟는 일.
52 선전(鮮展) : 일제강점기 때 조선미술전람회.

치챈 영순이는 더 캐묻지 않았다.

그 이튿날도 아침 일찍 나갔던 그는 밤늦게야 돌아왔다.

"돈 좀 꾸어보려고 사방 쏘다녔더니 자연 늦어졌구려." 하고 그는 대답했다.

그 이튿날 역시 늦게 들어온 그는 돈 40전을 영순이의 손에 쥐어줬다.

"웬 돈?"

"응, 마침 시골서 올라온 부자 친구를 만났는데 그가 점심 낸다고 하는 걸 돈으로 달랬지." 영순이는 그 말을 믿지 않았으나 구태여 캐묻지 않고, 피곤에 지친 듯 곧 자리에 눕는 남편을 걱정스러운 눈으로 바라보기만 했다.

그 이튿날, 또 이튿날, 또 이튿날 병직이는 일찍 나갔다가 밤늦게야 돌아와서는 저녁 숟가락을 놓기가 무섭게 곯아떨어져서 금세 코를 드르렁드르렁 골면서 잤다. 한 댓새 이런 일을 되풀이한 그는 돈 1원을 가지고 돌아왔다. 영순이가 묻지도 않는데,

"시골서 온 부자 친구를 만났기에……."

하고 말을 하다가 영순이의 왼손이 그의 입을 막는 바람에 말이 중단되었다. 남편의 손을 그녀의 바른손으로 붙잡아 끌어다가 자기 뺨에 대고 문질렀다. 병직이의 손바닥에 잡힌 물집, 벗겨진 흔적에 키스를 퍼붓는 영순이는 흑흑 흐느꼈다.

"여보, 왜, 왜 이렇게까지? 이렇게까지!"

하면서 영순이는 죽죽[53] 울었다.

"이젠 곯지 않게 됐지 아나."

하고 냉랭한 태도로 쏴붙인 병직이는 아내의 손으로부터 제 손을 쏙 빼고 이불을 쓰고 누워버렸다. 금시 그는 코를 고는 것이었다.

'미술가의 손이 북덕갈구리가 되다니! 저이의 손에 못이 박히고 굳어져

---

53 죽죽 : 계속해서 잇따라.

버리면? 〈대한의 얼〉은 누구의 손으로 완성시키노? 천재의 손에 굳은 살이 박히면……'

이런 생각을 하는 영순이는 얼굴 찡그리고 곤히 자는 남편의 얼굴과 방 한구석에 미완성품으로 내버려둔 화폭을 번갈아 바라봤다.

그 이튿날 병직이가 일찍 나가자마자 영순이는 어머니에게 편지를 띄었다. 막다른 골목에 이르렀다고 그녀는 생각한 것이었다. 편지가 요행 아버지 눈에 띄지 않고(그럴 가능성은 충분히 있었다) 어머니만이 보시게 된다면 돈은 반드시 오리라고 믿었다. 설사 아버지 눈에 띈다 한들(가능성은 거의 없었지만) 이미 1년이나 결혼 생활을 해온 딸을 다시 어찌하랴 하는 뱃심도 작용한 것이었다. 세상 어떤 일이 생기더라도 이 천재의 손을, 때가 너무 늦어지기 전에 구원하지 않으면 안 되겠다고 그녀는 결심한 것이었다.

어머님께 보내는 편지를 우체통에 넣고 나니 영순이에게는 금시 새로운 희망이 솟아오르는 듯싶었다. 만사가 다 해결될 것같이 생각되었다. 어머니가 그 편지를 읽으면서 주먹으로 눈물을 닦고 있는 모습이 보이는 듯했다. 배달부가 우편물 가방을 메고 발 아래 뽀드득 소리를 내면서 눈 얼어붙은 시골길을 걸어가는 모양이 그녀의 눈에 선하니 나타났다.

'편지가 지금 어디까지 갔을까?' 하고 영순이는 문득 생각했다. '밤 열한 시 차로 가게 되면 내일 아침에 정거장에 도착, 역에서 읍까지 자동차로 실어가면 오정까지에는 읍우편국 도착, 그렇게 되면 집까지 내일 중에 배달되긴 어렵고 모레, 넉넉 잡고 사흘. 그리고 어머니가 곧 돈을 부치고 싶어도 그날로는 안될 거고, 그 이튿날 아침 길득이를 읍으로 보내서…… 그 바보 같은 녀석이 돈을 중간에 잃어버리지 않고 읍우편국까지 무사히 갈까?…… 설마…… 돈 부친 지 늦잡아도 이틀이면 서울 도착, 서울서는 당일에 배달될 거고…… 아무리 늦추 잡아도 한 주일이면 넉넉할 거야……'

이런 세밀한 생각에 잠겨 있다가 언뜻,

'그이가 안 계실 때 우체부가 와야지. 그래야 내가 그이 몰래 돈을 찾아다

두었다가 밤에 그이를 놀라게 해드리지.'

하는 달콤한 기대도 품어보는 것이었다.

'오늘은 어머니가 편지 받으셨겠지.

오늘은 돈을 부치시겠지.

오늘은 소위체 든 편지가 서울 우편국 도착.

오늘은 배달되겠지. 내 도장을 엇다 두었더라?

아마 하루 늦어지나보다. 내일엔 꼭 오겠지.

아마 하루 더 늦어지나보다. 내일에는 꼭 오겠지!'

이렇게 기다리는 것이 어느덧 열흘을 넘었건만 등기우편은 커녕 엽서 한 장 오지 않았다.

'어찌된 일일까? 웬일일까? 그럴 리가 없는데? 무슨 일일까?'

날마다 초조해진 그녀의 마음은 두 주일 뒤까지 아무 소식 없는 것을 보고 단념하지 않을 수 없었다. 그러나,

'단념해야지.'

하고 자신에게 수없이 다짐하는 그녀의 앞은 더 깜깜해지고 앞길이 꽉 막히는 공포감에 사로잡혔다.

'하늘이 무너져도 솟아날 구멍 있다.'

는 존경 받는 격언도 위력을 잃어버린 듯 영순이의 정신과 육체는 둘다 함께 마지막 지푸라기 하나나마 붙들 맥조차 잃어버려 아주 까부러지고 만 것 같았다.

음력 설을 지나고 나니 기분만으로도 겨울이 다 지나간 것 같았다. 겨우내 새우잠 잔 이 근처 세궁민[54]들에게도 머지않아 따스한 날씨가 와서 허리 펴고 편히 잘 수 있게 되리란 기대가 생겨서 그 생각만으로도 까부러진[55] 어

---

54 세궁민(細窮民) : 매우 가난한 사람.
55 까부라진 : 몸에 기운이 빠지고 생기가 없는.

깨가 좀 펴지는 듯싶었다.

　병직이와 영순이도 떨면서 굶으면서 앓으면서도 그래도 목숨이 부지되어
왔다. 사람의 목숨이란 질기기 시작하면 한없이 질긴 모양이었다.

　봄이 오면 그들의 육체는 좀 따스한 맛을 보게 될 것이 틀림없었으나, 정
신적 고통이 보통 인간들보다는 민감한 생활을 하는 그들이었으므로 봄이
온대사 정신적 새 싹을 낼 듯한 기미가 보이지 않는만큼 그들의 삶은 언제
까지나 언제까지나 비참과 허무일 수밖에 없었다.

　영순이의 머리 속에는 언제나,

　'한 사람의 천재가, 나를 먹여 살리는 무거운 짐 때문에 진흙 속에서 썩고
있구나.'

하는 원한과 자조(自嘲)가 암처럼 자라나고 있었고, 병직이는 병직이대로 예
술과는 절연된 현재 자기 생활에 대한 절망감, 자기같이 무능한 남자를 사
랑했기 때문에 곱게 자란 귀한 몸이 거지 생활을 영위하며 인간의 맨 밑바
닥에 지리눌려 질식되어가고 있는 영순이의 모양을 차마 볼 수 없어 고민하
는 것이었다. 미안한 생각, 초조한 마음이 가시처럼 그의 혼을 콕콕 찌르는
것이었다.

　병직이는 매일 직업 소개소에 출근했다. 아무런 일자리고 있기만 하면 뛰
어 들어가려고 기다리고 또 기다렸으나, 그러나 일거리가 유독 병직이만 기
다리고 있다가 '어서오시오!' 하고 나서는 것은 아니었다. 일하고 싶어 하는
사람 수효는 언제나 일거리 수효보다 많은 세상이었다.

　뿐만 아니라 근육 노동이 병직에게는 직업이 아니라, 고역이었다. 용케
노동 일자리가 있어서 달려들어 하루 종일 노동하고 20전 혹은 30전 버는
때는 기뻤지만 사흘만 노동을 계속하면 반드시 병을 얻어 자리에 눕게 되는
것이었다.

　이런 절망의 구렁텅이 속에서도 오직 서로 사랑하고 있기 때문에 두 영혼
이 서로 찾고 부르고 붙들어주어서 서로 도와가며 희망 없는 괴로운 삶을

미완성

억지로 이어나가고 있었다.

그러던 어떤 날 아침 그들 앞에는 기적이 나타났다. 이 기적은 상투 틀고 갓 쓴 웬 늙은이의 형상으로 그들 앞에 나타난 것이었다. 지나간 3, 4일 노동에 지쳐서 끙끙거리는 병직이가 일어나지 못하고 누워 있는데 문 밖에서,

"추강 선생 계시나이까?"

하고 묻는 거쉰[56] 목소리가 들려왔다.

'추강 선생'이라고 부르며 자기를 찾을 친구나 손님이 있을 리 없는지라, 어찌된 영문을 모르는 그는 선뜻 대답 못하고 어리벙벙해 있었다. 웃목 화로 위에 놓은 냄비 안 죽을 젓고 앉아 있던 영순이도 그 소리를 듣고 팔을 멈칫했다. 그녀 역시 얼른 대답을 못 했다. 밖에서는

"에헴."

하고 일부러 짓는 기침 소리가 나고 뒤이어,

"추강 선생께서 출타하셨나요?"

하고 거쉰 목소리가 다시 물었다.

그때에야 죽냄비를 내려놓은 영순이가 문을 열었다. 문이 열리자, 찬바람과 함께 밝은 햇살이 방 안으로 쏴 쏠려 들어왔다. 영순이의 그림자가 얼핏 지나가자 문은 닫히고 방 안은 아까보다 더 음산해졌다. 그냥 누워 있는 병직이는 숨을 죽이고 바깥 동정을 살폈다.

"누굴 찾으세요?"

"에헴, 어, 추강 선생께옵서 이 댁에 사신다는 말을 듣고 뵈옵고자 불원천리[57] 왔사온데 지금 안 계십니까?"

"어디서 오셨지요?"

"에헴, 어, 오기는 계룡산 정읍에서 왔습니다만 추강 선생을 직접 뵙

---

56 거쉰 : 목소리가 쉰 듯하고 굵직한.
57 불원천리(不遠千里) : 천리길도 멀다 여기지 않고.

고……."

"예에……."

하고 말끝을 끄는 영순이는 잠시 망설이는 모양이었다.

"무슨 일인데요?"

"어, 그건 만나뵙구 말씀드리야겠읍니다. 좀 요긴한 일이 돼서요."

"예에, 그런데 오늘 몸이 좀 불편해서 저리에 누워 계신데요."

"허, 그것참, 낭패로군. 대단하신가요? 에헴, 꼭 잠깐만 접견해주시면 되
겠는데요. 일인즉슨 무척 긴요지사[58]가 돼서요, 허어."

"잠깐 좀 기다려보셔요."

하는 영순이 목소리가 들리더니 문이 열리고 그녀가 안으로 들어왔다. 문을
닫은 그녀는 속삭이는 소리로 말했다.

"상투 틀고 갓 쓰고, 아주 구식 노인이에요. 그런데 뭐 계룡산서 왔다구
요. 요긴한 이야기가 있다고 꼭 만나야겠다고 그러는데요."

밖에서는 연방 '에헴' 소리가 계속됐다.

"글쎄, 그게 누굴꼬?"

하면서 병직이는 고개를 기우뚱했다.

"글쎄요, 그런데 아주 점잖게 생긴 노인예요. 흰 수염이 이렇게 기다랗게
나고."

하면서 영순이는 자기 턱 밑을 내리쓸어 쓰다듬는 흉내를 내며 웃었다.

"좌우간 들어오시라구 그러시오."

하고 병직이는 크게 말했다. 밖에서는 '에헴' 소리가 더 크게 났다.

영순이의 인도로 방 안에 들어서는 노인은 신수가 멀끔한 호호야[59]였다.
갓을 위엄있게 썼고 턱밑수염은 길이가 반 자도 더 되게 늘어져 있는데 희

---

58 긴요지사(緊要之事) : 꼭 필요하고 중요한 일.
59 호호야(好好爺) : 인품이 아주 훌륭한 늙은이.

미완성

끗희끗한 털이 3분지 2가량 돼 보였다. 깨끗한 흰 두루마기를 도사리고 그가 앉을 때 그의 몸에서는 찬 기운이 훅 발산되었다. 이불을 어깨에 두르면서 병직이가 일어나 앉는 것을 보는 노인은 손짓으로 만류하면서,

"아, 뭐, 그냥 누워 계시오."

하고 거쉰 목소리로 점잖게 말을 건넸다.

"방이 누추해서……."

하는 병직이의 말을 가로 막고,

"천만에."

하고 대답하는 노인은 바른손으로 수염을 한 번 쓱 내리쓸고 방 안을 한 바퀴 둘러봤다. 그 다음 허리를 조금 구부리고 두 손으로 방바닥을 잠시 짚었다 떼는 노인은,

"우리 인사합시다. 뵈옵기가 늦었읍니다. 제 성명 삼자는 황동오라 하옵니다. 추강 선생 성화[60]는 익히 듣자옵고 일찍 찾아뵙고자 하던 차에…… 에헴…… 그간 댁내 제절[61]이 안강하오신지……."

하고 서당에서 강[62] 바치는 양 단숨에 내리뽑았다.

"에헴, 기체가 미령하신데 이렇게 억지로 뵙자고 해서 그자 황송하오이다. 그런데 제가 선생을 뵈오려 온 목적을 말씀드리자면…… 에헴…… 추강 선생의 성화야 우리 조선 팔도에 편만했으니 일찍이 한 번 접견코자 벼르고 벼르던 차에, 이번에 제가 매우 중대한 사명을 띠고서 오늘날 선생을 이처럼 면대하게 된 것은 이 또한 하늘이 내리신 호인연인 줄로 생각하옵니다. 에헴…… 이 세상 만사 다 인연으로 이루어지니까루, 에헴……."

이 노인의 말투가 우스워서 웃음이 터져나오려는 것을 겨우 참는 병직이는,

"무어 저 같은 것을……."

---

60 성화(聲華) : 세상에 넓게 알려진 명성.
61 제절(諸節) : 듣는 이의 집안 식구들의 기거동작을 높여 이르는 말.
62 강(講) : 옛날 서당에서 배운 글을 스승 앞에서 외우던 일.

하고 가장 겸손하게 말하면서 곁눈으로 영순이를 힐끔 봤다. 반쯤 돌아앉은 영순이는 웃음을 억지로 참느라고 입을 꼭 다물고 실룩실룩하고 있었다.

"원 천만의 말씀…… 에고…… 제가 사는 곳으로 말하오면 계룡산 정읍이 올씨다. 선생께서도 이미 다 통촉하실 것이지만, 이제 새 천지는 정감록에 의하여 정읍에서 개시되리라는 것은 삼척 동자도 다 알고 있는 배 아니오니까. 그래서 천자께서는 이미 정읍에 대궐을 지어놓으시고 등극하실 날을 오직 기다리고 계시지요."

이때 병직이는 속으로,

'이자가 보천교[63] 축이로구나. 그러나 대관절 이자가 날 무슨 일로 찾아왔단 말인가?'

하는 호기심이 끓어올라 귀기울여 다음 말을 듣기로 했다.

죽 냄비를 화롯가에 비스듬히 결쳐놓고 나서 두 손을 화롯불에 쬐고 있는 영순이도 호기심이 동했는지 눈을 말똥말똥 뜨고 노인의 얼굴을 지켜보고 있는 것이었다.

노인은 까딱 않고 책상다리하고 앉은 채 가끔 수염을 쓸면서 느릿느릿 말을 계속했다.

"그런데 등극하실 날이…… 에헴…… 얼마 남지 않았단 말씀입니다. 정감록 예언대로 왜황[64] 30년이 멀지 않아 끝날 거고, 철마(鐵馬) 한강 상에 운지 벌써 오랬고, 계룡산 천자암이 하얗게 씻기기 시작됐단 말씀이옵니다. 그러니까 등극하실 날이 멀지 않은 이때에 천자께옵서는 우리나라에서 으뜸되시는 화백 추강 선생을 모셔다가 천자폐하 화상[65]을 그리시기로 분부가 내렸사옵니다. 그래서 이 변변치 못한 제가 그런 중대 사명을 띠고 이렇게 선

---

63 보천교 : 증산교의 교조 강일순의 제자인 차경석이 1916년에 전라북도 정읍에서 창건한 유사 종교. 처음에는 '보화교'라고 하다가 이 이름으로 고쳤는데, 교주가 죽은 뒤에 사교로 규정되어 해체되었다.
64 왜황(倭皇) : 일본의 황제.
65 화상(畫像) : 사람의 얼굴을 그림으로 나타낸 모습.

미완성

생을 모시러 온 것이올씨다."

병직이는 제 귀를 의심하지 않을 수 없었다. 영순이는 영순이대로,

'이게 무슨 도깨비 소린고?'

하는 듯이 눈을 둥그렇게 세우고 노인과 병직이를 번갈아 바라보고 있었다. 노인은 그냥 말을 계속했다.

"에헴, 물론 조선 팔도에 도도한 화백님들이 많이 계시지만도 천자폐하의 화상을 삼가 그리는 중대하고도 존엄한 일이라서 가장 훌륭하신 추강 선생께서 꼭 맡아주셔야만 될 것이니깐두루…… 에헴…… 특별히 선생을 초빙하라는 어명이 내리셨단 말씀입니다. 에헴, 그 보수에 대해서는 물론 우대하겠거니와…… 에헴…… 선생께서도 보수 문제보다도 이런 성스런 일에 선생의 천재력을 발휘해볼 그 기쁨이 더 클 것으로 기대하는 바이옵니다. 선생의 의향은 어떠신지요?"

하고 말을 끊은 노인은 수염을 슬슬 내리쓸면서 병직이의 대답을 기다렸다.

병직이는 어안이 벙벙할 뿐 무엇이라고 얼른 대답 못 하고 노인의 얼굴과 아내의 얼굴을 번갈아 바라봤다. 순간,

'이 노인이 정신병자가 아닐까?'

하는 의문이 병직이의 머리에 솟아올랐다. 그러나? 저렇게 신수가 멀끔한 노인, 저렇게 점잖게 앉아서 제딴에는 최대 경어로 정중히 이야기를 늘어놓는 저 노인의 머리가 돌았다고 속단할 수 있을까? 혹시 정신병자라면 하필 병직이를 찾아와 이러고 있을 이유가 어디 있을까?

병직이를 똑바로 바라보다가 대답이 없는 것을 본 노인은 다시 말을 계속했다.

"에헴, 선생께서 가시기로 허락만 하신다면 즉일로 모시고 오랍시는 분부이신데, 이처럼 기체 미령[66]하지 않았던들 오늘 곧 떠나시도록 했으면 좋으

---

66 기체 미령(氣體 靡寧) : 몸과 마음이 병으로 편치 못함.

련만. 에헴, 며칠이면 완쾌하실는지. 에헴, 즉각 떠나신다 할지라도 물론 우선 재료 구입하고 준비하시려면 하루나 이틀 걸릴 거고 하니까…… 그런데, 에헴, 재료는 대강 얼마치나 준비하면 족할는지요? 에헴, 모든 것을 다 새로 장만하셔야지요, 물론. 새 재료를 가지고 새 마음으로 착수하셔야 할 테니까요. 에헴, 돈은 미리 넉넉히 가지고 왔사오니 우선 재료부터 구입하시고……."

하는 이 노인이, 마치 이쪽에서 허락한 것처럼 구체적으로 덤비는데 병직이로서는 적이 불쾌를 느끼기도 했으나 돈이 생긴다는 유혹이 불쾌감을 삼켜버렸다. 그렇다고 즉각 승낙하기에는 체면이 용납 안 되므로 지금 병중에 있으니 일후 다시 만나자는 좋은 말로 얼버무려서 우선 그 노인을 보냈다.

노인을 보내고난 부부는 이러니저러니 하고 그 일에 대해 한참 논의해봤으나 결론을 못얻고 병직이는 잠이 들었다.

낮잠 자는 병직이는 그가 차경석의 초상화를 그려주고 돈을 흠뻑 받아가지고 오는 꿈을 꾸다가 깼다.

'그런 짓을 해서야 되나? 그건 예술에 대한 모독이다.'

하고 스스로 격려해보긴 했으나 고작 두어 주일간만 눈 딱 감고 그적거려주면 소불하[67] 몇백 원 돈이 손에 들어올 것을 생각하니 구미가 바짝 동하는 것을 억제할 수가 없었다. 자기 마음이 솔깃해지는 것을 인식할 때 그는 화가의 양심으로 저 자신을 타매[68]했다. 그러나 한편으로 타매하면서도 타매하면 할수록 돈 몇백 원이 손에 잡히면 영순이가 얼마나 기를 펴고 살게 될까, 또는 그만한 돈이 생기면 다시 창작의 붓을 들 수 있는 여유가 생기는 것이 아닌가 등, 그럴싸한 이유를 캐내어 자기 행동을 합리화하려고 애쓰는 자신을 발견할 때 그는 더한층 자아멸시와 증오를 스스로 느끼는 것이었다.

---

67 소불하(少不下) : 적게 잡아도.
68 타매(唾罵)했다 : 더럽다 생각하여 경멸하며 욕했다.

미완성

그러면서 또 한편으로는 그 노인이 내일 꼭 와주었으면 하는 기원을 억제할 수 없었다.

노인은 바로 그 이튿날 아침 다시 찾아왔다.

병직이는 여러 말 않고 쾌히 승낙했다. 그러니까 노인은,

"에헴, 수고하시는 데 대한 사례는 일후 화상이 완성될 때 올리기로 하옵고 우선 재료 구입비와 당분간 댁 살림에 소용될 용돈 쪼로 약소하나마 우선……."

하면서 십원 짜리 지폐 열다섯 장을 꼬박꼬박 세어놓았다.

지전뭉치를 가운데 놓고 그들 내외는 이게 정말인가 싶어서 한참 동안 말도 못 하고 마주 건너다보고 있었다.

'이게 모두 위조 지폐나 아닐까?

하는 생각이 든 병직이는 지폐를 한 장씩 들고 앞뒤로 살펴보고 톡톡 뚜들겨보기도 하고 맞대고 비벼보기도 했다.

이 돈 중에서 재료대로는 전체 새것으로 마련해도 백 원이면 족할 것이요, 나머지 50원은 살림살이에 쓰게 될 것이었다. 무엇보다도 먼저 병직이는 전당포로 가서 유질[69]되지 않은 물건들을 도로 찾아내 왔다. 쌀가게, 반찬가게, 등에 진 외상을 다 청산하고 지난달에 만봉 어미한테 꾸어 썼던 35전까지 갚고 나니, 그 기분이 날아갈 듯했다.

초상화 그릴 재료 사려고 나갔던 병직이가 물건을 한아름 들고 들어오면서,

"여보, 오늘밤 날 전송하러 역에 나갈려면 당신 구두 한 켤레 사야 되지 않겠소. 자 지금 곧 나가서 삽시다."

하고 외쳤다.

구두 한 켤레 산다는 말! 이 말에 영순이의 눈에는 감격의 눈물이 핑 돌

---

69 유질(流質) : 전당포에 맡긴 물건의 소유권을 찾아가지 않아 전당포 주인이 그 물건을 처분하여 가지는 일.

았다.

영순이는 어려서부터 남달리 양화[70]에 관심이 컸었다. 시골집에서 보통학교 다닐 어린 시절에도, 그 동리 사람으로 서울 유학하는 여자고등보통학교 학생이 방학에 내려올 때 뒷굽 높은 피뚝구두[71]를 신고 온 것을 처음 본 그날부터 영순이는 그런 구두를 신어보고 싶어서 구두 신는 꿈을 자주 꾸곤 했었다. 이 이야기를 그녀가 언젠가 병직에게 들려준 일도 있었다. 그때 병직이는 휴우 한숨을 쉬면서,

"그렇게까지 좋아하는 걸 이 비렁뱅이[72]한테로 왔기 때문에 한 켤레도 못 사신는구려."

하고 탄식했었다. 이때 영순이는 속으로,

'아차, 내가 안할 말을 또 했구나.'

하고 후회했었다.

영순이가 서울 유학 온 날, 맨 첫 번 산것이 구두 한 켤레였었다. 구두 한 켤레를 샀기 때문에 한 학기 동안 내내 용돈이 모자라고 옹색했지만 그러나 그 굽 높은 구두를 신고 거리에 나서는 맛이란! 자랑스러우면서도 부끄러웠다. 길 가는 사람들 모두가 자기 구두만 눈여겨보는 것 같아서 쩔쩔매면서도, 자기또래 처녀들과 마주칠 때에는 보라는 듯이 소리를 더 크게 땅땅 내면서 걸었고 구둣바닥이 내는 뽀드득 소리에 기고만장하곤 했었다.

영순이가 서울서 수년간 치어나는 동안 가장 큰 심미적 발전을 보인 방면은 구두 취미였다. 그래서 영순이가 신고 다니는 구두 스타일은 동창생간에 정평이 있게 되었고, 나중에는 그녀 스스로 스타일을 고안해 가지고 구둣방에 가서 그대로 마추어 주문해 신는 데는 구둣방 주인도 혀를 내둘렀다.

그만큼 구두에 대한 관심과 기호가 컸던 영순이로서 구두다운 구두를

---

70 양화(洋靴) : 주로 가죽으로 만든 서양 신발.
71 피뚝구두 : 뾰족 구두.
72 비렁뱅이 : 거렁뱅이의 사투리. 거지를 낮춰 부르는 말.

발에 걸쳐보지 못한 지 일년이나 된 이날, 다시 구두 살 돈의 여유가 생겼다는 사실만도 그녀 목을 메이게 했다. 그러나 그녀는 빈궁이라는 것이 얼마나 비참하다는 것을 이미 체험했으므로 자제력을 회복했다.

"구두는 그만두고 고무신이나 한 켤레 사 신지요."

하고 말했다. 그러나 병직이는 고집을 세웠다.

"아니 이런 때 눈 딱 감고 한 켤레 사야지. 밤낮 한 시간씩 서서 들여다보던 쇼윈도 우리 영순이의 눈독에 녹아 빠지나보다 했더니⋯⋯. 자, 당장 가서 그 점포 속에 있는 놈 중 가장 묘한 것 한 켤레 골라 사도록 합시다."

영순이는 눈을 흘겼으나 참으로 오래간만에 그들 둘이는 유쾌한 웃음을 웃었다.

양화점 안에 들어선 영순이는 날 밝은 봄날 아침 종달새처럼 기분이 명랑했다. 그녀는 이 구두 저 구두 신어봤다. 구두 한 켤레 산다는 기쁨도 기쁨이거니와, 이렇게 여러 구두를 마음대로 실컷 신어봐도 구둣방 주인이 싫은 소리 한 마디 못하고 설설 기는 꼴을 보는 것이 즐거워서 명랑한 웃음을 연방 터뜨렸다.

마침내 그녀 마음에 가장 드는 구두 한 켤레가 선택되었다.

"이거 얼마죠?"

"십칠 원만 줍쇼."

17원이라는 말을 듣자 이때까지 명랑했었던 영순이의 얼굴이 흐려지고 말았다.

"너무 비싸."

하고 외치는 영순이는 그 구두를 얼른 벗어버렸다.

그 구두가 비싸지만 그냥 사자는 병직이와, 아주 싼 것을 사야 한다고 우기는 영순 간의 논쟁이 잠시 전개되다가,

"이걸 주세요."

하고 5원짜리 굽 낮은 구두를 신고 영순이는 구둣방을 나서고 말았다.

거리에 나서자 약간 뿌루퉁해진 남편을 웃는 낯으로 쳐다보는 영순이는,

"그동안 살림도 살아야 하지요. 구두 좋은 거 신는다구 배부를까요?"

하고 낮고 부드러운 목소리로 말했다.

그날 밤 차로 병직이는 노인과 함께 떠나갔다.

반드시 이틀에 한 번씩 서로 편지할 것, 초상화는 꼭 두 주일 이내에 그리고 돌아올 것을 서로 굳게 약속하고 나서 병직이는 차에 올랐다.

남편을 떠나보내고 혼자 집으로 돌아오니 쓸쓸한 느낌 무엇에 비할 수 없었다. 오래간만에 훈훈하게 불 지펴 놓은 방이었지만, 겨우내 남편이 누워 뒹굴던 자리가 비어 있는 것이 비록 단간방이지만 덩그렇게 보였다. 얼른 잠들어 버리려고 이불 덮고 누웠으나 눈은 더 말똥말똥해질 뿐 잠은 구만리 밖으로 달아난 듯 세상 온갖 잡사가 모두 뒤섞여 생각나는 것이었다.

그 이튿날부터 그녀가 세상에 사는 유일한 목적은 남편의 편지를 기다리는데 있었다. 아직 남편이 목적지에 가 닿지도 못했을 이튿날 새벽부터 그녀는 편지 배달부가 오지 않나 해서 몇 번씩 밖을 향해 귀를 기울이다가 그 기다림이 얼마나 어리석다는 것을 깨닫고는 가늘게 한숨 쉬곤 했다.

기다림이 사흘을 덧없이 지나가고, 나흘, 닷새가 지나가자 그녀는 안절부절 못했다. 정읍이라는 데가 아무리 산골 구석이라 한들 요즈음 세상에 편지가 닷새, 엿새씩 걸릴 리는 결코 없었다. 그녀는 편지를 써 보내고 싶었으나 남편이 가 있는 주소를 모르는 것이었다. 남편이 떠나갈 때 정읍으로 가서 처소가 작정되는 대로 곧 주소를 알리는 편지를 보내겠다고 약속했었는데 아무런 기별도 없으니 알 수 없는 노릇이었다.

하루 종일 어디 나가지 않고 이제나 저제나 하고 우체부가 다녀가기를 기다리다가 어쓸한 저녁이 오면 불안은 더한층 커졌다. 맥이 탁 풀려서 저녁 지을 생각도 없어지고 아무 일도 손에 잡히지 않아서 멀거니 앉은 채 남편이 그리다가 버려둔 화폭들을 이것저것 들여다봤다.

오늘이야 설마, 오늘이야 설마 하는 설마가 남편 떠난지 열흘이 넘도록 엽서 한 장 소식이 없자 영순이는 편지를 썼다. 주소는 모르지만 계룡산 정읍 차천자[73] 전교[74]로 보내면 편지가 남편 손에 들어갈 것이라고 생각되어 그 주소로 보냈다.

그러나 그 후에도 며칠 째 편지도 회답도 오지 않았다. 영순이는 문득 얼마전 신문에서 읽은 괴이한 기사 생각을 했다. 유럽 어떤 나라에서 엽서 한 장이 발신한 지 20년 뒤에야 수신인에게 배달되었는데 그때는 편지 쓴 사람이 죽은 뒤라, 편지 받은 사람은 결국 유령에게서 편지를 받은 셈이 되었다는 기사였다. 그렇다면 정확하다는 우편국에서도 혹시 실수를 하는가? 이런 생각이 들자 그녀는 편지 한 장을 다시 써서 등기 우편으로 보냈다. 그리고는 남편한테서 오는 편지가 어떤 우체부 가방 밑에 붙어다녀 배달이 안 되는 것이 아닌가 하는 의혹이 생겼다. 그녀는 대문 밖에 종일 나서서 지나가는 우체부마다 붙들고 자기에게 오는 편지가 가방 밑에 붙어 있지 않는가 살펴보라고 애원했다. 첫 번째 만나는 늙은 배달부는 딱하다는 표정으로 머리를 절레절레 흔들면서 지나갔고, 두 번째 만나는 젊은 배달부는 화를 벌컥 내면서,

"내가 댁 편질 국 끓여 먹으려고 가지고 간단 말요."

하고 소리를 지르는 것이었다.

그녀는 경성 우편국에까지 가서 조사해달라고 빌었으나 빈손으로 타박타박 돌아올 수밖에 없었다.

남편이 꼭 돌아온다고 철석같이 약속한 두 주일이 지나가버렸건만 편지도 안오고 남편도 안왔다. 그녀가 등기로 부쳤던 편지가 '수신인 부재'라는 부전이 붙어 되돌아오고 말았다. 이 반환된 편지를 받아든 영순이는 기절해

---

73 차천자(車天子) : 보천교 교주인 자칭 천자인 차경석.
74 전교(轉交) : 다른 사람을 거쳐서 편지를 받게 하기 위해 편지 겉봉에 쓰는 표현.

쓰러졌다.

　이튿날 아침 이상한 손님의 내방을 받았다.

　잠 한숨 못자고 거의 혼수상태에 빠져 밤을 꼬박 새운 영순이는 해가 떠오른지 오래 됐건만 일어날 생각 없이 그냥 누워 있었다. 그때 문 밖에서 돌연,

　"말씀 좀 물읍시다."

하는 소리가 무척 가까이서 들려오는 것을 느꼈으나 그 목소리와 자기는 아무런 관계가 없는 것 같아서 그냥 무심히 들어넘겼다. 그러나 그 다음 그 목소리가 다시 말할 때 그녀는,

　"억."

　소리를 지르면서 발딱 일어났다.

　"박병직이란 사람이 살던 방이 어디요?"

하고 묻기 때문이었다.

　"바로 그 대문간 방입니다."

하고 누군지 아마 만봉이 아범이 일러주는 소리를 들으면서, 영순이는 미처 저고리 고름도 못 매고 문을 벌컥 열었다.

　"왜 그러세요?"

하고 그녀는 소릴 질렀다.

　대문 안에는 회색 두루마기를 입고 중절모를 쓴 늙은 노인 하나가 서 있었다. 황급히 저고리 고름을 매는 영순이는,

　"왜 그러세요?"

하고 한 번 더 외쳤다.

　노신사는 잠시 머뭇거리더니,

　"영순이요?"

하고 묻는 것이었다.

　"예, 제가 영순이에요. 그런데 병직 씨가 어떻게 됐어요? 무슨 일이……."

　"좀 조용히 할 말씀이 있는데 방 안으로 들어가도 괜찮겠소?"

영순이의 가슴은 덜컥 내리앉았다.

그녀는 대답 대신 이부자리를 급히 개서 한편에 밀어 놨다. 까만 구두를 벗은 노신사가 방 안에 들어서서 문을 조심히 닫았다. 너무나 불룩거리는 가슴을 겨우 진정하는 영순이는 이 신사의 입에서 무슨 말이 떨어지나 겁이 나서 그의 얼굴을 똑바로 바라봤다.

신사는 어색한 듯이 외면하고 입맛을 두세 번 쩝쩝 다시고 나서 불쑥,

"나는 병직이의 아비요."

하고 말했다.

"예!"

하고 저 모르는 새 비명을 발하는 영순이는 흠칫 뒤로 물러앉았다. 머리가 여지없이 혼돈된 영순이는 신사의 얼굴을 뚫어지도록 노려보면서 그의 표정을 이해할 수 없었다.

한두 번 입맛을 가시고난 신사는 나지막한 음성으로,

"영순이 사정은 병직이에게서 다 들어서 잘 아오. 그동안 그놈 때문에 고생도 무척 하고…… 영순이가 갸륵하기도 하고 가련하기도 하지만…… 허, 그거, 일이 퍽 난처하게 됐거든, 허……."

양친을 여의고 고아로 친척 집에서 눈치밥 먹으며 자라났노라고 남편이 말했는데, 지금 그의 아버지라는 사람이 찾아왔으니 영순이는 무엇이 무엇인지 사리를 판단할 수 없게 되었다. 한참만에 겨우 정신을 수습한 그녀는,

"병직 씨는 지금 어디 계세요?"

하고 물었다.

"지금 집에 와 있지."

"집에요?"

"응, 그놈이 5년 만에 집엘 다시 찾아 들어왔소."

영순이는 말문이 막혀 버리고 말았다.

"그놈이 그림인지 무언지 그린다고 혼자 떠돌아다니는 줄은 나두 알고 있

었지만, 이렇게 예쁘고 순진한 처녀를 호려서 살림까지 차려놨다는 사실은 나나 걔 어미나 걔 처까지도 통 모르고 있다가 이번에야 그 녀석 자백을 듣고 알게 되었지그랴. 병직이 녀석이 아마 영순이를 속여온 모양인데 걔에게는 본 아내가 시퍼렇게 살아 있고 또 어린놈까지……."

영순이는 두 손으로 두 귀를 다 막았다. 정신이 희미해져왔다. 그녀가 정신을 차린 때 제 몸이 방바닥에 쓰러져 있는 것을 발견했다. 신사는 근심스러운 표정을 짓고 그녀를 내려다보고 있는 것이었다. 그녀는 질겁해 일어나려고 했으나 신사가 손짓으로 무리하지 말라는 시늉을 하고 말을 계속했다.

"그냥 누운 채 내 말을 끝까지 들어주오. 영순이의 현재 기분 내가 넉넉히 이해할 수 있소. 영순이에게는 쓰라리기 한이 없는 얘기겠지만, 내가 해야 할 말은 지금 다 털어놓고 해야 할 거고, 영순이는 다 들어야만 될 것이니까……."

신사는 두런두런 말을 계속하고 있는데 영순이는 생신지 꿈인지 분간할 수 없었다. 신사의 이야기는 무척 긴 것같이 생각되었다. 긴 얘기를 끝낸 신사가 밖으로 나간 뒤 영순이는 정신나간 사람처럼 천장만 골똘히 쳐다보고 있었다. 그 신사가 한 내용을 아무리 되풀이해 생각해봐도 그게 모두 꿈속 같지 생시 같지가 않았다. 신사가 다녀갔다는 것까지도 사실로 믿어지지 않았다. 마치 악몽에서 깨어나지 못해 가위눌러 허깨비도 보고 엉뚱한 얘기도 듣고 하면서 어서 깼으면, 어서 깨야지 하고 무한 애쓰면서도 깨지 못하고 안달하는 것처럼 생각되었다.

그러나 지금 그녀가 악몽을 꾸고 있는 것은 아니니 잠깨면 시원해질 꿈일리 없고 현실을 부인할 수도 없는 것이었다.

병직이가 영순이를 속이다니!

신사가 말한 사연은 대략 아래와 같다.

— 병직이는 본래 부유한 집 아들이었는데, 예술을 이해하지 못하는 완

고한 부모와 뜻이 맞지 않아 늘 갈등이 있었고, 게다가 부모가 정해 어렸을 때 맺어준 아내에 대해 애정을 느끼지 못하는 그는 늘 불평 불만으로 지내 오다가 5년 전에 집에서 탈출하고 말았다고. 아내와 이혼하기를 허락해주지 않는 한 절대 안 돌아온다고 선언하고 나갔다고. 그러나 병직이 아내는 구식여자지만 시부모의 총애를 받고 있었을 뿐 아니라, 이 며느리는 병직이의 아버지가 파산할 궁지에 빠졌을 때 돌봐주어서 다시 일어서게 해준 은인의 딸인 관계로 시집에서 도저히 괄시할 수 없는 처지에 있었다고. 그래서 아버지는 아들 병직이를 절연해버리고 돌봐주지 않아 왔었는데 5년을 경과한 어느날, 그러니까 약 두 주일 전에 예고도 없이 불쑥 집에 나타났다고. 부모의 기쁨은 형용할 수 없고 처음 며칠 동안 병직이도 아비 모르고 자라난 딸을 데리고 재롱도 보고 행복스러운 것같이 보이더니 날이 갈수록 그가 침울해지더라고. 부모는 아들이 무슨 고민을 품고 있다고 간파했다고. 부모가 여러 가지로 달래고 캐물어 본 결과 병직이는 영순이와의 관계를 마침내 고백하더라고.

그러나 병직의 아버지는 영순이를 며느리로 맞아들일 수는 없는 일이고 하여 부자지간에 흉금을 터놓고 의논해본 결과, 병직이가 영순이를 단념하는 댓가로 아버지는 미술에 대한 완고한 박대를 완화하여 병직이로 하여금 도꾜 미술대학(美術大學)에 유학을 시키기로 약속했다고.

이렇게 되어 부자간 타협은 원만히 되었으나 이 일을 영순이에게 알리는 일은 병직이 자신으로서는 차마, 설사 편지로라도 차마 못할 노릇이라고 해서 아버지가 대신 영순이를 만나 권고하기로 되었다고.

그런데 듣기에 영순이는 상당한 부잣집 딸이라고 하니 도로 부모에게로 가면 제일 좋겠고, 만인 돌아가기가 불가능한 경우라면 위자료라고 할는지 상당한 액수의 돈을 일시불로 지불해 줄 용의가 있으니 잘 생각해보라는 이야기였다.

"그러니까 영순이도 영순이 자신을 봐서나 병직이의 가정 형편 또는 그의 장래를 봐서 단념하고 헤어지는 것이 가할 줄로 아오."

하고 신사는 말을 맺었던 것이다. 생각하면 생각할수록 분하고 원통하고 아니꼽고 슬픈 일이었다. 영순이는 우는 것 이외 무슨 별다른 방도를 발견할 수 없었다.

그녀가 눈물 근원이 말라버릴 만큼 울고난 때 그녀의 신경은 자포자기가 지배하기 시작했다. 병직이! 그렇게도 사랑했고 지금에도 사랑을 저버릴 수 없는 그이가 자기를 버리고 달아난 이상 그녀는 이 세상에서 생명을 지속할 이유를 잃어버렸다고 생각했다. 죽음을 취하는 길이 그녀 앞에 놓인 외길이라고 생각하는 그녀는 몸서리쳤다.

그녀는 자기 배를 쓸어봤다.

'이 속에서 그이의 씨가 자라나고 있는 모양인데.'

하고 그녀는 생각했다. 지난달에 마땅히 있어야 할 생리적 작용이 없어진 것으로 본다든지, 그 밖의 현상으로 보아 그녀는 임신했다고 짐작하고 있었다. 지금 배를 문질러보니 그 속에서 새 생명이 팔딱팔딱 뛰놀고 있는 것 같았다.

'그이의 씨가…… 내가 죽어버리면 나야 시원하겠지만 이 죄없는 것이!'

하는 생각이 들자 이 새 생명을 위해서는 꼭 살아야만 되겠다는 결심이 생겼다. 그러나 살다니? 어떻게 산단 말인가? 지금 그녀가 집으로 들어갈 수 있을까? 설사 어머니는 받아들인다 하더라도 아버지가? 혼자서 자활해 나갈 수 있는 능력이 있는가? 더구나 애비 없이 자라야만 될 불운을 유전 받은 아이를 이 괴롭고 허무한 세상에 내놓는 것보다 차라리 함께 데리고 영원의 허무 속으로 스러져 버리는 것이 도리어 좋지 않을까? 남을 속이고 가면생활 하는 괘씸하고 비겁한 그의 씨와 유린된 나 둘 다 이 세상에서 없애 버리는 것은 의리없고 매정한 병직이에게 대한 복수인 동시에 절망 밖에 남은 것이 없는 자기에게는 도피가 되는 것이 아닐까?

영순이가 흘리던 눈물은 얼어 고체가 되었고, 차디찬 결심으로 굳어진 그녀의 정신은 또렷또렷해졌으며, 가만히 누운 채 입술을 잘근잘근 깨물면서 자기 결심을 실행에 옮길 자세한 방법을 연구하기에 여념이 없게 되었다.

그녀의 정신은 비록 서릿발처럼 냉정하기는 했지만 여러 날 내리 지치고 지친 육체가 도저히 더 지탱하지 못하게 되어 누그러지고 말았다.

"안 자리라, 안 자."

하고 발악은 하나 그녀의 몸은 잠속으로 깊이깊이 끌려들어갔다.

얼마나 잤는가?

주변에 인기척이 있는 것을 인식하며 잠이 깬 그녀는 본능적으로 흠칫 놀랐다. 그러나 매서운 결심을 한 뒤라 당돌하게 눈을 떴다.

"영순아!"

하는 부드러운 목소리.

서릿발같이 얼었던 그녀의 결심이 스스르 녹으면서 뜨거운 눈물이 주르르 흘렸다.

"아버지!"

하고 영순이는 작은 목소리로 부르고 영순은 다시 잠들어버렸다.

이튿날 영순이는 아버지를 따라 용천골 집으로 내려갔다.

상아탑의 분쇄(象牙塔의 粉碎)

산(山)!

산은 곧 조선이요, 조선은 곧 산이다.

산은 조선 민족을 품어주었고 배달의 후예는 산에 깃들어 살아왔다.

한(韓)민족의 한 사람이 집터를 잡을 때 반드시 산을 의지해 잡았고, 한 동리가 터전을 잡을 때에도 산을 의지했으며, 한 나라가 도읍을 정할 때에도 산을 의지해 정했다.

조선민족은 산을 믿고 살았고, 산은 언제나 싫증내는 일 없이 이 민족을 길러 내려왔다. 신령님도 산에 계셨고 역대 장수도 산에서 났으며, 겨우내 뜨뜻이 땔나무도 산에서 나고, 마실 물도 산에서 흘러내리고, 보리와 조와 감자도 산에서 나서 대대손손 먹여 살려 주었다. 벌판에서 쌀이 나기는 하지만 그 쌀은 바다 건너 일본으로 실어가고[75] 이 땅 백성은 산에서 나는 잡곡으로 연명하는 것이다.

한반도의 산들이 아늑하고 소박하고 가난하기 때문에 이 땅 사람들도 안온하고 겸손하고 가난하다.

한반도가 삼면에 바다로 삥 돌려 싸였음에도 불구하고, 저 유럽주 놀만디 족(族), 이어서 앵글로 색슨족에게는 밖으로 밖으로 뻗어나가는 길이 된 바다가 유독 우리 족속에게는 산을 보호해주는 방패로만 씌어졌었다. 그래서 우리 민족은 이 호호탕탕한 넓음을 따라 밖으로 뻗어갈 생각은 꿈에도 않고, 오직 바다 타고 건너오는 온갖 침입자를 막기 위해 바다로 향한 모든 문들을 꽉꽉 닫아걸어 잠그고 민족의 어머니인 산을 보호하기에 여념이 없었던 것이다.

결국 몽땅 다 외적(外敵)에게 내놓고 말게 되는 것을!

이 민족은 산의 아들딸들이다. 이 땅의 아들딸들이 남에게 자랑할 것이 있다면, 참말로 그리워할 것이 있다면, 그것은 권세도 아니요, 가문도 아니요, 도시도 아니요, 벌판도 아니요, 오직 산이 있을 따름이다. 반드시 백두산이 있어서가 아니고 금강산이 있어서가 아니라, 이 땅에 생을 둔 자는 누구나 다 어렸을 적에 봄마다 진달래 꺾던 뒷산 앞언덕 옆 동산이 있기 때문이다.

이런 것을 새삼스레 느끼면서 병직이는 새벽 안개 품에 폭 안긴 계룡산 높고 낮은 봉우리들과 계곡들을 바라보고 있었다.

---

75 벌판에서 … 실어가고 : 일제강점기 조선 반도에서 나는 쌀은 대부분 차압되어 일본 열도로 건너갔다.

미완성

"세숫물 떠놨습니다."

하면서 더벅머리 소년이 병직이 앞에 공손히 읍하고 서서 사뢰는 것을 듣고야 고개를 돌린 그는 그 소년과 뜰과 발 아래 빤히 내려다보이는 동리를 처음 보는 듯이 휘둘러봤다.

모든 것이 꿈만 같았다. 바로 엊그제까지 전차가 땡땡, 자동차가 뿅뿅, 양복쟁이들이 아스팔트 위로 물밀 듯이 쏠리는 것을 봐온 그의 눈앞에 지금 전개되어 있는 광경은 옛날 책 삽화에서 볼 수 있는 진기하고 이상야릇한 풍경들이었다.

상투쟁이들만 사는 동리!

그 그저께까지만 해도 병직이는 상투 틀고 갓쓴 사람 본 기억이 까마득했었기 때문에 그날 아침 상투쟁이 노인이 자기를 방문할 때 진객[76]이라고 느꼈었는데, 단 하룻밤 여행으로 오늘에는 상투 안튼 사람이라고는 여자들 내놓고는 어린이들과 병직이 자기 혼자밖에 없는 상투쟁이 나라 한 중앙에 그가 와 있었다. 조선 십삼도 각 지방 사투리가 뒤섞여 돌아가는 이 코스모폴리탄 씨티! 이 신흥 도시! 대궐이라고 불리우는 굉장하고 웅대하고 울긋불긋 단청한 건물! 경복궁만큼 크지는 못하나 그 반만은 한 웅대한 건물이었다. 자칭 천자 차경석! 불원한 장래에 적어도 군수 한 자리는 어김없이 떼낼 줄로 꼭 믿고 있는 수다한 어리석은 대중! 만일 이 광경이 참이라면 전등불이 낮같이 밝고, 승강기가 오르내리고, 운전기가 돌아가는 서울이 환각일 것임에 틀림없고, 만일 서울이 참이라면 이 『아라비안 나이트』에나 나올 수 있는 이 동리가 환각일 수밖에 없을 것이다. 그러나 이 두 개의 극단적인 대조가 환각이 아니고 실재인 것을 어찌하랴!

'사람이란 것은 한껏 영리한 반면에 이렇게까지 우둔하기도 한 동물이로구나!'

---

76 진객(珍客) : 귀한 손님.

하는 생각을 느끼며 병직이는 세수를 시작했다.

소위 천자라는 사람 앞으로 병직이가 인도된 것은 그가 정읍에 도착된 지 사흘때 되는 날이었다.

병직이는 우선 차경석의 얼굴 특징을 자세히 살펴봐 그 특징이 명확하게 자리 잡힌 때 그것을 기초로 하여 실물보다는 더 잘 생기고 더 위엄 있어 보이는 얼굴을 그리려고 생각했다. 누구를 막론하고 자기 초상화 그리기를 요구하는 심리는 결국 자기 얼굴의 정확한 복사보다도 훨씬 잘난 얼굴을 그려주기 바라는 허영심의 발로라는 것을 그는 잘 알고 있는 것이었다.

차씨의 초상화는 몹시 느리게 진행되었다. 그것은 차씨가 하루 한 시간밖에는 더 앉아 있을 시간의 여유가 없다고 하기 때문이었다.

나머지 무료한 시간을 그는 대개 산속 산책으로 보냈다. 병직이 시중든다는 명목으로 호위병 두 명이 뒤를 졸졸 따라다녔다.

내가 간수해두고 있는 병직 군의 일기책에서 그때 그가 기록한 대목에는 아래와 같이 씌어 있다.

'산에는 산신령님, 물에는 물귀신, 돌 한 개 나무 한 포기에서까지 신(神)의 존재를 인식하는 배달민족의 감정은 예술적 감정과 아주 가깝다. 예술가가 맛보고 느끼는 신비와 감격이 종교적으로 맛보고 느끼는 신비와 감격과 무엇이 다를까? 이 나라 산과 미신(迷信)이 서로 밀접한 관계를 가지고 있는 것과 꼭같이 이 땅의 산과 이 민족의 예술은 피차 떠날 수 없는 관계를 가졌다고 보는 것이 그릇된 판단일까? 과거 세계 각 민족의 위대한 예술이 각기 그 민족의 원시적 종교 기초 위에 이루어진 것이 우연만으로 되었다고 단언할 수 있을까? 미신적 감격에 감수성이 강한 족속에게 그 민감한 감수성 통로를 올바로 잡아줄 때 그것은 곧 예술적 감수성으로 흘러들어갈 것이 아닌가? 그렇다. 감수성이 희박한 민족에게는 종교고 예술이고 간 참된 발전을 볼 수 없을 것이고 감수성이 강한 민족일수록……. 그렇다면 우리는 우리 민족의 민감성을 타매하지만 말고 이 민감한 감수성의 방향을 고귀한 방향으로 돌려 예술적 교양 향상을 도모함으로써 참된 민족성의 위대성을 발견하게 될 것이 아닌가. 아, 그렇다. 그렇다면, 〈대한의 얼〉에는 이 방면을 표현시키지 않아서는 안 될 것이 아닌가. 즉 감수성이 민감한 이 민족이 미신의 구렁텅이로 끌려내려가 그 어둠 속에 헤매면서도 한편 예술의 밝은 빛을 향하여 구원을 바라고 있는 장면!

병직이가 그처럼 산을 감상하고 예술을 꿈꾸는 마음의 여유를 가졌던 것은 기실 일주일 밖에 더 못 됐다.

한 주일이 지나면서부터 그는,

'어째서 영순이한테서 편지가 안올까?'

하는 불안과 불쾌감을 느끼기 시작했다. 처음에는 대수롭지 않을 정도로 그의 마음속에 궁굴리던 이 생각이 열흘이나 되는 세월을 넘기게 되자 불안감은 급속도로 증가되어 갔다. 마치 한 개의 조그만 눈덩어리가 산 비탈을 굴러내려갈 때 굴러감을 따라 눈이 덧묻고 덧묻고 하여 점점 더 커져가지고 마지막에는 사태[77]가 되어 나무뿌리까지 뽑아가지고 내리궁굴만큼 세지는 모양으로, 병직이 머리속에 생긴 의아와 불안과 염려는 하루하루 날이 감을 따라 덧묻고 덧묻고 하여 마침내는 그의 마음의 평정을 송두리째 뽑고 밤잠까지 강탈해 갔다.

병직이는 여가에 산으로 올라가는 대신 방에 들어앉아서 영순이에게 보내는 편지를 쓰고 또 쓰는 데 시간을 다 보냈다.

"어떻게 된 일이오?"

"왜 편지 안 하오?"

"어디 편치 않소?"

"이 편지 받고는 곧 전보를 쳐 주시오."

"아니, 웬일이요? 당신의 회답을 받아보기 전에는 나도 다시는 편지 보내

---

77 사태(沙汰) : 산비탈에 쌓인 눈이 충격으로 밑으로 한꺼번 무너져 떨어지는 일.

지 않을 테니 그리 아시오."

"아, 더 기다릴 수 없어서 또 펜을 들었소!"

"대관절 어찌된 일이요? 나 애먹여 말라 죽일 심산입니까?"

이렇게 수백수십 문귀를 늘어놓아 매일 편지를 아내에게 써보냈으나 영순이한테서는 영 회답 한 장 없었다.

읍에 있는 우편소로 편지 부치러 가는 보호병을 붙들고 따져봤으나 그는 편지를 꼬박꼬박 부쳤다고 말하는 것이었다.

마침내 병직이는 돈도 다 소용없고 초상화 그릴 경황도 없으니 서울로 곧 올라갈 차비만 달라고 차씨에게 졸랐다. 그러니까 차씨는 그럴 것 없이 맨 처음 특사로 보냈던 텁석부리 노인 황동오를 서울 댁으로 보내보자고 말해 병직이 마음을 가라앉게 했다.

텁석부리 노인이 떠나가는 것을 보자 그의 마음은 한결 놓였다. 어서 초상화를 빨리 끝내고 서울로 갈 생각으로 차씨가 앉아주지 않는 시간에도 그림 앞에 앉아 잔손질을 게을리하지 않았다.

그러나 이상한 일로 텁석부리 노인이 떠나간 지 한 주일이 되도록 돌아오지 않는 것이었다. 병직이는 거의 미칠 지경이었다.

여드레만에야 돌아온 노인은 막상 상경하고 보니 볼일이 너무 많아서 여기저기 들르느라고

"퍽 기다리실 줄 알았지만 부득이 늦어졌습니다."라고 변명을 늘어놓았다. 이 사람이 노인이 아니고 젊은 사람이었더라면 병직이는 그이의 뺨을 갈겼을 것이다. 그러나 그 노인의 입에서,

"부인께서는 무사히 계십니다."

하는 한 마디가 나올 때 그에게 냈던 화는 금세 풀리고 고맙기만 했다. 여러 가지 물어보고 싶었지만 영순이가 무사하다는 반가운 소식에 도취된 그는 목이 메어 말이 나오지 않았다.

"그런데 약간 감기가 드셔서 누워 계시다가 어제 일어나셨노라고 그러십

니다. 에헴, 하여튼 편지마다 야단만 치시지 말고 어서 속히 상경하시도록 말씀 좀 잘 전해달라고 부탁하시더군요.”

하고 말을 맺은 노인은 얼른 자리를 피해버렸다. 영순이가 무사하다는 소식에만 정신이 팔려 기뻐하면서 방 안으로 들어서는 그의 머리에는 언뜻,

　‘그런들 어쩌면 여기서 사람을 일부러 올려보내기까지 했는데, 몇 자 긁적거려 보내지 않구.’

하는 생각이 들어 뛰어나가 황노인을 찾았으나 어디로 가버렸는지 찾을 수 없었다.

　“에라, 2, 3일 안으로 끝내고 곧 올라가면 되지.”

하고 그는 중얼거렸다.

　서울역 밖을 나선 병직이는 곧 택시를 잡아탔다.

　인파를 헤치면서 시속 30마일 달리는 자동차이건만 지금 병직이에게는 굼벵이 걸음처럼 느리게 생각되었다. 더구나 집을 한 킬로미터 밖에 안 남겨놓은 네거리에서 ‘스톱’ 시그널에 정지당한 차는 한참 뒤 종이 따르르 울면서 붉은 빛 전등이 돌아가고 파란 빛 전등이 나설 때까지 우두커니 기다리지 않을 수 없었다. 그곳을 지키고 있는 순사가 병직이에게는 밉게 보였다. 그는 차창 밖을 휘휘 둘러봤다. 이때 그의 눈에 띈 것은 최신식 유행 구두들이 가득 진렬되어 있는 양화점 쇼윈도우였다.

　“여보, 운전수, 나 여기서 좀 내립시다.”

하고 그는 외쳤다.

　“로터리 건너가서 내리셔야지요. 여기선 못 내리십니다.”

하고 운전수가 말했다.

　차에서 내린 병직이는 로터리를 걸어 도로 건넜다. 그가 계룡산으로 가던 바로 그날 영순이와 함께 들러서 5원짜리 구두 한 켤레를 산 그 구둣방 안으로 그는 들어갔다. 진렬장을 다 둘러보자 그날 영순이가 마음에 든다고 골

라잡았다가 값이 엄청나게 비싸서 못 사고 말았던 구두와 꼭 같은 구두를 쉽게 발견했다. 그는 서슴지 않고 그 구두를 샀다.

영순이를 놀라게 또 기쁘게 해줄 그 구두를 옆에 낀 병직이는 너무 즐거워서 휘파람을 불며 자기 집 골목 안으로 들어섰다.

'얼마나 놀라고 반가워할까! 지금 무엇을 하고 있을까? 내가 이렇게 갑자기 돌아올 줄 생각이나 하고 있을까?'

행복감이 그의 가슴을 벅차게 했다.

집 앞에 다다른 그는 언제나 벙싯 열려 있는 찌그러진 대문 안으로 들어서서 발자국 소리를 죽이고 살며시 자기 방문 밖에 다가섰다. 커지려는 숨소리를 억누르면서 그는 방문을 똑똑 두드렸다. 이때 방 안에서 영순이가,

'누구십니까?'

하고 물으면 그는,

'에헴, 박병직선생 계십니까?'

하고 딴 사람 목소리로 변성시켜 한 마디 하리라 하고 생각하면서 웃음이 나오려는 것을 참고 있었다. 그런데 안에서는 아무 대답도 없었다. 병직이는 한 번 더 문을 똑똑 두드렸다. 역시 무소식. 그는 문을 열었다.

영순이가,

'에그머니!'

소리를 칠 줄만 기대했었는데 방 안은 덩그러니 비어 있었다. 아내를 놀려주려던 자기 계획이 헛되게 된 데 그는 약간 실망을 느꼈으나,

"요것이 어딜 갔을까?"

하고 중얼거리면서 방 안으로 들어갔다. 방 안에 주춤 선 그는 잠시 망설였다. 새로운 장난이 마음에 떠오른 그는 싱글벙글 웃으면서 문 밖에 벗어놓은 자기 구두를 집어 들여오고, 자기 모자와 사들고 들어온 여자 구두곽 모두를 웃목에 놔둔 고리 속에 넣었다. 그리고 그는 양복 입은 채로 이불을 뒤

집어쓰고 누워서 쿵쿵 웃다가 다시 얼굴만 이불 밖으로 내놓고는 벽을 향하여 눈감고 잠든 체했다.

　문 밖에 고무신 끄는 소리가 짤짤 나고, 방문이 열리고, 자기는 그대로 잠든 듯이 그냥 누워 있는데,

　'어머나!'

하고 놀라고도 반가워하는 맑은 목소리, 이렇게 상상하며 기다렸으나 감감무소식. 좀 싱거운 생각이 들었다. 괜한 기지개를 한 번 한 그는 두 팔을 깍지껴 베고 누웠다.

　'대체 어딜 갔을까?'

　슬그머니 짜증이 났다.

　'대관절 어디 가서 이렇게 오래 있을까? 집을 비우고.'

　무슨 일이 생겼나 싶어 슬그머니 겁도 났다. 겁내기 시작하니 형용할 수 없는 불안, 아니 전율에 가까운 감정이 감전된 것처럼 그의 전신을 짜르르하게 했다.

　고리짝에 넣었던 제 구두를 꺼냈다. 안채 뜰로 들어가면서 그는,

　"여보, 만봉이 어머니."

하고 불렀다. 안채에서도 아무 반응이 없었다.

　"모두들 어디갔담?"

　돌아서 나오던 그는 만봉 어미와 딱 마부쳤다. 잔뜩 담긴 빨래 광우리를 머리에 이고 들어오던 만봉 어미는 병직이와 딱 마주치자 입을 헤벌이고 멍하니 쳐다봤다. 병직이를 처음 대하기나 하는 것처럼.

　그간 영순이가 돌아왔을 것 같은 생각이 든 병직이는 대문간으로 나갔다. 문 열린 채 있는 방 안에는 아무도 없었다.

　만봉어미는 빨래 광우리를 인 채 병직이 뒤를 따라왔다.

　"영순이!"

하고 그는 아무데나 대고 크게 소리질렀다. 아무 대답도 없었다. 만봉 어미

는 광우리 인채 우두커니 서서 병직이를 바라보고 있었다. 마치 이상한 동물을 구경하는 듯이.

"우리 안[78]에서 어딜 갔소?"

하고 병직이는 물었다. 그제서야 두 손 받들어 광우리를 내리우는 만봉 어미는,

"아아니, 어쩐 심판인구?"

하구 반문하는 것이었다.

병직이의 눈에는 만봉 어미 입 한 구석에 아직 물려 있는 또아리 끈만 보였다.

"아아니, 어찌된 일요?"

하고 만봉 어미는 또 물었다.

"우리 집[79]에서 어딜 갔는지 모르우?"

"아아니, 선생님이 모른단 말유?"

하고 반문하는 그녀는 병직의 얼굴을 똑바로 바라봤다. 아무 말 없이 머리만 흔드는 병직이는 만봉 어미의 얼굴을 마주 바라봤다. 혀를 끌끌 차는 만봉 어미는,

"아아니, 원 세상에 별 일두 다 있지. 아아니, 그래, 아씨가 친정으로 내려간 걸 선생님이 모르고 계신단 말유?"

하고 또 물었다.

"친정으로?"

"아아니, 그럼 선생님과는 의논두 없이 그냥 갔수?"

"어딜 가?"

하고 병직이는 딴전을 했다.

---

78 안 : 아내.
79 집 : 집사람, 아내.

고개를 끄덕끄덕하는 만봉 어미는 이제 빨래터에 가면 한판 벌려놓고 신바람나게 떠들 이야기 거리가 생겼다고 기뻐하는 것이었다.

 "원, 세상에, 내, 참, 그런, 아, 아씨 친정아버지가 와서 데리고 가셨는데유. 그런데 선생님과 아씨 친정간에는 아무 상논[80]도 없이 그냥. 쯧쯧!"

 얼빠진 병직이는 만봉 어미 입만 바라보고 있었다. 이 여인의 앞 웃니 두 개가 빠져서 구멍이 풍 난 것을 지금 비로소 인식하는 그였다.

 "그게, 그러니까, 그렇지, 바루 사흘 전이었구먼. 친정 아버지가 오셔서 자둥차에 태와 데리구 갔지유."

 "앓는다더니?"

하고 병직이는 또 딴전을 했다.

 "그러믄요, 앓다마다. 선생님 떠나시구 나자 시름시름 앓기 시작하더니 지난 며칠은 아주 헷소릴 다 하믄성 앓았지유. 아무것도 먹지도 않구. 우리 다들 아마 큰일 겪나보다 하구 극정하던 판에 마춤 친정아버지가 오셔서……. 응, 그런데 아씨 친정이 큰 부자시더군요…… 옳지 옳아, 음, 그러니꺼루……."

하고 만봉 어미는 무슨 광장한 것을 해득한 듯이 고개를 끄덕이었다.

 "아씨 친정아버지가 퍽 점잖으신 어른이던데유, 나더러 이집 주인 집을 아르켜 달래서 집세 밀린 것 말끔 회계 치르구, 또 우리 만봉이 녀석에게 50전 짜리 은전 한 푼 척 주시구…… 자둥차루 딸 데리구 가신걸유."

 "무슨 편지 같은 거라도 안 주구 그냥 갑디까?"

하고 병직이는 겨우 입을 열었다.

 고개를 절레절레 흔드는 그녀는,

 "아니유, 없시유. 아씨는 고갤 푹 숙이고 우릴 거들떠보지도 않고 그냥 가시구, 친정아버지는……."

---

80 상논(相論) : 상론, 서로 의논함.

더 듣고 있을 수 없는 병직이는 방 안으로 뛰어들어가서 문을 탁 닫아버렸다. 문 밖에서 만봉 어미가,

"원, 세상에, 쯧쯧쯧!"

하고 되풀이하는 소리가 차차 멀어졌다.

병직이는 만봉 어미의 말을 어떻게 해석해야 할지 몰랐다.

영순이가 배반하고 친정으로 갔다고 믿을 수는 도저히 없고, 오, 그러면 병이 위중해져서 친정에 기별해가지고 누가(만봉 어미는 친정아버지라고 하지만 그건 그녀의 추측이겠지) 와서 병원에 입원시킨 것이 아닐까? 그렇다면?

버선발로 뛰어나간 병직이는 안채 뜰로 들어가면서,

"여보, 만봉이 어머니."

하고 외쳤다.

"네에."

"혹시 병원으로 간다고 안 그럽디까? 입원시킨다구."

"아니유우. 분명 친정댁, 시굴 친정으루 데리구 가신다구 그러시든데유. 원, 세상에, 참 별일두, 쯧쯧."

방 안으로 돌아간 병직이는 털썩 주저앉았다. 두서 있는 생각을 할 기능을 잃어버린 그는 언제까지나 언제까지나 우두커니 앉아 있었다.

그는 동면하는 두꺼비처럼 꺼벅꺼벅하며 앉아서 밤을 새웠다. 아침에 겨우 잠이 들었는지 의식을 잃었었는지 언뜻 정신이 든 때,

『바로 이 방이야요.』

하고 말하는 만봉이의 목소리가 병직의 귓전을 때렸다.

『박병직 씨, 편지 받으시오.』

하는 굵다란 목소리가 들려왔다. 정신이 번쩍 든 병직이는 벌떡 일어나 문을 열었다.

『여기 도장 찍어주시오.』

하면서 우체부가 하얀 쪽지 달린 편지 한 장을 들이 밀었다. 등기 우편이었다.

부들부들 떨리는 손으로 도장을 꺼내든 그는 도장 끝을 입으로 호오 불어 눅눅하게 해가지고 찍어주고 나서 봉투를 급히 뜯었다. 편지를 펼치니 발가우리한 종이조각 하나가 방바닥에 날아 떨어졌다. 우편 위체 환전이로군 하는 인식이 있었으나 떨어진 것을 주울 생각은 없고 그의 눈은 편찬지[81] 위에 자석에 끌린 듯 붙어 있었다.

　'영순이는 내가 데리고 집으로 왔소.'

하는 첫줄을 읽은 그는 아찔했다. 하늘이 핑 도는 듯싶어 눈을 감았다가 겨우 진정하고 다시 읽기 시작했다.

　'과거지사는 어찌되었건 앞으로는 영순이를 더 괴롭히지 마시오. 영순이는 여기에 적당한 혼처가 작정되어 수일 내 결혼하게 되었으니 그리 알고, 매우 약소하나마 돈을 약간 보내니 그것으로 미술 공부에 보태 쓰기 바라오. 영순이 일에 대하서는 절대 비밀 지켜주길 바라오. 총총 이만.

영순 부 서.'

　병직이의 몸은 돌같이 굳어지고 무감각해졌다. 손에 들었던 편지가 스르르 저 혼자 떨어지고 말았다. 그의 눈 앞에는 무엇인지 까맣고 파랗고 한 작은 점들과 원들이 뱅글뱅글 돌기 시작하더니, 그 도는 속도가 차차 더 늘어 마지막에는 비행기 프로펠러 돌 듯하더니 깜빡하면서 모든 것이 스러져 없어지고 오직 어둠, 밑도 끝도 없는 어둠만이 천지에 가득찼다.

　영순 씨가 그날 오후 내 하숙방으로 방문 왔을 때 그때 사정을 그녀는 아래와 같이 나에게 들려주었다.

81　편찬지 : 편지.

"처음부터 모두 어버지의 연극이었어요. 아마 장태식이도 공모잘 거예요. 예, 지금 저는 장태식의 아냅니다. 그때 제가 어머니께 편지 냈던 것이 실수였어요. 그 편지 때문에 아버지가 우리 주소를 알게 되고 또 몹시 곤궁하다는 것까지 알게 되어 그런 엉뚱하고 교묘한 연극을 꾸몄어요. 아버지는 본래는 보천교 축들과 친한 사이였지요. 계룡산에서 병직 씨가 저에게 보낸 편지들은 애초 우체통에 넣지도 않고 모두 중간에서 쓱싹해버렸대요. 그런 걸 그 당시에 제가 알 수가 있었어야지요. 그저 제 맺힌 마음에 병직 씨가 절 속여오다가 결국 버리고 가신 줄로만 믿었지요. 아, 그이가 세상 떠난 뒤에야 어머님께서 자세한 이야기를 제게 들려주셨어요. 그이는, 아, 멋도 모르는 그이가 절 얼마나 원망하고 미워했겠어요. 돌아가시기 전 오해라도 풀어드렸던들 이처럼 섧고 원통하지 않겠어요. 이제 영원히 영원히 그이는 오해를 풀지 못하고 원한만 품고…… 아, 저승이라는 게 정말 있다면 거기서라도 다시 만나서, 만나서 만나서……."
하고 그녀는 그날 나에게 말하면서 울었다.

"아유, 내 세상에, 참 별일두. 내 세상에 오래 살진 못했어두 참 그런 일은 첨 봤수. 내 그런, 참!"
이것은 만봉 어미가 빨래터에서 펴놓은 이야기 주머니의 시초였다. 생전 가야 자기 몸에는 한 번도 걸쳐볼 꿈도 못 꿀 옷들 삯빨래하는 그녀는 다 빤 옷을 철벙철벙 물에 헹구면서 늘어놓기 시작한 얘기의 서두였다. 그녀는 이 얘기를 이 빨래터에서만도 적어도 스무 번은 되풀이했을 것이다. 이야기란 되풀이하면 할수록 더 신이 나고 더 재미나는 것이다.
"어디까장 얘기했드라. 아, 이런 년의 정신 좀 봐. 금방 하던 얘길. 응, 그래 그렇지, 만봉이 녀석 말이 아침에 두장[82] 찍어가는 편지가 왔드래. 그런

---

82 두장 : 도장(등기우편을 받을 때 수취인 도장 찍는다).

데 그날 종일 드나들며 봐야 그림자두 얼씬 않길래 그 사람이 어디 나간 줄만 알구 있었단 말유, 그 이튿날 봐두 들어온 기척 없구. 또 그 이튿날두. 그래서 난 아마 그 두장 찍는 편지가 처가에서 와서 처가로 내려갔거니 하고 생각했지유. 그런 변이 생길 꿈이나 꾸었겠수? 그러니깐 그게 나흘 후, 아니 사흘 홀 거야, 아냐 나흘이야 나흘. 그러기에 그날 만봉 아비가 '원 사람이 닷샐 굶구두 아주 죽지 않았으니' 하고 말을 했지. 그래 나흘이 맞아요. 그날 저녁에 빨래 광주릴 이고 들어가는데 어디서 끙끙 앓는 소리가 난단 말유. 하, 그 소릴 들은 것두 내 귀가 웬체 밝았길래 말이지. 그 사람두 내 귀 밝은 덕에 살아났지유. 그대로 하룻밤만 더 지나보우, 제아무리 장산들 견뎌낼 장수 있나! 자, 어디서 신음 소리 나는데 암만해두 그 방에서 난단 말유, 자세히 봐두 문밖에 신 한 켤레 안 뵈구 방은 빈 방이 분명한데, 참 이상두 하지. 긴가민가 하면서두 의심이 나서 방문을 열어보지 않았겠수. 아, 그랬더니, 내 세상에 원. 둔[83] 둔 둔 하구 모두들 둔 때매 눈에 꽃이 돋았지만 내 생전 그렇게 많은 둔 본 일이 없었다니까 글쎄. 뭐 그저 영감쟁이 일환짜리, 오환짜리, 슈환짜리 둔을 방바닥 하나 가득 헤쳐 놓군 그 한가운데 그가 네 활개 펴구 벌렁 누워 있는데 내 그런 꼴이라니, 지금 생각해두 소름이 쪽 끼치고 등이 오싹하군 하지 뭐유. 그걸 보구 난 그만 기겁을 했지유. 우리 여인네야 무얼 알아야 말이지. 자, 이걸, 패순막에 고발허나 어쩌나 하구 걱정을 하는데 마침 만봉 아비가 요행 들렀단 말유. 그래두 남자가 주변이 있어. 만봉 아비 말이 이런 걸 패순막에 고발하면 뭘허느냐구, 사람이 죽게 됐는데 둔은 방 하나 가득 널려있으니 둔 염려말구 의사를 모셔와야 헌다구, 그 말이 꼭 옳지 뭐유. 남자들 생각이 언제나 근사하다니깐……."

이 얘기를 벌써 여러번 들어서 흥미를 느끼지 않는 영길 할머니는 한 귀로 듣고 한 귀로 흘리면서 찰싹찰싹 빨래 방망이질을 하고 있었으나 이 얘

---

83 둔 : 돈.

기를 처음 듣는 산홍이 어머니는 이야기에 정신이 팔려서 쥐어짜던 치마를 손에 든 채 멍하니 만봉 어미의 입만 쳐다보고 있었다.

"아범은 의사 부르러 가구, 그래두 한 울 안에 살면서 그 음침한 방에 불이나 지펴야 할 텐데, 그러니 어디 장작 한 단인들 사올 둔이 우리 같은 거한테 있을 수가 있수. 그래서 방에 널려 있는 둔 중에서 일환짜리 한 장이라도 집어다가 장작이나 사오려구 방으로 들어가 바닥에 널린 둔을 쓸어 모아 보니껜 아주 사뭇, 이만큼 실히 되거든유."

하면서 그녀는 두 손바닥을 아래위로 쳐들어 그 지폐 모은 두께가 얼마나 되더라는 걸 과장해 표시했다. 이야기에 정신이 팔렸던 산홍이 어머니는 그 제서야 빨래 생각이 났던지 치마를 짜놓고 딴 것을 집어 물에 헹구면서 말 참견을 했다.

"아니, 그런데 그 사람이 본디 그렇게 어렵게 살았다면서 둔은 어디서 그렇게 많이 한꺼번에 생겼단 말요?"

"그러기 말이지유. 어디 가서 도둑질해 왔는지 모르지유. 그 후에 들으니께 자기 말은 뭐 무슨 산에 가서 그림 그려주고 둔을 받아왔누라구 그럽디다만 어디 믿을 소리유? 그림은 무슨 그림을 그렸기에 둔을 몇 습환두 아니구 사뭇 몇 백 환씩이나 받았겠수. 글쎄, 놈이야 도둑질을 하건 말건 내가 나대루 올바르게 살믄 그만 아니유. 하여튼 그 숱한 둔을 일일이 주워 모아서 신문지에 싸 허리춤에 넣구 나왔지유. 둔을 잘 간수해뒀다가 그이 정신이 든 뒤 고시라니 돌려줘야 할 거 아니유. 내가 돌봐 주지 않으믄 도둑을 맞을 거고. 그래두 우선 장작두 한 단 사구 쌀두 한 되 팔아다가 밈이라두 끓여드려야겠구 해서 그중에서 1환만은 내가 꺼냈지유. 그때 만일 내가 흑심을 먹었더라면 한 오륙 환쯤 슬쩍했어두 모를랩디다. 그 사람 정신이 완전히 든 뒤 둔 뭉치를 내주었더니 글쎄, 거들떠보지두 않구 세보지두 않든 걸 뭐. 그리구 만봉 애비가 의사 왕진료 약값두 치르구 나무 사들이구 쌀 팔아오고 한 걸 모두 셈 따질때두 그 사람은 그저 보는 둥 마는 둥 듣는 둥 마는 둥, 도

대체 둔이 얼마나 되는지 셈이 어떻게 되는지 상관 않던 걸유. 그렇게두 어렵게 살던 사람이 제정신 가지구야 그래 그렇게 둔을 본 둥 만 둥 하겠수. 그 사람 머리가 아무래두 돌았어."

"아니 그럼 입때 정신이 깨끗해지질 않았소?"

"내 하느니 그 말이유. 여태 정신이 한 절반 나간 사람 같아유. 더구나 요샌 술 망태가 돼버렸어. 웬 놈팽이를 끌어들여 함께 살면서 밤낮 취해다니니."

속으로 흐르는 힘

술!

패배자가 가는 길은 자살 아니면 술이다.

때마침 일재가 병직이를 찾아왔다. 일재는 젊은 예술가들 중 술 많이 마시기로 이름난 사람이었다.

"한 잔 빼앗아 먹으러 왔네."

하고는 병직이의 얼굴을 잠시 물끄러미 노려봤다.

"아니, 추강, 신색이 말이 아니군. 어디 편찮았나?"

하고 묻고난 그는 다시,

"자네 이번에 차경석 엉터리 천자 초상화 그려주고 돈을 수백 원 벌어왔다고 장안에 소문이 자자하네. 한 잔 톡톡히 내야지. 그런데 자네 아내는 어디 갔나?"

하면서 방 안을 휘휘 둘러보는 것이었다.

"마침 잘 왔네. 일재, 자 나가세."

하면서 병직이는 벌떡 일어섰다. 병직이의 행동이 일재에게는 의외로 생각되었다. 토벌이 이렇게 쉽게 성공되리라고는 그는 예기치 않았고, 더구나 병직이는 본래 술을 잘 못하는 축이라 끈덕지게 매달려야만 겨우 막걸리나 얻어 마시리라고 생각하고 들렀던 길인데 참으로 의외였다.

선술집에서 시작하여 내외 주점을 거쳐 카페로 새벽 세 시까지 병직이에게 끌려다니는 일재는, 술이 취하면 취할수록 이 음주 행각은 꿈이거니 그렇잖으면 자기 신경계통에 무슨 고장이 생겼음에 틀림없다고 생각되어 연방 고개를 흔들었으나 술맛은 역시 술맛이요, 취하기도 진정 취한 것이니 참 모를 일이라고 생각되었다.

병직이는 또 병직이대로 전례없이 대량 술을 마시고는 잔뜩 취해 일재 앞에서 여자를 저주하고 세상을 저주하고 전 우주를 저주했다. 일재는 당황하지 않을 수 없었다.

그 이튿날부터 일재는, 만봉 어미가 빨래터에서 떠벌인 것과 같이, 아주 병직이와 동거하면서 매일 밤 술동무가 돼주었다.

일재는 시골에 부모 처자가 다 시퍼렇게 살아있는데도 불구하고 서울에 혼자 살면서 그저 이리저리 닥치는 대로 그날 그날 살아오던 사람이었던 만큼 병직이라는 봉을 잡은 그가 병직이에게서 떨어져 나가지 않을 것이 분명했다. 일재는 그림을 그려본 지 벌써 3년이 넘었고, 재작년에 어떤 신문사 삽화 주임으로 취직했다가 몇 달 못가서 면직(자기 말로는 '거지 같아서 발길로 차고' 나왔노라고 말하지만)당한 후 지금까지 문자 그대로 거리의 룸펜[84]이 되고 말았다.

병직이가 도피의 길을 술로 택하기는 했지만 그의 생리가 술을 잘 받아주지 않았다. 생에 대한 환멸과 고뇌와 원한을 술에 타 마셔서 소화시키는 일이 병직이처럼 다감다한[85]하고 열정적인 성격에는 적용되지 못하는 모양이었다. 술집 행각 계속 며칠이 못 돼서 그는 술만이 자기를 위안해 줄 수 없다는 것을 깨달았다. 그러나 그렇다고 또 달리 어떤 해결책을 발견하지 못하는 그는 일재와 동무하여 술집 거리를 그냥 싸다니기를 계속했다.

---

84 룸펜(lumpen) : 부랑자 또는 실업자.
85 다감다한 : 느낌도 많고 한도 많다.

일재는 술 석 잔만 마시면 벌써 취해 버리는 데 반하여 병직이는 술을 아무리 억지로 들이켜도 취하지 않고 고통만 더 심해졌다. 그래서 그는 일재에게만 술을 권하고 자기는 우두커니 앉아서 명상에 잠기기가 일쑤였다.

가장 사랑하고 아끼고 존중했던 영순이가 가장 파렴치한 수단으로 그를 헌신짝처럼 버리고 간 것을 생각할 때 그것은 그에게는 한 여성만을 잃어버린 슬픔으로 국한된 것이 아니었다. 보통 물건이라 할지라도 정들였던 것을 잃어버리면 서운한데 하물며 둘도 없이 사랑하던 아내에게 배반당한 슬픔·고통·환멸·열패감은 실로 말할 수 없이 큰 것이었다. 병직이에게 있어서는 한 여성 혹은 사랑의 대상 하나를 잃은 것이 아니라, 진정한 예술가의 생명인 진선미를 통째 잃어버린 것이었다. 즉 영순이라고 이름한 한 육체적 형이하적(形而下的) 존재 뒤에는 병직이가 그리워하고 믿고 동경하고 또 절대적인 가치를 인정하는 요지부동한 형이상적(形而上的) 체제가 복재해 있었던 것이었다. 예술가인 추강은 물질적 아름다움에만 도취되어 있었던 것이 아니고 내면에 흐르고 넘치는 정신적 아름다움에 보다 더 도취되어 있었던 것이었다. 그랬기 때문에 화가인 추강이 자기 아내를 모델로 하여 〈대한의 얼〉이라는 작품을 그리기를 구상할 때, 그는 영순이의 육체미에만 치중했던 것은 절대 아니었고, 그보다도 그녀의 순정과 사랑, 곧 인류의 참됨과 아름다움과 착한 면에 더 치중하여 그 영감(靈感)을 화폭 위에 표현하고 싶었던 것이었다. 육체적 진선미와 정신적 진선미를 합친 것은 반석처럼 튼튼한 것이어서 거기에는 영원 불멸이 깃들어 있다고 그는 철석같이 믿었던 것이었다.

그랬던 것이! 아!

영순이의 배반은 한 아내, 한 여성의 배반만이 아니고 추강에게는 전 인류의 대한 신념의 배반, 전 생활 철학의 동요, 전 예술관의 분쇄, 바로 그것이었다.

"인류란 이렇듯이 비열하고 악하고 추한 동물이었던가! 이렇게 믿을 수 없는 인류의 혼에서 만세 불변의 진선미를 발견했다고 믿었던 것은 너무나 어리석은 일이었다. 이런 어리석은 토대 위에 세워놨던 예술관이란 얼마나 허무 맹랑했던 것인고!"

하고 그는 자탄했다.

이런 감정 상태에 놓여 있는 병직이에게 있어서 일재와의 음주 행각은 불붙은데 키질한다는 격으로 인생의 추악한 장면들만을 너무나 과도하게 구경시키는 기회를 그에게 제공해준 셈이 되었다.

한 잔 술 팔기 위해 추잡스런 뭇 사내에게 무료로 입술을 제공하는 수많은 '아리따운' 여성들! 단돈 2원에 정조를 아무런 사내에게나 제공하는 여성들. 아무 체면도 없이 거리낌도 없이 마치 뭇 수캐가 암캐 한 마리를 가운데 두고 으르렁거리며 싸우고 있는 것과 조금도 다름없는 추잡스런 수(雄)인간과 암(雌)인간들을 그는 구역이 나도록 실컷 목도했다.

바로 한 달 전까지 병직이는 상아탑 속에서 단꿈만 꿀 줄 알았던 순진한 예술가였었다. 이 상아탑 속에서 그는 혼자 열중했고 흥분했고 광분했던 것이었다. 한때 영순이와의 보금자리 역시 이 상아탑 속에 꾸며진 유리집이었다. 상아탑 속 색유리를 통하여 인간 사회를 내다보고만 있었던 것이다. 그가 〈대한의 얼〉을 그려 본다고 구상하고 열중했으나, 그러나 그 제재나 소재는, 지금 와보니 어디까지나 피상적인 것뿐이었었고 작가 자기가 친히 체험해 본 얼이 아니라 상아탑 색유리를 통해 내다보아온 세계의 추상에 지나지 않았던 것이었다.

그런데 이 상아탑이 하루 아침에 무너져 버리자 색유리도 깨지고 높은 자리도 허무러져 세찬 사회의 물결 소용돌이로 휩쓸려 들어가게 된 병직이는 걷잡을 새 없이 추잡스런 현실에 직접 맞부딪치게 된 것이었다.

처음에는 이 더러움, 이 추악함에 질식되는 것 같았으나 날이 흐름에 따라 소용돌이 속에서도 발 짚고 일어설 수 있는 힘이 생겼다고 그는 자신하기에 이르렀다. 그래서 그는 이 격류 속에 휩쓸려 넘어지지 않으려고 노력

미완성

하면서 사물을 냉정한 머리로 관찰하려고 애썼다. 이때 그의 사색을 강타하는 단 하나의 단어는 '왜?' 였다. 이 '왜?'가 그의 마음을 지배하게 되었다.

"왜? 왜? 왜? 어째서? 무슨 까닭에? 무슨 이유로?"

하는 어귀들이 그의 머리를 매일 매시 매분 두들기고 있으면서 해답을 강요하는 것이었다.

'왜?'에 대한 해답을 궁리하기에 골몰하게 된 그는 카페에 가 앉아서도 사방 둘러싼 째즈의 미친 소란과 술과 계집의 향기와 담배 연기까지 거의 인식 못하고 멍하니 앉아서 사색에 잠기곤 했다.

"무얼 그렇게 골똘히 생각하고 계세요?"

하면서 카페 여급 유리꼬가 병직의 손을 잡아끌었다. 병직이가 일어나지 않자 유리꼬는 그의 옆에 바싹 다가앉으면서 그의 귀에 입을 가까이 대고,

"오늘은 왜 이렇게 불류하세요[86]? 선생님 표정은 금방 〈블류 헤븐〉 곡이 쏟아져 나올 것 같으니."

하고 속삭였다.

"당번 손님들은 갔나?"

하고 병직이는 딴전을 했다.

"예, 방금 갔어요. 어떻게들 강 주정을 하는지 참 혼났어요."

"유리꼬는 이런 데 나올 여자가 아닌데."

하고 병직이는 농담삼아 말했다.

"선생님은 만날 때마다 그러시지. 선생님이야말로 이런 데 다니실 어른이 아니신데."

"어째서? 내가 누군데?"

"누구신지 알아서가 아니라 이런 데서 오래 부대끼자면 손님들의 성격을 첫눈에 알아맞히는 기술이 자연 생기는 걸요. 자, 쓸데없는 소린 그만하구

---

86 블류하세요 : 블루(Blue)하세요. 우울하세요.

어서 술 드셔요."

하고 유리꼬는 병직이의 무릎을 꼬집고 술잔을 들어 병직이의 입술에 갖다 댔다.

술 마시려 들지 않는 병직이는 놀란 듯한 눈초리로 유리꼬를 빤히 바라봤다.

"아이! 왜그러세요?"

"유리꼬가 내게 술을 권할 때가 있으니 내일엔 해가 서쪽으로 뜨겠소."

"어마, 오늘은 숫제 한 잔두 안 드시니까 권하는 거지요. 그저 저기 저꼴 되지 않을 정도로 잡수시면 좋아요." 하고 말하는 그녀는 맞은편 소파에 비스듬히 누운 일재를 가리켰다. 눈이 개개 풀리고 몸을 가누지 못하면서도 그의 옆에 도사리고 앉아서 츄잉검을 소리내어 짝짝 씹는 나나꼬에게 지분거리고 있는 것이었다.

"유리꼬는 정말 이런 데 나올 여자가 아니야."

하고 이번에는 정색하고 말한 병직이는 이어서,

"유리꼬 고향이 어디지?"

하고 물었다.

"지난번 가르쳐 드렸는데 벌써 잊어버리셨어요?"

"거짓말인 걸 뭐."

아무 대꾸도 않는 유리꼬는 가늘게 한숨 쉬고 다시 방글방글 웃으면서,

"자, 어서 술 드세요."

하며 술잔을 그에게로 내밀었다.

단숨에 비운 잔을 병직이가 테이블 위에 내려놓자 유리꼬는 자작[87] 잔이 찰찰 넘도록 술을 따라 단숨에 들이켰다.

"허어, 이거 큰일 났는 걸. 내일에는 정말 해가 서쪽에서 뜨려나 봐. 유리

---

87 자작(自酌) : 자기 스스로 술을 따라 마심.

꼬가 술에 화풀일 할 때가 있으니."

"차차 이렇게 되는 법이지요. 이런데 있으면……."

이때,

"유리꼬 상!"

하고 크게 부르는 보이의 목소리가 쩡 울렸다. 못들은 체하고 그녀는 술 한 잔 더 자작 부어 쭉 들이켰다. 그리고난 그녀는 병직의 팔을 자기 두 팔에 깍지 끼어 끼고는 곱슬곱슬 지진 머리를 병직의 어깨에 꼭 기댔다.

웃고 떠들고 노래 부르고 재즈는 츠렁츠르렁…… 이 모든 소란이 갑자기 더한층 요란스럽게 들려오는 것 같았다. 옆 복스에 둘러앉은 한 패거리가 돼지 멱따는 소리 같은 목청으로 곡조 틀리는 유행가를 고래고래 부르고 있는 것을 바라보는 병직의 마음은,

'왜?'

하고 한 번 더 묻는 것이었다.

'왜 저 젊은이들은 매일 밤 저래야 되나? 유리꼬는 왜 이런 데 와 있어야 하나? 나는 왜 이리로 왔나? 왜? 무엇 때문에? 어째서?

이때 흰 양복 코오트를 입은 보이가 가까이 왔다.

"유리꼬 상"

하고 보이는 가만히 불렀다.

"왜 그래요?"

하고 톡 쏘는 유리꼬의 목소리는 뽀드러져 있었다.

"저기 오호 테이블에 좀 가봐요."

하고 말하는 보이의 목소리도 이번에는 부드럽지가 않았다.

"여기두 손님 계시지 않수?"

보이는 어깨를 흠칠하면서,

"그래두 저기서 저렇게 유리꼬상 끌어오라구 야단치니…… 에라, 모르겠다."

하면서 그냥 가버렸다.

　"선생님, 선생님. 오늘밤만은 선생님께서도 좀 취해주셔요. 취한 체라도 해주셔요."

하고 애원하다시피 속삭이는 유리꼬는 병직의 팔을 끌어당겨 자기 가슴에 꼭 껴안았다.

　"예, 선생님, 취한 체하시구 절 놔보내지 마셔요. 안 보내겠다고 막 야단 좀 치세요. 네, 네."

　"왜 그래?"

　"그저 절 여기 좀 붙잡아 두셔요. 화나구 기막혀 죽겠어요."

　"글쎄, 왜 그러는 거야?"

　"선생님은 절 어떻게 보세요?"

　"그건 또 무슨 소리?"

　"사내들이란 참 바보예요. 조금만 친절하게 대해주면 금시 엉뚱한 생각을 품구 절 못살게 구니 참 질색……."

　이때 바로 등 뒤에서,

　"어이, 유리꼬 상, 어이, 유리꼬 쌍."

하면서 술취한 사나이 하나가 나타났다.

　초여름인데 아직 겨울 양복을 입은 남자 하나가 손에는 술병을 들고 비틀 걸음으로 병직의 곁으로 왔다.

　"어, 유리꼬가 여기 숨어 있군그래. 자, 나허구 술 한잔 하자구, 엉. 아, 이거, 손님, 실례합니다. 그만 취했읍니다. 자, 손님께서두 한잔. 잔드시고 유리꼬에게 넘기세요. 제, 성명은 최용욱이올시다. 예, 예, 암 그렇지요, 그렇구말구. 한때는 서울 장안에 이름이 떵떵 울리던 사회운동가 최용욱이가 바로 여기 이 사람이올씨다. 허어, 요즘 이 꼴이 됐읍니다. 허, 허, 허."

하고 사나이는 테이블 위에 있는 잔에 술을 붓는 것이었다. 그의 손이 어찌도 떨리는지 잔으로 들어가는 술보다 테이블 위에 흘리는 술이 더 많았다.

병직이는 묵묵히 이 사람을 훑어봤다. 키는 병직이 목에 밖에 닿지 않을 조그만 사나이로, 이발을 언제 했는지 머리털이 귀를 덮었고 얼굴 전판이 수염 투성이요, 반쯤 풀어헤친 넥타이 위 칼라는 땟국이 쪼르르 흐르고 있었다.

냉큼 일어서는 유리꼬는,

"이게 뭐요. 망신두 유분수지, 자, 갑시다. 어서, 저리로."

하고는 쪼르르 저쪽으로 갔다.

"허허허, 그래두 우리 유리꼬 쨩."

하면서 최라는 사람은 누구에게 하는지 분명치 않은 절을 하고 비틀걸음으로 유리꼬 뒤를 따라갔다.

테이블 밑에 침을 퉤 뱉은 병직이는 한번 더 속으로

'왜?'

하고 생각했다.

일재를 질질 끌다시피 부축해 가지고 카페 문 밖을 나서기가 무섭게, 밤은 자정이 넘었는데 여남은 살 먹어 보이는 계집애들 한 소대가 쪼르르 밀려와서 소매자락을 붙들고 매달렸다.

"아저씨, 미루꾸(캬라멜) 한 갑 팔아 주세요. 네에!"

하고 애걸하는 것이었다.

'아, 무엇이 얘들을 이렇게 만들었는가?'

하고 병직이는 한 번 더 커단 의문부호를 머리 속에 그려봤다.

잠이 꽤 깊이 들었던 모양이었다. 잠을 깨보니 훤하기는 하나 창에 햇발이 비치지 않는 것을 보니 오후가 분명했다.

담뱃불을 붙이며 보니 옆에 있어야 할 일재가 보이지 않았다. 변소에 갔나보다 하고 생각되어 그냥 누운채 천장을 쳐다보면서 담배 한 대를 다 피우고 나도 일재는 돌아오지 않았다.

배가 고팠다.

'무얼 또 나가 사 먹어야 하지 않나.'

하고 생각하며 기지개를 길게 켜고 부시시 일어나 앉았다. 머리맡에 웬 조그만 책 한 권이 놓여 있는 것이 그의 눈에 띄었다. 웬걸까? 집어보니 예수교 성경 신약전서였다. 책을 한 번 후르르 훑어보는데 책갈피에서 네 절로 접은 종이쪽지가 떨어졌다. 병직이는 그 쪽지를 펴봤다.

'추강 인형(仁兄)

내가, 이 일재가, 이렇게까지 될 줄은 추강형도 몰랐을 것이요, 나 자신도 모를 일이요. 그러나 나는 이미 이렇게 되었소. 아…… 정말 이렇게까지 됐소이다.'

여기까지 읽은 병직이는 눈이 둥그래졌다. 일재가 왜 이런 편지를 써놓고? 연필로 빨리 갈겨 쓴 편지를 병직이는 읽었다.

'이 일재는 룸펜, 부랑자, 무골충, 술통! 그렇소이다. 나는 과연 낙오자, 패배자, 희망 없는 놈, 즉 인생 맨 밑바닥까지 굴러떨어진 놈입니다. 그러나 설마한들 이 일재가 인종지말인 도둑놈이 되리라고는 나 자신도 염두에 안 뒀던 일이요. 그러나 지금 와서 변명이 무슨 소용, 나는 오늘 문자 그대로 도둑놈이 되고 만걸! 나는 추강 형을 원망하기까지 하오. 어째서 형은 나에게 도둑놈이 될 미끼 즉 기회를 주었소? 무슨 이유로 그놈을 내 눈에 띄게 했소? 내가 제아무리 굴러떨어진다고 할지라도 비렁뱅이가 될지언정 도둑놈은 절대 되지 않는다고 자긍심과 자신을 가지고 있었소. 그러나 오늘 그것이 다 산산조각 깨지고 말았고. 난 도둑놈이요. 추강 형의 고리짝 속에서 일금 일천 원야의 우편 위체를 처음 발견한 것은 3, 4일 전이었소. 천 원 돈! 천 원! 이 돈 천 원을 혼자서 몽땅 다 가져봤으면! 이런 꼬임이 그 순간부터 지금까지 일 초 일 분 내 마음을 떠나본 적이 없었소. 술을 아무리 많이 마시고 정신 모르도록 아무리 취해도 이 돈 천 원 생각은 내 머리에서 떠난 적이 없었소. 나는 잠도 옳게 못 자게 됐소. 천 원! 천 원! 천 원! 이 망할놈의 천 원! 이 고약한 미끼가 내 영혼을 사로잡고 말았소. 추강 형에게 붙어 살기 시작하면서 매일 밤 술을 얻어먹고 있으면서도 '한 잔만 더 사주었으면. 그만 가자고 하면 무슨 핑계를 잡아 좀더 마실 수 있을까?' 하는 생각이 들었고, 그때마다 나는 몸서리쳤소. '이 더러운 놈아, 친구의 불행을 이용해 큰 기회나 만난 듯이 끌고 다니면서 친구까지 망쳐놓는 이 더러운 놈아!' 하고 나는 나 자신을 욕했소. 술이 만취되어 있을 때에도 나 자신을 욕하지 않고는 못 견디었소. 그러나! 술은 꼭 마셔야겠는 걸 어쩌겠소. 술이라는 마물이 나를 이 지경으로 만들어놨소. 그 돈 천 원을 내 손아귀에 넣기만 하면 그놈 가지고 내가 얼마나 뽐내볼까? 나 혼자서 얼마나 활개 펴고 실컷 마실 수 있을까! 셈 치르는 친구의 얼굴빛을 살필 필요 없이 내 손으로 척 셈을 치르고, 서울에서만 썩을 게 아니라 도오꾜로 봉천[88]으로 하르빈으로 상해로 막 싸돌아다니면서 실컷 마시고 놀고, 아, 아, 형은 내 심리를 이해하지 못할 거요. 간단히 쓰렵니다. 나는 결국 그 위체를 훔쳐냈소. 아, 우편국에서라도, 그 망할놈의 우편국에서라도 날 의심하고 돈을 안 내주었으면 좋았으련만. 나는 쉽게 그 돈을 찾았소. 아, 이 일재가 친구의 돈을 훔친 좀도둑이 되다니! 그러나 어찌하오? 쏟은 물을! 내가 형의 용서를 비는 것은 아니요. 설사 형이 날 용서해준다고 할지라도 나는 이미 버린 몸인걸. 이제 날 구원해줄 수 있는 자 하나도 없소. 나는 오직 멸망으로 멸망으로 빠르게 빠르게 굴러떨어질 따름이요. 추강 형. 형에게 한 가지 부탁이 있소. 이 성경책은 귀한 보물이니 내 대신 가지시오. 이것은 내 할머님께서 세상 떠나실 때 유언 대신 주고 가신 겁니다. 이때까지 내가 이 책을 늘 몸에 지니고 다녔소. 내가

---

88 봉천(奉天) : 현재 중국 동부 랴오닝성의 심양(沈陽), 즉 셴양.

건질 수 없는 악의 심연에 떨어지더라도 할머님이 임종시 주시고 간 이 거룩한 책의 힘이 날 구원해주려니 믿고 지니고 다닌 것이었소. 그러나 지금 이 성경도 날 구원해줄 힘을 잃었소. 형, 언제든 틈내서 이 책을 읽어주, 내 대신. 내 소원은 그뿐이오.

도둑놈 일재'

이런 사연을 단숨에 내리 읽은 병직이는 오래오래 허공을 노려보고 있었다.

'왜? 무엇이 일재를 이렇게 만들었나?

병직의 머리 속에는 어떤 새로운 빛이 비치어 들어오는 것 같았다. 그동안 멸시해 오기만 했었던 일재에 대한 새로운 인식이 머리 들었다. 추하고 더럽고 야비하고 비겁하다고만 보여지던 일재의 영혼을 들여다보면 그 속속들이 무엇인지 빛나는 점이 있다고 깨닫게 된 것이었다. 그것이 꼭이 무엇인지 당장 포착할 수는 없지만 하여튼 그 무엇, 어떤 위대한 힘이 숨어 빛나고 있다고 그는 느꼈다.

"일재!"

하고 병직이는 부드러운 목소리로 불렀다. 마치 일재가 옆에 있기나 한 듯이. 병직의 눈에 눈물이 괴었다.

일재가 훔쳐간 천 원짜리 우편 위체는 영순이 아버지가 보낸 절연장에 동봉해온 것이었는데, 병직이가 편지째 고리짝 속에 던져두었던 것이었다.

여러 날째 방에 들어박혀 병직이는 일재가 남기고 간 성경을 읽었다. 여태 그가 풀지 못한 '왜?'라는 수수께끼를 풀 수 있는 암시가 혹 그 책에 씌어져 있을까 싶어 읽는 것이었다. 처음엔 그런 희망을 품고 읽기 시작했었으나, 얼마 안 읽어서 성경 이야기들 자체의 매력과 문장에 매혹되어 통독하게 되었다.

미완성

그 당시 병직 군의 일기책을 뒤져보면 어떤 날 아무 다른 말 없이 그냥,

'겟세마네, 겟세마네, 겟세마네……'

하고 수없이 써넣은 문장이 있었다.

'때에 예수께서 제자들과 함께 겟세마네라는 곳에 이르러 제자들에게 이르사대 너희는 여기 앉았으라 내가 저기 가서 기도하리라 하시고 베드로와 세베대의 두 아들을 데리고 가실새 민망하고 슬퍼하사 말씀하사대 내 마음이 심히 민망하여 죽게 되었으니 너희는 여기 머물러 나와 함께 깨어 있으라 하시고 조금 앞으로 나아가사 얼굴을 따에 대시고 엎디어 기도하여 가라사대 내 아버지여 만일 할 만하시거든 이 잔을 내게서 떠나가게 하소서. 그러나 내가 하고자 하는 대로 마옵시고 오직 아버지의 뜻대로 하옵소서. 또 제자들에게 오사 자는 것을 보시고 베드로더러 말씀하사대 너희가 나와 함께 한시 동안을 있지 못하느냐, 깨어 기도하여 시험에 들지 않게 하여라. 마음에는 원이로되 육신이 약하도다 하시고 다시 두 번째 나아가 기도하야 가라사대 내 아버지여 만일 내가 마시지 않고는 이 잔이 내게 떠나지 못할 것이어던 아버지의 뜻대로 이루어지이다.'

예수가 진리를 위해 몸을 희생하시로 결심하던 밤의 이 고민! 병직이는 예수가 그날 밤 경험한 고민을 자기도 함께 받은 듯한 감격 속에서, '겟세마네'라는 귀절을 몇 번이고 되풀이해 읽고 또 쓴 것이었을 것이다.

그 다음 일요일 병직이는 평생 처음 예수교 예배당에 가봤다. 성경을 늘 연구하고 토론하고 있을 예배당엘 가보면 자기 혼자서 읽어 충분히 이해 못하는 깊은 뜻을 좀더 잘 깨달을 수 있으려니 하는 기대를 가지고 간 것이었다. 그러나 그는 실망했다. 처음부터 소리 꽥꽥 질러 부르는 찬송가소리가 예수가 가졌던 고민 또는 전인류가 고민과는 조금도 어울리지 않는 불쾌한 노래였다. 더구나 기도 드리는 태도와 어구가 너무나 가볍고 무의미하게 그에게는 들렸다. 겟세마네라는 곳에서의 예수의 피땀 흘리는 심각한 기도 장면을 수백 번 읽고난 그에게 예배당 목사의 기도는 너무나 형식적이고 무

내용이고 무성의하게 들리는 것이었다. 목사가 하는 설교라는 것도 무내용이고 열정이 없을 뿐 아니라 청중을 너무 무시하는 감을 주었기 때문에 분개한 그는 설교 중간에 나오고 말았다.

며칠을 두고 성경을 읽고 또 읽는 그는 예수와 더불어 고민하고 함께 피땀을 흘리면서 기도 드렸으나 거기에서도 '왜?'에 대한 해답은 모호하고 사리에 당치 않은 것을 발견했다. 그러나 2천 년 전에도 생에 대한 진리 탐구를 위해 그렇듯이 고민하고 애쓴 예수가 있었다는 것은 그의 마음에 위안을 주었다.

그중에도,

'죄 없는 자 먼저 돌로 때리라.'

하고 말한 예수의 말을 읽고 또 막달라 마리아라는 여인 이야기를 읽은 그는 갑자기 유리꼬가 보고 싶어졌다.

카페 여급인 유리꼬와 막달라 마리아!

또 그리고 유리꼬(뿐 아니라 그녀와 비슷한 직업을 갖고 있는 수많은 여성들)나 일재에게 돌을 들어 때릴 수 있는 자는 과연 누구일꼬? 하고 생각을 하는 그는 머리를 절레절레 흔들었다.

유리꼬를 만나자마자 병직이는,

"유리꼬는 왜 이런 델 나오고 있소?"

하고 진지한 태도로 물었다.

"절 만나기만 하면 괜히 자꾸만 그러셔."

하고 대답하는 유리꼬는 웃으면서 눈을 곱게 흘겼다.

이때 난데없는 소란이 일어났다.

"꼬랴[89], 꼬랴! 이 년들아, 여기 돈이 있다. 돈, 돈, 돈, 돈이 있단 말야!"

하고 소리지르는 취객 하나에게로 모든 눈이 다 쏠렸다. 이 취객은 다른 사

---

89 꼬랴 : 일본어 '고레와(이것은)'의 거친 표현.

람이 아니라 얼마 전에 병직이가 주정받이를 톡톡히 한 최용욱이었다.

지전 몇 장을 손에 꾸겨쥐고 홰홰 팔을 휘두르는 최용욱이는,

"어, 꼬랴쇼! 년들아, 이리 오너라. 돈 봐라, 돈. 돈이 여기 있어. 얼마든지 있어. 이년들, 너희들이 내가 돈이 없다고 깔봤지. 야, 오늘 내게도 돈이 있다. 세상 만사 형통하는 돈. 자, 봐라. 이렇게……."

하고 목에 핏대를 세워 소리지르는 그는 지폐를 그의 머리 위로 후르르 후르르 날리는 것이었다. 껑충껑충 뛰는 그는,

"자, 돈이다. 돈, 돈을 막 뿌린다. 이년들아, 돈에 녹이 슨 년들아. 왜 주워 가지지 않니? 응, 내가 다 밟아 으깨버리기 전에 어서 주워 가져라. 흐, 흐, 흐. 자, 여러분 형제자매들, 오늘은 제가 한잔 톡톡히 내겠습니다. 자, 실컷, 마음껏 죽도록 마십시다요, 마셔요. 응, 사께와 요이모노 다라후꾸 논데(술은 좋은 것이 실컷 마시고서). 자, 마셔……."

술을 병나발 불면서 비틀거리던 그는 어떤 여급 앞에서 우뚝 섰다.

"야, 랑꼬쨩! 이년 랑꼬야, 자, 이 돈."

하더니 포켓에서 지폐 몇 장을 움켜 꺼내 랑꼬의 얼굴을 갈겼다.

"이거 왜 이래? 아니꼽게."

하고 유리 깨지는 것 같은 목소리로 욕을 한 랑꼬는 발딱 일어서서 어디로 숨어버리고 말았다.

보이 두셋이 달려들어서 이 취객을 끌어가려고 했으나 기를 쓰고 항거하는 그는 버둥거리다가 랑꼬가 앉았던 소파에 펄썩 주저앉았다.

보이들은 마룻바닥에 떨어진 지폐를 줍기에 여념이 없었다.

취객은 갑자기 얼굴을 테이블 위에 가로누이고 비비면서 소리내어 울기 시작했다.

"엉, 엉, 엉. 돈이라 돈! 돈이 뭐냐? 뭐야? 응, 세상엔 돈이 만능!"

하며 그는 별안간 고개를 번쩍 쳐들면서 소리질렀다.

"여러분, 내게는 지금 돈이 얼마든지 있읍니다, 돈이. 그러나 여러분, 내

가 돈을 어디서 도둑질 한 것으로 알아서는 안됩니다. 도둑질이라니. 원 천만에. 정정당당하게 번 돈, 아니 개질해서 번 돈입니다. 개, 개, 개! 세상에 개 아닌 놈이 누구냐? 흥, 예, 이 최용욱이가 옛날 동지를 팔았읍니다. 돈 갖구 싶어서 동지를 팔아먹었어요. 흐, 흐, 흐……."

이 몰골을 멍하니 바라보고 있던 병직이는 갑자기 누가 자기 팔을 꽉 끼는 것을 감각했다. 눈을 돌려보니 그것은 유리꼬였다.

병직이는 놀랐다. 유리꼬의 얼굴은 백지장처럼 창백해졌고 입술은 바르르 떨고 눈은 공포에 차 있었다.

"선생님, 나가세요, 나가셔요."

하는 그녀의 목소리는 떨렸다. 영문은 몰랐으나 그녀의 태도가 심상치 않았으므로 그는 일어섰다.

그 순간 옆에서 쨍그렁 유리병 깨지는 소리가 나더니 테이블 위에는 시뻘건 피가 뚝뚝 떨어지고 있었다. 피흐르는 손으로 깨진 병을 쥐고 흔드는 최용욱이는,

"이놈, 이놈, 최용욱아, 너는 돈이 탐나서 동지를 팔아먹었겠다. 엉, 엉, 이놈, 너 같은 놈은 죽어 마땅……."

그는 깨진 날이 시퍼런 유리병으로 자기 목을 썩 베었다.

유혈이 낭자했다.

모두 갈팡질팡.

병직이는 밖으로 뛰어나갔다. 어느새 유리꼬가 뒤쫓아 나왔다. 병직의 팔을 끌고 좀 가다가 가로등 불빛이 비치지 않는 으슥한 곳까지 가서 걸음을 멈췄다. 병직의 가슴에 머리를 묻은 유리꼬는 몸을 떨었다. 그러나 그것은 한 순간, 결심한 똑똑하고 야무진 목소리로 그녀는,

"선생님!"

하고 불렀다. 병직이가 대답도 하기 전에 그녀는 잇달아서!

"제가 선생님을 믿어두 좋지요?"

미완성

하고 묻는 것이었다. 물음이라고 하기보다도 명령에 가까운 어조였다.

어쩐 영문을 모르는 병직이는 무엇이라고 말해야 될지 몰라서 유리꼬의 표정만 눈여겨 살폈다. 어두컴컴한 곳이라서 똑똑히 보이지는 않으나 심각한 표정인 것 같았다. 그에게로 바싹 다가서는 그녀는,

"선생님, 저는 선생님을 꼭 믿습니다. 저와 함께 저기까지 좀 가주셔요. 급해요."

하고는 병직이의 반응도 확인하지 않고 앞장서 총총 걷기 시작했다.

이상야릇한 가슴의 동요를 느끼는 그는 묵묵히 뒤따라갔다. 어둑진 뒷골목을 그들은 요리조리 한참 걸어갔다.

"선생님, 지금 제 오빠의 생명이 선생님 손에 달렸습니다."

병직이는 가슴이 섬큼했다.

"늘 같이 오시던 술고래 선생님은 오늘 왜 함께 오시지 않았어요? 따로 나셨나요?"

"응, 나갔어."

"그럼 됐어요. 참 잘 됐어요. 천행이에요. 선생님, 저를 신용하실 수 있으셔요?"

"글쎄."

"글쎄가 아니에요. 저희 남매로서는 지금 막다른 골목이니까요. 제 오빠가 지금 곧 피신해야 할 처지에 놓여 있어요. 오래야 기껏 한 사나흘 간. 선생님 댁에 좀 숨겨주셔야겠어요."

병직이는 망설일 수밖에 없었다.

"대관절 무슨……."

"선생님은 절 만날 적마다 저는 카페 여급 타입이 아니라고 말씀하셨지 않아요. 제 오빠는 상해임시정부에서 사명을 띠고 서울에 와 있읍니다. 방금 그 개자식이 동지를 팔았노라고 그랬지요. 더러운 놈! 벌써 모두들 읽혀갔을지도 몰라요. 다행히, 아직 체포당하지 않았다면 그저 이삼일 간만, 더

오래는 절대 폐끼치지 않을 테니요."

둘이서는 한동안 묵묵히 걸었다.

"선생님, 어떻게 해요?"

하고 침착성을 잃은 그녀는 울먹거리며 애원했다. 가슴이 뭉클해지는 병직이는,

"염려 말아요."

하고 불쑥 대답했다.

"그럼 선생님은 여기서 잠시 기다려주세요."

하는 그녀의 목소리는 금세 침착성을 찾았다. 그녀는 곧 이어서,

"삼사 분가량만 기다리시다가 제가 나타나지 않거든 더 기다리지 마시고 가세요. 저를 찾으려고 이 근처를 방황하시지도 말고요. 위험하니까요."

하고는 총총걸음으로 어둠 속에 사라졌다.

담배를 피워 문 그는 한 대 다 피우도록 무료히 서 있노라니 일이 좀 싱겁기도 하고 어색하게 생각되어 다른 데로 가버리려고 몇 걸음 가다가 유리꼬와 마주쳤다.

"감사합니다, 선생님. 오빠, 이 선생님께 인사 드리세요."

키가 후리후리한 한 사내가 나타났다.

"그럼 선생님만 믿습니다."

하고는 그녀는 어느새 어둠 속으로 사라지고 말았다.

제걱제걱하는 칼소리가 가까이 들려왔다.

'엑키 순사!'

하는 공포심이 두 사람의 발걸음을 동시에 빠르게 했다.

유리꼬의 오빠는 입이 무거운 사람이었다. 병직의 집에 다다를 때까지 그는 말 한마디 없이 묵묵히 뒤를 따라왔고 방 안에 들어서서도 단지,

"미안합니다."

하는 한 마디만 하고 웃목에 누워버렸다.

미완성

이틀 동안 이 사나이는 병직이와 동거했다. 이 이틀 동안 병직이는 이 사나이의 드문드문한 말을 통하여 새로운 지식을 얻는 동시에 민족의 장래에 대한 신념을 획득하게 되었다.

병직이를 멧센자[90]로 하여 남매간 편지가 두어 차례 왔다갔다 하더니, 그 사나이는 행방을 알리지 않고 가버렸다.

이 꿈결 같은 에피소드를 병직이는 재음미하면서 그 사나이에게서 발견한 확고부동하는 신념과 투지에 경탄했다. 그러나 이 에피소드는 그것으로 끝나지 않았다.

열흘이 지나가기 전에 서울 장안은 신문 호외 방울소리로 흔들렸다. 그 호외에는 유리꼬의 오빠 사진이 커다랗게 나 있는 것이었다. 호외가 돈 날 밤, 기다리기가 바쁘게 병직이는 유리꼬가 근무하는 카페로 달려갔다.

얼굴이 여위고 창백해진 유리꼬는 그래도 침착성을 잃어버리지 않은 것 같이 보였다. 한편 구석 복스로 가 자리잡고 그 복스 당번 여급을 술 가지러 보내고 나서야 유리꼬는 얼굴을 병직의 가슴에 묻고 소리없이 울기 시작했다. 그러나 그녀의 울음이 길 수는 없었다. 짧은 울음일망정 울고 나니 그녀의 마음은 한결 가벼워진 모양이었다.

"누구와 말할 수 없고, 하소연할 데도 없고, 실컷 울 수도 없고, 그저 속만 더 타요."

"앞으로 어떻게 할 심산이요?"

"제 오빠인 줄 아는 사람은 선생님 한 분뿐인걸요. 선생님은 비밀을 지켜주시겠지요. 오빠는 그 안에 있더라도 제게는 저대로의 일이 있지 않습니까."

"그럼 오빠 면회도 못하겠군."

"어림없지요. 전 다 각오하고 있어요."

그들의 대화는 이것으로 끝났다. 당번 여급이 술과 안주를 가져왔기 때문

---

90 멧센자(messenger) : 사자(使者), 배달원.

이었다. 유리꼬는 씻은 듯이,

"어서 드세요."

하면서 새침 떼고 당번 여급 대신 병직의 잔에 술을 따랐다.

병직이는 이 조그만 여성을 물끄러미 바라보면서 속으로,

'저 조그만 체구 어느 틈새에 그런 용기가 숨어 흐르고 있는가!'

하고 생각했다.

이날 밤 카페 문 밖으로 나서는 병직의 가슴은 상쾌로 가득찼다.

그가 오래 두고두고 생각하던 '왜?'에 대한 회답을 얻은 성싶었다.

화가 추강은 새로운 출발을 준비했다. 그가 지나간 몇 달 동안 찾아헤매던 '왜?'에 대한 해답을 얻은 그는 여태 완성 못시킨 〈대한의 얼〉을 완성시키기로 결심했다. 일재에게서와 유리꼬와, 그녀의 오빠에게서 그가 발견한 '숨어 흐르는 힘'을 이 작품의 주제로 삼아야 하겠다고 그는 생각했다. 추잡하고, 악독하고, 비겁하고, 연약한 인생이 어둠의 구렁텅이 속에 헤매고 있으면서도, 그들의 마음 속 깊이깊이 광명을 그리워 부르짖고 몸부림치는 내적(內的)인 힘이 엄연히 스며 있다는 사실을 새로 인식한 그는, 지금 그것을 어떤 방법으로든지 화폭 위에 나타내도록 하는 것이 그의 사명이라고 믿기에 이르렀다.

이 새로운 노력의 첫걸음으로 우선 환경을 바꿀 필요를 느낀 그는 조용한 문밖[91] 하숙으로 거처를 옮겼다. 오랫동안 내버려두었던 화구를 추리기도 하고 새로 장만하여 〈대한의 얼〉 완성에 착수했다. 그러나 그것은 결코 쉬운 일이 아니었다. 무엇보다도 제일 큰 난관인 빈곤이 다시 엄습해온 것이었다. 차경석의 초상화 그려준 보수로 받았던 몇 백 원 돈을 너무나 낭비해버린 그에게 앞으로 수중에 돈이 들어올 가능성이 전혀 없었다. 그런데 옆

---

91 문(門)밖 : 경성의 사대문을 벗어난 곳.

친데 덮친다고 그에게는 병이 찾아졌다.

가을이 오자 늦은 장마가 지루하게 질질 끌었다. 비가 이레 여드레 쉬지 않고 줄기차게 내리퍼부었다. 신열이 약간 있음에도 불구하고 툇마루에 나앉아 비맞는 뜰을 하염없이 바라봤다. 누워 있기가 답답해 죽을 지경이었기 때문이었다.

고독했다.

고독은 사람의 몸과 영혼을 좀먹는 버러지다. 실실 도랑 이루어 흐르는 뜰을 내려다봤다. 처마 바로 밑에는 옴폭옴폭 패인 물곬이 줄지어 누워 있었다. 처마 끝에서 떨어지는 굵은 빗줄기가 물곬에 커단 방울들을 만들어주었고 그 방울들이 핑그르 돌다가는 깜빡 스러져버리곤 하는 것을 그는 언제까지나 내려다보고 있었다. 그 커단 물방울 하늘거리는 막 위에 얼굴들이 하나씩 하나씩 떠올랐다가는 물방울이 깜빡 스러짐을 따라 얼굴들도 스러져 없어지곤 했다.

일재의 얼굴이 떠올랐다. 일재가 밉다는 생각은 나지 않았다. 방탕한 그가 돈 천 원을 물쓰듯 써버렸을 거고 이 비오는 날 어디서 어떻게 지내는지 염려될 뿐이었다.

유리꼬의 얼굴이 떠올랐다.

'어여쁜 조그만 용사!'

하고 그는 중얼거렸다. 그 옆 물방울 막 위에는 유리꼬의 오빠 얼굴이 떠올랐다. 남매의 얼굴이 서로 가까이 뱅글뱅글 돌고 있었다. 지금 큰 벽돌집에 감금되어 있는 그 사나이는 헤아릴 수 없는 꿈을 꾸고 깨고 또 꾸고 있을 것이었다. 그의 누이동생은? 병직이는 이 여자의 본명은 모르고 카페에서 유리꼬라는 이름으로 알려진 여자였다. 지금에는 어떤 곳에서 어떤 이름으로 어떤 사람들의 신변을 보호하기 위해 그 예쁜 몸을 희생하고 있을까? 어디론지 행방을 숨겨버린 그녀의 안위가 적이 염려되었다. 그러나 어느 곳에 가서 어떤 짓을 하건 간에 그녀는 자기가 맡은 직책을 위하여 끝까지 분투 노력할 것임에 틀림없다고 그는 굳게 믿고 싶었다.

차경석의 얼굴도 나타났다. 최용욱이라는 변절자 취객의 얼굴도 나타났다. 그 밖에 누구누구, 얼굴은 알면서도 이름은 기억 안나는 사람들의 얼굴도 나타났다가 스러지곤 했다.

그러나 지금 병직이에게 이 모든 얼굴들보다 몇 배 더 꼭 보고 싶은 얼굴이 꼭 하나 있었다. 그러나 어인 일인지 그 얼굴은 도무지 나타나지 않는 것이었다. 얼굴이 물방울 막에 나타나지는 않지만 그의 머리 속에는 언제나 그림자가 떠나가지 않는 자태, 맑은 목소리가 언제나 귀에 들려오는 것 같았다. 지금 그에게는 영순이를 원망하거나 타매하거나 미워하는 기분은 없었다. 오직 한없이 그립기만 했다.

그는 지난 봄 어떤 날 밤 저질러 놓은 경솔한 짓을 후회했다. 영순이가 도망간 것을 발견한 날 밤, 곤드레만드레 되어 집으로 돌아온 그는 영순이를 모델로 그렸던 〈희망의 봄〉을 칼로 갈갈이 오려내버린 일이 있었다. 후회막급이었다.

영순이가 그리워 미칠듯하게 될 때마다 그는 계룡산에서 서울로 돌아오던 날 영순이 주려고 샀던 구두를 꺼내들고 어루만지며 눈물을 흘리곤 했다.

새로운 결심과 함께 시작했던 〈대한의 얼〉도 미완성인 채 내버려 둔 그는 병석에 누웠다. 몸과 마음이 지탱할 수 없을 정도로 피로했고 굶기를 먹기보다 더하게 된 그였다. 겨우내 근근 숨을 이어오던 그가 이른 봄에 세상을 버린 것이었다.

영원한 미완성(永遠의 未完成)

이야기는 회전하여 병직이가 무덤으로 들어간 지 수개월 뒤 어떤 여성이 나를 찾아와서 구두를 사자고 요청하던 장면으로 돌아간다.

이 여인이 영순이라는 것을 알게 된 나는 그 구두를 곧 꺼내서 그녀 옆에

났다. 이때까지 겨우 지탱해오던 침착성을 잃어버린 그녀는 구두를 부여안고 엎으러져 흐느껴 울기 시작했다.

어색하고 슬픔 감응을 느끼는 나는 영순이의 들먹거리는 어깨를 한참 동안 바라봤다. 부지중 내 코가 시큰 하고 눈시울이 뜨거워졌다.

"돌아가시기 전에 알았더면, 알았더라면! 돌아가시기 전에 단 한 번이라도 만나보았더라면…… . 으흐흐."

하고 그녀는 푸념했다. 자제력을 전적으로 잃어버린 것이었다.

자리에 앉아 있기가 면구스럽게 된 나는 종잇조각에,

"영순 씨,

이 구두는 당신 것입니다. 이 세상에서 영순 씨 외에 이 구두를 소유할 권리를 가진 사람은 아무도 없습니다. 이 구두가 지금 제 주인을 만났으니 가지고 가십시오. 제가 돌아올 때를 기다리지 마시고 그냥 돌아가십시오."

라고 써서 방바닥에 놓고 나와 버렸다.

길거리를 정처없이 방황하던 나는 마침 친구 하나를 만나 둘이서 서로 끌고 끌리면서 좀 과히 발전했다. 밤 열두 시 지나서야 종로 뒷골목 어떤 카페를 하직하고 집으로 돌아왔다. 책상 위에 편지 한 장이 놓여 있는 것을 나는 발견했다.

"선생님,

선생님 앞에서 부끄러운 꼴을 보여 미안합니다. 그럼 구두는 제가 가지고 가겠습니다. 고맙습니다. 선생님 책상 오른쪽 맨위 서랍에 약소하나마 얼마간의 돈을 넣어두고 가오니 그것으로 제 남편(예, 영원한 나의 남편) 무덤에 비석을 세워주시면 감사하겠습니다. 그리하면 일후에 저 혼자 묘지에 가더라도 그이 무덤을 찾아볼 수 있겠습니다. 용서하십시오."

편지 사연은 이러했다.

그녀가 남기고 간 돈으로 나는 병직 군 무덤 앞에 비석을 세웠다. 비명으로 어떤 문구를 새겼으면 좋을까 하고 나는 상당히 고심했다. 그냥 약력이나 새겨놓자니 어쩐지 너무 단조할 뿐 아니라 성의가 부족한 듯이 보이게 되겠고. 나 자신이 비명을 지어보려고 애를 무척 썼다. 그렇게도 열정적이었던 화가에게 드리는 비명은 산문보다 시(詩)가 더 좋을 것같이 생각되어 시조를 몇 수 찾아 보기도 하고 자작 지어보기도 했으나 마음에 들지 않았다. 궁리궁리 하던 끝에 병직이의 일기를 자세히 상고하여 그중 가장 적당한 문구를 골라 새기는 것이 이상적이라는 결론을 나는 내렸다. 그 일기책은 그가 죽기 며칠 전에 소포로 나한테 보내준 것이었는데, 그 소포가 일본 도오꾜 나 살고 있었던 하숙으로 배달되었다가 도로 서울로 와서 거의 한 달 만에야 내 손에 들어온 것이었다.

그의 일기를 낱낱이 여기 기록할 필요는 느끼지 않으나, 일기를 읽으면 읽을수록 손바닥에 땀이 배는 심각한 고민의 고백이었다. 더우기 그가 임종할 직전 며칠 간의 일기를 읽어보면 일기답게 정연히 기록된 것은 거의 없고 그저 단편적으로 그의 애절한 하소연이 불규칙하게 나열되어 있는 것이었다.

어떤 날 일기에는,

'겟세마네, 겟세마네! 이 잔을 나에게서 떠나가게, 이 잔을! 이 잔을!' 하고 써놓은 데가 있고, 또 어떤 날에는,

'예수를 팔아먹은 가롯 유다의 마음 속에도 목매어 스스로 속죄할 만한 순정이 깊이깊이 흘러 있었던 것이다. 그 순정! 속으로 숨어 흐르는 무엇!' 하고 씌어 있다.

그리고 그가 죽기 전 맨 마지막 일기에는 이상하게,

'엘늬, 엘늬 나마 사박다니! 엘늬, 엘늬 나마 사박다니!' 하고 한 페이지 가득 써놨는데 나로서는 아무리 몇 번 되풀이해 읽어도 무슨 말인지 모를 소

리였다.

이 부적 같은 문구를 해득해보려고 그의 일기 전부를 다시 읽어봤으나 영문을 알 수 없었다. 하여튼 그가 죽기 바로 직전 심한 고민을 견디지 못해 이런 소리를 썼음에 틀림없다고 생각되었다. 그가 애독했다는 성경 어느 구절이 혹 아닌가 하는 생각이 든 나는 성경을 펴들었다. 이 성경책은 일재가 떠나갈 때 병직이에게 주고 간 책이었는데 일기와 한 소포에 싸여 나에게 전달된 것이었다.

이 성경 책술에는 돌아가면서 무엇이라고 병직이 자신의 감상을 써 넣은 그의 필적이 가득 차 있고, 성경 원문에도 가끔 연필로 줄을 그어 표해놓은 대목이 많이 있었다. 어떤 귀절 옆은 두 줄로 표적한 데도 있었다. 이들 쌍줄 그어진 대목만 골라 나는 자세히 읽었다. 그 모두가 다 심한 고민을 표시한 대목이었는데, 마태복음 거의 끄트머리에 가서 석 줄로 뻑뻑 줄친 귀절이 있었다. '엘늬, 엘늬 나마 사박다늬' 라는 귀절이었다.

나는 그 귀절 위아래를 자세히 읽었다.

'오후 세 시쯤에 예수 크게 소리질러 가라사대 엘늬, 엘늬, 나마 사박다늬 하시니 번역하면 곧 나의 하나님이여, 나의 하나님이여, 어찌 나를 버리시나이까? 함이라……'

나는 되풀이해 읽었다.

'나의 하나님이여, 나의 하나님이여, 어찌 나를 버리시나이까?'

이 문구를 자기 일기책에 되풀이해 쓰고 또 쓰고 있었던 병직의 마음 고민을 나는 이해할 수 있었다. 이 세상에 태어나 뜻을 이루지 못하고 세상을 하직할 수밖에 없다는 것을 인식할 때 그의 영혼에서 터져나오는 심각한 울부짖음. 그가 얼마나 죽기 싫어했을까? 시작해놓은 그림을 완성시키지 못하고 세상을 떠날 수밖에 없는 운명을 깨닫게 된 그!

'예술이여, 예술이여, 어찌 나를 버리시나이까?'를 되풀이하고 있었던 그의 심정! 그에게는 예술이 곧 하나님이 아니었던가!

새로운 호기심에 사로잡힌 나는 성경에 적혀 있는 예수의 임종 장면을 모조리 찾아 읽었다. 요한복음에 이르러서 나는 전신이 오싹해지는 한 힌트를 얻었다. 병직이가 역시 줄 세 개를 내리그어 표시해놓은 귀절.

'예수 초를 받으시고 가라사대 다 이루었다 하시고 곧 머리를 숙이시고 운명하시니라……'

"다 이루었다……. 다 이루었다!"

하고 나는 몇 차례 되풀이했다.

다 이루었다니?

임종하는 자리에서,

"다 이루었다" 하고 소리칠 수 있는 사람이 동서고금 몇 사람이나 될까?

한참 뒤 나는 소리를 꽥 질렀다.

"못다 이루었다!"

병직이는 아주 못 이룬 것도 아니고 다 이룬 것도 결코 아니고, 못다 이룬 채 세상을 떠난 것이다. 즉 완성으로 향하던 도중에 있었던 그가, 예술가로서의 추강이거나 인간으로서의 박병직이거나 일생을 두고 완성을 위하여 끝까지 분투 노력하다가 못다 이룬 채 세상에서 떠나가버린 것이었다. 〈대한의 얼〉을 그리기 시작해놓고 그의 운명이 허락치 않아 완성 못 한 채 가버린 그였다.

인류의 진리는 결국 이 영원한 미완성에 있는 것이 아닐까?

'못다 이루었다'라는 여섯 자를 추강 박병직 군 비석에 새기기로 나는 결정했다.

병직 군의 임종을 옆에서 봐주지 못한 벌로 나는 해마다 그가 죽은 날 그의 무덤을 반드시 가보았다. 그것으로 속죄가 되는지는 모르나.

이른 봄, 만물이 오랜 동면에서 모두가 소생하는 이 계절에 영원히 소생 못하는 친구의 무덤을 찾아가는 것이란 더한층 비창한 감을 자아내는 것이었다.

미완성

그가 죽은 지 만 3년 되는 날 나는 묘지로 갔다. 천천히 걸어 언덕 위에 올라보니 텅 빈 맞은 언덕에는 노란 잔디가 덮인 크고 작고 높고 낮은 무덤들이, 마치 마쓰 게임이나 하는 듯이 종대 횡대로 규칙적으로 서 있고, 불규칙한 묘표와 비석들이 삐죽삐죽할 뿐 영원히 잠든 사람들에게는 그들 무덤 위에 돋아나는 새싹들까지도 무의미한 듯. 인생의 종국은 결국 이렇듯 허무하고나 하는 생각에 잠겨 멍하니 건너다보고 있었다. 여기서는 아직 거리가 멀어서 병직이의 무덤을 꼭 집어낼 수는 없었으나 오른편으로 치우친 곳에 그의 뼈가 묻혀 있었으므로 나는 그 쪽을 유심히 바라봤다. 그곳에 하얀 바위돌 한 개가 유난히 눈에 띄었다. 작년까지 본 일이 없었던 바위였다. 그 바위돌을 중심으로 무엇인지 까밋까밋한 것이 뱅뱅 돌아다니는데 깜정 개가 아닌가 하고 생각되었다.

그러나 가까이 가면서 보니 그것은 개가 아니고 분명 어린아이였다. 사람 하나 없이 횡덩 비어 있는 이 묘지에 웬 어린아이가 혼자 돌아다니고 있을까? 나는 걸음을 빨리했다. 자세히 보니 바위를 한두 바퀴 돈 그 어린이는 바위를 지긋이 눌러보고는 또 돌곤 하는 것이었다. 더 가까이 가 보니 하얀 것은 바위돌이 아니고 흰옷 입고 엎드려 있는 한 여인이었다. 이 여인이 푹 엎드린 채 조금도 움직이지 않기 때문에 멀리서는 바위처럼 보였던 것이다.

엎드려 있는 여인을 한 번 더 지긋이 누르던 어린이는 내가 가까이 오는 것을 봤는지 못 봤는지 확인할 수 없었으나 하여튼 이쪽으로 뛰어 내려오기 시작했다. 언덕 밑 길에서 그 어린이는 놀고 있었다.

내가 가까이 가는 인기척도 느끼지 못하는 양 그는 길 바닥에 무엇을 그리고 있었다. 나무꼬챙이를 들고 여러 가지 그림을 그리면서 노는 것이었다. 그림 그리기에 열중한 그는 내가 바로 옆에까지 가 서서 내려다보는 것도 인식 못하는 양 날 거들떠보지도 않고 열심히 그리고 있었다.

그가 그려 놓은 여러 모양의 구불구불한 선과 원을 내려다보는 나는,

"아가, 무얼 그리니?"

하고 물어봤다.

　고개도 들지 않는 어린이는

　"그림 그려요."

하고 똑똑하게 대답했다.

　"그게 무슨 그림이야?"

　"어느 거요?"

　"여기 이거, 이 둥그스름한 테두리에 비죽비죽 나온 것, 이게 뭐냐?"

　"그거 사람이지요."

　"사람! 하하. 묘한 사람이 다 있군 그래. 그럼 이건 또 뭐냐? 이 네모난 것."

　"그건 집이지요."

　"아, 그래. 사람이 집보다 더 크구나. 하하하하!"

　나는 웃음을 참지 못했다. 고개를 쳐든 아이는 이상하다는 눈초리로 나를 바라봤다.

　이 어린이 얼굴을 보는 나는 흠칫 놀랐다. 어디서 본 기억이 있는 얼굴이기 때문이었다.

　그 눈! 그 코! 그러나 어디서 봤던고?

　다음 순간 나는 깨달았다.

　병직이의 얼굴!

　부지중 허리를 굽힌 나는 그 어린이를 끌어안았다.

　"너 몇 살이지?"

　어린이는 손가락을 다섯을 폈다.

　"너 여기 무엇하러 왔니?"

　어린이는 여인이 엎드려 있는 쪽을 손가락으로 가리켰다. 그 여인은 바로 병직이의 무덤 앞에 엎드려 있는 것이었다.

　"응, 엄마하고 왔구나. 아빠 무덤에!"

하고 나는 목메인 소리로 말했다.

미완성

어린이는 고개만 살랑살랑 흔들었다.

　'아차 내가 실언했고나.'

하고 뉘우치는 나는 어린이를 내려놨다.

　언제까지나 언제까지나 나는 우두커니 서서 병직 군의 아들이 나무꼬챙이로 그려놓은 그림들을 내려다봤다.

　'못다 이루었다!'

하고 나는 한 번 더 속으로 뇌까렸다. (1936~1937)

떠름한 로맨스

떠름한 로맨스

꿈에 전화벨 울리는 소리를 들었다.

계속 울리는 벨소리에 꿈이 깨고 잠도 깼다.

침대 위 몸을 뒤챈 나는 머리맡 탁자를 어둠 속에 더듬어 수화기를 집어 들었다.

"헬로."라고 나는 영어로 말했다.

"미스터 황? 저 홍진주예요."라고 말하는 목소리는 여자 목소리였다.

내 가슴이 뭉클했다.

여자의 목소리라서만은 아니었다.

15년 전 역시 외국에서, 역시 아시아지역 작가회의에서, 만났었던 외국 여자.

아까 점심때 15년 만에 다시 만나면서 새침떼고 모르는 체했었던 그 여인이 아닌 밤중에 내 방으로 전화를 걸어온 것이 나를 어리둥절하게 반갑게 기쁘게 이상하게 만들어주는 것이었다.

15년 전 외국 도시에서 한 주일 동안 식당에서 회의실에서 호텔 로비에서 매일 얼굴을 대했었던 홍진주.

그때 첫눈에 그녀에게 반해버린 나는 그녀와 단둘이 데이트해보려고 노렸었지만 실패했었다.

그때 그렇게도 날 무시해버리고 도도하게 굴었었던 그녀가 지금 나에게 먼저 전화를 걸어주다니.

15년 전 동파키스탄 다카[1]에서 열렸던 아시아작가회의 마지막날.

마지막 만찬에 참석했던 50여 명의 외국 대표들이 밤늦게 호텔로 돌아왔다.

마지막 기회를 놓치기 싫은 나는 호텔 로비에서 그녀 앞을 가로막고 선 채 지하 바로 내려가서 이별주라도 한 컵씩 마시고 헤어지자고 간곡히 권유했었다. 도리질[2]하는 그녀 앞을 그냥 막아 선 채 때마침 옆으로 지나가는 몇 명 다른 대표들에게 옆 다방으로 가 커피나 한 잔씩 나누고 작별하는 것이 어떠냐고 초청했다.

다른 대표들은 다 쾌히 응낙하는데 불구하고 홍진주양만은 살짝 피해 층층대를 뛰어올라갔다.

회의기간 동안 첫날부터 끝날까지 그녀는 나를 경계하는 것 같기도 했고, 너무 수줍어 피하는 것처럼 보이기도 했고, 무서워하는 것처럼 보이기도 했었다.

그 뒤 15년.

나는 그녀를 잊지 못했다 — 아니, 그리워했다는 것이 더 적절한 표현일 것이다. 그러나 그때 다카에서 단 한 번의 밀회라도 그녀가 승낙했었던들 나는 그녀를 잊어버리고 말았을 것이다.

나는 그만큼 바람기를 가진 사나이였다.

이번 자유중국[3] 타이베이에서 열린 아시아작가회의 개회식 전날인 오늘, 혹시 자정이 이미 지나갔으면 어제, 점심식사때였다.

---

1 동파키스탄 다카 : 지금의 방글라데시의 수도.
2 도리질 : 머리를 좌우로 흔드는 것.
3 자유중국 : 지금의 대만.

〈징기스칸〉 식당으로 대표들 전원이 초청되어 전세버스 3대에 분승하고 갔었다.

종잇장처럼 얇게 썰어놓은 쇠고기와 양고기와 돼지고기와 노루고기에다 온갖 채소와 양념을 섞은 것을, 푹푹 찌는 마당에 피워놓은 숯불 석쇠에 구워주는 걸 한 사발 받아들고 시원한 (에어컨 때문에) 식당 안으로 들어간 나는 식탁에 앉아 맥주로 목을 축이며 먹기 시작했다.

10여 명의 20대 여대생들이 몽고식 민속춤을 추기 시작했다.

입으로는 네 가지 고기의 합성 맛을 맛보면서 눈으로는 싱싱한 잉어들이 헤엄쳐 다니는 것 같은 생동감을 주는 여대생들의 율동에 눈요기를 하고 있었다.

그룹댄싱과 함께 특히 몽고복장 차림으로 남장한 여대생이 주목을 더 끌었다. 남녀 차림의 한 쌍은 마주 서서 추파를 교환하다가 아가씨는 피해 뛰고 도련님은 쫓아 따라잡고는 빙그르 돌고 헤어지고 다시 가까이 가고 하는 등 대목은 복장만 다를 뿐 우리 나라의 성춘향과 이몽룡의 춤을 연상시키는 것이었다.

춤추는 아가씨의 아름다운 얼굴표정(사랑과 부끄러움과 고뇌가 엇바뀌는)과 몸매, 남장한 아가씨의 핸섬한 얼굴과 눈매와 몸의 율동에 도취되어 넋을 잃고 바라보고 있는 나의 시야에 다른 한 여성의 자태가 침입했다.

춤추는 아가씨들의 복장과는 달리 현대식 중국옷을 입고 식당문 안 한옆에 서서 무용 구경을 하고 있는 40대 여인의 옆얼굴—내 눈길은 이 여인에게 집중되었다.

몽고춤이 끝나 춤추던 여대생들이 퇴장하자 얼굴을 돌리는 그녀는 내가 앉아 있는 식탁 쪽을 보는 것이었다.

그녀의 시선과 내 시선이 공중에서 맞부딪쳤다.

놀라는 것 같은, 당황하는 것 같은, 반가와하는 것 같은 그녀의 눈매.

얼른 내 시선을 피해버린 그녀의 눈이었지만 그 두 눈이 반사한 광채는

떠름한 로맨스

내 안막 렌즈에 사진 찍혀버린 듯 선명하게 남아 있는 것이었다.

그렇다. 틀림이 없었다. 15년 전에 나의 정열에 찬물을 끼얹어주었었던 진주의 보다 더 성숙하고 보다 더 세련되고 보다 더 은근한 눈매였다.

그녀의 동행으로 보이는 몇 남녀대표들이 저쪽 모퉁이 빈 식탁 쪽으로 가고 두어 남자가 내 맞은편 빈 자리에 와 앉았다.

아직 등록은 하지 아니한 모양 명패를 가슴에 달지 아니한 그들은 홍콩 대표들로 공항에 내리자마자 식당으로 직행해 왔노라는 것이었다.

홍콩 대표라니. 그럼 홍진주가 여태 홍콩에 머물러 살면서 작품활동을 계속 해왔음에 틀림없었다.

머리를 돌려 그녀가 어느 쪽 식탁에 자리잡았는지를 확인해보고 싶었지만 얼른 눈에 띄지 아니했다. 식사 도중에 두리번거리는 것은 에티켓에 벗어나는 일이라 삼갈 수밖에 없어 옆에 앉은 이란 대표와 얘기를 나누며 먹는 데 열중했다 — 이 이란 대표는 13년 전인 1957년 한국에 왔을 때 만나 꽤 친해진 작가였는데 이번에 두번째 만난 것이었다. 그해 일본에서 열렸었던 펜세계작가대회에 참석했다가 한국 펜센터가 초청한 17인 틈에 섞여 그가 왔었던 것이었다. 그때 그들 외국작가들과 함께 서울 각처와 판문점과 경주와 부산 등지로 돌아다닐 때 함께 다니며 꽤 가까이 사귀어왔기 때문에 그와 나는 친구인 셈이었다.

후식으로 달콤한 호떡이 나오고 웨이터가 커피를 따를 때 그 이란 사람이 코트 안주머니에서 사진 한 장을 꺼내 나에게 보여주었다. "서울에 가서는 이 아가씨께 이 사진을 꼭 전해주어야겠는데요."라고 그가 말했다.

한복 입은 20대 미모의 한국여성 상반신 사진이었다.

"이 여자가 누구지요?"라고 내가 물었다.

"미스 김."

"이름은?"

"미스 김."

"어디서 이 사진 찍었지요?"

"13년 전 서울에서요. 순 한국식 요정에 초대받아 간 적이 있었지요. 거기서 이 아가씨가 노래를 너무 잘 부르기에 사진 찍고 고향에 가 현상·인화하여 곧 보내준다고 약속하고 그녀가 불러주는 주소를 로마자 발음으로 적어가지고 갔었지요. 인화되자 그 주소로 항공편에 우송했는데 서너 주일 뒤 내게로 되돌아왔어요. 그래 이번에 꼭 다시 만나 이걸 전해주고 싶어요. 미스 김 찾는 데 협조해주시면 너무너무 고맙겠습니다."

"그날 밤 초대받아 갔었던 한식 요정 이름이 무어지요?"

"몰라요."

나는 생각했다. 어느 요정에 불려갔던 기생임에 틀림없는데, 요정 이름을 알면 혹시. 그러나 후조처럼 떠돌아다니는 기생을 13년 뒤에 어떻게 찾는단 말인가…… 그리고 여기 이분이 왜 좀더 솔직하지 못할까? 노래를 잘 불러 사진을 찍었노라고 속이 빤히 들여다보이는 위장. '그때 한 번 인연을 맺고 그립고 그리워 13년 만에 다시 찾아 구정의 회포를 풀고 싶으니 꼭 찾도록 해주십사.'라고 간청을 한다면 서울 가 노력이라도 좀 해줄 생각이 나겠지만.

그런데 지금 나는 얼마나 행복한가. 15년 전 짝사랑했었던 여인이 보다 더 풍만한 육체와 불혹의 나이를 먹고 제 발로 걸어와 내 앞에 나타났으니…… 이번에는 어떤 수단을 써서라도 기어코 휘어잡아야지……

그러는 사이에 식당은 비기 시작했다.

서울 가서는 사진의 여인 찾는 데 꼭 협조해달라는 이란 친구에게 건성으로 "시도해보지요."라고 대답하며 나도 일어섰다.

홍 여사가 타는 버스에 함께 오르려고 총총걸음으로 문 밖에 나섰다. 그러나 그녀는 먼저 떠난 버스 타고 가버린 양 자태가 보이지 아니했다.

호텔로 돌아온 나는 방으로 가지 아니하고 거의 비어 있는 로비에 도사리고 앉아 신문들을 건성으로 읽고 담배만 연거푸 피우면서 신경을 기울이고, 가끔 일어나 등록 데스크 가까이를 눈여겨보곤 했으나 그녀를 볼 수 없었다.

안달이 났다. 50대에 들어서는 나의 육체는 늙었으련만 마음은 늙지 아니했는지 — 아니, 지금 곧 그녀를 꼭 껴안아보고 싶은 욕망이 일어나는 걸 보면 그리운 여성은 생각만 해도 몸마저 회춘하는 것 같았다.

18시부터의 리셉션에 가서도 남들이 보면 민망할 정도로 주착없이 군중 틈을 비집어가며 이리저리 다녀봤으나 그녀의 모습은 볼 수가 없었다.

20시에 자리를 옮겨 시작된 만찬회장에서도 나는 쉴 새가 거의 없이 눈을 굴려 식탁들을 살펴봤지만 그녀는 보이지 아니했다.

그렇다면 점심때 〈징기스칸〉 식당에서 눈이 마주쳤던 여인은 딴 사람이었던가? 아니, 내 환상? 혹은 그녀와 비슷하게 생긴 여자로 〈징기스칸〉 식당 안 조명관계로 내 눈이 착각했던 것일까? 그러나 내 안막에 인찍힌 그녀의 두 눈. 분명 나를 알아본 눈치였고 놀람과 반가움을 겸한 광채가 그 두 눈에 서리어 있었었다.

그렇다면 내가 꿈을 꾸었단 말인가? 아시아작가회의에 참가중이라는 꿈을 꾸고 있단 말인가?

그렇듯이 여러 모로 생각했었는데 지금 전화로나마 그녀의 목소리를 듣게 되자 내 가슴은 두근거리는 것이었다.

"아, 그러세요. 참 반갑습니다. 다시 만나게 되어…… 목소리만 들어도 너무나 즐겁습니다."
라고 말하는 내 목소리가 가늘게 떨고 있는 걸 나 자신이 인식할 수 있었다.

"예, 예, 참 반갑고 즐거워요, 저도. 너무나 오래 격조했어요."라고 말하는 그녀의 목소리는 얄밉도록 침착했다.

"아까 점심때 잠깐 뵙고 온종일 찾아헤맸어도 못 봤으니 왜 날 의식적으로 피하셨나요. 그때 다카에서처럼?"

"의식적으로 당신 만나는 시간을 연기한 건 사실이에요. 그러나 다카 때와 정세는 달라졌어요. 미스터 황을 만나려고 서울 세계작가대회에 가는 길에 여길 들렀으니까요. 서울서나 만나뵐 줄로 생각하고 있다가 이곳 타이베이에서 갑자기 만나게 되어 제 마음속 준비가 덜 되어 피한 거예요. 지금 마음의 준비가 다 되었으니 만나주세요, 네. 지금 제 방으로 와주실 수 없을까요, 제 방은……"

"대관절 어떻게 내가 이 방에 유한다는 걸 알고 전화를……"

"그거야, 마음의 준비가 다 되고 프론트데스크에 전화 걸어볼 조그만 용기만 있으면 되는 거죠. 지금 제 방으로 와주세요."

"좋습니다. 그러나 지금이 몇신데……"

"시간에 신경쓰실 필요 없어요. 동틀 시간은 아직 멀었으니까요. 5층 535 실이에요. 지금 곧 와주시면 매우 고맙겠어요."

"그렇지만 어떻게……"

"안 오시면 제가 선생님 방으로 가겠어요……"

"아니, 아니, 내가 가지요. 10분쯤 뒤에……"

"옷 갈아입으실 필요 없어요. 그냥 양복바지만 꿰고 노타이바람으로 오셔도 좋으니까요. 10분까지 시간 걸릴 필요가 없어요. 곧 오세요. 전화 끊고 기다리겠어요."

불을 켜고 시계를 보니 새벽 한시.

허둥지둥 바지를 입은 나는 방 안에 비치되어 있는 냉장고 문을 열었다.

콜라·주스·위스키·쇼싱주〔중국술〕병들이 수십 개 냉동되어 있었다.

위스키 세 모금만 병나발을 불었다.

술기운을 빌려 용기를 북돋우고 싶었던 것이다. 이런 기회를 15년간이나 기다려왔었기에.

내 방 도어를 열고 복도 이쪽저쪽을 살폈다. 아무도 없었다.

살금살금 층층대 쪽을 향해 걸어가는 나는 복도에 두꺼운 융단이 깔려 발자국소리를 빨아주는 것이 너무나 고마왔다.

승강기는 자동식이어서 그걸 타고 올라가도 수고시킬 보이나 걸이(아니, 들킬 우려가) 없었다.

그러나 단추를 누르면 승강기 운행소리가 꽤 요란했다.

그냥 두 개의 층층대를 걸어 올라가기로 했다.

'아니, 이거 뭐 내가 유부녀 간통이나 하러 몰래 숨어 다니는 건가? 유부녀? 그녀도 그 뒤 물론 결혼했겠지…… 처음 만날 때에는 모두들 미스 홍이라고 부르는 27세가량의 아가씨였지만. 간통? 그녀의 전화 속에 어느 귀절에 정을 통하러 오라는 의미가 섞여 있었나? 그렇지만 나는 지금 어떤 심정으로 그녀의 방으로 가고 있는가? 체통이니 뭐니 다 불거하고 그녀의 몸뚱이를 노려 도둑고양이처럼 행동하고 있는 것이 아닌가.'

서울에 남아 있는 아내의 얼굴이 문득 떠올랐다.

무표정한 얼굴 — 언제나.

그러나 미안하다는 생각이 들지 아니하는 것은 아니었다. 아니, 뭐 그리 미안해할 필요까지는 없다. 수백 년 후라면 몰라도 아직 우리 사회에서는 아내가 오입하면 화냥년이라고 욕을 하면서도 남편의 외도는 묵인되는 실정이니까. 그리고 사실 본국에 있을 때에도 지방출장을 갈 때에는 객고를 지방 창녀들 몸에 푸는 것을 아내는 묵인해왔었다 — 창녀? 홍 여사가 지금 창녀가 되어 날 전화로 유혹했을까? 아니다. 그런 불유쾌한 생각을 하는 건 진주를 모욕하는 것이다.

535실 도어를 가만가만 두드리는 내 손가락뿐 아니라 가슴까지도 와들와들 떨렸다. 〈큰맘 먹고 담을 뛰어넘어왔지만 남의 방 문고리 잡고는 오들오들 떤다〉라는 노래를 지금 내가 실연하고 있는 셈이었다.

그러나 마치 첫사랑이라는 홍역을 치르는 숫총각 같은 기분이 나의 동기를 순화시켜주는 것 같아 나는 즐거웠다.

이런 순진성을 죽는 날까지 간직할 수 있다면.

도어가 열리자 방 안으로 뛰어들어간 뒤 내 행동에 대한 기억은 두서가 없다.

더블베드 위. 번개와 우뢰를 동반하는 폭풍과 폭우가 지나간 뒤 만족감에 도취되어 몸과 마음이 나른해진 뒤에야 나는 정신을 되찾은 것 같다.

만족의 미소를 띠고 눈감은 채 내 품에 안겨 규칙적인 숨을 쉬고 있는 40대 여인의 성숙하고 풍만한 몸매 — 15년 전에 만일 이 여자가 날 이렇게 대해주었더라면 지금처럼의 만족감을 나는 느끼지 못했을는지도 모른다 — 기름기 많은 중국요리를 포식하고 나서 설탕물에 튀긴 고구마로 후식을 먹는 것 같은 달콤한 맛을.

아침 8시, 대표 전원이 초대받은 조반식사에 나는 일부러 10분쯤 늦게 갔다. 내가 바랐던 대로 홍진주가 앉은 식탁에 빈 자리가 두셋 있었다.

그 식탁께로 곧장 간 나는 무턱대고 "굿 모닝, 여러분." 하고 인사를 차렸다. 손님 모두가 "굿 모닝." 하고 합창을 하는데 유독 홍 여사만은 모나리자의 미소를 띤 채 날 똑바로 쳐다보며 "굿 모닝, 미스터 황." 하고 성까지 불러 인사하고 자기 옆자리에 앉으라고 손짓까지 하는 것이었다. 조금도 어색하거나 부끄러워하는 기색이 없는 천연스런 동작이었다.

'이 여인이 정말 산전수전 다 겪어온 고급창녀가 돼버렸단 말인가? 이렇듯이 태연하니.' 하는 생각이 들자 불결한 느낌이 내게 들었다.

흰 가운을 입은 중국인 중년 웨이터들이 연방 따라주는 따끈한 콩국을 마시는 동안 기름에 튀겨낸 유자청, 참깨 묻혀 구워낸 쇼빙, 고기 넣어 빚어 쪄낸 슈마이 등이 든 접시들도 차례로 대령했다.

홍진주 옆에 접시가 드리워지자 그녀는 먼저 내 접시에 몇 점씩의 음식을 덜어주는 것이었다 — 아주 자연스럽게 — 마치 몇 해 동안 동서해온 아내처럼.

그러나 나에게는 그녀의 천연스런 태도를 자연스런 태도로 갚아줄 용기가 없었다.

어쩐지 일종의 죄의식을 줄곧 느끼는 나였다.

떠름한 로맨스

아시아 각 펜센터[4] 대표들 전원뿐 아니라 수백 명의 내빈들까지 참석한 개회식때 홍진주가 내 눈에 띄지 아니하는 걸 되레 다행이라고 나는 생각했다. 어쩐지 그녀가 약간 두렵게 생각되기 때문이었다.

10년이면 강산도 변한다는데 15년간이나 피차 소식을 모르고 지내온 그 여인. 나에 대한 태도가 돌변하게 된 그녀의 동기는?

그녀의 정체는?

어떤 불순한 목적으로 그녀가 놓은 덫에 어리석게 나는 치이고 만 것은 아닐까?

아니, 아니야. 그런 근거없는 상상으로 남을 의심해서는 안 되지.

14시부터 열리는 제일회 세숀때 나는 두번째의 주제 발표자가 되었다.

ㅁ자 형으로 꾸며진 회의실 정면 책상 뒤에는 3명의 의장단이 자리를 차지하고 그 앞 공간에 속기사들, 그리고 ㄴ형으로 놓인 책상들 뒤에 영어 알파벳 순으로 놓여진 국명 명패 뒤에 각 나라 대표단이 두 줄 다섯 겹으로 앉게 마련되어 있었다.

홍콩 대표단과 한국 대표단 사이에 일본 대표단이 앉아 있었다.

내가 읽을 원고 정리에 바쁜 나는 내가 연설을 끝낼 때까지 좌우 쪽 대표석을 볼 여념이 없었다.

그러나 5분간에 걸친 스피치를 끝내자 무거운 짐을 벗은 홀가분한 기분으로 나는 홍콩 대표석을 눈여겨봤다. 세째 줄에 앉은 홍진주의 옆열굴에 내 눈길은 집중되었다 — 얼굴이 보고 싶어서였음은 물론이려니와 표정을 살펴 그녀의 정체를 파악해보고 싶기도 한 것이었다.

잠시도 얼굴을 돌리지 않고 정면 의장단석만 주시하는 그녀는 가끔 번개같이 빠른 속도로 곁눈질을 나에게 던지면서 장난기 띤 미소를 머금곤 하는 것이었다. 정면에서 보나 측면에서 보나 그녀의 미소는 풀 수 없는 수수께

---

4 펜센터 : 세계 문인들의 친목단체인 국제 PEN 본부 산하의 각국 지부(센터).

끼, 즉 모나리자의 미소 그것이었다.

모나리자의 미소.

레오나르도 다 빈치가 그린 그 여인상의 모델에 대해서는 여러 가지 설이 있다. 그가 구상하고 있는 이상적 도시계획과 새로운 무기 발명에 소용되는 막대한 자금을 벌기 위해 당시 플로렌스의 갑부인 프란시스코 델 기오콘도가 맞이하는 신혼신부의 초상화를 그렸다는 것이 미술교과서에 적혀 있는 정설이다. 그러나 그림을 완성시켜놓고 보니 미흡한 점이 너무 많이 발견되기 때문에 그 초상화를 기오콘도에게 보낼 수 없다고 생각한 그는 그 그림을 가지고 프랑스 파리로 가고 말았다고.

한편 다 빈치가 총각으로 죽은 것으로 보아 사귀어 모델로 앉힐만한 여자가 없었고, 남자친구 하나를 여장시켜 앉혀놓고 그렸으리라는 견해를 표명하는 학자들도 많다.

보다 더 극적인 이설[5]이 있다. 그 초상화를 그린 사람은 다 빈치가 아니고 길리아노 드 메디치라는 오입장이였다는 견해. 지위가 낮은 여인과 결혼하지 않고 동서[6]생활하는 메디치가 정부의 미소에 매혹되어 그녀의 초상화를 그려 침실 벽에 걸었다고. 그러다가 그가 명문의 규수와 결혼을 하게 되자 신방에 들어서는 신부가 그 초상화를 보고 충격받을 것이 두려워 슬그머니 내리어 다 빈치에게 맡겨두었다는 설이다.

이 설이 사실이라면 그 그림의 모델은 비천한 계급의 여성으로 결혼할 수 없는 남성과 동서생활을 한 여인이었다. 그렇다면 그녀의 동기는 돈에 있었을까, 사랑에 있었을까? 그리고 신비스런 미소의 뜻은 자학일까, 결혼할 수 없는 남성에 대한 절망적 애정의 표현일까?

아, 모나리자의 미소건 홍진주의 미소건 이렇게 심각하게 분석할 필요가

---

5   이설(異說) : 일반적인 견해와 다른 주장.
6   동서(同棲) : 남녀가 정식 혼인 없이 함께 사는 것.

도대체 어디 있나? 뜻깊은, 아니 뜻 모를 미소를 내 멋대로 해석하면 그만이 아닌가.

어젯밤, 아니 오늘 새벽에 나는 진주와 처음으로 정을 통했고, 그녀의 기교가 나를 처음 경험하는 황홀감에 빠뜨려주지 아니했는가.

이렇게 되자 회의 도중이고 대낮인 이때에도 그녀에 대한 욕망이 날 사로잡았다. 그녀의 속셈은 아직 잘 모르지만 육체에 한한 한 세 시간이 허락하는 범위 내에서 시시콜콜 탐험을 끝내 너무나 잘 알게 되어진 몸이었다. 알아졌기 때문에 그 아는 곳곳들을 다시 한번 더듬는 여행을 해보고 싶은 나의 심정이었다.

남들이 알면 〈주착바가지 늙은이〉라고 욕할 사람이 많을 것이요, 더러는 〈로맨스 그레이 행운아〉라고 부러워할 것이다.

오후에는 고궁박물관[7] 참관으로 한껏 다 보냈다 ─ 3개 전시장들 중 하나만 그것도 슬쩍슬쩍 지나가며 보는 데 한나절은 보내야만 했다. 소장되어 있는 이십오만여 점의 문화재를 다 참관하고 연구하려면 개인으로는 백여 년이 걸려야 한다는 계산이었다.

고궁박물관 전시장에서나 왕복버스에서도 진주를 보지 못했다. 그렇지만 내 머리는 그녀의 영상으로 가득 차 있었다. 그런데 지금 그녀의 영상은 포옹의 대상으로 나타나는 것이 아니라 정신적 그리움으로 변모해가고 있는 것을 나는 발견했다.

남녀관계의 정상적인 순서나 발전은 처음 연애감정에 빠졌다가, 그러니까 정신적인 감정의 융화 또는 갈등 과정을 여러 번 경험하고 나서 종국적으로 육체적 관계까지 맺어 이성간의 원만한 생활을 하게 되는 것이리라.

그런데 나는 그 경험을 이전에도 지금에도 거꾸로 했고 또 하고 있는 것

---

7   고궁(故宮)박물관 : 대만의 수도 타이베이에 있는 세계 5대 박물관의 한 곳.

이었다.

아내와 결혼하기 전 연애라는 경험 없이 결혼식부터 올리고 육체적 교섭을 먼저 치르고 나서야 부부애라는 영·육 양면의 사랑을 느끼게 됐다.

지금 나는 다시 홍진주와 먼저 섹스 경험을 치르고 나서야 비로소 열렬한 연애감정에 빠져 있는 것이다. 하기야 15년 전에 그녀에게 짝사랑을 느꼈던 것은 사실이다. 그러나 그때에는 그녀의 과도한 냉대와 무시가 내 연애감정의 순을 잘라버렸었던 것이었다.

아니, 발화 초기의 화염이 냉대라는 찬물에 끼얹혀 죽어버린 듯했었지만, 15년이라는 오랜 기간 망각이라는 잿더미 속에서나마 불씨가 유지되어오다가 오늘 새벽 그녀가 부쳐주는 부채바람에 의하여 재가 다 달아나버리고 불기가 보다 더 맹렬한 기세로 타오른 것인지도 모를 일이었다.

저녁식사는 외무부장관 초대연이라선지 양식이었다. 수프로부터 생선·고기 등 풀코스를 다 먹고 커피를 따르는 웨이터가 나에게 쪽지 한 장을 전해주었다. 네 겹 접은 네모난 조그만 쪽지.

'그랜드 호텔(지금 식사중인 건물) 777실로 오늘 밤 23시부터 24시까지, 꼭.'이라고 영어로 쓴 편지였다.

누가 써 보낸 것일까? 진주겠지. 그녀의 필적을 본 적이 없으니 확인할 수는 없었다. 그러나 내 눈길은 자연 그녀가 앉아 있는 식탁께로 갔다. 식사 시작하기 전부터 내 시선이 자주 가곤 했었던 방향이었다.

노랑둥이·검둥이·흰둥이 등 남녀 수십 명이 섞여 앉아 있는 식탁에서 시종 먹을라 좌우 옆자리와 맞은 자리에 앉은 대표들과 대화를 나누는 데 열중하는 그녀는 이쪽으로 시선을 돌리는 일은 한 번도 없었었다.

그러나 지금 그녀가 나에게 쪽지를 보냈다면? 커피를 졸금졸금 마시면서 나는 그녀를 줄곧 노려봤다.

그러나 그녀는 커피 마시랴 대화하랴 바쁠 뿐 나에게로 시선을 돌리지 아니했다.

그렇다면 혹시 딴 여자가?

그럼 좋지.

나는 쪽지를 다시 펴 필적을 자세히 검토해봤다. 여자의 글씨인지 남자의 글씨인지 꼭이 분간할 수 없었다. 여자의 것 같기도 했다.

그녀 외 어떤 외국인 여자가 나에게 밀회를 은밀히 청해왔다면? 나는 여인들의 마음을 끌 수 있는 매력을 가진 남자다운 사나이인가?

아니, 혹시 남자가?

간첩?

등골이 서늘했다.

쪽지를 다시 펴봤다. 남자의 글씨같이 보이기도 했다.

아니야. 그럴 순 없지. 일본의 도시라면 붉은 간첩들의 준동이 가능하겠지만, 철통 같은 반공체제가 대한민국 못지않게 갖추어진 자유중국 영토 안에서 빨갱이의 활약이란 상상조차 못할 것이 아닌가.

하지만, 혹시 작가회의 대표단 중 불순분자가 섞여들어와 ─ 수단방법을 가리지 아니하는 놈들이라서.

공항에서 우리 대표단의 모든 수속이 프리패스한 예로 보아 다른 센터 대표들도 귀빈실에 가만히 앉아 있다가 호텔로 직행했을 것이다.

그러니 다른 지역은 몰라도 홍콩과 일본 지역 대표단 중에 혹시……

가만있자. 쪽지가 홍진주한테서 온 것이 확실하다 치더라도 ─ 나에 대한 태도가 너무나 돌변한 점으로 보아, 이중간첩? 마타하리?[8]

진주가 홍콩으로 도망쳐 나오기 전 3년간 중공 치하에서 열성당원으로 모택동 정권에 충성을 다하다가 공산정권의 모순과 학정에 환멸을 느끼고 증오감이 나 목숨을 걸고 홍콩으로 탈출해왔다는 사실을 나는 알고 있었다 ─ 15년 전 다카 작가회의때 그녀가 그렇게 소개되었던 것이기에. 홍콩에

8 마타하리(Mata Hari, 1876~1917) : 유럽의 제1차 세계대전중 활동한 미녀 스파이.

서는 공산폭정을 폭로하는 도큐멘터리 소설을 중국어 신문에 연재하여 폭발적인 인기를 얻게 되는 동시에 일약 역량있는 소설가로 인정되어 홍콩에서 오는 단 한 명의 옵저버로 회의에 참석하게 되었고 그녀의 여비는 전액 아시아재단 홍콩지부에서 부담하는 것이라는 것까지 소개되었다.

그러나 〈개꼬리 3년에 황모 못 된다〉고 3년간 공산당 열성분자였었던 그녀가 하루아침에 전적으로 변할 수 있을까?

위장된 망명?

제2의 이수근?[9] 이나지, 연배로 보아 이수근의 선배격이지.

허어, 그러니 난 무엇이 됐나? 공산당이 쳐놓은 미인계 덫에 치여버린 게 아닌가 — 너무나 쉽게.

한국 작가 황득수씨 행방불명.

공비에 의해 납치당한 듯.

각 신문에 초대호 활자로 제목이 붙은 톱기사가 눈앞에 얼른거렸다. 각 통신사가 보내는 뉴스가 전파를 타고 세계에 번지겠지.

흥분했다, 나는.

작가로서 세계적으로 명성을 올리기는 다 틀어진 판국인데 이런 보도로 내 이름이 전세계에 널리 광고된다. 나중에야 삼수갑산엘 간들 당장에는 흐뭇하다.

조그만 대한민국 판도 안에서 몇가지 안 되는 신문·잡지에 한두 주일이라도 자기 이름이 오르지 않으면 안절부절 못하는 문필가가 있는데, 이유야 어찌되었건 적어도 며칠 두고 내 이름이 전세계 신문에 게재된다면 그 댓가로의 웬만한 고생쯤은 문제될 게 없다.

아니, 그녀와 접선한다고 해서 반드시 내가 납치당하리라는 법은 없지.

---

9 이수근(李穗根) : 북한 고위층 인사였던 이수근은 1987년에 남한으로 귀순하였으나 이 중간첩협의로 사형당함.

부딪쳐봐야 아는 거지. 미리부터 겁을 집어먹을 필요는 없어.

한국판 007 대 중공판 007의 대결. 뭐, 내가 한국판 007이 될 소질이나 용기나 기술을 가지고 있다는 말인가? 천만에. 자아 과대망상도 유분수지. 그렇지. 내가 뭐 공비[10]가 접선할만한 위치에 놓여 있는 인물도 못 되면서. 그러나? 날 통해 놈들이 목적하는 어떤 다른 인물을……?

가능성이 아주 없는 것은 아니다. 태권도라도 미리 배워둘 걸. 아니, 박치기에는 나도 아직 자신만만하지.

스릴 만점.

만찬 호스트인 외무부장관이 무슨 말로 환영사를 하고, 손님들 중 하나인 인도 대표가 어떤 답사로 고맙다는 말을 하는지, 내 귀에는 웅웅거리는 소리뿐 의미를 포착하지 못했다. 호스트와 손님 대표가 주동하여 두 차례 건배할 때에도 남들이 하는 대로 따라 술잔 들고 일어서서 잔을 단숨에 비우고는 남들 따라 기계적으로 박수를 쳤다.

내 마음속에서는 온갖 무시무시한, 어리석은, 우스운, 스릴에 찬, 어처구니 없는 생각들이 꼬리를 물고 오락가락하는 것이었기에.

전세버스를 타고 일단 내 숙소로 돌아온 나는 내 방으로 들어가자마자 옷을 활활 벗었다. 내복차림으로 욕실로 들어간 나는 벌거숭이가 되어 샤워 밑에 들어가 서서 목욕을 했다.

소파에 앉은 나는 그날 회의장에서 배포된 인쇄물을 골똘히 읽었다 — 잡념과 싸워 이겨보려고.

그러나 불안과 초조와 달콤한 기대와 위험 등 상반되는 생각에 사로잡힌 나인지라 손목시계를 수백 번 들여다보는 나 자신을 발견했다.

23시가 되자 나는 도어를 열고 나서고 말았다 — 무엇에 홀린 것처럼.

기발한 생각이 문득 났다. 그렇지. 그녀의 방으로 우선 가보고 다음 행동

---

10 공비(共匪) : 공산당의 유격대.

을 취해야지.

535실 도어 밖까지 나는 갔다. 도어 바깥 핸들에 '방해하지 말기 바람'이라고 인쇄한 구멍 뚫린 두꺼운 네모꼴 종이가 걸려 있었다.

그럼 홍진주는 지금 이 방 안에 잠들어 있단 말인가?

그러면 그랜드 호텔에서 만나자는 쪽지를 보낸 자는 과연 누구일까?

불길한 생각만 드는 것이었다.

기발한 생각이 한번 더 내 머리를 스치고 지나갔다.

내 방으로 도로 왔다.

쇠를 채워두었던 가방을 열었다. 비행기표가 들어 있는 종이봉지를 꺼냈다. 여권도 꺼내 그 봉지 한쪽에 넣었다.

봉지 겉에 '그랜드 호텔 777실'이라고 크게 썼다. 그 봉지를 침대 머리맡 탁자 위에 놓았다.

만일 내 신상에 어떤 일이 생기면 적어도 내일 아침 열 시경이면 내가 어디로 갔다는 것이 발견되리라는 확신을 가지고 하는 준비였다. 오전 열 시쯤 룸보이가 청소하러 내 방으로 들어왔다가 내 침대가 헝클어지지 않은 채로 있는 걸 발견하면 내가 외박했다는 걸 알게 될 것이고, 탁자 위 봉지를 보면 내 행방을 알게 될 거고, 내가 회의장에 나타나지 아니하여 나를 찾는 사람이 있게 되는 경우 보이는 내가 그랜드 호텔 777실에 간 듯하다는 증언을 할 것이요, 따라서 수사당국은……

어쨌든 쪽지의 지시를 따르기로 결심한 나는 호텔 밖으로 나섰다. 정문을 지키는 문지기에게 부탁하여 택시를 불러오게 하고 올라타면서 나는 큰 목소리로 "그랜드 호텔까지 가요."라고 운전자에게 소리질렀다. 택시 불러준 문지기에게 내가 어디로 가는 것을 들려주기 위해 소리지른 것이었다.

목적지 호텔 정문 안에 들어서자 한번 더 기발한 생각이 났다. 그렇지. 프론트데스크로 먼저 가서 전화를 걸어 777실에 누가 들어 있는지 확인한다는 생각이었다.

프론트데스크의 전화를 쳐들고 777실로 대달라고 말했다.

"잠깐 기다려주세요."라는 교환양의 목소리를 들은 나는 수화기를 그냥 귀에 대고 있었다. 급속도로 달리는 모터보트의 엔진처럼 요란한 소리를 내고 있는 내 심장의 고동소리를 나는 듣고 있는 것이었다.

"헬로."라고 말하는 저쪽 목소리는 진주의 것임에 틀림없었다.

안도감을 느끼기는 하면서도 어쩐지 긴장이 풀리는 서운한 감을 나는 동시에 느꼈다.

엘리베이터 타고 7층까지 올라가는 짧은 시간 동안 오만 가지 서로 반대되는 생각들이 오가며 내 마음을 혼란하게 했다.

그녀가 간첩일지도 모른다는 의심이 다시 대두했다. 777실 안에 도청 장치를 해놓지 아니했을까? 그녀가 도어를 열며 마취제를 담뿍 묻힌 타월을 내 코에 밀착시켜 정신을 잃게 할는지도 모르지. 하여튼 부딪쳐보는 거다. 내가 역습하여 승리를 거둘 수 있는 가능성을 배격할 수는 없지. 내가 이겨야지, 이겨야지라고 다짐하면서 나는 복도에 나섰다.

홍진주와의 두번째 밀회는 그 향취가 첫번째와는 아주 달랐다. 처음부터 바람 한 점 없이 평온한 바닷물 위로 맘 턱 놓고 고즈너기 천천히 미끄러져 가는 항해였다.

그러나 열 길 물 속은 알 수 있어도 한 치 속 사람의 마음은 측량할 수 없다는 속담처럼 나는 그녀의 속셈을 꿰뚫어볼 수는 없었다. 그리하여 나는 계속 속으로 경계해가며 평온한 항해에 동조하는 수밖에 없었다.

그러다보니 구슬픈 생각이 들었다. 지나간 20년 동안 강요당한 조건반사, 특수한 콤플렉스 형성의 제물이 되어버린 나라는 생각이 들었기 때문에.

그것은 나 혼자만의 비극이 아니었고 대한민국 국민 전체가 공동으로 겪고 있는 민족적 비극이었다.

하여튼 두번째 밀회는 서곡이 매우 길었다.

차디차고 혀끝이 짜르르 하는 콜라를 조금씩 마시면서 우리 둘은 오순도순 얘기를 즐겼다.

침대 밑에 도청기가 몰래 가설되어 있고 옆방에서는 녹음기가 돌고 있을 가능성이 없지 않다고 아직 생각하는 나는 될 수 있는 대로 말을 삼가고 그녀의 말을 경청해줄 심산을 가지고 있었다.

"오늘 아침 첫 세슌에 당신이 발표한 스피치 참 멋이 있었어요. 하기는 15년 전 다카 회의때에도 당신의 발언이 가장 훌륭했었지만요. 두 번 다 다른 사람들의 스피치보다 당신 것이 더 간략하면서도 요령이 있고, 구체적이었어요. 그 스피치들이 당신의 성격 일부를 나타내는 것이라고 내게는 생각되었어요…… 내가 좋아하는 성격…… 그리고 또 이것." 하면서 그녀는 중국어로 된 잡지 한 권을 펴놓았다.

"아까 회의때 각국 대표들 전원에게 배포된 이 월간문예지 6월호에 당신의 약력도 실려 있더군요. 무엇보다도 더 흥미있는 대목은 바로 여기, 자 보세요, 당신이 삼남삼녀의 아버지라는 사실……"

"오 참, 당신은 자녀 몇이나 뒀소?"라고 내가 물었다.

"나에 대한 신상문제는 지금 묻지 말아주시면 고맙겠어요. 우리 작별하는 날 밤 죄다 털어놓을 테니 기다려주세요. 언제쯤 떠나시나요?"

"회의 끝나면 그 이튿날 오전 중에 떠나요. 비행기 좌석 예약까지 재확인해놨지요."

"일본 오사카에 들렀다 가시나요? 엑스포70 구경도 하실 겸……"

"거긴 오는 길에 들렀어요. 바로 서울로 직행하는 것입니다."

잠시 그녀는 생각에 잠겨 있었다.

가는 한숨을 쉬면서 그녀는 "그럼 우리가 이렇게 단둘이 만날 수 있는 기회는 앞으로 단 세 번 더…… 이 방에서 우리 매일 밤 만나기로 해요. 꼭요."

대답 대신 나는 그녀를 끌어안고 입술뿐 아니라 얼굴 전체와 목과 가슴에 키스를 퍼부어주었다.

우리 두 사람의 대뇌와 말초신경에는 거센 파도가 일기 시작했다.

폭풍우가 지나가고 잔잔한 물 위로 항해를 도로 시작하자 내 곁에 누워 있는 진주를 눈여겨 관찰하기 시작했다. 만족스런 미소를 머금고 고요히 잠들어 있는 그녀의 얼굴. 그렇게도 영리한 얼굴을 가진 지성인.

도청기 장치니 옆방의 녹음기니 따위 엉터리 공상으로 일시나마 그녀를 의심했었던 내가 부끄럽게 생각되었다.

지성인은 대체로 회색주의자가 아니면 기회주의자라고 말들 하지만, 반면에 옹고집인 면도 없지 않다. 고집이 세고 자아의식이 강한 지성인은 그 이유로 웬만해서는 사상적 변화를 일으키지 않는다.

감정으로 행동하기보다 이성에 의해 깊이 생각하고 이지적 행동을 하는 지성인들. 마찬가지로 홍진주가 한때 중국 공산당정권에 충성을 다하게 되었던 것은 이지적 판단에 의한 행동이었음에 틀림없었을 것이고, 따라서 3년 뒤에 중공을 배반하고 자유세계로 도망해 나오게 된 것 역시 감정문제보다도 이지적인 판단에 의했을 것이 틀림없었다.

그렇다면 자유진영 생활에서 혹시 어떤 모순이나 과오를 발견하게 되더라도 어디까지나 이성적 판단을 내릴 수 있는 그녀가 한번 버린 사상으로 되돌아갈 리는 없을 것이다 — 혹시 아직 현세에는 존재하지 아니하는 모종의 유토피아에 대한 동경에 잠길지는 모르겠지만.

이런 생각이 내 머리를 지배하게 되자, 진주에 대한 의혹의 구름은 믿음이라는 이름의 바람에 의해 날려가버리고 사랑이라는 이름의 온정이 용솟음쳐 올랐다.

잠에서 깬 진주가 조용히 눈을 뜰 때 나는 그녀의 볼을 살짝 꼬집었다. 이어서 일종의 심술이 발작하여 나는 말로 그녀의 기분을 꼬집었다.

"15년 전 다카에서는, 말하자면 우리가 평생 처음 만났을 때 유독 나 하나에게만 너무도 쌀쌀하게 대해주었던 — 내 자존심이 여지없이 상할 정도로 날 무시했던 당신이 어제부터는 웬일로……"

내 입을 손바닥으로 막은 그녀가 말했다. "그만, 그만. 그땐 참 미안했어요. 하지만 그때엔 내 나름의 이유 — 비장한 이유가 있었어요. 지금 그 이유를 따지지는 말아주세요, 제발. 우리 둘이서 함께 누릴 수 있는 행복한 시간은 단 사흘밖에 더 없어요. 헤어지는 날 밤 모든 걸 털어놓고 고백할께요…… 죽는 날까지 다시는 만나뵐 기약이 없이 작별할 수밖에 없게 되는 그 마지막날 밤에요. ……우리가 헤어진 후 당신은 가정으로 돌아가 자식들과 함께 행복한 나날을 계속 보내겠지만요만 저는 저는…… 아니 아니, 이 담에 얘기해요. 이 밤이 다 가기 전 우리 사랑 얘기만 나누기로 해요…… 너무나 짧은, 그러나 저에게는 너무나 벅차고 황홀한 순간순간……"

"하지만 한 자기 지금 꼭 물어보고 싶은 게 있어요. 내 사생활까지도 당신은 이미 얼추 알고 있는 모양인데 나에게 당신은 백지에 가깝거든요. 그것 불공평하지 않소. 다카 회의때 모두에게 소개된 당신의 약력 외 딴 것은 하나도 모르고 있어, 나는. 어떤 심정으로 3년간이나 중공정권을 지지·활약했으며 또 어떤 동기에 의해 심경변화를 일으켜 홍콩으로 도망쳐 나왔는지……"

"그만, 아 그만. 악몽이었던 그때 사정 생각만 해도 몸서리가 나요. 지금 차마 말할 수가 없어요. 생생한 기록이 책에…… 예, 홍콩서 연재되었던 내 도큐멘터리 소설이 그 뒤 곧 단행본으로 출판되었으니 그걸 읽으시는 게 더 좋을 거예요……"

"그 책 어디서 구하지요?"

"서울 가서 당신 만나면 한 권 드리려고 가지고 왔어요."

"그래요? 그럼 서울 가 그 책을 나에게 주려는 겁니까?"

"여기서 헤어지는 날 드리겠어요. 서울까지는 안 가기로 나는 작정했어요 — 갈 필요가 없게 됐어요. 여기서 이미 당신을 만나 이렇게 행복하게 며칠이나마 함께 지낼 수 있게 되었으니까요. 당신 여기 온 거 저에게는 참 천행이었어요. 서울에서는 당신과의 밀회가 이렇게 쉽게 이루어지지 못할 것이니까요."

"그럼 당신도 그간 줄곧 내 생각을 해왔다는 말입니까?"

"지나간 10년 저는 당신을 어떻게 하면 한 번만이라도 다시 만날 수가 있을까 하는 생각과 희망으로 살아왔어요…… 처음 다카에서 당신을 뵈었을 때의 충격을 가라앉히는 데 5년 세월이 걸렸고……"

"뭐? 충격이라고? 왜?"

"마지막날 밤 다 얘기해드릴게 참고 기다리세요…… 한국에서 세계작가회의가 열리기로 최종결정이 내렸다는 뉴스를 읽었을 때의 내 심정. 회의 참석보다도 당신을 만나고 싶어서 홍콩 대표단 구성때 득표공작을 얼마나 열렬하게 벌였는지……"

소녀처럼 그녀는 얼굴을 붉혔다.

상기된 그녀의 뺨에 나는 입술을 갖다댔다 — 따가운 감촉 — 그리고 금세 축축해지는 감촉.

닷새 동안의 로맨스 그레이 마지막 밤이 왔다.

두번째 밀회가 진행되는 중간지점까지 내가 진주의 의도를 의심했었던 것이 얼마나 매정한 짓이었다는 것을 나는 통감했다.

중년기에 들어서는 그녀가 평생 처음 느끼는 연정과 정열을 단 며칠 동안에 불사르려고 하는 것이 그녀의 진심이라는 걸 나는 깨달았다. 나도 또 나대로 이 기회에 평생 단 한 번 있을 정열을 불태우는 것에 더할 나위 없는 희열을 느끼었다. 실로 황홀한 나날이기는 했지만 그러면서도 어쩐지 좀 괴상한 객고풀이라는 생각이 들기도 했다.

"이 마지막 밤…… 언제 다시 만날 기약이 막연한 이 마당에서 우리 대화로 밤을 지새워볼까요. 전 서울행 취소하고 내일 홍콩행 비행기 좌석예약 확인해 놨어요. 하지만 할 얘기는 한이 없는데 여름밤은 짧고…… 해가 뜨는 걸 몇시간만이라도 멈출 수만 있다면……"

"오늘 밤 당신이 쓴 책을 한 권 준다고 얘기하지 아니했소?"

"그래요, 책을 드리겠어요. 하나 그 책에 기록되지 아니한 얘기, 특히 당신과 15년 전에 처음 만난 뒤 얘기는 죄다 사뢰어야 제 마음이 시원하겠어요…… 다카 콘티넨탈 호텔 회의실에서 당신을 첨 뵙던 날. 비행기 관계로 당신은 첫 세슌 회의 도중에 여장도 풀지 않은 채 연설문만 포켓이 간직하고 회의실에 들어오셨지요. 기억하시겠지요. 발소리 안 내려고 사뿐사뿐 걸어, 코리아 명패가 놓은 테이블을 향해 걸어오는 당신의 모습을 보는 순간, 아, 나는 얼마나 놀랐는지 회의 도중이 아니었더라면 나는 비명을 질렀을 거예요……"

"놀라? 왜요? 첨 보는 나인데."

"왕기형 교수님의 유령이 나타난 줄로 생각돼서요."

"왕기형 교수……"

"예, 내 마음에 너무나 큰 상처를 안겨주고 세상을 떠나간 왕 교수님…… 오, 실은 내가 그이를 죽인 거예요…… 으흐흐흐……"

흐느끼는 그녀를 진정시키는 데 나는 진땀을 뺐다.

겨우 그녀가 말을 할 수 있을 만큼 진정시켜놓기는 했지만 너무도 두서가 없는—마치 가위 눌리는 것처럼 소리를 지르기도 하고, 천주교 신부에게 고해성사나 하는 것처럼 회한에 찬 태도를 보이기도 하며, 공산당식 자아비판이나 하는 것처럼 격외의 열을 올리기도 하고, 히스테리 환자의 넋두리 같은 하소연 등이 뒤섞인 사연의 연속이었다.

엉기고 헝클어진 그녀의 얘기의 실마리를 차근차근 풀어보면 대충 이러했다.

청나라가 패망하고 중화민국이 수립된 20년 만에 홍진주는 베이핑(본디 베이징이었으나 1911년 공화국이 서면서 나라를 평정했다는 뜻으로 베이핑으로 개칭한 것) 시내에서 출생했다. 민주국가가 수립된 뒤에 태어난 데다, 아버지가 서양문

물 수입에 동조하는 개화인들 중 하나였었던 덕택에 그녀는 계집애이면서도 학교에 다니는 것이 허락되었던 것이었다. 그것도 서양학문을 가르치는 미국예수교선교회가 운영하는 소학교에 다닐 수 있는 행운을 그녀는 가지게 된 것이었다.

그러나 그녀가 소학교 첫 학년 공부를 마친 뒤의 여름방학, 2학년으로 진급하기 두 달 전인 7월 12일에 베이핑은 일본군대에 의해 무혈점령되어버렸다.

그해 7월 7일 한밤중 텐진에 주둔해 있는 일본군대가 베이핑 교외 노구교(마르코폴로 브리지) 근방 평야에서 기동연습을 하고 있었었는데, 연습 도중 일본 사병 하나가 실종되었다는 핑계를 내건 일본군은 선전포고도 하지 아니한 채 중국 침략전을 시작한 것이었다. 8일 새벽에 베이핑 시를 사방에서 포위한 일본군은 베이핑 시장의 무조건 항복을 강요했었다.

베이핑 시에 둘러쌓은 성벽 사방 대문들과 소문들을 다 닫아버린 시당국은 삼사 일 버티어봤다. 그러나 식량과 채소와 연료 등을 시외로부터 매일 공급받고 살아왔었던 50만 시민이 굶주림에 신음하는 참경을 보다 못한 시장이 일본군 지휘관과의 면담을 요청하게 되었다. 성문은 열지 아니하고 돌성 위로 올라간 시장은 밧줄에 매 드리우는 광주리를 타고 성 밖으로 나갔다. 전체 시민의 생명과 재산을 존중·보호하고 일체 보복행위나 약탈을 하지 않겠다는 일본군 사령관의 서약을 받은 뒤에 성문을 자진 열어주어 일본군이 평온리에 진주해 들어온 것이었다.

그러나 9월 새 학년 초에 등교한 진주는 교장을 비롯하여 여러 선생들이 새 사람들로 교체되어 있는 것을 발견했다.

그 뒤 5년간 친일파 정권 아래서나마 공부를 계속한 그녀는, 중국군대는 도처에서 침략군에 항거하여 치열한 전투를 계속하기는 하면서도 퇴각에 퇴각을 거듭하는 자기 나라 정부는 깊은 산인 충칭에까지 임시수도를 옮겨가게 되었다는 소식을 학생들간 쑥덕공론으로 얼추 알고 있었다. 시내 신문에는 단 한 줄도 보도되지 아니하지만 일본군은 대도시와 기차길만 점령하였을 뿐 중국 유격대들의 쉴 새 없는 공격을 감당해낼 수 없어 철로 양쪽에 높은 둑을 쌓아 올리고 도처에 초소를 세워 철도편 운수를 결사적으로 지키려고 하고 있고, 둑 저쪽 부락들 대다수에는 낮에만은 친일파가 촌장 노릇을 하고 밤에는 항일파가 촌장 노릇을 한다는 얘기도 듣고 있었다.

진주가 중학교에 진학한지 3개월 뒤 12월 초순 어느 날 새벽, 이상한 소문이 시내에 좍 돌았다. 시외에 진치고 있었던 일본군 한 중대가 꼭두새벽에 성내로 들어와 외국사절단 단지 일부를 봉쇄하고 미국대사관을 점령한 후 미국기를 내리고 일본기를 기봉에 대신 매어 올렸다는 소문이었다.

곧 이어 각 조간신문에는 '용감무쌍한 일본 공군 가미가제[11] 결사특공대가 미국 해군기지 호놀룰루를 기습하여 커다란 성과 올림'이라고 긴 제목 아래 특종기사가 톱으로 실렸다.

조반 드는 동안 시종 침통한 표정을 짓는 부모는 식사를 드는 둥 마는 둥 하다가 아버지가 급히 밖으로 나갔다. 그날이 마침 일요일이어서 진주가 학교에 갈 리는 없었지만, 아무 데도 나가다니지 말고 꼭 집에 붙어 있으라고 신신당부하고 나서 아버지는 나가고, 어머니는 곧 라디오 꼭지를 돌렸다.

일본 해·공군의 진주만 기습[12] 뉴스를 자세하게 방송하고난 아나운서는 시민들은 동요하지 말고 각자 직무에 충실할 것이며 유언비어 유포자와 미국인을 숨겨두는 자는 엄벌에 처할 것이라는 경찰국 긴급포고령을 두세 번 되풀이 낭독하는 것이었다. 그리고는 이어서 미국 예수교선교회가 경영해오던 옌징 대학과 미국돈으로 운영(1899년 산동성 중심으로 의화단이 무력으로 봉기했을 때 폭동을 진압한답시고 일본·독일·영국·프랑스·미국 등 연합군이 들어와 의화단을 섬멸하고는 참전 각국이 청국 정부에 대해 천문학적 숫자의 배상금을 강요하여 다른 나라에서는 다 고스란히 받아갔지만 유독 미국은 그 배상금으로 중국 청년 교육기관인

---

11 가미가제(神風, 신풍) : 태평양 전쟁 말기의 일제가 만든 전투기 자살 공격 부대.
12 진주만 기습 : 1941년 12월 7일 일본은 하와이 진주만의 미태평양함대를 기습 공격했다.

칭화 대학을 창건·운영해왔음)해오던 칭화 대학은 오늘 날짜로 폐쇄해버린 만큼 해당학교 재학생들은 오늘 중으로 중국 국·공·사립대학에 전학수속을 마치고 내일 월요일부터 모두 정상수업에 들어갈 것이며, 미국 선교회 운영 중·소학교들도 모두 다 폐쇄했으니 타교로 전학수속을 끝내어야 된다고 방송하는 것이었다.

미국 미션 계통이 운영하는 사립중학에 입학했던 진주는 자기가 학교로 가봐야겠다고 서두르며 떼를 썼지만 어머니의 완강한 제지에 눌리고 말았다. 유모를 감시자로 앉힌 어머니가 밖으로 나갔다.

라디오를 틀어놓긴 하고도 어머니의 귀가를 초조히 기다리는 진주는 듣는 둥 마는 둥, 점심때가 지나 쿡이 점심을 차려놨으나 그녀는 젓가락도 손에 들지 아니했다.

진주가 내일부터 시립제2여중에 다녀도 좋다는 전학증명서를 가지고 어머니가 집으로 돌아온 것은 저녁때가 다 돼서였다 — 양처(인력거)를 타고 달려 다녔지만 원체 전학자 수가 너무 많아 하루 종일, 점심도 굶어가며 싸돌아다녔노라고 짜증을 늘어놓는 어머니의 선수치는 데 쪼그라든 진주는 아무 불평도 못하고 도리어 어머니를 위로하기에 급급한 자신을 발견했다.

진주가 여중을 졸업하고난 여름방학 동안에 베이핑 시 통치자는 또 한번 바뀌었다.

패전한 일본군이 퇴각하고 중국 국민정부 군대와 공산군 연합군이 시내로 무혈 진주해 들어온 것이었다.

흰 바탕 폭 가운데 빨간 동그라미 하나가 그려져 있는 일장기라고 불리는 일본국기가 8년 동안이나 시내 각 관공서와 학교 기봉에 띄워져 있었던 것이, 하루아침에 청천백일만지홍[13]이라고 부르는 중국국기들이 대신 나부끼

---

13 청천백일만지홍(靑天白日滿地紅) : 태평양 전쟁이 끝날 무렵 일본제국 몰락 작전을 위해 중국 국민당이 통일을 위해 전개한 동아시아 중심 세계관.

게 된 것이었다.

따라서 8년간이나 치외법권을 남용하여 중국인을 차별대우하며 부정축재에 눈이 벌개져 돌아가면서 위세에 도취된 호화스런 생활을 즐겼었던 일본인들은 깡그리 수용소에 연금되고, 일본인이라는 호랑이 등에 타고 앉아 허세를 마음껏 부려왔었던 친일파 중국인들과 한국인들은 어디론가 모두 자취를 감추고 말았다. 일본군 점령하 8년 동안에 중국인들이 더욱더 분개했었던 일은 주중국 한국인들의 배신행위였다.

벼락부자가 되고 싶은 일본 민간인들은 치외법권을 악용하여 거대한 몰핀 제조공장들을 차려놓았고, 그 소산물인 흰 가루 마약의 도매권은, 역시 치외법권 특권을 누리는 한국인들이 독점하고 있었다.

베이핑 시 정권은 물론 친일파 중국인들의 수중에 있었기는 했지만 마약중독이 중국인의 가장 악질적인 암적 존재라는 것을 인정하는 시 경찰은 마약밀매 취체에 온갖 노력을 경주했던 것이었다. 중국인 마약밀매자가 체포되면 초범이건 재범이건 사형에 처했다. 그러나 한국인 마약밀매자를 현장에서 체포하는 경우에도 시 경찰은 그 신병을 일본 영사관 경찰에 넘겨주어야만 했다. 일본 경찰에서는 초범인 경우에는 29일간 유치장에 유치, 재범인 경우에 베이핑 시내에 있는 일본 국민 전용 감옥에 3개월 감금, 삼범인 경우에라야 일본 나가사키 경찰서로 호송하여 중국땅에 다시 못 오게 추방하는 것이었다. 꼭 곱절이 남는 장사에 처벌이 이처럼 경미하니 베이핑 시내에 거주하는 수만 명 한국인들 중 90퍼센트가 마약밀매업자였다.

이 대목에 이르렀을 때 얘기를 중단한 진주는 어색한 표정을 지었다. 이 마약밀매업 때문에 한국인에 대한 인상이 매우 좋지 아니하여 15년 전 다카에서 나를 만날 때 한국인이라는 이유로 그리 달갑지 아니하여 그때 내게 쌀쌀하게 대한 이유들 중 하나였다고 고백하는 것이었다.

떠름한 로맨스

1945년 9월 새 학기가 되자 4년간 폐쇄되었던 옌징·칭화 양 대학이 다시 문을 열기는 했지만, 피난갔었던 유능한 교수들이 미처 돌아오지 못해 수업이 제대로 잘 안 되었고 게다가 학생들은 국민당 지지파와 공산당 지지파로 나뉘어 논쟁과 테러 행위로 한동안 소일했다.

그러다가 해가 바뀌자 우수한 교수들이 대거 돌아왔고 정국도 얼추 안정되어 정상적인 수업이 가능하게 되었다. 그래 홍진주는 남녀공학인 국립 베이징대학에 입학했다.

2학년으로 진급할 무렵부터 진주는 왕기형 교수를 연모하기 시작했다. 그의 연세가 자기보다 10년가량 더 연장이라는 사실을 무시하고, 또 그는 가족을 거느리고 사는 한 가정의 가장일 수 있다는 가능성은 생각조차 아니한 채로.

대학에서 그녀는 정치학을 전공으로 택했다.

세상에 태어나면서부터 출생지인 베이핑을 중심으로 한 정치적 혼란과 불안을 몸소 겪으면서 정치적 변동이 인간의 일상생활에 거대한 영향을 주는 것을 인식하는 것과 동시에 중학때부터 배우기 시작한 국사시간에 치욕적인 근세사 공부에 들어갈 때 분통을 느끼게 된 것 등 탓으로 대학에 가서는 정치학을 전공으로 선택했다고 생각되노라고 그녀는 말했다.

〈중국 근세 정치사〉 강좌 첫날 교실에 들어간 그녀의 눈에 비친 왕기형 교수의 나이는 자기보다 사오 년 정도밖에 더 안 먹은 청년 교수로 보였고, 창백한 얼굴에 몸집이 호리호리하고 얌전하고 나약한 지성인으로 보였었다. 한주일에 세 시간씩 있는 그의 강의 첫 시간부터 학생들은 흥분했다 ─ 1839년에 시작된 아편전쟁사로부터 강의가 시작되었기 때문이었다.

중국 국민이 원치 아니하는 아편의 수입. 인도산 생아편을 배에 실어 와 홍콩 앞바다 부두에 대고 강매하는 영국 상인들. 견디다 못한 홍콩 군수 임칙서가 하루는 부두에 쌓여 있는 아편 2만여 상자를 불살라버렸다. 그러자 즉각적으로 영국 해병대가 대거 침략을 개시하여 순식간에 광둥까지 점령해버렸다.

3년간을 끈 아편전쟁에 패배한 청국 정부는 굴욕적인 난징(남경)조약을 체결하면서 홍콩을 99년간 영국에 할양했을 뿐 아니라 더 나아가서 해안 5개 항구를 개방함과 동시에 치외법권을 행사하는 영국 상선들이 양자강 황하 깊숙이까지 제멋대로 항해하게 되었다.

창백하기만 했었던 왕 교수의 얼굴이 이 굴욕적인 대목에 이르자 얼굴에 홍조가 떠오르고 발을 동동 구르며 주먹으로 책상을 쾅쾅 때리는데 격한 목소리가 교실 안을 쩡쩡 울리는 것이었다.

흥분한 학생들도, 진주까지도, 발을 구르며 소리질렀다.

나약하고 얌전하게만 보였던 왕 교수의 몸 어디서 그런 격렬한 분노가 터져나오는지, 그녀는 감탄할 수밖에 없었다.

그러나 캠퍼스를 걸어갈 때의 왕 교수의 모습은 어디까지 나약하고도 얌전한 자세였다. 이런 교수의 성격을 좀더 자세히 알고 싶어지는 욕망이 싹트는 것을 그녀는 느끼게 되었다.

얌전하다가 돌연 난폭해지고 다시 얌전해지고, 창백하다가 돌연 새빨갛게 상기되었다가 다시 창백해지는, 사뿐사뿐 천천히 걷던 걸음이 돌연 쾅쾅 소리를 내며 성큼성큼 뛰어가다가 다시 온순해지고 — 이렇게 금세금세 양극단으로 변모되곤 하는 왕 교수의 모습을 진주는 꿈에 오래오래 봤다.

나라의 위신을 잃은 데 대한 정부 불신임에 기인한 것이었는지 그렇잖으면 국가의 위신에는 개의 않고 정권쟁탈에만 눈이 벌개 돌아가는 야심가 몇몇의 망발이라고 할는지, 하여튼 8년 뒤인 1850년에는 〈태평천국〉[14]을 땅 위에 수립한 당시는 근사한 구호를 내세운 장발족들이 대규모 반란을 일으켰다.

---

14 태평천국(太平天國) : 외세 침입으로 혼란스러웠던 청나라 말기에 홍수전이 일으킨 농민 봉기로 신정국가를 수립하고자 했다.

청국 정부군이 진압하지 못하는 채 반란이 7년이나 지속되자 중국 내 기득권 보호를 주장하는 영국과 프랑스 두 나라 연합군이 침입을 개시하여 1860년 베이징의 관문인 톈진을 점령해버렸다.

지도력도 담력도 없는 청국 황제, 옛날 양귀비나 달기[15]보다 더 색을 즐기는 동시에 독재권을 쥐고 있는 서태후[16]의 치마폭에 매달려 연명하기에만 급급해왔던 그 황제는 열하[17] 방면으로 도망가버렸다. 그러자 순식간에 외국군대에 의해 함락된 베이징은 승전 군인들의 노략질과 행패에 무참히 짓밟혔다. 성내 노략질에 여세를 모으는 프랑스 군인들은 근교에 있는 별궁(옛날 아방궁 못지 않게 호화찬란했던)까지 노략질하고 불살라 전소시켰다.

이로 인해 〈태평천국〉은 망해버렸지만 청국 정부는 한번 더 굴욕적인 평화조약에 조인하면서 막대한 배상금을 강요당했다. 당장 낼 배상금이 없는 청국은 영국·프랑스 양국에 청국 내 철도부설과 운영권, 각 항구와 강변 관문에의 세관관리권, 심지어는 소금채취권까지 내주고 말았다.

서양식 해군을 창설·양성한다는 명목으로 프랑스로부터 거액의 고리 차관을 얻은 서태후는 그 돈으로 군함을 한 척도 사들이지 아니하고 베이징 교외 심리허에 〈만수산〉이라는 인조 산과 인조 호수를 만들고 궁권과 절을 지어 여름철 별궁으로 삼아 거기서 사치와 안일과 음탕의 극한 생활을 영위하였다.

그러자 청국 도처에서는 회회교도들이 반란을 일삼게 되고, 특히 산동성 동쪽 전지대에는 수많은 마적떼들이 판을 치고 돌아다니게 되었다.

1871년에는 일본의 협박에 못 이긴 청국 정부가 자기 나라에 불리한 조건으로 청·일수호조약을 맺게 되고, 1884년에는 속국이었던 안남(베트남)을 프랑스에 빼앗기고 말았다.

---

15 달기(妲己) : 중국 은나라 주왕의 음란하고 타락한 왕비.
16 서태후 : 청나라 말기의 황태후로 권력을 독점하였다.
17 열하(熱河) : 18세기 만리장성 북쪽의 강 이름. 청나라 건륭황제의 여름 별장이 있었다.

그래도 정신 못 차리고 환락에만 탐닉하던 청국 황실은 1894년 일본의 선전포고를 받게 되어 전투다운 전투도 못해보고 일 년이 다 가기 전에 항복하고 말았다. 결과로 본토의 요동반도와 대만과 팽호군도 전체를 일본에 할양했다. 청국의 약점을 주시해오던 독일과 러시아도 본토 변경을 마구 침입해왔지만 청국으로서는 속수무책이었다.

외국인들의 행패에 분격한 인사들이 산둥성을 중심으로 〈의화단〉이란 이름으로 1899년에 반란을 일으켜 외국인들을 살상하고 재물을 노략질하기 시작했다.

이 반란을 진압하지 못하는 청국 황실을 비난하는 일본 · 독일 · 영국 · 프랑스 · 미국 등이 연합군을 구성하여 쳐들어와 며칠 안에 베이징을 점령해버렸다. 〈의화단〉 봉기는 진압되었지만 청국 정부는 천문학적 숫자의 배상금을 각 연합군측에 지불하지 아니할 수 없었다. 단시 미국만은 그 배상금을 받아가지 아니하고 그 돈으로 베이징에 칭화 대학을 설립 · 운영하여 중국인 청년들에게 서양식 학문을 가르쳐주었다.

외국의 행패상을 늘어놓는 강의를 할 때마다 왕 교수는 "그러나 이렇듯이 외국 강도들에게 우리 땅과 국민이 번번이 유린당하고 약탈당하는 일을 보고 외국놈들만이 나쁘다고 그들만 정죄할 수는 없습니다. 책임의 절반, 아니 전체 책임은 우리 국민에게 있다고 보는 것이 타당합니다. 왜냐하면 집권자는 환락에만 급급하고 일반 국민은 무식할 뿐만 아니라 각기 자기 개인 생활에만 집착하여 국가의 안위에는 거의 무관심했기 때문에 그것이 외적들의 입맛을 돋우어 과감히 쳐들어온 것이니까요. 그런고로 근본문제는 국민 각자의 자각과 노력과 열의에 달린 것입니다. 몇해 뒤에는 사회의 중심적 지도자가 될 대학생 여러분에 대한 기대가 너무나 크고 따라서 여러분의 책임이 너무나 무겁습니다."라는 말을 거듭 강조하곤 했다.

겨울방학이 되자 다른 무엇보다도 왕 교수의 강의를 못 듣는 것이 홍진주에게는 견디기 힘든 고통이었다. ─아니 강의 못 듣는 것보다도 그이를 보지 못하는 고통이 그리움으로 변모하고 있는 것을 그녀는 발견했다.

그의 용모, 그의 표정, 걸음걸이, 목소리, 손짓, 발짓. 그의 품에 왈칵 안기는 꿈을 꾸고는 한편 놀라고 부끄러우면서도 마음이 흐뭇하곤 했다.

지난 학기에 배운 교재들을 복습할 때에나 교양서적 또는 문학작품들을 읽으려고 할 때 몇줄 못 읽어 눈만 글자 위를 오갈 뿐 생각은 딴 데를 방황하고 있는 것이었다.

그녀는 털실 스웨터를 뜨기 시작했다. 뜨개질하면서는 상상의 날개를 얼마든지 맘대로 펼 수 있을 것이라는 생각이 들어서였다. 자기자신의 스웨터를 뜰 생각으로 털실을 사 왔지만, 뜨다 생각하니 왕 교수의 것을 뜨는 것이 ─ 뜨개질바늘을 놀리는 행동 그 자체가 더 행복스러우리라는 느낌이 들었다. 자기가 정성들여 짠 스웨터가 왕 교수의 손에 어루만져지고, 내복 위에 껴입는 것이기는 하지만 그래도 그의 체온을 느끼게 될 것이리라.

바늘을 놀리다 말고 가끔 쉬면서 미완성 스웨터를 풀어 꼭 안고 따사로운 감촉을 만끽하면서 행복감에 젖어드는 자신을 그녀는 발견하곤 했다.

더구나 장갑이나 양말은 그이의 맨살에 닿을 수 있으리라는 생각이 들자 그녀는 그것들도 뜨기 시작했다. 자기 손때가 묻은 장갑과 양말이 왕 교수의 맨손과 맨발에 직접 접촉하게 될 것이라는 생각을 하자 자신의 피부가 그닐그닐[18] 하는 것이었다.

왕 교수의 몸에 꼭 맞는 스웨터를 뜨려면 정확한 치수를 재가지고 떠야만 하겠지만 그럴 도리는 없고 ─ 아니, 그이의 몸에 꼭 맞지 않은 걸 뜨는 것이 오히려 더 좋을 것 같은 생각이 들었다. 기회 보아 그이에게 선사하고, 몸에 꼭 맞지 아니한다고 하면 그걸 핑계로 그이의 몸에 손을 대보고 ─ 생각만 해도 짜릿짜릿 했다.

스웨터와 장갑과 양말이 다 완성되었다. 단지 남은 문제는 그것들을 언제

---

18 그닐그닐 : 피부가 근지롭고 저릿한 느낌.

어떻게 왕 교수에게 전하는가라는 문제였다.

연말께 스승에게 선사품을 보내는 것은 수천 년 전래의 아름다운 풍습이었다. 단지 문제는 여학생이 남자선생님에게 선물을 보낸다는 것은 유교사상에 어긋나는 일이었다. 그러나 5·4혁신운동(1919년 5월 4일)을 계기로 남녀평등사상이 고취되어온 데다 대학에서는 남녀공학까지 하는 판에 여학생이 남자 교수에게 선물 보내는 것이 망발은 결코 아닐 거라고 그녀는 다짐했다.

하지만 음력 설밑에 보내면 그때에는 벌써 날씨가 풀려 털실스웨터를 보내기에는 철이 늦다. 날씨가 제일 추운 때는 양력설때다 — 혁신의 첨단을 걷고 있는 국립 베이징 대학생으로서는 양력을 사용하는 것이 도리어 정당한 일일 것이다.

양력 연말 이틀 전 그녀는 선물보따리를 들고 왕 교수댁 대문을 두드렸다 — 주소는 학교 서무과에 가서 미리 알아왔었다.

그런데, 그런데 — 응접실에 맨 먼저 나타난 사람은 그 댁 주부인 왕 교수의 부인이었다.

진주의 가슴이 철렁했다.

어찌하여 이 생각을 미처 못했었더란 말인가. 30이 지난 남자가 가정을 가지고 있는 것은 당연한 일이 아닌가.

그렇다고 지금 후퇴할 수는 없었다.

"아니, 이 추운 날씨에 교수님을 뵈러 오는 제자, 그것도 여학생이 이렇게 있으니 그이는 행복한 교수군요. 너무나 고마와요. 그 외투 벗어 이리 주고 여기 좀 앉아요. 교수님 곧 나오실 거예요."라고 말하는 이 부인의 목소리는 착 가라앉았으면서도 부드럽기 그지없었다. 젊은 여대생이 남편을 찾아왔으면 — 빈손으로 오지 아니하고 선물까지 가지고 왔을 때 — 아내로서 본능적으로 느낄, 질투까지는 아니랄지라도 경계하는 눈치쯤 저절로 나타날 것이어늘, 그런 기색은 털끝만큼도 없이 더할 나위 없이 친절하게만 대해주는 그녀의 태도에 진주는 놀라고 당황했다.

떠름한 로맨스

그러나 교수에게 드릴 선물이 이 여자의 손을 거치는 것이 어쩐지 불결하다고 느낀 진주는 선물보따리를 조그만 탁자 위에 얼른 놓고 나서 외투를 벗었다. 교수 부인이 팔을 내밀어 그녀의 외투를 받으려 하자, "아니에요, 사모님. 제가 저 옷걸이에 걸겠어요."라고 말했다. 웬일인지 자기 목소리가 떨리는 것을 인식하는 진주는 얼굴을 붉혔다.

　서로의 몸이 닿을 만큼 가까이 와 있는 교수 부인의 체취가 향긋했다. 샘이 났다 — 자기의 체취는 어떨까를 공상하면서.

　외투를 걸고 돌아서던 진주의 두 눈은 왕 교수의 눈과 마주쳤다. 캠퍼스나 교실이 아닌 이 주택 응접실에서 이렇게 가까이 그이를 대하게 되니 그녀의 가슴은 두근거리기 시작했다. 왈칵 달려들어 그이의 품에 꼭 안기고 싶었다 — 꿈이 아닌 현실. 그러나 이 감정을 행동으로 옮기기에는 무너뜨릴 수 없는 장벽이 너무나 많았다 — 평생 훈련된 감정의 억제, 옆에 있는 교수의 부인, 교수의 두 팔에 매달린 어린 사내와 계집애.

　"허, 이거 참 고맙구먼, 홍양."이라고 상냥한 목소리로 왕 교수가 말했다. 곧 이어 "얘들아, 이 여대생에게 절해야지."라고 하며 자녀들을 내려다봤다.

　아버지의 팔에 매달린 두 어린이는 몸을 비틀며 진주를 말끄러미 바라보는 것이었다.

　"얘들두, 내 참." 하며 어머니는 자비스런 미소를 띠고, 허허허 소리내어 웃는 교수도 애들이 무척 귀여운 모양이었다.

　절벽이 자기를 둘러싸는 압박감을 진주는 느꼈다.

　"자, 여기 좀 앉지."라고 교수가 말했다.

　선물을 집어든 진주는 "선생님, 이거 제가 뜬 거예요."라고 하면서 교수 앞으로 내밀었다.

　"허, 참 고맙구먼. 서양 풍속은 선물을 그 자리에서 펴보는 것이 예의라지. 우리 중국 풍속하고는 정반대야. 하지만 문화인인 우리라 서양 풍습을 따라야 되겠지." 하면서 교수는 포장을 풀기 시작했다.

이 서양 풍속이 진주에게는 저주스러웠다. 그냥 두어두었다가 교수가 침실에 들어가서 곧 입어보고 끼어보고 신어보고 했으면 싶었다.

선물을 보고 환성을 지르는 것은 어린이들뿐이었고, 교수는 장갑만 두 손에 끼어보는 것이었다. 만족하는 눈치였다. 스웨터를 들고 꼼꼼히 들여다보는 부인은 "어머, 이거 손재주가 이만저만이 아니구면. 이렇게 정교하게 떴으니…… 실은 내가 떠드려야 하는 건데, 난 무사분주하고 손재주도 없고, 아니 게을러빠져서…… 여보, 금년 겨울엔 이 제자가 나 대신 당신 몸과 손발을 따뜻하게 해주게 됐으니, 당신 참 행복하겠어요."

그녀의 말투에서나 표정에서 놀리거나 비꼬거나 투기하는 기색은 조금도 없는 것을 보는 진주의 생각은 형용할 수 없도록 착잡했다.

저 여인이 차라리 질투를 해줬으면 싸울 맛이 나겠는데…… 너 같은 건 내 남편의 관심을 끌 수 있는 상대가 절대 못 돼 하고 확신하는 거지…… 흥, 어디 두고 보자. 내 기어코……

중년 여자하인이 쟁반에 받쳐들고 들어온 룽징차를 마시고 과자를 씹으며 몇분간 앉아 있는 동안, 이 단란하기 그지없는 가정은 난공불락의 요새라고 진주는 느끼지 아니할 수 없었다.

어서 속히 이 자리를 물러나고 싶을 따름이었다.

이듬해 봄 둘째 학기가 시작되는 날까지 진주는 수백 통의 연애편지를 쓰고, 수백 통의 회답을 받았다 — 자기자신이 쓴 회답. 차마 우송하지는 못하지만 편지를 — 송신과 수신 다 쓰고 있는 시간이 그녀에게는 가장 즐거운 시간이었다. 학기초 첫 시간부터 진주는 왕 교수의 강의에 다시금 도취되었다.

1904년에는 노·일전쟁이 터졌다. 단 한 해 전투 끝에 이번에도 일본이 승리를 거두어 러시아가 가졌었던 중국 내 조차지까지 일본의 소유가 되고 말았고 중국에 있어서의 일본의 권리는 한층 더 굳어졌다. 뿐만 아니었다.

평화조약을 알선한 미국 정부는 중국뿐 아니라 인접국인 한국 반도에까지 일본의 특수권익을 비밀리에 인정했다. 그 당시 미국 영토인 필리핀 군도에 일본이 침을 흘리지 않는다는 댓가로 한반도를 일본 맘대로 주무르고 처리해도 좋다고 동의했다[19]는 것이었다.

그러나 1909년에 한국인 안중근이 하얼빈 역두에서 일본 팽창주의자들의 두목인 이등박문을 총살했다는 역사적 사실은 진주가 소학교 고학년때 이미 배운 바 있었다. 그때 소학교 선생님은 안중근 의사는 한국뿐 아니라 전 아시아의 영웅이요, 중국도 안 의사 같은 위대한 인물을 내어야 한다고 강조했었다.

그러는 동안 나라를 부강시키는 데는 아무런 관심도 없이 환락에만 급급하는 청국 황실은 계속 일본 · 영국 · 미국 · 프랑스 등 나라에 중국 내의 숱한 노다지를 저당잡히고 차관을 얻어 낭비했다.

참다 참다 못한 애국자들이 1911년 우창에서 무장혁명을 일으켜 청조를 전복하고 이듬해 중화민국을 수립했다. 그러나 내분이 계속되어 혁명지도자로 초대 총통(대통령)에 취임했던 손문이 3개월 만에 사임하고 원세개에게 자리를 넘겨주었다. 신변에 위험을 느낀 손문은 일본으로 망명하여 신분을 속이느라고 나카야마[中山]라는 일본 성으로 행세하기까지 되었다.

이 대목에서 역시 왕 교수의 표정은 돌변하면서 발을 구르고 주먹으로 책상을 쾅쾅 치며 눈물까지 좍좍 흘리는 것이었다.

1915년에는 일본의 힘을 빈 원세개가 황제로 등극하고 그 댓가로 일본 정부는 황제에게 21개조 요구를 제시하고 비밀리에 인준해달라고 강요했다. 중국에게는 불리하고 일본에게만 유리한 이 21개조들 중 가장 중요한 조목들은 산동성을 기점으로 그 동북 만주 일대와 남 · 북 간도 전역을 일본의

---

19 이것은 당시 미국과 일본이 체결한 기무라—테프트 밀약의 내용이다.

보호영토로 만들어 그 지역 내 철도부설운영권과 광산개발권 기타 모든 이권을 전적으로 일본에 주는 것, 중앙 중국 지역 일대에 산재하는 모든 제철공장은 중·일 공동으로 운영할 것, 청·일전쟁 전리품으로 일본 영토가 돼버린 대만에 면한 푸젠성의 모든 항구는 일본의 승낙없이는 타국에 양도 못한다는 것 등이었다. 그러나 어쩌다가 비밀이 새나가게 되자 중국 방방곡곡에서 지식인들과 대학생들이 총궐기하여 이 굴욕적인 21개조 인준반대 데모에 나섰다. 원세개는 울화병으로 황제 된 지 한 해가 못 되어 죽었다. 중국 중의원은 다시 공화국을 선포하고 여원홍이 총통으로 피선되었다. 그러나 일 년이 채 못 가 그가 밀려나가고 풍국장이 총통에 피임되었고, 그도 재직 단 일 년 만에 물러나고 서세창이 총통이 되었다. 정국이 이렇듯이 불안정해지자 도처에서 군웅들이 창궐하여 피비린내 나는 내란이 계속되었다.

1919년 3월 초 한반도 방방곡곡에서 대한독립만세시위가 벌어졌다. 여기 자극을 받은 국립 베이징 대학 학생들과 교수들이 합세하여 그해 5월 4일[20] 일대 시위를 벌였다. 모든 외국 세력을 추방하여 중국의 자주주권을 도로 찾고, 아직 대중 속에 뿌리박고 있는 봉건사상에서 탈피하여 서양식 민주주의 생활양식을 도입하는 동시에 대중을 깨우기 위하여서는 문장에 말과 글이 일치되도록 글을 써 대중에게 보급하여야 한다는 등 구호를 내세운 데모였다.

이 가두데모는 곧 중국 방방곡곡 각급 학교 학생들의 궐기로 기세가 더욱더 고창·확대되어갔다.

언문일치사상을 내세우는 문필가들은 곧 실천에 옮겼다. 수천 년 사용해내려온 문언(文言)체 문장을 포기해보리고 백화(白話)[21]체로 글을 써 발표하기 시작했다 — 소학교 5학년생들도 백화체로 쓴 신문기사나 잡지·논문은

---

20 5·4운동 : 조선 3·1 독립만세운동의 영향으로 1919년 5월 4일 베이징에서 일어난 중국 민중운동으로 봉건주의와 제국주의를 반대하였다.
21 백화(白話) : 중국의 한문의 문어체 대신 중국어 구어체 글자 체계.

해득할 수 있게 되었다.

외국세력 격퇴 감정은 차차 반일본 감정으로 집중되기 시작했다. 일본이 제시한 21개조를 폐기하라는 구호를 외치며 학생들이 매일처럼 데모하기를 3년째나 끌게 되자 중국 중의원은 1922년에 그 21개조 조약 폐기를 가결·선포하고 말았다.

1925년 5월 30일에는 상하이 시 내외 대학생 5천여 명이 가두시위에 나섰다 — 반일본과 반영국 구호를 외치면서.

군사적으로 우세한 강대국들 압력에 못 이긴 청국 황실이 19세기 중엽부터 해안 여러 항구들을 개방할 때 상하이에는 독일·프랑스·영국·미국·일본 등 5개국 조차지가 따로따로 설정되었었다. 조차지라는 것은 곧 중국 영토의 일부지역의 통치권을 이들 나라에 이양하는 것을 뜻하는 것이었다.

이들 외국 조차지(조계) 안으로 중국인들이 들어가 사는 것은 무방했다. 그러나 그 조계 안으로 들어서는 날 그들은 중국 통치권에서 벗어나 외국 지배 하에 놓이게 되는 것이었다. 그러나 많은 중국인들이 조계 안으로 이사해 들어가 살았다 — 상인들은 외국상사들과 상거래하는 데 외국상사들 가까이 가 점포를 여는 것이 편리하고 유리했기 때문이었고, 일반주민들은 조계 안이 안전지대였기 때문이었다. 중국 중앙정부의 세력이 수도권 밖까지 멀리 미치지 못하게 되자 소위 독군[22]이라고 불리는 군웅들이 성을 하나씩 차지하고 군주처럼 행세하면서 제각기 사병을 길러가지고는 심심하면 이웃 성에 싸움을 걸곤 했다. 그리하여 중국에서는 내란이 거의 쉴 사이 없이 일어났다. 그런데 내란에 동원된 군인들은 패잔병이건 승전군이건 막론하고 외국 조계 경계선 안에는 한 발자국도 들여놓지 못하게 되어 있었다. 패잔병이 도망해 들어오려면 경계선에서 무장해제당하고야 피난 들어올 수 있었다.

---

22 독군(督軍) : 중국 신해혁명 후 설치한 군사 장관. 후에 독립한 군벌(軍閥)로 바뀌었다.

일이 이렇게 되자 각 외국인 조계는 중국 양민들의 피난처요 안식처가 되었던 것이었다.

제1차세계대전이 독일의 패전으로 1918년에 끝이 나자 중국 정부는 상하이에 있는 독일 조계를 회수하여 중국 통치권 내에 도로 들여놓았다. 영·미·일 3개 전승국들은 각자의 조계를 합쳐 공동관리하기에 이르렀다. 그리하여 1925년 당시 상하이에는 프랑스 조계와 공동조계 둘만이 남아 있었다.

프랑스 조계 안 공원에는 개와 중국인과 일본인의 출입이 금지되어 있었고, 공동조계 내 공원에는 개와 중국인들만이 출입금지되고, 독일 조계였었던 지역 안 공원에는 개만 내놓고 인간이면 누구나 다 맘대로 출입할 수 있었다.

공동조계 안 일본인촌에 방직공장 5개소가 있었다. 전부 일본인 소유여서 말단직공들만 중국인이었고, 직공 십장(10명 감독관)과 그 이상 자리는 전부 일본인 차지였다.

중국인 직공들을 개·돼지 취급하는 일본인 십장(감독)들은 툭하면 직공을 개 패듯 때리곤 했다. 매맞는 것이 억울하다고 생각하면서도 대개가 꾹 참는 것이었다 — 그만큼 직공들은 용기가 없고 자기비하병에 걸린 중환자들이었기에.

그러나 견디다 못한 남자직공 몇이 매질에 항거하며 일본인 십장에게 대들었다. 처음 당하는 일에 과잉 흥분한 십장들이 권총을 난사하여 직공 서너 명이 죽고 수십 명이 총상을 입었다. 겁이 난 직공들은 떨고 설설 기기만 했으며 공장주측에서는 소문이 새나가지 못하도록 만전을 기했다.

그러나 며칠 뒤 이 사건을 들은 중국인 대학생들은 곧 행동을 취했다. 상하이 시내와 근교 5개 대학 학생들이 각자 총회를 열어 대표를 뽑아 대표단을 구성했다. 그 대표단은 공장으로 가 공장장을 만나 진상을 알아보려 했다. 그러나 공장장도 중역도 사장도 학생대표단 만나기를 거부했다.

5월 30일 아침 5천여 명 대학생들은 공동조계 큰 거리로 몰려나가 데모에 들어갔다― 진상규명과 항의의 구호를 외치면서. 처음 당하는 일인 데다 중국인의 용기를 깔보는 영국인 순경들과 일본인 순경들이 발포했다. 학생 몇이 즉사하고 수십 명이 중경상을 입게 되고 데모대는 뿔뿔이 헤어졌다. 거리가 조용한 틈을 탄 공동조계 경찰이 계엄령을 선포하고 오후 7시부터 이튿날 오전 6시까지 통행금지령도 내렸다. 5명 이상이 거리에 모여 서성거리면 대낮에도 경고없이 발포한다고 호통을 쳤다.

상하이 교외에 있는 대학에서 긴급회의를 연 학생대표단은 값없는 죽음과 부상을 내게 될 데모를 그만두기로 하고 그보다 더 효과적인 투쟁방안을 강구해냈다. 첫째로, 일본인 경영 5개소 방직공장 직공들의 총파업 단행. 둘째로, 공동조계 내 영·일 양국 상사와 가정에 취업하는 사원과 급사와 남녀 하인과 식모들의 총파업. 세째로, 공동조계 내 중국인 경영 상점들은 영·일 두 나라 사람에게는 물건 팔기를 중지하는 동시에 영·일 양국인이 경영하는 점포에서 중국인들은 아무 물건도 사지 말 것. 마지막으로, 중국인들은 공동조계를 통과할 때에는 전차와 버스를 타지 말고 중국인이 끄는 인력거나 마차만을 타거나 걸어다닐 것 등이었다.

이튿날 아침 5개 방직공장에 직공이 하나도 나타나지 아니했고, 영·일 양국인 경영의 상점과 가정에 중국인 종업원은 하나도 출근하지 아니했다. 일본인촌에는 일본인 경영의 상점과 식료품가게가 많이 있어서 일본인 주부들은 별 곤란을 느끼지 아니했지만, 영국인 주부들은 무엇보다도 특히 식료품 사기가 불가능한 것이 큰 고통을 주었다.

파업한 직공들과 종업원들 거의 다가 외국조계 경계선 밖에 있는 강만 경마장으로 모여들어 일 아니하고 놀게 되었다.

학교 수업을 중단한 남녀 대학생들과 중·고교 학생들도 경마장으로 가 밥을 지어 주먹밥을 나누어주고 차도 끓여 파업한 사람들을 무료로 대접했다. 이 사건이 전파를 타고 전세계에 전달되자 일본어 신문만 제외하고 영어·프랑스어·중국어 신문들은 대대적으로 보도했다. 따라서 중국 전국

도시에서 각급 남녀 학생들이 거기로 뛰어나가 반일·반영 시위를 했다.

당장 일상생활에 격심한 불편을 느끼는 동시에 세계적 여론에 못 견디게 된 영국인들이 일본인 공장주들에게 압력을 가하였다. 사흘이 채 못 되어 공장주들은 학생대표단과 만나 상의하자고 통보해왔다.

학생들은 조건을 제시했다. 첫째, 총에 맞아 죽은 직공들과 학생들의 가족에게 응분의 위자료를 즉각 지급하고 부상자들의 치료비를 공장주들이 부담할 것. 둘째, 권총을 발사한 일본인 십장들을 경찰로 하여금 즉각 체포토록 하여 공정한 재판을 받게 할 것. 셋째, 앞으로 직공들을 인간적으로 대우하고 이번과 같은 불상사가 다시는 생기지 않을 것을 보장할 것.

회담 두 번 만에 공장주들이 굴복하여 학생들 요구조건대로 성문화된 서류에 조인했다.

이튿날부터 사태는 정상으로 돌아갔다.

이 대목 강의때에도 흥분한 왕 교수는 "보십시오, 학생들. 우리도 단결만 한다면 성공할 수 있다는 산 증거를 상하이 대학생들이 보여주었읍니다. 맨손으로 무장한 상대방을 굴복시킨 원동력은 중국인들의 일사불란한 단결에 있었던 것입니다. 문제는 단결하느냐 못 하느냐에 달린 것입니다. 이 교훈을 우리는 영구히 잊지 말아야 합니다. 우리에게도 희망의 서광이 비친 것입니다."

긴 한숨을 돌리고난 교수는 침통한 어조로 말을 이었다. "그러나 한 가지 심심한 경계를 요하는 사태가 그 상하이 사건에 개재되었었다는 사실이 뒤늦게 알려졌읍니다. 오만여 명의 파업인들을 열 끼 먹여살린 기만 원의 돈의 출처가 폭로된 것입니다. 돈이 어디서 나왔는지 출처를 따질 만큼 현명하지도 못하고 흥분하기만 했었던 그때 학생들은 거액의 돈을 낭비하다시피 잘 썼지만 그 자금의 출처를 알았던들 그들은 다른 방법, 즉 자기네 호주머니라도 털어서 돈을 마련했을 것이었읍니다. 믿을만한 정보에 의하면 그 자금은 세계적화를 노리는 소련 공산당이 비밀리에 풀어놓은 것이었읍니다. 그런만큼 소련은 우리가 무시 못할 당면한 새로운 적입니다. 다시 말씀드리자면 행동의 일치단결도 필요하지만 자금염출도 우리들 스스로가 합심하여 하여야만 진정한 성공을 거둘 수 있는 것입니다. 각별 명심하기 바랍니다."

애국심에 불타는 학생들과 지성인들은 멸사봉공에 주력하고 있는 동안 사리사욕에만 눈이 벌개 돌아가는 군벌과 정상배들이 부채질하는 내란은 계속되었다. 1926년, 남쪽 광둥성에 위치한 황포군관학교장인 장개석이 영도하는 정예 군대가 북벌을 개시했다. 파죽지세로 밀고 올라가는 북벌군은 이태 만에 베이핑까지 점령하여 숙원이었던 통일이 거의 성공됐다. 내란이 종식되고 국토통일의 서광이 비치는 데 놀라고 당황한 일본 군벌은 1931년에 만리장성 기점인 산해관 동쪽 만주 지역을 무력으로 점령해버렸다. 다음 해에는 만주제국이라는 괴뢰정권을 세워 만주 독립을 선포하고 청조 마지막 왕의 태자였던 부의를 만주국 황제로 임명했다. 북벌에 온 정력을 다 쏟은 장개석 군대는 일본군과 전투할 힘이 없어 개입하지 못했다. 그러다가 1937년 7월 7일에 선전포고도 없는 중국 침략전[23]을 시작한 일본군은 며칠 뒤 베이핑을 점령하여 이 도시 정권이 한 번 더 바뀌었다.

7년 뒤인 1945년에 베이핑 시 정권은 다시 바뀌어 중화민국 통치하로 들어갔다.

그러나 그것도 잠시간, 3년 뒤인 1948년 12월에는 모택동이 영도하는 공산군이 베이핑에 입성하였다.

이때 홍진주는 국립 베이징 대학교 3학년 재학중이었다(여기까지의 기록은 그녀가 직접 들려준 말과 작별할 때 받은 그녀의 저서 내용의 짬뽕이다. 특히 그녀와 왕 교

---

23 중국 침략전 : 1937년 7월 7일 베이징의 노구교사건으로 중국과 일본의 중일전쟁이 본격적으로 시작되었다.

수간의 사연은 그녀의 입을 통해 들은 것이고 나머지는 책에서 발췌한 것이다. 아래 옮기는 사연 역시 그녀의 말과 글을 몽타즈한 것이다).

앞서 1947년 9월 만주 지역이 중화민국을 이탈하여 인민공화국을 수립하고부터 베이핑 시내에서는 이상스런 소문이 꼬리를 물고 돌기 시작했었다. 중화민국 관리들은 뇌물을 받아먹어도 묵인되는 데 반해 인민공화국 관리는 뇌물 한 푼만 받아먹어도 즉각 총살형에 처형된다는 쑥덕공론. 중화민국 군인들이 사용하는 돈에는 위조지폐가 굉장히 많이 섞여 있는 데 반해 중공군이 쓰는 돈은 전부 진짜라는 풍설.

베이핑 시 공무원들이 뇌물을 정말 받아먹는다는 증거가 없고, 또 국부군으로부터 받은 돈이 가짜여서 피해를 보았다는 상인이 하나도 나타나지 아니하는데도 불구하고, 열 번 찍어 넘어지지 아니하는 나무 없다는 식으로, 근거없는 뜬소문도 수백 번 계속 들으니 진실처럼 느껴지는 것이었다. 더구나 그런 소문이 공공연히 유포되지 아니하고 쉬쉬해가며 비밀리에 입에서 입으로 전달되는 데 커다란 매력을 느끼는 것이었다. 중공군이 입성하기 전 한 달 동안 베이핑 성 밖에서는 치열한 공방전이 전개되었었다.

베이징 시가 성립된 이래 주인이 수십 번 바뀌기는 했으나 시내에서 전투가 벌어진 적은 없었었다. 이런 사실을 잘 알고 있는 시민들은 전화를 직접 입을 두려움은 없이 지내왔다. 애초부터 성내에는 병영이 없었고 따라서 주둔군이 없었다. 예전 마찬가지로 이번 국부군 대 공산군의 전투도 성 밖에서 승패가 결정될 것이었다. 시민들이 느끼는 단 한 가지 근심은 수위군이 성내 물자 보급을 얼마만큼 얼마나 오래 계속할 수 있느냐는 문제였다.

대포·박격포·기관총·소총 등 소리가 잠잠해지자 시민들은 승패가 결정되었다고 믿었다 — 어느 쪽이 이겼는지를 확인할 도리는 없었지만.

국부군과 공산군은 이미 두어 차례 합작하다가 결별해왔다. 1926년 광둥에서 군사를 일으켜 북벌할 때 국·공 양군은 합세했었다. 그러나 한 해 싸운 뒤 상하이 공략전때 헤게모니 쟁탈전이 생겨 중공군이 패하여 떨려나

떠름한 로맨스

가고 국부군 단독으로 베이핑까지 정복하여 통일을 이룩했었다.

1937년 일본군이 침략을 개시하자 국·공 양군은 한 번 더 합작했다. 그러나 일본이 패망할 낌새가 있는 걸 눈치챈 공산당은 1945년 4월 중화민국을 배반하고 모택동을 국가 주석으로 선출했다.

그해 9월에는 장개석과 모택동 두 사람이 회담하여 국·공 연립통일정부를 수립하기로 약속했다. 그러나 한 달이 채 가기 전에 중공군은 국부군을 불시 공격했다. 서너 달 싸우던 공산군과 국부군은 1946년 1월 정전협정을 맺어 전투는 중지되었다. 그러나 1년 8개월 뒤 만주 일대를 완전히 점령한 공산군은 인민공화국을 세워 독립을 선언했다.

국부군에 대해 전면공세를 취한 공산군이 전투 시작한 지 13개월 만에 화베이 일대에서까지 국부군을 퇴각시키고 1948년 12월에 베이핑을 점령했다.

겨울방학중인 데다 날씨가 너무 추워 밖에 별로 나다니지 아니하는 홍진주는 성 밖 전투소리를 들으면서도 위험이 임박했다는 실감을 느끼지 못하고 있었다.

단지 이삼 일 전 꼭두새벽에 요란한 프로펠러 소리와 기관총과 소총소리가 뒤섞인 소음투성이 불협화 밴드 소리가 들려올 때 본격적인 베이핑 시 공방전이 시작되는 거라고 그녀는 생각했었다. 단지 이상한 것은 이때까지 공중전은 없었는데 어느 편에서 동원했는지는 모르나 비행기까지 전투에 가담시킨 것은 심상치 않은 일이라는 위구감[24]이 그녀를 사로잡았다 — 시내 공습을 단행하는 것일까? 시내에 무슨 군사설비가 있다고? 이해할 수 없는 일이었다.

십 분이 채 못 되어 금속성 소음은 뚝 끊겼다. 그러나 네댓 시간 뒤 아까와 비슷한 프로펠러·기관총·소총소리가 요란히 장시간 계속되다가 다시 모두 잠잠해졌다.

---

24 위구감 : 염려하고 두려워하는 느낌.

무시무시한 고요가 하루 지나간 후에야 라디오방송을 통하여 중국공산 군이 베이핑을 완전 점령했다는 소식을 시민들이 알 수 있게 되었다. 중국 대륙을 완전 장악하는 것은 시간문제요 조속한 시일 내에 인민공화국이 베이핑으로 도읍을 옮겨올 것인만큼 조국통일을 자축하는 의미에서 모든 시민의 과거 생활태도는 불문에 붙인다. 그러니 시민들은 주저 말고 공산군정 시책을 적극 지지해주기를 호소하노라는 방송도 시민들은 들었다. 그리고 또 중화민국 관리들과 국민당 당원들은 내일 밤 자정까지 각 구 인민위원회 사무실로 출두하여 자수하면 무조건 용서하고 포섭해주겠노라고도 말했다.

인민공화국의 국시는 근로대중의 복지를 보장하는 데 있고 동시에 자주·자립성을 강조하여 그 어떤 외국인의 경제적 혹은 기술적인 도움을 절대 받지 아니하고 순전히 중국 인민 자신의 경제력과 기술을 총동원하여 지상낙토를 건설하는 것이 지상목표라고 거듭 강조하는 것이었다.

과거 청나라 시대는 물론 반동정권들이 외국에 할여한 모든 조차지와 이권은 전부 몰수하고 빌어쓴 차관은 전부 무효로 한다고 말하기도 했다. 그리고 국내에 있는 외국인 상사도 전부 몰수하고 민간인이 외국인에게 진 빚도 모두 무효로 하라고 했다. 모든 재산을 포기하고 빈손으로 출국하려는 외국인에게도 출국수속에 모든 편의를 제공하겠노라고도 했다.

학교에서 배울 때 과거 백 년간 여러 강대국들에게 착취당해오면서도 의타심이 습관화되어버린 기성세대에 심한 반발을 느꼈던 정치학도 홍진주의 귀에 자주·자립성을 강조한다는 말이 자못 솔깃하게 들렸다. 국제법 강의를 일 년간 수강한 바 있는 그녀인지라 외국인들의 사유재산까지 몰수하는 것은 국제법 위반행위요, 따라서 보복이 올 것이 아닌가 하는 위구심을 느끼는 것이었다. 그러나 그것은 잠시간, 곧 이어서 강대국들을 두려워하는 조건반사의 제물이 돼버린 자기자신이 미워졌다. 더구나 외국인들이 중국에서 치부한 것은 정당한 영업행위가 아니라 명실공히 중국 착취였다는 생각이 들었다.

무력으로 약한 역대 중국 정부에 총부리를 겨눈 강대국들이 치외법권이
니 조차지니 상업상 특혜니 등 온갖 특권을 강제로 **빼앗아** 강도질해 번 재
산이다. 강탈당한 재산을 몰수하는 것은 당연한 일이 아닌가. 지금 그런 강
대국에 도전하는 용기를 가진 현정권에 박수를 보내주고 싶은 그녀의 심정
이었다.

참으로 오랜만에 거리에 나갔던 아버지가 신문을 사가지고 돌아왔다. 신
문기사를 읽는 것은 라디오로 방송한 것들의 해설 정도여서 그리 큰 흥미를
느끼지 못했다. 그것보다도 진주에게 더 큰 호기심을 자아내게 한 것은 방
송에도 신문보도에도 언급되지 아니하는, 쉬쉬해가며 입에서 입으로 전하
는 소식이었다.

공산군이 입성하기 이틀 전 새벽에 프로펠러와 기관총과 소총소리가 요
란스런 합주를 했었던 원인의 해명이 재미있는 것이었다. 베이핑 시가 공산
군에 완전 포위당하자 국부군 소속 비행대 수송기 20대가 위험을 무릅쓰고
날아가 성을 넘어 성내 천안문 밖 광장에 불시착한 것이었었다. 긴급연락을
받은 시정부 요인 수백 명과 각급 학교 교원 천여 명을 태운 비행기들이 이
륙하여 성을 넘어 탈출하는 데 성공한 것이었다.

비행기들이 성내에 착륙하려고 강하할 때와 이륙하여 성외로 떠오를 때
공산군이 소총과 기관총으로 공중을 향해 난사했지만 한 대도 추락시키지
못했다는 것이었다.

아버지의 얘기를 듣고 있는 진주의 머릿속에 제일 먼저 떠오르는 영상은
왕기형 교수였다.

"대학교수님들도 그 비행기 타고 탈출하셨대나요?"라고 그녀는 다급하
게 물었다.

"그랬다더라. 삼백여 명 교수가 떠나간 모양이라고들 하는데 그렇다면 시
내 5개 대학 교수 과반수가 탈출에 성공한 셈이 되지……"

"국립 베이징 대학 교수는 몇분이나……?"

"그야 꼭이 알 수 없지. 너무나 창졸간에 된 일인 데다 지금 떠나간 교수님들 명단을 입수할 도리가 없으니……"

자기 방으로 들어간 진주는 곧 외출복으로 갈아입고 길에 나섰다.

주택가에는 행인이 별로 없었다.

궁권 담을 끼고 걸어가는 그녀는 담벼락 표면을 눈여겨봤다. 페인트로 써두었었던 국민정부 선전표어들은 어느새 말끔 긁어 없애고 그 대신 공산정부 선전구호들이 씌어져 있는 것이었다.

천안문 이층 누상 앞면을 거의 다 가리는 거대한 초상화, 모택동 주석의 초상화가 오가는 사람들을 주의깊게 내려다보고 있었다. 요전번 그녀가 이 앞을 지나갈 때에는 장개석 총통의 초상화가 드리워져 있었던 바로 그 자리였다.

왕기형 교수댁 대문을 두드렸다.

문짝에 뚫은 조그만 구멍을 열고 내다보는 얼굴은 첨 보는 여자였다.

"왕 교수님 좀 뵈러 왔는데요."

"누구지요, 아가씨는?"

"왕 교수님의 제자예요."

"지금 안 계신데요."

"언제쯤 돌아오실까요?"

"몰라요."

"어디 멀리 출타하셨나요?"

"몰라요."

"혹시……" 하다가 진주는 멈칫했다. 탈출하셨느냐고 묻는 것은 너무나 당돌하고 무례한 짓이라고 생각되기 때문이었다.

"사모님은 계신가요?"

"안 계세요."

떠름한 로맨스

"그럼, 그럼…… 가족 다 어디로……"

"몰라요."

"아주머니는 누구시죠?"

"이 집에서 일하는 사람……"

"그런데 왜 아무것도 모른다고만 해요?"

"몰라요."

돌아서는 진주는 서글펐다. 왕 교수가 혹시 탈출했다면, 앞으로 두 해 동안 그이의 강의를 못 듣게 될 것이니. 아니, 강의 못 듣는 것보다도 교실에서나 캠퍼스에서나 그를 못 보게 될 것이 더 안타까왔다. 졸업하고 나서는 사제지간이라는 터부를 뚫고나와 적극적으로 그에게 접근하려고 마음먹었는데.

인간의 희로애락에는 아랑곳없는 지구, 인간뿐 아니라 수백 만 종의 동·식물과 곤충까지 태운 지구는 기계적으로 자전과 공전을 단 한 초도 틀리지 않게 계속했다.

그리하여 이레 만에는 어김없이 찾아드는 일요일이 다시 돌아왔다. 진주는 어렸을 적부터 이날을 '주일'이라고 불러왔고, 오전 열시에는 예배당으로 꼭 가곤 했었다. 유년 주일학교에서 찬송과 성경을 배우기 위해서였다. 여대생이 된 뒤부터는 부모와 함께 열한시에 교회로 가 어른들과 함께 예배에 참석했었다. 7년 동안의 일본군 점령하에서도 일요일마다 교회에 꼭 다녔었다.

이번 주일에도 제각기 찬송가와 성경책을 손에 든 진주와 부모는 길거리에 나섰다. 교회당이 그리 멀지 아니한 곳에 있었지만 요전번 일요일까지에는 양처(인력거)를 타고 내왕했었다. 그렇지만 오늘은 걸어가야만 했다. 공산군이 입성하자 그날로 전 시의 인력거 통행이 금지되었기 때문이었다.

인력거 타고 다니는 습관에 대해 진주는 철이 들자부터 불만을 품어왔었다. 무더운 여름날 달리는 인력거가 일으키는 바람으로 인해 가만 앉아 있는 승객은 시원해지지만, 끄는 인력거꾼은 비지땀을 흘리며 허덕허덕 현기증을 느끼면서도 그냥 달려야 하는 것이었다. 겨울에는 귀덮개 달린 모자 쓰고 외투 입고 머플러로 목을 감싼 승객이 바람이 싫다고 후드를 내리어 바람을 막고 편히 앉아 있는 반면에, 끌고 달리는 인력거꾼은 10분간 계속 뛰면 엄동설한에도 땀을 비오듯 흘리다가 멈추고 손님을 내리면 땀이 얼면서 오한을 느낄 것이었다. 사회학과 학생들이 실시한 케이스스터디 결과를 보면 인력거꾼의 평균수명은 8년이라는 것이었다.

인력거꾼들이 가련하게 생각되고 타고 다닐 때마다 미안하다는 느낌을 느끼곤 해왔던 진주는 인력거 폐지조치를 환영했던 것이었다.

교회당 문기둥에는 〈제35인민공민학교〉라는 간판이 걸려 있었다. 〈베치즈감리교회〉라는 간판은 온데 간데 없어지고.

이상한 예감이 들었지만 돌아서 나갈 용기는 없었다.

문 안에 들어서자 좌우 쪽에 책을 쌓아놓은 탁자가 한 개씩 놓여 있고 그 옆에 두 청년이 서 있었다.

"그 책들은 이리 내세요."라고 말하는 청년이 성경과 찬송가책을 회수하고 맞은편 청년이 새 책 두 권을 주는 것이었다. 칼 마르크스 저 『자본론』과, 마르크스와 엥겔스 공저 『공산당 선언』이었다.

정면 강대 위에 세워두었던 십자가가 없어졌고 뒷벽에는 모택동의 초상화가 걸려 있는 것이었다 ― 지난 주일까지 걸려 있었던 겟세마네 동산의 예수 초상화 대신에. 3면 벽 여백에는 '종교는 아편'이라는 표어가 다닥다닥 붙어 있었다.

회중석은 전에 없이 초만원이었다. 그러나 진주에게 낯익은 사람들은 극소수고 거의 다 낯선 사람들이었다.

강대 뒤에 나서는 청년이 "나는 베이핑 시 문화선전부 부원들 중 하나입니다."고 자기 소개부터 하고 나서 말을 이었다. "예수교 신자들이면 예수는 목수의 아들로 태어나 평생 목수일을 했다는 사실을 잘 아실 겁니다. 즉, 그의 성분은 조상때부터 프롤레타리아였다는 말씀입니다. 그러나 불행하게도 이천년 전에 그는 로마 제국주의 주구들과 유대 부르즈와들에게 악이용당하여 자기 성분을 배반하는 반동분자가 돼버렸습니다 — 아니, 아니지요, 그가 반동분자가 된 것이 아니라 그의 전기를 쓴 네 제자가 생판 거짓을 꾸며낸 것입니다. 어디 그뿐입니까? 우리 나라에 처음 발을 들여놓은 서양인 선교사들은 한결같이 서양 제국주의와 자본주의자들의 앞잡이에 불과했었다는 것을 역사가 증명합니다. 게다가 그들이 전도한 교리라는 게 현실도피였습니다. 이승에서 착취당하는 노예생활에 순종하기만 하면 저승에 가서는 무궁한 복락을 누리게 된다는 달콤한 속임수를 써서 근로대중의 반항심을 말살하는 데 급급하는 교리였습니다. 그런 교리를 맹종하는 어리석은 군중은 아편중독자와 같은 고질병환자가 돼버린 것입니다. 세상 모든 종교는 아편입니다. 인민공화국이 아편중독자들을 가차없이 숙청하는 것 마찬가지로 종교중독자들도 모두 숙청해버릴 것입니다. 숙청을 피하려면 이 공민학교에 매일 등교하여 여러분에게 나누어드린 새 교과서 공부를 열심히 하여 사고방식을 고쳐야만 합니다. 예전처럼 일요일 하루만 공부하는 것이 아니라 매일 공부하는 것입니다. 자, 그럼 오늘부터 공부 시작합시다. 『공산당선언』 첫 면 공부에 들어가십시다."

신기하기는 하지만 무척 지루한 공부였다 — 세 시간이나 내리 하는 공부였으니까. 아니, 공부는 두 시간가량 하고 나서는 여러 가지 동맹을 결성했다. 만 15세 이상 35세 이하 남자들은 모두 다 민주청년동맹에 가입해야 하고, 여자는 연령 불구하고 전부 여성동맹에, 직업을 가진 남녀는 다 직장별 동맹에 가입해야 한다는 것이었다. 가맹하기 위하여서는 각자의 주소·성명과 성별과 직장의 주소와 상호 등을 기입하는 용지를 받아 그 자리에서 기입했다. 그 다음 그 자리에서 각자의 자서전, 5세때부터 현재까지의 생활을 자세히 써서 제출했다. 글 쓸 줄 모르는 사람들은 공부 끝난 뒤 남아 구술하면 된다는 지시가 내렸다.

찬송가 부르는 대신 '모택동 주석 만세 만만세' 삼창을 하고 산회[25]했다.

하기는 지나간 몇주일 예배시간은 보통때보다는 지루했었다 — 모두가 기도를 예전보다 더 오래 더 열심히 드렸기 때문에. 은은히 들려오는 대포 소리에 위협을 느끼는 목사와 신도들은 번갈아 기도를 드렸다. 사탄의 졸개들인 공산군이 패주하기를 비는 간절한 기도. 겟세마네 동산에서 기도하는 모습의 예수 초상화를 강대 뒷벽에 걸어놓게 된 것도 공산군의 위협을 느끼기 시작한 때부터였다.

"당신의 독생자 예수님께서도 참담한 시련을 예견하셨을 때 심히 괴로운 기분으로 당신에게 빌지 아니하였습니까. 〈아버지시여, 아버지께서는 모든 것이 가능하오니 이 잔을 내게서 옮기시옵소서〉라고요. 하늘에 계신 하나님 아버지, 공산군의 위협을 옮겨주십시오. 간절히 비나이다. 흉악무도한 공산당의 독수 속으로 저희가 말려들어가지 않도록 보호하여주시기를 간절히 비옵고 또 비옵나이다. 그렇지만 예수님께서도 빌으셨듯이 저희의 원대로 마옵시고 아버지의 원대로 하옵소서. 저희 신앙이 부족하여 시험해보시기 원하옵신다면 아버지께서 내리시는 어떤 시련이라도 기꺼이 맞이하여 극복하겠사옵니다. 구약욥기에 기록된 욥에게 내리신 시련에 그가 견디며 믿음을 더 견고하게 할 수 있었던 그런 힘과 용기를 주시옵소서. 순교자가 되어 주님의 나라로 가게 되는 것을 저희는 달갑게 견디어나가겠습니다. 그러나 연약한 저희를 긍휼히 보시와 악마의 손아귀에 들어가지 않도록 보호해주시옵기를 무엇보다도 더 간절히 비옵니다."

이런 간절한 기도의 보람도 없이 이 교회는 사탄의 손에 들어간 것이었다.

점심때가 훨씬 지나 고픈 배를 안고 집으로 돌아왔지만 진주의 부모는 끼니 들 경황도 없는 듯 한숨만 들이쉬고 내쉬고 하는 것이었다.

혼자 늦점심을 홀딱 먹어치운 진주는 스케이트를 둘러메고 밖으로 나갔

---

25 산회 : 회의를 마치고 사람들이 흩어짐.

떠름한 로맨스

다. 울적하기도 하고 이상야릇한 심사를 얼음판 위에 쏼쏼 뿌려버려 생기를 되찾기 위해서였다.

학교에 갈 때처럼 그녀는 자전거를 몰았다. 꽁꽁 언 차도 위로 자전거 바퀴를 굴려 질주하는 것 자체가 벌써 그녀의 기분을 상쾌하게 했다.

그녀가 자전거를 멈춘 곳은 베이하이(북해) 공원 정문 밖이었다. 매표구로가 돈을 들이밀었더니 돈이 도로 밀려나오며 뒤따라 입장권보다 열 곱절 정도 큰 얇은 종이 한 장이 밀려나오는 것이었다. 얼핏 봐도 그것은 공산주의 선전 전단이었다.

입구에 입장권 받는 사람이 없었다.

자전거 예치소에서도 돈은 거절하고 예치번호만 내주는 것이었다. 될 수 있으면 스케이트 지치기 시작하기 전에 매표구에서 받은 전단을 한 번 읽으면 이익되는 바 클 것이라고 계원이 은근히 귀띔해주는 것이었다.

스케이트 잘 타는 사람을 위한 링은 스케이터들이 그리 많지 아니한 데 반해 초보자 연습용 링은 초만원이었다. 초보자 청소년·소녀들의 옷차림으로 보아 그들 절대 다대수[26]가 가난한 집 자녀들이라고 보여졌다.

두어 시간 지치고 나니 기분은 상쾌해졌고 배가 고팠다. 링 밖으로 나선 그녀는 예전 모양으로 다방께로 갔다. 용과 봉황새 모습을 정묘하게 조각한 대리석기둥 난간 뒤에는 아름드리도 더 되고 20미터나 높은 으리으리한 붉은 기둥들이 드문드문 서 있는 호화판 다과점이었다. 청조가 망하는 날까지는 황족들만이 드나들 수 있었던 연회장이 중화민국 건설 직후 공원으로 되어 일반에게 공개된 전각이었다.

멀리서 보는 바깥 모양은 별로 변한 것 같지 아니했지만 지붕 아래 발을 들여놓고보니 너무나 변모된 모습에 진주는 어리둥절했다. 맞은편 벽 절반이나 차지하는 모택동의 초상화가 어마어마한 기분을 자아내는가 하면 나

---

26 다대수 : 대단히 많은 수.

머지 담벽에는 빈틈 없이 공산주의 찬양구호가 첨부되어 있는 것이었다.

탁자 하나씩에 둘러앉아 호박씨와 수박씨를 까먹기도 하고 과자도 먹으며 차를 마시는 고객들 다대수의 옷차림이 예전보다 매우 남루했다. 게다가 교양이 모자라는 그들의 말투는 상스럽기 그지없었다.

무지막지하게 보이는 뭇남자들의 시선이 자기 한 몸에 집중되어 있는 것 같은 압박감을 느끼게 된 그녀는 뜨거운 차에 혀를 데어가면서 빨리빨리 들이켜고는 도망해 나왔다.

어디가 어떻게 변해졌는지를 보고 싶은 호기심을 억제하지 못하는 그녀는 공원 안을 한바퀴 돌아보기로 했다. 언덕길을 걸어올라 큰 돌 수천 개로 쌓아 올린 인조굴 속으로 들어섰다. 꼬불꼬불 좁은 길이 뚫렸으나 군데군데 틈을 비워 햇빛이 들어오게 했으므로 굴 속이 그리 어둡지는 아니했다. 인공으로 쌓아올린 암석의 굴 꼬부랑길 여기저기 평평한 돌이 놓여 있는 것도 예전 그대로였다. 그 평평한 돌 위에는 벌거벗은 미남자들을 세워놓거나 앉혀놓고 서태후가 거동할 때마다 하나씩 안아보기도 하고 무릎에 올려놓아 보기도 했다는 소문이 유명한 돌의자들이었다. 궁에 들어가는 날부터 서태후가 걸어다닌 길은 이 인조동굴의 꼬부랑길 하나뿐이었다고 말들 하는 것이었다.

언덕 꼭대기에 드높게 서 있는 라마교 불당과 돌탑. 진주는 절 안에 들어섰다. 웬일인지 향불 피우는 냄새가 맡아지지 않는 것이었다. 향 파는 노파도 눈에 띄지 않고 향로도 온데 간데 없었다.

금박 올린 부처님상을 모셨던 단상에는 모택동상이 대신 도사리고 앉아 있는 것이었다. 놀란 진주가 그 동상을 멍하니 쳐다보고 있는 동안 뒤따라 들어 온 중년부인네 서넛이 그 동상을 향해 합장하며 절을 하고 있는 것이었다.

예수교 예배당에서도 불당에서도 제일 중요하고 눈에 잘 띄는 자리에는 모택동 초상화와 동상이 놓여 있는 데다 부인네가 들어와 부처님 모시듯 모시는 걸 볼 때 그가 정말 위대한 인물처럼 느껴지는 것이었다.

또 그리고 교회 벽에도 불당 벽에도 '종교는 아편이다'라는 문귀가 가득 붙어 있는 것을 보는 진주에게 종교는 정말 아편처럼 느껴지기도 하는 것이었다.

1949년 3월 중화인민공화국은 수도를 베이핑으로 옮겼다.

공산군과의 전투에서 수세에 몰리게 된 국민정부는 이 해 정월에 미국·영국·프랑스·소련 4개국에 중국 내란 조정을 의뢰하면서 수도를 광둥으로 옮겼었다.

3월에 인민공화국이 정식으로 베이핑으로 천도까지 하는 것을 막지 못한 책임을 진 국민정부 장개석 총통이 사임하고 이종인 장군을 총통대리로 내세워 중공군과의 평화 교섭에 나서게 했다. 이에 불응하는 중공군은 전국적으로 총공격을 개시했다. 도처에서 패전을 거듭하던 국민정부는 이 해 12월에 타이완섬으로 망명하여 타이베이를 수도로 정했다.

수개월간 공산군 치하에 사는 베이핑 시민의 대다수는 별 탈없이 지내게 되어 안도의 한숨을 쉬었다. 소수인 부유층에 속하는 사람들간에는 쉬쉬하면서도 여러 가지 불길한 소문을 나누며 전전긍긍 나날을 보내왔다.

중화인민공화국 천도 환영식에는 시민 거의 절반이 참석한 것 같았다.

천도하기 며칠 전 개학을 서두른 각급 남녀 학생들은 예행연습을 서너 차례 하고 나서 환영회장으로 질서정연하게 군대식으로 걸어나갔을 뿐 아니라 모든 직장도 휴업하고 남녀노소가 식장 광장으로 동원되어 나간 것이었다.

몇달 동안 시내 각 교차로에서, 불교 절간에서, 기독교 교회당에서, 모든 관공서 건물에서, 모든 학교에서 초상화로만 보아왔었던 모택동의 실물을 보고 싶은 호기심이 작용하여 광장에 모여든 군중이 더 많았을는지도 모를 일이었다.

어쨌든 천안문 밖 광장이 꽉 메도록 운집한 남녀노소, 수천 수만 개의 기치와 플래카드들의 위력 하나만으로도 군중의 마음을 동요시키기에 족하였다.

정부 각료를 거느린 모택동 주석이 천안문 이층 난간에 나타날 때 수십만 군중이 일제히 보내는 환호성에 누구나 흥분하지 않을 수 없었다. 홍진주도 예외가 될 수 없었다. 단지 서운한 것은 지금 이 자리에서 흥분하는 왕기형 교수를 보지 못하는 아쉬움이었다. 개학하는 날에나 예행연습때에도 왕 교수의 모습은 보이지 아니했었다. 하기는 지난 학기까지 그녀가 직접 배웠던 교수들 과반수가 얼굴을 내놓지 아니했고 첨 보는 젊은 교수들이 많았다. 안 나타난 교수들은 아마 다 비행기로의 탈출작전 연락을 받고 탈출했으려니 하고 그녀는 생각했었다. 그렇게 생각되니 다른 교수들은 별 상관이 없었으나 왕 교수는 자기를 배반하고 떠나갔다는 어처구니없는 원망을 그녀는 품게 되었었다.

한 주일 뒤 정상수업에 들어가는 첫날 왕 교수가 교실에 들어서는 것을 진주는 봤다. 저도 모르는 사이에 "아, 왕 교수님!" 소리를 지르면서 그녀는 벌떡 일어섰다.

왕 교수의 강의는 첨부터 다대수 학생들을 실망시켰다. 최근에 소용돌이치는 중국 정치상과 국제정치 관계에 대해서는 한마디의 언급도 없이 지난 학기에 이미 배운 것을 복습할 필요가 있다고 하며 세계제2차대전 종말에 관한 얘기만 늘어놓는 것이었다.

견디다 못해 학생 하나가 벌떡 일어서면서 고함질렀다. "교수 동무, 인민공화국 수립과정에 대한 강의를 우리는 듣고 싶어요."

"흥분상태 속에 정세에 대한 올바른 강의는 불가능합니다. 역사를 공정하게 바르게 평가하는 데는 시간의 흐름이 필요합니다. 흥분이 가라앉고 냉철한 판단력을 되찾은 연후에 평가하는 것이 원칙이지요."라고 대꾸하는 왕 교수의 모습이 초라하기 한이 없게 진주에게는 보였다. 그동안 무척 고생을 했거나 혹은 몹쓸 병에 걸쳐 지쳐버린 것처럼 너무나 초췌해 보이는 것이었다.

오후에는 수업 대신 학생총회가 대강당에서 열렸다.

우선 인민공화국 교육부 문화선전국 국장의 연설이 있었다. 베이징 대학 내에서도 국내 어느 기관들 마찬가지로 구질서 · 구습 · 구문화 등을 파괴하고 신질서 · 신풍습 · 신문화를 창조해야 한다고 역설하는 것이었다. 여기에 홍진주는 동감이었다.

이어서 연중행사들 중 하나인 총학생회장을 비롯한 각 단과 학생회장 선거가 있었다. 그 다음 각 학회 또는 위원회장 선출에 앞서 기성단체들에 대한 재평가 토론이 전개되어 폐할 것은 폐하고 신설할 필요가 있는 것은 신설하자는 결론에 도달했다.

무엇보다도 더 진주의 관심을 북돋아준 것은 〈도서관 장서 정화위원회〉 〈교과과정 재평가 및 개편위원회〉 〈학교 행정기구 개편위원회〉 〈교수진 재평가 위원회〉 등 신설되는 기구였다.

각 위원회 구성은 각 학생의 자원에 의해 구성시키기로 하고, 각 위원회가 따로따로 딴 교실로 자리를 옮겨 회의하기로 하고 총회는 폐회되었다.

진주가 자원해 간 곳은 신설된 〈도서관 장서 정화위원회〉에 지정된 교실이었다.

50명가량 모인 이 회의에서 모든 결의사항의 청사진은 몇몇 학생들에 의해 미리 준비해가지고 들어온 양, 국한된 몇학생들의 동의 · 재청 연발로 신속히 처리되었다. 사회자가 어떻게나 빨리 "이의 없으면 가결되었읍니다."라고 선포하는지 일반 학생들이 깊이 생각해볼 수 있는 여유를 주지 아니했다.

이 위원회가 우선적으로 착수할 일은 도서관에 비치되어 있는 백만여 권 도서들을 일일이 재정리하면서 〈반동〉적 성격을 띤 서적들을 색출해내는 데 있다는 결의를 하고 날이 저물어 폐회했다.

이튿날 아침부터 수업을 중지하고 50여 명의 위원들이 중앙도서관을 비롯한 단과대학별 도서관들로 몰려갔다. 색출작업을 시작하기 전 의장이 "반동적 성격을 띤 서적은 모든 종교서적과 자본주의 경제에 관한 책들과 부르즈와 문화를 대변하는 책들을 의미하는 것입니다."라고 설명했다. 그리하여 불교·회교·예수교 등에 관한 서적들은 물론 중국 고전인 사서삼경을 비롯한 모든 유교서적과 부르즈와 문화 서적들을 색출해내는 일에 모두가 열중했다.

일 주일이 걸려 색출이 끝났다. 반동서적들을 운동장까지 나르는 데 한나절이 흘렀다. 여기저기 무더기로 쌓아놓은 책더미에 휘발유를 붓고 불살라 버렸다. 석양 놀을 배경으로 충천하는 불길 — 그 장엄한 모습이 진주의 가슴을 설레게 해주는 것이었다.

그날 저녁 집으로 돌아온 진주는 자기 집 서재로 곧장 들어갔다. 모든 반동서적을 골라내기 시작했다. 만 권가량의 장서 중 제일 많은 불순도서는 사서삼경을 비롯한 유교서적들과 예수교서적들이었다.

서재 책꽂이들을 뒤죽박죽 흐트러놓는 데 놀란 어머니가 "얘가 원 미쳤나? 미쳤어?"라고 소리지르면서 들락날락할 뿐 진주의 행동을 말리지는 못했다.

밤늦게 돌아와 아내의 보고를 들은 아버지가 곧장 서재로 들어왔다. 흐트러진 꼴을 목격한 아버지는 아무 말 없이 구석의자에 주저앉아 한숨만 올리쉬고 내리쉬고 하는 것이었다.

불호령이 내릴 줄 기대하고 마음의 준비를 단단히 했었던 진주에게는 일변 다행한 일이면서도 어딘가 서운한 데가 있었다.

풀이 죽은 아버지의 두 눈에서 진주는 공포와 체념을 발견하고 놀랐다.

그렇잖아도 공산군이 입성한 얼마 뒤부터 예전과는 달리 밤늦게야 집에 돌아오는 아버지가 정신 나간 사람처럼 허둥대는 것을 몇차례 진주는 봤었다.

"왜 그래요, 아빠?" 하고 그녀가 물어보면 "뭐 아무것도 아니다."라고 맥없이 중얼거리면서 지친 듯이 의자에 기대 앉곤 했었다. 진주가 따지고들 때에는 마지못해 "별게 아니고, 요새 장사가 잘 안 돼 돈벌이가 시원치 못해 걱정하는 것이다. 그러나 너까지 걱정할 필요는 없어…… 설마한들 산 입에 거미줄 치게 되겠니? 아무 염려 말아라."라고 힘주어 말하면서도 그 말이 힘에 겨운 듯한 기색이었다.

베이핑 내성 남문인 체이먼 밖 내성과 외성 사이에 즐비한 포목 도산매상 점포들 중 하나를 아버지가 3대째 물려 경영하고 있는 것이었다.

"아빠, 이런 책들은 오늘 학교에서 모두 불살라 없앴어요. 이거 우리도 불살라버려요, 예."라고 진주가 말하자 대답없는 아버지는 머리를 앞뒤로 또는 좌우로 주억거리기만 하는 것이었다.

한참 만에야 "지금 난로 다 떼냈는데 어디다 넣어 불사른단 말이냐? 그것도 몰래……"라고 겨우 말하는 것이었다.

돌이켜 생각해보니 공산군이 입성한 날 밤 아버지는 사오십 권의 책을 뜯어 응접실 난로에 집어넣어 태우는 데 밤을 거의 새운 일이 있었었다.

잠자리에 들어 잠을 청하고 있을 때에야 진주는 유교서적을 불태워 없애는 일에 더 열을 올린 자신의 동기가 어디 있었다는 걸 깨닫게 되었다. 유교 사상을 근거로 한 중국 고유의 윤리관을 말살하고 나면 왕 교수의 가정을 파괴하고 자기가 그이를 독점해도 거리끼는 것이 없으리라는 잠재의식의 발로였다는 것을 깨달은 것이다. 이 생각이 약간 두렵기도 했지만 그보다도 기쁨이 더 강했다.

〈학교행정기구 개편위원회〉에서는 학교의 전체 운영은 주인인 학생들이 전담하여야 한다는 결의안을 통과시켰다.

〈교육과정 재평가 및 개편위원회〉에서는 낡은 봉건시대와 자본주의 학설을 근거로 한 과목들, 예를 들면 사서삼경 등 고전문학과와 부르즈와 색채를 띤 정치 · 경제 · 사회 · 문학과 등은 모두 폐강하고 새로이 『자본론』『공산당선언』『공산당사』『모택동 언행록 전집』『프롤레타리아 문학』 등 강좌를 설치하기로 결의하고 즉각 개강했다.

〈교수진 재평가위원회〉는 현재 재직중인 교수들 전부를 한 명 한 명씩 재평가하는 일이었기 때문에 시일이 상당히 많이 걸렸다. 위원들뿐 아니라 방청학생들까지 많이 모인 교실로 교수 한 명씩 따로따로 불러다 앉히고는 먼저 백지와 펜을 주어 그 자리에서 자세한 자서전과 자술서를 써내게 하는 것이었다. 교수가 써서 제출한 것을 토대로 위원들이 조목조목 질문하고 교수의 대답이 불만족할 때에는 다시 써서 제출하라고 강요하는 것이었다.

단 하루의 심문으로 끝나는 교수가 있는가 하면 수십 차례 끌려나오고도 학생들에게 만족을 못 주는 교수들이 더 많았다. 소위 〈자아비판서〉를 써내라는 요구를 받고 몇차례 써내고도 학생들의 재삼 비판을 받는 교수가 있는가 하면 숫제 자아비판서 쓰기를 거부하는 교수들도 더러 있었다. 이런 유의 교수들은 정신이상이 생겨 미친 소리를 지껄이게 되는 이도 있고, 이튿날 출근 아니하여 집으로 가 알아본 바 자살한 교수 혹은 어디로 숨어버린 교수들도 있었다.

정신병 들린 교수는 의과대학 부속병원에 입원시키고, 자살한 교수와 숨은 교수의 가족은 쥐도 새도 모르게 증발해버린다는 소문이 캠퍼스에까지 퍼져 돌아갔다. 체구가 호리호리하고 창백하며 나약해 보이고 또 얌전하기만 한 왕기형 교수가, 학생들의 기대에 너무나 어긋나, 가장 큰 골칫거리가 되었다. 세뇌작전에 말려들지도 아니하고, 미치지도 아니하며, 자살하지도 않고, 숨어버리지도 않는 그였다.

한 달 가까이 실랑이를 한 끝에 위원회에서는 공개인민재판에 회부해버리고 말았다. 인민재판에 회부된다는 것은 곧 사형선고 받고 집행된다는 뜻이었다.

그동안 열심히 방청해왔었던 홍진주가 손을 번쩍 들고 일어서서 마지막 설득공작을 자기에게 맡겨달라고 청했다. 진주가 이름난 열성분자라는 것을 아는 위원장이 말했다.

"홍근노 여성동무가 시도해보겠다면 좋습니다. 지금 딴 교실로 데리고 가서 시도해보시오. 시간은 한 시간만."

약 한 달 전에 〈근노〉라고 이름을 고친 진주는 캠퍼스 내에서 비범한 열성으로 공산정권을 위해 노력해왔었다.

그녀가 이름까지 고쳐가면서 열성을 쏟기 시작한 첫 동기는 아버지의 목숨을 구하기 위해서였다. 유교의 윤리관을 말살시켜 왕 교수의 가정을 파괴하고야 말겠다는 생각까지 품은 그녀였지만 아버지가 반동으로 몰려 죽을 위험에 직면하게 될 때 그냥 보고 있을 수가 없었던 것이었다. 핏줄기는 윤리 사상 이상의 것일는지도 모른다. 그렇지만 이런 그녀의 행동은 모순이었다.

"인간의 행동은 모순투성이일 수밖에 없다는 걸 그 뒤에도 여러 차례 체험해 온 나예요."라고 진주는 그 이별의 밤에 나에게 고백했다.

며칠째 밤늦게야 집으로 돌아오는 아버지는 마치 몽유병환자처럼 집 안을 배회하면서 "못된 놈들, 몹쓸 놈들." 하고 중얼거리곤 했었다.

그러던 어느 날 아침 조간신문을 읽던 도중 "헉!" 소리를 지른 아버지는 졸도했다. 황망히 어머니와 합세하여 아버지를 부축해 침실로 가 침대에 누이고 응접실로 도로 나온 진주는 문제의 신문을 펴들었다.

'반동분자들 처형'이라는 큰 활자제목 밑에 전면 3단 사진이 나 있는 것이었다. 꽤 선명하게 인쇄된 사진이었다. 결박당한 수십 명의 노인들. 비웃두름[27]처럼 얽혀 매인 그들 매 사람 가슴에는,

〈나는 악질 모리배[28]다〉

〈나는 악질 반동분자다〉

〈나는 근로대중을 착취한 죄인이다〉

〈나는 자본주의의 주구[29]다〉

---

27 비웃두름 : 청어를 짚으로 한 줄에 열 마리씩 두 줄로 엮은 것.
28 모리배 : 온갖 수단과 방법으로 자신의 이익만을 꾀하는 사람이나 무리.
29 주구 : 남의 사주를 받고 끄나풀 노릇을 하는 사람.

〈나는 괴뢰정권의 첩자다〉 등 문귀를 써넣은 널빤지들을 달고 있었다.

이런 악질 죄인들을 중요 시가지에 두루두루 조리를 돌리고는[30] 중산 공원 안 광장으로 끌고 가 목잘라 죽일 것이라는 기사가 보도되어 있는 것이었다.

그리고는 정치보위부 경제범 담당자의 담화도 실려 있었다. '수많은 근로인민의 고혈을 무자비하게 착취하여 축재한 모든 악덕기업주와 상인들이 그들의 재산을 현정부에 자진 헌납한 데 대하여 심심한 사의를 표한다. 그러나 끝끝내 헌납을 거부한 자들은 인민의 앞에서 인민의 이름으로 공개처형하여 일벌백계의 본보기로 삼는 바이니 앞으로는 모든 재벌과 거상들의 가진 헌납을 요망하는 바이다'라는 요지였다.

홍진주는 여태 모르고 있었지만 중공군이 입성한 직후부터 시민 전체의 재산을 세밀히 조사했다. 조사가 끝나자 순위를 정하여 맨 처음 큰 재벌부터 한 명씩 비밀리에 연행하여 공장과 점포를 자진 헌납하라는 종용과 타이름과 협박을 가했었던 것이었다. 하루 종일 종용과 협박을 받고도 응하지 아니하는 자는 저녁때 석방했다 — 단 그날 있었던 일을 입 밖에 내서는, 가족에게까지도 누설해서는 안 된다는 함구령에 복종한다는 서약을 받고. 만일 누설한 것이 탄로되면 즉각적으로 공장이나 점포는 물론 들어사는 주택과 귀금속과 가장집물을 다 몰수한 뒤 당사자는 사형에 처하고 가족은 오천리 밖 변경지역으로 추방한다는 엄포였다.

삼사 일 뒤 '자진 헌납'하는 자들이 있는가 하면 한 열흘 만에 미쳐버리는 자들도 있었다. 미친 사람을 자기 집으로 돌려보낼 리 만무한지라 영문 모르는 가족들은 가장이 실종된 원인도 모르고 여기저기 찾아다니느라고 무진 애를 썼다. 집에 와 밤중에 자살해버리는 자도 많았다. 자살한 자들의 가족은 쥐도 새도 모르게 증발되어버리고 말았다.

---

30 조리를 돌리고는 : 죄지은 사람을 벌하기 위하여 끌고 돌아다니면서 망신을 시키고는.

미치지도 않고 자살도 아니하면서 끝내 헌납을 거부하는 자들은 유치장에 가두어두고 밤낮 가리지 않고 육체적 또는 정신적 고문을 가하여 거의 다 굴복시켰으나 그래도 불응하는 자들은 공개처형하는 것이었다.

　며칠 전부터 진주의 아버지도 매일 점포에 출근하자마자 연행되어 가 진종일 설득공작의 대상물이 되었었다. 그의 상점은 중류급에 속해 있었기 때문에 순위에 따라 남들보다 늦게 연행해갔던 것이었다.

　며칠 뒤 그는 상점을 '자진 헌납'하고 말았다. 그랬더니 그 다음날부터는 그의 저택에 '숨겨둔' 금은보석을 자진 헌납하라고 압력을 가하는 것이었다. 앞으로의 생활방도로는 집에 두어둔 귀금속 몇점밖에 없는 그는 헌납을 완강히 거부해왔는데 그날 아침 신문을 보고 그만 졸도한 것이었다.

　아버지가 병상에 누워 있는 사실이 밖으로 누설될 가능성이 절대 없다고 확신하고 있는 진주를 어느 날 동창생 하나가 운동장에서 불러세웠다.

　"동무의 아버지 목숨을 구하려면 동무가 발벗고 나서서 교내에서나마 인민공화국 시책에 능동적으로 적극 협조해야만 돼요. 그 길밖엔 없어요, 동무." 하고 넌지시 귀띔해주었던 것이었다. 이렇게 되어 그녀는 이름까지 근노로 개명하고 이리저리 뛰어다니면서 열성을 보여왔던 것이었다.

　딴 교실로 왕기형 교수를 데리고 간 홍근노(본명 진주)는 단 둘이 마주 앉은 자리에서 다짜고짜 그녀의 사랑을 고백하면서 호소했다.

　그러나 왕 교수의 표정이 변하지 아니하고 눈길마저 그녀에게로 돌리지 아니하는 것이었다. 문자 그대로 목석이었다. 그녀의 자존심이 땅에 떨어졌다. 이런 멸시를 받아보기는 평생 처음이었다.

　치밀어오르는 분노와 증오를 억누를 수 없었다. 그를 당장 죽여버리고 싶은 욕망이 솟구쳤다.

　행동뿐 아니라 감정처리에 있어서도 그녀는 모순덩어리였다.

조금 뒤 인민재판 석상에서 어디까지나 묵비권을 쓰는 왕 교수의 태도는 어찌 보면 천치바보 같기도 하고, 달리 보면 미친 듯이 대드는 학생들을 천치바보라고 여겨 상대조차 해주지 아니하는, 모든 것을 달관한, 죽음을 무서워하지 아니하는 위대한 인물처럼 보이기도 했다.

이러한 그의 도도하고 늠름한 태도가 학생들의 약을 바싹 더 올려주었다. 극도로 흥분한 학생들은 10분도 채 안 걸리는 짧은 재판 끝에 당장 그 자리에서 때려죽이기로 판결을 내렸다.

온 몸이 친친[31] 결박당할 때나 뜰 아래로 끌려 내려갈 때에나 왕 교수는 피하지도 아니하고 반항도 아니했다. 역시 목석이었다.

몽둥이를 든 4, 5명의 학생들이 둘러서 마구 때리자 그때에야 입을 악무는 왕 교수가 작은 신음소리를 내기 시작했다.

자기도 몽둥이 한 개 들고 왕 교수 사형집행에 한몫 끼려고 나선 근노였지만, 본명인 진주가 그녀의 팔을 지배하는지 그녀의 몽둥이 끝은 딩구는 왕 교수 몸뚱이에서 조금 떨어진 흙만 때리고 있는 것이었다.

가느다란 신음을 발하며 뒹굴던 왕 교수가 반듯이 드러누워 움직이지 못하는 것을 볼 때 몽둥이질은 중단되었다. 숨을 거둔 것처럼 보였다.

그런데 그의 두 눈!

진주는 그 눈을 너무나 똑똑히 봤다. 두려움이나 분노나 증오를 나타내는 눈매가 결코 아니고 연민의 정으로 가득 찬 눈이었다. 자기를 때려죽이는 제자들을 미워하거나 무서워하는 것이 아니라 '너희들 참 불쌍하다.'는 표정의 눈으로 가해자들을, 아니 진주를 응시하면서 왕 교수는 죽은 것이었다.

진주는 몸서리쳤다 — 죽으면서도 자기의 신념을 조금도 굽히지 않고 가해자를 도리어 불쌍히 여길 수 있는 의지의 소유자도 있다는 사실.

그러나 그녀는 자아비판을 했다 — 발설했다가는 공개자아비판을 강요

---

31 친친 : 칭칭.

당하고 얼핏하면 숙청당할 위험한 생각을 잠시나마 한 자아비판을.

공산정권에 충성을 다하는 행동을 홍근노는 계속했다. 맨 처음 동기는 자기 아버지의 목숨을 구원하고자 하는 데 있었지만 지금 와서는 동기가 복잡하게 되어 있었다. 덕택에 안정된 치료를 계속할 수 있게 된 아버지의 병세는 반신불수에 그치는 정도로 호전되었다. 언어장해 치유는 감감한 것 같지만. 집에 있는 보석과 패물들을 헌납하라는 독촉이 다시는 없었기는 하지만 남편의 병 바라지는 말도 할 것 없고 당장 수입이 없고 생계 유지가 곤란하게 된 어머니가 패물을 한두 까지씩 암시장에 팔아넘겼기 때문에 보물단지 용량은 자꾸만 줄어들어갔다.

아버지 구명 목적 이외에도 근노의 열성에는 왕기형 교수에게 받은 수모에 대한 적개심, 왕 교수가 죽을 때 보여준 눈표정에 대한 반발과 자학이 겹친데다 빈틈없는 조직체 속박에의 굴종, 자아기만에서 느끼는 패러독스한 쾌감 — 자포자기의 복합체일지도 모를 일이었다.

이듬해 6월 하순께 그녀의 대학졸업식날이 왔다. 그러나 그날 새벽 라디오방송을 통해 '미국 제국주의 · 침략주의의 앞잡이인 조선 남반구 국방군이 38선을 넘어 침략을 개시했다'[32]는 뉴스와 함께 각급 학교 학생들은 즉시 학교로 집합하라는 통고를 받았다.

세 시간이나 앞당겨 열린 졸업식은 '미국 뉴욕 시 월가 전쟁상인들과 미국 제국주의와 조선 남반구 괴뢰정권' 타도 섬멸을 위한 궐기대회로 돌변했다.

바로 이튿날 근노는 문화선전부 요인 훈련원 원생으로 '발탁 입학'시킨다는 '영광'을 차지하게 되었다.

10개월간의 훈련을 마친 그녀는 시내 각 지역 인민위원회가 개최하는 각종 모임에 부지런히 참석하여 문화선전 연설을 하게 되었다. 공산주의 사회

---

32 조선 남반구 국방군이 ~ 개시했다 : 한반도에서 6 · 25 한국전쟁이 일어나자 중공 등 일부 공산주의 국가들은 남한군이 먼저 북한을 공격하며 전쟁을 일으켰다고 주장했다.

가 왜 살기 더 좋고 목적과 사명이 무엇인가를 설명하는 것이 주임무였지만 당장 시국문제로 "용감무쌍한 중화인민군 지원병이 용감무쌍한 조선 인민군을 도와[33] 미국을 위시한 침략 자본주의 국가 16개국 연합군을 대항해 전투함에 있어 승전에 승전을 거듭하고 있어 남조선 인민해방뿐 아니라 전세계 인민을 해방시킬 날이 목전에 다가왔으니 모두가 다 단합하여야 한다."는 열변을 토하여 돌아다녔다.

그녀의 재질과 열성을 인정하는 상부에서 그녀를 성 외 원근 군소도시에도 파견하여 문화선전공세를 취하도록 했다.

그러나 고된 하루 행각을 끝내고 너무나 고단하기 때문에 잘 오지 아니하는 잠을 청하면 누워 있을 때 가끔 왕 교수의 죽을 때 눈표정이 머리에 새삼 떠올라 당황하기도 하는가 하면 가는 곳마다 대하는 젊은 공산당원들의 도를 지나치는 독단과 편집, 자기네들만이 옳고 남들은 다 반동이라고 광신하는 고집, 모택동을 신격화하여 그의 언행이 곧 진리요 진리는 그의 언행 외딴 데는 없다고 맹신하는 것을 볼 때 공산주의도 일종의 마약이어서 젊은이들을 중독시키는 것이 아닌가 하는 의혹이 들기도 했다.

이런 의혹을 입 밖에 내는 것은 자멸행위라는 걸 그녀는 똑똑히 인식하게 되어 있었다. 쉬쉬하면서 또는 공공연히 옛날 동지들을 숙청해버리는 일이 매일같이 있는 것이었다. 수십 년간 동고동락해온 공산군 장성들이 별안간 반동분자니 미국 제국주의 첩보원이니 등 죄목을 쓰고 처단되는 것이었다. 수십 년간 지하공작원으로 활약하여 젊은이들의 숭앙의 대상이 되었던 남녀들도 하루 밤중에 반동분자나 적의 스파이로 돌변하여 처형되는 것이었고, 행방불명된 거물급들은 자살했다는 소문도 비밀리에 돌고 있는 것이었다.

'그렇게도 공적이 큰 거물들이 일조일석에 변절할 수가 있다는 말인가?

---

33 조선 인민군을 도와 : 1950년 초겨울에 중공군의 대거 압록강을 건너 6·25전쟁에 개입하여 국군과 유엔군의 1951년 1·4 후퇴가 시작되었다.

만일 그게 사실이라면 공산주의에도 어떤 맹점 어떤 모순점이 있는 것이 아닌가? 아니, 집권하고 나니 서로 더 높은 권리를 쟁취하려는 권력투쟁이 아닌가? 라는 생각이 문득문득 들 때 근노는 당황했다.

합숙소에서 여럿이 한 방에서 잘 때 어떤 동무가 잠꼬대하면서 〈반동적 언사를 썼다〉는 과오를 공개자아비판하고도 숙청당하는 꼴을 그녀는 더러 보아왔다. 그러니 맘놓고 잠도 잘 수 없는 공포가 그녀를 사로잡기도 했다. 의혹이 자라나는 걸 순부터 잘라버리기 위해 그녀는 밤낮 육체와 정신을 혹사하여 잡념이 머리를 들 기회를 주지 않으려고 결사 노력했다. 남들이 잠자는 시간에도 그녀는 책을 읽고 또 읽어 암송하는 데 정력을 쏟았다. 특히 문화선전원이 꼭 기억해야 하는 『공산당선언』 『공산당사』 『모택동 언행록 전집』 등은 첫줄부터 끝줄까지 줄줄 내리외울 수 있도록 수백 번 읽었던 것이었다.

그리하여 어떤 회합에 나가 연설하든간에 책 펴볼 필요없이 글자 하나 틀리지 아니하고 원문을 척척 인용하는 그녀의 재주에 청중들은 찬사를 아끼지 아니했고 그럴수록 상부에서는 자기를 더 신임하게 된다는 것을 인식하고 있었다.

『자본론』이라는 경제학설 책만은 너무 어려워 아무리 여러 번 읽어도 기억할 수 없는 것을 그녀는 발견했다. 그러나 남들이 하는 강연에 제일 자주 인용되는 대목들만은 노트에 적어두었다가 책을 펴놓고 외기에 노력을 기울였다. 그리하여 뜻은 잘 이해하지 못하면서도 중요한 대목들만은 암송해 두어 요긴한 때 써먹을 수 있게 되었다.

그러면서도 그녀를 몹시 당황하게 만드는 일이 하나 더 생겼다. 다른 책들은 공산당의 경서 같아 한 자도 수정하지 아니하면서 『공산당사』만은 수시로 내용의 일부를 빼기도 하고 수정하기도 하는 것이었다. 그랬기 때문에 이미 철저히 외어진 대목을 잊어버리기 위해 무진 애를 써야 하기도 하고, 수정된 부분을, 이전 것과 새 것이 섞이지 않고 완전히 분리되도록 재암송하는 고역을 치러야만 했다. 가장 대표적인 수정은 숙청된 인물들의 성명과 업적을 삭제해버리고 그 자리에 모택동을 우상화하는 문귀를 추가한 수정본이었다.

1952년 3월 홍근노는 남쪽 멀리 광둥성 어떤 촌락으로 파견되었다. 그 지역에 새로 설립되는 집단농장으로 가서 문화선전 임무에 종사하라는 명령이었다.

청춘 남녀 20여 명이 한 단체를 이루어 베이핑 역에서 기차에 오를 때까지는 모두가 제법 들떠 있었다. 열성과 재능을 인정받아 특채되어 개척지로 떠나게 된 것에 대한 자긍심과 모험심이 그들을 흥분하게 했음이 틀림없었다.

홍근노도 예외가 아니었다.

그러나 더러운 기차간 한쪽을 차지하고 앉아 밤낮 달리고 쉬고 달리고 쉬고 하며 사흘이 지나가자 모두가 다 지쳐버리고 시무룩해지고 말았다.

떠나기 전 문화선전국장실에 불려가 파견 명령장을 수여받을 때 홍근노는 무척 자랑스러웠다.

그러나 오랜 기차여행에 지치게 되자 지금 자기가 영전되어 가는 건지 좌천되어 변두리로 쫓겨나는 건지 알 수 없다는 의심이 나게 되었다. 파견명령장을 건네주기 전 국장이 "홍근노 동무의 열성과 재질이 높이 평가되어 특채된 만큼……" 소리를 필요 이상으로 너무 여러 번 되풀이하던 것이 그 때에는 칭찬으로만 받아들였지만 지금 와서 곰곰 생각해보니 어딘지 석연치 못한 점이 있는 것같이 느껴지는 것이었다.

표정으로 보아 동행하는 다른 동무들도 이번 여행을 탐탁치 않게 생각하는 눈치였으나 누구 하나 감히 입 밖에 내지는 못하는 모양이었다.

한 객차 한쪽에 서로 무릎을 맞대고 앉아 있으면서도 날이 갈수록 피차 경계하는 기색이 더욱더 노골화되어가는 것이었다.

기차여행이 열흘째 접어들자 개척정신이고 뭐고 다 귀찮아지고 어서 속히 목적지에 도착하여 네 활개 펴고 누워 길고긴 휴식을 취하고 싶은 욕망뿐이 남아 있었다.

한밤중 기차에서 내린 그들은 역전 여관으로 갔다. 남녀 따로따로 방을 배정받기는 했지만 좁은 방에 5명씩 묵게 되니 다리는 펴고 누울 수 있었지만 몸과 몸을 밀착시킨 채 잠을 잘 수밖에 없었다.

아침에 어서 일어나라는 독촉을 여러 번 받고야 겨우 자리 털고 일어난 것으로 보아 홍근노는 숙면한 것에 틀림없었다.

세수하려고 뜰에 나서서 보니 대야에 담겨 있는 물은 구정물이 되어 있는 것이었다. 대야의 물을 쏟아버린 근노는 깨끗한 물이 담긴 통을 찾으려고 두리번거렸으나 눈에 띄지 아니했다. "여보셔요, 여관 지배인 동무, 세수물 어디 있어요?"라고 그녀는 소리질렀다. "세수대야에 담겨 있지 않아요?"라고 어디 멀리서 소리지르는 남자 목소리가 들려왔다.

"대야 물이 너무 더러워서 쏟아버린걸요, 깨끗한 물 얻으려고……"

"뭐라구?"라는 벼락치는 소리와 함께 중년 사나이 하나가 뛰어왔다.

"아니, 원 이 철부지 여성 동무. 세수대야 물이 더러워서 쏟아버렸다고! 중앙서 내려오신 동무들 세수 다 끝냈다고 하더라도 아직 세수할 지방 동무가 수십 명이 남아 있는데…… 그래 몇사람 세수한 물이 더럽더란 말요? 부르즈와 근성을 뿌리 뽑지 못한 동무가 무슨 빽을 써서 이렇게 개척자로 선발되어 왔단 말요…… 자, 보시오. 우리 같은 사람은 50평생 세수 한 번 안하고도 이렇게 건강하게 살고 있소. 중앙에서 오신 귀하신 동무들이라 특별대접으로 대야가 찰찰 넘도록 물을 채워 드렸었는데 그걸 쏟아버렸다니…… 여성 동무, 자아비판하시오."

세수 못한 동무들이 세 사람뿐이기에 다행이었지 만일 더 많았던들 근노는 인민재판에 회부되었을 것이었다.

소달구지 두 대에 전대원이 나누어 타고 길인지 마른 개천인지 분간 못할 데를 하루 종일 터덜거리며 여행했다. 시종 먼지가 길길이 피어올라 모두가 제분소 직공들처럼 흰 가루를 뒤집어쓰게 되었고 입안에도 먼지가 가득 차 버적버적하는 것이었다.

해질 무렵 목적지에 도착했으나 먼지 닦을 물은커녕 입가심할 물도 배급 못 받았다.

약 백 호가량 되어 보이는 빈농촌락이었다.

인민위원회 사무실이 한 옆에 끼어 있는 꽤 넓은 식당으로 인도된 그들은 오래간만에, 참으로 오래간만에 따뜻한 밥을 먹었다. 국물보다 건더기가 더 많은 시래깃국 한 공기를 반찬으로 하여서.

이럴 바엔 차라리 국물이 흥건한 우동 한 그릇을 먹었으면 싶었지만 이 지역의 주산물은 밀이 아니고 쌀이라는 예비지식은 얻어가지고 떠나온 그들이었기에 밀가루 국수를 달라는 말은 아예 입 밖에 내지도 못했다.

집단농장 준비작업은 이미 완성되어 있었다. 가족제도를 파괴하고 각 농가에 남녀별로 격리수용되어 있는 것이었다.

홍근노와 동행해온 여성 동무들은 하나씩 분산되어 성인여자들 수용소에 나누어 수용되었다.

평생 목욕 한번 안한 데다 한번도 세탁하지 아니한 누더기옷을 입은 농촌 부인들 틈에 끼어 눕는 것이 구역질이 나긴 했지만 홍근노는 곧 잠들었다.

꽹과리 두드리는 요란한 금속성소리에 잠이 깬 근노는 양치질도 세수도 할 엄두를 못낸 채 동숙한 여인들을 따라 식당으로 갔다.

백 명밖에 더 수용할 수 없는 식당인지라 여자들이 세 차례에 나누어 식사하고 그 다음 남자들이 두 차례, 마지막으로 10세 이하 남녀 어린이들이 세차례에 나누어 식사를 끝냈다. 메뉴는 한결같이 밥 한 공기와 시래깃국 한 그릇이었다.

식자 도중 홍근노만은 처음부터 끝까지 식당에 처져 있으면서 매차례 연설을 했다. 집단농장의 필요성과 농산물 생산이 농민들에게뿐 아니라 도시에 사는 노무자들 생활에 얼마나 중요한 것인가를 거듭 강조하고 모택동이 얼마나 위대한 지도자며 따라서 그의 언행을 인민은 본받아야 하며 그의 명령에는 절대 복종하여야 한다는 것을 누우이 강조했다.

그러나 식당 안 아무 데를 관찰해봐도 한결같이 너무나 순박하고 우둔해 보이는 얼굴들만 눈에 띄는데 그녀는 질렸고 한편 환멸을 느끼기도 했다. 자기가 토하는 열변을 어느 정도 이 순박하고 우둔한 사람들이 이해하는지 — 무표정한 얼굴들이 밉기까지 했다. 자기가 하는 말을 알아듣는지 못 알아듣는지를 확인해보려고 가끔 질문을 던져보고 싶은 생각이 나기도 했지만, 통 못 알아들은 반응이 나타날까 두려워 묻지 않기로 결심하면서 절망감을 느끼기도 했다.

어린이들 식사때 근노는 모택동의 소년시절 일화들을 들려주었다. 역시 무표정한 얼굴로 밥 먹으며 연설자의 얼굴을 훔쳐보는 어린이들을 보면서 자기 자신이 저들 나이또래때 세계 여러 나라 동화를 듣는 데 심취했었던 것을 회상했다. 회상될 때마다 '아차, 또 반동을 범했구나'고 자책감을 느끼곤 했다. 10세 이하 어린이들이 알아들을지를 의심하면서도 부모 밑을 떠나 어린이들끼리 따로 합숙생활하는 것이 얼마나 더 재미있고 이로우며 새로운 문화 창조에 큰 보탬이 된다는 말을 거듭 되풀이할 수밖에 없었다.

남녀와 어린이별로 집단수용할 건물을 새로 지을 수 있는 재정이 없는 판이라서 본디 한 가족이 독차지하고 살던 조그만 집들을 개조하여 부엌과 헛간까지 다 침실로 만든 것이었다. 촌락을 삼분하여 남자성인들(10세 이상)만의, 여자성인들만의, 남자어린이들만과 여자어린이들만의 합숙소로 배정해놓은 것이었다. 젖먹이아기들만을 따로 수용하는 집도 몇채 있어 보모가 돌봐주며 시간 따라 젖 나는 어머니들을 일터로부터 잠시 해방시켜 수용소로 가 젖을 빨리게 하는 것이었다. 아기 어머니가 자기 아기에게 젖 먹이는 것을 막기 위해 보모가 지켜서서 감시하는 가운데 젖을 빨리는 것이었다.

병자만 따로 수용하는 집도 두어 채 있고, 병자가 아닌 남녀는 10세 이상이면 연령 상관없이 전부 농토로 나가 일을 하게 하는 것이었다.

젊은 부부들이 섹스행위는 막을 길이 없는 것이므로 집 두 채의 좁은 방여섯 개를 부부동침 방으로 정해놓았다. 부부들은 차례로 순서를 정해 이들 방에서 제 짝과 만나 한 시간 함께 있고는 헤어져서 도로 남녀 격리 집단수용소로 가서 잠을 자도록 하는 것이었다.

걸음마를 뗀 어린이들도 격리수용하여 그들 숙소 가까운 빈터에 나가 놀게 하는데, 젊은 여성 동무들 감시하에 게임도 하고 공부도 하는 것이었다.

농경에 필요한 모든 기구는 전부 바라크 건물 안에 보관해두고 총 멘 군인들이 24시간 6교대로 경호하고 있고, 식당 가까이에 세운 식량창고에도 24시간 경호병이 서 있는 것이었다.

조반이 끝나는 대로 모두 열을 지어놓고 보관소로 가서 필요한 연장 하나씩을 급여받아 메고 들고 지정된 농토로 가서 일을 하는데, 남자가 일하는 경작지와 여자가 일하는 경작지는 천 미터 이상의 간격을 두어 남녀가 말을 건네지 못하도록 되어 있었다.

점심은 굶겨 일을 시키다가 오후 늦게 부락으로 돌아와서는 차례로 농구 보관소에 연장을 도로 맡기고는 곧장 식당으로 가 저녁 먹으면서 문화선전 강연을 듣게 하는 것이었다.

식사가 끝나면 또 모두들 각자 합숙소로 돌아가 각자에게 배정된 잠자리에 들어 잠으로써 하루의 일과가 끝나는 것이었다.

이런 생활을 농민들이 어떻게 받아들이고 있나, 즉 수천 년간 인종[34]을 최고미덕으로 삼고 살아온 그들이기는 했지만 너무나 순박하고 우둔하고 무기력한 농민이 이런 새 생활을 환영하는지, 싫어하면서도 마지못해 순종하는 것인지를 눈치채보려고 홍근노는 무진 애를 썼다. 그러나 한결같이 온순해 보이고 미련해 보이며 비굴해 보이기까지 하는 그들의 속마음을 조금이나마 짐작이라도 할 수가 없었다. 안타까운 일이었다.

---

34 인종(忍從) : 참고 묵묵히 따름.

떠름한 로맨스

무식하고 더럽고 고약한 체취 풍기는 〈농업 용사 여성 동무〉들의 몸에다 자기 몸을 밀착시키고 누워 자는 것이 익숙해져서 짜증을 내지 아니하게 될 때쯤 두 가지 돌발사건이 한밤중에 생겼다.

농구창고 파수꾼이 머리 뒤통수에 커다란 돌에 맞아 죽고, 그가 가지고 있었던 총기와 곡괭이 몇자루와 삽 몇개가 도난당한 것이었다.

식량창고 파수꾼도 돌에 맞아 죽고, 그가 지니고 있었던 총기를 비롯해 쌀 두 가마니가 없어진 것이었다.

이 두 사건이 다 새벽 2시 보초 교대때에야 발견되었기 때문에 범인이 몇이었는지 알 도리가 없고 어느 쪽으로 도망갔는지도 알 도리가 없었다.

무장군인들이 온 촌락 가가호호를 다 수색하여 정확한 인원수를 파악하는 동안 날이 새고 해가 떴다. 결국 중년남자 셋과 중년여자 셋이 행방불명된 것으로 보아 그들 6명이 일을 저지르고 도둑질한 물건들을 가지고 도망쳤을 것이라는 추리가 타당하다고 보여졌다. 무장군인들이 4조로 나누어 범인들 추격작전에 나서기는 했지만 평야를 둘러싼 산맥 수천 수만 골짜기어디서 범인들을 따라잡을 수 있을지는 승산이 없는 공작이었다.

가는 날이 장날이라고 이날이 마침 이 지역 집단농장 실태를 중앙에 보고하는 보고서 작성의 날이었다.

보고서 작성문제를 가지고 토착민으로 구성된 인민위원회측과 중앙에서 파견되어온 개척단측 사이에 불을 뿜는 논쟁이 몇시간 계속되었다.

실태를 정직하게 보고해서 경호 군인을 더 많이 파송해달라고 강력히 요구하자는 파와 실정을 그대로 보고했다가는 이 지역 지도자 전부가 연대책임을 지는 문책을 받게 될 것이니 목숨이 아깝거든 모든 일이 순조롭게 진행되고 있다고 보고해야만 된다는 파간의 논쟁이었다.

마지막에는 양파가 서로 반대파를 〈반동분자〉라고 정죄하는 사태에까지 돌입했다. '진실도 반동, 허위도 반동, 뭐가 뭔지 모르겠구먼' 하는 생각이 근노의 머리를 휩싸버렸다.

또 한쪽에서는 이렇게 동무들끼리 반복하여 시간을 낭비할 것이 아니라 본 때를 보여주기 위해 4~5명 농민을 즉각 체포해다가 도망간 자들의 공범으로 몰아쳐 처단해야 한다고 핏대를 올리며 주장하는 자들도 있었다. 언쟁에 지쳐버린 탓이었는지 흥분의 소관이었는지 화풀이할 대상이 발견되었다고 생각해서인지 하여튼 몇 놈 잡아다 죽이자고 만장일치로 가결이 되었다.

영문도 모르고 체포되어 와 벌벌 떠는 남녀 농민 몇의 목을 자르기 직전 홍근노는 부지중 "아니, 증거도 없이 재판도……"라고 말을 꺼내다가 주춤했다. "반동분자, 입 닥쳐!" 소리가 사방에서 들려왔기 때문이었다.

무서운 눈초리로 묵묵히 자기를 노려보는 토착 청년의 눈을 보는 순간 근노는 몸서리쳤다.

빈틈없는 조직체의 올가미.

어디까지나 순박하고 우둔해 보이기만 하는 농민, 지금 모두 살려달라고 비는 무고한 사람들의 목을 자르는 광경을 구경할 용기를 잃은 근노는 외면하면서 자리를 피했다 — 살기 띤 눈초리로 자기를 노려보는 토착 청년의 시선을 온몸에 느끼면서 〈자살하는 이유〉라는 생각이 그녀의 머리를 스치고 지나갔다.

엎친 데 덮친다고 그날 밤 늦게 노파 하나가 체포되어 인민위원회 사무실로 연행되어 왔다. 소식을 들은 근노도 곧 달려왔다.

60이 넘어 보이는 할머니였다. 젖먹이 아동수용소 보모 하나를 목졸라 죽였다는 것이었다. 며칠째 앓고 있는 손자아기를 약 한 첩 달여 먹이지 않고 내버려두어 죽게 했다는 보복으로 살인을 했다는 것이었다.

'어디까지나 순박하고 우둔하게만 보여왔던 이 할머니를 그 무엇이 독부로 변모시켰단 말인가?

"너, 이놈들, 이 죽일 놈들."이라고 입에 거품을 물고 쩡쩡 울리는 목소리로 울부짖는 이 할머니의 목을 자르는 광경은 근노도 지켜보고 서 있었다. 피해 달아나는 자기의 비겁한 짓을 노려보던 청년의 눈초리가 더 무서워서였다.

죽는 순간 이 할머니의 눈. 그것은 증오의 불꽃이었다. 연민의 정도 공포의 정도 아니고 타오르는 증오의 정이었다. 이 증오의 불꽃이 유독 근노 자신을 삼켜버리려고 날아오고 있는 것 같았다.

머리를 싸매고 그녀는 문 밖으로 뛰어나갔다.

어두운 속에서 누군가가 "여성 동무." 하고 속삭이는 것이었다.

질겁한 그녀는 펄썩 주저앉았다.

거센 팔이 그녀의 겨드랑이를 끼고 일으켜세웠다. "이리 따라와요."라고 속삭이는 목소리는 남자 목소리였다.

생각하는 기능을 잃어버린 근노는 묵묵히 따라갔다.

'될대로 돼라' 하는 체념상태였다.

얼마동안 얼마나 멀리 끌려갔는지.

정신이 좀 드는 듯한 때 그녀의 걸음을 멈추게 한 청년이 이번에는 좀 큰 목소리로 "미스 홍, 자유가 그립지 않소?"라고 말하는 것이었다.

함정.

"이 반동 새끼, 내가 네 놈의 술책에 넘어갈 줄 알구……"

"잠꼬대는 그만 하시고 내 말을 똑똑히 들어요. 실례지만 나는 미스 홍을 첨 만나는 순간부터 세밀히 관찰해왔어요. 자유세계로 가는 길을 도와주어야 될 가치가 충분히 있는 여성이라는 판단을 내린 거예요. 그런데 오늘 이 밤이 절호의 기회예요. 이 지점까지 미스 홍을 호송해온 나는 내 동지에게 인계하고 돌아가요. 믿고 순순히 그를 따라가요. 미스 홍이 협조만 하면 절대 안전하니까요. 홍콩까지 걸어서 사흘이면 도착해요."

"홍콩에 도착하자 반공단체의 호의로 길고긴 휴식, 나에게는 과분한 호화스런 휴식을 취할 수 있었어요. 새로운 환경, 3년 동안 맛보지 못해 잊어버렸던 자유스런 생활에 적응하는 데 상당한 시일이 걸리더군요. 그러나 날

돌봐주는 반공단체의 간곡한 청탁—생생한 기억이 무디기 전에 집필해달라는 청탁을 거절할 수 없어 일종의 실화소설을 써 신문에 연재하게 됐어요."라고 진주가 말을 계속했다. 곧 이어서,

"원고료를 두둑이 받아 생활이 안정되면서 남성의 사랑이 그리워지기 시작하더군요. 자유세계라면 어느 지역에서나 그런 꿈을 꿀 나이가 돼 있었거든요. 공산주의 체제에서는 사상을 좀먹는 퇴폐적인 악질 감정이라고 결사 막는 것이지만. 나에게 호의를 품고 접근해오는 청년들도 더러 나타났어요. 하지만 왕기형 교수님의 영상이 내 안막을 독차지하고 있는 한 딴 사나이들은 다 시시해 보였어요. 더구나 왕 교수님이 돌아가시는 찰나 눈에 나타난 그 연민의 표정. 내가 그이를 죽였다는 죄책감. 매질을 당하면서도 그이가 돌아가실 때 나를 미워하지도 원망하지도 않으시고 불쌍히 여기신 그 온정. 그런 분의—그분은 이미 타계에 가 계시니 이승에서는 다시 만날 수 없고…… 그렇지만, 그렇지만 그분을 꼭 닮은 아들이라도 하나 찾아 곁에 데리고 살 수 있다면 얼마나 행복할까고 느껴졌어요. 하지만 그것은 어디까지나 망상. 이 넓고넓은 천지에서 그이의 아들을 어떻게 만날 수 있단 말입니까……"

알몸에 네글리제[35]만 걸치고 침대 가장자리에 앉아 얘기하던 그녀는 긴 한숨을 쉬고 나서 담배 한 개비를 피워물었다. 담배연기를 몇모금 길게 뿜어내고 나서 그녀는 얘기를 계속했다.

"내 머리가 돌았다고 속단은 내리지 마세요, 미스터 황. 왕 교수 아닌 딴 남자와 결혼하고도 깨어 있을 때에나 잠잘 때에나 내 머릿속에는 왕 교수님만을 그리는 생각으로 꼭 차 있으면 그 이를 닮는 아들이나 딸이 잉태되지나 않을까 하는 엉뚱한 생각이 났어요. 어처구니없는 망상이라고 내심 다짐을 거듭하면서도 한번 불꽃 튕긴 그 집념이 한사코 내게서 떠나가주지 아니

---

35 네글리제(négligé) : 실내에서 편하게 입는 가볍고 부드러운 잠옷이나 실내복.

했어요."

그런 야릇한 감상에 빠져 있을 참에 1954년 2월 동파키스탄의 다카에서 그녀가 나를 만났던 것이었다. 내가 회의장소에 나타날 때 왕 교수의 유령인가 싶어 그녀가 놀라기는 했으나, 작가회의를 끝내고 홍콩으로 돌아가자 이번에는 내 모습이 왕 교수의 모습과 겹쳐서 그녀의 안막[36]에 밀착되어 있는 것을 발견했노라고 말하는 것이었다.

"두 분은 누가 보더라도 쌍둥이로 착각할 만큼 닮기는 했지만 국적이 다르고 몇천리 간격을 둔 딴 지역에 사는 두 어머니들을 통해 쌍둥이가 따로따로 출생한다는 것은 있을 수 없는 일. 그러니 조물주는 가끔 유머러스한 장난을 즐기는 모양. 신비! 그러다 문득 인스피레이션이 떠올랐어요. 그, 왜, 돌연변이설 있지 않습니까? 그런 생각이 들자 두 분들 중 하나는 분명 돌연변이의 소산물일 거라고요. 생각이 여기까지 미치자 생각은 더한층 비약하여 세상 아무 남자의 씨를 내가 받더라도 씨를 받는 데 성공만 하면 돌연변이 현상이 작용하여 왕 교수를 닮은 자식을 낳을 수 있지 아니할까? 몇천만 대 하나의 확률이라 하더라도 한번 부딪쳐볼만한 일이라는 생각이 굳어졌어요."

때마침 그녀가 소설을 연재한 바 있는 신문사 편집차장이 그녀에게 청혼을 해왔다. 그래 곧 결혼했다.

이 남편과 잠자리에 들어갈 때, 특히 성행위에 들어갈 때마다 눈을 꼭 감은 그녀는 왕 교수의 영상만 기억하곤 했다. 오르가슴을 느끼는 순간순간에 상대방이 왕 교수라고 믿었고 따라서 잉태하게 되면 그 씨는 분명히 왕 교수의 것이라고 확신했다.

"생물학적 견지에서 볼 때 얼토당토않은 망상이었지요, 물론. 하지만 지성이면 감천이라고 내가 극진한 정성만 들이면 기적이 나타나리라고 나는

---

36 안막(眼膜) : 빛이 들어가는 눈동자의 앞쪽의 바깥 부분을 이루는 투명한 막.

맹신하고 있었어요."

그러나 막상 첫아들을 낳고보니 왕 교수의 모습은 털끝만큼도 닮지 않고 자기 아버지 모습만 뒤집어쓴 것을 그녀는 발견하고 낙망했다. 그러나 쉬 단념할 수 없는 그녀는 어린이가 자라나면서 차차 용모가 조금씩 변하여 왕 교수 비슷하게 될는지도 모른다고 생각하며 그렇게 변해주기를 천지신명께 빌고 또 빌었다. 그러나 그건 허사.

그리되자 아들이 미워지기 시작했고 그것의 아버지인 남편도 미워졌다.

"자식의 아버지가 아무리 밉더라도 자식에 대한 모성애는 맹목적이라고 말들하지만 나는 그렇지가 못했어요. 나라는 계집은 정상적인 인간이 아닌가보지요."

남편이 아무리 미워도 그가 강요하는 잠자리를 거부할 수는 없는 데다 그 짓을 할 때마다 눈 꼭 감고 상대방이 왕 교수라는 환상에 사로잡히는 쾌락으로 스스로 만족감도 만끽하곤 했다.

이태 뒤에는 딸을 또 순산했다. 첫 자식을 배고 있을 때처럼 돌연변이 기대를 건 것은 아니었지만 딸마저 자기 아버지만 닮은 데는 화가 치밀어오르고 아들·딸과 남편이 더욱 더 밉기만해졌다.

그러다가 그것이 호운[37]의 장난이었는지 혹은 악운의 장난이었는지는 단정할 수 없으나 하여튼 콜레라가 창궐하는 바람에 자식 둘 다 병사하고 말았다.

"네가 부주의해서 아이 둘 다 한꺼번에 죽게 했지." 하는 눈초리로 남편은 진주를 대했지만 양심의 가책을 느낄 일은 하지 아니했다고 생각하는 그녀는 그런 남편에 대한 혐오감만 더 느끼게 되었다.

"남편이 바람을 피우기 시작하더군요. 질투를 느꼈느냐구요? 아뇨. 그게 되레 내게는 다행이었어요. 왜냐구요. 아무런 자책감도 마음의 부담도 느낌

---

37 호운(好運) : 좋은 호수.

없이 나는 당신을 그리워할 수 있게 되었으니까요. 언제든 기회만 오면 당신을 다시 만나 왕 교수와 쌍동이에 다름없는 당신의 씨를 받아 잉태하게 되어 당신을 꼭 닮은 아들을 낳게 된다면 그 아이에게서 나는 왕 교수를 느낄 수 있게 되었으니……"

"뭐가 어쩌구 어째? 그래 난 여태 대용물 노릇을 했단 말인가? 날 뭘로 알고 하는 개수작이야? 더러운 계집년."이라고 나는 버럭 소리를 질렀다. 사실 어이가 없는 나는 화를 냈던 것이다. 내 딴에는 이 홍진주가 날 좋아해서 15년 뒤에나마 나에게 적극적으로 접근해오는 것이라고 믿어 내 나름의 자긍심을 만끽하면서 행복에 도취되어 왔는데 ― 그런데, 아, 오직 하나의 이용물, 하나의 대용물이 되다니.

"너무 단순하시네요, 미스터 황. 잘 생각해보세요. 지금 내 자궁이 받아들인 씨는 분명 당신의 것이에요. 왕 교수의 씨가 절대 아니란 말요…… 왕 교수를 연상시키는 당신이었기에 나는 10여 년이라는 기나긴 세월을 당신 만나려고 기다려온 것이 사실이지만, 지금 내가 느끼는 행복은 당신의 분신이 내 자궁 안에서 무럭무럭 자라나리라는 기대 바로 그것이란 말요……"

내 머리는 혼란해졌다. 이 여인의 본심은 도대체 무얼까? 그렇다고 이 여인이 미워지는 것은 아니었다. 조금 전 화를 버럭 내기는 했지만, 대용물이었건 진국[38]이었건간에 나는 이 여자를 송두리째 소유하게 된 것이 아닌가. 왕기형 교수는 상상조차 못해보고 죽은 일. 결국 승리자는 내가 아닌가.

벌떡 일어선 나는 진주를 반짝 안아다 침대 위에 누이고 네글리제를 헤쳤다. 내 열띤 입술이 그녀의 몸 구석구석을 헤매었다.

이 귀여운 여인의 머리카락으로부터 손톱 · 발톱까지, 세포 하나하나, 근육 · 힘줄 · 신경 · 뼈 · 혈관 모두가 다 몽땅 내 것이다.

왕기형 교수를 질투할 아무런 건더기도 없다. 도리어 감사드려야 할 판이

---

38 진(眞)국 : 거짓 없고 참된 사람.

다. 이 사랑스런 진주가 몽땅 내 것이 될 수 있는 인연을 맺어준, 사랑의 다리를 놓아준 까치[39]가 바로 왕 교수였다. 이 순간의 황홀이 내 심장을 터뜨려버려주면 좋겠다.

이 시각은 한 초[40]이면서도 또 영원이다. (1987)

---

39 까치 : 까치라는 새는 좋은 소식이나 행운을 가져온다는 민속 신화가 있다.
40 한 초(秒) : 일 초의 짧은 시간. 순간.

　　주요섭은 전 생애를 통해 6편의 중편소설을 발표했다. 소설가가 중편소설을 택하는 것은 어떤 이유에서일까? 단편소설에서 작가는 짧은 지면에서 단일한 효과로 극대화시키고자 한다. 주요섭은 50년간의 작가 생활 중에 39편의 단편소설을 창작했다. 반면에 장편소설에서 작가는 충분한 지면을 통해 중심 플롯뿐 아니라 몇 개의 부수적인 플롯을 전개시키면서 이야기를 다양하고 역동적으로 전개시키고자 한다. 주요섭은 모두 4편의 장편소설을 써냈다(일제강점기에 조선총독부 학무국의 검열로 연재 중단된 1편과 베이징 푸런대학 교수 시절 영문으로 써놓았으나 압수당해서 분실된 영문 장편소설 1편은 논외로 한다). 장편소설은 시간의 길이와 등장인물의 수 등에서 단편소설과는 확연히 차이를 가질 수밖에 없다. 중편소설의 위상은 당연히 그 중간 위치에 서게 된다.

　　일반적으로 중편소설은 작가나 독자의 입장에서 생소하게 느끼는 애매하고 어정쩡한 장르이다. 그러나 소설가는 이야기를 전개시킬 때 단편으로는 숨이 짧고 장편로는 숨이 너무 길다고 느끼는 경우 중편소설을 선택하게 되는 것이다. 독자의 입장에서도 너무 짧은 이야기보다 또 너무 긴 이야기보다 적당한 길이를 선호할 수 있다. 작가도 중편소설에서 단편소설의 장점과 장편소설의 장점을 모두 살릴 수 있는 이점을 찾을 수 있다. 한국 현대문학사에서 대표적인 중편소설은 염상섭의 「만세전(萬歲前)」(1922), 박태원의 「소설가 구보씨의 일일」(1934) 그리고 채만식의 「민족의 죄인」(1948~1949)을 꼽는다. 1970년대 한때 중편소설이 유행하기도 했다.

주요섭의 중편소설을 시기별로 점검해보자. 그의 첫 중편소설은 1925년 발표한 「첫사랑 값」(1부)이다. 이것을 쓰고 일시 중단했다가 1927년에 「첫사랑 값」(2부)을 계속 썼다. 그러나 결국 이 중편소설은 미완의 상태로 남았다. 아니면 작가가 의도적으로 결말을 열어놓은 것인지도 모른다. 두 번째 중편소설은 1933년 『신가정』 5월호부터 11월호까지 연재된 「쎌스 껄」이다. 주요섭은 『신동아』의 주간 시절부터 여덟 개나 되는 가명과 필명을 사용하였다(『신동아』 같은 호에서 글을 두 편 이상 쓸 필요가 생길 때 같은 이름을 사용할 수 없으니 자연스레 다른 이름을 사용할 수밖에 없었으리라). 「쎌스 껄」은 '호외생(號外生)'이란 필명으로 발표되었다. 이 중편소설은 그동안 『신가정』 속에 85년 이상 잠자고 있었으나 이번 『주요섭 중단편소설 전집』에서 처음으로 선보이게 되었다. 주요섭의 세 번째 중편소설은 1936년 9월부터 시작하여 1937년 6월 말까지 연재한 「미완성」이다. 이 중편소설이 가장 소설미학적으로 완성된 대표작이다. 주요섭의 네 번째 중편소설 「떠름한 로맨스」는 그의 사후 15년이나 지난 후에 발표되어 1987년 『현대문학』 4월호에 처음 소개되었다. 그 후 어떤 단행본에서도 모습을 드러내지 못했으나 이번 중단편전집을 통해 오늘날 일반 독자들에게 다시 소개하게 되었다.

주요섭의 4편의 중편소설의 주제는 특이하게도 모두 '사랑'이다. 그의 사랑 이야기는 단편소설로 다루면 너무 짧고 장편소설로 쓰면 길어서 지루할지도 모른다. 그래서 소설가 주요섭은 적당한 시공간을 사용하여 주요섭만의 네 가지 서로 다른 사랑의 이야기의 소설적 효과를 노렸을 것이다. 독자들이 주요섭의 중편소설에서 단편이나 장편에서 얻을 수 없는 어떤 느낌과 향기를 얻기를 바란다. 그러나 궁극적으로 주요섭의 중편소설 4편도 그의 39편의 단편소설과 4편의 장편소설과의 관계 속에서 맥락과 의미를 찾을 수밖에 없을 것이다. 주요섭의 중편소설도 그의 단편소설들과 장편소설들처럼 사랑이란 대주제와 리얼리즘의 서사 기법을 그대로 따르고 있다.

「첫사랑 값」 : 일제강점기 이룰 수 없는 중국 소녀와의 사랑의 비극

첫 중편소설 「첫사랑 값」은 『조선문단』에 두 번에 걸쳐 연재되었다. 첫 번째 시리즈는 1925년 9월호부터 11월호에 걸쳐 실렸고 그 후 1년이 훨씬 지나 1927년 2월, 3월호에 연재되었다. 이 소설은 이야기 속에 또 하나의 이야기가 나오는 액자소설이다. 주요섭은 액자소설 형식을 1920년 1월에 처음 발표한 단편소설인 「이미 떠난 어린 벗」에서 사용한 바 있다(주요섭 중단편소설 전집 제1권 작품 해설 참조). 이 소설의 일인칭 화자인 김만수는 친구 유경의 의외의 자살 소식을 듣고 충격에 빠진다. 다음은 소설의 시작이다.

> 유경이가 죽엇다는 소식은 내게 속을 주엇다. 나는 그가 아직 해외(海外)에 잇는 줄로만 알앗섯는데 갑작이 그의 부고를 밧고는 엇지할 줄을 몰낫다.
> '원 그럴 수가 잇나?' 하고 생각햇스나 사실이 사실인데는 할 수 업다. 더욱이 그가 언제 고향으로 돌아왓스며 쏘 엇더케 그러케 갑작이 죽엇는지 그것이 내게는 큰 의문이엿다.

죽은 친구 유경은 이 소설의 화자에게 타인은 볼 수 없고 그 화자만이 볼 수 있게 한 뭉텅이의 일기를 남겼다. 그 이후의 소설 전개는 자살한 유경의 일기를 펼쳐 보이는 것으로 진행된다. 같은 액자소설이었던 「어미 떠난 어린 벗」에서는 편지를 남긴 것과는 달리 이 중편소설에서는 일기가 그 이야기의 주된 모체가 된다. 화자인 "나"는 죽은 친구의 일기를 공개하는 것이 옳은 일인가 주저했었지만 상하이 유학까지 한 친구의 아까운 죽음을 알리기 위해 공개하기로 결정한 것이다.

이 중편소설은 다분히 주요섭이 직접 상하이 유학 시절 겪었던 중국 여학생과의 실패한 첫사랑에 대한 기억을 담고 있다. 주요섭은 3·1 독립만세운동 다음 해인 1920년에 상하이로 건너가 당시 중학교를 다녔고 후에 상하이대학의 전신인 후장대학에 입학했다. 주요섭은 주인공 유경이를 다음과 같이 묘사한다.

> "운동 잘 하것다."
> "곱게 생겻것다."
> "글 잘 쓰것다."

이 모습은 바로 주요섭이라고 볼 수 있다. 주요섭은 후장대학 시절 달리기 등 운동을 잘해 1926년 필리핀 마닐라에서 개최된 아시아 경기에서 3등을 하기도 했다. 또 건장하고 훤칠한 키에 소설도 써 이미 등단한 문인이었다.

이 소설이 자전적이라는 주장에 결정적 역할을 하는 것은 피천득의 증언이다. 피천득은 1926년에 상하이로 건너와 그 후 주요섭과 같은 대학을 다녔고 일생 동안 형으로 친구로 가깝게 지냈다. 피천득은 수필 「여심(餘心)」에서 "형은 한 중국 여동학과 이루지 못할 사랑을 하였습니다. 그리고 여심이라는 아호(雅號)를 지었습니다. 타고 남은 마음이라고"라고 적었다. 주요섭의 호는 틀림없이 여심이었다. 1920년대 주요섭의 주요 활동무대와 이 중편소설의 배경이 대부분 일치된다고 보아도 무방할 것이다.

이 소설의 주제는 제목처럼 첫사랑이다. 첫사랑은 모든 인간이 한 번은 겪어야 하는 열병이다. 순간적으로 이성(異姓)에 대한 운명적 사랑에 포획되어 꼼짝달싹 못하는 신세가 된다. 첫사랑은 사춘기에서 성인으로 넘어가면서 겪는 일종의 통과의례가 아닐까? 9월 20일자 일기에 그 첫사랑의 첫 순간이 기록되어 있다.

> 엇든 녀학생 한 분하고 눈이 마조첫다. 나는 총각의 수집음으로 평상시 갓치 얼는 눈을 옴기엿다. 그도 얼는 외면을 햇다. 그러나 나는 그 짬쌕하는 일순간

에 무슨 큰 감격을 바든 것 갓햇다.

주인공 유경은 N이라는 학생에게 첫눈에 반했다. 반한다는 말은 서로의 눈을 통해 서로에게 방전되는 느낌이다.

주요섭 소설의 사랑에서 특이하게도 "눈"이 매우 중요하다. 유경은 일기에서 "내 머리에는 그 쏘는 듯한 광채 있는 눈으로 가득 채워 있었다. 아! 그 눈 그 눈이 온 밤을 내 몸을 감시하고 있었다."고 적었다.

> 나더러 련애의 명의를 내리라면 그것은 눈의 유혹이라 하겟다. 그럿타. 나는 꼭 그의 눈의 유혹을 바든 것이다. 그의 타는 듯한 애소하는 듯한 무슨 의가 잇는 듯한 그 고은 눈. 그 눈이 나를 얼거매인 것이다. 그러타. 련애는 눈이다.

이후에도 소설에는 첫사랑 N의 눈에 관한 묘사가 일기에 여러 번 반복된다. "그 쏘는 듯한 눈이 다시 나를 감금"했다느니, "그의 광채 나는 눈을 바로 마주 볼 수 없"고 "마주 가고 마주 오는 눈빛 그 빛나는 눈동자는 모든 것을 운반해준다"고 적고 있다. 주요섭의 사랑은 눈으로부터 시작된다. 눈은 시각(視覺)이다. 주요섭에게 시각은 촉각, 청각, 미각, 후각에 가장 앞서는 감각의 통로이다.

이 소설의 배경은 1920년대 중반이다. 정확히 1925년 5월 15일에 상하이에 있던 일본 방직공장에서 중국인 노동자 1명이 사살되고 10여 명이 부상을 입는 사건이 있었다. 이에 저항하여 수만 명의 중국인 노동자들이 동맹파업하고 대학생들이 동맹휴학을 했다. 이 당시 상하이 일대의 급박한 상황이 소설에 적나라하게 기록되고 있다. 어떤 의미에서 이 소설은 당시 상하이 상황을 그대로 묘사한 다큐소설의 성격을 띠고 있어 그 역사적 의미도 중요하다.

이 소설에서 주인공 유경과 그 첫사랑 중국 여학생 N은 의사소통을 영어로 하고 있다. 소설 대화에 직접 영문이 노출된다. 그 이유는 이 대학이 서양 개신

교 선교사들이 세운 대학이라서 교수진이 대부분 영미인들이었기 때문이다. 동시에 당시 동양 최대의 국제도시였던 상하이는 여러 나라의 조계(組界)와 중국 각지에서 사람들이 모여들었다. 따라서 중국인들끼리도 서로 이해 못 하는 사투리(방언) 때문에 영어로 소통을 하였던 것이다.

조선 유학생 유경은 중국 여학생 N에 대한 깊은 사랑에 빠졌지만 마음의 갈등이 깊었다. 하루에도 여러 번 유경은 생각이 왔다 갔다 했다. "목숨같이 귀한" N을 계속 사랑하고 결혼까지 할 것인가? 아니면 식민지 조선 독립의 목적과 사명을 가진 조선인 청년으로 여기서 포기해야 할 것인가? 12월 4일자 일기를 읽어보자.

나는 민족을 위해서는 독신생활까지라도 하기를 사양치 안튼 내가 안인가? 그런데 지금 이 꼴은 무엇인가. 죠고만 게집애 하나에게 밋쳐서 공부도 착실히 못하는 이 꼴은 무엇인가? 나는 대쟝부가 되여야 한다.

더욱이 N은 외국 녀자가 안인가? 련애에는 국경이 업다고 물론 그럴 것이다. 그러나 현금의 죠선 청년은 비상한 시기에 쳐하야 잇다. 비상한 시기에 쳐한 청년은 비상한 일을 하지 안으면 안이 된다. 목숨도 희생할 쌔가 잇거든 하물며 사랑! 아! 그러나 가슴은 압흐다. 이것은 내 목숨갓치 귀한 내 첫사랑이 안인가!

유경은 불쌍한 조선 민족의 자립과 독립을 위해 모든 것을 희생하라는 스승 도산 안창호 선생의 말을 잊지 않고 있었다.

더욱이 중국 여성 N과 결혼할 가능성은 있는가? 쉽지 않을 것이다. 미래도 불확실한 나라 잃은 조선 청년에게 어느 부모가 귀한 딸을 내어주겠는가? 결혼하면 여자를 먹여살리고 행복하게 해줄 수 있을 것인가? 그럼에도 불구하고 유경과 N은 상하이의 무더위가 한창인 6월 11일 처음으로 서로 황홀한 첫 키스와 뜨거운 포옹을 하였다. 그러나 유경은 굳은 의지로 밀쳐냈다. 조선 민족을 위해 자신의 "희생의 생활봉사"를 해야 하기 때문에 N과 헤어져야만 한다. 유경은 밤하늘의 "별"들을 생각하고 항구의 빛을 비추는 "등댓불"을 끊임없이 생각하였다. 그 후 그는 N을 매몰차게 밀어낸 것을 후회도 해보지만 그 후로 이상하리만치 N을 의식적으로 피했다.

유경은 결국 N을 잊고 놓아주기 위해서 여름방학을 맞아 고국 조선으로 돌아가야겠다고 결심한다. 유경의 고향은 평양이다. 고향에 돌아와서도 유경의 마음은 편치 못했다. "나는 왜 집에 왔던가? 보는 것 듣는 것 생각하는 것 모든 것이 절망과 권태뿐이다"라고 절규하며 아직도 그는 N을 완전히 잊지 못했다. 빨리 장가들라는 부모님의 성화에 못 이겨 유치원 교사 K와 약혼했다. 그러나 유경은 K가 예쁘고 참하게 생긴 약혼자였지만 진정으로 사랑할 수 없었다. 그저 자신의 욕정의 대상으로는 모를까? 이에 유경은 상대에게도 미안하고 자신도 가증스러웠다. 유경은 N에게 음욕을 품은 적 없는 플라토닉 러브의 대상이며 영원한 "아름다운 천사"였다.

유경은 서로 진정으로 사랑하지 않는 K와의 결혼은 무의미한 것으로 단정 짓는다. 그리고 "K야! 나는 이렇게까지 타락했는가!"라고 탄식하면서 유경의 일기는 끝난다. 그리고 주요섭은 [미완(未完)]이라고 써 넣었다. 그리하여 혹 그 말을 그대로 믿고 소설가가 더 쓰려고 했는데 여기서 멈춘 것인가 하고 의심이 들 수도 있다. 그러나 이 소설은 더 이상 이야기의 전개가 필요없을 듯하다. 유경에게 첫사랑의 값, 즉 대가는 너무나 컸다. 이 문장을 끝으로 유경이 음독자살하는 것은 너무도 자연스러운 귀결이 될 수 있기 때문이다. 이 이후에도 주요섭의 사랑 이야기는 다른 작품들에서 계속된다. 「사랑손님과 어머니」(1935), 「아네모네의 마담」(1936), 「미완성」(1936~1937), 「극진한 사랑」(1947), 「떠름한 로맨스」(1987) 등에서 계속 이어진다. 주요섭 문학에서 남녀 간의 사랑 이야기는 계속 반복되고 가장 중요한 주제이다.

이 중편소설에서 핵심적인 메시지는 남녀 간의 사랑을 넘어 더 크고 넓은 사랑이다.

작은 우리거니 큰 우리거니 우리는 아직 모두 도탄 속에 잇다. 이 참담한 살
류 증오 편견 사긔 속에서 민족덕으로 또 경제덕으로 사회덕으로 또 정치덕으
로 종교덕으로 또 도덕덕으로 이보다 더 죠흔 더 완전한 더 진리에 갓가운 사
회를 만들기 위해서 나는 내 몸을 내 맛기지 안엇는가? 쌕테리아가 아미바를
먹지 말고 서로 돕고 서로 사랑하고 서로 붓들어주는 물방울을 만들기 위해 곳
약육강식과 생존경쟁의 생활법측을 부인하고 상호부조(相互扶助) 생존상애(生
存相愛)의 생활법측을 세워놋키 위해서 남는 몸을 밧치노라구 뭇 사람 압헤서
맹서를 하지 안엇는가. 아……

결국 유경이 자살한 것은 이러한 장대한 이상을 실현할 수 없는 상황에서 온
절망을 벗어나기 위함이 아니었을까? 일제강점기 조선의 절대 한계상황에 부
딪친 망국민(亡國民) 젊은이 유경은 중국 소녀와의 이룰 수 없는 첫사랑이라는
현실의 족쇄를 죽음으로 끊고 스스로 자유를 찾고 해방된 것일까?

첫사랑이라는 질병은 인간의 숙명 중에서도 고통스러운 것 중 하나이다. 맹
목적인 집착과 저돌적인 공격이라는 첫사랑의 열병을 인간은 합리적으로 어떻
게 극복, 치유할 수 있을 것인가? 이 문제는 특히 젊은이들이 언젠가 맞닥뜨려
야 하는 난제 중의 난제이다. 이 질병에서 지혜롭게 벗어나지 못하고 상대방에
게 위해를 가하거나 급기야는 자살에 이르는 경우도 있다. 사랑은 이렇게 치명
적이 되기도 한다. 이 왜곡되기도 하는 첫사랑이라는 무서운 열병에 대한 해독
제나 백신은 무엇인가?

다른 측면에서 보자면 이 소설은 단순히 이국 소녀와의 사랑에 실패한 조선
인 청년의 자살극으로만 볼 수는 없을 것이다. 일제강점기에는 조국의 독립을
위해 해외에서 공부하는 것이 독립운동의 한 방식이었다. 조국에 대한 엄청난
책무를 가진 조선 청년 유경이 외국인 여성과의 사랑을 이루기 위해 중국 여성
과 결혼하여 혼자만 행복하게 살 수는 없을 것이다. 극진한 사랑에 대한 좌절보
다 조국을 위해 할 수 있는 일이 마땅치 않은 것은 유경에게 더 큰 좌절과 절망
이었을 것이다. 유경은 자살을 통해 두 개의 피할 수 없는 분노와 좌절을 죽음으

로 보상받고자 한 것은 아니었을까?

주요섭의 초기 중편소설인 이 작품은 1920년대 국제결혼에 대한 문제 제기라는 측면에서 한국 현대문학의 첫 번째 사례가 아닌가 한다. 그 후로 100년이 지난 요즘은 한국의 해외 진출도 흔해지고 해외 노동자들이나 고급인력이 국내에도 수시로 들어오고 있어 국제결혼은 아무도 이상하게 생각하지 않을뿐더러 그 수도 점점 늘어나고 있다. 요즘과 같은 이동과 이주로 특징 지어지는 세계화 시대는 퍼지고 흩어지는 혼종의 시대이다. 이런 맥락이 중편소설을 다시 읽는 것은 또 다른 의미를 가질 수 있다.

「쎌스 껄」 : 잘못된 결혼을 끝내고 새 삶을 시작하는 한 직업 여성의 이야기

이 소설의 주인공 경숙은 진고개에 있는 백화점의 여점원(쎌스 껄)이다. 어느 추운 겨울 날 저녁 경숙은 퇴근하여 본정통을 지나 중앙우체국 앞 큰길로 나와 집으로 가기 위해 전차를 기다리고 있었다. 그 순간 자동차 한 대가 끼익 하고 서더니 "경숙 씨!" 하고 부르는 소리가 났다. 경숙이가 반응을 보이지 않자 자동차는 그대로 가버렸다. 휙 지나가는 자동차 속에서 경숙은 얼핏 10여 년 전 어린 시절 고향의 같은 마을에서 살았던 창제의 모습을 보았다.

그 당시 경숙은 친구 옥희의 집에 가서 옥희 오빠인 창제와 함께 밤 늦게까지 윷놀이를 하고 놀았다. 시간이 늦어지자 창제는 경숙을 산 너머에 있는 집까지 바래다주었다. 10여 년 전 경숙네가 경성(서울)으로 이사오게 되어 그 후로는 만나지 못했다. 그러다 이번에 자동차 운전수가 된 창제를 우연히 경숙이 퇴근길에 만나게 된 것이다. 그 후 경숙의 퇴근 시간에 맞춰 창제는 경숙을 집까지 태워주었다. 경숙의 생각에 창제가 자기에게 호의를 가진 것은 분명한데 사랑한다는 의사 표시를 하지 않는다. 그러나 올해 스물두 살인 경숙도 어려서 같이 놀았던 스물다섯 살인 창제에 대한 야릇한 감정을 가지고 있다.

경숙의 가족은 경성에서도 가난한 동네인 북쩍골에 한 조그만 초가집에 살고 있다. 이 집에는 다른 세 가족이 함께 옹기종기 모여 살고 있다. 모두 찢어지게 가난하다. 일제강점기 궁핍한 시대의 막바지, 조선 반도에 사는 조선 백성들의 삶의 전형이다. 우선 경숙네부터 보자. 나이 든 부모님과 열네 살짜리 남동생 경인이 있었다. 경인은 종로 어떤 상점 점원으로 있었다. 석 달 전 간판 다느라 지붕에 올라갔다가 떨어져 허리를 크게 다쳤으나 돈이 없어 치료를 못 받아 꼽추가 되었다. 남동생은 수시로 고통으로 신음 소리를 낸다. 가족들은 경숙이 여점원으로 벌어 오는 적은 돈으로 겨우 입에 풀칠을 하고 있다. 약주 좋아하는 아버지 술값 대기도 벅차다.

웃방에는 "헤헴 꼬맹이"라는 별명을 가진 30세가 훨씬 넘은 난쟁이가 칠십이 다 된 노모와 함께 살고 있다. 난쟁이는 수시로 "헤앰, 헤앰"하고 기침 소리를 낸다. 이 세 식구는 둘째 아들이 혼자 벌어서 생계를 유지한다. 이 난쟁이는 바보인 듯 보이지만 이야기해보면 지혜와 이지로 가득 차 있어 보이기도 한다. 경숙의 집 건넌방에는 담배 공장에 직공으로 다니는 금년이네 가족이 있다. 이 집 아버지는 철도 노동자였으나 사고로 한 팔을 잃고 실직 상태이다. 어린 금년이는 담배회사에서 담배를 말아 가족이 겨우 연명해간다. 금년은 월급에서 돈을 빼돌리다가 아버지와 자주 싸웠다. 근래에는 열일곱 살인 금년이 바람이 났는지 예쁘게 얼굴 화장도 하고 뾰족구두도 신고 밤 늦게 다닌다. 경숙은 어린 금년을 걱정한다.

한편 경숙은 외간남자 창제가 매일 밤 자동차로 집에 데려다 주는 것을 계속해야 할까 걱정한다. 동네 주위의 눈과 소문이 두려웠다. 결국 경숙은 창제의 차를 더 이상 타지 않기로 결심한다. 경숙은 창제에게 "인제는 날도 따스하고 하니 걸어다녀도 좋겠어요"라고 통고했다. 그러나 경숙은 방 안으로 들어와 이불을 쓰고 처음으로 한참 울었다. 그는 무엇인가 창제와의 관계에서도 확실한 것도 없고 해서 자신이 이 세상에서 "가장 불행한 사람"이 아닌가 생각이 들었다.

머지않아 경숙은 어머니에게서 자신의 혼사에 관한 이야기를 들었다. 상대는 서울 장안에서 부자로 소문난, 어떤 은행의 지배인으로 있는 이태환이란 남자이다. 그 남자는 경숙이 일하는 상점에 들렀다가 경숙이 마음에 들었다는 것이다. 어머니의 말씀은 이러하다.

"경숙이 너도 팔자 좋게 되려니와 네 애비어미도 능마에 좀 편하게 살아보아야 하지 않겠니 네 덕에. 혼인이 되기만 한다면 우리에게도 기와집 한 채나 사준다는구나. 그리고 또 경인이두 병원에 보내서 수술이라도 해보도록 해준다니 이런 고마울 데가 어데 잇니. 너 하나로 해서 우리 집안엔 큰 복이 떠러지는구나. 너두 반대 않을 줄 알구 아버지는 곳 허락하섯다드라. 그러니 너도 그 노릇 좀 차차 고만두고 시집갈 준비를 하도록 해라."

그러나 경숙은 "아니 싫어. 나 시집 안 가요. 죽어도 안 가요!" 하고 소리를 질렀다. 돈 많은 남자가 자신에게 관심을 가진 것에는 기쁜 마음도 있었으나 가족을 위해 자신이 팔려가는 것 같은 기분이 들었다. 경숙은 처음에는 직업을 가지고 독신으로 살까도 생각하였으나 최근 매일 똑같은 여점원 노릇에 큰 의미를 느끼지 못했다.

당시에는 여성으로서 혼자 산다는 것은 결코 쉬운 일이 아니었다. 노처녀라는 칭호는 차치하더라도 혼자 사는 여자에 대한 나쁜 유혹들도 만만치 않기 때문이었다. 그러나 미혼여성에게 가장 치명적인 것은 경제적인 문제이다. 딸은 일단 시집보내 출가외인 취급하는 시대라 태어난 집에서 부모와 함께 살기도 어렵다. 또한 한창 나이의 처녀가 남성의 포옹이 그리워질 때도 있고 귀여운 아기를 가지고 싶기도 한 것은 당연한 자연의 이치이다.

한 지붕 아래 사는 금년의 집에 결국 대형사고가 터졌다. 금년의 아버지가 금년의 최근 행적과 팔목시계와 금반지의 출처를 알게 되었다. 금년이 남자들과 방탕한 생활을 하는 것을 알고 분노가 폭발한 아버지는 딸을 기절할 때까지 두들겨 팼다. 어머니가 울면서 아버지를 말렸지만 소용없었다. 그 이후 금년은 가출해버렸고 다시 돌아오지 않았다. 그럼에도 아버지는 항상 밤 늦게까지 딸이

올 것을 기다리고 눈물을 흘리고 있었다. 그 후 이 부부는 매일 싸웠다. 금년이 벌어 오던 돈으로 살았던 그들은 이제 생계도 막연해졌다. 아내는 외톨이 병신 남편의 매질 때문에 금년이 집을 나갔다며 남편에게 비난을 퍼부었다. 순간적인 분을 못 이기어 남편은 식칼로 아내의 옆구리를 찔러 거의 절명시켰다. 그러나 아내는 죽어가면서도 더듬거리며 남편에게 순사 오면 잡혀가니 도망가라고 말하고는 숨을 거두었다. 남편은 지금 무기징역 언도를 받고 감옥소에 들어가 있다.

부자 이태환과 경숙의 결혼식이 부산하게 준비되고 있었다. 이 소식이 시골 고향에 있는 창제 어머니에게 전달되어 결국 창제도 알게 되었다. 창제는 그 소리를 듣고 "흥" 하면서 즉시 펜을 잡아 경숙에게 편지를 쓰기 시작했다.

'서울서 첫재가는 부자!' 듣기에 퍽 좋습니다. 아마도 장안읫 왼 여성이 경숙 씨의 행운을 부러워하고 시지하겟지오. 그러나 나는 언제나 이러한 의문을 가지고 잇습니다. '계급을 초월하는 결혼이 과연 끝까지 행복스러울 수가 잇을까?' 하고요. …(중략)… '서울서 첫재가는 부자'의 생활의식, 생활관념, 또는 생활철학은 우리들의 그것과는 판이할 뿐만 아니라 아무리 서로 이해하려고 하고 동화 되려고 하여도 안 될 일입니다.

창제는 완전히 다른 두 계급이 서로 만나 같이 산다는 것은 결국 한쪽의 "전적 파멸"이라고 주장하고 있다. 돈 많은 남자는 언제나 아내를 인격으로 대하지 않고 하나의 장난감으로 여길 것이라고 경고하였다. 그러나 창제는 그 편지를 경숙에게 부치지는 않았다.

결혼식 들러리를 서기 위해 원산 사는 친구 순복도 올라왔다. 큰 부잣집 신랑 이태환의 돈으로 결혼식의 모든 것은 화려하게 진행되었다. 경숙이는 결혼식 날 집을 떠나며 가난한 부모님과 병신이 되어 병석에 누워 끙끙대고 있는 남동생 생각에 눈물을 터뜨렸다. 예식장으로 가는 자동차를 탔는데 공교롭게도 그 택시 운전수가 창제였다. 아, 이런 운명의 장난이 어디 있는가? 경숙이는 한순간 창제가 운전하는 차를 그대로 타고 영원히 사라지고도 싶었다. 창제는 경숙을 예식장에 내려놓고 그 길로 인천 월미도까지 단숨에 달려갔다. 그곳에서 그는 카페에서 밤새도록 술을 마시며 소리 지르며 고통스러워했다.

기차를 타고 남쪽으로 신혼여행 가는 경숙은 아름답고 행복한 기분보다는 이 결혼이 무의미하다는 생각에 빠져버렸다. 그것은 오늘 자동차로 예식장까지 바래다준 창제 때문이었다. 경숙은 창제에게 한없이 미안했다. 이미 늦어버렸지만 창제가 자신의 감정을 미리 속시원하게 털어놓았다면 일이 이렇게 되지 않았을 텐데. 경숙이는 "무엇 때문에?" "무엇 때문에?"를 되뇌며 길게 한숨을 내쉬었다.

경숙의 결혼 후 1년이 지났다. 경숙이는 신혼생활의 "무의미함과 공허함"을 뼈저리게 느꼈다. 그는 돈 많은 사람들의 생활이 야비하고 천박할 것을 알게 되었다. 경숙은 신혼살림을 시작한지 몇 달 안되어 문란한 바람둥이 오입쟁이 남편에게서 불치의 성병(매독)을 옮겨 받았다. 경숙은 돈 이외에 인격도 영혼도 없는 남편 이태환을 멸시와 적개심으로 대하였다. 경숙은 남편에게 돈 말고도 더 좋은 것이 있다는 것을 크게 소리 질러 말해주고 싶었다. 그러나 경숙은 어쩔 수 없이 인력거를 타고 성병을 치료하기 위해 병원을 다녀야 했다.

경숙은 이제 남편과 3, 4일 만에 한 번 만날 정도가 되었다. 그저 한 집에 사는 동거인이 되어버렸다. 서로에게 적개심과 무관심을 가지고 언젠가 헤어질까를 생각하는 부부가 되었다. 남편 이태환은 경숙이의 살덩이에 더 이상 흥미를 느끼지 않는 듯했다. 어머니가 원했던 "기와집" 한 채도 없었고 동생 경인의 병치료를 위해 약속했던 돈도 받지 못했다.

경숙은 신병 치료차 온천에 머물다 어느 날 우연히 그곳에서 금년을 만났다. 금년은 집을 나와 첩 노릇을 하다가 지금은 어떤 카페 여급으로 있으면서 어떤 청년과 동거하고 있다고 했다. 경숙은 어쩔 수 없이 금년이 부모에게 일어난 일을 말해주었다. 경숙은 오열을 하는 금년을 달래서 지금 감옥소에 있는 아버지에게 면회 가라고 충고해주어 그 이튿날 바로 금년은 온천을 떠났다.

경숙도 어떤 느낌을 받았는지 서둘러 서울로 올라와 친정집으로 달려갔다. 경인의 상태가 위중하였다. 경숙은 남편이 있는 집으로 돌아왔다. 남편의 침실에서 친구인 순복과 같이 있는 것을 보았다. 친구 순복은 나도 팔자 고치고 싶다고 악을 썼다. "여자여, 여자를 조심하라"는 말이 있지 않은가? 친한 친구가 남편과 놀아나다니! 경숙은 너무나 놀라고 배신감에 치를 떨며 바람 불고 찬비 내리는 추운 밤이지만 집을 뛰쳐나와 정신없이 친정집에 도착했다. 그리고 경숙은 깊은 잠에 빠졌고 친구와 남편이 함께 있는 모습에 충격으로 며칠 동안 인사불성이 되었다. 그사이 남동생은 죽어서 장사까지 지낸 후였다. 경숙이가 비로소 제정신이 들어와 눈을 뜨자 늙은 아버지와 어머니가 곁에 있었다.

이즈음 자동차 운전수 창제는 새로운 마음으로 경숙에게 다시 편지를 썼다. 이번에는 첫 번째 정식 러브레터였다. 그 후 경숙이는 남편을 죽이려 했다는 죄목으로 경찰서에 가서 취조도 받았다. "헤엄 꼬맹이" 난쟁이가 경숙의 딱한 사정을 듣고 의협심을 발휘해 그 남편 이태환을 죽이려 시도했다가 경찰에 잡혔다. 이 고발 사건은 남편이 경숙을 쫓아내어 감옥에 집어 넣으려는 술수의 결과였다. 경찰은 경숙과 난쟁이가 결탁해서 이태환을 죽일 계획을 세웠다는 데 혐의점을 두었으나 그것은 전혀 사실이 아니었다.

유치장에서 경숙은 일생일대의 인식의 대전환점을 맞았다. 일종의 의식의 혁명 그리고 충격적 인식을 경험했다. 일전에 남편이 대주주로 있는 제사 공장에서 제사 공장에서 일하며 동맹파업을 주도한 이애죽이라는 여자를 경숙이 건넌 방에 사는 순희가 숨겨주었다가 잡혀간 일이 있었다. 경숙은 이애죽을 숨겨주고 파업 주도하는 데 도와주었다는 혐의로 순희가 잡혀가던 날 그의 당당한 태도와 엄숙한 표정에 감명을 받았었다. 유치장에서 순희를 다시 만난 경숙은 순희와 오랫동안 이야기를 나눈 끝에 식민지 조선의 여자로서 느끼고 깨달은 바가 많았다.

경숙이는 이제 무기력증에서 벗어나 이제부터 "새로운 삶, 의미 있는 삶"을 시작하기로 결심했다. 그것은 어둡고 비참한 과거를 잊어버리고 새벽하늘에 태양을 기다리는 신여성으로 재탄생이다.

> 경숙이는 마치 새로운 세상을 향하여 걸어가는 사람처럼 걸어나아갓다. 새 생활, 새 일, 새 활동, 새 기쁨을 향하여 그는 성도(聖徒)와도 같이 걸어나아갓다. ……집에는 창제로부터의 한뭉치 편지가 와서 기다리고 잇는 줄은 꿈에도 모르고!

소설은 이렇게 끝난다. 경숙은 이제 한 독립된 인간으로, 의식이 깨인 한 여성으로 거듭나 "새로운 삶"을 계획하고 실행하려 한다. 경숙은 어렸을 때부터 같은 동네에 살며 알고 지냈던 친구 오빠 창제와 이번에는 정말 당당한 남자와 여자로 만나 결혼할 것이 확실해 보인다.

이 소설에서 그려내는, 일제강점기 한 여점원 경숙이가 바람둥이 망나니 남편을 잘못 만나 결혼이 파경에 이르고 나서 새로운 의식과 임무를 찾는 과정은 넓은 의미에서 한때 무지하고 어리석었던 조선민중이 일제강점기의 억압과 속박에서 벗어난다는 상징일 수도 있다. 이 소설은 지독한 가부장제의 질곡 속에 갇힌 조선 여성을 해방시켜 신여성을 탄생시켰다.

「미완성」 : 필생의 명작을 끝내지 못한 한 가난한 화가의 사랑과 죽음

중편소설 「미완성」은 『조광』 1936년 9월호부터 그 이듬해 6월호까지 연재되었다. 거의 장편에 가까운 중후한 중편으로 다양한 서사 시점(視点)을 제시하는 등 주요섭의 예술관이 잘 드러나 있는 문제작이다.

전체 여덟 개의 소제목으로 나누어진 이 소설은 일인칭 화자 "나"를 내세운 가운데 「때묻은 여자 구두」에 관한 이야기로부터 시작한다. 일제강점기 동경 유학생인 "나"는 학업을 거의 마칠 무렵 경성에서 온 전보를 받는다. 친구이며 화가인 박병직이 중병에 걸려 위독하니 속히 오라는 소식이었다. 졸업시험을 겨우 마치고 조선으로 돌아오니 병직은 이미 사망하여 이미 장례식까지 마친 뒤였다. 병직은 "나"에게 굽 높은 여자 구두 한 켤레와 쪽지를 남겼다. 그 쪽지에는 사랑하는 여인을 위해 사놓은 구두를 자기 무덤 속에 넣어달라는 부탁이 쓰여 있었다.

친구의 유언을 실천하지 못하고 경성에서 취직해서 바쁘게 직장 생활을 하던 중 최영묵이라는 사람과 김학수라는 사람이 전화를 걸어 만나자고 한다. 그들은 병직이 남겨놓은 여자구두를 돈은 원하는 대로 줄 테니 팔아달라고 부탁한다. "나"는 단호하게 거절하였다. 한 달 정도 후에 어떤 젊은 여자가 전화를 걸어 만나자고 한다. 그 여자도 그 구두를 꼭 사겠다는 것이었다. 알고 보니 그 여자는 바로 병직을 배반하고 떠난 부인 강영순이었다.

여기부터 '나'를 통해 전해지는 이야기는 일단 정지되고 지난 4~5년간 병직의 과거 이야기로 거슬러 올라간다. 화가 병직은 이른 봄날 화구를 메고 왕십리역에서 한참 더 가는 한강수가 내려다보이는 조그만 언덕의 풀밭에 자리를 잡았다. 병직은 「희망의 봄」에서 "좀 더 동적이고 생명이 넘치는, 희망의 불꽃이 타오르는 약진하는 어떤 자태"를 그리고 싶었다. 병직은 그림을 완성하기 위해 영감을 불러오는 모델을 기다리고 있었다. 그는 캔버스 위에 기초적인 그림을 그려놓고 "희망의 봄과 희망의 처녀"가 있었으면 좋겠다고 생각했다. 놀랍게도 정말로 두 처녀가 그곳에 나타났다. 병직은 그중 맑은 목소리, 환한 얼굴, 키 큰 몸 맵시를 가진 처녀를 모델로 삼고 싶었다. 한참 후인 5월의 한가운데 병직이 같은 장소에 갔을 때 그 여자가 거기에 와 있었다. 그녀는 진리와 선함과 아름다움의 화신처럼 보이는 순진무결한 처녀였다. 그는 그녀를 자신의 그림에서 크게 그린 "새움"의 상징으로 만들고 싶었다. 이리하여 병직의 그림 〈희망의 봄〉은 일단 완성되었다.

이 소설의 세 번째 부분은 「정열의 여름」이란 소제목이 달려 있다. 한가한 시골 정거장에 봄처럼 반짝이는 아름다운 처녀가 내렸다. 그녀는 바로 이 지방 용천골의 부자 강 주사의 딸 강영순이었다. 영순은 앞에서 병직의 그림의 모델이 된 여인이었다. 영순은 고향의 자연에서 이전에는 못 느꼈던 새로운 아름다움을 깊이 느꼈다. 화가 병직을 만난 탓일까? 영순은 언제나 바람둥이 아버지와 함께 사는 "불쌍한 어머니!"를 애틋하게 생각했다. 이번 여름에도 아버지는 새 첩을 만나 집에는 거의 들어오지 않았다. 영순은 어느 날 조간신문 3면을 펼치다가 "늦은 봄의 풍경, 박병직 작. 특선"이란 제목이 달린 기사를 읽었다. 가장 권위 있는 조선미술전람회(선전(鮮展) 또는 조미전(朝美展)이라고도 불리었다)에서 '특선'한 것은 젊은 화가에게는 대단한 명예요 영광이었다. 그림 제목이 〈희망의 봄〉에서 바뀐 것은 의아했지만 매우 기뻤다.

영순은 이곳에 내려오기 전 만났을 때 병직이 한 말을 떠올렸다.

> "참된 화가는 참된 시인(詩人)이 되지 않으면 안 되는 것입니다."
> "참된 예술이 되려면 거기에는 반드시 새로운 견해, 새로운 해석, 새로운 창작이 있어야만 된다고 나는 믿어요."
> "진정한 예술은 실물의 사생에 있는 것이 아니고 오직 내 마음속 생활을 정서적인 붓끝으로 화폭 위에 옮겨놓는데 있는 것이다."

영순은 병직을 생각하면서 고향의 모든 자연에서 새로운 아름다운, 새로운 뜻을 찾으려고 노력하여 마음이 즐거워짐을 새삼 느꼈다.

개학이 되어 서울로 올라온 영순은 전람회장으로 달려갔다. 병직의 특선 작품을 직접 보기 위해서였다. 그러나 이상하게도 자기가 직접 본 그 그림을 찾을 수 없었다. 힘들게 그 그림이라 추정되는 것을 찾았으나 원래 그림과는 달라졌다. 병직이 주장한 예술이론에 따라 그린 것인데 왜 바뀌었을까. 나중에 만나 물어보니 병직은 특선을 받기 위해 주최 측의 요청에 따라 원래 그림을 지금 것으로 수정했다는 것이다. 매우 가난한 화가 병직은 "사람이란 예술가가 되기 전에 우선 밥을 먹어야 살 수 있는 동물입니다. 이것이 비극입니다"라고 말하며 화가로서 자신의 소신을 지키지 못한 것에 큰 자괴감에 빠졌다.

그 후로 주말만 되면 영순은 병직을 따라 청량리역에서 멀리 떨어진 한강이 보이는 그곳 언덕까지 따라가서 산책도 하고 그림 그리는 모습을 보며 지냈다. 병직은 최근에 와서 화가로서 자신이 조국 조선의 자연을 보는 방식이 달라졌음을 토로했다.

    과거에 있어서 그가 자연을 관찰하고 감상하는 눈에는 단지 자연 자체의 선과 원의 색채와 아름다움이 비칠 따름이었다. 예를 들면, 솔잎에서는 첨단의 미를 찾는다면 구부정한 가지에서는 곡선미를 인식했고, 새로 열린 솔방울에서 약동 · 진취의 색채를 음미한다면 말라 떨어져 발길에 채이는 지난 해 솔방울에서는 퇴락 · 애수의 색채를 찾는 것이었다. …(중략)… 요새 와서는 잠시도 그의 마음속 시야를 벗어나지 않고 어른거리는 한 새로운 선과 색채의 미를 너무나 강하게 인식하게 되므로, 이때까지는 자연 대 자연간 조화와 대조를 음미하는 데 지나지 못했었던 그의 눈은 지금 와서는 자연과 그 자연 위에 움직이는 동물들(그중에 특히 인류의 한 여성)의 조화와 대조에 크게 눈을 뜨게 된 것이다.

병직은 자연만이 아름다운 것이 아니라 사람도, 동물도, 곤충도 함께 아름다운 것을 강렬하게 느꼈다. 또한 예기치 못했던 장소에서 예상치 못한 시각에 전광석화처럼 순간적으로 생겨났다 사라지는 "순간적인 영감"이라는 힘의 중요성을 경험했다. 예술가는 그 "순간"을 포착해서 글로 쓰거나 악보를 옮기거나 화폭에 남기는 것이다. 이것은 실로 "순간의 미학"이리라.

병직은 화구를 메고 영순과 함께 다니면서 예상치 못하게 조선 민족 정서에 눈을 뜨게 된다. 병직이란 일제강점기의 화가는 이제야 방황을 끝내고 한반도 한민족의 정서로 돌아오는 것일까?

    우리나라 이 강산은 얼마나 아름답고 소박하냐! 영순이는 또 얼마나 아름답고 소박하냐! 이 소박하고도 아름다운 강산초목과 아름답고 소박한 인생의 조화는 한 폭의 소박하고 아름다운 그림으로 표현시키지 않아서는 안될 것이다. 지금 우리나라가 제아무리 거칠고 추억하다 한들 이 아름답고 소박한 강산만이야 영원히 빛나고 있을 것이 아닌가! 그리고 소박하고 아름다운 영순이, 아름다운 우리나라 여성의 마음씨야 영원히 빛나지 않으리! 그렇다, 물질보다도 정신, 육체보다도 마음, 아름답고 순박하고 자랑스러운 우리 민족의 혼(魂)! 이 것만이야 영원히 빛나지 않으리오! 아 그렇구나, '대한의 얼!' 나는 이 대한의 얼을 화폭 위에 그려 놓을 임무를 가진 게 아닌가!

특히 병직은 영순과 함께 한강 하류의 행주산성을 방문하고 나서 임진왜란 때 권율 대장 무용담과 행주치마의 내력을 묶는 한민족의 얼을 〈대한의 얼〉이 라는 필생의 대작으로 그려내기로 결심한다. 일제강점기 한복판에서 한 예술가 의 민족의식이 깨어난 것이다.

영순이 방학을 맞아 고향에 내려오자 놀랍게도 만석꾼 부잣집 맏아들 장태식 과 혼인이 이미 결정되어 있었다. 영순은 아버지와 어머니께 이미 서울에 사귀 는 사람이 있다고 말하며 단호하게 거절하였다. 그러나 완고한 아버지에 의해 단번에 영순의 의견은 완전히 무시되었다. 영순은 울며 불며 지내다 어머니를 설득해 아버지 몰래 새벽을 틈타 당시로는 큰 돈인 백 원을 받아가지고 서울로 탈출하였다. 영순은 서울로 올라와 가져온 돈으로 셋방을 얻어 병직과 살림을 차렸다. 1년까지는 그럭저럭 지냈으나 돈이 거의 다 떨어지자 그들은 급격한 빈 곤에 빠졌다. 병직은 그림 그린다고 돌아다니고 고정 수입이 전혀 없으니 집안 살림살이는 말이 아니어서 거의 굶는 지경에 이르렀다. 병직이는 잡지 삽화 그 리기도 시도했으나 실패했고 직업 소개소를 찾아 막노동까지 해보았으나 약골 의 화가 병직의 체력으로는 당해낼 수 없었다.

부유하게 살았던 영순은 처음으로 가난이라는 "일생 행로의 참된 쓰라린 맛" 을 맛보고 있었다. 돈은 이렇게 벌기도 어렵고 돈 때문에 어려운 고행(苦行)의 일상생활을 진작 알지 못했다. 전당포에 맡길 만한 것은 이미 다 잡힌 뒤였다. 무능력한 병직은 속수무책이었고 〈대한의 얼〉 작업도 거의 진전되지 못하였다. 영순은 어머니에게 구원을 요청하는 편지를 내었으나 무소식이었다. 그들은 가 난과 기아라는 절망의 한가운데 놓이게 되었다.

바로 그때 병직과 영순에게 황동오라는 노인이 나타났다. 이 노인은 계룡산 정읍에서 온, 민족종교 증산교의 일파인 보천교 추종자였다. 황동오는 화가 병직에게 계룡산으로 내려와서 자신들의 교주인 장차 천자(天子)가 될 차경석의 초상화를 그려달라고 요청하면서 착수금과 준비금으로 병직에게 두둑한 돈뭉치를 건넸다. 병직과 영순에게 일단 가난에서 벗어날 길은 열렸다. 병직은 2주간 계획으로 초상화 작업을 마치고 돌아오기로 하고 영순을 남겨둔 채 떠났다. 이틀에 한 번씩 서로 편지를 주고받기를 약속한 터였다.

　그러나 2주일 안에 일을 마치고 돌아온다던 병직에게서는 편지 한 통도 없었다. 걱정과 초조한 마음으로 영순의 마음은 타들어갔다. 영순이 혹시 배달 사고가 아닐까 하여 우편국에도 알아보고 우체부들에게 물어보고 병직에게 등기우편도 보냈으나 수취인 부재로 되돌아왔다. 이제 영순은 거의 절망에 빠졌다.

　그러던 어느 날 이상한 손님이 찾아와 남편 박병직을 찾았다. 병직은 평소 자신이 양친 없는 고아라고 했는데 신사는 자신을 박병직의 아버지라고 소개하고는 청천벽력 같은 말을 하였다. 병직은 현재 시골집에 와 있으며 본처가 시퍼렇게 살아 있다는 것이었다. 그는 부모가 강제로 맺어준 조강지처를 버리고 5년 전에 서울로 올라가더니 얼마 전 갑자기 본가로 내려왔다고 했다. 영순은 믿을 수 없었다. 그게 사실이라면 병직의 거짓말과 배반에 치를 떨었다. 그 신사는 영순이가 병직을 포기한다면 그동안 반대해온 병직의 도쿄 미술대학 유학을 시킬 것이라고 말했다. 영순이는 어쩔 수 없었다. 이미 자기 뱃속에는 병직의 씨가 자라고 있는데 말이다.

　한편 계룡산으로 내려간 병직은 "상투쟁이들만 사는 동리"에서 교주 차경석의 초상화 작업을 시작했으나 진척이 잘 안 되었다. 차경석이 바빠서 오랜 시간 내기가 어려웠기 때문이다. 병직은 근처 산들을 산책하며 사색에 잠기는 시간이 많았다. 그는 조선민족과 산에 관해 사유를 많이 했다.

　산(山)!

산은 곧 조선이요, 조선은 곧 산이다.

산은 조선 민족을 품어주었고 배달의 후예는 산에 깃들어 살아왔다.

…(중략)…

우리 민족은 이 호호탕탕한 넓음을 따라 밖으로 뻗어나갈 생각은 꿈에도 않고, 오직 바다 타고 건너오는 온갖 침입자를 막기 위해 바다로 향한 모든 문들을 꽉꽉 닫아걸어 잠그고 민족의 어머니인 산을 보호하기에 여념이 없었던 것이다.

결국 몽땅 다 외적(外敵)에게 내놓고 말게 되는 것을!

이 민족은 산의 아들딸들이다.

동시에 병직은 배달민족에게 전해오는 독특한 미신적 감수성과 예술적 감수성의 상관관계를 깨닫기도 했다. 여기서 화자인 "나"에게 남긴 병직의 일기의 긴 구절을 인용하는 것도 주요섭의 새로운 서사 전략이다.

그런 와중에 병직은 서울의 아내 영순에게서 편지가 왜 안 올까 하고 걱정하고 있었다. 그의 의심과 불안과 염려는 극에 달했다. 그래서 병직은 초상화 그리기를 잠시 미루고 서울 집에 갔다 와야겠다고 말했으나 노인 황동오가 대신 서울에 다녀오기로 했다. 8일 만에 돌아온 황동오는 "부인께서는 무사히 계십니다"라고 말하고 그동안 감기 걸려서 연락 못 했다는 말도 전했다. 이에 병직은 안심이 되었다. 그러나 이것은 뒤에 영순이가 화자인 "나"의 하숙방에 와서 밝힌 바에 따르면 모두 거짓이었다.

모든 것은 영순의 아버지와 한때 혼례 치르기로 했던 장태식이 꾸며낸 연극이었다. 그들은 가까이 지냈던 보천교 사람들과 짜고 병직과 영순을 떼어놓을 음모를 꾸몄던 것이다. 그들은 영순에게 보내는 병직의 편지를 가로채 서울로 부치지 않았다. 결국 병직과 영순 양쪽을 감쪽같이 속여 서로 배반하고 떠나게 만들려는 것이었다. 이 부분에서 주요섭은 영순이가 "나"에게 소설 초반에 하숙방에서 한 말을 이제야 꺼내 소개하는 서사 방식을 사용하고 있다.

병직이는 계룡산에서 초상화 작업을 마치고 당시로는 큰 돈인 수백 원을 받아 서울로 올라왔다. 서울역에 도착해 집에 오는 길에 양화점에 들러 영순이 그 전에 마음에 들어했던 "굽 높은 뾰족구두"를 선물로 사 들고 의기양양하게 영순이가 기다리는 집으로 달려왔다. 그러나 방문은 열려 있고 방은 텅 비어 있었으며 영순은 흔적도 없었다. 노심초사하는 마음으로 기다리고 찾아보았으나 허사였다. 수소문 끝에 병직이는 만봉 어미로부터 얼마 전 영순의 아버지가 와서 데리고 갔다는 사실을 듣게 되었다.

병직은 아내 영순이가 그를 배반하고 고향으로 내려간 것을 도저히 믿을 수가 없었다. 그러던 중 얼마 후 병직에게 편지 한 통이 날아왔다. 영순 아버지로부터 온 편지였다. 영순은 지금 고향집에 있으므로 이제는 포기하고 얼마간의 돈을 보낼 테니 미술 공부에 보태 쓰라는 내용이었다. 병직은 망연자실했고 배반과 절망이라는 어두운 나락으로 떨어져버렸다.

음모라는 것을 전혀 몰랐던 병직은 배신감과 절망감에 사로잡혀 매일 술독에 빠져 살게 되었다. 그것은 영순이라는 아내, 한 여성의 배반이 아니라 "전 인류에 대한 신념의 배반, 전 생활 철학의 동요, 전 예술관의 분쇄" 그 자체였다.

인류란 이렇듯이 비열하고 악하고 추한 동물이었던가! 이렇게 믿을 수 없는 인류의 혼에서 만세 불변의 진선미를 발견했다고 믿었던 것은 너무나 어리석은 일이었다. 이런 어리석은 토대 위에 세워놨던 예술관이란 얼마나 허무 맹랑랬던 것인고! …(중략)…

바로 한 달 전까지 병직이는 상아탑 속에서 단꿈만 꿀 줄 알았던 순진한 예술가였다. 이 상아탑 속에서 그는 혼자 열중했고 흥분했고 광분했던 것이었다. …(중략)…

그런데 이 상아탑이 하루 아침에 무너져 버리자 색유리도 깨지고 …(중략)… 병직이는 걷잡을 새 없이 추잡스런 현실에 직접 맞부딪치게 된 것이었다.

이때부터 병직은 이 모든 것의 원인에 대해 "왜? 왜? 왜? 어째서? 무슨 까닭에? 무슨 이유로?"라는 깊은 회의에 빠지게 되었다.

영순이 떠난 후 가까운 술친구가 된 일재가 어느 날 병직에게 편지를 남기고 떠났다. 일재는 병직이 영순이 아버지께 받은 천 원짜리 위체를 훔쳐 달아난 것이다. 그는 병직에게 깊이 사과하며 할머니가 그에게 남긴 성경을 선물로 남겼다. 병직은 신약성경을 읽기 시작했다. 예수가 십자가에 매달려 죽기 전 마지막 부분에 특히 관심이 갔다. 병직은 일기에 "겟세마네. 겟세마네. 겟세마네"를 적으며 죽음 직전 예수의 모습과 자신을 동일시하고자 했다. 병직은 호기심이 생겨 교회당까지 직접 나갔다. 그러나 제도권 교회 내의 무력한 '목사와 신실하지 못한' 신도들에게 크게 실망하였다.

병직은 자주 가는 카페에서 "어여쁜 조그만 용사"로 불렀던 여급 유리꼬를 만났다. 병직은 상해 임시정부의 정보원인 남자를 보호해주고 있는 유리꼬를 막달라 마리아로 보면서 "왜?"에 대한 대답을 찾는다. 그녀에게 "숨어 흐르는 힘" 즉 자신이 사명감으로 그리고자 하는 그림 〈대한의 얼〉을 보았다. 그러나 병직의 술에 전 몸은 그를 더 이상 지탱하지 못하고 대작의 그림을 완성하지 못하고 그만 세상을 떠난다.

이 소설의 마지막 부분은 「영원의 미완성」이란 부제가 붙어 있다. 이 마지막 장면은 이 소설의 첫 장면의 화자인 "나"와 영순이 만나는 장면으로 다시 돌아온다. 영순은 "나"를 떠나면서 얼마의 돈을 남기며 병직을 위한 비석을 세워달라고 부탁하였다. "나"는 병직의 묘비명을 어떻게 쓸까 고심하였다. 병직이 죽기 전에 열심히 읽었던 신약전서 끝부분에서 최종적으로 뽑은 구절은 예수가 죽기 직전 한 말인 "다 이루었다!"를 선택하였다.

그러나 예수와 달리 병직을 위해서는 그가 꿈에 그리던 그림 〈대한의 얼〉을 완성시키지 못했기에 "못다 이루었다"를 묘비명으로 최종결정했다. 가난하고 병약했던 화가 병직이 큰 그림은 끝내 완성하지 못했지만 시도하고 꿈꾼 것만도 대견한 일이 아닌가? 그래서 묘비명 "못다 이루었다"는 결코 실패나 조롱을 전혀 의미하지 않는 것이다. 못다 이루었지만 그 시도만으로 얼마나 아름다운가? 이것이 인간예술의 가능성과 한계일 것이다. 특히 마지막 장면에서 화자인 "나"는 병직의 묘소에서 만난 병직의 5살된 아들의 땅바닥에 그린 그림을 보고 그 가능성을 보았다. 그 어린 아들을 통해 병직의 "미완성"은 "완성"으로 바뀌지 않을까?

이 소설도 여기에 실린 다른 중편소설들처럼 사랑과 결혼이 큰 주제이다. 그러나 주요섭은 이 소설에서 복합적 시점 등 다양한 서사 기법을 사용하면서 일종의 예술가소설을 시도하고 있다. 마치 제임스 조이스의 자서전적 예술가 소설인 『어느 젊은 예술가의 초상』에서처럼 말이다. 이 소설에 천재 화가 병직의 입술로 표현된 예술론은 아마도 주요섭의 예술 일반론, 그리고 소설미학의 일단을 표현하고 있다고 보아야 할 것이다.

「미완성」은 주요섭의 소설 중 탁월한 "걸작"임에 틀림없다. 이 소설은 사랑에 실패하고 요절한 화가의 삶을 통해 주요섭 자신의 미학 사상을 개진하였다고도 볼 수 있다. 젊은 화가 박병직에 의해 개진된 그의 미학 사상은 오래 내려온 모방이론이 아니고 새로운 독창적인 창작미학을 주창할 뿐 아니라 일제강점기의 조선의 말과 문화와 역사가 말살되는 엄혹한 현실에서 한반도의 한민족의 혼이 가미한 토착적 미학사상 나아가 한반도에서 자생하는 주체적 미학사상을 시도하고 지향하고 있다고 볼 수 있다.

「떠름한 로맨스」 : 동아시아의 대격변의 시대를 넘어 어색하게 이루어진 늦사랑

마지막 중편소설 「떠름한 로맨스」는 주요섭이 세상을 떠난 지 15년 뒤인 1987년 『현대문학』 4월호에 실린 유작이다. 아마도 죽기 직전에 써두었으나 뒤늦게 발굴되었던 것이다.

이 소설의 일인칭 화자 "나"는 "미스터 황"으로 불리는 50대 작가 황득수이다. "나"는 1970년 초 당시는 자유중국으로 불리었던 대만의 타이베이에서 열린 아시아 작가대회에 한국 작가 대표로 참가 중이다. 투숙한 호텔에서 뜻밖에 홍콩 여류작가 홍진주의 전화를 받는다. "나"는 15년 전인 1955년 동파키스탄(현재 방글라데시) 수도 다카에서 열렸던 아시아 작가대회에서 홍콩 대표로 참석했던 그녀를 잠깐 만난 적이 있었다. 그 여인에 대한 추억이 갑자기 솟아올랐다. 30대 중반이었던 "나"는 그때 20대 후반의 홍진주에게 관심을 가지고 접근했으나 쌀쌀맞게 거부하는 바람에 제대로 이야기도 나누어보지 못하고 헤어졌다. 그 후로 가끔은 생각은 했지만 실패한 로맨스로 잊고 있었던 중 놀랍게도 이번에는 홍진주가 먼저 전화를 해온 것이다.

"나"는 15년 전 다카에서 실패한 로맨스를 이번에는 꼭 성사시켜야 되겠다고 다짐했다.

> 그런데 지금 나는 얼마나 행복한가. 15년 전 짝사랑했었던 여인이 보다 더 풍만한 육체와 불혹의 나이를 먹고 제 발로 걸어와 내 앞에 나타났으니…… 이번에는 어떤 수단을 써서라도 기어코 휘어잡아야지……
> …(중략)…
> 50대에 들어서는 나의 육체는 늙었으련만 마음은 늙지 아니했는지 — 아니, 지금 곧 그녀를 꼭 껴안아보고 싶은 욕망이 일어나는 걸 보면 그리운 여성은 생각만 해도 몸마저 회춘하는 것 같았다.

자정이 넘어 홍진주는 다시 방으로 전화를 걸어 지금 당장 자기 방으로 오라고 했다. 가벼운 차림으로 오라고 한다. "나"는 단숨에 위스키 석 잔을 들이켰다. 서울의 아내에게 미안한 생각도 들었으나 '마치 첫사랑이라는 홍역을 치르는 숫총각' 같은 기분으로 살금살금 그녀의 방으로 숨어들어갔다. "번개와 우레를 동반하는 폭풍과 폭우가 지나간 뒤" "나"는 홍진주와의 격렬한 육체적 사랑에서 "기름기 많은 중국요리를 포식하고 나서 설탕물에 튀긴 고구마로 후식을 먹는 것 같은 달콤한 맛을" 느꼈다.

"나"는 그 후 작가대회가 끝날 때까지 4일 동안 다른 호텔에서 홍진주와 밀회를 즐겼다. 그러나 15년 전에 거부하던 그녀가 왜 지금에 와서 뜻밖에 "나"를 "로맨스 그레이 행운아"로 만들어준 것일까? 혹시 이 여자는 마타하리 같은 고급 이중간첩이 된 것은 아닐까? 홍진주는 원래 1930년 초 베이징에서 태어나 현대 중국의 혼란기와 일제 침략기를 거치면서 베이징에서 정치학을 전공하였다. 그 후 모택동이 중국대륙을 접수하며 1949년에 중화인민공화국을 설립한 후에 열렬한 공산당원으로 활동하다 몇 년 후 당시 중공을 탈출하여 홍콩으로 자유를 찾아 건너왔다.

홍진주는 중공 폭정하에서 겪은 자신의 비참한 경험을 홍콩에서 다큐멘터리 소설로 연재해서 일약 문단의 총아가 되었다. "나"를 15년 전에는 만나주지도 않았던 홍진주가 너무 쉽게 받아들인 이유는 무엇일까? 나는 야릇한 불안으로 노심초사에 빠졌다. "나"는 자유진영인 자유중국(대만) 공산진영 중공(中共) 사이에서 어떤 음모에 빠지는 것이 아닐까?

"나"와 홍진주의 관계는 물론 정상적이 아니다. 보통은 처음 연애감정에 빠지다가 정신적인 조화의 기간을 거쳐 결국 육체적 관계로 가서 남녀 간의 원만한 관계로 발전된다. 그러나 "나"와 홍진주의 관계는 거꾸로 되었다. 우선 육체적인 관계부터 맺고 나서 연애감정에 빠진 것이다. 홍진주는 "나"를 꼭 만나기 위해 박정희 정부의 전폭적인 재정 지원으로 1970년 8월에 서울에서 열렸던 국제 PEN대회(백철 회장)에 참석하려고 했다고 한다. 그러나 이렇게 우연히 타이베이에서 만나게 되었으니 서울에 갈 필요가 없어졌다. 그렇다면 15년 전 다카 작가 대회에서 매정하게 뿌리쳤던 홍진주가 왜 갑자기 "나"를 꼭 만나고 싶어 하는 것일까? 그녀의 이야기는 한참 오래전으로 거슬러 올라간다.

이 소설의 상당 부분이 1854년 아편전쟁부터 1912년 중화민국 수립 전후 그리고 1919년 5 · 4운동과 1925년 상하이 사변, 1932년 일본 괴뢰정권 만주국 건국, 1937년 시작된 중일전쟁 그리고 국민당 장개석과 공산당 모택동의 갈등과 화합, 1949년 모택동 중심의 중국 정부 수립과 장개석의 대만으로의 패퇴, 나아가 1951년 1월 4일 중공군의 6 · 25 한국전쟁 참전에 이르는 중국 현대사의 중요 사건들이 거의 망라되는 결정적 순간들에 할애되어 있다. 이러한 역사의 소용돌이 속에서 홍진주는 어린 시절을 보냈고, 중공 정부 수립 후 베이징대학에 다녔으며, 이름도 홍진주에서 "홍근로"로 개명하여 열성 공산단원이 되었다.

　이 격동기의 중국 현대사는 한반도 역사와도 무관치 않을 뿐 아니라 매우 흥미 있게 이야기들이 전개되고 있어 매우 교훈적이고 올바른 역사의식을 정립하는 데 도움이 될 것이다. 어떤 의미에서 작가 주요섭은 로맨스 그레이 이야기라는 달콤한 껍데기를 내세워 중국 현대 공산당 정권 수립 과정과 그 후의 역사적 맥락이라는 알맹이를 한국 독자들에게 보여주고자 한 것은 아니었을까?

　홍진주는 1949년 모택동의 중공 정부 수립 전부터 베이징대 정치학과에 다니면서 왕기형 교수를 강의 시간에 처음 만났다. 그녀는 왕 교수의 철학, 외모, 강의 방식 등에 흠뻑 빠지게 되었고 흠모를 넘어 연모에까지 이르렀다. 왕 교수는 자녀도 있는 유부남이었기에 애를 태우고 있었다. 그러나 중공 정부가 베이징으로 수도를 옮긴 후 베이징대학에서 공산주의에 반대하는 교수들에 대한 대대적인 숙청이 있었다. 여기에 왕 교수도 포함되었다. 왕 교수는 결국 인민재판에서 반동분자로 몰려 학생들에 의해 공개 타살된다. 왕 교수에게 사랑 고백까지 했으나 거부당한 홍진주가 이에 앞장섰다. 그녀는 은사 왕 교수의 죽음에 큰 죄책감을 가지고 있었다. 그러나 오히려 은사인 왕 교수에 대한 연모의 정은 더욱 더 깊어졌다.

　바로 이 지점에서 홍진주가 한국의 작가 '미스터 황'에게 빠진 이유가 드러난다. 그녀가 15년 전 다카에서 황 작가를 만났을 때부터 은사인 왕 교수와 너무 닮아 쌍둥이같이 느꼈다. 홍진주는 너무 놀라고 가슴이 설레었으나 당시에는 한국인인 "나"에게 쉽사리 접근할 수 없었다. 그 당시는 한국과 중공이 수교하기 훨씬 이전이었고 동아시아의 냉전 체제라는 국제관계가 워낙 복잡해서 한국인인 "나"에게 쉽게 다가올 수가 없었다.

　그 후 홍진주는 홍콩의 신문사 편집차장과 결혼했다. 홍진주는 남편과 부부관계를 하며 오르가슴을 느끼는 순간에도 눈을 감고 왕 교수만을 생각했다. 아들과 딸을 낳았지만 아이들이 남편만 닮아 크게 실망하여 남편을 미워하기 시작했다. 그 후 두 아이를 콜레라로 모두 잃었다. 남편도 바람을 피우기 시작하

작품 해설

자 홍진주는 자유로워졌다.

아무런 자책감도 마음의 부담도 느낌 없이 나는 당신을 그리워할 수 있게 되었으니까요. 언제든 기회만 오면 당신을 다시 만나 왕 교수와 쌍둥이에 다름없는 당신의 씨를 받아 잉태하게 되어 당신을 꼭 닮은 아들을 낳게 된다면 그 아이에게서 나는 왕 교수를 느낄 수 있게 되었으니……

너무 어이가 없었던 "나"는 버럭 화를 내면서 지금까지 나는 왕 교수의 대용물이었냐고 욕설을 퍼부으면서 따졌다. 그러나 홍진주는 태연하게 대답하였다.

"너무 단순하시네요, 미스터 황. 잘 생각해보세요. 지금 내 자궁이 받아들인 씨는 분명 당신의 것이에요. 왕 교수의 씨가 절대 아니란 말요……"

이제 모든 상황은 정리되었다. 그렇다면 왜 이 소설 제목이 "떠름한" 로맨스인가? 홍진주는 왕 교수 자신이 아니라 그와 똑같이 생긴 한국인 작가 황을 얻었고 황득수는 비록 대용품 노릇을 했지만 홍진주와 처음 만난 후부터 하고 싶었던 로맨스 그레이에 성공하지 않았는가? 그녀는 "나"를 통해 은사 왕 교수와 꼭 닮은 아이를 가지게 되었으니 좋고, "나"도 그녀를 처음 만난 후 지난 15년 동안 꿈에 그리던 홍진주를 품었으니 소원 성취하니 좋지 않은가?

그런데 "떠름한" 이유가 무엇인가? 떠름하다는 말은 떳떳하지 못하고 어정쩡한 흡족하지 못한 상태이다. 나와 홍진주는 대담하게 서로를 원했고 서로를 가졌다. 그러니 "로맨스" 그레이의 승리이다. 그러나 어쩐지 "떠름한" 것도 사실이다. 나와 홍진주의 떠름한 결합은 결국 왕기형 교수 덕이다. 나이 들어서도 계속되는 인간의 끊임없는 애욕(愛慾)은 신이 인간이란 동물인 우리에게 부여해준 신비로운 능력이다. 주요섭은 자신의 마지막 유작소설에서 이 보편적 문제를 사실에 가까운 핍진(逼眞)감 넘치는 리얼리즘으로 잘 묘사하고 있다.

각자 배우자가 있는 중년 남녀가 외국에서 벌이는 불륜이라는 진부한 설정은 독자들의 흥미를 끌기 위한 작가의 하나의 장치이리라. 그렇다면 로맨스라는 껍질 속에 감추어진 알맹이, 작가의 진짜 의도는 무엇인가? 그것은 아마도 1950년대 중반 중공에서 당시 자유 홍콩으로 탈출한 홍진주의 이야기를 통해 어떤 메시지를 전하려는 것일 터이다.

홍진주가 전한 중국의 공산화 초기의 상황의 한 단면은 다음과 같다. 모택동이 중국대륙을 통일하자 수도를 베이징으로 옮기고 본격적인 우상화 작업이 시작되었다. '종교는 아편이다'라는 공산당의 가르침에 따라 모든 기독교회가 조직적으로 파괴되고 예수상 대신에 모택동의 대형 초상화가 걸리었다. 대학 도서관에서도 소위 '반동서적'인 종교서적과 자본주의 경제서적 심지어 중국 고전인 사서삼경 관련 책들도 모조리 마당으로 내팽개쳐지고 불태워졌다. 이뿐 아니라 재벌이나 부유한 상인들은 거의 강제로 재산 헌납을 강요당했고 협조하지 않는 사람들은 인민재판으로 처형되거나 먼 벽지로 추방되었다. 이러한 대혼란의 와중에서 수많은 사람들이 미치거나 자살하기도 했다.

오랜 역사를 가진 중국 사회가 겪은 공산주의로의 급격한 이행은 엄청난 부작용과 비극을 가져왔다. 이러한 1940년대 말 완전히 공산화된 중국대륙의 실상에 대해 홍진주는 회의에 빠지지 않을 수 없었다.

> 가는 곳마다 대하는 젊은 공산당원들의 도를 지나치는 독단과 편집, 자기네들만이 옳고 남들은 다 반동이라고 광신하는 고집, 모택동을 신격화하여 그의 언행이 곧 진리요 진리는 그의 언행 외 딴 데는 없다고 맹신하는 것을 볼 때 공산주의도 일종의 마약이어서 젊은이들을 중독시키는 것이 아닌가 하는 의혹이 들기도 했다.

홍근로라고 이름까지 바꾼 열성 공산당원 홍진주는 이렇게 공산주의의 모순을 느꼈다. 공산국가 건설 초기에 프롤레타리아 독재와 우상화는 하나의 단계이더라도 이 정도면 이상주의적 공산사회주의 건설은 쉽지 않은 일이다. 결국 이러한 중국 공산주의 자체의 모순은 1960년대 중반 세계를 놀라게 한 '문화대혁명'을 이끌어 대살육과 파괴 행위로 이어졌지 아니했던가?

이 소설은 주요섭이 타계하기 전인 1970년 직후에 쓰여진 것으로 추정된다. 이 당시 국제정치 정세는 자유민주주의 미국과 공산사회주의 소련의 양대 진영의 소위 냉전 체제 아래 있었다. 그리고 이 소설의 무대가 당시 공산주의 중국(중공)과 대비되는 자유중국이라 불리었던 대만인 점도 주목할 만하다. 철저하게 반공국가였던 대한민국의 작가 황득수가 공산당 중국에서 당시 자유 홍콩으로 탈출한 망명 작가 홍진주를 대만에 등장시켜 1970년 당대 중공과 대만 그리고 대한민국 사이의 이념 문제를 전개하려는 것이 작가 주요섭의 의도가 아니었을까?

여기에 수록된 4편의 중편소설은 모두 다양한 형태의 사랑 이야기들이다. 주요섭이 1972년 11월 죽기 직전에 쓴 이 소설은 「첫사랑 값」에서 죽음으로 끝맺음한 중국 소녀와의 짝사랑의 실패를 반전시키고 있다. 주요섭은 1920년대 초 다니던 후장대학(상하이대학의 전신)의 동급생이던 N을 수십 년 후 대만의 타이베이에서 다시 만나는 것이 아닌지 모르겠다. 그 당시는 국적도 다르고 일제에 병합된 조선의 식민지 주민, 즉 망국민(亡國民)으로서 주인공 유경은 중국 여학생을 짝사랑하여 정신적 사랑인 플라토닉 러브로 끝나 결국은 자실로 이어지고 말았다. 그 후 거의 50년이 지난 1970년에 주요섭은 N을 중년의 중국 여인 홍진주로 새롭게 등장시켜 당시에 이루지 못한 첫사랑을 이루고 나아가 육체적 사랑까지도 완성하려 한 것 아니었을까?

이렇게 여기에 실린 주요섭의 4편의 사랑 이야기는 첫사랑의 실패로 인한 죽음에서 시작하여 결혼 초에 원만하고 행복한 결혼 생활을 이런저런 이유로 지속 못 하는 고통과 어려움을 보여주고는 중년이 지나 새로운 사랑에 눈떠 혼외정사를 통해서나마 로맨스 그레이라는 사랑의 불꽃을 태우는 것으로 연결되는 구조를 가지고 있다. 주요섭의 사랑 이야기는 첫사랑의 실패와 죽음이라는 미

완성으로 시작하였으나 떠름한 로맨스에서나마 정신과 육체가 화합하는 아름
다운 완성이 이루어진 것이 아닐까?

▛1902년(0세) 11월 24일, 평안남도 평양에서 아버지 주공삼(朱孔三)과 어머니 양진심(梁眞心) 사이의 5남매 중 둘째 아들로 태어남. 아버지는 목사로서 부유한 편이었음. 형은 시인으로 「불놀이」라는 시로 유명한 주요한(朱耀翰)으로, 많은 문학적 영향을 받음.

▛1915년(13세) 숭덕소학교를 졸업하고 숭실중학에 입학.

▛1918년(16세) 숭실중학교 3학년 때 일본으로 유학을 가 도쿄 아오야마(靑山) 학원 중학부 3학년에 편입.

▛1919년(17세) 3·1만세운동이 일어나자 귀국하여 평양에서 소설가 김동인(金東仁) 등과 어울려 등사판 지하신문 「독립운동」을 발간하며 독립운동에 가담. 이로 인해 체포되어 유년감 10개월간 옥고를 치르게 됨.

▛1920년(18세) 『매일신보』에 단편 「이미 떠난 어린 벗」이 입선. 4월, 형 시인 주요한과 소설가 김동인이 주관하던 우리나라 최초의 동인지 『개벽』에 「치운 밤」을 발표하면서 문단에 정식으로 등단.

▛1921년(19세) 중국 상하이(上海)로 건너가 소주(蔬州)의 안성중학에 들어갔다가 후에 후장대학(扈江大學) 중학부 3학년에 편입. 독립운동을 하기 위해 중국으로 간 것이었으나, 도산 안창호의 가르침에 따라 학업을 계속하기로 결정.

▛1923년(21세) 상하이 후장대학 교육학과에 입학함. 이후 본격적인 문학 활동을 시작.

▛1925년(23세) 단편소설 「인력거꾼」(『개벽』 4월호), 「살인(殺人)」(『개벽』 6월호), 중편소설 「첫사랑 값 1」(『조선문단』 8~11월호), 「영원히 사는 사람」(『신여성』, 10월호) 등을 발표해 신경향파 작가로서 이름을 얻음.

▛1926년(24세) 상하이로 유학 온 8세 연하의 피천득을 만나 일생 동안 가깝게 지냄.

▼1927년(25세) 상하이 후장대학을 졸업. 곧장 미국으로 건너가 스탠퍼드대학 대학
　　　　　　 원 교육학과에 입학함. 미국에서의 생활은 매우 어려워 접시 닦기,
　　　　　　 운전수, 청소부 등의 일을 하면서 고학.

▼1929년(27세) 스탠퍼드대학 대학원에서 교육학 석사과정을 수료하고 귀국. 평양
　　　　　　 에 머물며 황해도 출신의 여인 유씨(劉氏)와 결혼.

▼1930년(28세) 유씨와 이혼.

▼1931년(29세) 『동아일보』에 입사함. 새로 창간된 『신동아』지의 주간으로 있으면서
　　　　　　 같은 잡지에 짧은 수필과 단편소설을 발표. 이은상, 이상범 등과 친
　　　　　　 교. 아동잡지 『아이 생활』 편집장.

▼1932년(30세) 『신동아』 주간 취임.

▼1934년(32세) 중국 베이징에 있는 푸런대학(輔仁大學)에 영문학과 교수로 임용되
　　　　　　 어 1943년까지 재직. 이때부터 그의 작품은 초기의 신경향파적이고
　　　　　　 자연주의적 경향에서 벗어나 여성편향적이고 내면화된 순수문학으
　　　　　　 로 전환되기 시작.

▼1935년(33세) 첫 장편소설 『구름을 잡으려고』를 『동아일보』에 2월 17일부터 연재
　　　　　　 하기 시작. 대표작이라 할 수 있는 단편소설 「사랑손님과 어머니」를
　　　　　　 『조광』 11월호에 발표. 이 작품으로 작가로서 새로운 전성기를 맞음.

▼1936년(34세) 『신가정』지 기자로 있던 8년 연하의 김자혜(金慈惠)와 재혼.

▼1938년(36세) 장편소설 『길』을 『동아일보』에 9월 6일부터 연재했으나 얼마 안 가
　　　　　　 알 수 없는 이유로 중단. (일제의 방해와 총독부의 검열 때문일 것이다.)

▼1941년(39세) 장남 북명(北明) 출생.

▼1942년(40세) 차남 동명(東明) 출생.

▼1943년(41세) 일제의 식민지 군국주의가 극에 달해 있던 이 시기에 일본의 대륙
　　　　　　 침략에 협조하지 않는다는 이유로 중국 정부로부터 추방당해 귀국.
　　　　　　 (이 기간 중 당시 중국을 침략한 일제경찰에 의해 검거되어 폴란드 출신
　　　　　　 영국 소설가 조지프 콘래드와 미국 소설가 펄 S.벅의 소설 『대지』의 영향
　　　　　　 으로 쓴 영문 장편소설도 압수당하고 수개월 간 유치장에서 격심한 고문
　　　　　　 을 받음) 장녀 승희(勝喜) 출생.

▼1945년(43세) 평양에 머물며 감격의 해방을 맞음. 해방이 되자 월남해 서울에 정착.

▼1947년(45세) 상호출판사 주간 취임. 영문 중편소설 Kim Yu-Shin(김유신)을 출간.

▼1950년(48세) 10월, 영자신문 『코리아 타임스』의 주필로 취임.

▼1953년(51세) 부산 피난 시절 2월 20일부터 『동아일보』에 장편소설 『길』 연재 시작. 경희대학교 영문학과 교수로 임용.

▼1954년(52세) 국제펜(PEN)클럽 한국본부 사무국장으로 출발하여 부위원장, 위원장을 역임함.

▼1957년(56세) 장편소설 『1억 5천만 대 1』을 『자유문학』 6월호부터 연재 시작.

▼1958년(56세) 『1억 5천만대 1』의 속편인 장편소설 『망국노군상(亡國奴群像)』을 『자유문학』 6월호부터 연재 시작.

▼1959년(57세) 국제펜(PEN)클럽 주최 제30차 세계작가대회(프랑크푸르트) 한국 대표로 참가.

▼1961년(59세) 『코리언 리퍼블릭』 이사장 역임.

▼1962년(60세) 작품집 『미완성』을 을유문화사에서 출간.

▼1963년(61세) 1년간 미국으로 가서 미주리대학 등 6개의 대학을 순회하며 '아시아 문화 및 문학'을 강의. 영문 장편소설 *The Forest of the White Cock*(『흰 수탉의 숲』)을 출간.

▼1965년(63세) 경희대학교 교수직을 사임. 사임과 함께 7년여의 침묵을 깨고 다시 작품을 발표하기 시작. 단편소설 「세 죽음」과 「비명횡사한 유령의 수기」를 『현대문학』 10월호에 발표. 한국아메리카학회 초대회장 선임.

▼1970년(68세) 단편소설 「여대생과 밍크코우트」를 『월간문학』 6월호에 발표. 그 뒤 건강상의 문제로 더 이상 창작 활동을 계속하지 못함.

▼1971년(69세) 한국번역가협회 초대 회장에 선임.

▼1972년(70세) 4월 전신 신경통으로 세브란스병원에 잠시 입원. 11월 14일, 서울 연희동의 자택에서 심근경색으로 갑작스레 사망. (파주 기독교 공원 묘지에 안장)
[2004년에 주요섭은 1919년 3·1만세운동에 참여하고 등사판 신문 『독립운동』을 발행한 죄로 10개월간 유년감에서 옥고를 치른 것이 뒤늦게 인정받아 독립운동가로 추서되었다. 현재 대전 현충원 독립 유공자묘역으로 이장.]

작품 연보[1]

1920. 1. 3	「이미 떠난 어린 벗」(『매일신보』)
1921. 4	「추운밤」(『개벽』)
7	「죽음」(『新民今論』)
1922. 10	동화 「해와 달」(『개벽』)(번안)(조선전래이야기 각색)
1924. 3	번역 「기적(汽笛)」(『신여성』)
10	번역시 「무제(無題)」(『개벽』)
11	수필 「선봉대」(『開闢』)
1925. 3. 1	시 「이상(理想)」(『新女性』)
4	「인력거꾼」(『開闢』)
6	「살인」(『開闢』)
9~11	『첫사랑 값 1』 중편소설(『朝鮮文壇』 연재)
10	「영원히 사는 사람」(『新女性』)
1926. 1	「천당」(『新女性』)
5	평론 「말」(『東光』)
10	시 「물결」, 「진화」, 「자유」(『東光』)
1927. 1	「개밥」(『東光』)
2~3	『첫사랑 값 2』 중편소설(『조선문단』 연재)
6	시 「섧은 사랑」(『東光』)
7	수필 「문명(文明)한 세상?」(『東光』) 희곡 「긴 밤」
11	번역 『토적군』(討赤軍)(『東光』)
1928. 12	수필 「미국(美國)의 사상계(思想界)와 재미(在美) 조선인(朝鮮 人)」(『별건곤』)

---

1 장르 표시가 없는 것은 모두 단편, 중편, 장편소설임.

1930	동화 『웅철이의 모험』
2.22~4.11	회고담 「할머니」(『우라키』 제4호)
8	『유미외기(留美外記)』(『동아일보』)
9	시 「낯서른 고향」(『大潮』)
	기행 「4천 년 전 고도 평양행진곡 지방소개」
1931. 4	평론 「교육 의무 면제는 조선 아동의 특전(特典)」(『東光』)
10	평설 「공민 훈련(公民訓練)에 관한 구미 각국(歐美各國)의 시설 (施設)」(『新東亞』)
11	수필 「웰스와 쇼우와 러시아」(『文藝月刊』)
1932. 3	수필 「음력 설날」(『新東亞』)
3	수필 「상해 관전기」
4	수필 「봄과 등진 마음」(『新東亞』)
5	수필 「혼자 듣는 밤비 소리」(『新東亞』)
5	수필 「문단 잡화 — 아미리가(아메리카)계의 부진」(『三千里』)
6	수필 「마른 솔방울」(『新東亞』)
9	수필 「미운 간호부」(『新東亞』)
10	「진남포행」(『新東亞』)
12	수필 「십 년과 네 친구」(『新東亞』)
12	수필 「아메리카의 일야(一夜)」(『三千里』)
1933. 1	수필 「사람의 살림살이」(『新東亞』), 「마담 X」(『三千里』)
3	동화 『미친 참새 새끼』(『新家庭』)
5	「셀스 껄」(『新家庭』)
7	가정용 영어 일람 (여자 하계 대학 강좌 外語科)(『신가정』)
8	수필 「금붕어」(『新東亞』)
8	수필 「하늘, 물결, 마음」(『신가정』)
10	평론 「아동문학 연구 대강(研究大綱)」(『學燈』)
1934. 4	수필 「안성 중학 시절」(『學燈』)
5	수필 「1925년 5 · 30」(『新東亞』)
7~8	수필 「호강(扈江)의 첫여름」(『學燈』)
11	수필 「상해(上海) 특급(特急)과 북평(北平)」(『동아일보』)

1935. 2	수필 「심양성(瀋陽城)을 떠나서」(『新東亞』)
2. 17~8. 4	『구름을 잡으려고(첫 장편소설)』(『동아일보』 연재)
7	「대서(代書)」(『新家庭』)
11	수필 「취미생활과 돈」(『新東亞』)
	「사랑손님과 어머니」(『朝光』)
1936. 1	「아네모네의 마담」(『朝光』)
3	「북소리 두둥둥」(『조선문단』)
4	「추물(醜物)」(『신동아』)
9~1937. 6	중편소설 『미완성(未完成)』(『朝光』 연재)
1937. 1	「봉천역 식당」(『사해공론』)
6	수필 「중국인들의 생활을 존경한다」(『朝鮮文學』)
6	수필 「북평 잡감」(『백민』)
11	「왜 왔던고?」(『女性』)
1938. 5. 17~25	「의학박사」(『동아일보』)
6~7	「죽마지우」(『女性』)
9.6~11.23	「길」(장편소설)(『동아일보』)
1939. 2	「낙랑고분의 비밀」(『朝光』)
1941	『웅철이의 모험』(장편동화)(『조선아동문화협회』)
1946. 11	「입을 열어 말하라」(『新文學』)
	「눈은 눈으로」(『大潮』)
1947	「시계당 주인」
	「극진한 사랑」(『서울신문』)
	영문소설 "Kim Yushin: The Romance of a Korean Warrior of 7th Century"(「김유신 : 7세기 한국 전사의 이야기」)(상호출판사)(중편)
1948. 9	「대학교수와 모리배」(『서울신문』)
11	수필 「과학적 생활」(『學風』)
1949. 7	「혼혈(混血)」(『大潮』)
1950. 2	「이십오 년」(『學風』)

1953. 2. 20	『길』(장편소설)(『동아일보』 연재 시작)
1954. 8	「해방 1주년」(『新天地』)
10	번역 『현대미국 소설론』(프레데릭 호프만)(박문출판사)
	영문 수필 "One Summer Day"(「어느 한 여름날」)(『펜』)
1955. 2	「이것이 꿈이라면」(『思想界』)
	번역 『서부개척의 영웅 버지니언』(오웬 위스터어)(진문사(進文社))
1957. 6~1958. 4	『1억 5천만대 1』(장편소설)(『自由文學』 연재)
1957	번역 『불멸의 신앙』(윌라 캐더)(을유문화사)
	번역 『현대 영미 단편선』(공역)(한일문화사)
1958. 4	「잡초」(『思想界』)
5	「붙느냐, 떨어지느냐」(『自由文學』)
6~1960. 5	『망국노 군상(亡國奴 群像)』(장편소설)(『自由文學』 연재)
11	수필 「내가 배운 호강 대학」(『사조』)
1959. 6	수필 「나의 문학 편력기」(『신태양』)
1962	『미완성』(중단편소설집)(을유문화사)
	번역 『펄 벅 단편선』(펄 벅)(을유문화사)
	보고서 「제3차 아세아 작가회의 소득」(『현대문학』)
	번역 『연애 대위법』(올더스 학스리)(을유문화사)
	영문 장편소설 The Forest of the White Cock: Tales and Legends of the Silla Period (『흰 수탉의 숲: 신라시대 이야기와 전설』) (어문각)
1963. 3	수필 「이성 · 독서 · 상상 · 유머」(『自由文學』)
1964	번역 『천로역정』, 『유토피아』(을유문화사)
10	수필 「다시 타향에서 들여다 본 조국」(『문학』)
1965. 10	「세 죽음」, 「비명횡사한 유령의 수기」(『現代文學』)
11	수필 「죽음과 삶과」(『現代文學』)
	번역 『크리스마스 휴일』(서머씻 몸)(정음사)

1966. 3	수필 「공약 삼장(公約三章)의 3월」(『思想界』)
7	영문 단편소설, "I Want to Go Home" (*The Korea Time*)
11	수필 「재미있는 이야기꾼 — 나의 문학적 회고」(『文學』)
1967. 5	「열 줌의 흙」(『現代文學』)
1968. 7	「죽고 싶어 하는 여인」(『現代文學』)
1969	『영미 소설론』(한국영어영문학회편 공저)(신구문화사)
6	「나는 유령이다」(『月刊文學』)
1970. 4	영역 주요섭 「사랑손님과 어머니」·최정희 「수탉」·이상 「날개」, *Modern Korean Short Stories and Plays*(국제PEN한국본부)
6	「여대생과 밍크코트」(『月刊文學』)
1972	『길』(장편소설)(삼성출판사)
4	「마음의 상채기」(『月刊文學』)
1973. 1	「진화」(『문학사상』)
	「여수」(『문학사상』)
1974	번역 『나의 안토니아』(윌라 캐더)(을유문화사)
1987. 4	「떠름한 로맨스」(『현대문학』) 중편소설

주요섭 소설 전집 | 전8권
정정호 책임편집